古典小说大字本

冯梦龙 编
◎ 黄钧 校注

东周列国志

上

人民文学出版社

图书在版编目(CIP)数据

东周列国志：上中下 ／（明）冯梦龙编；黄钧校注. -- 北京：人民文学出版社，2024（2025.2重印）
（古典小说大字本）
ISBN 978-7-02-018623-5

Ⅰ.①东… Ⅱ.①冯… ②黄… Ⅲ.①《东周列国志》Ⅳ.①I242.4

中国国家版本馆 CIP 数据核字（2024）第 072653 号

责任编辑　杜广学
装帧设计　刘　远
责任印制　张　娜

出版发行　人民文学出版社
社　　址　北京市朝内大街166号
邮政编码　100705

印　　刷　三河市宏盛印务有限公司
经　　销　全国新华书店等

字　　数　1131千字
开　　本　710毫米×1000毫米　1/16
印　　张　88.25　插页9
印　　数　5001—8000
版　　次　1955年10月北京第1版
印　　次　2025年2月第2次印刷

书　　号　978-7-02-018623-5
定　　价　116.00元（全三册）

如有印装质量问题，请与本社图书销售中心调换。电话：010-65233595

目　录

前言 ·· *1*

第 一 回	周宣王闻谣轻杀 杜大夫化厉鸣冤	························	*1*
第 二 回	褒人赎罪献美女 幽王烽火戏诸侯	························	*14*
第 三 回	犬戎主大闹镐京 周平王东迁洛邑	························	*28*
第 四 回	秦文公郊天应梦 郑庄公掘地见母	························	*40*
第 五 回	宠虢公周郑交质 助卫逆鲁宋兴兵	························	*53*
第 六 回	卫石碏大义灭亲 郑庄公假命伐宋	························	*66*
第 七 回	公孙阏争车射考叔 公子翚献谄贼隐公	························	*78*
第 八 回	立新君华督行赂 败戎兵郑忽辞婚	························	*90*

第 九 回	齐侯送文姜婚鲁 祝聃射周王中肩	98
第 十 回	楚熊通僭号称王 郑祭足被胁立庶	107
第 十 一 回	宋庄公贪赂构兵 郑祭足杀婿逐主	119
第 十 二 回	卫宣公筑台纳媳 高渠弥乘间易君	131
第 十 三 回	鲁桓公夫妇如齐 郑子亹君臣为戮	142
第 十 四 回	卫侯朔抗王入国 齐襄公出猎遇鬼	151
第 十 五 回	雍大夫计杀无知 鲁庄公乾时大战	164
第 十 六 回	释槛囚鲍叔荐仲 战长勺曹刿败齐	173
第 十 七 回	宋国纳赂诛长万 楚王杯酒虏息妫	183
第 十 八 回	曹沫手剑劫齐侯 桓公举火爵宁戚	194
第 十 九 回	擒傅瑕厉公复国 杀子颓惠王反正	206
第 二 十 回	晋献公违卜立骊姬 楚成王平乱相子文	219
第二十一回	管夷吾智辨俞儿 齐桓公兵定孤竹	234
第二十二回	公子友两定鲁君 齐皇子独对委蛇	248

目 录

第二十三回	卫懿公好鹤亡国 齐桓公兴兵伐楚	259
第二十四回	盟召陵礼款楚大夫 会葵丘义戴周天子	274
第二十五回	智荀息假途灭虢 穷百里饲牛拜相	289
第二十六回	歌扊扅百里认妻 获陈宝穆公证梦	303
第二十七回	骊姬巧计杀申生 献公临终嘱荀息	313
第二十八回	里克两弑孤主 穆公一平晋乱	325
第二十九回	晋惠公大诛群臣 管夷吾病榻论相	335
第三十回	秦晋大战龙门山 穆姬登台要大赦	345
第三十一回	晋惠公怒杀庆郑 介子推割股啖君	356
第三十二回	晏蛾儿踰墙殉节 群公子大闹朝堂	365
第三十三回	宋公伐齐纳子昭 楚人伏兵劫盟主	377
第三十四回	宋襄公假仁失众 齐姜氏乘醉遣夫	388
第三十五回	晋重耳周游列国 秦怀嬴重婚公子	400
第三十六回	晋吕郄夜焚公宫 秦穆公再平晋乱	411

3

第三十七回	介子推守志焚绵上 太叔带怙宠入官中	423
第三十八回	周襄王避乱居郑 晋文公守信降原	436
第三十九回	柳下惠授词却敌 晋文公伐卫破曹	448
第四十回	先轸诡谋激子玉 晋楚城濮大交兵	461
第四十一回	连谷城子玉自杀 践土坛晋侯主盟	473
第四十二回	周襄王河阳受觐 卫元咺公馆对狱	485
第四十三回	智宁俞假酖复卫 老烛武缒城说秦	496
第四十四回	叔詹据鼎抗晋侯 弦高假命犒秦军	507
第四十五回	晋襄公墨缞败秦 先元帅免胄殉翟	518
第四十六回	楚商臣宫中弑父 秦穆公殽谷封尸	530
第四十七回	弄玉吹箫双跨凤 赵盾背秦立灵公	540
第四十八回	刺先克五将乱晋 召士会寿馀诒秦	553
第四十九回	公子鲍厚施买国 齐懿公竹池遇变	565
第五十回	东门遂援立子倭 赵宣子桃园强谏	576

目　录

第五十一回	责赵盾董狐直笔 诛斗椒绝缨大会	589
第五十二回	公子宋尝鼋构逆 陈灵公衵服戏朝	603
第五十三回	楚庄王纳谏复陈 晋景公出师救郑	615
第五十四回	荀林父纵属亡师 孟侏儒托优悟主	626
第五十五回	华元登床劫子反 老人结草亢杜回	638
第五十六回	萧夫人登台笑客 逢丑父易服免君	649
第五十七回	娶夏姬巫臣逃晋 围下宫程婴匿孤	660
第五十八回	说秦伯魏相迎医 报魏锜养叔献艺	672
第五十九回	宠胥童晋国大乱 诛岸贾赵氏复兴	685
第六十回	智武子分军肆敌 偪阳城三将斗力	696
第六十一回	晋悼公驾楚会萧鱼 孙林父因歌逐献公	708
第六十二回	诸侯同心围齐国 晋臣合计逐栾盈	721
第六十三回	老祁奚力救羊舌 小范鞅智劫魏舒	733
第六十四回	曲沃城栾盈灭族 且于门杞梁死战	743

5

第六十五回	弑齐光崔庆专权 纳卫衎宁喜擅政	756
第六十六回	杀宁喜子鱄出奔 戮崔杼庆封独相	767
第六十七回	卢蒲癸计逐庆封 楚灵王大合诸侯	778
第六十八回	贺虒祁师旷辨新声 散家财陈氏买齐国	794
第六十九回	楚灵王挟诈灭陈蔡 晏平仲巧辩服荆蛮	805
第七十回	杀三兄楚平王即位 劫齐鲁晋昭公寻盟	819
第七十一回	晏平仲二桃杀三士 楚平王娶媳逐世子	833
第七十二回	棠公尚捐躯奔父难 伍子胥微服过昭关	847
第七十三回	伍员吹箫乞吴市 专诸进炙刺王僚	860
第七十四回	囊瓦惧谤诛无极 要离贪名刺庆忌	876
第七十五回	孙武子演阵斩美姬 蔡昭侯纳质乞吴师	890
第七十六回	楚昭王弃郢西奔 伍子胥掘墓鞭尸	902
第七十七回	泣秦庭申包胥借兵 退吴师楚昭王返国	915
第七十八回	会夹谷孔子却齐 堕三都闻人伏法	928

目 录

第七十九回	归女乐黎弥阻孔子 栖会稽文种通宰嚭	944
第 八 十 回	夫差违谏释越 句践竭力事吴	960
第八十一回	美人计吴宫宠西施 言语科子贡说列国	974
第八十二回	杀子胥夫差争歃 纳蒯聩子路结缨	987
第八十三回	诛芈胜叶公定楚 灭夫差越王称霸	1003
第八十四回	智伯决水灌晋阳 豫让击衣报襄子	1018
第八十五回	乐羊子怒啜中山羹 西门豹乔送河伯妇	1031
第八十六回	吴起杀妻求将 驺忌鼓琴取相	1043
第八十七回	说秦君卫鞅变法 辞鬼谷孙膑下山	1058
第八十八回	孙膑佯狂脱祸 庞涓兵败桂陵	1072
第八十九回	马陵道万弩射庞涓 咸阳市五牛分商鞅	1084
第 九 十 回	苏秦合从相六国 张仪被激往秦邦	1096
第九十一回	学让国燕哙召兵 伪献地张仪欺楚	1109
第九十二回	赛举鼎秦武王绝脰 莽赴会楚怀王陷秦	1122

第九十三回	赵主父饿死沙丘宫 孟尝君偷过函谷关	1133
第九十四回	冯谖弹铗客孟尝 齐王纠兵伐桀宋	1145
第九十五回	说四国乐毅灭齐 驱火牛田单破燕	1158
第九十六回	蔺相如两屈秦王 马服君单解韩围	1168
第九十七回	死范雎计逃秦国 假张禄廷辱魏使	1180
第九十八回	质平原秦王索魏齐 败长平白起坑赵卒	1193
第九十九回	武安君含冤死杜邮 吕不韦巧计归异人	1208
第一百回	鲁仲连不肯帝秦 信陵君窃符救赵	1221
第一百一回	秦王灭周迁九鼎 廉颇败燕杀二将	1232
第一百二回	华阴道信陵败蒙骜 胡卢河庞煖斩剧辛	1244
第一百三回	李国舅争权除黄歇 樊於期传檄讨秦王	1256
第一百四回	甘罗童年取高位 嫪毐伪腐乱秦宫	1266
第一百五回	茅焦解衣谏秦王 李牧坚壁却桓齮	1277
第一百六回	王敖反间杀李牧 田光刎颈荐荆轲	1288

第一百七回 献地图荆轲闹秦庭
论兵法王翦代李信 ·················· *1298*

第一百八回 兼六国混一舆图
号始皇建立郡县 ·················· *1310*

【附录】
《东周列国志》人物索引 ·················· *1321*

前　　言

春秋战国这五百多年乃是我国历史上大变革、大动荡的重要时代,也是我们民族不断形成,并迅速走向统一,因而焕发出无限活力,故能在政治、文化、学术获得足以使后人钦佩不已的空前繁荣的时代,而且还应该是一个需要英雄、同时也产生一大批英雄的时代。因此,这个时代不仅成为历史学家,而且也成为小说家关注的焦点。从宋元讲史话本《七国春秋平话》(后集)、《秦并六国平话》进而发展到明中叶余邵鱼(字畏斋,福建建阳人)编写的《列国志传》(以下简称"旧志"),乃是对这一段历史通俗化、艺术化的初步尝试。尽管这些书在艺术上比较幼稚和粗略,但它们都表现了一种要求通过人物形象以驾驭这段历史的愿望;特别是余氏"旧志",它以时间为经,以列国为纬,叙述了从商纣灭亡到秦并六国长达八百年的历史,结构庞大,气势宏伟,但描写过于简略,文字也显得粗率,缺乏感人的艺术力量,不能满足广大民众对于这段历史的好奇心。

明末著名通俗文学大师冯梦龙(1574—1646,字犹龙,别署墨憨斋主人,江苏长洲人)对余氏"旧志"进行了脱胎换骨的增删改写,编定为《新列国志》(以下简称"新志")。他的改写包括:第一,将"旧志"二百二十六则、二十八万字扩充为一百零八回、七十余万字。第二,删去从武王伐纣到宣王中兴以前的三百年历史,集中描写西周衰亡到秦并六国即春秋战国共五百多年政坛上的风云变化,成为一部比较完整的东周列国的历史演义。第三,删除某些距史实太远、荒诞不经的情节,如"伍子胥临潼举鼎"、"孙膑下山服袁达"等传说;改正"旧志姓名率多自造"、"叙事或前后颠倒、或详略失宜"以及"古用车战……旧志但蹈袭《三国志》活套,一概用骑"之类的失误;并声明"以《左》、《国》、《史记》为主",参以秦、汉有关典籍近二十种,"凡列国大故,一一备载,令始终成败,头绪井如,联络成章,观者无憾"。(《新志·凡例》)这就使《新志》更接近于史实,成为一部比较严肃的历史通俗演义。第四,尽管"新志"属于所谓"信实"派历史小说,但也并非信史;正如可观道人在《叙》中所说的:"本诸《左》、《史》,旁及诸书,考核甚详,搜罗极富。虽敷演不无增添,形容不无润色,而大要不敢尽违其实。"这说明它在重大事件、情节及其进程不违反历史真实的前提下,在细节上有所"增添",在语言、对话诸方面加以"润色",同时也保留了一些民间故事和传说。使"新志"在铺陈史实中可以增强那些具有文学意味的细节刻画和场景描绘,以满足读者的审美期待。第五,由于冯梦龙是个杰出的通俗小说作家,故能在艺术表现方面取得长足的进步。"旧志"叙事零乱,线索不清,而《新志》却让人耳目一新,事件虽繁而不散乱,人物虽多而各具面目,列国虽杂而其发展线索清晰可辨,故能将五百多年的历史汇于一帙而又避免紊乱无序之弊。这就使得《新志》在艺术上具有一定的感染力,成为

前　言

一部极有价值的历史小说。

到了清代乾隆年间，蔡元放（名昇，号野云主人，江宁人）又取《新志》略作文字修订，并加以大量评点，改名为《东周列国志》（以下简称"评本"）刊行。但他对此书的修订，无论数量或质量，都赶不上毛宗岗对《三国演义》的修改；而他的评点，虽不无可取之处，但其价值更远在金圣叹、毛宗岗、张竹坡等小说评点家之下。然而，两百多年来，"评本"几乎成为唯一的通行本，冯氏《新志》反而鲜为人知，其主要原因很可能是他改定的书名《东周列国志》优于原名。因为，中国历史上出现列国纷争局面并不止这一次，还包括时间虽较短，但亦长达百数十年或近百年的五胡十六国和五代十国两个时期。为了相互有所区别，在书名"列国"之前，加上"东周"两字以作界定，就能更科学、更准确地概括全书内容，给人一种更清晰、更醒目的印象，因而更易为读者所接受。近年来此书的一些校点本，还包括电视剧，不论其是否以蔡评本为基础，但名称都一律采用《东周列国志》，也正是这个道理。蔡评本在文字上与《新志》出入不大，蔡元放对《新志》作了一些文字润饰，对《新志》的矛盾之处也有所改动，但改动得并不彻底。平心而论，蔡元放对于此书文本，无论在思想性或艺术性方面，并无多少提高。

"总观千古兴亡局，尽在朝中用佞贤。"书末的这两句诗，正是作者历史观和政治观的准确表述，也是贯串全书始终的主导思想。列国兴衰成败，霸主起伏更迭，关键在于国君能否举贤任能，励精图治，勤政爱民。只要这样做了，就能国泰民安，霸业有成。如果君王失政，谗佞横行，就会国势衰微，甚至有亡国之祸。如第一、二回（可看作全书引子），周宣王从早年中兴到晚年的"闻谣轻杀"，已露端倪。再从中兴之主周宣王,到亡国之君周幽王,更是一个鲜明对照。后来的五霸七雄,莫不如此。第一个霸主齐桓公,敢于破例委任曾与自己有过一箭之仇的管仲,并给他以罕见的尊重,终于独霸诸侯。继之而起的晋文公,勤政恤民,任用赵衰、二狐、先轸等文武贤臣辅政,人才济济,遂成霸主。此外的秦穆公、楚庄王、越王句践,莫不如此。特别是越王句践,继位之初,即遭惨败,国破身囚。但他能忍辱负重,卧薪尝胆,以文种治国政,以范蠡治军旅,经过十年生聚,十年教训,终于反弱为强,反败为胜,最后灭掉吴国,成为春秋时期最后一位霸主。

任贤图治,可以兴邦兴国;而疏贤失政,则可以亡国亡身。卫懿公因好鹤而亡国,齐襄公、陈灵公均因荒淫无耻而亡身。吴王夫差,尽管早期能发愤自强,破越败齐,争霸中原;但到后来宠信佞臣伯嚭,疏斥并赐死贤臣伍员,以致国灭身死。甚至包括称霸之后的齐桓公,由于管仲等贤臣相继去世,自己也志得意满,偷安宴乐,重用奸佞,结果被困死宫中,"叹桓公一生英雄,到头没些结果"。到了战国时期,六国之所以亡,秦国之所以兴,用奸还是用贤,同样也是其中根本原因。如齐之亡在于后胜之贪婪,赵之亡由于郭开之弄奸,而楚之衰源于怀王宠信靳尚、子兰等人,魏之衰在于安釐王疏远信陵君。而秦国虽僻处西陲,春秋时又累败于晋,复附于楚,直到战国中期才开始强大,关键也在于能长期招纳贤才,并委之以重任,商鞅、张仪、范雎、蔡泽、尉缭等,均非秦人,而为秦用,故能蚕食列国,统一天下。正如《新志·引首》最后所归纳的:"总之,得贤者胜,失贤者败;自强者兴,自殆者亡。胜败兴亡之分,不得不归咎于人事也。"

前　　言

人才与战争,和人才与政治一样是《东周列国志》的基本母题。列国之间无论是政治上的斗争,还是军事上的角逐,归根到底都是人才的争夺和聚集。战争的制胜权仍然归结为知人善任。春秋战国时期,在涌现一大批政治家的同时,也涌现出一大批军事家,如曹刿、先轸、孙武、范蠡、吴起、孙膑、乐毅、田单、廉颇、李牧、白起、信陵君、王翦等。由于列国纷争,战争不断,作者突出地叙写了许多重大战役,如秦晋韩原之战、晋楚城濮之战、秦晋殽之战、宋楚泓水之战、晋齐鞌之战、秦赵长平之战等,使这些军事家得以充分显示出非凡的智慧和层出不穷的奇谋胜算;通过斗智、斗勇、斗力、斗阵法,写出了我国古代战争的全部复杂性和丰富性。小说采用了相近相殊的变化笔墨,使书中所描写的上百次战役而无一重复,从而显示出这些谋臣武将于乱世中各尽其用的叙事奇观,表现出丰富多彩、胜境迭现的人才形态和战争形态。这就使得《东周列国志》不仅是一部通俗历史演义,而且还是能在战略战役等方面给人以深刻启示的形象的军事教材。它还提供了大量有关政治、军事、外交、道德、礼仪、风俗、世态及人际关系等方面有用的历史经验和知识,它在人才学、谋略学、运筹学、论辩学、心理学、交际学,更不用说政治学和军事学诸方面,都足以使后人获得不少深刻的教益。它实质上是一部集中了我们民族智慧的宝库。

《东周列国志》在艺术上也取得了相当的成功。在诸多历史演义中,其成就和影响仅次于《三国演义》,而在诸书之上。春秋战国时期史事纷繁,千头万绪,作者借鉴史家编年体,并参以记事本末体作为结构主线以统筹全书,次第敷演,事取其详,文撮其略。前八十三回以五霸相继兴起为中心,描述了列国纷争的史实。后二十五回则叙写七雄在外交上的分合和军事上的搏杀,而以秦国的不断强大并最后统一全国为主要脉络。故能做到布局严谨,结构完整,主次分明,详略得当,前后贯通,历史发展线索清晰可辨。这段历史中的一些重大事件,如管仲相齐桓公、晋公子重耳出亡、伍子胥避祸奔吴破楚、吴越争霸、商鞅变法、孙庞斗智、合纵连横、窃符救赵、荆轲刺秦等,都不惜浓墨重彩详加抒写,使之生动曲折,紧扣人心。其中既有对史实的敷演,也有细节刻画和场景描绘。书中还有不少短小故事,如千金买笑、掘地见母、退避三舍、董狐直笔、绝缨大会、二桃杀三士、孙武演阵、掘墓鞭尸、卧薪尝胆、冯谖弹铗、火牛破燕、完璧归赵、纸上谈兵、毛遂自荐、甘罗拜相等等,都写得有声有色,脍炙人口。不仅具有较强的审美感染力,而且其中某些故事已经上升为具有某种原型意味的民间心理行为的范例。如"退避三舍"提供了一种在斗争中不忘礼让、以表示恩怨分明的模式。"卧薪尝胆"则成为志在报仇雪耻、不惜以超人的毅力刻苦自励的行为的一种象征。"完璧归赵"则表现了无论环境多么艰难险恶,也要把原物完整无缺地归还原主,以实现承诺的典型。而"毛遂自荐"则提供了才不外露者在需要的时刻敢于挺身而出、担当重任的范例。这些故事经过小说的渲染和以精炼的语言标示,故能上升为某种原型形态而浸染人心,其审美穿透力是非常强的。

在人物刻画方面,小说也取得了一定的成就。作者根据这个时期纷纭复杂的政治斗争和军事搏杀,从各个方面去塑造人物形象,包括霸主昏君、贪官佞臣、贤相名将、贞妃淫姬,直至义士刺客、名儒术士、商贾优伶、医卜星象之流,不少都写得面目各异,形象鲜明。如宋襄公的迂顽、晋灵公的暴戾、褒姒的恶毒、骊姬的阴险、先

前　言

轸的智谋、晏平仲的机敏、蔺相如的智勇、伍子胥的刚烈、孙膑的才略、庞涓的负义、范蠡的远谋、程婴的仗义、伯嚭的贪婪、吕不韦的卑劣，都能给人留下深刻的印象。当然，由于时间跨度大，事件繁多，不可能有贯串始终的中心人物，而只能是人随事来，事了人夫，就像走马灯式的。故作者只能对书中的一些重要人物性格中最突出的特征，稍加勾勒，略作渲染，而不可能塑造出血肉丰满的不朽典型。

本书还有一些不足之处：主导思想未能超出儒道两家体系，故迂腐说教和因果迷信不时流露。过分拘泥于史实，故琐屑或刻板地叙写未能排除。史学气太浓，文学气不足，这也许是题材所导致的难于避免的缺陷。此外，在文字上为了贴近史籍，不得不以文言文为基础，因而影响了一般读者的理解和接受。

为了便于阅读和理解，我们特出版这部注释本。但注释又离不开校勘，而此书版本繁多，且多系坊刻本，讹误不少，包括今存最早的刊于崇祯初年的金阊叶敬池刻本和明末赠言堂刻本（两本版式、行款大体一致，疑为叶本的复刻本，两本均简称"明刊本"），同样也有不少错字及讹误。其原因之一是印校不精，不少字，特别是地名、人名往往形近而讹。原因之二是作者冯梦龙是个多产作家，由于编写匆忙，而书中所涉及的史实、年代、人名、地名又特别多，难免有疏漏之处。后来蔡元放虽曾加以修订，但他把绝大部分精力放在评点方面，在修订方面对原书编写及印校中的错误更正不多，有些更正，似亦未花多大气力。如原作中已于第十回"疽发于背而死"的郑将祝聃，却又在十一回大战宋将南万牛，对这种死人复活的明显错误，蔡评本只用"郑将"来替代（这是全书唯一有大量活动而无姓名的人物),以便敷衍过去。蔡评本实际上又还增加了不少误改、误校之处。因此,"评本"较之《新志》,错误不是少了,而是多了。

我们这次重校,虽仍以"评本"为底本,但更注意以明刊本进行仔细校订。我们校勘的原则是:第一、两本不同之处,参以有关史料,择善而从,并不作校记。第二,两本相同的一些明显讹误,凡有可能出于刊刻中的错误者,均予以更正,一般不出校记。如"妹喜"误为"姝喜"(第二回),"老桃"误为"老挑"(第六回),"疆场"误为"疆埸"(第十四、二十、二十九诸回,但明本第二十九回不误),"铚"误为"䞓"(第二十五回),"汪及彭衙"误为"江及彭衙"(第四十六回二见,但明本后一处不误),"皋浒"误为"皇浒"(第五十一回),"世子獳"误为"世子孺"(第五十一回),"皇戌"、"向戌"、"沈尹戌"等人名的"戌"多误为"戍"(第五十四、五十七,六十、六十六、六十七及七十二、七十三、七十四、七十五、七十六回),"宋平公"误为"宋成公"(第六十回,因平公名成,故误),"溴梁"误为"澳梁"(第六十二回),"临淄市掾"误为"临淄市橼"(第九十六回),"扎营"误作"札营"(第百二回),等等。这类错误不少是古今刻本中常见的,理应更正。第三,由于作者粗心因而导致前后不一,相互牴牾或不合情理之处:如第九回叙齐僖公为诸儿(即齐襄公)"娶宋女,鲁、莒俱有媵",下文复称宋女为"元妃",但到第十三回却又称齐襄公"未娶正妃,止有偏宫连氏"。第二十四回叙郑文公幸燕姞生公子兰,第四十三回公子兰却成了文公"庶弟",第四十四回文公自称"孤未有子"。实际上第二十四回还写到文公有子多人,公子华、公子臧皆因故被诛。第四十九回写宋昭

前　言

公为其"庶弟公子鲍"所弑,但第五十五回申舟斥宋文公鲍所弑者不是嫡兄,却成了"嫡侄"。第五十四回晋楚之战,楚庄王次子公子榖臣被荀首射中右腕而被"活捉",但第五十七回交还给楚的却是"王子之尸"。第六十七回楚康王熊昭死,"母弟麇"嗣位,但第六十九回叙康王有弟四人,却并无名麇者。麇为康王长弟围(楚灵王)所弑,庆封曾面斥灵王弑"兄之子"。可见麇似应为康王之子而非"母弟"。第七十一回叙楚平王为太子建娶秦哀公"长妹"孟嬴,而纳为己妻;而第七十七回孟嬴却成了"秦哀公之女"。第九十六回回目标"马服君(赵奢)单解韩围",内叙赵奢救韩,大败秦兵;第九十八回秦王却称"赵遣李牧救韩"。第一百一回写将渠为相"未及半载,托病辞印",第一百二回却又成了"将渠为相岁馀"。第一百三回写赵将庞煖射杀秦将蒙骜,自己亦中箭,"箭疮不痊,未几亦死"。但到了第一百四回赵王"知秦不助燕,乃命庞煖、李牧合兵伐燕"。此类错误还有不少。前后牴牾,不容两立,必有一误。但误者属何处,很难判断,故对于这类前后矛盾,一般不予校改,只在注释中加以说明,以提醒读者注意。

在注释中,我们感到最大困难的是人物众多,人名复杂,这也是阅读中的最大障碍。春秋战国时期,由于氏族繁衍,人口增加,姓氏的分化和衍变非常复杂。特别是书中大批出现的贵族男子,都有姓有氏,《左传·隐八年》称:"天子建德,因生以赐姓,胙之土而命之氏。诸侯以字为谥,因以为族。"一姓之中,可以封邑、表字、谥号、职官为氏者,不仅一姓数氏,而且一人亦可数氏。加上当时尚有双名单行、名字连称或名与出身、居处、官职连称多种习惯,使得一人多名的现象极为普遍。为此,我们除了在注释中保留少

9

量一人多名原委的说明以外,特在书末附上《人物索引》,以便了解书中人物的异名、官职及亲属关系,使读者方便阅读。由于本书采用的是比较浅近的文言文,一般文言词语,难度不大者,皆略而不注。注释重点是古代地名、职官、名物、年代、典章制度以及当时的风俗习惯;这一方面是为了便于读者理解书中内容,同时也可以帮助读者加深对这段历史时期社会的认识,增加某些有用的知识。至于书中一些史实来源出处及其历史可靠性,这势必涉及很多复杂的考证,不属于我们这个普及性的注释本的范围,对于一般读者而言,也没有很大的必要。

对于以上的校注原则、方式,是否妥当,希望读者多多提出意见。校注匆忙,加以个人才识浅陋,校注中的错误肯定还有不少,希望广大读者和专家不吝指正。

黄　钧

词曰：

道德三皇五帝[1]，功名夏后商周[2]；英雄五霸[3]闹春秋，顷刻兴亡过手！　　青史[4]几行名姓，北邙[5]无数荒丘；前人田地后人收，说甚龙争虎斗。

第 一 回

周宣王闻谣轻杀　杜大夫化厉鸣冤

话说周朝，自武王伐纣，即天子位，成、康[6]继之，那都是守成令主。又有周公[7]、召公[8]、毕公[9]、史佚[10]等一班贤臣辅政，真个文修武偃，物阜民安。自武王八传至于夷王[11]，觐礼不明[12]，诸侯渐渐强大。到九传厉王[13]，暴虐无道，为国人所杀。此乃千百年民变之始。又亏周、召二公[14]同心协力，立太子靖为王，是为宣王[15]。那一朝天子，却又英明有道，任用贤臣方叔[16]、召虎[17]、尹吉甫[18]、申伯[19]、仲山甫[20]等，复修文、武、成、康之政，周室赫然中兴。有诗为证：

夷厉相仍政不纲[21]，任贤图治赖宣王。

共和若没中兴主，周历安能八百长！

却说宣王虽说勤政，也到不得武王丹书受戒[22]，户牖置铭[23]；虽说中兴，也到不得成、康时教化大行，重译献雉[24]。至三十九年[25],姜戎[26]抗命,宣王御驾亲征,败绩于千亩[27],车徒[28]大损。思为再举之计,又恐军数不充,亲自料民于太原。那太原,即今固原州[29],正是邻近戎狄之地。料民者,将本地户口,按籍查阅,观其人数之多少,车马粟刍之饶乏,好做准备,征调出征。太宰仲山甫进谏不听。后人有诗云:

犬戎何须辱剑铓[30]?隋珠弹雀总堪伤[31]!

皇威亵[32]尽无能报,枉自将民料一场。

再说宣王在太原料民回来,离镐京[33]不远,催趱车辇,连夜进城。忽见市上小儿数十为群,拍手作歌,其声如一。宣王乃停辇而听之。歌曰:

月将升,日将没;檿弧箕箙[34],几亡周国。

宣王甚恶其语。使御者传令,尽拘众小儿来问。群儿当时惊散,止拿得长幼二人,跪于辇下。宣王问曰:"此语何人所造?"幼儿战惧不言;那年长的答曰:"非出吾等所造。三日前,有红衣小儿,到于市中,教吾等念此四句。不知何故,一时传遍,满京城小儿不约而同,不止一处为然也。"宣王问曰:"如今红衣小儿何在?"答曰:"自教歌之后,不知去向。"宣王嘿然良久,叱去两儿。即召司市官[35]吩咐传谕禁止:"若有小儿再歌此词者,连父兄同罪。"当夜回宫无话。

次日早朝,三公六卿[36],齐集殿下,拜舞起居[37]毕。宣王将夜来所闻小儿之歌,述于众臣:"此语如何解说?"大宗伯[38]召虎对曰:"檿,是山桑木名,可以为弓,故曰檿弧。箕,草名,可结之以为箭袋,故曰箕箙。据臣愚见:国家恐有弓矢之变。"太宰仲山甫奏曰:"弓矢,乃国家用武之器。王今料民太原,思欲报犬戎[39]

之仇,若兵连不解,必有亡国之患矣!"宣王口虽不言,点头道是。又问:"此语传自红衣小儿。那红衣小儿,还是何人?"太史[40]伯阳父奏曰:"凡街市无根之语,谓之谣言。上天儆戒[41]人君,命荧惑星[42]化为小儿,造作谣言,使群儿习之,谓之童谣。小则寓一人之吉凶,大则系国家之兴败。荧惑火星,是以色红。今日亡国之谣,乃天所以儆王也。"宣王曰:"朕[43]今赦姜戎之罪,罢太原之兵,将武库内所藏弧矢,尽行焚弃,再令国中不许造卖。其祸可息乎?"伯阳父答曰:"臣观天象,其兆[44]已成。似在王宫之内,非关外间弓矢之事,必主后世有女主乱国之祸。况谣言曰:'月将升,日将没。'日者人君之象,月乃阴类。日没月升,阴进阳衰,其为女主干政明矣。"宣王又曰:"朕赖姜后主六宫之政,甚有贤德。其进御宫嫔[45],皆出选择,女祸从何而来耶?"伯阳父答曰:"谣言'将升'、'将没',原非目前之事。况'将'之为言,且然而未必之词。王今修德以禳之,自然化凶为吉,弧矢不须焚弃。"宣王闻奏,且信且疑,不乐而罢。起驾回宫,姜后迎入。

坐定,宣王遂将群臣之语,备细述于姜后。姜后曰:"宫中有一异事,正欲启奏。"王问:"有何异事?"姜后奏曰:"今有先王手内老宫人,年五十馀,自先朝怀孕,到今四十馀年,昨夜方生一女。"宣王大惊,问曰:"此女何在?"姜后曰:"妾思此乃不祥之物,已令人将草席包裹,抛弃于二十里外清水河中矣。"宣王即宣老宫人到宫,问其得孕之故。老宫人跪而答曰:"婢子闻夏桀王[46]末年,褒城[47]有神人化为二龙,降于王庭,口流涎沫。忽作人言,谓桀王曰:'吾乃褒城之二君也。'桀王恐惧,欲杀二龙。命太史占之,不吉。欲逐去之,再占,又不吉。太史奏道:'神人下降,必主祯祥,王何不请其漦[48]而藏之？漦乃龙之精气,藏之必主获福。'桀王命太史再占,得大吉之兆。乃布币设祭于龙前,取金盘收其涎沫,置于朱椟之中。忽然风雨大作,二龙飞去,桀王命收藏于内库。自殷世历六百四十四年,传二十八主,至于我周,又将三百年,未尝开观。到先王[49]末年,椟内放出毫光,有掌库官奏知先王。先王问：'椟中何物？'掌库官取簿籍献上,具载藏漦之因。先王命发而观之。侍臣打开金椟,手捧金盘呈上。先王将手接盘,一时失手堕地,所藏涎沫,横流庭下。忽化成小小元鼋[50]一个,盘旋于庭中,内侍逐之,直入王宫,忽然不见。那时婢子年才一十二岁,偶践鼋迹,心中如有所感,从此肚腹渐大,如怀孕一般。先王怪婢子不夫而孕,囚于幽室,到今四十年矣。夜来腹中作痛,忽生一女。守宫侍者,不敢隐瞒,只得奏知娘娘。娘娘道此怪物,不可容留。随命侍者领去,弃之沟渎。婢子罪该万死！"宣王曰："此乃先朝之事,与你无干。"遂将老宫人喝退。随唤守宫侍者,往清水河看视女婴下落。不一时,侍者回报："已被流水漂去矣。"宣王不疑。

次日早朝,召太史伯阳父告以龙漦之事,因曰："此女婴已死于沟渎,卿试占之,以观妖气消灭何如？"伯阳父布卦已毕,献上繇[51]词。词曰：

哭又笑,笑又哭。羊被鬼吞,马逢犬逐。慎之慎之,檿弧箕箙！

宣王不解其说。伯阳父奏曰："以十二支所属推之：羊为未,马为午。哭笑者,悲喜之象。其应当在午未之年。据臣推详,妖气虽然出宫,未曾除也。"宣王闻奏,怏怏不悦。遂出令："城内城外,挨户查问女婴。不拘死活,有人捞取来献者,赏布、帛各三百匹。有收养不报者,邻里举首[52],首人给赏如数,本犯全家斩首。"命上大夫杜伯专督其事。因繇词又有"檿弧箕箙"之语,再命下大夫左儒,督令司市官巡行廛肆[53],不许造卖山桑木弓,箕草箭袋,违者处死。司市官不敢怠慢,引着一班胥役,一面晓谕,一面巡绰[54]。那时城中百姓,无不遵依,止有乡民,尚未通晓。巡至次日,有一妇人,抱着几个箭袋,正是箕草织成的。一男子背着山桑木弓十来把,跟随于后。他夫妻两口,住在远乡,赶着日中做市,上城买卖。尚未进城门,被司市官劈面撞见,喝声:"拿下!"手下胥役,先将妇人擒住。那男子见不是头,抛下桑弓在地,飞步走脱。司市官将妇人锁押,连桑弓箕袋,一齐解到大夫左儒处。左儒想:"所获二物,正应在谣言。况太史言女人为祸,今已拿到妇人,也可回复王旨。"遂隐下男子不题,单奏妇人违禁造卖,法宜处死。宣王命将此女斩讫。其桑弓箕袋,焚弃于市,以为造卖者之戒。不在话下。后人有诗云:

不将美政消天变,却泥[55]谣言害妇人!
漫道中兴多补阙[56],此番直谏是何臣?

话分两头。再说那卖桑木弓的男子,急忙逃走,正不知:"官司拿我夫妇,是甚缘故?"还要打听妻子消息。是夜宿于十里之外。次早有人传说:"昨日北门有个妇人,违禁造卖桑弓箕袋,拿到即时决[57]了。"方知妻子已死。走到旷野无人之处,落了几点痛泪。且喜自己脱祸,放步而行。约十里许,来到清水河边。远远望见百鸟飞鸣,近前观看,乃是一个草席包儿,浮于水面。众鸟以喙[58]衔之,且衔且叫,将次拖近岸来。那男子叫声:"奇怪!"赶开众鸟,带水取起席包,到草坡中解看。但闻一声啼哭,原来是一

第 一 回

个女婴。想道:"此女不知何人抛弃,有众鸟衔出水来,定是大贵之人。我今取回养育,倘得成人,亦有所望。"遂解下布衫,将此女婴包裹,抱于怀中。思思避难之处,乃望褒城投奔相识而去。髯翁[59]有诗,单道此女得生之异:

怀孕迟迟四十年,水中三日尚安然。

生成妖物殃家国,王法如何胜得天!

宣王自诛了卖桑弓箕袋的妇人,以为童谣之言已应,心中坦然,也不复议太原发兵之事。自此连年无话。到四十三年[60],时当大祭,宣王宿于斋宫。夜漏二鼓,人声寂然。忽见一美貌女子,自西方冉冉而来,直至宫庭。宣王怪他干犯斋禁,大声呵喝,急唤左右擒拿,并无一人答应。那女子全无惧色,走入太庙[61]之中。大笑三声,又大哭三声,不慌不忙,将七庙神主[62],做一束儿捆着,望东而去。王起身自行追赶,忽然惊醒,乃是一梦。自觉心神恍惚,勉强入庙行礼。九献[63]已毕,回至斋宫更衣,遣左右密召太史伯阳父,告以梦中所见。伯阳父奏曰:"三年前童谣之语,王岂忘之耶?臣固言:'主有女祸,妖气未除。'繇词有哭笑之语,王今复有此梦,正相符合矣。"宣王曰:"前所诛妇人,不足消'檿弧箕箙'之谶耶?"伯阳父又奏曰:"天道玄远,候至方验。一村妇何关气数哉!"宣王沉吟不语。忽然想起三年前,曾命上大夫杜伯督率司市,查访妖女,全无下落。颁胙[64]之后,宣王还朝,百官谢胙。宣王问杜伯:"妖女消息,如何久不回话?"杜伯奏曰:"臣体访此女,并无影响。以为妖妇正罪,童谣已验。诚恐搜索不休,必然惊动国人,故此中止。"宣王大怒曰:"既然如此,何不明白奏闻?分明是怠弃朕命,行止自由。如此不忠之臣,要他何用!"喝教武士:

周宣王闻谣轻杀　杜大夫化厉鸣冤

"押出朝门,斩首示众!"吓得百官面如土色。忽然文班中走出一位官员,忙将杜伯扯住,连声:"不可,不可!"宣王视之,乃下大夫左儒,是杜伯的好友,举荐同朝的。左儒叩头奏曰:"臣闻尧有九年之水,不失为帝;汤有七年之旱,不害为王。天变尚然不妨,人妖宁可尽信?吾王若杀了杜伯,臣恐国人将妖言传播,外夷闻之,亦起轻慢之心。望乞恕之!"宣王曰:"汝为朋友而逆朕命,是重友而轻君也。"左儒曰:"君是友非,则当逆友而顺君;友是君非,则当违君而顺友。杜伯无可杀之罪,吾王若杀之,天下必以王为不明。臣若不能谏止,天下必以臣为不忠。吾王若必杀杜伯,臣请与杜伯俱死。"宣王怒犹未息,曰:"朕杀杜伯,如去藁草[65],何须多费唇舌?"喝教:"快斩!"武士将杜伯推出朝门斩了。左儒回到家中,自刎而死。髯翁有赞云:

　　贤哉左儒,直谏批鳞。是则顺友,非则违君。弹冠[66]谊重,刎颈交真。名高千古,用式彝伦[67]。

杜伯之子隰叔奔晋,后仕晋为士师[68]之官。子孙遂为士氏[69]。食邑于范[70],又为范氏。后人哀杜伯之忠,立祠于杜陵[71],号为杜主,又曰右将军庙,至今尚存。此是后话。

再说宣王次日,闻说左儒自刎,亦有悔杀杜伯之意,闷闷还宫。其夜寝不能寐。遂得一恍惚之疾,语言无次,事多遗忘,每每辍朝。姜后知其有疾,不复讲谏。至四十六年秋七月,玉体稍豫,意欲出郊游猎,以快心神。左右传命:司空[72]整备法驾[73],司马[74]戒饬车徒,太史卜个吉日。至期,王乘玉辂[75],驾六骆[76],右有尹吉甫,左有召虎,旌旗对对,甲仗森森,一齐往东郊进发。那东郊一带,平原旷野,原是从来游猎之

7

第 一 回

地。宣王久不行幸,到此自觉精神开爽,传命扎住营寨。吩咐军士:"一不许践踏禾稼;二不许焚毁树木;三不许侵扰民居。获禽多少,尽数献纳,照次给赏;如有私匿,追出重罪!"号令一出,人人贾勇,个个争先。进退周旋,御车者出尽驰驱之巧;左右前后,弯弧者[77]夸尽纵送之能。鹰犬借势而猖狂,狐兔畏威而乱窜。弓响处血肉狼藉,箭到处毛羽纷飞。这一场打围,好不热闹!宣王心中大喜。日已烁西,传令散围。众军士各将所获走兽飞禽之类,束缚齐备,奏凯而回。行不上三四里,宣王在玉辇之上,打个眼眯,忽见远远一辆小车,当面冲突而来。车上站着两个人,臂挂朱弓,手持赤矢,向着宣王声喏曰:"吾王别来无恙?"宣王定睛看时,乃上大夫杜伯,下大夫左儒。宣王吃这一惊不小,抹眼之间,人车俱不见。问左右人等,都说:"并不曾见。"宣王正在惊疑。那杜伯、左儒又驾着小车子,往来不离玉辇之前。宣王大怒,喝道:"罪鬼,敢来犯驾!"拔出太阿[78]宝剑,望空挥之。只见杜伯、左儒齐声骂曰:"无道昏君!你不修德政,妄戮无辜,今日大数已尽,吾等专来报冤。还我命来!"话未绝声,挽起朱弓,搭上赤矢,望宣王心窝内射来。宣王大叫一声,昏倒于玉辇之上,慌得尹公脚麻,召公眼跳,同一班左右将姜汤救醒,兀自叫心痛不已。当下飞驾入城,扶着宣王进宫。各军士未及领赏,草草而散。正是:乘兴而来,败兴而返。髯翁有诗云:

赤矢朱弓貌似神,千军队里骋飞轮。

君王枉杀还须报,何况区区平等人。

不知宣王性命如何,且看下回分解。

8

〔1〕 三皇五帝：古代传说中的帝王。各家说法不一。《史记》以天皇、地皇、泰皇为三皇；黄帝、颛顼、帝喾、尧、舜为五帝。

〔2〕 夏后商周：即三代。夏后，我国历史上第一个朝代，简称为夏。为禹所建。商，又称为殷、殷商。开国君王为商汤。时间约公元前十七世纪到十一世纪。周，即周王朝，公元前十一世纪武王灭商后建立。至周宣王即位时已经历二百馀年。

〔3〕 五霸：春秋时的五位霸主。五霸的说法不一，据本书叙述，似以齐桓公、晋文公、秦穆公、楚庄王及越王勾践为五霸。

〔4〕 青史：即历史。古以竹简记事，故称史籍为青史。

〔5〕 北邙（máng 忙）：即邙山，在今河南洛阳市北。东汉及北魏王侯公卿多葬于此。这里泛指历史上那些英雄人物的墓地。

〔6〕 成、康：即周成王姬诵和周康王姬钊。乃周朝第二及第三个君王。

〔7〕 周公：即姬旦。周文王子，武王弟。因采邑在周（今陕西省宝鸡市凤翔区），故称周公。曾辅佐武王灭商。武王去世，成王年幼，由他代摄朝政。周朝礼乐制度相传由他制订。

〔8〕 召公：即姬奭，周的支族（《白虎通》中谓为文王之子），因封地在召（今陕西岐山县），故称召公或召伯。

〔9〕 毕公：即姬高，周文王第十五子。武王灭商，封于毕（今陕西咸阳市西北），因以为氏，故又称毕公高。

〔10〕 史佚：一作史逸。周初著名史官。佚乃其名，以官为氏，故称史佚。

〔11〕 八传至于夷王：八传，指武、成、康、昭、穆、共、懿、孝，共八位周王，一脉相传。夷王，名姬燮，在位三十年（前887—前858）。

〔12〕 觐（jìn 近）礼：诸侯朝见天子的仪式。"春见曰朝，秋见曰觐。"不明，指失礼。《礼记·郊特性》："觐礼，天子不下堂而见诸侯；下堂而见诸侯，天子之失礼也。"

〔13〕 厉王：名姬胡，在位十六年（前857—前842）。因专制残暴而引发国都人民起义。他逃亡到彘（今山西霍县），十四年后死亡。

〔14〕 周、召二公：实指周公姬旦、召公姬奭的后代。周公封于鲁，召公封于燕，其嫡长子世袭君位，而次子则世守王畿内采地，在朝中为官，辅佐周王。故下面各回朝中常有周、召二公。此召公名召虎，周公名不详。厉王逃亡期间，周、召二公代摄国政，称共和，历时十四年（前841—前828）。

〔15〕 宣王：名姬靖，一作姬静。在位四十六年（前827—前782）。

〔16〕 方叔：宣王时大臣。曾率兵进攻楚及严允，得胜。一说他名寰，字方。

〔17〕 召虎：厉王、宣王时大臣。厉王残暴，他曾进谏。国人围攻王宫，他把太子靖藏在家中，并让自己的儿子替死。厉王死后，他拥立宣王继位。

〔18〕 尹吉甫：亦称兮伯吉父。兮为氏，名甲，字伯吉父。古代父、甫通用。尹乃官名。

〔19〕 申伯：申国之君，姜姓。相传为伯夷之后，封地在今河南南阳市一带。伯爵。

〔20〕 仲山甫：或作仲山父。宣王封他于樊（今河南济源市），亦称樊仲。

〔21〕 不纲：不合纲纪，紊乱。

〔22〕 丹书受戒：即接受上天的训戒。古代帝王假托天命用红漆写下的文字，其中包括对帝王行为的劝告和约束。

〔23〕 户牖（yǒu 有）置铭：即将自警之词书写于门户之上，以便每天开门时都能看见，类似后代将铭文置于座右。

〔24〕 重译献雉（zhì 治）：指地处荒远之地的少数民族辗转翻译以献上礼品。雉即野鸡。周代有献禽之礼，后世多献雉。《汉书·平帝纪》："越裳氏重译献白雉一、黑雉二。"

〔25〕 三十九年：宣王三十九年为公元前789年。

〔26〕 姜戎：一称羌戎。戎乃古代居住在我国西方各民族的通称。姜戎原住瓜州，逐渐东迁至渭水流域。

〔27〕 败绩于千亩:败绩,大败。千亩,古地名。在今山西介休市南。一说应在离镐京不远之处。

〔28〕 车徒:指战车和步卒。周代实行车战,每一战车上有甲士三人,车下随行步卒约十人,后来逐渐增至七十二人。步卒亦称徒兵。

〔29〕 固原州:明代州名,弘治十一年(1502)置。治所在今宁夏固原市。

〔30〕 "犬彘(zhì 至)"句:犬彘,猪狗,暗指犬戎。辱剑铓(máng 忙),玷污宝剑的光辉。意指犬戎不须王师征讨。

〔31〕 "隋珠"句:古代隋侯为蛇疗伤,蛇乃回报以明月珠,后称隋珠。意指以天下至宝去弹麻雀,实属可悲。

〔32〕 亵(xiè 泄):轻慢,引申为糟蹋。此句意指周王权威被糟蹋殆尽而毫无成效。

〔33〕 镐(hào 号)京:又称镐、宗周。因周为诸侯所宗仰,故王都称宗周。故址在今西安市西北。

〔34〕 檿弧箕箙(yǎn hú jī fú 眼胡基服):用山桑木做的弓箭和用箕草做的箭袋。

〔35〕 司市官:古代官名,见《周礼·地官》。主管市场治教政刑、量度禁令。

〔36〕 三公六卿:周时以太师、太傅、太保为三公;以冢宰(一名太宰)、司徒、宗伯、司马、司寇、司空为六卿。这里泛指百官。

〔37〕 起居:指问候平安及有关仪式的套话。

〔38〕 大宗伯:即六卿中的宗伯。周朝掌管礼乐制度的官员,相当于后代的礼部尚书。

〔39〕 犬戎:又称畎戎、昆夷。商朝初年进入泾、渭流域,是周代西部主要边患。此指姜戎。

〔40〕 太史:周代官名。负责起草文告,策命诸侯,记录史事,编写史书,兼管朝廷典籍、天文历法等事务。乃朝廷大臣。秦汉以后,职位渐低。

〔41〕儆(jǐng 警)戒：警告。

〔42〕荧(yíng 营)惑星：即行星中火星，因光芒闪烁、故名。

〔43〕朕(zhèn 镇)：我。古人自称，本无贵贱之分。自秦始皇起始为皇帝所专用。本书依秦后习惯，周天子称朕，诸侯称孤。

〔44〕兆：预兆。这里指预兆之事。

〔45〕进御：进献以侍奉周王。宫嫔，宫中妃子。

〔46〕夏桀王：夏朝最后一位君王，约公元前十六世纪时在位。

〔47〕褒城：古县名，在今陕西勉县境内。西周时为褒国，秦置褒县，唐以后始改称褒城。本书中地名常把周代与明清时的混用。

〔48〕漦(lí 厘)：涎沫，即唾液之类。

〔49〕先王：即周厉王姬胡。

〔50〕元鼋(yuán 圆)：鼋即大鳖，头有疙瘩，俗称癞头鳖。元鼋，即初生之幼鼋。

〔51〕繇(zhòu 宙)辞：卦兆的占辞。繇，通籀。

〔52〕举首：举即检举，首指告发罪行。接下"首人"，指出首之人，即检举人。

〔53〕廛(chán 缠)肆：即集市。

〔54〕巡绰(chāo 超)：巡查警戒。

〔55〕泥(nì 腻)：拘泥，固执。

〔56〕补阙：补救错失。

〔57〕决：处决，处死。

〔58〕喙(huì 会)：嘴。

〔59〕髯翁：即明中叶隐士徐霖，字子仁，吴县人。美须髯，故以自号。有《丽藻堂诗文集》传世。

〔60〕四十三年：指周宣王四十三年，即前785年。

〔61〕太庙：天子或诸侯的祖庙。

〔62〕七庙：历代帝王供奉七代祖先的庙宇。《礼记·王制》："天子七

庙,三昭三穆,与太祖之庙而七。"神主,即祖先牌位。

〔63〕 九献:帝王宴请三公的礼节,献酒共九次。此指祭典中各种仪式。

〔64〕 颁胙(zuò 坐):胙即祭肉。祭祀之后将祭肉分赐群臣叫颁胙。群臣得肉后表示感谢叫谢胙。

〔65〕 藁(gǎo 稿)草:一种野草,比喻低贱。

〔66〕 弹冠:弹掉帽子上的尘土。本指出仕,此指同僚。

〔67〕 用式彝(yí 移)伦:可用作人伦的榜样。式,标准;彝作常解,彝伦,伦理规范。

〔68〕 士师:周代官名,掌管刑法。

〔69〕 氏:表示某一宗族的称号。秦以前,男人有姓有氏,氏是姓的分支,用以区别子孙之所出。故常以居住或分封之邑名、任职官名、从事职业名或祖先字号为氏。

〔70〕 食邑于范:卿大夫封地,收其赋税而食,故称食邑,亦称采邑。范,古地名,在今河南范县。

〔71〕 杜陵:古地名,本名杜原。西汉宣帝在此筑有陵墓,始名杜陵。在今西安市东南。

〔72〕 司空:周代六卿之一,亦称司工。掌管工程营建诸事。

〔73〕 法驾:帝王的车驾,也称法车。为金根车,驾六马。

〔74〕 司马:周代六卿之一。掌管军政军赋。

〔75〕 玉辂(lù 路):帝王专用之车,以玉为饰,亦称玉路。《宋书·礼制五》:"周则玉辂为尊。"

〔76〕 六驺(zōu 邹):疾行之马曰驺。亦指骏马、快马。帝王驾车用六匹马,称六驺,亦称六龙。

〔77〕 弯弧者:射箭的武士。

〔78〕 太阿:古宝剑名,亦称泰阿。春秋时楚王命欧冶子所铸造。此代指著名宝剑。

13

第 二 回

褒人赎罪献美女　幽王烽火戏诸侯

　　话说宣王自东郊游猎，遇了杜伯、左儒阴魂索命，得疾回宫，合眼便见杜伯、左儒。自知不起，不肯服药。三日之后，病势愈甚。其时周公久已告老，仲山甫已卒。乃召老臣尹吉甫、召虎托孤[1]。二臣直至榻前，稽首[2]问安。宣王命内侍扶起。靠于绣褥之上，谓二臣曰："朕赖诸卿之力，在位四十六年，南征北伐，四海安宁，不料一病不起！太子宫涅，年虽已长，性颇暗昧[3]。卿等竭力辅佐，勿替[4]世业！"二臣稽首受命。方出宫门，遇太史伯阳父。召虎私谓伯阳父曰："前童谣之语，吾曾说过恐有弓矢之变。今王亲见厉鬼操朱弓赤矢射之，以致病笃[5]。其兆已应，王必不起。"伯阳父曰："吾夜观乾象[6]，妖星隐伏于紫微之垣[7]，国家更有他变，王身未足以当之。"尹吉甫曰："天定胜人，人定亦胜天。诸君但言天道而废人事，置三公六卿于何地乎？"言罢各散。

　　不隔一时，各官复集宫门候问，闻御体沉重，不敢回家了。是夜王崩[8]。姜后懿旨[9]，召顾命老臣尹吉甫、召虎，率领百官，扶太子宫涅行举哀礼，即位于柩前。是为幽王[10]。诏以明年为元年，立申伯之女为王后，子宜臼为太子，进后父申伯为申侯[11]。

史臣有诗赞宣王中兴之美云：

　　　　於赫[12]宣王，令德茂世。威震穷荒，变消鼎雉[13]。外仲内姜[14]，克襄隆治[15]。干父之蛊[16]，中兴立帜。

　　却说姜后因悲恸太过，未几亦薨。幽王为人，暴戾寡恩，动静无常。方谅阴[17]之时，狎昵群小，饮酒食肉，全无哀戚之心。自姜后去世，益无忌惮，耽于声色，不理朝政。申侯屡谏不听，退归申国去了。也是西周气数将尽，尹吉甫、召虎一班老臣，相继而亡。幽王另用虢公[18]、祭公[19]与尹吉甫之子尹球，并列三公。三人皆谗谄面谀之人、贪位慕禄之辈，惟王所欲，逢迎不暇。其时只有司徒郑伯友[20]，是个正人，幽王不加信用。一日幽王视朝，岐山[21]守臣申奏："泾、河、洛三川[22]，同日地震。"幽王笑曰："山崩地震，此乃常事，何必告朕。"遂退朝还宫。太史伯阳父执大夫赵叔带手叹曰："三川发原于岐山，胡可震也！昔伊洛竭而夏亡，河竭而商亡[23]。今三川皆震，川源将塞，川既塞竭，其山必崩。夫岐山乃太王发迹之地[24]，此山一崩，西周能无恙乎？"赵叔带曰："若国家有变，当在何时？"伯阳父屈指曰："不出十年之内。"叔带曰："何以知之？"伯阳父曰："善盈而后福，恶盈而后祸。十者，数之盈也。"叔带曰："天子不恤国政，任用佞臣，我职居言路，必尽臣节以谏之。"伯阳父曰："但恐言而无益。"二人私语多时，早有人报知虢公石父。石父恐叔带进谏，说破他奸佞，直入深宫，都将伯阳父与赵叔带私相议论之语，述与幽王，说他谤毁朝廷，妖言惑众。幽王曰："愚人妄说国政，如野田泄气[25]，何足听哉！"

　　却说赵叔带怀着一股忠义之心，屡欲进谏，未得其便。过了数日，岐山守臣又有表章申奏说："三川俱竭，岐山复崩，压坏民居无

第 二 回

数。"幽王全不畏惧；方命左右访求美色，以充后宫。赵叔带乃上表谏曰："山崩川竭，其象为脂血俱枯，高危下坠[26]，乃国家不祥之兆。况岐山王业所基，一旦崩颓，事非小故。及今勤政恤民，求贤辅政，尚可望消弭天变。奈何不访贤才而访美女乎？"虢石父奏曰："国朝定都丰、镐[27]，千秋万岁！那岐山如已弃之屣，有何关系？叔带久有慢君之心，借端谤讪，望吾王详察。"幽王曰："石父之言是也。"遂将叔带免官，逐归田野。叔带叹曰："危邦不入，乱邦不居[28]。吾不忍坐见西周有'麦秀'之歌[29]！"于是携家竟往晋国。——是为晋国大夫赵氏之祖，赵衰、赵盾即其后裔也。后来赵氏与韩氏三分晋国，列为诸侯。此是后话。后人有诗叹曰：

　　忠臣避乱先归北，世运凌夷渐欲东[30]。
　　自古老臣当爱惜，仁贤一去国虚空。

却说大夫褒珦，自褒城来，闻赵叔带被逐，急忙入朝进谏："吾王不畏天变，黜逐贤臣，恐国家空虚，社稷[31]不保。"幽王大怒，命囚珦于狱中。自此谏诤路绝，贤豪解体。

话分两头。却说卖桑木弓箕草袋的男子，怀抱妖女，逃奔褒地。欲行抚养，因乏乳食，恰好有个姒大的妻子，生女不育，就送些布匹之类，转乞此女过门。抚养成人，取名褒姒。论年纪虽则一十四岁，身材长成，倒像十六七岁及笄[32]的模样。更兼目秀眉清，唇红齿白，发挽乌云，指排削玉，有如花如月之容，倾国倾城之貌。一来姒大住居乡僻，二来褒姒年纪幼小，所以虽有绝色，无人聘定。

却说褒珦之子洪德，偶因收敛，来到乡间。凑巧褒姒门外汲水，虽然村妆野束，不掩国色天姿。洪德大惊："如此穷乡，乃有此等丽色！"因私计："父亲因于镐京狱中，三年尚未释放。若得此女贡献天子,可以赎父罪矣。"遂于邻舍访问姓名的实,归家告母曰:"吾父以直谏忤主,非犯不赦之辟[33]。今天子荒淫无道,购四方美色,以充后宫。有姒大之女,非常绝色。若多将金帛买来献上,求宽父狱,此散宜生救文王出狱之计[34]也。"其母曰:"此计如果可行,何惜财帛。汝当速往。"

洪德遂亲至姒家,与姒大讲就布帛三百匹,买得褒姒回家。香汤沐浴,食以膏粱[35]之味,饰以文绣之衣,教以礼数,携至镐京。先用金银打通虢公关节,求其转奏。言:"臣珦自知罪当万死。珦子洪德,痛父死者不可复生,特访求美人,名曰褒姒,进上以赎父罪。万望吾王赦宥!"幽王闻奏,即宣褒姒上殿,拜舞已毕。幽王抬头观看,姿容态度,目所未睹,流盼之际,光艳照人,龙颜大喜。四方虽贡献有人,不及褒姒万分之一。遂不通申后得知,留褒姒于别宫,降旨赦褒珦出狱,复其官爵。是夜幽王与褒姒同寝,鱼水之乐,所不必言。自此坐则叠股,立则并肩,饮则交杯,食则同器,一连十日不朝。群臣伺候朝门者,皆不得望见颜色,莫不叹息而去。此乃幽王四年[36]之事。有诗为证:

> 折得名花字国香,布荆一旦荐匡床。
> 风流天子浑闲事,不道龙漦已伏殃。

幽王自从得了褒姒,迷恋其色,居之琼台[37]。约有三月,更不进申后之宫。早有人报知申后,如此如此。申后不胜其愤,忽一日引着宫娥,径到琼台。正遇幽王与褒姒联膝而坐,并不起身迎接。申后忍气不过,便骂:"何方贱婢,到此浊乱宫闱!"幽王恐申后动手,将身蔽于褒姒之前,代答曰:"此朕新取美人,未定位次,所以未曾朝见。不必发怒。"申后骂了一场,恨恨而去。褒姒问

第 二 回

曰："适来者何人？"幽王曰："此王后也。汝明日可往谒之。"褒姒嘿然无言。至明日，仍不往朝正宫。

再说申后在宫中忧闷不已。太子宜臼跪而问曰："吾母贵为六宫[38]之主，有何不乐？"申后曰："汝父宠幸褒姒，全不顾嫡妾[39]之分。将来此婢得志，我母子无置足之处矣！"遂将褒姒不来朝见，及不起身迎接之事，备细诉与太子，不觉泪下。太子曰："此事不难。明日乃朔日[40]，父王必然视朝。吾母可着宫人往琼台采摘花朵，引那贱婢出台观看。待孩儿将他毒打一顿，以出吾母之气。便父王嗔怪，罪责在我，与母无干也。"申后曰："吾儿不可造次[41]，还须从容再商。"太子怀忿出宫，又过了一晚。次早，幽王果然出朝，群臣贺朔。太子故意遣数十宫人，往琼台之下，不问情由，将花朵乱摘。台中走出一群宫人拦住道："此花乃万岁[42]栽种与褒娘娘不时赏玩，休得毁坏，得罪不小！"这边宫人道："吾等奉东宫[43]令旨，要采花供奉正宫娘娘，谁敢拦阻！"彼此两下争嚷起来。惊动褒妃，亲自出外观看，怒从心起，正要发作。不期太子突然而至，褒妃全不提防。那太子仇人相见，分外眼睁，赶上一步，掀住乌云宝髻，大骂："贱婢！你是何等之人？无名无位，也要妄称娘娘，眼底无人！今日也教你认得我！"捻着拳便打。才打得几拳，众宫娥惧幽王见罪，一齐跪下叩首，高叫："千岁，求饶！万事须看王爷面上！"太子亦恐伤命，即时住手。

褒妃含羞忍痛，回入台中，已知是太子替母亲出气，双行流泪。宫娥劝解曰："娘娘不须悲泣，自有王爷做主。"说声未毕，幽王退朝，直入琼台。看见褒姒两鬓蓬松，眼流珠泪，问道："爱卿何故今日还不梳妆？"褒姒扯住幽王袍袖，放声大哭，诉称："太子引着宫人在台下摘花,贱妾又未曾得罪,太子一见贱妾,便加打骂,若非宫娥苦劝,性命难存。望乞我王做主!"说罢,呜呜咽咽,痛哭不已。那幽王心下倒也明白,谓褒姒曰:"汝不朝其母,以致如此。此乃王后所遣,非出太子之意,休得错怪了人。"褒姒曰:"太子为母报怨,其意不杀妾不止。妾一身死不足惜,但自蒙爱幸,身怀六甲[44],已两月矣。妾之一命,即二命也。求王放妾出宫,保全母子二命。"幽王曰:"爱卿请将息,朕自有处分。"即日传旨道:"太子宜臼,好勇无礼,不能将顺[45],权发去申国,听申侯教训。东宫太傅、少傅等官,辅导无状,并行削职!"太子欲入宫诉明,幽王吩咐宫门,不许通报,只得驾车自往申国去讫。申后久不见太子进宫,着宫人询问,方知已贬去申国,孤掌难鸣,终日怨夫思子,含泪过日。

却说褒姒怀孕十月满足,生下一子。幽王爱如珍宝,名曰伯服,遂有废嫡立庶[46]之意。奈事无其因,难于启齿。虢石父揣知王意,遂与尹球商议,暗通褒姒说:"太子既逐去外家,合当伯服为嗣。内有娘娘枕边之言,外有我二人协力相扶,何愁事不成就?"褒姒大喜,答言:"全仗二卿用心维持。若得伯服嗣位,天下当与二卿共之。"褒姒自此密遣心腹左右,日夜伺申后之短。宫门内外,俱置耳目,风吹草动,无不悉知。

再说申后独居无侣,终日流泪。有一年长宫人,知其心事,跪而奏曰:"娘娘既思想殿下[47],何不修书一封,密寄申国,使殿下上表谢罪?若得感动万岁,召还东宫,母子相聚,岂不美哉!"申后曰:"此言固好,但恨无人传寄。"宫人曰:"妾母温媪,颇知医术。娘娘诈称有病,召媪入宫看脉,令带出此信,使妾兄送去,万无一

第 二 回

失。"申后依允,遂修起书信一通,内中大略言:"天子无道,宠信妖婢,使我母子分离。今妖婢生子,其宠愈固。汝可上表佯认己罪:'今已悔悟自新,愿父王宽赦!'若天赐还朝,母子重逢,别作计较。"修书已毕,假称有病卧床,召温媪看脉。早有人报知褒妃。褒妃曰:"此必有传递消息之事。俟温媪出宫,搜检其身,便知端的。"

却说温媪来到正宫,宫人先已说知如此如此。申后佯为诊脉,遂于枕边,取出书信,嘱咐:"星夜送至申国,不可迟误!"当下赐彩缯[48]二端。温媪将那书信怀揣,手捧彩缯,洋洋出宫。被守门宫监盘住,问:"此缯从何而得?"媪曰:"老妾诊视后脉,此乃王后所赐也。"内监曰:"别有夹带否?"曰:"没有。"方欲放去。又有一人曰:"不搜检,何以知其有无乎?"遂牵媪手转来。媪东遮西闪,似有慌张之色。宫监心疑,越要搜检。一齐上前,扯裂衣襟,那书角便露将出来。早被宫监搜出申后这封书,即时连人押至琼台,来见褒妃。褒妃拆书观看,心中大怒,命将温媪锁禁空房,不许走漏消息;却将彩缯二匹,手自剪扯,裂为寸寸。幽王进宫,见破缯满案,问其来历。褒姒含泪而对曰:"妾不幸身入深宫,谬蒙宠爱,以致正宫妒忌。又不幸生子,取忌益深。今正宫寄书太子,书尾云:'别作计较。'必有谋妾母子性命之事,愿王为妾做主!"说罢,将书呈与幽王观看。幽王认得申后笔迹,问其通书之人。褒妃曰:"现有温媪在此。"幽王即命牵出,不由分说,拔剑挥为两段。髯翁有诗曰:

　　未寄深宫信一封,先将冤血溅霜锋。
　　他年若问安储[49]事,温媪应居第一功。

是夜，褒妃又在幽王前撒娇撒痴说："贱妾母子性命，悬于太子之手。"幽王曰："有朕做主，太子何能为也？"褒姒曰："吾王千秋万岁之后，少不得太子为君。今王后日夜在宫怨望咒诅，万一他母子当权，妾与伯服，死无葬身之地矣！"言罢，呜呜咽咽，又啼哭起来。幽王曰："吾欲废王后太子，立汝为正宫，伯服为东宫。只恐群臣不从，如之奈何？"褒妃曰："臣听君，顺也。君听臣，逆也。吾王将此意晓谕大臣，只看公议如何？"幽王曰："卿言是也。"是夜，褒妃先遣心腹，传言与虢、尹二人，来朝预办登答。

次日，早朝礼毕，幽王宣公卿上殿，开言问曰："王后嫉妒怨望，咒诅朕躬，难为天下之母，可以拘来问罪？"虢石父奏曰："王后六宫之主，虽然有罪，不可拘问。如果德不称位，但当传旨废之；另择贤德，母仪天下，实为万世之福。"尹球奏曰："臣闻褒妃德性贞静，堪主中宫。"幽王曰："太子在申，若废申后，如太子何？"虢石父奏曰："臣闻母以子贵，子以母贵。今太子避罪居申，温凊之礼[50]久废。况既废其母，焉用其子？臣等愿扶伯服为东宫。社稷有幸！"幽王大喜，传旨将申后退入冷宫，废太子宜臼为庶人，立褒妃为后，伯服为太子。如有进谏者，即系宜臼之党，治以重辟。此乃幽王九年[51]之事。两班文武，心怀不平，知幽王主意已决，徒取杀身之祸，无益于事，尽皆缄口[52]。太史伯阳父叹曰："三纲[53]已绝，周亡可立而待矣！"即日告老去位。群臣弃职归田者甚众。朝中惟尹球、虢石父、祭公易一班佞臣在侧。幽王朝夕与褒妃在宫作乐。

褒妃虽篡位正宫，有专席之宠，从未开颜一笑。幽王欲取其欢，召乐工鸣钟击鼓，品竹弹丝，宫人歌舞进觞，褒妃全无悦色。幽

第 二 回

王问曰："爱卿恶闻音乐,所好何事?"褒妃曰："妾无好也。曾记昔日手裂彩缯,其声爽然可听。"幽王曰："既喜闻裂缯之声,何不早言?"即命司库日进彩缯百匹,使宫娥有力者裂之,以悦褒妃。可怪褒妃虽好裂缯,依旧不见笑脸。幽王问曰："卿何故不笑?"褒妃答曰："妾生平不笑。"幽王曰："朕必欲卿一开笑口。"遂出令："不拘宫内宫外,有能致褒后一笑者,赏赐千金。"虢石父献计曰："先王昔年因西戎强盛,恐彼入寇,乃于骊山[54]之下,置烟墩[55]二十馀所,又置大鼓数十架。但有贼寇,放起狼烟[56],直冲霄汉,附近诸侯,发兵相救。又鸣起大鼓,催趱[57]前来。今数年以来,天下太平,烽火皆熄。吾主若要王后启齿,必须同后游玩骊山,夜举烽烟,诸侯援兵必至。至而无寇,王后必笑无疑矣。"幽王曰："此计甚善!"乃同褒后并驾往骊山游玩,至晚设宴骊宫,传令举烽。时郑伯友正在朝中,以司徒为前导,闻命大惊,急趋至骊宫奏曰："烟墩者,先王所设以备缓急,所以取信于诸侯。今无故举烽,是戏诸侯也。异日倘有不虞,即使举烽,诸侯必不信矣。将何物征兵以救急哉?"幽王怒曰："今天下太平,何事征兵!朕今与王后出游骊宫,无可消遣,聊与诸侯为戏。他日有事,于卿无与!"遂不听郑伯之谏,大举烽火,复擂起大鼓。鼓声如雷,火光烛天。畿内[58]诸侯,疑镐京有变,一个个即时领兵点将,连夜赶至骊山,但闻楼阁管龠[59]之音。幽王与褒妃饮酒作乐,使人谢诸侯曰："幸无外寇,不劳跋涉。"诸侯面面相觑,卷旗而回。褒妃在楼上,凭栏望见诸侯忙去忙回,并无一事,不觉抚掌大笑。幽王曰："爱卿一笑,百媚俱生,此虢石父之力也!"遂以千金赏之。至今俗语相传"千金买笑",盖本于此。髯翁有诗,单咏烽火戏诸侯之事。诗曰:

良夜骊宫奏管簧,无端烽火烛穹苍[60]。

可怜列国奔驰苦,止博褒妃笑一场!

却说申侯闻知幽王废申后立褒妃,上疏谏曰:"昔桀宠妹喜[61]以亡夏,纣宠妲己[62]以亡商。王今宠信褒妃,废嫡立庶,既乖夫妇之义,又伤父子之情。桀纣之事,复见于今;夏商之祸,不在异日。望吾王收回乱命,庶可免亡国之殃也。"幽王览奏,拍案大怒曰:"此贼何敢乱言!"虢石父奏曰:"申侯见太子被逐,久怀怨望。今闻后与太子俱废,意在谋叛,故敢暴王之过。"幽王曰:"如此何以处之?"石父奏曰:"申侯本无他功,因后进爵。今后与太子俱废,申侯亦宜贬爵,仍旧为伯。发兵讨罪,庶无后患。"幽王准奏,下令削去申侯之爵。命石父为将,简兵蒐乘[63],欲举伐申之师。毕竟胜负如何,且看下回分解。

---

[1] 托孤:将孤儿托付给人。一般用于帝王临终前委托大臣辅佐幼主。

[2] 稽(qǐ 起)首:古代行跪拜礼时,叩头至地。

[3] 暗昧:不明事理。

[4] 替:衰败。

[5] 病笃:病重。

[6] 乾(qián 前)象:即天象。乾卦象天,故称天象为乾象。

[7] 紫微之垣:星座名,或称紫微宫、紫宫垣。位于北斗东北,有星十五,东西排列,以北极为中枢,成屏藩之状,故常以象征天子。《晋书·天文志》:"紫微,大帝之座也,天子之常居也。"

[8] 崩:天子死亡曰崩,诸侯死亡曰薨,大夫以下死亡曰卒。下文姜后死同于诸侯,亦曰薨。

〔9〕 懿旨：世多称女德曰懿,故旧称皇太后、皇后之诏令曰懿旨。

〔10〕 幽王：即姬宫涅,在位十一年(前781—前771)。

〔11〕 申侯：周代爵位分为公、侯、伯、子、男五等。由申伯到申侯,是为晋升。

〔12〕 於(wū 乌)赫：赞美词。

〔13〕 变消鼎雉：《尚书·高宗肜日》记武丁(殷高宗)设鼎祭成汤,有飞雉升鼎耳而鸣。问其臣祖已,祖已以为灾异,劝王修德,国家果然中兴。这里借指灾异消弭,宣王才得中兴。

〔14〕 外仲内姜：指朝中有仲山甫等贤臣,宫内有姜后等贤内助。

〔15〕 克襄：克,能也。襄,相助,辅佐。

〔16〕 干父之蛊(gǔ 古)：出《易经·蛊》。指能纠正父母的过失,表现出处事才能。

〔17〕 谅阴(ān 安)：亦作亮阴、凉阴、谅暗。天子或诸侯守丧之称。阴指沉默不言。

〔18〕 虢公：周诸侯国中称虢者有三：即西虢、东虢及北虢。此指西虢,地在今陕西宝鸡市附近虢国城,乃周文王弟虢仲的封地。此虢公名石父,系虢仲后代。

〔19〕 祭(zhài 债)公：周公姬旦子祭伯之后,世称祭公。此祭公名易。

〔20〕 司徒：周代官名,主管教化。郑伯友,姬姓,名友,周厉王少子,周宣王庶弟。宣王二十二年封于郑(今陕西渭南市华州区东)。爵为伯,故称郑伯友。谥号桓,亦称郑桓公或郑桓,系郑国开国之君。幽王时在朝任司徒。

〔21〕 岐山：周代邑名,亦山名。地在今陕西岐山县东北。山形如柱,亦称天柱山。

〔22〕 泾、河、洛三川：即今之泾水、黄河及洛水,均流贯于关中平原。战国时韩国于此置三川郡。

〔23〕 "伊洛竭而夏亡"二句：伊河与洛河在今河南中部。夏都阳城(今

河南登封市),在伊、洛附近。传说夏末二河曾干涸。下句,商都朝歌(今河南淇县),在古黄河边。

〔24〕 太王发迹之地:太王,即古公亶父。周文王之祖父。初居豳(今陕西旬邑西),为戎狄所侵扰,乃迁居于岐山之下,豳人皆从之,乃筑城郭,定国号曰周。故周人以岐山为发迹地。

〔25〕 野田泄气:指田野在阳光下水气散发。

〔26〕 "其象为"二句:凡形于外叫象,此指象征着。脂血俱枯,指国家经济枯竭。高危下坠,指国君有难。高危,代指居于高位的人。

〔27〕 丰、镐:即丰京与镐京。均为西周国都。丰在今西安市西南沣河以西,周文王伐崇侯虎后自岐迁此。武王灭商后虽迁于镐,而丰之宫廷不改,仍为国都。

〔28〕 "危邦不入"二句:出《论语·泰伯》。《论语》乃战国以后之书。本书在引用古之成言时,并不顾及时代。

〔29〕 麦秀之歌:殷商旧臣箕子朝周,经过殷商旧墟,见宫室败坏,已生禾黍,内心悲伤,因作《麦秀》之歌。麦秀,指麦吐穗。其歌曰:"麦秀渐渐兮,禾黍油油。"见《史记·宋微子世家》。后来文人多以"麦秀"指亡国之痛。

〔30〕 凌夷:衰败。渐欲东:意指西周即将覆亡,平王东迁。

〔31〕 社稷:代指国家。社为土地神,稷为五谷神。古代以之为国家的象征。

〔32〕 及笄(jī基):笄即簪子。女子以簪束发,意指已长大成人,相当于男子的冠礼。古代妇女已许婚者十五而笄,二十而嫁。未许婚者,至迟二十则笄。

〔33〕 辟(bì毕):罪过。

〔34〕 "散宜生"句:散宜生乃周初人,辅佐周文王。文王被商纣王囚于羑里,散宜生求得有莘氏之美女及珍宝,献与纣王。文王才得释放。

〔35〕 膏粱:精美的食物。膏,肉之肥者。粱,食之精者。

第 二 回

〔36〕 幽王四年:即公元前778年。

〔37〕 琼台:本为夏朝帝癸的玉台,这里泛指华美楼台。

〔38〕 六宫:相传古代天子有六宫,此泛指后宫妃嫔。

〔39〕 嫡(dí 敌)妾:正妻与小妾,古代视为主奴之别。

〔40〕 朔日:旧历每月初一叫朔。逢朔日国君必朝见大臣。

〔41〕 造次:匆忙、急躁。

〔42〕 万岁:代指天子。古代称天子为万岁,太子、亲王为千岁。

〔43〕 东宫:指太子。旧时太子均居东宫,故借居处代称其人。

〔44〕 六甲:旧时指妇女怀孕。

〔45〕 将顺:奉养顺从。

〔46〕 废嫡立庶:指废掉嫡子继承权,立庶子为太子。嫡子,正妻所生之子。庶子,妃或妾所生之子。

〔47〕 殿下:此指太子。古时皇帝称陛下,亲王、太子称殿下。

〔48〕 彩缯(zēng 增):彩色绸缎。缯,古代丝织品的总称。端,相当于匹。

〔49〕 安储:安定太子之位。储,指储君,即太子。

〔50〕 温清(qìng 庆)之礼:指儿女对父母的侍奉。《礼记·曲礼》:"凡为人子之礼,冬温而夏清。"指冬日给父母保暖,以御其寒。夏天给父母清凉,以避其暑。

〔51〕 幽王九年:即公元前773年。

〔52〕 缄(jiān 尖)口:闭口不言。

〔53〕 三纲:指君臣、父子、夫妇之道。幽王放谏臣,废皇后,逐太子,故曰三纲已绝。

〔54〕 骊(lí 离)山:亦称郦山,在今陕西西安市临潼区东南。因山形似骊马而得名。

〔55〕 烟墩(dūn 敦):即烽火台。

〔56〕 狼烟：烽火台报警，晚上举火，白天烧狼粪成烟。因其烟直而聚，风吹不散。

〔57〕 催趱(zǎn 攒)：催促快走。

〔58〕 畿内：古称天子所领之地叫畿内，一般为千里左右。

〔59〕 管龠(yuè 月)：泛指各种乐器。龠，一种管乐器，似笛而小，三孔。下文"管簧"略同。

〔60〕 穹苍：即天空。穹指天之形，苍指天之色。

〔61〕 妹(mò 末)喜：夏桀王之宠妃。夏桀因与之酒色荒淫而亡国。

〔62〕 妲(dá 达)己：商纣王之宠妃，有苏氏之女，姓己名妲。

〔63〕 简兵蒐乘(shèng 胜)：调动兵将，集中战车。简即书札，这里借指调兵将令。蒐，聚集。乘即战车。

第 三 回

犬戎主大闹镐京　周平王东迁洛邑

话说申侯进表之后,有人在镐京探信。闻知幽王命虢公为将,不日领兵伐申,星夜奔回,报知申侯。申侯大惊曰:"国小兵微,安能抵敌王师?"大夫吕章进曰:"天子无道,废嫡立庶,忠良去位,万民皆怨,此孤立之势也。今西戎兵力方强,与申国接壤,主公速致书戎主,借兵向镐,以救王后,必要天子传位于故太子,此伊、周[1]之业也。语云:'先发制人。'机不可失。"申侯曰:"此言甚当。"遂备下金缯一车,遣人赍书[2]与犬戎借兵,许以破镐之日,府库金帛,任凭搬取。戎主曰:"中国天子失政,申侯国舅[3],召我以诛无道,扶立东宫,此我志也。"遂发戎兵一万五千,分为三队,右先锋孛丁,左先锋满也速,戎主自将中军。枪刀塞路,旌旆蔽空,申侯亦起本国之兵相助,浩浩荡荡,杀奔镐京而来。出其不意,将王城[4]围绕三匝,水泄不通。

幽王闻变,大惊曰:"机不密,祸先发。我兵未起,戎兵先动,此事如何?"虢石父奏曰:"吾王速遣人于骊山举起烽烟,诸侯救兵必至,内外夹攻,可取必胜。"幽王从其言,遣人举烽。诸侯之兵,无片甲来者。盖因前被烽火所戏,是时又以为诈,所以皆不起兵也。幽王见救兵不至,犬戎日夜攻城,即谓石父曰:"贼势未知强弱,卿可试之。朕当简阅壮勇,以继其后。"虢公本非能战之将,只得勉强应命,率领兵车二百乘,开门杀出。申侯在阵上望见石父出城,指谓戎主曰:"此欺君误国之贼,不可走了。"戎主闻之曰:"谁为我擒之?"孛丁曰:"小将愿往。"舞刀拍马,直取石父。斗不上十合,石父被孛丁一刀斩于车下。戎主与满也速一齐杀将前进,喊声大举,乱杀入城。逢屋放火,逢人举刀,连申侯也阻当他不住,只得任其所为,城中大乱。

幽王未及阅军,见势头不好,以小车载褒姒和伯服,开后宰门[5]出走。司徒郑伯友自后赶上,大叫:"吾王勿惊,臣当保驾。"出了北门,迤逦望骊山而去。途中又遇尹球来到,言:"犬戎焚烧宫室,抢掠库藏,祭公已死于乱军之中矣。"幽王心胆俱裂。郑伯友再令举烽,烽烟透入九霄,救兵依旧不到。犬戎兵追至骊山之下,将骊宫团团围住,口中只叫:"休走了昏君!"幽王与褒姒唬做一堆,相对而泣。郑伯友进曰:"事急矣!臣拚微命保驾,杀出重围,竟投臣国,以图后举。"幽王曰:"朕不听叔父[6]之言,以至于此。朕今日夫妻父子之命,俱付之叔父矣。"当下郑伯教人至骊宫前,放起一把火来,以惑戎兵。自引幽王从宫后冲出。郑伯手持长矛,当先开路。尹球保着褒后母子,紧随幽王之后。行不多步,早有犬戎兵拦住,乃是小将古里赤。郑伯咬牙大怒,便接住交战。战不数合,一矛刺古里赤于马下。戎兵见郑伯骁勇,一时惊散。约行半里,背后喊声又起,先锋孛丁引大兵追来。郑伯叫尹球保驾先行,亲自断后,且战且走。却被犬戎铁骑横冲,分为两截。郑伯困在垓心,全无惧怯,这根矛神出鬼没,但当先者无不着手。犬戎主教四面放箭,箭如雨点,不分玉石,可怜一国贤侯,今日死于万镞[7]之下。左先锋满也速,早把幽王车仗[8]掳住。犬戎主看见衮袍玉带,知是幽王,就车中一刀砍死,并杀伯服。褒姒美貌饶死,以轻车载之,带归毡帐[9]取乐。尹球躲在车箱之内,亦被戎兵牵出斩之。

统计幽王在位共一十一年。因卖桑木弓箕草袋的男子,拾取清水河边妖女,逃于褒国,此女即褒姒也,蛊惑君心,欺凌嫡母,害得幽王今日身亡国破。昔童谣所云:"月将升,日将没;檿弧箕箙,实亡周国。"正应其兆,天数已定于宣王之时矣。东屏先生有诗曰:

多方图笑掖庭[10]中,烽火光摇粉黛红。
自绝诸侯犹似可,忍教国祚丧羌戎。

又陇西居士咏史诗曰:

骊山一笑犬戎嗔,弧矢童谣已验真。
十八年[11]来犹报应,挽回造化是何人?

又有一绝,单道尹球等无一善终,可为奸臣之戒。诗云:

巧话谀言媚暗君,满图富贵百年身。
一朝骈首同诛戮,落得千秋骂佞臣。

又有一绝,咏郑伯友之忠。诗曰:

石父捐躯尹氏亡,郑桓今日死勤王[12]。
三人总为周家死,白骨风前那个香?

且说申侯在城内,见宫中火起,忙引本国之兵入宫,一路扑灭。先将申后放出冷宫。巡到琼台,不见幽王褒姒踪迹。有人指说:"已出北门去矣。"料走骊山,慌忙追赶。于路上正迎着戎主,车马相凑,各问劳苦。说及昏君已杀,申侯大惊曰:"孤初心止欲纠正王慝[13],不意遂及于此。后世不忠于君者,必以孤为口实矣!"呕令从人收殓其尸,备礼葬之。戎主笑曰:"国舅所谓妇人之仁也!"

却说申侯回到京师,安排筵席,款待戎主。库中宝玉,搬取一空,又敛聚金缯十车为赠,指望他满欲而归。谁想戎主把杀幽王一件,自以为不世之功,人马盘踞京城,终日饮酒作乐,绝无还军归国之意。百姓皆归怨申侯。申侯无可奈何,乃写密书三封,发人往三路诸侯处,约会勤王。那三路诸侯,北路晋侯姬仇[14],东路卫侯姬和[15],西路秦君嬴开[16]。又遣人到郑国,将郑伯死难之事,报知世子[17]掘突,教他起兵复仇。不在话下。

单说世子掘突,年方二十三岁,生得身长八尺,英毅非常,一闻父亲战死,不胜哀愤,遂素袍缟带,帅车三百乘,星夜奔驰而来。早有探马报知犬戎主,预作准备。掘突一到,便欲进兵。公子成[18]谏曰:"我兵兼程而进,疲劳未息,宜深沟固垒,待诸侯兵集,然后合攻。此万全之策也。"掘突曰:"君父之仇,礼不反兵[19]。况犬戎志骄意满,我以锐击惰,往无不克。若待诸侯兵集,岂不慢了军心?"遂麾军直逼城下。城上偃旗息鼓,全无动静。掘突大骂:"犬羊之贼,何不出城决一死战?"城上并不答应。掘突喝教左右打点攻城。忽闻丛林深处,叵罗[20]声响,一枝军从后杀来。乃犬戎主定计,预先埋伏在外者。掘突大惊,慌忙挺枪来战。城上叵罗声又起,城门大开,又有一枝军杀出。掘突前有孛丁,后有满也速,两下夹攻,抵当不住,大败而走。戎兵追赶三十馀里方回。掘突收拾残兵,谓公子成曰:"孤不听卿言,以至失利。今计将何出?"公子成曰:"此去濮阳[21]不远,卫侯老成经事,何不投之?郑、卫合兵,可

第 三 回

以得志。"掘突依言,吩咐望濮阳一路而进。

约行二日,尘头起处,望见无数兵车,如墙而至。中间坐着一位诸侯,锦袍金带,苍颜白发,飘飘然有神仙之态。那位诸侯,正是卫武公姬和,时已八十馀岁矣。掘突停车高叫曰:"我郑世子掘突也。犬戎兵犯京师,吾父死于战场,我兵又败,特来求救。"武公拱手答曰:"世子放心。孤倾国勤王,闻秦、晋之兵,不久亦当至矣。何忧犬羊哉?"掘突让卫侯先行,拨转车辕,重回镐京,离二十里,分两处下寨。教人打听秦、晋二国起兵消息。探子报道:"西角上金鼓大鸣,车声轰地,绣旗上大书'秦'字。"武公曰:"秦爵虽附庸[22],然习于戎俗,其兵勇悍善战,犬戎之所畏也。"言未毕,北路探子又报:"晋兵亦至,已于北门立寨。"武公大喜曰:"二国兵来,大事济矣!"即遣人与秦晋二君相闻。须臾之间,二君皆到武公营中,互相劳苦[23]。二君见掘突浑身素缟,问:"此位何人?"武公曰:"此郑世子也。"遂将郑伯死难,与幽王被杀之事,述了一遍。二君叹息不已。武公曰:"老夫年迈无识,止为臣子,义不容辞,勉力来此。扫荡腥膻[24],全仗上国。今计将安出?"秦襄公曰:"犬戎之志,在于剽掠子女金帛而已。彼谓我兵初至,必不提防。今夜三更,宜分兵东南北三路攻打,独缺西门,放他一条走路。却教郑世子伏兵彼处,候其出奔,从后掩击,必获全胜。"武公曰:"此计甚善!"

话分两头。再说申侯在城中闻知四国兵到,心中大喜。遂与小周公咺密议:"只等攻城,这里开门接应。"却劝戎主先将宝货金缯,差右先锋孛丁分兵押送回国,以削其势;又教左先锋满也速尽数领兵出城迎敌。犬戎主认作好话,一一听从。却说满也速营于东门之外,正与卫兵对垒,约会明日交战。不期三更之后,被卫兵劫入大寨。满也速提刀上马,急来迎敌。其奈戎兵四散乱窜,双拳两臂,撑持不住,只得一同奔走。三路诸侯,呐喊攻城。忽然城门大开,二路军马拥而入,毫无撑御。此乃申侯之计也。戎主在梦中惊觉,跨着划马,径出西城,随身不数百人。又遇郑世子掘突拦住厮战。正在危急,却得满也速收拾败兵来到,混战一场,方得脱身。掘突不敢穷追,入城与诸侯相见,恰好天色大明。褒姒不及随行,自缢而亡。胡曾[25]先生有诗叹云:

　　锦绣围中称国母,腥膻队里作番婆。

　　到头不免投缳苦,争似为妃快乐多!

　　申侯大排筵席,管待四路诸侯。只见首席卫武公推箸而起,谓诸侯曰:"今日君亡国破,岂臣子饮酒之时耶?"众人齐声拱立曰:"某等愿受教训。"武公曰:"国不可一日无君,今故太子在申,宜奉之以即王位。诸君以为如何?"襄公曰:"君侯此言,文、武、成、康之灵也。"世子掘突曰:"小子身无寸功,迎立一事,愿效微劳,以成先司徒之志。"武公大喜,举爵劳之。遂于席上草成表章,备下法驾。各国皆欲以兵相助。掘突曰:"原非赴敌,安用多徒?只用本兵足矣。"申侯曰:"下国有车三百乘,愿为引导。"次日,掘突遂往申国,迎太子宜臼为王。

　　却说宜臼在申,终日纳闷,不知国舅此去,凶吉如何。忽报郑世子赍着国舅申侯同诸侯连名表章,奉迎还京,心下倒吃了一惊。展开看时,乃知幽王已被犬戎所杀,父子之情,不觉放声大哭。掘突奏曰:"太子当以社稷为重,望早正大位,以安人心。"宜臼曰:

第 三 回

"孤今负不孝之名于天下矣！事已如此，只索起程。"不一日，到了镐京。周公先驱入城，扫除宫殿。国舅申侯引着卫、晋、秦三国诸侯，同郑世子及一班在朝文武，出郭三十里迎接，卜定吉日进城。宜臼见宫室残毁，凄然泪下。当下先见了申后，禀命过了。然后服衮冕[26]告庙，即王位，是为平王[27]。

平王升殿，众诸侯百官朝贺已毕。平王宣申伯上殿，谓曰："朕以废弃之人，获承宗祧[28]，皆舅氏之力也。"进爵为申公。申伯辞曰："赏罚不明，国政不清，镐京亡而复存，乃众诸侯勤王之功。臣不能禁戢犬戎，获罪先王，臣当万死！敢领赏乎？"坚辞三次。平王令复侯爵。卫武公又奏曰："褒姒母子恃宠乱伦，虢石父、尹球等欺君误国，虽则身死，均当追贬。"平王一一准奏。卫侯和进爵为公。晋侯仇加封河内[29]附庸之地。郑伯友死于王事，赐谥为桓。世子掘突袭爵为伯，加封祊[30]田千顷。秦君原是附庸，加封秦伯，列于诸侯。小周公咺拜太宰之职。申后号为太后。褒姒与伯服，俱废为庶人。虢石父、尹球、祭公，姑念其先世有功，兼死于王事，止削其本身爵号，仍许子孙袭位。又出安民榜，抚慰京师被害百姓。大宴君臣，尽欢而散。有诗为证：

百官此日逢恩主，万姓今朝喜太平。

自是累朝功德厚，山河再整望中兴。

次日，诸侯谢恩，平王再封卫侯为司徒，郑伯掘突为卿士[31]，留朝与太宰咺一同辅政。惟申、晋二君，以本国迫近戎狄，拜辞而归。申侯见郑世子掘突英毅非常，以女妻之，是为武姜。此话搁过不提。

犬戎主大闹镐京　周平王东迁洛邑

却说犬戎自到镐京扰乱一番,识熟了中国的道路,虽则被诸侯驱逐出城,其锋未曾挫折,又自谓劳而无功,心怀怨恨。遂大起戎兵,侵占周疆,岐、丰之地,半为戎有。渐渐逼近镐京,连月烽火不绝。又宫阙自焚烧之后,十不存五,颓墙败栋,光景甚是凄凉。平王一来府库空虚,无力建造宫室,二来怕犬戎早晚入寇,遂萌迁都洛邑[32]之念。一日,朝罢,谓群臣曰:"昔王祖成王,既定镐京,又营洛邑,此何意也?"群臣齐声奏曰:"洛邑为天下之中,四方入贡,道里适均,所以成王命召公相宅,周公兴筑,号曰东都,宫室制度,与镐京同。每朝会[33]之年,天子行幸东都,接见诸侯,此乃便民之政也。"平王曰:"今犬戎逼近镐京,祸且不测,朕欲迁都于洛,何如?"太宰咺奏曰:"今宫阙焚毁,营建不易,劳民伤财,百姓嗟怨。西戎乘衅而起,何以御之?迁都于洛,实为至便。"两班文武,俱以犬戎为虑,齐声曰:"太宰之言是也。"惟司徒卫武公低头长叹。平王曰:"老司徒何独无言?"武公乃奏曰:"老臣年逾九十,蒙君王不弃老耄,备位[34]六卿。若知而不言,是不忠于君也;若违众而言,是不和于友也。然宁得罪于友,不敢得罪于君。夫镐京左有殽、函[35],右有陇、蜀,披山带河,沃野千里,天下形胜,莫过于此。洛邑虽天下之中,其势平衍,四面受敌之地,所以先王虽并建两都,然宅[36]西京,以振天下之要[37],留东都以备一时之巡。吾王若弃镐京而迁洛,恐王室自是衰弱矣!"平王曰:"犬戎侵夺岐、丰,势甚猖獗。且宫阙残毁,无以壮观。朕之东迁,实非得已。"武公奏曰:"犬戎豺狼之性,不当引入卧闼[38]。申公借兵失策,开门揖盗,使其焚烧宫阙,戮及先王,此不共之仇[39]也。王今励志自强,节用爱民,练兵训武,效先王之北伐南征,俘彼戎主,以献七庙,尚可湔雪前耻。若隐忍避仇，弃此适彼，我退一尺，敌进一尺，恐蚕食之忧，不止于岐、丰而已。昔尧舜在位，茅茨土阶[40]，禹居卑宫，不以为陋。京师壮观，岂在宫室？惟吾王熟思之！"太宰咺又奏曰："老司徒乃安常之论，非通变之言也。先王怠政灭伦，自招寇贼，其事已不足深咎。今王扫除煨烬，仅正名号，而府库空虚，兵力单弱。百姓畏惧犬戎，如畏豺虎。一旦戎骑长驱，民心瓦解，误国之罪，谁能任之？"武公又奏曰："申公既能召戎，定能退戎。王遣人问之，必有良策。"正商议间，国舅申公遣人赍告急表文来到。平王展开看之，大意谓："犬戎侵扰不已，将有亡国之祸。伏乞我王怜念瓜葛[41]，发兵救援。"平王曰："舅氏自顾不暇，安能顾朕？东迁之事，朕今决矣。"乃命太史择日东行。卫武公曰："臣职在司徒，若主上一行，民生离散，臣之咎难辞矣。"遂先期出榜示谕百姓："如愿随驾东迁者，作速准备，一齐起程。"祝史[42]作文，先将迁都缘由，祭告宗庙。

至期，大宗伯抱着七庙神主，登车先导。秦伯嬴开闻平王东迁，亲自领兵护驾。百姓携老扶幼，相从者不计其数。当时宣王大祭之夜，梦见美貌女子，大笑三声，大哭三声，不慌不忙，将七庙神主，捆着一束，冉冉望东而去。大笑三声，应褒姒骊山烽火戏诸侯事。大哭三声者，幽王、褒姒、伯服三命俱绝。神主捆束往东，正应今日东迁。此梦无一不验。又太史伯阳父辞云："哭又笑，笑又哭，羊被鬼吞，马逢犬逐。慎之慎之！檿弧箕箙。"羊被鬼吞者，宣王四十六年遇鬼而亡，乃己未年[43]。马逢犬逐，犬戎入寇，幽王十一年庚午也。自此西周遂亡，天数有定如此，亦见伯阳父之神占矣。东迁后事如何，且看下回分解。

36

〔1〕 伊、周：上古创业之贤相伊尹及周公。伊尹为商汤大臣，佐汤攻灭夏桀，建立殷商王朝。

〔2〕 赍（jī基）书：送信。

〔3〕 国舅：古时岳父亦可称为舅。国舅指国君或太子之岳父或舅父。

〔4〕 王城：周王所居之城。此指镐京，与下文东周之王城不同。

〔5〕 后宰门：周王宫后门。

〔6〕 叔父：郑伯姬友为周厉王少子，宣王之弟，故为幽王之叔父。

〔7〕 镞（zú族）：箭头。

〔8〕 车仗：指车辆及护卫。

〔9〕 毡帐：用毡制成的帐篷。毡系以兽皮制成，故常用作游牧民族军营的代称。

〔10〕 掖（yè夜）庭：亦称掖廷，王宫中旁舍，妃嫔居住之处。

〔11〕 十八年：指从褒姒出生（前789）至幽王被杀（前771），前后正好十八年。

〔12〕 郑桓：即郑桓公姬友，郑开国之君。勤王：为王事尽力，后来专指出兵救援君王。

〔13〕 慝（tè特）：过失。此句是说只想使厉王复申后、太子之位。

〔14〕 晋侯姬仇（qiú求）：晋为姬姓国，地在今山西南部。始祖为周武王子唐叔虞。侯爵。姬仇即晋文侯，在位三十五年（前780—前746）。此时为文侯十年。

〔15〕 卫侯姬和：卫亦姬姓国，地在今河南北部。始祖为周武王弟康叔封。姬和为卫武公，在位五十五年（前812—前758）。此时为武公四十二年。卫本为伯爵，周夷王时升为侯爵。又因此次平犬戎有功，周平王命为公爵。

〔16〕 秦君嬴开：秦为嬴姓国。原为古部落，周孝王时始封于秦（今甘肃天水市）。无爵位，作为附庸，故这里称秦君。下文称秦襄公系后代僭称。嬴

37

第 三 回

开因此次平犬戎有功,周平王始封之为伯爵,列为诸侯。

〔17〕 世子:帝王或诸侯正妻所生长子并准备继承王位者称世子,也可称太子。但后世将太子限于帝王嫡长子,而诸侯嫡长子只称世子。

〔18〕 公子成:郑大夫,姬姓名成,应为郑桓子之子。诸侯之子,除世子外,其馀皆称公子。而诸侯之孙,皆可称公孙。

〔19〕 "君父之仇"二句:指为父报仇,只能进,不能退,才合礼制。

〔20〕 叵罗:西域语音译,一称沙罗。即一种供盥洗用的浅底铜盆。可用作打击乐器。

〔21〕 濮阳:卫国都,又名帝丘,在今河南濮阳市南。

〔22〕 附庸:附属于诸侯的小国。《孟子·万章下》:"不能五十里,不达于天子,附于诸侯,曰附庸。"

〔23〕 劳(lào 涝)苦:慰问辛苦。

〔24〕 腥膻(shān 山):肉臭曰腥,羊臭曰膻,以饮食气味代指游牧民族。此指犬戎。

〔25〕 胡曾:唐代诗人,唐僖宗乾符(874—879)前后在世。进士,官汉南节度从事。著有《咏史诗》三卷,较有名。但古代历史小说中所引的胡曾咏史诗,有不少系伪托之作。

〔26〕 衮(gǔn 滚)冕:古代帝王所穿的礼服和礼帽。

〔27〕 平王:周平王姬宜臼,在位五十一年(前770—前720),平王元年,东迁洛邑,史称东周。

〔28〕 宗祧(tiāo 挑):即宗庙。祧,远祖的庙。承宗祧,指继承历代周王之位。

〔29〕 河内:古地区名。即今山西南部、河南北部一带,因在黄河弯曲处之东北,故称河内,亦称河东。

〔30〕 祊(bēng 崩):古邑名。在今山东费县东南。

〔31〕 卿士:周代官名,亦称卿事。西周始置,执掌国家政事,权力极大。

〔32〕 洛邑：周代都邑名。周成王时为巩固对东方殷故土的统治，在周公主持下所修筑。故址在今河南洛阳市洛河北岸，瀍水东西。共筑二城：在瀍水西者名王城，在瀍水东者名成周。合称洛邑。平王东迁后，主要都王城。

〔33〕 朝会：诸侯定期朝见天子。春见曰朝，时见曰会。

〔34〕 备位：谦词。指聊以充数，徒占其位。

〔35〕 殽（xiáo 淆）、函：殽山与函谷关的合称。二者地势险要，为河南进入关中必经之路。

〔36〕 宅：居住，引申为定都。

〔37〕 振天下之要：振，举起，引申为掌握。即掌握着天下的要害。

〔38〕 卧闼（tà 榻）：卧室。闼，指门。此喻周王居住之国都。

〔39〕 不共之仇：即不共戴天之仇的省略语。

〔40〕 茅茨（cí 磁）土阶：用茅草作屋顶，用泥土作阶沿。茨，覆盖。

〔41〕 瓜葛：瓜和葛都是蔓生植物，互相牵连，常用以比喻亲戚关系。

〔42〕 祝史：周时主持祭祀祈祷之官。

〔43〕 己未年：未属羊，此年宣王遇鬼而亡，故曰羊被鬼吞。下文"庚午"，午属马。此年犬戎入寇，故曰马逢犬逐。

第 四 回

秦文公郊天应梦　郑庄公掘地见母

　　话说平王东迁,车驾至于洛阳,见市井稠密,宫阙壮丽,与镐京无异,心中大喜。京都既定,四方诸侯,莫不进表称贺,贡献方物。惟有荆国[1]不到,平王议欲征之。群臣谏曰:"蛮荆久在化外,宣王始讨而服之。每年止贡菁茅[2]一车,以供祭祀缩酒[3]之用,不责他物,所以示羁縻[4]之意。今迁都方始,人心未定,倘王师远讨,未卜顺逆。且宜包容,使彼怀德而来。如或怙终不悛[5],俟兵力既足,讨之未晚。"自此南征之议遂息。

　　秦襄公告辞回国。平王曰:"今岐、丰之地,半被犬戎侵据。卿若能驱逐犬戎,此地尽以赐卿,少酬扈从[6]之劳,永作西藩,岂不美哉?"秦襄公稽首受命而归,即整顿戎马,为灭戎之计。不及三年,杀得犬戎七零八落,其大将孛丁、满也速等,俱死于战阵,戎主远遁西荒。岐、丰一片,尽为秦有,辟地千里,遂成大国。髯翁有诗云:

　　　　文武当年发迹乡,如何轻弃畀[7]秦邦?
　　　　岐丰形胜如依旧,安得秦强号始皇!

秦文公郊天应梦　郑庄公掘地见母

却说秦乃帝颛顼[8]之裔。其后人名皋陶[9]，自唐尧时为士师[10]官。皋陶子伯翳[11]，佐大禹治水，烈山焚泽，驱逐猛兽，以功赐姓曰嬴，为舜主畜牧之事。伯翳生二子：若木，大廉。若木封国于徐[12]，夏、商以来，世为诸侯。至纣王时，大廉之后，有蜚廉[13]者，善走，日行五百里。其子恶来有绝力，能手裂虎豹之皮。父子俱以材勇，为纣幸臣，相助为虐。武王克商，诛蜚廉并及恶来。蜚廉少子曰季胜，其曾孙名造父[14]，以善御得幸于周穆王，封于赵[15]，为晋赵氏之祖[16]。其后有非子[17]者，居犬丘[18]，善于养马，周孝王[19]用之，命畜马于汧、渭二水[20]之间，马大蕃息。孝王大喜，以秦地封非子为附庸之君，使续嬴祀，号为嬴秦。传六世至襄公，以勤王功封秦伯，又得岐、丰之地，势益强大，定都于雍[21]，始与诸侯通聘。襄公薨，子文公[22]立，时平王十五年[23]也。

一日，文公梦鄜邑[24]之野，有黄蛇自天而降，止于山阪[25]。头如车轮，下属于地，其尾连天。俄顷化为小儿，谓文公曰："我上帝之子也。帝命汝为白帝，以主西方之祀。"言讫不见。明日，召太史敦占之。敦奏曰："白者，西方之色[26]。君奄有西方，上帝所命，祠之必当获福。"乃于鄜邑筑高台，立白帝庙，号曰鄜畤[27]，用白牛祭之。

又陈仓[28]人猎得一兽，似猪而多刺，击之不死，不知其名，欲牵以献文公。路间，遇二童子，指曰："此兽名曰猬，常伏地中，啖死人脑，若捶其首即死。"猬亦作人言曰："二童子乃雉精，名曰陈宝，得雄者王，得雌者霸。"二童子被说破，即化为野鸡飞去。其雌者，止于陈仓山之北阪，化为石鸡。视猬，亦失去矣。猎人惊异，奔告文公。文公复立陈宝祠于陈仓山。

又终南山[29]，有大梓树，文公欲伐为殿材，锯之不断，砍之不入。忽大风雨，乃止。有一人夜宿山下，闻众鬼向树贺喜，树神亦应之。一鬼曰："秦若使人被[30]其发，以朱丝绕树，将奈之何？"树神默然。明日，此人以鬼语告于文公。文公依其说，复使人伐之，树随锯而断。有青牛从树中走出，径投雍水[31]。其后近水居民，时见青牛出水中。文公闻之，使骑士候而击之。牛力大，触骑士倒地。骑士发散被面，牛惧更不敢出。文公乃制髦头[32]于军中，复立怒特祠[33]，以祭大梓之神。

时鲁惠公[34]闻秦国僭祀上帝[35]，亦遣太宰让到周，请用郊禘[36]之礼。平王不许。惠公曰："吾祖周公有大勋劳于王室。礼乐吾祖之所制作，子孙用之何伤？况天子不能禁秦，安能禁鲁？"遂僭用郊禘，比于王室。平王知之，不敢问也。自此王室日益卑弱，诸侯各自擅权，互相侵伐，天下纷纷多事矣。史官有诗叹曰：

　　自古王侯礼数悬，未闻侯国可郊天。
　　一从秦鲁开端僭，列国纷纷窃大权。

再说郑世子掘突嗣位，是为武公[37]。武公乘周乱，并有东虢[38]及郐[39]地，迁都于郐，谓之新郑[40]。以荥阳为京城[41]，设关于制邑[42]。郑自是亦遂强大，与卫武公同为周朝卿士。平王十三年[43]，卫武公薨，郑武公独秉周政。只为郑都荥阳[44]，与洛邑邻近，或在朝，或在国，往来不一。这也不在话下。却说郑武公夫人，是申侯之女姜氏。所生二子，长曰寤生，次曰段。为何唤做寤生？原来姜氏夫人分娩之时，不曾坐蓐[45]，在睡梦中产下,醒觉方知。姜氏吃了一惊,以此取名寤生,心中便有不快之意。及生次子段,长成得一表人才,面如傅粉,唇若涂朱,又且多力善射,武艺高强。姜氏心中偏爱此子:"若袭位为君,岂不胜寤生十倍?"屡次向其夫武公,称道次子之贤,宜立为嗣。武公曰:"长幼有序,不可紊乱。况寤生无过,岂可废长而立幼乎?"遂立寤生为世子。只以小小共城[46],为段之食邑,号曰共叔。姜氏心中愈加不悦。及武公薨,寤生即位,是为郑庄公[47],仍代父为周卿士。姜氏夫人见共叔无权,心中怏怏。乃谓庄公曰:"汝承父位,享地数百里,使同胞之弟,容身蕞尔[48],于心何忍!"庄公曰:"惟母所欲。"姜氏曰:"何不以制邑封之?"庄公曰:"制邑岩险著名,先王遗命,不许分封。除此之外,无不奉命。"姜氏曰:"其次则京城亦可。"庄公默然不语。姜氏作色曰:"再若不允,惟有逐之他国,使其别图仕进,以糊口耳。"庄公连声曰:"不敢,不敢!"遂唯唯而退。

次日升殿,即宣共叔段欲封之。大夫祭足[49]谏曰:"不可。天无二日,民无二君。京城有百雉[50]之雄,地广民众,与荥阳[51]相等。况共叔,夫人之爱子,若封之大邑,是二君也!恃其内宠,恐有后患。"庄公曰:"我母之命,何敢拒之?"遂封共叔于京城。共叔谢恩已毕,入宫来辞姜氏。姜氏屏去左右,私谓段曰:"汝兄不念同胞之情,待汝甚薄。今日之封,我再三恳求,虽则勉从,中心未必和顺。汝到京城,宜聚兵蒐乘,阴为准备。倘有机会可乘,我当相约。汝兴袭郑之师,我为内应,国可得也。汝若代了寤生之位,我死无憾矣!"共叔领命,遂往京城居住。自此国人改口,俱称为京城太叔[52]。

开府[53]之日,西鄙、北鄙[54]之宰,俱来称贺。太叔段谓二宰曰："汝二人所掌之地，如今属我封土。自今贡税，俱要到我处交纳，兵车俱要听我征调，不可违误。"二宰久知太叔为国母爱子，有嗣位之望。今日见他丰采昂昂，人才出众，不敢违抗，且自应承。太叔托名射猎，逐日出城训练士卒，并收二鄙之众，一齐造入军册。又假出猎为由，袭取鄢[55]及廪延[56]。两处邑宰逃入郑国，遂将太叔引兵取邑之事，备细奏闻庄公。庄公微笑不言。班中有一位官员，高声叫曰："段可诛也！"庄公抬头观看，乃是上卿公子吕[57]。庄公曰："子封有何高论？"公子吕奏曰："臣闻人臣无将[58]，将则必诛。今太叔内挟母后之宠，外恃京城之固，日夜训兵讲武，其志不篡夺不已。主公假臣偏师[59]，直造京城，缚段而归，方绝后患。"庄公曰："段恶未著，安可加诛？"子封曰："今两鄙被收，直至廪延，先君土地，岂容日割？"庄公笑曰："段乃姜氏之爱子，寡人之爱弟。寡人宁可失地，岂可伤兄弟之情，拂国母之意乎？"公子吕又奏曰："臣非虑失地，实虑失国也。今人心皇皇，见太叔势大力强，尽怀观望。不久都城之民，亦将贰心。主公今日能容太叔，恐异日太叔不能容主公，悔之何及？"庄公曰："卿勿妄言，寡人当思之。"

公子吕出外，谓正卿祭足曰："主公以宫闱之私情，而忽社稷之大计，吾甚忧之！"祭足曰："主公才智兼人，此事必非坐视，只因大庭耳目之地，不便泄露。子贵戚之卿也，若私叩之，必有定见。"公子吕依言，直叩宫门，再请庄公求见。庄公曰："卿此来何意？"公子吕曰："主公嗣位，非国母之意也。万一中外合谋，变生肘腋[60]，郑国非主公之有矣。臣寝食不宁，是以再请！"庄公曰："此事干碍国母。"公子吕曰："主公岂不闻周公诛管、蔡[61]之事乎？当断不断，反受其乱。望早早决计。"庄公曰："寡人筹之熟矣！段虽不道，尚未显然叛逆。我若加诛，姜氏必从中阻挠，徒惹外人议论，不惟说我不友，又说我不孝。我今置之度外，任其所为。彼恃宠得志，肆无忌惮。待其造逆，那时明正其罪，则国人必不敢助，而姜氏亦无辞矣。"公子吕曰："主公远见，非臣所及。但恐日复一日，养成势大，如蔓草不可芟除[62]，可奈何？主公若必欲俟其先发，宜挑之速来。"庄公曰："计将安出？"公子吕曰："主公久不入朝，无非为太叔故也。今声言如周，太叔必谓国内空虚，兴兵争郑。臣预先引兵伏于京城近处，乘其出城，入而据之。主公从廪延一路杀来，腹背受敌，太叔虽有冲天之翼，能飞去乎？"庄公曰："卿计甚善，慎毋泄之他人。"公子吕辞出宫门，叹曰："祭足料事，可谓如神矣！"

次日早朝，庄公假传一令，使大夫祭足监国，自己往周朝面君辅政。姜氏闻知此信，心中大喜曰："段有福为君矣！"遂写密信一通，遣心腹送到京城，约太叔五月初旬，兴兵袭郑。时四月下旬事也。公子吕预先差人伏于要路，获住赍书之人，登时杀了，将书密送庄公。庄公启缄看毕，重加封固，别遣人假作姜氏所差，送达太叔。索有回书，以五月初五日为期，要立白旗一面于城楼，便知接应之处。庄公得书，喜曰："段之供招在此，姜氏岂能庇护耶！"遂入宫辞别姜氏，只说往周，却望廪延一路徐徐而进。公子吕率车二百乘，于京城邻近埋伏。自不必说。

却说太叔接了母夫人姜氏密信，与其子公孙滑商议，使滑往卫国借兵，许以重赂。自家尽率京城二鄙之众，托言奉郑伯之命，使段监国。祭纛[63]犒军，扬扬出城。公子吕预遣兵车十乘，扮作商

第 四 回

贾模样,潜入京城,只等太叔兵动,便于城楼放火。公子吕望见火光,即便杀来。城中之人,开门纳之,不劳馀力,得了京城。即时出榜安民,榜中备说庄公孝友,太叔背义忘恩之事,满城人都说太叔不是。

再说太叔出兵,不上二日,就闻了京城失事之信。心下慌忙,星夜回辕,屯扎城外,打点攻城。只见手下士卒纷纷耳语。原来军伍中有人接了城中家信,说:"庄公如此厚德,太叔不仁不义。"一人传十,十人传百,都道:"我等背正从逆,天理难容。"哄然而散。太叔点兵,去其大半,知人心已变,急望鄢邑奔走,再欲聚众。不道庄公兵已在鄢,乃曰:"共吾故封也。"于是走入共城,闭门自守。庄公引兵攻之,那共城区区小邑,怎当得两路大军?如泰山压卵一般,须臾攻破。太叔闻庄公将至,叹曰:"姜氏误我矣!何面目见吾兄乎!"遂自刎而亡。胡曾先生有诗曰:

宠弟多才占大封,况兼内应在宫中。

谁知公论难容逆,生在京城死在共。

又有诗说庄公养成段恶,以塞姜氏之口,真千古奸雄也。诗曰:

子弟全凭教育功,养成稔恶[64]陷灾凶。

一从京邑分封日,太叔先操掌握中。

庄公抚段之尸,大哭一场,曰:"痴儿何至如此!"遂简[65]其行装,姜氏所寄之书尚在。将太叔回书,总作一封,使人驰至郑国,教祭足呈与姜氏观看。即命将姜氏送去颍[66]地安置,遗[67]以誓言曰:"不及黄泉[68],无相见也!"姜氏见了二书,羞惭无措,自家亦无颜与庄公相见,即时离了宫门,出居颍地。庄公回至国都,目中不见姜氏,不觉良心顿萌,叹曰:"吾不得已而杀弟,何忍又离其母？诚天伦之罪人矣！"

却说颍谷封人[69]，名曰颍考叔，为人正直无私，素有孝友之誉。见庄公安置姜氏于颍，谓人曰："母虽不母，子不可以不子。主公此举，伤化[70]极矣！"乃觅鸮鸟数头，假以献野味为名，来见庄公。庄公问曰："此何鸟也？"颍考叔对曰："此鸟名鸮，昼不见泰山，夜能察秋毫，明于细而暗于大也。小时其母哺之，既长，乃啄食其母，此乃不孝之鸟，故捕而食之。"庄公默然。适宰夫进蒸羊，庄公命割一肩，赐考叔食之。考叔只拣好肉，用纸包裹，藏之袖内。庄公怪而问之。考叔对曰："小臣家有老母，小臣家贫，每日取野味以悦其口，未尝享此厚味。今君赐及小臣，而老母不沾一脔[71]之惠。小臣念及老母，何能下咽？故此携归，欲作羹以进母耳。"庄公曰："卿可谓孝子矣！"言罢，不觉凄然长叹。考叔问曰："主公何为而叹？"庄公曰："你有母奉养，得尽人子之心。寡人贵为诸侯，反不如你！"考叔佯为不知，又问曰："姜夫人在堂无恙，何为无母？"庄公将姜氏与太叔共谋袭郑，及安置颍邑之事，细述一遍。"已设下黄泉之誓，悔之无及！"考叔对曰："太叔已亡，姜夫人止存主公一子，又不奉养，与鸮鸟何异？倘以黄泉相见为歉，臣有一计，可以解之。"庄公问："何计可解？"考叔对曰："掘地见泉，建一地室，先迎姜夫人在内居住。告以主公想念之情，料夫人念子，不减主公之念母。主公在地室中相见，于及泉之誓，未尝违也。"庄公大喜，遂命考叔发壮士五百人，于曲洧[72]牛脾山下，掘地深十馀丈，泉水涌出，因于泉侧架木为室。室成，设下长梯一座，考叔往见武姜，曲道庄公悔恨之意，如今欲迎归孝养。武姜且悲且喜。考叔先奉武姜至牛脾山地室中。庄公乘舆亦至，从梯而下，拜倒在地，口称："寤生不孝,久缺定省〔73〕,求国母恕罪!"武姜曰:"此乃老身之罪,与汝无与。"用手扶起,母子抱头大哭。遂升梯出穴,庄公亲扶武姜登辇,自己执辔随侍。国人见庄公母子同归,无不以手加额,称庄公之孝。此皆考叔调停之力也。胡曾先生有诗云:

黄泉誓母绝彝伦,大隧犹疑隔世人。

考叔不行怀肉计,庄公安肯认天亲!

庄公感考叔全其母子之爱,赐爵大夫,与公孙阏同掌兵权。不在话下。

再说共叔之子公孙滑,请得卫师,行至半途,闻共叔见杀,遂逃奔卫,诉说伯父杀弟囚母之事。卫桓公〔74〕曰:"郑伯无道,当为公孙讨之。"遂兴师伐郑。不知胜负如何,且看下回分解。

---

〔1〕 荆国:即楚国,古代部落名。芈姓,始祖鬻熊,原为商的与国。西周初立国于荆山(今湖北南漳西)一带,故周人称之为荆国、荆蛮。

〔2〕 菁(jīng京)茅:草名,亦称苞茅、三脊茅。古代祭祀时用以缩酒。

〔3〕 缩酒:古代祭祀,束茅立于祭前,沃酒于茅上,酒渗而下,如神之饮酒。故称缩酒。

〔4〕 羁縻(mí迷):羁为马笼头,縻为牛缰绳。比喻联络、维系。

〔5〕 怙终不悛(quān圈):依仗奸邪而终不悔改。怙,倚仗。悛,改悔。

〔6〕 扈从:随从,侍从。多特指随从帝王。

〔7〕 畀(bì毕):给予,赐与。

〔8〕 颛顼(zhuān xū专须):古帝名,五帝之一。相传为黄帝之孙,昌意之子。号高阳氏。生于若水(今四川雅砻江),居于帝丘(今河南濮阳市)。

〔9〕 皋陶(yáo尧):亦名咎繇。传说中东夷族首领,姓偃。舜时大臣,

掌管刑法。后被禹选为继承人,因已故,未继位。

〔10〕 士师:古代官名。掌诉讼刑狱。

〔11〕 伯翳(yì义):一作伯益。舜时东夷部落首领。帮助禹治水有功,禹要让位给他,他避居箕山之北。伯翳为秦之祖先,《国语·郑语》中记载:"嬴,伯翳之后也。"

〔12〕 徐:古国名。故址在今安徽省泗县。

〔13〕 蜚(fēi飞)廉:人名。与其子恶来俱为商纣王幸臣。武王灭商,驱之于海隅而戮之。

〔14〕 造父:擅长驾驶马,相传曾取骅骝、绿耳等名马献与周穆王。穆王使造父驾御,西巡见西王母,乐而忘返。后赐造父以赵城(今山西洪洞县北),故其后代以赵为氏。

〔15〕 赵:古邑名。在今山西洪洞县北赵城镇。

〔16〕 为晋赵氏之祖:造父六世孙曰奄父,为周宣王之御。奄父生叔带,奔晋,事晋文侯,始建赵氏于晋国。

〔17〕 非子:为恶来五世孙。

〔18〕 犬丘:西周时地名。在今陕西兴平市东南。

〔19〕 周孝王:西周第八个君王,乃周宣王曾祖父。大约公元前897至公元前888年在位。

〔20〕 汧、渭二水:汧水为渭水支流,源出陕西陇县之汧山,南流经汧阳、凤翔二县,至宝鸡流入渭水。

〔21〕 雍:古邑名。故址在今陕西省宝鸡市凤翔区南。按《史记·秦本纪》,定都于雍者乃襄公五传之后的德公,时间要晚一百多年。

〔22〕 文公:秦文公名不详,在位五十年(前765—前716)。

〔23〕 平王十五年:此处有误。应为平王六年,即公元前765年。

〔24〕 鄜(fū夫)邑:春秋时邑名,即今陕西富县。

〔25〕 山阪(bǎn板):山坡。

〔26〕"白者"二句：旧说以五色配五方：东方为青，南方为赤，西方为白，北方为黑，中央为黄。

〔27〕鄜畤（zhì 至）：意即鄜邑祭天之处。畤，祭名，指祭祀天地五帝。

〔28〕陈仓：古地名。即今陕西宝鸡市。宝鸡即因下面故事而得名。

〔29〕终南山：山名，秦岭主峰。在今西安市南。

〔30〕被：同"披"。

〔31〕雍水：渭水支流，源出陕西凤翔西北，经岐山、扶风、武功等县流入渭水。

〔32〕髦头：亦作旄头，指披发的骑士。秦时所设髦头军，后代作为帝王的仪仗。

〔33〕怒特：指健壮勇武的公牛。特的本义为公牛。

〔34〕鲁惠公：姬姓，名弗湟。鲁孝公子。在位四十六年（前768—前723）。

〔35〕僭祀上帝：越礼祭祀天帝。周时，只有周王，即周天子，才有祭天的资格。

〔36〕郊禘（dì 帝）：在国都南郊祭祀天神。禘，即帝王祭天之礼。

〔37〕武公：郑武公姬掘突，在位二十七年（前770—前744）。

〔38〕东虢：周诸侯国名。姬姓。开国君主系周文王弟。地在今河南荥阳市东北。郑武公四年（前767）被兼并。

〔39〕郐（kuài 快）：周诸侯国名。妘姓。传为祝融氏之后。故址在今河南郑州市南。

〔40〕新郑：古邑名，在今河南新郑市。为与始封之郑邑（陕西西安华州区东）相区别，故名新郑。

〔41〕荥阳：古邑名，战国时韩置，原属东虢。在今河南荥阳市南。为京城：即改称京城。

〔42〕制邑：古邑名，原属东虢。在今河南荥阳市汜水镇。形势险要，此

50

处所设之关,即称虎牢。

〔43〕 平王十三年:即公元前758年。

〔44〕 郑都荥阳:此句疑误。上文有"迁都于郐,谓之新郑"等语,郑都应在新郑。且荥阳之名,始见于战国初年。

〔45〕 坐蓐(rù入):旧时妇女分娩时身下铺草,故称坐蓐。蓐,草席。

〔46〕 共城:古邑名。在今河南辉县市,西周时为共伯封国。

〔47〕 郑庄公:春秋初年郑国较有作为的国君,人称"郑庄小霸"。在位四十三年(前743—前701)。

〔48〕 蕞(zuì最)尔:渺小的样子。

〔49〕 祭(zhài寨)足:排行为仲,又称祭仲。祭为其食邑,地在今河南中牟县之祭亭。

〔50〕 百雉(zhì至):指三百丈的城墙。雉,度名,古代计算城墙面积的单位。方丈曰堵,三堵曰雉。一雉之墙,高一丈,长三丈。

〔51〕 荥阳:此处实指郑都,应为新郑。

〔52〕 太叔:称段叔为太叔,意指他是郑庄公的第一个弟弟。

〔53〕 开府:指开置府署,委任僚属。

〔54〕 西鄙、北鄙:指西部及北部边境的城邑。京城在郑都新郑西北方,太叔想把郑国西北部归入自己管辖区。

〔55〕 鄢(yān焉):古邑名,在今河南鄢陵县西北,即京城与新郑之间。

〔56〕 廪延:古邑名。在今河南延津县西北,古黄河南岸。

〔57〕 上卿公子吕:上卿为诸侯国中职位最高之卿。公子吕字子封,郑伯宗室。

〔58〕 人臣无将:意指臣下不能擅自攻伐。

〔59〕 偏师:军队的一部分,指不是主力。

〔60〕 肘腋:胳膊肘与胳肢窝。比喻最靠近中枢之地。

〔61〕 周公诛管、蔡:指周武王弟管叔鲜与蔡叔度,在武王死后,联合纣王

第 四 回

之子武庚发动叛乱。周公出兵讨伐,杀武庚、管叔,放蔡叔。

〔62〕 芟(shān 山)除:割掉,除掉。

〔63〕 祭纛(dào 到):纛,军中大旗,帅旗。祭纛,古代领兵出征之前先祭帅旗,以祈吉利。

〔64〕 稔(rěn 忍)恶:罪恶昭彰。稔,酝酿成熟。

〔65〕 简:查检。

〔66〕 颍(yǐng 影):古邑名。此指城颍,在今河南临颍县西北。

〔67〕 遗(wèi 未):交付、送给。

〔68〕 黄泉:地下深处,即葬身之地。此指死后。

〔69〕 颍谷封人:颍谷,地名,在今河南登封市西。封人,镇守边疆的地方长官。

〔70〕 伤化:有伤教化,即违反礼教。

〔71〕 一脔(luán 鸾):一块肉。脔为切成块状的肉。

〔72〕 曲洧(wěi 委):古地名,即洧川,在今河南长葛市境。

〔73〕 定省(xǐng 醒):出《礼记·曲礼》:"凡为人子之礼……昏定而晨省。"定,安定床铺。省,问候平安。后世称早晚向父母请安为定省。

〔74〕 卫桓公:姬完,卫武公孙,卫庄公姬扬(前757—前735年在位)之子。在位十六年(前734—前719)。

第 五 回

宠虢公周郑交质　助卫逆鲁宋兴兵

却说郑庄公闻公孙滑起兵前来侵伐,问计于群臣。公子吕曰:"斩草留根,逢春再发。公孙滑逃死为幸,反兴卫师,此卫侯不知共叔袭郑之罪,故起兵助滑,以救祖母为辞也。依臣愚见,莫如修尺一之书[1],致于卫侯,说明其故,卫侯必抽兵回国。滑势既孤,可不战而擒矣。"公曰:"然。"遂遣使致书于卫。卫桓公得书,读曰:

　　寤生再拜奉书,卫侯贤侯殿下:家门不幸,骨肉相残,诚有愧于邻国。然封京赐土,非寡人之不友;恃宠作乱,实叔段之不恭。寡人念先人世守[2]为重,不得不除。母姜氏,以溺爱叔段之故,内怀不安,避居颍城,寡人已自迎归奉养。今逆滑昧父之非,奔投大国。贤侯不知其非义,师徒下临敝邑。自反[3]并无得罪,惟贤侯同声乱贼之诛,勿伤唇齿之谊。敝邑幸甚!

卫桓公览罢,大惊曰:"叔段不义,自取灭亡。寡人为滑兴师,实为助逆。"遂遣使收回本国之兵。使者未到,滑兵乘廪延无备,已攻下了。郑庄公大怒,命大夫高渠弥出车二百乘,来争廪延。时卫兵

第 五 回

已撤回,公孙滑势孤不敌,弃了廪延,仍奔卫国。公子吕乘胜追逐,直抵卫郊。卫桓公大集群臣,问战守之计。公子州吁进曰:"水来土掩,兵至将迎,又何疑焉?"大夫石碏奏曰:"不可,不可!郑兵之来,由我助滑为逆所致。前郑伯有书到,我不若以书答之,引咎谢罪。不劳师徒,可却郑兵。"卫侯曰:"卿言是也。"即命石碏作书,致于郑伯。书曰:

> 完再拜上,王卿士郑贤侯殿下:寡人误听公孙滑之言,谓上国杀弟囚母,使孙侄无窜身之地,是以兴师。今读来书,备知京城太叔之逆,悔不可言。即日收回廪延之兵,倘蒙鉴察,当缚滑以献,复修旧好。惟贤侯图之!

郑庄公览书曰:"卫既服罪,寡人又何求焉!"

却说国母姜氏,闻庄公兴师伐卫,恐公孙滑被杀,绝了太叔之后,遂向庄公哀求:"乞念先君武公遗体,存其一命!"庄公既碍姜氏之面,又度公孙滑孤立无援,不能有为,乃回书卫侯。书中但言:"奉教撤兵,言归于好。滑虽有罪,但逆弟止此一子,乞留上国,以延段祀[4]。"一面取回高渠弥之兵。公孙滑老死于卫。此是后话。

却说周平王因郑庄公久不在位,偶因虢公忌父[5]来朝,言语相投,遂谓虢公曰:"郑侯父子秉政有年,今久不供职。朕欲卿权理政务,卿不可辞。"虢公叩首曰:"郑伯不来,必国中有事故也。臣若代之,郑伯不惟怨臣,且将怨及王矣。臣不敢奉命!"再三谢辞,退归本国。原来郑庄公身虽在国,留人于王都,打听朝中之事,动息传报。今日平王欲分政于虢公,如何不知。即日驾车如周,朝见已毕,奏曰:"臣荷圣恩,父子相继秉政。臣实不才,有忝[6]职

宠虢公周郑交质　助卫逆鲁宋兴兵

位,愿拜还卿士之爵,退就藩封,以守臣节。"平王曰:"卿久不莅任,朕心悬悬。今见卿来,如鱼得水,卿何故出此言耶?"庄公又奏曰:"臣国中有逆弟之变,旷职日久。今国事粗完,星夜趋朝,闻道路相传,谓吾王有委政虢公之意。臣才万分不及虢公,安敢尸位[7],以获罪于王乎?"平王见庄公说及虢公之事,心惭面赤,勉强言曰:"朕别卿许久,亦知卿国中有事,欲使虢公权管数日,以候卿来。虢公再三辞让,朕已听其还国矣。卿又何疑焉?"庄公又奏曰:"夫政者,王之政也,非臣一家之政也。用人之柄,王自操之。虢公才堪佐理,臣理当避位。不然,群臣必以臣为贪于权势,昧于进退。惟王察之!"平王曰:"卿父子有大功于国,故相继付以大政,四十馀年,君臣相得。今卿有疑朕之心,朕何以自明!卿如必不见信,朕当命太子狐,为质[8]于郑,何如?"庄公再拜辞曰:"从政罢政,乃臣下之职,焉有天子委质于臣之礼?恐天下以臣为要[9]君,臣当万死!"平王曰:"不然。卿治国有方,朕欲使太子观风于郑,因以释目下之疑。卿若固辞,是罪朕也。"庄公再三不敢受旨。群臣奏曰:"依臣等公议,王不委质,无以释郑伯之疑;若独委质,又使郑伯乖[10]臣子之义。莫若君臣交质,两释猜忌,方可全上下之恩。"平王曰:"如此甚善!"庄公使人先取世子忽待质于周,然后谢恩。周太子狐,亦如郑为质。史官评论周郑交质之事,以为君臣之分,至此尽废矣。诗曰:

　　腹心手足本无私,一体相猜事可嗤。
　　交质分明同市贾,王纲从此遂陵夷[11]!

自交质以后,郑伯留周辅政,一向无事。平王在位五十一年而崩。郑伯与周公黑肩同摄朝政。使世子忽归郑,迎回太子狐来周嗣位。

太子狐痛父之死,未得侍疾含殓[12],哀痛过甚,到周而薨。其子林嗣立,是为桓王[13]。众诸侯俱来奔丧,并谒新天子。虢公忌父先到,举动皆合礼数,人人爱之。

桓王伤其父以质郑身死,且见郑伯久专朝政,心中疑惧,私与周公黑肩商议曰:"郑伯曾质先太子于国,意必轻朕。君臣之间,恐不相安。虢公执事甚恭,朕欲畀之以政,卿意以为何如?"周公黑肩奏曰:"郑伯为人惨刻少恩,非忠顺之臣也。但我周东迁洛邑,晋、郑功劳甚大。今改元之日,遽夺郑政,付于他手,郑伯愤怒,必有跋扈[14]之举,不可不虑。"桓王曰:"朕不能坐而受制,朕意决矣。"

次日,桓王早朝,谓郑伯曰:"卿乃先王之臣,朕不敢屈在班僚,卿其自安。"庄公奏曰:"臣久当谢政,今即拜辞。"遂忿忿出朝,谓人曰:"孺子负心,不足辅也!"即日驾车回国。世子忽率领众官员出郭迎接,问其归国之故。庄公将桓王不用之语,述了一遍,人人俱有不平之意。大夫高渠弥进曰:"吾主两世辅周,功劳甚大。况前太子质于吾国,未尝缺礼。今舍吾主而用虢公,大不义也!何不兴师打破周城,废了今王,而别立贤胤[15]?天下诸侯,谁不畏郑,方伯[16]之业可成矣!"颍考叔曰:"不可!君臣之伦,比于母子。主公不忍仇其母,何忍仇其君?但隐忍岁馀,入周朝觐[17],周王必有悔心。主公勿以一朝之忿,而伤先公死节之义。"大夫祭足曰:"以臣愚见,二臣之言,当兼用之。臣愿帅兵直抵周疆,托言岁凶,就食温、洛[18]之间。若周王遣使责让,吾有辞矣。如其无言,主公入朝未晚。"庄公准奏,命祭足领了一枝军马,听其便宜行事。

祭足巡到温、洛界首，说："本国岁凶乏食，向温大夫求粟千钟[19]。"温大夫以未奉王命，不许。祭足曰："方今二麦[20]正熟，尽可资食。我自能取，何必求之！"遂遣士卒各备镰刀，分头将田中之麦，尽行割取，满载而回。祭足自领精兵，往来接应。温大夫知郑兵强盛，不敢相争。祭足于界上休兵三月有余，再巡至成周[21]地方。时秋七月中旬，见田中早稻已熟，吩咐军士假扮作商人模样，将车埋伏各村里，三更时分，一齐用力将禾头割下，五鼓取齐。成周郊外，稻禾一空。比及守将知觉，点兵出城，郑兵已去之远矣。两处俱有文书到于洛京，奏闻桓王，说郑兵盗割麦禾之事。桓王大怒，便欲兴兵问罪。周公黑肩奏曰："郑祭足虽然盗取禾麦，乃边庭小事，郑伯未必得知。以小忿而弃懿亲[22]，甚不可也。若郑伯心中不安，必然亲来谢罪修好。"桓王准奏，但命沿边所在，加意堤防，勿容客兵入境。其芟麦刈禾[23]一事，并不计较。

郑伯见周王全无责备之意，果然心怀不安，遂定入朝之议。正欲起行，忽报："齐国有使臣到来。"庄公接见之间，使臣致其君僖公[24]之命，约郑伯至石门[25]相会。庄公正欲与齐相结，遂赴石门之约。二君相见，歃血[26]订盟，约为兄弟，有事相偕。齐侯因问："世子忽曾婚娶否？"郑伯对以："未曾。"僖公曰："吾有爱女，年虽未笄，颇有才慧。倘不弃嫌，愿为待年之妇[27]。"郑庄公唯唯称谢。及返国之日，向世子忽言之。忽对曰："妻者齐也[28]，故曰配偶。今郑小齐大，大小不伦，孩儿不敢仰攀。"庄公曰："请婚出于彼意，若与齐为甥舅，每事可以仰仗，吾儿何以辞之？"忽又对曰："丈夫志在自立，岂可仰仗于婚姻耶？"庄公喜其有志，遂不强之。后来齐使至郑，闻郑世子不愿就婚，归国奏知僖公。僖公叹曰：

第 五 回

"郑世子可谓谦让之至矣！吾女年幼,且俟异日再议可也。"后人有诗嘲富室攀高,不如郑忽辞婚之善。诗曰:

> 婚姻门户要相当,大小须当自酌量。
>
> 却笑攀高庸俗子,拚财但买一巾方[29]。

忽一日,郑庄公正与群臣商议朝周之事,适有卫桓公讣音[30]到来,庄公诘问来使,备知公子州吁弑君之事。庄公顿足叹曰:"吾国行且被兵矣！"群臣问曰:"主公何以料之？"庄公曰:"州吁素好弄兵,今既行篡逆,必以兵威逞志。郑、卫素有嫌隙[31],其试兵必先及郑,宜预备之。"

且说卫州吁如何弑君？原来卫庄公之夫人,乃齐东宫得臣[32]之妹,名曰庄姜[33],貌美而无子。次妃乃陈国[34]之女,名曰厉妫,亦不生育。厉妫之妹,名曰戴妫[35],随姊嫁卫,生子曰完、曰晋。庄姜性不嫉妒,育完为己子。又进宫女于庄公,庄公嬖幸之,生子州吁。州吁性暴戾好武,喜于谈兵。庄公溺爱州吁,任其所为。大夫石碏尝谏庄公曰:"臣闻爱子者,教以义方,弗纳于邪。夫宠过必骄,骄必生乱。主公若欲传位于吁,便当立为世子。如其不然,当稍裁抑之,庶无骄奢淫佚之祸。"庄公不听。石碏之子石厚,与州吁交好,时尝并车出猎,骚扰民居。石碏将厚鞭责五十,锁禁空房,不许出入。厚逾墙而出,遂住州吁府中,一饭必同,竟不回家。石碏无可奈何。

后庄公薨,公子完嗣位,是为桓公。桓公生性懦弱。石碏知其不能有为,告老在家,不与朝政。州吁益无忌惮,日夜与石厚商量篡夺之计。其时平王崩讣适至,桓王林新立,卫桓公欲如周吊贺。

宠虢公周郑交质　　助卫逆鲁宋兴兵

石厚谓州吁曰："大事可成矣！明日主公往周，公子可设饯于西门，预伏甲士五百于门外，酒至数巡，袖出短剑而刺之。手下有不从者，即时斩首。诸侯之位，唾手[36]可得。"州吁大悦。预命石厚领壮士五百，埋伏西门之外。州吁自驾车，迎桓公至于行馆，早已排下筵席。州吁躬身进酒曰："兄侯远行，薄酒奉饯。"桓公曰："又教贤弟费心。我此行不过月馀便回，烦贤弟暂摄朝政，小心在意。"州吁曰："兄侯放心。"酒至半巡，州吁起身满斟金盏，进于桓公。桓公一饮而尽，亦斟满杯回敬州吁。州吁双手去接，诈为失手，坠盏于地，慌忙拾取，亲自洗涤。桓公不知其诈，命取盏更斟，欲再送州吁。州吁乘此机会，急腾步闪至桓公背后，抽出短剑，从后刺之，刃透于胸，即时伤重而毙。时周桓王元年春三月戊申也。从驾诸臣，素知州吁武力胜众，石厚又引五百名甲士围住公馆，众人自度气力不加，只得降顺。以空车载尸殡殓，托言暴疾。州吁遂代立为君。拜石厚为上大夫。桓公之弟晋，逃奔邢国[37]去了。史臣有诗叹卫庄公宠吁致乱。诗云：

　　教子须知有义方，养成骄佚必生殃。
　　郑庄克段天伦薄，犹胜桓侯束手亡。

州吁即位三日，闻外边沸沸扬扬，尽传说弑兄之事。乃召上大夫石厚商议曰："欲立威邻国，以胁制国人，问何国当伐？"石厚奏："邻国俱无嫌隙。惟郑国昔年讨公孙滑之乱，曾来攻伐，先君庄公服罪求免，此乃吾国之耻。主公若用兵，非郑不可。"州吁曰："齐、郑有石门之盟，二国结连为党，卫若伐郑，齐必救之，一卫岂能敌二国？"石厚奏曰："当今异姓之国，惟宋称公为大[38]。同姓之国，惟鲁称叔父为尊[39]。主公欲伐郑，必须遣使于宋、鲁，求其出兵相助,并合陈、蔡[40]之师,五国同事,何忧不胜?"州吁曰:"陈、蔡小国,素顺周王。郑与周新隙,陈、蔡必知之,呼使伐郑,不愁不来。若宋、鲁大邦,焉能强乎?"石厚又奏曰:"主公但知其一,不知其二。昔宋穆公受位于其兄宣公[41],穆公将死,思报兄之德,乃舍其子冯,而传位于兄之子与夷[42]。冯怨父而嫉与夷,出奔于郑。郑伯纳之,常欲为冯起兵伐宋,夺取与夷之位。今日勾连伐郑,正中其怀。若鲁之国事,乃公子翚[43]秉之。翚兵权在手,觑鲁君如无物。如以重赂结公子翚,鲁兵必动无疑矣。"

州吁大悦,即日遣使往鲁、陈、蔡三处去讫,独难使宋之人。石厚荐一人姓宁,名翊,乃中牟[44]人也。"此人甚有口辩,可以遣之。"州吁依言,命宁翊如宋请兵。宋殇公问曰:"伐郑何意?"宁翊曰:"郑伯无道,诛弟囚母。公孙滑亡命敝邑,又不能容,兴兵来讨,先君畏其强力,腆颜[45]谢服。今寡君欲雪先君之耻,以大国[46]同仇,是以借助。"殇公曰:"寡人与郑素无嫌隙,子曰同仇,得无过乎?"宁翊曰:"请屏左右[47],翊得毕其说。"殇公即麾去左右,侧席[48]问曰:"何以教之?"宁翊曰:"君侯之位,受之谁乎?"殇公曰:"传之吾叔穆公也。"宁翊曰:"父死子继,古之常理。穆公虽有尧舜之心,奈公子冯每以失位为恨,身居邻国,其心须臾未尝忘宋也。郑纳公子冯,其交已固。一旦拥冯兴师,国人感穆公之恩,不忘其子,内外生变,君侯之位危矣!今日之举,名曰伐郑,实为君侯除心腹之患也。君侯若主其事,敝邑悉起师徒,连鲁、陈、蔡三国之兵,一齐效劳,郑之灭亡可待矣!"宋殇公原有忌公子冯之心,这一席话,正投其意,遂许兴师。大司马孔父嘉[49],乃殷汤王之后裔,为人正直无私。闻殇公听卫起兵,谏曰:"卫使不可听也!

宠虢公周郑交质　助卫逆鲁宋兴兵

若以郑伯弑弟囚母为罪,则州吁弑兄篡位,独非罪乎？愿主公思之。"殇公已许下宁翊,遂不听孔父嘉之谏,刻日[50]兴师。

鲁公子翚接了卫国重赂,不由隐公[51]作主,亦起重兵来会。陈、蔡如期而至,自不必说。宋公爵尊,推为盟主。卫石厚为先锋,州吁自引兵打后,多赍粮草,犒劳四国之兵。五国共甲车一千三百乘,将郑东门围得水泄不通。

郑庄公问计于群臣,言战言和,纷纷不一。庄公笑曰："诸君皆非良策也。州吁新行篡逆,未得民心,故托言旧怨,借兵四国,欲立威以压众耳。鲁公子翚贪卫之赂,事不由君,陈、蔡与郑无仇,皆无必战之意。只有宋国忌公子冯在郑,实心协助。吾将公子冯出居长葛[52],宋兵必移。再令子封引徒兵五百,出东门单搦卫战,诈败而走。州吁有战胜之名,其志已得,国事未定,岂能久留军中,其归必速。吾闻卫大夫石碏,大有忠心,不久卫将有内变。州吁自顾不暇,安能害我乎？"乃使大夫瑕叔盈引兵一枝,护送公子冯往长葛去讫。庄公使人于宋曰："公子冯逃死敝邑,敝邑不忍加诛。今令伏罪于长葛,惟君自图之。"宋殇公果然移兵去围长葛。蔡、陈、鲁三国之兵,见宋兵移动,俱有返旆[53]之意。忽报公子吕出东门单搦卫战,三国登壁垒[54]上袖手观之。

却说石厚引兵与公子吕交锋,未及数合,公子吕倒拖画戟而走,石厚追至东门,门内接应入去。石厚将东门外禾稻尽行刈,以劳军士,传令班师。州吁曰："未见大胜,如何便回？"石厚屏去左右,说出班师之故。州吁大悦。毕竟石厚所说甚话,且看下回分解。

61

第 五 回

〔1〕 尺一之书：古代诏书规定用一尺一寸长的书版，以后一般书信亦按此规格，故诏书称尺一之书，书信称尺牍。

〔2〕 世守：即世代相守的功业。

〔3〕 自反：自己反问自己，反躬自问。

〔4〕 以延段祀：让叔段留个后代，以奉祭祀。

〔5〕 虢（guó 国）公忌父：虢公姬姓，忌父其名。为西虢国君。西虢后随周平王东迁于上阳（今河南三门峡市陕州区东南），距东周国都王城不远。忌父乃虢公石父之子。

〔6〕 有忝（tiǎn 舔）：有愧于。自谦之词。

〔7〕 尸位：指居其位而不尽其职。

〔8〕 质：人质。当时派往别国留作抵押的人，多为王子或世子。

〔9〕 要（yāo 腰）：要挟。

〔10〕 乖：违反，违背。

〔11〕 王纲：朝廷纲纪，即君臣之道。陵夷：意谓衰落，败坏。

〔12〕 含殓（hàn liàn 汉练）：指给死者穿戴入棺。含，指把珠玉等物放置于死者口中。

〔13〕 桓王：即姬林，周平王孙。在位二十三年（前719—前697）。

〔14〕 跋扈：指骄横强暴。

〔15〕 贤胤（yìn 印）：贤能的后嗣。胤，即后代。

〔16〕 方伯：一方诸侯之长。此指霸主。

〔17〕 朝觐：见第一回注〔12〕。

〔18〕 温、洛：东周畿内地名。洛指周都洛邑；温乃周畿内国名，故城在今河南温县境。

〔19〕 钟：古容量单位。六斛四斗为一钟。

〔20〕 二麦：指大麦、小麦。

〔21〕 成周：即东周之都城。此时周王居住王城，地在今洛阳市西。而成周在今洛阳市东。二城相距十八里。

〔22〕 懿亲：即至亲。因郑之开国君主桓公姬友系周宣王兄弟，在当时姬姓国中关系最亲近。

〔23〕 芟麦刈(yì 易)禾：割麦割稻。

〔24〕 僖公：齐僖公吕禄甫。在位三十三年(前730—前698)。齐为公爵，开国君主为姜太公吕尚。

〔25〕 石门：春秋齐地，在今山东平阴县北。

〔26〕 歃(shà 厦)血：古时会盟，双方口含牲畜之血或以血涂口边，以表示信誓，这叫歃血。

〔27〕 待年之妇：即待嫁之女。

〔28〕 妻者齐也：语出《说文解字》："妻，与己齐者也。"指门第家境相称。

〔29〕 巾方：即一顶方巾。明代有功名的文人、处士所戴方形软帽称方巾。这句指用大量金钱高攀豪门以抬高自己的地位或功名。

〔30〕 讣(fù 付)音：报丧消息。

〔31〕 嫌隙：指卫桓公接纳公孙滑并助滑伐郑一事。

〔32〕 东宫得臣：东宫为太子所居之地。得臣，人名。应为齐庄公太子，但未得立而死。

〔33〕 庄姜：齐庄公嫡女。齐为吕姓，姜氏。故称庄姜。

〔34〕 陈国：周时诸侯国名。开国君主陈胡公，姓妫名满，相传是大舜的后裔。周初所封。建都宛丘，即今河南淮阳县一带。

〔35〕 戴妫(guī 归)：戴妫与其姊厉妫，似为陈平公妫燮的姊妹辈。姊妹共嫁一人，乃是古代陪嫁制度。厉、戴，皆为其谥号。

〔36〕 唾手：把口沫吐在手上，极言其易。

〔37〕 邢国：周诸侯国名，姬姓，始封之君为周公之子(名失传)。地在今河北邢台市一带。

第 五 回

〔38〕 惟宋称公为大:古代新王朝建立后,封前两朝的王族后裔为诸侯国君,称为"二王",周封禹(夏)后裔于杞,封汤后裔于宋,但杞之封地小,没有宋大。宋国始封之君为商王帝乙之庶长子微子启,子姓,公爵,都商丘(今属河南)。

〔39〕 惟鲁称叔父为尊:周成王时封周公姬旦于鲁。周公乃成王之叔父,周时常称鲁为叔父之国。

〔40〕 蔡:周诸侯国名,姬姓。始封之君是周武王弟蔡叔度。因他伙同武庚叛乱,被流放。后改封其子蔡仲于此。建都上蔡,即今河南上蔡县。与陈国为近邻,故当时陈蔡连称。

〔41〕 "昔宋穆公"句:宋宣公子力(前747—前729年在位)临终时,传其位于其弟子和,而不传其子与夷。子和多次推让才接受,是为宋穆公,在位九年(前728—前720)。

〔42〕 与夷:宋宣公子。继承其叔穆公为君,在位九年(前719—前711)。谥殇公。

〔43〕 公子翚(huī灰):亦称公子恽,字羽父。鲁惠公姬弗涅庶子。鲁隐公时任大夫,专权独断。

〔44〕 中牟:春秋时卫邑名。地在今河南鹤壁市西。

〔45〕 腆颜:厚颜。

〔46〕 以大国:以,同"与"。大国,对宋国尊称,外交辞令。同仇:齐心打击敌人。

〔47〕 屏(bǐng丙)左右:令侍从退避。

〔48〕 侧席:不正坐。将身倾斜,以示谦恭。

〔49〕 孔父嘉:宋宗室,宋湣公五世孙。名嘉,字孔父。古时常把字与名连称。其后代乃以字为氏,成为孔子的六世祖。

〔50〕 刻日:限定日期。

〔51〕 隐公:鲁隐公姓姬名息,在位十一年(前722—前712)。

〔52〕 长葛：春秋时郑邑名，在今河南长葛市东北。

〔53〕 返斾(pèi 配)：回师、班师。斾，泛指旌旗。

〔54〕 壁垒：军营的围墙，常用土堆成，用作进攻或退守的屏障。

第 六 回

卫石碏大义灭亲　郑庄公假命伐宋

话说石厚才胜郑兵一阵，便欲传令班师。诸将皆不解其意，齐来禀复州吁曰："我兵锐气方盛，正好乘胜进兵，如何遽退？"州吁亦以为疑，召厚问之。厚对曰："臣有一言，请屏左右。"州吁麾左右使退。厚乃曰："郑兵素强，且其君乃王朝卿士也。今为我所胜，足以立威。主公初立，国事未定，若久在外方，恐有内变。"州吁曰："微卿言，寡人虑不及此。"少顷，鲁、陈、蔡三国，俱来贺胜，各请班师。遂解围而去。计合围至解围，才五日耳。石厚自矜有功，令三军齐唱凯歌，拥卫州吁扬扬归国。但闻野人歌曰：

　　一雄毙，一雄兴，歌舞变刀兵[1]。何时见太平？恨无人
兮诉洛京！

州吁曰："国人尚不和[2]也，奈何？"石厚曰："臣父碏，昔位上卿，素为国人所信服。主公若征之入朝，与共国政，位必定矣。"州吁命取白璧一双，白粟五百钟，候问石碏，即征碏入朝议事。石碏托言病笃，坚辞不受。

州吁又问石厚曰："卿父不肯入朝，寡人欲就而问计，何如？"石厚曰："主公虽往，未必相见，臣当以君命叩之。"乃回家见父，致

新君敬慕之意。石碏曰:"新主相召,欲何为也?"石厚曰:"只为人心未和,恐君位不定,欲求父亲决一良策。"石碏曰:"诸侯即位,以禀命于王朝为正。新主若能觐周,得周王锡以黻冕车服[3],奉命为君,国人更有何说?"石厚曰:"此言甚当,但无故入朝,周王必然起疑,必先得人通情于王方可。"石碏曰:"今陈侯[4]忠顺周王,朝聘不缺,王甚嘉宠之。吾国与陈素相亲睦,近又有借兵之好。若新主亲往朝陈,央陈侯通情周王,然后入觐,有何难哉?"石厚即将父碏之言,述于州吁。州吁大喜。当备玉帛礼仪,命上大夫石厚护驾,往陈国进发。

石碏与陈国大夫子𬘘,素相厚善。乃割指沥血,写下一书,密遣心腹人,竟到子𬘘处,托彼呈达陈桓公。书曰:

外臣石碏百拜致书陈贤侯殿下:卫国褊小,天降重殃,不幸有弑君之祸。此虽逆弟州吁所为,实臣之逆子厚贪位助桀。二逆不诛,乱臣贼子,行将接踵于天下矣!老夫年耄,力不能制,负罪先公。今二逆联车入朝上国,实出老夫之谋。幸上国拘执正罪,以正臣子之纲。实天下之幸,不独臣国之幸也!

陈桓公看毕,问子𬘘曰:"此事如何?"子𬘘对曰:"卫之恶,犹陈之恶。今之来陈,乃自送死,不能纵之。"桓公曰:"善。"遂定下擒州吁之计。

却说州吁同石厚到陈,尚未知石碏之谋。一君一臣,昂然而入。陈侯使公子佗[5]出郭迎接,留于客馆安置。遂致陈侯之命,请来日太庙中相见。州吁见陈侯礼意殷勤,不胜之喜。次日,设庭燎[6]于太庙,陈桓公立于主位,左傧右相[7],摆列得甚是整齐。石厚先到,见太庙门首,立着白牌一面,上写:"为臣不忠,为子不孝者，不许入庙！"石厚大惊，问大夫子铖曰："立此牌者何意？"子铖曰："此吾先君之训，吾君不敢忘也。"石厚遂不疑。须臾，州吁驾到，石厚导引下车，立于宾位。傧相启请入庙。州吁佩玉秉圭[8]，方欲鞠躬行礼。只见子铖立于陈侯之侧，大声喝曰："周天子有命：'只拿弑君贼州吁、石厚二人，馀人俱免。'"说声未毕，先将州吁擒下。石厚急拔佩剑，一时着忙，不能出鞘，只用手格斗，打倒二人。庙中左右壁厢，俱伏有甲士，一齐拢来，将石厚绑缚。从车兵众，尚然在庙外观望。子铖将石碏来书宣扬一遍，众人方知吁厚被擒，皆石碏主谋，假手于陈，天理当然，遂纷然而散。史官有诗叹曰：

　　州吁昔日饯桓公，今日朝陈受祸同。
　　屈指为君能几日，好将天理质苍穹[9]。

陈侯即欲将吁、厚行戮正罪。群臣皆曰："石厚乃石碏亲子，未知碏意如何。不若请卫自来议罪，庶无后言。"陈侯曰："诸卿之言是也。"乃将君臣二人，分作两处监禁，州吁囚于濮邑[10]，石厚囚于本国[11]，使其音信隔绝。遣人星夜驰报卫国，竟投石碏。

却说石碏自告老之后，未曾出户。见陈侯有使命至，即命舆人驾车伺候，一面请诸大夫朝中相见。众各骇然。石碏亲到朝中，会集百官，方将陈侯书信启看。知吁、厚已拘执在陈，专等卫大夫到，公同议罪。百官齐声曰："此社稷大计，全凭国老[12]主持。"石碏曰："二逆罪俱不赦，明正典刑，以谢先灵，谁肯往任其事？"右宰丑[13]曰："乱臣贼子，人得而诛之！丑虽不才，窃有公愤。逆吁之戮，丑当莅[14]之。"诸大夫皆曰："右宰足办此事矣。但首恶州吁既已正法，石厚从逆，可从轻议。"石碏大怒曰："州吁之恶，皆逆子所酿成。诸君请从轻典,得无疑我有舐犊[15]之私乎?老夫当亲自一行,手诛此贼。不然,无面目见先人之庙也!"家臣[16]獳羊肩曰:"国老不必发怒,某当代往。"石碏乃使右宰丑往濮莅杀州吁,獳羊肩往陈莅杀石厚。一面整备法驾,迎公子晋于邢。左丘明[17]修传至此,称石碏:"为大义而灭亲,真纯臣[18]也!"史臣诗曰:

公义私情不两全,甘心杀子报君冤。

世人溺爱偏多昧,安得芳名寿万年!

陇西居士又有诗,言石碏不先杀石厚,正为今日并杀州吁之地。诗曰:

明知造逆有根株,何不先将逆子除!

自是老臣怀远虑,故留子厚误州吁。

再说右宰丑同獳羊肩同造陈都,先谒见陈桓公,谢其除乱之恩,然后分头干事。右宰丑至濮,将州吁押赴市曹。州吁见丑大呼曰:"汝吾臣也,何敢犯吾?"右宰丑曰:"卫先有臣弑君者[19],吾效之耳!"州吁俯首受刑。獳羊肩往陈都,莅杀石厚。石厚曰:"死吾分内。愿上囚车,一见父亲之面,然后就死。"獳羊肩曰:"吾奉汝父之命,来诛逆子。汝如念父,当携汝头相见也!"遂拔剑斩之。公子晋自邢归卫,以诛吁告于武宫[20],重为桓公发丧,即侯位,是为宣公[21]。尊石碏为国老,世世为卿。从此陈、卫益相亲睦。

却说郑庄公见五国兵解,正欲遣人打探长葛消息。忽报:"公子冯自长葛逃回,在朝门外候见。"庄公召而问之。公子冯诉言:"长葛已被宋兵打破,占据了城池。逃命到此,乞求覆护!"言罢痛哭不已。庄公抚慰一番,仍令冯住居馆舍,厚其廪饩[22]。不一日,闻州吁被杀于濮,卫已立新君。庄公乃曰:"州吁之事,与新君无干。但主兵伐郑者,宋也。寡人当先伐之。"乃大集群臣,问以伐宋之策。祭足进曰:"前者五国连兵伐郑,今我若伐宋,四国必惧,合兵救宋,非胜算也。为今之计,先使人请成[23]于陈,再以利结鲁。若鲁、陈结好,则宋势孤矣。"庄公从之,遂遣使如陈请成。陈侯不许,公子佗谏曰:"亲仁善邻,国之宝也。郑来讲好,不可违之。"陈侯曰:"郑伯狡诈不测,岂可轻信?不然,宋、卫皆大国,不闻讲和,何乃先及我国?此乃离间之计也。况我曾从宋伐郑,今与郑成,宋国必怒。得郑失宋,有何利焉?"遂却郑使不见。

庄公见陈不许成,怒曰:"陈所恃者,宋、卫耳。卫乱初定,自顾不暇,岂能为人?俟我结好鲁国,当合齐、鲁之众,先报宋仇,次及于陈,此破竹之势也。"祭足奏曰:"不然,郑强陈弱,请成自我,陈必疑离间之计,所以不从。若命边人乘其不备,侵入其境,必当大获。因使舌辩之士,还其俘获,以明不欺,彼必听从。平陈之后,徐议伐宋为当。"庄公曰:"善。"乃使两鄜[24]宰率徒兵[25]五千,假装出猎,潜入陈界,大掠男女辎重[26],约百馀车。陈疆吏申报桓公。桓公大惊,正集群臣商议,忽报:"有郑使颍考叔在朝门外,赍本国书求见,纳还俘获。"陈桓公问公子佗曰:"郑使此来如何?"公子佗曰:"通使美意,不可再却。"桓公乃召颍考叔进见。考叔再拜,将国书呈上。桓公启而观之,略曰:

> 寤生再拜奉书陈贤侯殿下:君方膺[27]王宠,寡人亦忝为王臣,理宜相好,共效屏藩[28]。近者请成不获,边吏遂妄疑吾二国有隙,擅行侵掠。寡人闻之,卧不安枕。今将所俘人口

辎重,尽数纳还,遣下臣颍考叔谢罪。寡人愿与君结兄弟之好,惟君许焉。

陈侯看毕,方知郑之修好,出于至诚。遂优礼颍考叔,遣公子佗报聘。自是陈、郑和好。

郑庄公谓祭足曰:"陈已平矣,伐宋奈何?"祭足奏曰:"宋爵尊国大,王朝且待以宾礼,不可轻伐。主公向欲朝觐,只因齐侯约会石门,又遇州吁兵至,耽搁至今。今日宜先入周,朝见周王。然后假称王命,号召齐、鲁,合兵加宋。兵至有名,万无不胜矣。"郑庄公大喜曰:"卿之谋事,可谓万全。"时周桓王即位已三年矣。庄公命世子忽监国,自与祭足如周,朝见周王。

正值冬十一月朔,乃贺正[29]之期。周公黑肩劝王加礼于郑,以劝列国。桓王素不喜郑,又想起侵夺麦禾之事,怒气勃勃,谓庄公曰:"卿国今岁收成何如?"庄公对曰:"托赖吾王如天之福,水旱不侵。"桓王曰:"幸而有年[30],温之麦,成周之禾,朕可留以自食矣。"庄公见桓王言语相侵,闭口无言,当下辞退。桓王也不设宴,也不赠贿[31],使人以黍米十车遗之曰:"聊以为备荒之资。"庄公甚悔此来,谓祭足曰:"大夫劝寡人入朝,今周王如此怠慢,口出怨言,以黍禾见诮。寡人欲却而不受,当用何辞?"祭足对曰:"诸侯所以重郑者,以世为卿士,在王左右也。王者所赐,不论厚薄,总曰天宠。主公若辞而不受,分明与周为隙。郑既失周,何以取重于诸侯乎?"正议论间,忽报周公黑肩相访,私以彩缯二车为赠,言语之际,备极款曲[32]。良久辞去。庄公问祭足曰:"周公此来何意?"祭足对曰:"周王有二子,长曰沱,次曰克。周王宠爱次子,属周公使辅翼之,将来必有夺嫡[33]之谋。故周公今日先结好我国,以为外援。主公受其彩缯,正有用处。"庄公曰:"何用?"祭足曰:"郑之朝王,邻国莫不知之。今将周公所赠彩帛,分布于十车之上,外用锦袱覆盖。出都之日,宣言'王赐'。再加彤弓弧矢[34],假说:'宋公久缺朝贡,主公亲承王命,率兵讨之。'以此号召列国,责以从兵,有不应者,即系抗命。重大其事,诸侯必然信从。宋虽大国,其能当奉命之师乎!"庄公拍祭足肩曰:"卿真智士也!寡人一一听卿而行。"陇西居士咏史诗曰:

彩缯禾黍不相当,无命如何假托王?

毕竟虚名能动众,睢阳[35]行作战争场。

庄公出了周境,一路宣扬王命,声播宋公不臣之罪,闻者无不以为真。这话直传至宋国。殇公心中惊惧,遣使密告于卫宣公。宣公乃纠合齐僖公,欲与宋、郑两国讲和,约定月日,在瓦屋[36]之地相会,歃血订盟,各释旧憾。宋殇公使人以重币遗卫,约先期在犬丘[37]一面[38],商议郑事,然后并驾至于瓦屋。齐僖公亦如期而至。惟郑庄公不到。齐侯曰:"郑伯不来,和议败矣!"便欲驾车回国。宋公强留与盟。齐侯外虽应承,中怀观望之意。惟宋、卫交情已久,深相结纳而散。

是时周桓王欲罢郑伯之政,以虢公忌父代之。周公黑肩力谏,乃用忌父为右卿士,任以国政。郑伯为左卿士,虚名而已。庄公闻之,笑曰:"料周王不能夺吾爵也!"后闻齐、宋合党,谋于祭足。祭足对曰:"齐、宋原非深交,皆因卫侯居间纠合,虽然同盟,实非本心。主公今以王命并布于齐、鲁,即托鲁侯纠合齐侯,协力讨宋。鲁与齐连壤,世为婚姻。鲁侯同事,齐必不违。蔡、卫、郕[39]、许[40]诸国,亦当传檄[41]召之,方见公讨。有不赴者,移师伐之。"庄公依计,遣使至鲁,许以用兵之日,侵夺宋地,尽归鲁国。公子翚乃贪横之徒,欣然诺之。奏过鲁君,转约齐侯,与郑在中丘[42]取齐[43]。齐侯使其弟夷仲年[44]为将,出车三百乘。鲁侯使公子翚为将,出车二百乘,前来助郑。

郑庄公亲统着公子吕、高渠弥、颍考叔、公孙阏等一班将士,自为中军。建大纛一面,名曰"蝥弧"[45],上书:"奉天讨罪"四大字,以辂车[46]载之。将彤弓弧矢,悬于车上,号为卿士讨罪。夷仲年将左军,公子翚将右军,扬威耀武,杀奔宋国。公子翚先到老桃[47]地方,守将引兵出迎。被公子翚奋勇当先,只一阵,杀得宋兵弃甲曳兵,逃命不迭,被俘者二百五十馀人。公子翚将捷书飞报郑伯,就迎至老桃下寨。相见之际,献上俘获。庄公大喜,称赞不绝口,命幕府[48]填上第一功。杀牛飨士[49],安歇三日。然后分兵进取,命颍考叔同公子翚领兵攻打郜城[50],公子吕接应;命公孙阏同夷仲年领兵攻打防城[51],高渠弥接应。将老营安扎老桃,专听报捷。

却说宋殇公闻三国兵已入境,惊得面如土色,急召司马孔父嘉问计。孔父嘉奏曰:"臣曾遣人到王城打听,并无伐宋之命。郑托言奉命,非真命也,齐、鲁特堕其术中耳。然三国既合,其势诚不可争锋。为今之计,惟有一策,可令郑不战而退。"殇公曰:"郑已得利,肯遽退乎?"孔父嘉曰:"郑假托王命,遍召列国,今相从者,惟齐、鲁两国耳。东门之役,宋、蔡、陈、鲁同事。鲁贪郑赂,陈与郑平[52],皆入郑党。所不致者,蔡、卫也。郑君亲将在此,车徒必盛,其国空虚。主公诚以重赂,遣使告急于卫,使纠合蔡国,轻兵袭郑。郑君闻已国受兵,必返旆自救。郑师既退,齐、鲁能独留乎?"

第 六 回

殇公曰："卿策虽善,然非卿亲往,卫兵未必即动。"孔父嘉曰："臣当引一枝兵,为蔡向导。"

殇公即简车徒二百乘,命孔父嘉为将,携带黄金、白璧、彩缎等物,星夜来到卫国,求卫君出师袭郑。卫宣公受了礼物,遣右宰丑率兵同孔父嘉从间道[53]出其不意,直逼荥阳。世子忽同祭足急忙传令守城,已被宋、卫之兵,在郭外大掠一番,掳去人畜辎重无算。右宰丑便欲攻城,孔父嘉曰："凡袭人之兵,不过乘其无备,得利即止。若顿师坚城之下,郑伯还兵来救,我腹背受敌,是坐困耳。不若借径于戴[54],全军而返。度我兵去郑之时,郑君亦当去宋矣。"右宰丑从其言,使人假道于戴。戴人疑其来袭己国,闭上城门,授兵登陴[55]。孔父嘉大怒,离戴城十里,同右宰丑分作前后两寨,准备攻城。戴人固守,屡次出城交战,互有斩获。孔父嘉遣使往蔡国乞兵相助。不在话下。

此时颍考叔等已打破郜城,公孙阏等亦打破防城,各遣人于郑伯老营报捷。恰好世子忽告急文书到来。不知郑伯如何处置,再看下回分解。

---

〔1〕 "一雄毙"三句:指卫桓公姬完被杀,州吁篡位,伐郑班师诸事。

〔2〕 和:和顺、顺从。

〔3〕 锡以黻(fú服)冕车服:赐给礼服、礼帽、车辆和章服。锡,赐也。黻冕,指祭祀或上朝所穿的礼服礼帽。这些与车辆及车上遮盖的帷帐都有严格的等级标志。

〔4〕 陈侯:即陈桓公妫鲍,在位三十八年(前744—前707)。

〔5〕 公子佗:亦称公子他,字伍父。陈文公妫圉(前754—前745年在位)之子,陈桓公妫鲍之弟。

〔6〕 庭燎:庭院中照明的火炬或大烛。表示仪式的隆重。

〔7〕 左傧右相:傧、相均为赞礼者,一般为二人,分列左右。

〔8〕 佩玉秉圭(guī 归):即身佩玉饰,手持圭璧。圭璧为古代诸侯朝聘时用作符信的玉器。

〔9〕 苍穹(qióng 穷):苍天。穹指天,天色青苍,故称。

〔10〕 濮邑:春秋时陈邑名,在今安徽亳州东南。

〔11〕 本国:即本都城,国作都城解。陈都于陈,即今河南淮阳县。

〔12〕 国老:古代告老退职的卿大夫,尊称为国老。此指石碏。

〔13〕 右宰丑:丑为人名。右宰,卫国官名,与左宰同掌朝政。

〔14〕 莅(lì 立):亲临,到达。引申有承担之意。

〔15〕 舐犊(shì dú 氏读):比喻人爱其子女如老牛之舐其小牛。舐,以舌取食或舔物。

〔16〕 家臣:春秋时诸侯国内卿大夫的下属。职位有宰、司徒、司马等。家臣不世袭,由卿大夫任免。

〔17〕 左丘明:春秋末年鲁人,相传曾任鲁太史。曾撰写《春秋左氏传》,简称《左传》。

〔18〕 纯臣:指一心事君、忠诚无私之臣。

〔19〕 "卫先"句:意指州吁弑卫桓公,亦系以臣弑君。

〔20〕 武宫:即卫武公姬和之庙。武公乃桓公姬完和宣公姬晋的祖父。

〔21〕 宣公:卫桓公之弟姬晋。在位十九年(前718—前700)。

〔22〕 廪饩(xì 戏):指由公家供给的粮食之类生活物资。

〔23〕 请成:请求和解、讲和。

〔24〕 两鄙:指郑国东部及南部边邑。因陈国在郑东南。

〔25〕 徒兵:指无兵车相随的步兵。

第　六　回

〔26〕辎（zī 资）重：军需物资。此指一般物品。

〔27〕膺（yīng 英）：受，获得。

〔28〕屏藩：护卫的诸侯国。屏，屏障，引申有保护之意。藩，藩国，此指诸侯国。

〔29〕贺正（zhēng 征）：即恭贺新年。夏代建寅，以古历一月为一年之始。殷代建丑，以十二月为岁首。周代建子，以十一月为岁首。故十一月朔（初一），乃是新年之始。

〔30〕有年：丰收。年的本意为五谷成熟。

〔31〕"桓王"二句：按常规，诸侯来朝周王，王必设宴慰劳，答以币帛，谓之赠贿。

〔32〕备极款曲：应酬非常完备、周到。

〔33〕夺嫡：指庶子夺取嫡子的君位继承权。

〔34〕彤（tóng 同）弓弧矢：朱红色的弓和桑木制的箭。古代帝王以之赐有功诸侯，表示可专征伐。

〔35〕睢阳：古邑名，秦代始置。地在今河南商丘市南。此指宋都商丘。

〔36〕瓦屋：春秋时周畿内地名。在今河南尉氏县洧川镇之瓦屋里。又有在今河南温县等说法。

〔37〕犬丘：春秋时宋地名，在今河南永城市西北。

〔38〕一面：会面一次。面用作动词。

〔39〕郕（chéng 成）：周诸侯国名。始封之君为周武王弟叔武，伯爵。故址在今河南范县一带。

〔40〕许：周诸侯国名，亦作鄦，姜姓，相传为伯益之后，男爵。地在今河南许昌市一带。

〔41〕传檄（xí 习）：传递檄文。檄，古代官方文书，用长尺二之木简书写，用以征召、晓喻或声讨。

〔42〕中丘：古地名。在今山东沂南县东南。

〔43〕 取齐：集合、集中。

〔44〕 夷仲年：吕姓，名年。齐庄公吕赎之子，仲乃其排行，夷为其谥号。

〔45〕 蝥（máo矛）弧：春秋时各诸侯国多建有旗号，郑国此旗号之含义已不可考。

〔46〕 辂（lù路）车：即大车。

〔47〕 老桃：春秋时宋地名，在今山东济宁市北桃乡城。明、清诸本多为"老挑"，疑系误刻，据《左传》改。

〔48〕 幕府：本为将帅的营帐。因军旅无固定住所，乃以帐幕为府署，故称幕府。此指幕府中办事官吏。

〔49〕 饷（xiǎng响）：款待。

〔50〕 郜（gào告）城：此指南郜城，春秋时宋邑名。故址在今山东成武县东南。

〔51〕 防城：此指西防城，春秋时宋邑名。故址在今山东金乡县西南。

〔52〕 平：讲和，和解。

〔53〕 间道：小路，便道。

〔54〕 戴：周诸侯国名。一作载。姬姓。故址在今河南民权县东。

〔55〕 登陴（pí皮）：登城防守。陴为城上女墙，上有孔穴，可以窥外。

第 七 回

公孙阏争车射考叔　公子翚献谄贼隐公

话说郑庄公得了世子忽告急文书，即时传令班师。夷仲年、公子翚等，亲到老营来见郑伯曰："小将等乘胜正欲进取，忽闻班师之命，何也？"庄公奸雄多智，隐下宋、卫袭郑之事，只云："寡人奉命讨宋，今仰仗上国兵威，割取二邑，已足当削地之刑矣。宾王上爵[1]，王室素所尊礼，寡人何敢多求？所取郜、防两邑，齐、鲁各得其一，寡人毫不敢私。"夷仲年曰："上国以王命征师，敝邑奔走恐后，少效微劳，礼所当然，决不敢受邑。"谦让再三。庄公曰："既公子不肯受地，二邑俱奉鲁侯，以酬公子老桃首功之劳。"公子翚更不推辞，拱手称谢。另差别将，领兵分守郜、防二邑。不在话下。庄公大犒三军，临别与夷仲年、公子翚刑牲而盟："三国同患相恤，后有军事，各出兵车为助。如背此言，神明不宥！"

单说夷仲年归国，见齐僖公，备述取防之事。僖公曰："石门之盟，有事相偕，今虽取邑，理当归郑。"夷仲年曰："郑伯不受，并归鲁侯矣。"僖公以郑伯为至公，称叹不已。

再说郑伯班师，行至中途，又接得本国文书一道，内称："宋、卫已移兵向戴矣。"庄公笑曰："吾固知二国无能为也！然孔父嘉不知兵,乌有自救而复迁怒[2]者?吾当以计取之。"乃传令四将,分为四队,各各授计,衔枚卧鼓[3],并望戴国进发。

再说宋、卫合兵攻戴,又请得蔡国领兵助战,满望一鼓成功。忽报:"郑国遣上将公子吕领兵救戴,离城五十里下寨。"右宰丑曰:"此乃石厚手中败将[4],全不耐战,何足惧哉!"少顷,又报:"戴君知郑兵来救,开门接入去了。"孔父嘉曰:"此城唾手可得,不意郑兵相助,又费时日。奈何?"右宰丑曰:"戴既有帮手,必然合兵索战。你我同升壁垒,察城中之动静,好做准备。"二将方在壁垒之上,指手画脚。忽听连珠炮响,城上遍插郑国旗号,公子吕全装披挂,倚着城楼外槛,高声叫曰:"多赖三位将军气力,寡君已得戴城,多多致谢!"原来郑庄公设计,假称公子吕领兵救戴,其实庄公亲在戎车之中,只要哄进戴城,就将戴君逐出,并了戴国之军。城中连日战守困倦,素闻郑伯威名,谁敢抵敌?几百世相传之城池,不劳馀力,归于郑国。戴君引了宫眷,投奔西秦去了。

孔父嘉见郑伯白占了戴城,忿气填胸,将兜鍪[5]掷地曰:"吾今日与郑誓不两立!"右宰丑曰:"此老奸最善用兵,必有后继。倘内外夹攻,吾辈危矣!"孔父嘉曰:"右宰之言,何太怯也!"正说间,忽报:"城中着人下战书。"孔父嘉即批来日决战。一面约会卫、蔡二国,要将三路军马,齐退后二十里,以防冲突。孔父嘉居中,蔡、卫左右营,离隔不过三里。立寨甫毕。喘息未定,忽闻寨后一声炮响,火光接天,车声震耳。谍者报:"郑兵到了。"孔父嘉大怒,手持方天画戟,登车迎敌。只见车声顿息,火光俱灭了。才欲回营,左边炮声又响,火光不绝。孔父嘉出营观看,左边火光又灭,右边炮响连声,一片火光,隐隐在树林之外。孔父嘉曰:"此老奸疑军之计。"传令："乱动者斩！"少顷，左边火光又起，喊声震地，忽报："左营蔡军被劫。"孔父嘉曰："吾当亲往救之。"才出营门，只见右边火光复炽，正不知何处军到。孔父嘉喝教御人："只顾推车向左。"御人着忙，反推向右去。遇着一队兵车，互相击刺，约莫更馀，方知是卫国之兵。彼此说明，合兵一处，同到中营。那中营已被高渠弥据了。急回辕时，右有颍考叔，左有公孙阏，两路兵到。公孙阏接住右宰丑，颍考叔接住孔父嘉，做两队厮杀。东方渐晓，孔父嘉无心恋战，夺路而走。遇着高渠弥，又杀一阵。孔父嘉弃了乘车，跟随者止存二十馀人，徒步奔脱。右宰丑阵亡。三国车徒，悉为郑所俘获。所掳郑国郊外人畜辎重，仍旧为郑所有，此庄公之妙计也。史官有诗云：

主客雌雄尚未分，庄公智计妙如神。

分明鹬蚌相持势，得利还归结网人。

庄公得了戴城，又兼了三国之师，大军奏凯，满载而归。庄公大排筵宴，款待从行诸将。诸将轮番献卮[6]上寿。庄公面有德色，举酒沥地曰："寡人赖天地祖宗之灵，诸卿之力，战则必胜，威加上公，于古之方伯如何？"群臣皆称千岁。惟颍考叔嘿然。庄公睁目视之。考叔奏曰："君言失矣！夫方伯者，受王命为一方诸侯之长，得专征伐，令无不行，呼无不应。今主公托言王命，声罪于宋，周天子实不与闻。况传檄征宋，蔡、卫反助宋侵郑，郕、许小国，公然不至。方伯之威，固如是乎？"庄公笑曰："卿言是也。蔡、卫全军覆没，已足小惩。今欲问罪郕、许，二国孰先？"颍考叔曰："郕邻于齐，许邻于郑。主公既欲加以违命之名，宜正告其罪，遣一将助齐伐郕，请齐兵同来伐许。得郕则归之齐，得许则归之郑，庶不失两国共事之谊。俟事毕献捷于周,亦可遮饰四方之耳目。"庄公曰:"善!但当次第行之。"乃先遣使将问罪郕、许之情,告于齐侯。齐侯欣然听允。遣夷仲年将兵伐郕,郑遣大将公子吕率兵助之,直入其都。郕人大惧,请成于齐,齐侯受之。就遣使跟随公子吕到郑,叩问伐许之期。庄公约齐侯在时来[7]地方会面,转央齐侯去订鲁侯同事。时周桓王八年[8]之春也。公子吕途中得病归国,未几而死。庄公哭之恸曰:"子封不禄[9],吾失右臂矣!"乃厚恤其家,录其弟公子元为大夫。时正卿位缺,庄公欲用高渠弥,世子忽密谏曰:"渠弥贪而狠,非正人也,不可重任。"庄公点首。乃改用祭足为上卿,以代公子吕之位。高渠弥为亚卿。不在话下。

且说是夏,齐、鲁二侯皆至时来,与郑伯面订师期。以秋七月朔,在许地取齐,二侯领命而别。郑庄公回国,大阅军马,择日祭告于太宫[10],聚集诸将于教场[11]。重制"蝥弧"大旗,建于大车之上,用铁绹之。这大旗以锦为之,锦方一丈二尺,缀金铃二十四个,旗上绣"奉天讨罪"四大字,旗竿长三丈三尺。庄公传令:"有能手执大旗,步履如常者,拜为先锋,即以辂车赐之。"言未毕,班中走出一员大将,头带银盔,身穿紫袍金甲,生得黑面虬须[12],浓眉大眼。众视之,乃大夫瑕叔盈也。上前奏曰:"臣能执之。"只手拔起旗竿,紧紧握定。上前三步,退后三步,仍竖立车中,略不气喘。军士无不喝采。瑕叔盈大叫:"御人何在?为我驾车!"方欲谢恩,班中又走出一员大将,头带雉冠[13],绿锦抹额[14],身穿绯袍犀甲,口称:"执旗展步,未为希罕,臣能舞之。"众人上前观看,乃大夫颖考叔也。御者见考叔口出大言,更不敢上前,且立住脚观看。只见考叔左手撩衣,将右手打开铁绹,从背后倒拔那旗,踊身一跳,那旗竿早拔起到手。忙将左手搭住，顺势打个转身，将右手托起。左旋右转，如长枪一般，舞得呼呼的响。那面旗卷而复舒，舒而复卷，观者尽皆骇然。庄公大喜曰："真虎臣也！当受此车为先锋。"言犹未毕，班中又走出一员少年将军，面如傅粉，唇若涂朱，头带束发紫金冠，身穿织金绿袍，指着考叔大喝道："你能舞旗，偏我不会舞，这车且留下！"大踏步上前。考叔见他来势凶猛，一手把着旗竿，一手挟着车辕，飞也似跑去了。那少年将军不舍，在兵器架上，掉起一柄方天画戟，随后赶出教场。将至大路，庄公使大夫公孙获传语解劝。那将军见考叔已去远，恨恨而返，曰："此人藐我姬姓无人，吾必杀之！"那少年将军是谁？乃是公族大夫[15]，名唤公孙阏，字子都，乃男子中第一的美色，为郑庄公所宠。孟子云："不知子都之姣[16]者，无目者也。"正是此人。平日恃宠骄横，兼有勇力，与考叔素不相睦。当下回转教场，兀自怒气勃勃。庄公夸奖其勇曰："二虎不得相斗，寡人自有区处。"另以车马赐公孙阏，并赐瑕叔盈。两个各各谢恩而散。髯翁有诗云：

　　军法从来贵整齐，挟辕拔戟敢胡为！

　　郑庭虽是多骁勇，无礼之人命必危。

至七月朔日，庄公留祭足同世子忽守国，自统大兵望许城进发。齐、鲁二侯，已先在近城二十里下寨等候。三君相见叙礼，让齐侯居中，鲁侯居右，郑伯居左。是日庄公大排筵席，以当接风。齐侯袖中出檄书一纸，书中数许男不共职贡[17]之罪，今奉王命来讨。鲁、郑二君俱看过，一齐拱手曰："必如此，师出方为有名。"约定来日庚辰，协力攻城，先遣人将讨檄射进城去。

次早三营各各放炮起兵。那许本男爵，小小国都，城不高，池

公孙阏争车射考叔　公子翚献谄贼隐公

不深,被三国兵车,密密扎扎,围得水泄不漏,城内好生惊怕。只因许庄公是个有道之君,素得民心,愿为固守,所以急切未下。齐、鲁二君,原非主谋,不甚用力。到底是郑将出力,人人奋勇,个个夸强。就中颍考叔,因公孙阏夺车一事,越要施逞手段。到第三日壬午,考叔在辚车[18]上,将"蝥弧"大旗,挟于胁下,踊身一跳,早登许城。公孙阏眼明手快,见考叔先已登城,忌其有功,在人丛中认定考叔,飕的发一冷箭。也是考叔合当命尽,正中后心,从城上连旗倒跌下来。瑕叔盈只道考叔为守城军士所伤,一股愤气,太阳[19]中迸出火星,就地取过大旗,一踊而上,绕城一转,大呼:"郑君已登城矣!"众军士望见绣旗飘扬,认郑伯真个登城,勇气百倍,一齐上城。砍开城门,放齐、鲁之兵入来。随后三君并入。许庄公易服杂于军民中,逃奔卫国去了。

齐侯出榜安民,将许国土地,让与鲁侯。鲁隐公坚辞不受。齐僖公曰:"本谋出郑,既鲁侯不受,宜归郑国。"郑庄公满念贪许,因见齐、鲁二君交让,只索佯推假逊。正在议论之际,传报:"有许大夫百里引着一个小儿求见。"三君同声唤入。百里哭倒在地,叩首乞哀:"愿延太岳[20]一线之祀。"齐侯问:"小儿何人?"百里曰:"吾君无子,此君之弟名新臣。"齐、鲁二侯,各凄然有怜悯之意。郑庄公见景生情,将计就计,就转口曰:"寡人本迫于王命,从君讨罪,若利其土地,非义举也。今许君虽窜,其世祀不可灭绝。既其弟见在,且有许大夫可托,有君有臣,当以许归之。"百里曰:"臣止为君亡国破,求保全六尺之孤[21]耳!土地已属君掌握,岂敢复望!"郑庄公曰:"吾之复许,乃真心也。恐叔年幼,不任国事,寡人当遣人相助。"乃分许为二:其东偏,使百里奉新臣以居之;其西

第 七 回

偏,使郑大夫公孙获居之。名为助许,实是监守一般。齐、鲁二侯不知是计,以为处置妥当,称善不已。百里同许叔拜谢了三君。三君亦各自归国。髯翁有诗单道郑庄公之诈。诗曰:

残忍全无骨肉恩,区区许国有何亲!

二偏分处如监守,却把虚名哄外人。

许庄公老死于卫。许叔在东偏受郑制缚,直待郑庄公薨后,公子忽、突相争数年,突入而复出,忽出而复入,那时郑国扰乱,公孙获病死,许叔方才与百里用计,乘机潜入许都,复整宗庙。此是后话。

再说郑庄公归国,厚赏瑕叔盈,思念颍考叔不置。深恨射考叔之人,而不得其名。乃使从征之众,每百人为卒[22],出猪一头,二十五人为行,出犬、鸡[23]各一只,召巫史为文,以咒诅[24]之。公孙阏暗暗匿笑。如此咒诅,三日将毕。郑庄公亲率诸大夫往观。才焚祝文,只见一人蓬首垢面,径造[25]郑伯面前,跪哭而言曰:"臣考叔先登许城,何负于国?被奸臣子都挟争车之仇,冷箭射死。臣已得请于上帝,许偿臣命。蒙主君垂念,九泉怀德!"言讫,以手自探其喉,喉中喷血如注,登时气绝。庄公认得此人是公孙阏,急使人救之,已呼唤不醒。原来公孙阏被颍考叔附魂索命,自诉于郑伯之前。到此方知射考叔者,即阏也。郑庄公嗟叹不已。感考叔之灵,命于颍谷立庙祀之。今河南府登封县,即颍谷故地,有颍大夫庙,又名纯孝[26]庙。洧川[27]亦有之。陇西居士有诗讥庄公云:

争车方罢复伤身,乱国全然不忌君。

若使群臣知畏法,何须鸡犬黩神明!

庄公又分遣二使,将礼币往齐、鲁二国称谢。齐国无话。单说

84

公孙阏争车射考叔　公子翚献谄贼隐公

所遣鲁国使臣回来,缴上礼币,原书不启。庄公问其缘故。使者奏曰:"臣方入鲁境,闻知鲁侯被公子翚所弑,已立新君。国书不合,不敢轻投。"庄公曰:"鲁侯谦让宽柔,乃贤君也,何以见弑?"使者曰:"其故臣备闻之。鲁先君惠公[28]元妃[29]早薨,宠妾仲子[30]立为继室,生子名轨[31],欲立为嗣。鲁侯乃他妾之子也。惠公薨,群臣以鲁侯年长,奉之为君。鲁侯承父之志,每言:'国乃轨之国也,因其年幼,寡人暂时居摄[32]耳。'子翚求为太宰之官,鲁侯曰:'俟轨居君位,汝自求之。'公子翚反疑鲁侯有忌轨之心,密奏鲁侯曰:'臣闻利器[33]入手,不可假人[34]。主公已嗣爵为君,国人悦服。千岁而后[35],便当传之子孙。何得以居摄为名,起人非望?今轨年长,恐将来不利于主。臣请杀之,为主公除此隐忧何如?'鲁侯掩耳曰:'汝非痴狂,安得出此乱言!吾已使人于菟裘[36]筑下宫室,为养老计,不日当传位于轨矣。'翚默然而退,自悔失言。诚恐鲁侯将此一段话告轨,轨即位,必当治罪。黉夜[37]往见轨,反说:'主公见汝年齿渐长,恐来争位。今日召我入宫,密嘱行害于汝。'轨惧而问计,翚曰:'他无仁,我无义。公子必欲免祸,非行大事不可。'轨曰:'彼为君已十一年矣,臣民信服。若大事不成,反受其殃。'翚曰:'吾已为公子定计矣。主公未立之先,曾与郑君战狐壤[38],被郑所获,囚于郑大夫尹氏之家。尹氏素奉祀一神,名曰钟巫[39]。主公暗地祈祷,谋逃归于鲁国。卜卦得吉,乃将实情告于尹氏。那时尹氏正不得志于郑,乃与主公共逃至鲁。遂立钟巫之庙于城外,每岁冬月,必亲自往祭。今其时矣。祭则必馆于㝢大夫之家。吾预使勇士充作徒役,杂居左右,主公不疑。俟其睡熟刺之,一夫之力耳。'轨曰:'此计虽善,然恶名何以自解?'翚曰:'吾预嘱勇士潜逃,归罪于㝱大夫,有何不可?'子轨下拜曰:'大事若成,当以太宰相屈。'子轨如计而行,果弑鲁侯。今轨已嗣为君,翚为太宰,讨㝱氏以解罪。国人无不知之,但畏翚权势,不敢言耳。"庄公乃问于群臣曰:"讨鲁与和鲁,二者孰利?"祭仲曰:"鲁、郑世好,不如和之。臣料鲁国不日有使命至矣。"言未毕,鲁使已及馆驿。庄公使人先叩其来意。言:"新君即位,特来修先君之好,且约两国君面会订盟。"庄公厚礼其使,约定夏四月中,于越[40]地相见,歃血立誓,永好无渝。自是鲁、郑信使不绝。时周桓王之九年[41]也。髯翁读史至此,论公子翚兵权在手,伐郑伐宋,专行无忌,逆端已见。及请杀弟轨,隐公亦谓其乱言矣。若暴明其罪,肆[42]诸市朝,弟轨亦必感德。乃告以让位,激成弑逆之恶,岂非优柔不断,自取其祸!有诗叹云:

　　跋扈将军素横行,履霜全不戒坚冰[43]。

　　菟裘空筑人难老,㝱氏谁为抱不平。

又有诗讥钟巫之祭无益。诗曰:

　　狐壤逃归庙额题,年年设祭报神私。

　　钟巫灵感能相助,应起天雷击子翚。

却说宋穆公之子冯,自周平王末年奔郑,至今尚在郑国。忽一日传言:"有宋使至郑,迎公子冯回国,欲立为君。"庄公曰:"莫非宋君臣哄冯回去,欲行杀害?"祭仲曰:"且待接见使臣,自有国书。"不知书中如何,且看下回分解。

公孙阏争车射考叔　公子翚献谄贼隐公

〔1〕　宾王上爵:指宋国。宋为殷商王室之后,故称宾王。周赐与公爵,为爵位中最上等。

〔2〕　迁怒:指把对郑、鲁、齐的愤怒移至戴国,这等于给宋国又增加了一个敌人。故句前说"孔父嘉不知兵"。

〔3〕　衔枚卧鼓:指悄悄进军。人口中衔着枚子,不能说话。鼓横卧着,不能敲击。

〔4〕　石厚手中败将:指东门之役,公子吕曾诈败于石厚。见第五回。

〔5〕　兜鍪(móu谋):古代作战时戴的头盔。

〔6〕　卮(zhī之):一种较大酒杯。

〔7〕　时来:春秋时郑地名。在今河南郑州市北。

〔8〕　周桓王八年:即公元前712年,郑庄公三十二年。

〔9〕　不禄:士、大夫死均称不禄,意指不再享受俸禄。

〔10〕　太宫:或称大宫,始祖之庙。郑之始祖为周厉王,开国君郑桓公乃厉王之幼子。

〔11〕　教场:即演武场。

〔12〕　虬(qiú求)须:卷曲的胡须。

〔13〕　雉冠:用雉尾作装饰之冠。

〔14〕　抹额:束额巾,也称抹头。古时武士多用之。

〔15〕　公族大夫:国君宗室中任大夫者。

〔16〕　姣(jiāo交):美丽。孟子的话见《告子上》。但话中的子都是否即为公孙阏,各家说法不一。

〔17〕　不共(gōng工)职贡:即未能按职责进贡。共,同"供"。

〔18〕　轈(cháo朝)车:兵车的一种,较高,车上加巢,可以瞭望敌方。

〔19〕　太阳:指太阳穴。

〔20〕　太岳:古代人名,相传为帝尧时官员。一说为尧时官名,即四岳。

87

第 七 回

旧说许为尧时四岳伯益之后。

〔21〕 六尺之孤：年幼的孤儿。春秋时尺较今尺为短，六尺亦属未成人之身高。

〔22〕 卒：春秋时军队组织单位，百人为卒。下文之"行"（háng 杭）也是组织单位。

〔23〕 犬、鸡：古人祭祀，例用猪、犬、鸡三物。君以豕（猪），臣以犬，民以鸡。

〔24〕 咒诅（zǔ 阻）：用咒语告神，请神惩罚加祸于某人。

〔25〕 径造：直接到。

〔26〕 纯孝：大孝。出《左传·隐公元年》："颍考叔，纯孝也。"

〔27〕 洧川：即第四回之曲洧，在今河南长葛市境。郑庄公掘地见母处。

〔28〕 鲁惠公：名姬弗湼，鲁孝公子。在位四十六年（前768—前732）。

〔29〕 元妃：国君或诸侯的结发嫡妻。

〔30〕 仲子：人名，宋武公之女，子姓。实为鲁惠公继娶之妻，并非宠妾。据说她生下来就有"为鲁夫人"的手纹。

〔31〕 轨：《史记·鲁世家》作允。实应为㽥，古允字。轨乃㽥之误。此人即鲁桓公。

〔32〕 居摄：指暂居王位，处理政务。

〔33〕 利器：锐利的兵器，即刀剑之属。又作为国家权力的象征。《老子》："国之利器，不可以示人。"

〔34〕 假人：交给别人。

〔35〕 千岁而后：意指死后，百年之后。因隐公乃诸侯，故称千岁。

〔36〕 菟（tù 兔）裘：春秋时鲁国地名，在今山东泗水县境内。

〔37〕 寅（yín 寅）夜：深夜。

〔38〕 狐壤：春秋时郑国地名，在今河南许昌市北。鲁与郑战于狐壤一事，本书未记。

〔39〕 钟巫：似为郑大夫尹氏的家神。

〔40〕 越：古地名。在今山东曹县附近。

〔41〕 桓王之九年：即公元前711年。

〔42〕 肆：处死刑后陈尸于市场以示众。

〔43〕 "履霜"句：语出《易经·坤》："履霜坚冰至。"意指鲁隐公不知防微杜渐，及早警惕。正如走在霜上而不能预见大地冰封的寒冬即将到临。

第 八 回

立新君华督行赂　败戎兵郑忽辞婚

话说宋殇公与夷，自即位以来，屡屡用兵。单说伐郑，已是三次[1]了。只为公子冯在郑，故忌而伐之。太宰华督[2]素与公子冯有交，见殇公用兵于郑，口中虽不敢谏阻，心上好生不乐。孔父嘉是主兵之官，华督如何不怪他？每思寻端杀害，只为他是殇公重用之人，掌握兵权，不敢动手。自伐戴一出，全军覆没，孔父嘉只身逃归，国人颇有怨言。尽说："宋君不恤百姓，轻师好战，害得国中妻寡子孤，户口耗减。"华督又使心腹人于里巷布散流言，说："屡次用兵，皆出孔司马主意。"国人信以为然，皆怨司马。华督正中其怀。又闻说孔父嘉继室魏氏，美艳非常，世无其比，只恨不能一见。忽一日魏氏归宁，随外家出郊省墓。时值春月，柳色如烟，花光似锦，正士女踏青之候。魏氏不合揭起车幰[3]，偷觑外边光景。华督正在郊外游玩，蓦然相遇，询知是孔司马家眷，大惊曰："世间有此尤物[4]，名不虚传矣！"日夜思想，魂魄俱销。"若后房得此一位美人，足够下半世受用！除是杀其夫，方可以夺其妻。"由此害嘉之谋益决。

时周桓王十年春蒐[5]之期，孔父嘉简阅车马，号令颇严。华

立新君华督行赂　败戎兵郑忽辞婚

督又使心腹人在军中扬言："司马又将起兵伐郑,昨日与太宰会议已定,所以今日治兵。"军士人人恐惧,三三两两,俱往太宰门上诉苦,求其进言于君,休动干戈。华督故意将门闭紧,但遣阍人[6]于门隙中,以好言抚慰。军士求见愈切,人越聚得多了,多有带器械者。看看天晚,不得见太宰,呐喊起来。自古道："聚人易,散人难。"华督知军心已变,衷甲[7]佩剑而出。传命开门,教军士立定,不许喧哗。自己当门而立,先将一番假慈悲的话,稳住众心。然后说："孔司马主张用兵,殃民毒众。主君偏于信任,不从吾谏。三日之内,又要大举伐郑。宋国百姓何罪,受此劳苦!"激得众军士咬牙切齿,声声叫："杀!"华督假意解劝："你们不可造次,若司马闻知,奏知主公,性命难保!"众军士纷纷都道："我们父子亲戚,连岁争战,死亡过半。今又大举出征,那郑国将勇兵强,如何敌得他过?左右是死,不如杀却此贼,与民除害,死而无怨!"华督又曰："投鼠者当忌其器[8]。司马虽恶,实主公宠幸之臣,此事决不可行!"众军士曰："若得太宰做主,便是那无道昏君,吾等也不怕他!"一头说,一头扯住华督袍袖不放。齐曰："愿随太宰杀害民贼!"当下众军士帮助舆人,驾起车来。华督被众军士簇拥登车,车中自有心腹紧随。一路呼哨,直至孔司马私宅,将宅子团团围住。华督吩咐："且不要声张,待我叩门,于中取事。"其时黄昏将尽,孔父在内室饮酒,闻外面叩门声急,使人传问。说是："华太宰亲自到门,有机密事相商。"孔父嘉忙整衣冠,出堂迎接。才启大门,外边一片声呐喊,军士蜂拥而入。孔父嘉心慌,却待转步。华督早已登堂,大叫："害民贼在此,何不动手?"嘉未及开言,头已落地。华督自引心腹,直入内室,抢了魏氏,登车而去。魏氏在车中

第 八 回

无计可施,暗解束带,自系其喉,比及到华氏之门,气已绝矣。华督叹息不已。盼咐载去郊外藁葬[9],严戒同行人从,不许宣扬其事。嗟乎!不得一夕之欢,徒造万劫之怨,岂不悔哉!众军士乘机将孔氏家私,掳掠罄尽。孔父嘉止一子,名木金父,年尚幼,其家臣抱之奔鲁。后来以字为氏,曰孔氏。孔圣仲尼,即其六世之孙也。

且说宋殇公闻司马被杀,手足无措。又闻华督同往,大怒,即遣人召之,欲正其罪。华督称疾不赴。殇公传令驾车,欲亲临孔父之丧。华督闻之,急召军正[10]谓曰:"主公宠信司马,汝所知也。汝曹擅杀司马,乌得无罪?先君穆公舍其子而立主公,主公以德为怨,任用司马,伐郑不休。今司马受戮,天理昭彰。不若并行大事[11],迎立先君之子,转祸为福,岂不美哉?"军正曰:"太宰之言,正合众意。"于是号召军士,齐伏孔氏之门,只等宋公一到,鼓噪而起。侍卫惊散,殇公遂死于乱军之手。华督闻报,衰服[12]而至,举哀者再。乃鸣鼓以聚群臣,胡乱将军中一二人坐罪行诛,以掩众目。倡言:"先君之子冯,见在郑国,人心不忘先君,合当迎立其子。"百官唯唯而退。华督遂遣使往郑报丧,且迎公子冯。一面将宋国宝库中重器,行赂各国,告明立冯之故。

且说郑庄公见了宋使,接了国书,已知来意。便整备法驾,送公子冯归宋为君。公子冯临行,泣拜于地曰:"冯之残喘,皆君所留。幸而返国,得延先祀。当世为陪臣[13],不敢贰心。"庄公亦为呜咽。公子冯回宋,华督奉之为君,是为庄公[14]。华督仍为太宰,分赂各国,无不受纳。齐侯、鲁侯、郑伯同会于稷[15],以定宋公之位,使华督为相。史官有诗叹曰:

　　春秋篡弑叹纷然,宋鲁奇闻只隔年。

列国若能辞贿赂,乱臣贼子岂安眠!

又有诗单说宋殇公背义忌冯,今日见弑,乃天也。诗曰:

　　穆公让国乃公心,可恨殇公反忌冯。

　　今日殇亡冯即位,九泉羞见父和兄。

　　单表齐僖公自会稷回来,中途接得警报:"今有北戎[16]主,遣元帅大良、小良,帅戎兵一万,来犯齐界,已破祝阿[17],直攻历下[18]。守臣不能抵当,连连告急。乞主公速回。"僖公曰:"北戎屡次侵扰,不过鼠窃狗偷而已。今番大举入犯,若使得利而去,将来北鄙必无宁岁。"乃分遣人于鲁、卫、郑三处借兵。一面同公子元、公孙戴仲等,前去历城拒敌。

　　却说郑庄公闻齐有戎患,乃召世子忽谓曰:"齐与郑同盟,且郑每用兵,齐必相从。今来乞师,宜速往救。"乃选车三百乘,使世子忽为大将,高渠弥副之,祝聃为先锋,星夜望齐国进发。闻齐僖公在历下,径来相见。时鲁、卫二国之师,尚未曾到。僖公感激无已,亲自出城犒军,与世子忽商议退戎之策。世子忽曰:"戎用徒[19],易进亦易败;我用车,难败亦难进。然虽如此,戎性轻而不整[20],贪而无亲,胜不相让,败不相救,是可诱而取也。况彼恃胜,必然轻进。若以偏师当敌,诈为败走,戎必来追。吾预伏兵以待之。追兵遇伏,必骇而奔,奔而逐之,必获全胜。"僖公曰:"此计甚妙!齐兵伏于东,以遏其前;郑兵伏于北,以逐其后。首尾攻击,万无一失。"世子忽领命自去北路,分作两处埋伏去了。僖公召公子元授计:"汝可领兵伏于东门,只等戎军来追,即忙杀出。"使公孙戴仲引一军诱敌:"只要输不要赢,诱至东门伏兵之处,便算有功。"分拨已定,公孙戴仲开关搦战。戎帅小良持刀跃马,领着戎

第 八 回

兵三千,出寨迎敌。两下交锋,约二十合。戴仲气力不加,回车便走,却不进北关,绕城向东路而去。小良不舍,尽力来追。大良见戎兵得胜,尽起大军随后。将近东门,忽然炮声大震,金鼓喧天,茨苇[21]中都是伏兵,如蜂攒蝇集。小良急叫:"中计!"拨回马头便走,反将大良后队冲动,立脚不牢,一齐都奔。公孙戴仲与公子元合兵追赶。大良吩咐小良上前开路,自己断后,且战且走。落后者俱被齐兵擒斩。戎兵行至鹊山,回顾追军渐远,喘息方定。正欲埋锅造饭,山坳里喊声大举,一枝军马冲出,口称:"郑国上将高渠弥在此。"大良、小良慌忙上马,无心恋战,夺路奔逃。高渠弥随后掩杀。约行数里之程,前面喊声又起,却是世子忽引兵杀到,后面公子元率领齐兵亦至。杀得戎兵七零八落,四散逃命。小良被祝聃一箭,正中脑袋,坠马而死。大良匹马溃围而出,正遇着世子忽戎车,措手不及,亦被世子忽斩之。生擒甲首[22]三百,死者无算。世子忽将大良、小良首级并甲首,都解到齐侯军前献功。

僖公大喜曰:"若非世子如此英雄,戎兵安得便退?今日社稷安靖,皆世子之所赐也!"世子忽曰:"偶效微劳,何烦过誉?"于是僖公遣使止住鲁、卫之兵,免劳跋涉。命大排筵席,专待世子忽。席间又说起:"小女愿备箕帚[23]。"世子忽再三谦让。席散之后,僖公使夷仲年私谓高渠弥曰:"寡君慕世子英雄,愿结姻好。前番遣使,未蒙见允。今日寡君亲与世子言之,世子执意不从,不知何意。大夫能玉成其事,请以白璧二双,黄金百镒为献。"高渠弥领命,来见世子,备道齐侯相慕之意,"若谐婚好,异日得此大国相助,亦是美事。"世子忽曰:"昔年无事之日,蒙齐侯欲婚我,我尚然不敢仰攀。今奉命救齐,幸而成功,乃受室而归,外人必谓我挟功

94

求娶,何以自明?"高渠弥再三撺掇[24],只是不允。次日,齐僖公又使夷仲年来议婚,世子忽辞曰:"未禀父命,私婚有罪。"即日辞回本国。齐僖公怒曰:"吾有女如此,何患无夫?"

再说郑世子忽回国,将辞婚之事,禀知庄公。庄公曰:"吾儿能自立功业,不患无良姻也。"祭足私谓高渠弥曰:"君多内宠[25],公子突、公子仪、公子亹三人,皆有觊觎[26]之志。世子若结婚大国,犹可借其助援。齐不议婚,犹当请之。奈何自剪羽翼耶?吾子从行,何不谏之?"高渠弥曰:"吾亦言之,奈不听何?"祭足叹息而去。髯翁有诗,单论子忽辞婚之事。诗曰:

丈夫作事有刚柔,未必辞婚便失谋。

试咏《载驱》并《敝笱》[27],鲁桓可是得长筹[28]?

高渠弥素与公子亹相厚,闻祭足之语,益相交结。世子忽言于庄公曰:"渠弥与子亹私通,往来甚密,其心不可测也。"庄公以世子忽之言,面责渠弥。渠弥讳言无有,转背即与子亹言之。子亹曰:"吾父欲用汝为正卿,为世子所阻而止,今又欲断吾两人之往来。父在日犹然;若父百年之后,岂复能相容乎?"高渠弥曰:"世子优柔不断,不能害人,公子勿忧也。"子亹与高渠弥自此与世子忽有隙。后来高渠弥弑忽立亹,盖本于此。

再说祭足为世子忽画策,使之结婚于陈,修好于卫,"陈、卫二国方睦,若与郑成鼎足之势,亦足自固。"世子忽以为然。祭足乃言于庄公,遣使如陈求婚。陈侯从之。世子忽至陈,亲迎妫氏以归。鲁桓公亦遣使求婚于齐。只因齐侯将女文姜许婚鲁侯,又生出许多事来。要知后事,且看下回分解。

第 八 回

〔1〕 三次:第一次为州吁联合五国兵围郑东门;第二次指宋师移兵长葛,并攻破之;第三次为卫、宋偷袭郑国。

〔2〕 太宰华督:宋戴公孙,宣公、穆公堂弟。子姓,名督,字华父。亦称华父督或太宰督。

〔3〕 车幰(xiǎn 显):即车幔。

〔4〕 尤物:特出的人物,后来多用来指绝色美女。

〔5〕 蒐(sōu 搜):本义为聚集,引申为检阅军队。

〔6〕 阍(hūn 昏)人:守门人,负责传达通报等事。

〔7〕 衷甲:内披铁甲,外穿常服。

〔8〕 "投鼠"句:语出西汉贾谊《陈政事疏》。器指器物、器皿。此处借喻宋殇公。意思是说:杀掉孔父嘉,会牵连到宋殇公。

〔9〕 藁葬:草草埋葬。

〔10〕 军正:军中执法之官。

〔11〕 大事:暗指弑君之事。

〔12〕 衰(cuī 崔)服:即丧服。衰,同"缞"。用粗麻布缝制的孝服。

〔13〕 陪臣:诸侯之大夫,对天子称陪臣。大夫之家臣,对诸侯亦称陪臣。这里用前一义。

〔14〕 庄公:子姓,名冯(píng 凭)。宋穆公子,在位十九年(前710—前692)。

〔15〕 稷:古地名。疑在宋国境内,具体地址不详。

〔16〕 北戎:古代民族名。春秋时分布在今河北玉田县西北无终山一带,故又称无终或山戎。

〔17〕 祝阿:春秋时齐地名,在今山东济南市长清区西北。

〔18〕 历下:古城邑名,春秋时属齐。因城在历山之下,故亦称历城。故址在今山东济南市历城区西。

〔19〕徒：即徒兵。指没有战车之步卒。

〔20〕轻而不整：轻躁而散漫。轻，浮躁轻敌。整，整齐，纪律严格。

〔21〕茨(cí词)苇：杂草。茨为蒺藜，苇即芦苇。

〔22〕甲首：指战车上的带甲士卒。

〔23〕箕帚：畚箕与扫帚之类洒扫工具，借指负担家务劳动，后代用作妻子的代称。

〔24〕撺掇：怂恿，劝诱。

〔25〕内宠：指帝王宫内宠爱的人，多指姬妾妃嫔，亦可指宦官和男宠。

〔26〕觊觎(jì yú 季鱼)：非分的指望，此指希图嗣位为君。

〔27〕《载驱》并《敝笱(gǒu 狗)》：二诗皆《诗经·齐风》中篇名。据旧说，都是讽刺齐僖公女文姜而作。《载驱》刺文姜虽已出嫁，仍归国与其同父异母之兄齐襄公私通。《敝笱》则讽刺文姜之夫鲁桓公不能阻止文姜的淫乱行为。

〔28〕"鲁桓"句：鲁桓，即鲁桓公姬允，在位十八年(前711—前694)。齐僖公欲许婚郑子忽不成，乃将文姜嫁给鲁桓公。但鲁桓公终于因为发现文姜与其兄私通一事而遭杀害。事见以下第九、第十二回。这句反问鲁桓公与文姜成婚不知是否算是好的谋画？筹，筹码，谋画。

第 九 回

齐侯送文姜婚鲁　祝聃射周王中肩

话说齐僖公生有二女，皆绝色也。长女嫁于卫，即卫宣姜，另有表白在后。单说次女文姜，生得秋水为神，芙蓉如面，比花花解语，比玉玉生香，真乃绝世佳人，古今国色。兼且通今博古，出口成文，因此号为文姜。世子诸儿，原是个酒色之徒，与文姜虽为兄妹，各自一母。诸儿长于文姜只二岁，自小在宫中同行同坐，戏耍顽皮。及文姜渐已长成，出落得如花似玉。诸儿已通情窦[1]，见文姜如此才貌，况且举动轻薄，每有调戏之意。那文姜妖淫成性，又是个不顾礼义的人。语言戏谑，时及间巷秽亵，全不避忌。诸儿生得长身伟干，粉面朱唇，天生的美男子，与文姜到是一对人品。可惜产于一家，分为兄妹，不得配合成双。如今聚于一处，男女无别，遂至并肩携手，无所不至。只因碍着左右宫人，单少得同衾贴肉了。也是齐侯夫妇溺爱子女，不预为防范，以致儿女成禽兽之行。后来诸儿身弑国危，祸皆由此。

自郑世子忽大败戎师，齐僖公在文姜面前，夸奖他许多英雄，今与议婚，文姜不胜之喜。及闻世子忽坚辞不允，心中郁闷，染成一疾，暮热朝凉，精神恍惚，半坐半眠，寝食俱废。有诗为证：

齐侯送文姜婚鲁　祝聃射周王中肩

二八深闺不解羞，一桩情事锁眉头。

鸾凰不入青丝网[2]，野鸟家鸡总是愁。

世子诸儿以候病为名，时时闯入闺中，挨坐床头，遍体抚摩，指问疾苦，但耳目之际，仅不及乱。一日，齐僖公偶到文姜处看视，见诸儿在房，责之曰："汝虽则兄妹，礼宜避嫌。今后但遣宫人致候，不必自到。"诸儿唯唯而出，自此相见遂稀。未几，僖公为诸儿娶宋女，鲁、莒[3]俱有媵[4]。诸儿爱恋新婚，兄妹踪迹益疏。文姜深闺寂寞，怀念诸儿，病势愈加。却是胸中展转，难以出口。正是："哑子漫尝黄柏[5]味，自家有苦自家知。"有诗为证：

春草醉春烟，深闺人独眠。

积恨颜将老，相思心欲燃。

几回明月夜，飞梦到郎边。

却说鲁桓公即位之年，年齿已长，尚未聘有夫人。大夫臧孙达进曰："古者，国君年十五而生子。今君内主[6]尚虚，异日主器[7]何望？非所以重宗庙也。"公子翚曰："臣闻齐侯有爱女文姜，欲妻郑世子忽而不果。君盍[8]求之？"桓公曰："诺。"即使公子翚求婚于齐。齐僖公以文姜病中，请缓其期。宫人却将鲁侯请婚的喜信，报知文姜。文姜本是过时思想之症，得此消息，心下稍舒，病觉渐减。及齐、鲁为宋公一事，共会于稷，鲁侯当面又以姻事为请。齐侯期以明岁。至鲁桓公三年[9]，又亲至嬴[10]地，与齐侯为会。齐僖公感其殷勤，许之。鲁侯遂于嬴地纳币[11]，视常礼加倍隆重。僖公大喜。约定秋九月，自送文姜至鲁成婚。鲁侯乃使公子翚至齐迎女。齐世子诸儿闻文姜将嫁他国，从前狂心，不觉复萌，使宫人假送花朵于文姜，附以诗曰：

桃有华,灿灿其霞[12]。

当户不折,飘而为苴[13]。

吁嗟兮复吁嗟!

文姜得诗,已解其情,亦复以诗曰:

桃有英[14],烨烨其灵[15]。

今兹[16]不折,讵无来春?

叮咛兮复叮咛!

诸儿读其答诗,知文姜有心于彼,想慕转切。

未几,鲁使上卿公子翚如齐,迎取文姜。齐僖公以爱女之故,欲亲自往送。诸儿闻之,请于父曰:"闻妹子将适鲁侯,齐鲁世好,此诚美事。但鲁侯既不亲迎,必须亲人往送。父亲国事在身,不便远离,孩儿不才,愿代一行。"僖公曰:"吾已亲口许下自往送亲,安可失信?"说犹未毕,人报:"鲁侯停驾谨邑[17],专候迎亲。"僖公曰:"鲁,礼义之国,中道迎亲,正恐劳吾入境。吾不可以不往。"诸儿默然而退。姜氏心中亦如有所失。其时,秋九月初旬,吉期已迫。文姜别过六宫妃眷,到东宫来别哥哥诸儿。诸儿整酒相待,四目相视,各不相舍,只多了元妃在坐。且其父僖公遣宫人守候,不能交言,暗暗嗟叹。临别之际,诸儿挨至车前,单道个:"妹子留心,莫忘'叮咛'之句。"文姜答言:"哥哥保重,相见有日。"齐僖公命诸儿守国,亲送文姜至谨,与鲁侯相见。鲁侯叙甥舅[18]之礼,设席款待。从人皆有厚赐。僖公辞归。鲁侯引文姜到国成亲。一来,齐是个大国,二来,文姜如花绝色,鲁侯十分爱重。三朝见庙[19],大夫宗妇[20],俱来朝见君夫人[21]。僖公复使其弟夷仲年聘[22]鲁,问候姜氏。自此齐、鲁亲密。不在话下。无名子有诗，单道文姜出嫁事。诗云：

> 从来男女慎嫌微，兄妹如何不隔离？
>
> 只为临歧言保重，致令他日玷中闱[23]。

话分两头。再说周桓王自闻郑伯假命伐宋，心中大怒。竟使虢公林父[24]独秉朝政，不用郑伯。郑庄公闻知此信，心怨桓王，一连五年不朝。桓王曰："郑寤生无礼甚矣！若不讨之，人将效尤[25]。朕当亲帅六军[26]，往声其罪。"虢公林父谏曰："郑有累世卿士之劳，今日夺其政柄，是以不朝。且宜下诏征之，不必自往，以亵天威。"桓王忿然作色曰："寤生欺朕，非止一次。朕与寤生誓不两立！"乃召蔡、卫、陈三国，一同兴师伐郑。是时陈侯鲍方薨，其弟公子佗[27]字伍父，弑太子免而自立，谥鲍为桓公。国人不服，纷纷逃散。周使征兵，公子佗初即位，不敢违王之命。只得纠集车徒，遣大夫伯爰诸统领，望郑国进发。蔡、卫各遣兵从征。桓王使虢公林父将右军，以蔡、卫之兵属之；使周公黑肩将左军，陈兵属之；王自统大兵为中军，左右策应。

郑庄公闻王师将至，乃集诸大夫问计，群臣莫敢先应。正卿祭足曰："天子亲自将兵，责我不朝，名正言顺。不如遣使谢罪，转祸为福。"庄公怒曰："王夺我政权，又加兵于我，三世勤王之绩，付与东流。此番若不挫其锐气，宗社难保。"高渠弥曰："陈与郑素睦，其助兵乃不得已也。蔡、卫与我夙仇，必然效力。天子震怒自将，其锋不可当，宜坚壁[28]以待之，俟其意怠，或战或和，可以如意。"大夫公子元进曰："以臣战君，于理不直，宜速不宜迟也。臣虽不才，愿献一计。"庄公曰："卿计如何？"子元曰："王师既分为三，亦当为三军以应之。左右二师，皆结方阵，以左军当其右军，以右军当其左军，主公自率中军以当王。"庄公曰："如此可必胜乎？"子元曰："陈佗弑君新立，国人不顺，勉从征调，其心必离。若令右军先犯陈师，出其不意，必然奔窜。再令左军径奔蔡、卫，蔡、卫闻陈败，亦将溃矣。然后合兵以攻王卒，万无不胜。"庄公曰："卿料敌如指掌，子封不死矣！"正商议间，疆吏报："王师已至繻葛[29]，三营联络不断。"庄公曰："但须破其一营，馀不足破也。"乃使大夫曼伯，引一军为右拒[30]；使正卿祭足，引一军为左拒；自领上将高渠弥、原繁、瑕叔盈、祝聃等，建"蝥弧"大旗于中军。祭足进曰："'蝥弧'所以胜宋许也。'奉天讨罪'，以伐诸侯则可，以伐王则不可。"庄公曰："寡人思不及此！"即命以大旆易之，仍使瑕叔盈执掌。其"蝥弧"置于武库，自后不用。高渠弥曰："臣观周王，颇知兵法。今番交战，不比寻常，请为'鱼丽'之阵。"庄公曰："'鱼丽阵'如何？"高渠弥曰："甲车二十五乘为偏[31]，甲士五人为伍[32]。每车一偏在前，别用甲士五五二十五人随后，塞其阙漏。车伤一人，伍即补之[33]，有进无退。此阵法极坚极密，难败易胜。"庄公曰："善。"三军将近繻葛，札住营寨。

桓王闻郑伯出师抵敌，怒不可言，便欲亲自出战。虢公林父谏止之。次日各排阵势，庄公传令："左右二军，不可轻动。只看军中大旆展动，一齐进兵。"

且说桓王打点一番责郑的说话，专待郑君出头打话，当阵诉说，以折其气。郑君虽列阵，只把住阵门，绝无动静。桓王使人挑战，并无人应。将至午后，庄公度王卒已怠，教瑕叔盈把大旆麾动，左右二拒，一齐鸣鼓，鼓声如雷，各各奋勇前进。且说曼伯杀入左军，陈兵原无斗志，即时奔散，反将周兵冲动。周公黑肩阻遏不住，大败而走。再说祭足杀入右军,只看蔡、卫旗号冲突将去。二国不能抵当,各自觅路奔逃。虢公林父仗剑立于车前,约束军人:"如有乱动者斩!"祭足不敢逼。林父缓缓而退,不折一兵。再说桓王在中军,闻敌营鼓声震天,知是出战,准备相持。只见士卒纷纷耳语,队伍早乱。原来望见溃兵,知左右二营有失,连中军也立脚不住。却被郑兵如墙而进,祝聃在前,原繁在后,曼伯、祭足亦领得胜之兵,并力合攻。杀得车倾马毙,将殒兵亡。桓王传令速退,亲自断后,且战且走。祝聃望见绣盖[34]之下,料是周王。尽着眼力觑真,一箭射去,正中周王左肩。幸裹甲坚厚,伤不甚重。祝聃催车前进,正在危急,却得虢公林父前来救驾,与祝聃交锋。原繁、曼伯一齐来前,各骋英雄,忽闻郑中军鸣金[35]甚急,遂各收军。桓王引兵退三十里下寨。周公黑肩亦至,诉称:"陈人不肯用力,以至于败。"桓王赧然[36]曰:"此朕用人不明之过也!"

祝聃等回军,见郑庄公曰:"臣已射王肩,周王胆落,正待追赶,生擒那厮。何以鸣金?"庄公曰:"本为天子不明,将德为怨,今日应敌,万非得已。赖诸卿之力,社稷无陨足矣,何敢多求!依你说取回天子,如何发落?即射王亦不可也。万一重伤殒命,寡人有弑君之名矣!"祭足曰:"主公之言是也。今吾国兵威已立,料周王必当畏惧。宜遣使问安,稍与殷勤,使知射肩,非出主公之意。"庄公曰:"此行非仲不可。"命备牛十二头,羊百只,粟刍之物共百馀车,连夜到周王营内。祭足叩首再三,口称:"死罪臣寤生,不忍社稷之陨,勒兵自卫。不料军中不戒,有犯王躬。寤生不胜战兢觳觫[37]之至!谨遣陪臣足,待罪辕门,敬问无恙。不腆[38]敝赋,聊充劳军之用。惟天王怜而赦之!"桓王默然,自有惭色。虢公林

第九回

父从旁代答曰:"寤生既知其罪,当从宽宥,来使便可谢恩。"祭足再拜稽首而出,遍历各营,俱问:"安否?"史官有诗叹云:

> 漫夸神箭集王肩,不想君臣等地天。
> 对垒公然全不让,却将虚礼媚王前。

又髯翁有诗讥桓王,不当轻兵伐郑,自取其辱。诗云:

> 明珠弹雀[39]古来讥,岂有天王自出车?
> 传檄四方兼贬爵,郑人宁不惧王威!

桓王兵败归周,不胜其忿。便欲传檄四方,共声郑寤生无王之罪。虢公林父谏曰:"王轻举丧功,若传檄四方,是自彰其败也。诸侯自陈、卫、蔡三国而外,莫非郑党。征兵不至,徒为郑笑。且郑已遣祭足劳军谢罪,可借此赦宥,开郑自新之路。"桓王默然。自此更不言郑事。

却说蔡侯因遣兵从周伐郑,军中探听得陈国篡乱,人心不服公子佗,于是引兵袭陈。不知胜败如何,且看下回分解。

---

〔1〕 情窦:指男女恋情的萌动。

〔2〕 鸾凰:鸾和凤,皆瑞鸟名,常用以比喻贤士淑女。此喻文姜。青,谐音情。不入情丝网,指婚姻未成。

〔3〕 莒(jǔ 举):周诸侯国名。己姓,一说曹姓。地在今山东莒县、诸城、沂水一带。

〔4〕 媵(yìng 应):随嫁之妾。春秋时盛行媵妾制度。"诸侯娶一国,则二国往媵之。"(《公羊传》)诸儿娶宋女为妻,而鲁、莒两国宗室之女均往陪嫁。陪嫁者也可以是妻子的妹妹。见第五回厉妫、戴妫姊妹同媵卫庄公。

〔5〕 黄柏:一称黄蘖(bò 簸)。乔木,皮与根可入药,味极苦。

〔6〕 内主:诸侯的夫人,指主持宫内事务。

〔7〕 主器:主持祭祀的人。此指嫡长子。古礼规定,祭祀应由诸侯或诸侯之嫡长子主持。

〔8〕 盍(hé 何):何不。

〔9〕 鲁桓公三年:即公元前709年,周桓王十一年。

〔10〕 嬴:齐地名。在今山东莱芜市西北。

〔11〕 纳币:古婚礼中六礼之一,又称纳征。即送聘金与女方。女方接受并回书,婚姻乃定。

〔12〕 灿灿其霞:光辉灿烂像云霞一般。

〔13〕 苴(chá 茶):枯干的草。"生曰草,枯曰苴。"(王逸《楚辞章句》)此指枯萎。

〔14〕 英:与前首之"华"均指花。

〔15〕 烨烨(yè 夜)其灵:非常繁茂仿佛有神灵一样。

〔16〕 今兹:今年。兹,年。

〔17〕 讙(xuān 宣)邑:古邑名,在齐、鲁两国交界处。在今山东宁阳县北。

〔18〕 甥舅:即翁婿。女婿可称岳父为外舅,故岳父亦可称女婿曰甥。

〔19〕 见庙:应作庙见。古婚礼:妇到夫家成婚,次日天明,拜见公婆。如公婆已死,则于第三日至庙中参拜,称庙见。

〔20〕 宗妇:与国君同宗大夫之妇。即本宗妇女眷属。

〔21〕 君夫人:国人称国君之妻曰君夫人。

〔22〕 聘:春秋时,天子与诸侯或诸侯之间派大夫相访问,皆称为聘。

〔23〕 玷中闱:玷污宫廷。中闱即嫡妻卧室,代指后宫。

〔24〕 虢公林父:又名虢仲,仕周为卿士。与上文之虢公忌父并非一人。此人为南虢公。南虢亦为姬姓国,地在今山西平陆县一带。

〔25〕 效尤:明知有错误而仿效之。

第　九　回

〔26〕 六军:周代规定:天子有六军,诸侯大国三军,次国二军,小国一军。每军一万二千五百人。但东周时这一制度早已不存。

〔27〕 公子佗:即妫佗。陈文公妫圉之子,桓公妫鲍之弟。即位后仅一年馀,便为蔡人所杀,故无谥号。

〔28〕 坚壁:坚固其壁垒,即修筑好防御工事。

〔29〕 繻(rú 如)葛:春秋时郑国地名。一说即长葛,今河南长葛市北有故城。

〔30〕 拒:通"矩"。方形阵。

〔31〕 偏:车战中战车的一种组织形式。由若干战车组成横向队列冲向敌阵。这一横向队列就叫偏。

〔32〕 甲士五人为伍:甲士,即胄甲之士,指跟随在战车后面的徒兵。伍,古代军队的编制单位。五人为伍,意指五个甲士组成一横排。

〔33〕 "车伤一人"二句:指战车上三员将士,即居中驾车的御、居左的主射和居右的执戈主刺击者,三人中有一人负伤,即以随车的甲士补充。

〔34〕 绣盖:绣花车盖。车上遮阳御雨之具叫盖。

〔35〕 鸣金:敲响金钲(zhēng 征)。金钲为古乐器,形似钟而狭长,有长柄,用时口朝上,用以止众。古时击鼓进军,鸣金收兵。

〔36〕 赧(nǎn 喃)然:惭愧脸红的样子。

〔37〕 觳觫(hú sù 胡素):恐惧颤抖的样子。

〔38〕 不腆:不丰厚。自谦之辞。

〔39〕 明珠弹雀:用珍贵的明珠去弹打不值钱的麻雀。比喻周桓王以天子之尊去和诸侯对阵,实在不值得。

106

第 十 回

楚熊通僭号称王　郑祭足被胁立庶

话说陈桓公之庶子名跃,系蔡姬所出,蔡侯封人[1]之甥也。因陈、蔡之兵,一同伐郑,陈国是大夫伯爰诸为将,蔡国是蔡侯之弟蔡季为将。蔡季向伯爰诸私问陈事。伯爰诸曰:"新君佗虽然篡立,然人心不服。又性好田猎,每每微服[2]从禽[3]于郊外,不恤国政。将来国中必然有变。"蔡季曰:"何不讨其罪而戮之?"伯爰诸曰:"心非不欲,恨力不逮耳!"及周王兵败,三国之师各回本国。蔡季将伯爰诸所言,奏闻蔡侯。蔡侯曰:"太子免既死,次当吾甥即位。佗乃篡弑之贼,岂容久窃富贵耶?"蔡季奏曰:"佗好猎,俟其出,可袭而弑也。"蔡侯以为然。乃密遣蔡季率兵车百乘,待于界口,只等逆佗出猎,便往袭之。

蔡季遣谍打探,回报:"陈君三日前出猎,见[4]屯界口。"蔡季曰:"吾计成矣。"乃将车马分为十队,都扮作猎人模样,一路打围前去。正遇陈君队中射倒一鹿,蔡季驰车夺之。陈君怒,轻身[5]来擒蔡季。季回车便走,陈君招引车徒赶来。只听得金锣一声响亮,十队猎人,一齐上前,将陈君拿住。蔡季大叫道:"吾非别人,乃蔡侯亲弟蔡季是也。因汝国逆佗弑君,奉吾兄之命,来此讨贼。

107

第 十 回

止诛一人,馀俱不问。"众人俱拜伏于地,蔡季一一抚慰,言:"故君之子跃,是我蔡侯外甥,今扶立为君,何如?"众人齐声答曰:"如此甚合公心,某等情愿前导。"蔡季将逆佗即时枭首[6],悬头于车上,长驱入陈。在先跟随陈君出猎的一班人众,为之开路,表明蔡人讨贼立君之意。于是市井不惊,百姓欢呼载道。蔡季至陈,命以逆佗之首,祭于陈桓公之庙,拥立公子跃为君,是为厉公[7]。此周桓王十四年之事也。公子佗篡位,才一年零六个月,为此须臾富贵,甘受万载恶名,岂不愚哉!有诗为证:

弑君指望千年贵,淫猎谁知一旦诛!
若是凶人无显戮,乱臣贼子定纷如[8]。

陈自公子跃即位,与蔡甚睦,数年无事。这段话缴过[9]不提。

且说南方之国曰楚,芈姓[10],子爵。出自颛顼帝孙重黎[11],为高辛氏[12]火正[13]之官,能光融天下,命曰祝融[14]。重黎死,其弟吴回嗣为祝融。生子陆终,娶鬼方[15]国君之女,得孕怀十一年,开左胁,生下三子,又开右胁,复生下三子。长曰樊,己姓,封于卫墟[16],为夏伯,汤伐桀灭之。次曰参胡,董姓,封于韩墟,周时为胡国[17],后灭于楚。三曰彭祖,彭姓,封于韩墟,为商伯,商末始亡。四曰会人[18],妘姓,封于郑墟。五曰安,曹姓,封于邾墟[19]。六曰季连,芈姓,乃季连之苗裔。有名鬻熊[20]者,博学有道,周文王、武王俱师之。后世以熊为氏。成王时,举文武勤劳之后[21],得鬻熊之曾孙熊绎,封于荆蛮[22],胙[23]以子男之田[24],都于丹阳[25]。五传至熊渠,甚得江汉间民和,僭号称王[26]。周厉王暴虐,熊渠畏其侵伐,去王号不敢称。又八传至于熊仪[27],是为若敖。又再传至熊眴[28],是为蚡冒。蚡冒卒,其弟熊通[29],弑蚡冒之子而自立。

熊通强暴好战,有僭号称王之志;见诸侯戴周,朝聘不绝,以此犹怀观望。及周桓王兵败于郑,熊通益无忌惮,僭谋遂决。令尹斗伯比[30]进曰:"楚去王号已久,今欲复称,恐骇观听。必先以威力制服诸侯方可。"熊通曰:"其道如何?"伯比对曰:"汉东[31]之国,惟随[32]为大。君姑以兵临随,而遣使求成焉。随服,则汉、淮诸国,无不顺矣。"熊通从之,乃亲率大军,屯于瑕[33]。遣大夫薳章,求成于随。随有一贤臣,名曰季梁,又有一谀臣,名曰少师。随侯喜谀而疏贤,所以少师有宠。及楚使至随,随侯召二臣问之。季梁奏曰:"楚强随弱,今来求成,其心不可测也。姑外为应承,而内修备御,方保无虞。"少师曰:"臣请奉成约[34],往探楚军。"随侯乃使少师至瑕,与楚结盟。斗伯比闻少师将至,奏熊通曰:"臣闻少师乃浅近之徒,以谀得宠。今奉使来此探吾虚实,宜藏其壮锐,以老弱示之。彼将轻我,其气必骄。骄必怠,然后我可以得志。"大夫熊率比曰:"季梁在彼,何益于事?"伯比曰:"非为今日,吾以图其后也。"熊通从其计。少师入楚营,左右瞻视,见戈甲朽敝,人或老或弱,不堪战斗,遂有矜高之色。谓熊通曰:"吾两国各守疆宇,不识上国之求成何意?"熊通谬应曰:"敝邑连年荒歉,百姓疲羸。诚恐小国合党为梗[35],故欲与上国约为兄弟,为唇齿之援耳。"少师对曰:"汉东小国,皆敝邑号令所及[36],君不必虑也。"熊通遂与少师结盟。少师行后,熊通传令班师。

少师还见随侯,述楚军羸弱之状:"幸而得盟,即刻班师,其惧我甚矣!愿假臣偏师追袭之,纵不能悉俘以归,亦可掠取其半,使

第十回

楚今后不敢正眼视随。"随侯以为然。方欲起师,季梁闻之,趋入谏曰:"不可,不可!楚自若敖、蚡冒以来,世修其政,冯陵[37]江汉,积有岁年。熊通弑侄而自立,凶暴更甚。无故请成,包藏祸心。今以老弱示我,盖诱我耳。若追之,必堕其计。"随侯卜之,不吉,遂不追楚师。熊通闻季梁谏止追兵,复召斗伯比问计。伯比献策曰:"请合诸侯于沈鹿[38]。若随人来会,服从必矣。如其不至,则以叛盟伐之。"熊通遂遣使遍告汉东诸国,以孟夏之朔[39],于沈鹿取齐。

至期,巴、庸、濮、邓、鄾、绞、罗、郧、贰、轸、申、江诸国毕集[40],惟黄[41]、随二国不至。楚子使薳章责黄。黄子遣使告罪。又使屈瑕责随,随侯不服。熊通乃率师伐随,军于汉、淮二水之间。随侯集群臣问拒楚之策。季梁进曰:"楚初合诸侯,以兵临我,其锋方锐,未可轻敌。不如卑辞以请成。楚苟听我,复修旧好足矣。其或不听,曲在于楚。楚欺我之辞卑,士有怠心。我见楚之拒请,士有怒气。我怒彼怠,庶可一战,以图侥幸乎!"少师从旁攘臂言曰:"尔何怯之甚也!楚人远来,乃自送死耳!若不速战,恐楚人复如前番遁逃,岂不可惜。"随侯惑其言,乃以少师为戎右,以季梁为御,亲自出师御楚[42],布阵于青林山之下。季梁升车以望楚师,谓随侯曰:"楚兵分左右二军。楚俗以左为上,其君必在左。君之所在,精兵聚焉。请专攻其右军,若右败,则左亦丧气矣。"少师曰:"避楚君而不攻,宁不贻笑于楚人乎?"随侯从其言,先攻楚左军。楚开阵以纳随师。随侯杀入阵中,楚四面伏兵皆起,人人勇猛,个个精强。少师与楚将斗丹交锋,不十合,被斗丹斩于车下。季梁保着随侯死战,楚兵不退。随侯弃了戎车,微服混于小军之中;季梁杀条血路,方脱重围。点视军卒,十分不存三四。

随侯谓季梁曰:"孤不听汝言,以至于此!"问:"少师何在?"有军人见其被杀,奏知随侯,随侯叹息不已。季梁曰:"此误国之人,君何惜焉?为今之计,作速请成为上。"随侯曰:"孤今以国听子。"季梁乃入楚军求成。熊通大怒曰:"汝主叛盟拒会,以兵相抗。今兵败求成,非诚心也。"季梁面不改色,从容进曰:"昔者奸臣少师,恃宠贪功,强寡君于行阵,实非出寡君之意。今少师已死,寡君自知其罪,遣下臣稽首[43]于麾下。君若赦宥,当倡率汉东君长,朝夕在庭,永为南服[44]。惟君裁之!"斗伯比曰:"天意不欲亡随,故去其谀佞。随未可灭也。不若许成,使倡率汉东君长,颂楚功绩于周,因假位号,以镇服蛮夷,于楚无不利焉。"熊通曰:"善。"乃使薳章私谓季梁曰:"寡君奄有江汉,欲假位号,以镇服蛮夷。若徼惠[45]上国,率群蛮以请于周室。幸而得请,寡君之荣,实惟上国之赐。寡君戢兵[46]以待命。"

季梁归,言于随侯,随侯不敢不从。乃自以汉东诸侯之意,颂楚功绩,请王室以王号假楚,弹压[47]蛮夷。桓王不许。熊通闻之,怒曰:"吾先人熊鬻,有辅导二王[48]之劳,仅封微国,远在荆山。今地辟民众,蛮夷莫不臣服,而王不加位,是无赏也,郑人射王肩,而王不能讨,是无罚也。无赏无罚,何以为王!且王号,我先君熊渠之所自称也。孤亦光复旧号,安用周为?"遂即中军自立为楚武王,与随人结盟而去。汉东诸国,各遣使称贺。桓王虽怒楚,无如之何。自此周室愈弱,而楚益无厌。熊通卒,传子熊赀[49],迁都于郢[50]。役属群蛮,骎骎[51]乎有侵犯中国[52]之势。后来若非召陵之师,城濮之战,则其势不可遏矣。

第 十 回

话分两头。再说郑庄公自胜王师,深嘉公子元之功,大城栎邑[53],使之居守,比于附庸。诸大夫各有封赏;惟祝聃之功不录。祝聃自言于庄公。公曰:"射王而录其功,人将议我。"祝聃忿恨,疽发于背而死。庄公私给其家,命厚葬之。

周桓王十九年[54]夏,庄公有疾,召祭足至床头,谓曰:"寡人有子十一人。自世子忽之外,子突、子亹、子仪,皆有贵征。子突才智福禄,似又出三子之上。三子皆非令终[55]之相也。寡人意欲传位于突,何如?"祭足曰:"邓曼,元妃也。子忽嫡长,久居储位[56],且屡建大功,国人信从。废嫡立庶,臣不敢奉命!"庄公曰:"突志非安于下位者,若立忽,惟有出突于外家[57]耳。"祭足曰:"知子莫如父,惟君命之。"庄公叹曰:"郑国自此多事矣!"乃使公子突出居于宋。五月,庄公薨。世子忽即位,是为昭公[58]。使诸大夫分聘各国。祭足聘宋,因便察子突之变。

却说公子突之母,乃宋雍氏之女,名曰雍姞。雍氏宗族,多仕于宋,宋庄公甚宠任之。公子突被出在宋,思念其母雍姞,与雍氏商议归郑之策。雍氏告于宋公,宋公许为之计。适祭足行聘至宋,宋公喜曰:"子突之归,只在祭仲身上也。"乃使南宫长万伏甲士于朝,以待祭足入朝。致聘行礼毕,甲士趋出,将祭足拘执。祭足大呼:"外臣[59]何罪?"宋公曰:"姑至军府[60]言之。"是日,祭足被囚于军府,甲士周围把守,水泄不通。祭足疑惧,坐不安席。至晚,太宰华督携酒亲至军府,与祭足压惊。祭足曰:"寡君使足修好上国,未有开罪,不知何以触怒?将寡君之礼,或有所缺,抑使臣之不职[61]乎?"华督曰:"皆非也。公子突之出于雍,谁不知之。今子突窜伏在宋,寡君悯焉!且子忽柔懦,不堪为君。君子若能行废立之事,寡君愿与吾子世修姻好。惟吾子图之!"祭足曰:"寡君之立,先君所命也。以臣废君,诸侯将讨吾罪矣。"华督曰:"雍姞有宠于郑先君,母宠子贵,不亦可乎?且弑逆之事,何国蔑有?惟力是视,谁加罪焉!"因附祭足之耳曰:"吾寡君之立,亦有废而后兴[62]。子必行之,寡君当任其无咎。"祭足皱眉不答。华督又曰:"子必不从,寡君将命南宫长万为将,发车六百乘,纳公子突于郑。出军之日,斩吾子以殉于军,吾见子止于今日矣!"祭足大惧,只得应诺。华督复要之立誓。祭足曰:"所不立公子突者,神明殛之!"史官有诗讥祭足云:

　　丈夫宠辱不能惊,国相如何受胁陵!

　　若是忠臣拚一死,宋人未必敢相轻。

华督连夜还报宋公,说:"祭足已听命了。"

次日,宋公使人召公子突至于密室,谓曰:"寡人与雍氏有言,许归吾子。今郑国告立新君,有密书及寡人曰:'必杀之,愿割三城为谢。'寡人不忍,故私告子。"公子突拜曰:"突不幸,越[63]在上国。突之死生,已属于君。若以君之灵,使得重见先人之宗庙,惟君所命,岂惟三城!"宋公曰:"寡人囚祭仲于军府,正惟公子之故。此大事非仲不成,寡人将盟之。"乃并召祭足使与子突相见,亦召雍氏,将废忽立突之事说明。三人歃血定盟,宋公自为司盟[64],太宰华督莅事[65]。宋公使子突立下誓约,三城之外,定要白璧百双,黄金万镒[66],每岁输谷三万钟,以为酬谢之礼。祭足书名为证。公子突急于得国,无不应承。宋公又要公子突将国政尽委祭足,突亦允之。又闻祭足有女,使许配雍氏之子雍纠,就

第 十 回

教带雍纠归国成亲,仕以大夫之职。祭足亦不敢不从。

公子突与雍纠皆微服,诈为商贾,驾车跟随祭足,以九月朔日至郑,藏于祭足之家。祭足伪称有疾,不能趋朝。诸大夫俱至祭府问安。祭足伏死士[67]百人于壁衣[68]之中,请诸大夫至内室相见。诸大夫见祭足面色充盈,衣冠齐整,大惊曰:"相君无恙,何不入朝?"祭足曰:"足非身病,乃国病也。先君宠爱子突,嘱诸宋公,今宋将遣南宫长万为将,率车六百乘,辅突伐郑。郑国未宁,何以当之?"诸大夫面面相觑,不敢置对。祭足曰:"今日欲解宋兵,惟有废立可免耳。公子突见在,诸君从否,愿一言而决!"高渠弥因世子忽谏止上卿之位,素与子忽有隙,挺身抚剑而言曰:"相君此言,社稷之福。吾等愿见新君!"众人闻高渠弥之言,疑与祭足有约,又窥见壁衣有人,各怀悚惧,齐声唯唯。祭足乃呼公子突至,纳之上坐。祭足与高渠弥先下拜。诸大夫没奈何,只得同拜伏于地。祭足预先写就连名表章,使人上之,言:"宋人以重兵纳突,臣等不能事君矣。"又自作密启,启中言:"主君之立,实非先君之意,乃臣足主之。今宋囚臣而纳突,要臣以盟,臣恐身死无益于君,已口许之。今兵将及郊,群臣畏宋之强,协谋往迎。主公不若从权[69],暂时避位,容臣乘间再图迎复。"末写一誓云:"违此言者,有如日[70]!"郑昭公接了表文及密启,自知孤立无助,与妫妃泣别,出奔卫国去了。

九月己亥日,祭足奉公子突即位,是为厉公[71]。大小政事,皆决于祭足。以女妻雍纠,谓之雍姬。言于厉公,官雍纠以大夫之职。雍氏原是厉公外家,厉公在宋时,与雍氏亲密往来,所以厉公宠信雍纠,亚于祭足。自厉公即位,国人俱已安服。惟公子亹、公子仪二人,心怀不平。又恐厉公加害,是月,公子亹奔蔡,公子仪奔陈。宋公闻子突定位,遣人致书来贺。因此一番使命,挑起两国干戈。且听下回分解。

---

〔1〕 蔡侯封人:即蔡桓侯姬封人。蔡宣侯之子。在位二十年(前714—前695)。蔡姬为宣侯之女,故蔡姬之子公子跃为桓侯外甥。

〔2〕 微服:为隐蔽身份而改穿平民衣服。

〔3〕 从禽:追逐飞禽走兽,即打猎。

〔4〕 见:同"现"。

〔5〕 轻身:空身,指一个人。

〔6〕 枭(xiāo 肖)首:斩首并悬挂木上。

〔7〕 厉公:即妫跃。陈桓公庶子。在位七年(前706—前700)。

〔8〕 纷如:意同纷若,很多的样子。

〔9〕 缴过:交代完,讲完。

〔10〕 芈(mǐ 米)姓:楚君姓芈,熊氏。

〔11〕 重黎:传说中人名,司天地之官。一说重黎本二人,重为木正,黎为火正。楚君乃黎之后。

〔12〕 高辛氏:上古帝喾之号。据说为帝尧之父,居亳。

〔13〕 火正:古代掌管火政之官。

〔14〕 祝融:火神之名。祝之义为大,融之义为明,意即火神。言其生时为火正之官,死后将作火神,故以祝融命名。

〔15〕 鬼方:殷周时西北部族名。其居处据考证在岐周以西,即陕西西部,甘肃东南部。

〔16〕 卫墟:即昆吾墟。地在卫都濮阳之西,故称卫墟。樊号昆吾,故又称昆吾墟。

〔17〕 胡国:周时国名,在今安徽阜阳市一带。按:胡国为归姓,而非董姓。韩墟在山西、河南间,亦非胡国辖地。这几句乃由"参胡"二字附会为胡国,系无根之辞。

〔18〕 会(kuài 快)人:古人名,相传为郐国祖先。郐后来为郑武公所灭,其地即新郑。参见第四回注。

〔19〕 邾墟:邾,国名。曹姓。故址在今山东邹城市一带。

〔20〕 鬻熊:古人名。相传为楚之先祖,曾为周文王、武王之师。

〔21〕 "举文武"句:谓推举周文王、周武王时立有功劳之人的后代。

〔22〕 荆蛮:泛指江南一带。南方多为蛮族所居,并有荆山(在今湖北南漳县西)而得名。

〔23〕 胙(zuò 坐):赐与。

〔24〕 子男之田:周分封诸侯,公侯得百里,伯得七十里,子、男各五十里。此指五十里见方的土地。

〔25〕 丹阳:古邑名。在今湖北秭归县东南。楚都丹阳时称为西楚。

〔26〕 僭号称王:超越本来的封号,自称为王。指熊渠立其三子为句亶王、鄂王和越章王。

〔27〕 熊仪:字若敖,在位二十七年(前790—前763)。

〔28〕 熊眴(shùn 顺):字蚡冒,在位十七年(前757—前741)。一说他曾僭号称楚厉王。

〔29〕 熊通:在位五十一年(前740—前689)。在第三十七年时,自立为武王。

〔30〕 令尹斗伯比:令尹乃楚国官名,执掌军政大权,为楚之最高官职。斗伯比系楚王宗室。芈姓。楚王若敖之后,以斗为氏。

〔31〕 汉东:汉水以东,即今江淮地区。

〔32〕 随:周诸侯国名。姬姓。地在今湖北随州市一带。

〔33〕 瑕(xiá 侠):春秋时随地名,在今湖北随州市南。

〔34〕 成约:结盟条件。

〔35〕 合党为梗:联合起来反对我们。梗,阻隔。引申为反对。

〔36〕 "皆敝邑"句:谓都在我国指挥之下,都服从我国号令。

〔37〕 冯(píng平)陵:同"凭陵"。侵凌,侵犯。

〔38〕 沈鹿:春秋时楚地名,在今湖北钟祥市东。

〔39〕 孟夏之朔:即四月初一。夏季三月,以孟夏、仲夏、季夏为名。

〔40〕 "巴、庸"句:此十二国都是汉水以东江淮流域的一些小国。其中庸、邓、鄾、绞、罗、鄖、贰、轸等八国分别在今湖北省竹山县、襄阳市北、襄阳旧治东北、十堰郧阳区、宜城市、安陆市、应山县、应城市一带。巴,即巴子国,在今四川东部。濮,在今湖南西北。申、江分别在今河南南阳市、息县一带。

〔41〕 黄:春秋时国名。嬴姓,子爵。在今河南潢川县西北。

〔42〕 "乃以少师"三句:意指少师、季梁、随侯三人同乘一车。少师居右,主击刺。季梁居中,主驾驭。随侯居左,主射箭。车左为主将地位。车右,即戎右,又称参乘。

〔43〕 稽(qǐ起)首:见第二回注〔2〕。

〔44〕 南服:周代规定,王畿外围每五百里为一区划,按距离远近分为五等地带,称五服。楚及汉东诸国在中原南方,故称南服。服,本指服事天子,这里借指服事楚王。

〔45〕 徼(yāo夭)惠:求得恩惠。徼,通邀,要求。

〔46〕 戢(jí及)兵:息兵,休战。

〔47〕 弹压:制服、镇压。

〔48〕 二王:即周文王、周武王。

〔49〕 熊赀:即楚文王。在位十三年(前689—前677)。

〔50〕 郢(yǐng影):春秋时楚邑名。在今湖北江陵县西北。因在纪山之南,又称纪南城。

〔51〕 骎骎(qīn侵):急迫的样子。

〔52〕 中国:即中原地区,汉族居住之处,不包括周边其他民族地区。

〔53〕 大城栎(yuè月)邑:大规模修筑栎城。城,用作动词,筑城之意。栎邑,春秋时郑国别都,在今河南禹州市。

〔54〕 周桓王十九年:即公元前701年,郑庄公四十三年。

〔55〕 令终:尽天年,得善终。

〔56〕 储位:国君继承人的地位,多指太子或世子。

〔57〕 外家:指外祖父家或舅家。

〔58〕 昭公:即郑庄公子姬急。曾两次为君,第一次在公元前700年,在位仅五个月,被迫出亡;第二次在位二年(前696—前695),后被高渠弥所杀。

〔59〕 外臣:古代诸侯国大夫对他国君主的自称。

〔60〕 军府:军用储藏库,亦用以囚禁俘虏。

〔61〕 不职:未能履行职责。

〔62〕 废而后兴:指宋穆公死后,传位给其弟与夷,其子冯失去继承权。后华督弑与夷,子冯才得即位一事。

〔63〕 越:流亡。

〔64〕 司盟:主持盟约。

〔65〕 莅(lì立)事:参与其事。

〔66〕 镒(yì义):古代重量单位。二十两(一说二十四两)为一镒。

〔67〕 死士:敢死之士,实指甲士、武士。

〔68〕 壁衣:装饰墙壁的帷幕。

〔69〕 从权:采取应付性措施。权,意指变通。

〔70〕 有如日:即指天为誓,太阳可以作证。

〔71〕 厉公:即郑庄公子姬突。曾两次在位。第一次四年(前700—前697),第二次七年(前679—前673)。

第 十 一 回

宋庄公贪赂构兵　郑祭足杀婿逐主

却说宋庄公遣人致书称贺,就索取三城,及白璧、黄金、岁输谷数。厉公召祭足商议。厉公曰:"当初急于得国,以此恣其需索,不敢违命。今寡人即位方新,就来责偿;若依其言,府库一空矣。况嗣位之始,便失三城,岂不贻笑邻国?"祭足曰:"可辞以人心未定,恐割地生变,愿以三城之贡赋,代输于宋。其白璧、黄金,姑与以三分之一,婉言谢之。岁输谷数,请以来年为始。"厉公从其言,作书报之。先贡上白璧三十双,黄金三千镒,其三城贡赋,约定冬初交纳。使者还报,宋庄公大怒曰:"突死而吾生之,突贫贱而吾富贵之,区区所许,乃了忽之物,于突何与,而敢吝惜?"即日,又遣使往郑坐索,必欲如数。且立要交割三城,不愿输赋。厉公又与祭足商议,再贡去谷二万钟。宋使去而复来,传言:"若不满所许之数,要祭足自来回话。"祭足谓厉公曰:"宋受我先君大德[1],未报分毫。今乃恃立君之功,贪求无厌,且出言无礼,不可听也。臣请奉使齐、鲁,求其宛转[2]。"厉公曰:"齐、鲁肯为郑用乎?"祭足曰:"往年我先君伐许伐宋[3],无役不与齐、鲁同事。况鲁侯之立,我先君实成之[4]。即齐不厚郑,鲁自无辞。"厉公曰:"宛转之策何在?"祭足曰:"当初华督弑君而立子冯,吾先君与齐、鲁,并受贿赂,玉成其事。鲁受郜之大鼎[5],吾国亦受商彝[6]。今当诉告齐、鲁,以商彝还宋。宋公追想前情,必愧而自止。"厉公大喜曰:"寡人闻仲之言,如梦初醒。"即遣使赍了礼币,分头往齐、鲁二国,告立新君,且诉以宋人忘恩背德,索赂不休之事。使人到鲁致命,鲁桓公笑曰:"昔者,宋君行赂于敝邑,止用一鼎。今得郑赂已多,犹未满意乎?寡人当身任之,即日亲往宋,为汝君求解。"使者谢别。

再说郑使至齐致命,齐僖公向以败戎之功,感激子忽,欲以次女文姜连姻。虽然子忽坚辞,到底齐侯心内,还偏向他一分。今日郑国废忽立突,齐侯自然不喜。谓使者曰:"郑君何罪,辄行废立?为汝君者,不亦难乎?寡人当亲率诸侯,相见于城下[7]。"礼币俱不受。使者回报厉公。厉公大惊,谓祭足曰:"齐侯见责,必有干戈之事,何以待之?"祭足曰:"臣请简兵蒐乘,预作准备,敌至则迎,又何惧焉?"

且说鲁桓公遣公子柔往宋,订期相会。宋庄公曰:"既鲁君有言相订,寡人当躬造[8]鲁境,岂肯烦君远辱[9]?"公子柔返命。鲁侯再遣人往约,酌地之中[10],在扶钟[11]为会。时周桓王二十年[12]秋九月也。

宋庄公与鲁侯会于扶钟。鲁侯代郑称谢,并为求宽。宋公曰:"郑君受寡人之恩深矣!譬之鸡卵,寡人抱而翼之[13],所许酬劳,出彼本心。今归国篡位,直欲负诺,寡人岂能忘情乎?"鲁侯曰:"大国所以赐郑者,郑岂忘之?但以嗣服未久,府库空虚,一时未得如约。然迟速之间,决不负诺。此事寡人可以力保。"宋公又

宋庄公贪赂构兵　郑祭足杀婿逐主

曰："金玉之物，或以府库不充为辞。若三城交割，只在片言，何以不决？"鲁侯曰："郑君惧失守故业，遗笑列国，故愿以赋税代之。闻已纳粟万钟矣。"宋公曰："二万钟之入，原在岁输数内，与三城无涉。况所许诸物，完未及半。今日尚然，异口事冷，寡人更何望焉？惟君早为寡人图之！"鲁侯见宋公十分固执，怏怏而罢。

鲁侯归国，即遣公子柔使郑，致宋公不肯相宽之语。郑伯又遣大夫雍纠捧着商彝，呈上鲁侯，言："此乃宋国故物，寡君不敢擅留，请纳还宋府库，以当三城。更进白璧三十双，黄金二千镒，求君侯善言解释。"鲁桓公情不能已，只得亲至宋国，约宋公于谷丘[14]之地相会。二君相见礼毕，鲁侯又代郑伯致不安之意，呈上白璧黄金如数。鲁侯曰："君谓郑所许诸物，完未及半。寡人正言责郑，郑是以勉力输纳。"宋公并不称谢，但问："三城何日交割？"鲁侯曰："郑君念先人世守，不敢以私恩之故，轻弃封疆。今奉一物，可以相当。"即命左右将黄锦袱包裹一物，高高捧着，跪献于宋公之前。宋公闻说"私恩"二字，眉头微皱，已有不悦之意。及启袱观看，认得商彝，乃当初宋国赂郑之物。勃然变色；佯为不知，问："此物何用？"鲁侯曰："此大国故府之珍，郑先君庄公，向曾效力于上国，蒙上国赆[15]以重器，藏为世宝。嗣君[16]不敢自爱，仍归上国。乞念昔日更事之情[17]，免其纳地。郑先君咸受其赐，岂惟嗣君？"宋公见提起旧事，不觉两颊发赤，应曰："往事寡人已忘之矣，将归问之故府。"正议论间，忽报："燕伯[18]朝宋，驾到谷丘。"宋公即请燕伯与鲁侯一处相见。燕伯见宋公，诉称："地邻于齐，尝被齐国侵伐。寡人愿邀君之灵[19]，请成于齐，以保社稷。"宋公许之。鲁侯谓宋公曰："齐与纪[20]世仇，尝有袭纪之心。君若为

121

燕请成,寡人亦愿为纪乞好,各修和睦,免搆干戈。"三君遂一同于谷丘结盟。鲁桓公回国,自秋至冬,并不见宋国回音。

郑国因宋使督促财贿,不绝于道,又遣人求鲁侯。鲁侯只得又约宋公于虚、龟[21]之境面会,以决平郑[22]之事。宋公不至,遣使报鲁曰:"寡君与郑自有成约,君勿与闻可也。"鲁侯大怒,骂曰:"匹夫贪而无信,尚然不可,况国君乎?"遂转辕至郑,与郑伯会于武父[23]之地,约定连兵伐宋。髯翁有诗云:

逐忽弑隐[24]并元凶,同恶相求意自浓。
只为宋庄贪诈甚,致令鲁郑起兵锋。

宋庄公闻鲁侯发怒,料想欢好不终。又闻齐侯不肯助突,乃遣公子游往齐结好,诉以子突负德之事:"寡君有悔于心,愿与君协力攻突,以复故君忽之位,并为燕伯求平。"使者未返,宋疆吏报:"鲁、郑二国兴兵来伐,其锋甚锐,将近睢阳。"宋公大惊,遂召诸大夫计议迎敌。公子御说谏曰:"师之老壮[25],在乎曲直。我贪郑赂,又弃鲁好,彼有词矣。不如请罪求和,息兵罢战,乃为上策。"南宫长万曰:"兵至城下,不发一矢自救,是示弱也。何以为国?"太宰督曰:"长万言是也。"宋公遂不听御说之言,命南宫长万为将。长万荐猛获为先锋,出车三百乘。两下排开阵势。鲁侯郑伯并驾而出,停车阵前,单搦[26]宋君打话。宋公心下怀惭,托病不出。南宫长万远远望见两枝绣盖飘扬,知是二国之君。乃抚猛获之背曰:"今日尔不建功,更待何时?"猛获应命,手握浑铁点钢矛[27],麾车直进。鲁、郑二君看见来势凶猛,将车退后一步。左右拥出二员上将,鲁有公子溺,郑有原繁,各驾戎车迎住。先问姓名,答曰:"吾乃先锋猛获是也。"原繁笑曰:"无名小卒,不得污吾

宋庄公贪赂构兵　郑祭足杀婿逐主

刀斧,换你正将来决一死敌。"猛获大怒,举矛直刺原繁。原繁抡刀接战。子溺指引鲁军,铁叶般裹来。猛获力战二将,全无惧怯。鲁将秦子、梁子,郑将檀伯,一齐俱上。猛获力不能加,被梁子一箭射着右臂,不能持矛,束手受缚。兵车甲士,尽为俘获,只逃走得步卒五十馀人。南宫长万闻败,咬牙切齿曰:"不取回猛获,何面目入城?"乃命长子南宫牛,引车三十乘搦战:"佯输诈败,诱得敌军追至西门,我自有计。"南宫牛应声而出,横戟大骂:"郑突背义之贼,自来送死,何不速降?"刚遇郑将引着弓弩手数人,单车巡阵,欺南宫牛年少,便与交锋。未及三合,南宫牛回车便走,郑将不舍,随后赶来。将近西门,炮声大举,南宫长万从后截住,南宫牛回车,两下夹攻。郑将连发数箭,射南宫牛不着,心里落慌,被南宫长万跃入车中,只手擒来。郑将原繁,闻知本营偏将[28]单车赴敌,恐其有失,同檀伯引军疾驱而前。只见宋国城门大开,太宰华督自率大军,出城接应。这里鲁将公子溺,亦引秦子、梁子助战。两下各秉火炬,混杀一场,直杀至鸡鸣方止。宋兵折损极多。南宫长万将郑将献功,请宋公遣使到郑营,愿以郑将换回猛获。宋公许之。宋使至于郑营,说明交换之事。郑伯应允,各将槛车推出阵前,彼此互换。郑将归于郑营,猛获仍归宋城去了。是日各自休息不战。

却说公子游往齐致命,齐僖公曰:"郑突逐兄而立,寡人之所恶也。但寡人方有事于纪,未暇及此,倘贵国肯出师助寡人伐纪,寡人敢不相助伐郑?"公子游辞了齐侯,回复宋公去讫。

再说鲁侯与郑伯在营中,正商议攻宋之策,忽报:"纪国有人告急。"鲁侯召见,呈上国书,内言:"齐兵攻纪至急,亡在旦夕。乞念婚姻世好,以一旅拔之水火。"鲁桓公大惊,谓郑伯曰:"纪君告

第 十 一 回

急,孤不得不救。宋城亦未可猝拔,不如撤兵。量宋公亦不敢复来索赂矣。"郑厉公曰:"君既移兵救纪,寡人亦愿悉率敝赋[29]以从。"鲁侯大喜,即时传令拔寨,齐望纪国进发。鲁侯先行三十里,郑伯引军断后。宋国先得了公子游回音,后知敌营移动,恐别有诱兵之计,不来追赶,只遣谍远探。回报:"敌兵尽已出境,果往纪国。"方才放心。太宰华督奏曰:"齐既许助攻郑,我国亦当助其攻纪。"南宫长万曰:"臣愿往。"宋公发兵车二百乘,仍命猛获为先锋,星夜前来助齐。

却说齐僖公约会卫侯,并征燕兵。卫方欲发兵,而宣公适病薨。世子朔即位,是为惠公[30]。惠公虽在丧中,不敢推辞,遣兵车二百乘相助。燕伯惧齐吞并,正欲借此修好,遂亲自引兵来会。纪侯见三国兵多,不敢出战,只深沟高垒,坚守以待。忽一日报到:"鲁、郑二君,前来救纪。"纪侯登城而望,心中大喜,安排接应。

再说鲁侯先至,与齐侯相遇于军前。鲁侯曰:"纪乃敝邑世姻,闻得罪于上国,寡人躬来请赦。"齐侯曰:"吾先祖哀公为纪所谮[31],见烹于周,于今八世,此仇未报。君助其亲,我报其仇。今日之事,惟有战耳。"鲁侯大怒,即命公子溺出车。齐将公子彭生接住厮杀。彭生有万夫不当之勇,公子溺如何敌得过?秦子、梁子二将,并力向前,未能取胜,刚办得架隔遮拦。卫、燕二主,闻齐、鲁交战,亦来合攻。却得后队郑伯大军已到,原繁引檀伯众将,直冲齐侯老营。纪侯亦使其弟嬴季,引军出城相助,喊声震天。公子彭生不敢恋战,急急回辕。六国[32]兵车,混做一处相杀。鲁侯遇见燕伯谓曰:"谷丘之盟,宋、鲁、燕三国同事。口血未干,宋人背盟,寡人伐之。君亦效宋所为,但知媚齐目前,独不为国家长计乎?"

宋庄公贪赂构兵　郑祭足杀婿逐主

燕伯自知失信,垂首避去,托言兵败奔逃。卫无大将,其师先溃。齐侯之师亦败,杀得尸横遍野,血流成河。彭生中箭几死。正在危急,又得宋国兵到,鲁、郑方才收军。胡曾先生咏史诗云:

明欺弱小恣贪谋,只道孤城顷刻收。

他国未亡我已败,令人千载笑齐侯。

宋军方到,喘息未定,却被鲁、郑各遣一军冲突前来。宋军不能立营,亦大败而去。各国收拾残兵,分头回国。齐侯回顾纪城,誓曰:"有我无纪,有纪无我,决不两存也!"纪侯迎接鲁、郑二君入城,设享款待,军士皆重加赏犒。嬴季进曰:"齐兵失利,恨纪愈深。今两君在堂,愿求保全之策!"鲁侯曰:"今未可也,当徐图之。"次日,纪侯远送出城三十里,垂泪而别。

鲁侯归国后,郑厉公又使人来修好,寻武父之盟。自此鲁、郑为一党,宋、齐为一党。时郑国守栎大夫子元已卒,祭足奏过厉公,以檀伯代之。此周桓王二十二年[33]也。

齐僖公为兵败于纪,怀愤成疾,是冬病笃,召世子诸儿至榻前嘱曰:"纪吾世仇也,能灭纪者,方为孝子。汝今嗣位,当以此为第一件事。不能报此仇者,勿入吾庙!"诸儿顿首[34]受教。僖公又召夷仲年之子无知,使拜诸儿,嘱曰:"吾同母弟,只此一点骨血,汝当善视之。衣服礼秩,一如我生前可也。"言毕,目遂瞑。诸大夫奉世子诸儿成丧即位,是为襄公。

宋庄公恨郑入骨,复遣使将郑国所纳金玉,分赂齐、蔡、卫、陈四国,乞兵复仇。齐因新丧,止遣大夫雍廪,率车一百五十乘相助。蔡、卫亦各遣将同宋伐郑。郑厉公欲战,上卿祭足曰:"不可!宋大国也，起倾国之兵，盛气而来，若战而失利，社稷难保，幸而胜，将结没世之怨，吾国无宁日矣！不如纵之。"厉公意犹未决。祭足遂发令，使百姓守城，有请战者罪之。宋公见郑师不出，乃大掠东郊，以火攻破渠门[35]，入及大逵[36]，至于太宫，尽取其椽[37]以归，为宋卢门[38]之椽以辱之。郑伯郁郁不乐，叹曰："吾为祭仲所制，何乐乎为君？"于是阴有杀祭足之意。

明年春三月，周桓王病笃，召周公黑肩于床前，谓曰："立子以嫡，礼也。然次子克，朕所钟爱，今以托卿。异日兄终弟及，惟卿主持。"言讫遂崩。周公遵命，奉世子佗即王位，是为庄王[39]。

郑厉公闻周有丧，欲遣使行吊。祭足固谏，以为："周乃先君之仇，祝聃曾射王肩，若遣人往吊，只取其辱。"厉公虽然依允，心中愈怒。

一日，游于后囿，止有大夫雍纠相从。厉公见飞鸟翔鸣，凄然而叹。雍纠进曰："当此春景融和，百鸟莫不得意。主公贵为诸侯，似有不乐之色，何也？"厉公曰："百鸟飞鸣自由，全不受制于人。寡人反不如鸟，是以不乐。"雍纠曰："主公所虑，岂非秉钧[40]之人耶？"厉公嘿然。雍纠又曰："吾闻'君犹父也，臣犹子也。'子不能为父分忧，即为不孝；臣不能为君排难，即为不忠。倘主公不以纠为不肖，有事相委，不敢不竭死力！"厉公屏去左右，谓雍纠曰："卿非仲之爱婿乎？"纠曰："婿则有之，爱则未也。纠之婚于祭氏，实出宋君所迫，非祭足本心。足每言及旧君，犹有依恋之心，但畏宋不敢改图耳。"厉公曰："卿能杀仲，吾以卿代之，但不知计将安出？"雍纠曰："今东郊被宋兵残破，民居未复。主公明日命司徒修整廛舍[41]，却教祭足赍粟帛往彼安抚居民，臣当于东郊设享[42]，以鸩酒毒之。"厉公曰："寡人委命于卿，卿当仔细。"

雍纠归家，见其妻祭氏，不觉有皇遽之色。祭氏心疑，问："朝中今日有何事？"纠曰："无也。"祭氏曰："妾未察其言，先观其色，今日朝中，必无无事之理。夫妇同休，事无大小，妾当与知。"纠曰："君欲使汝父往东郊安抚居民，至期，吾当设享于彼，与汝父称寿，别无他事。"祭氏曰："子欲享吾父，何必郊外？"纠曰："此君命也，汝不必问。"祭氏愈疑。乃醉纠以酒，乘其昏睡，佯问曰："君命汝杀祭仲，汝忘之耶？"纠梦中糊涂应曰："此事如何敢忘！"早起，祭氏谓纠曰："子欲杀吾父，吾已尽知矣。"纠曰："未尝有此。"祭氏曰："夜来子醉后自言，不必讳也。"纠曰："设有此事，与尔何如？"祭氏曰："既嫁从夫，又何说焉？"纠乃尽以其谋告于祭氏。祭氏曰："吾父恐行止未定，至期，吾当先一日归宁，怂恿其行。"纠曰："事若成，吾代其位，于尔亦有荣也。"

祭氏果先一日回至父家，问其母曰："父与夫二者孰亲？"其母曰："皆亲。"又问："二者亲情孰甚？"其母曰："父甚于夫。"祭氏曰："何也？"其母曰："未嫁之女，夫无定而父有定；已嫁之女，有再嫁而无再生。夫合于人，父合于天[43]，夫安得比于父哉！"其母虽则无心之言，却点醒了祭氏有心之听，遂双眼流泪曰："吾今日为父，不能复顾夫矣！"遂以雍纠之谋，密告其母。其母大惊，转告于祭足。祭足曰："汝等勿言，临时吾自能处分。"至期，祭足使心腹强鉏，带勇士十馀人，暗藏利刃跟随。再命公子阏率家甲百馀，郊外接应防变。祭足行至东郊，雍纠半路迎迓，设享甚丰。祭足曰："国事奔走，礼之当然，何劳大享。"雍纠曰："郊外春色可娱，聊具一酌节劳耳。"言讫，满斟大觥[44]，跪于祭足之前，满脸笑容，口称

第 十 一 回

百寿。祭足假作相挽,先将右手握纠之臂,左手接杯浇地,火光迸裂。遂大喝曰:"匹夫何敢弄吾!"叱左右:"为我动手。"强钼与众勇士一拥而上,擒雍纠缚而斩之,以其尸弃于周池。厉公伏有甲士在于郊外,帮助雍纠做事。早被公子阏搜着,杀得七零八落。厉公闻之,大惊曰:"祭仲不吾容也!"乃出奔蔡国。后有人言及雍纠通知祭氏,以致祭足预作准备。厉公乃叹曰:"国家大事,谋及妇人,其死宜矣!"

且说祭足闻厉公已出,乃使公父定叔[45]往卫国迎昭公忽复位,曰:"吾不失信于旧君也!"不知后事如何,且看下回分解。

---

〔1〕 "宋受我"句:我先君,指郑庄公。大德,指宋殇公即位,公子冯奔郑,曾受到郑庄公庇护一事。见五、六、七回。

〔2〕 宛转:从中转圜,调解挽回。

〔3〕 "往年"句:指郑庄公邀集齐、鲁等国共同兴师,伐宋(见第六回),伐许(见第七回)。

〔4〕 "鲁侯之立"句:指公子翚弑隐公,立桓公,得到郑庄公支持一事。见第七回。

〔5〕 郜之大鼎:郜国所铸大鼎。郜,周代诸侯国名,始封之君为周文王子,故址在今山东成武县东南。春秋初年为宋所灭。鼎,古代一种烹饪器,三足两耳。后来逐渐以鼎作为传国之重器。

〔6〕 商彝(yí 移):商朝所铸的青铜祭器。彝,祭器名。敞口,圈足,两耳,可盛酒,多用青铜铸成。宋为商之后,此彝乃其祖先遗留。

〔7〕 相见于城下:领兵讨伐的宛转说法。

〔8〕 躬造:亲自抵达。

〔9〕 远辱:委屈(鲁君)远道而来。

〔10〕 酌地之中:选择两国中间地带。酌,斟酌,引申为考虑,选择。

〔11〕 扶钟:一称夫钟,古地名。春秋初属郕国,后归鲁。在今山东汶上县东北。

〔12〕 周桓王二十年:即元前700年。

〔13〕 抱而翼之:孵化并保护他。抱,指鸡之孵卵。翼,翅膀覆盖。意同保护。

〔14〕 谷丘:春秋时宋邑名,故址在今河南商丘市东南。

〔15〕 贶(kuàng况):赐与,惠赠。重器:宝器。

〔16〕 嗣君:继位的国君,此指郑厉公。

〔17〕 更(gēng耕)事之情:经历过有关事件的情况。更,经过。事,暗指宋庄公奔宋一事。

〔18〕 燕伯:此指南燕。与召公奭始封之北燕并非一国。南燕为姞姓,开国之君乃伯儵,相传为黄帝后裔,故址在今河南延津县东北。

〔19〕 邀君之灵:仰仗宋公的威望。邀,求得。

〔20〕 纪:周时诸侯国名,姜姓。故址在今山东寿光市东南。

〔21〕 虚、龟:据《春秋》及《左传》,虚龟应为两地。鲁侯会宋公于虚在公元前700年八月,会宋公于龟则在同年十一月。虚,在今河南延津县东。龟,在今河南睢县境内。

〔22〕 平郑:与郑国和解。

〔23〕 武父:春秋时郑地。在今山东东明县南。

〔24〕 逐忽弑隐:指郑厉公姬突由宋返国赶走昭公姬忽,以及公子翚串通鲁桓公杀掉鲁隐公这两件事。说明郑伯、鲁侯都是元凶。

〔25〕 老壮:指士气的衰落与旺盛。《左传·僖公二十八年》:"师直为壮,曲为老。"

〔26〕 搦(nuò诺):挑惹。

〔27〕 浑铁:纯铁。点钢矛:武器名。

第 十 一 回

〔28〕 偏将：偏师之将，主将之外的副将。此偏将即前后文之郑将。均不言姓名。而明刊本作"祝聃"。因祝聃在十回中已"疽发于背而死"，故特改为无名之"郑将"。

〔29〕 悉率敝赋：率领我国全部士卒。赋，兵员。古时按田赋出兵，故可称兵为赋。

〔30〕 惠公：即卫惠公姬朔。卫宣公子。曾于公元前699年至前696年及前689年至前669年两次在位。

〔31〕 "吾先祖"三句：齐哀公吕不振，荒淫田游。《诗经·齐风》有《鸡鸣》、《还》二诗，按《诗序》均为讽刺哀公而作。纪侯谮之于周夷王，夷王烹哀公。后历胡、献、武、厉、文、成、庄、僖共八世。谮，诬陷。此指夸大其辞。

〔32〕 六国：指参加此次战斗的齐、燕、卫一方与纪、鲁、郑一方。共六国。

〔33〕 周桓王二十二年：即公元前698年。

〔34〕 顿首：指头叩地而拜。与稽首不同，"稽首拜，头至地也；顿首拜，头叩地也。"见《周礼注》。

〔35〕 渠门：郑都新郑东门。

〔36〕 大逵：大街。即城内四通八达的宽阔街道。

〔37〕 椽（chuán 传）：放在檩子上架屋瓦的木条。

〔38〕 卢门：宋都商丘东城之南门。

〔39〕 庄王：名姬佗，周桓王子。在位十五年（前696—前682）。

〔40〕 秉钧：比喻执掌国政。钧为衡石，秉钧意即持衡，借指国事之轻重，都在手中掌握。郑国秉钧之人，暗指祭足。

〔41〕 廛（chán 蝉）舍：屋舍。古称一家所居之房地曰廛。

〔42〕 享：宴会，筵席。

〔43〕 "夫合于人"二句：指夫妻配合出于人事安排，而父子之配合则归于天命。

〔44〕 觥（gōng 工）：盛酒器。古时多用兽角制成，椭圆，有把手。

〔45〕 公父定叔：此人为郑庄公胞弟共叔段之孙，公孙滑之子。

第 十 二 回

卫宣公筑台纳媳　高渠弥乘间易君

却说卫宣公[1]名晋,为人淫纵不检。自为公子时,与其父庄公之妾名夷姜者私通,生下一子,寄养于民间,取名曰急子[2]。宣公即位之日,元配邢妃无宠。只有夷姜得幸,如同夫妇。就许立急子为嗣,属之于右公子职。时急子长成,已一十六岁,为之聘齐僖公长女。使者返国,宣公闻齐女有绝世之姿,心贪其色,而难于启口。乃构名匠筑高台于淇河[3]之上,朱栏华栋,重宫复室,极其华丽,名曰新台。先以聘宋为名,遣开急子。然后使左公子泄如齐,迎姜氏径至新台,自己纳之,是为宣姜。时人作《新台》[4]之诗,以刺其淫乱:

新台有泚[5],河水浼浼[6]。燕婉[7]之求,籧篨不鲜[8]!

鱼网之设,鸿则离之[9]。燕婉之求,得此戚施[10]!

籧篨、戚施皆丑恶之貌,以喻宣公。言姜氏本求佳偶,不意乃配此丑恶也。后人读史至此,言齐僖公二女,长宣姜,次文姜,宣姜淫于舅,文姜淫于兄,人伦天理,至此灭绝矣!有诗叹曰:

妖艳春秋首二姜,致令齐卫紊纲常。

第 十 二 回

天生尤物殃人国,不及无盐[11]佐伯王!

急子自宋回家,复命于新台。宣公命以庶母[12]之礼,谒见姜氏。急子全无几微怨恨之意。

宣公自纳齐女,只往新台朝欢暮乐,将夷姜又撇一边。一住三年,与齐姜连生二子,长曰寿,次曰朔。自古道:"母爱子贵"。宣公因偏宠齐姜,将昔日怜爱急子之情,都移在寿与朔身上,心中便想百年之后,把卫国江山,传与寿、朔兄弟,他便心满意足,反似多了急子一人。只因公子寿天性孝友,与急子如同胞一般相爱,每在父母面前,周旋其兄。那急子又温柔敬慎,无有失德,所以宣公未曾显露其意。私下将公子寿嘱托左公子泄,异日扶他为君。那公子朔虽与寿一母所生,贤愚迥然不同。年齿尚幼,天生狡猾,恃其母之得宠,阴蓄死士,心怀非望。不惟憎嫌急子,并亲兄公子寿,也像赘疣[13]一般。只是事有缓急,先除急子要紧。常把说话挑激母亲,说:"父亲眼下,虽然将我母子看待。有急子在先,他为兄,我等为弟,异日传位,蔑[14]不得长幼之序。况夷姜被你夺宠,心怀积忿。若急子为君,彼为国母,我母子无安身之地矣!"齐姜原是急子所聘,今日跟随宣公,生子得时,也觉急子与己有碍。遂与公子朔合谋,每每谗谮急子于父亲之前。

一日,急子诞日,公子寿治酒相贺,朔亦与席。坐间急子与公子寿说话甚密。公子朔插嘴不下,托病先别。一径到母亲齐姜面前,双眼垂泪,扯个大谎,告诉道:"孩儿好意同自己哥哥与急子上寿,急子饮酒半酣,戏谑之间,呼孩儿为儿子。孩儿心中不平,说他几句。他说:'你母亲原是我的妻子,你便称我为父,于理应该。'孩儿再待开口,他便奋臂要打。亏自己哥哥劝住,孩儿逃席而来。

卫宣公筑台纳媳　高渠弥乘间弑君

受此大辱,望母亲禀知父侯,与孩儿做主!"齐姜信以为然。待宣公入宫,呜呜咽咽的告诉出来,如此如此,这般这般。又装点几句道:"他还要玷污妾身,说:'我母夷姜,原是父亲的庶母,尚然收纳为妻。况你母亲原是我旧妻,父亲只算借贷一般,少不得与卫国江山,一同还我。'"宣公召公子寿问之,寿答曰:"并无此说。"宣公半疑半信,但遣内侍传谕夷姜,责备他不能教训其子。夷姜怨气填胸,无处伸诉,投缳〔15〕而死。髯翁有诗叹曰:

父妾如何与子通? 聚麀〔16〕传笑卫淫风。

夷姜此日投缳晚,何似当初守节终!

急子痛念其母,惟恐父亲嗔怪,暗地啼哭。公子朔又与齐姜谤说急子,因生母死于非命,口出怨言,日后要将母子偿命。宣公本不信有此事。无奈妒妾谗子,日夜撺掇〔17〕,定要宣公杀急子,以绝后患,不由宣公不听。但展转踌躇,终是杀之无名,必须假手他人,死于道路,方可掩人耳目。

其时,适齐僖公约会伐纪,征兵于卫。宣公乃与公子朔商议,假以往订师期为名,遣急子如齐,授以白旄〔18〕。此去莘野〔19〕,是往齐的要路,舟行至此,必然登陆,在彼安排急子,他必不作准备。公子朔向来私蓄死士,今日正用得着,教他假装盗贼,伏于莘野,只认白旄过去,便赶出一齐下手,以旄复命,自有重赏。公子朔处分已定,回复齐姜,齐姜心下十分欢喜。

却说公子寿见父亲屏去从人,独召弟朔议事,心怀疑惑。入宫来见母亲,探其语气。齐姜不知隐瞒,尽吐其实。嘱咐曰:"此乃汝父主意,欲除我母子后患,不可泄漏他人。"公子寿知其计已成,谏之无益。私下来见急子,告以父亲之计:"此去莘野必由之路,

133

第 十 二 回

多凶少吉。不如出奔他国,别作良图。"急子曰:"为人子者,以从命为孝。弃父之命,即为逆子。世间岂有无父之国,即欲出奔,将安往哉?"遂束装下舟,毅然就道。公子寿泣劝不从,思想:"吾兄真仁人也!此行若死于盗贼之手,父亲立我为嗣,何以自明?子不可以无父,弟不可以无兄。吾当先兄而行,代他一死,吾兄必然获免。父亲闻吾之死,倘能感悟,慈孝两全,落得留名万古。"于是别以一舟载酒,亟往河下,请急子饯别。急子辞以:"君命在身,不敢逗遛。"公子寿乃移樽过舟,满斟以进。未及开言,不觉泪珠堕于杯中。急子忙接而饮之。公子寿曰:"酒已污矣!"急子曰:"正欲饮吾弟之情也。"公子寿拭泪言曰:"今日此酒,乃吾弟兄永诀之酒。哥哥若鉴小弟之情,多饮几杯。"急子曰:"敢不尽量!"两人泪眼相对,彼此劝酬。公子寿有心留量。急子到手便吞,不觉尽醉,倒于席上,鼾鼾睡去。公子寿谓从人曰:"君命不可迟也,我当代往。"即取急子手中白旄,故意建于舟首,用自己仆从相随。嘱咐急子随行人众,好生守候。袖中出一简,付之曰:"俟世子酒醒后,可呈看也。"即命发舟。行近莘野,方欲整车登岸,那些埋伏的死士,望见河中行旌飘飏,认得白旄,定是急子到来,一声呼哨,如蜂而集。公子寿挺然出喝曰:"吾乃本国卫侯长子,奉使往齐。汝等何人,敢来邀截?"众贼齐声曰:"吾等奉卫侯密旨,来取汝首!"挺刀便砍。从者见势头凶猛,不知来历,一时惊散。可怜寿子引颈受刀,贼党取头,盛于木匣,一齐下船,偃旄而归。

再说急子酒量原浅,一时便醒,不见了公子寿,从人将简缄呈上,急子拆而看之,简上只有八个字云:"弟已代行,兄宜速避。"急子不觉堕泪曰:"弟为我犯难,吾当速往。不然,恐误杀吾弟也!"

喜得仆从俱在,就乘了公子寿之舟,催趱舟人速行。真个似电流光绝,鸟逝超群。其夜月明如水,急子心念其弟,目不交睫。注视鹢首[20]之前,望见公子寿之舟,喜曰:"天幸吾弟尚在!"从人禀曰:"此来舟,非去舟也!"急子心疑,教拢船上去。两船相近,楼橹[21]俱明。只见舟中一班贼党,并不见公子寿之面。急子愈疑,乃佯问曰:"主公所命,曾了事否?"众贼听得说出秘密,却认为公子朔差来接应的,乃捧函以对曰:"事已了矣。"急子取函启视,见是公子寿之首,仰天大哭曰:"天乎冤哉!"众贼骇然,问曰:"父杀其子,何故称冤?"急子曰:"我乃真急子也。得罪于父,父命杀我。此吾弟寿也。何罪而杀之?可速断我头,归献父亲,可赎误杀之罪。"贼党中有认得二公子者,于月下细认之曰:"真误矣!"众贼遂将急子斩首,并纳函中。从人亦皆四散。《卫风》有《乘舟》之诗,正咏兄弟争死之事。诗曰:

　　二子乘舟,泛泛其景[22],愿言思子,中心养养[23]。

　　二子乘舟,泛泛其逝,愿言思子,不瑕有害[24]。

诗人不敢明言,但追想乘舟之人,以寓悲思之意也。

　　再说众贼连夜奔入卫城,先见公子朔,呈上白旄。然后将二子先后被杀事情,细述一遍,犹恐误杀得罪。谁知一箭射双雕,正中了公子朔的隐怀。自出金帛,厚赏众贼。却入宫来见母亲说:"公子寿载旄先行,自陨其命。喜得急子后到,天教他自吐真名,偿了哥哥之命。"齐姜虽痛公子寿,却幸除了急子,拔去眼中之钉,正是忧喜相半。母子商量,且教慢与宣公说知。

　　却说左公子泄,原受急子之托,右公子职,原受公子寿之托,二人各自关心。遣人打探消息,回报如此如此。起先未免各为其主,

第十二回

到此同病相怜，合在一处商议。候宣公早朝，二人直入朝堂，拜倒在地，放声大哭。宣公惊问何故，公子泄、公子职二人一辞，将急子与公子寿被杀情由，细述一遍，"乞收拾尸首埋葬，以尽当初相托之情。"说罢哭声转高。宣公虽怪急子，却还怜爱公子寿。忽闻二子同时被害，吓得面如土色，半晌不言。痛定生悲，泪如雨下，连声叹曰："齐姜误我，齐姜误我！"即召公子朔问之，朔辞不知。宣公大怒，就着公子朔拘拿杀人之贼。公子朔口中应承，只是支吾，那肯献出贼党。

宣公自受惊之后，又想念公子寿，感成一病。闭眼便见夷姜、急子、寿子一班，在前啼啼哭哭。祈祷不效，半月而亡。公子朔发丧袭位，是为惠公[25]。时朔年一十五岁，将左右二公子罢官不用。庶兄公子硕字昭伯，心中不服，连夜奔齐。公子泄与公子职怨恨惠公，每思为急子及公子寿报仇，未得其便。

话分两头。却说卫侯朔初即位之年，因助齐攻纪，为郑所败，正在衔恨。忽闻郑国有使命至，问其来意。知郑厉公出奔，群臣迎故君忽复位，心中大喜。即发车徒，护送昭公还国。祭足再拜，谢昔日不能保护之罪。昭公虽不治罪，心中怏怏，恩礼稍减于昔日。祭足亦觉局蹐[26]不安，每每称疾不朝。高渠弥素失爱于昭公，及昭公复国，恐为所害，阴养死士，为弑忽立亶之计。时郑厉公在蔡，亦厚结蔡人。遣人传语檀伯，欲借栎为巢窟，檀伯不从。于是使蔡人假作商贾，于栎地往来交易，因而厚结栎人，暗约为助，乘机杀了檀伯。厉公遂居栎，增城濬池，大治甲兵，将谋袭郑，遂为敌国。祭足闻报大惊，急奏昭公，命大夫傅瑕屯兵大陵[27]，以遏厉公来路。厉公知郑有备，遣人转央鲁侯，谢罪于宋，许以复国之后，仍补前赂未纳之数。鲁使至宋,宋庄公贪心又起,结连蔡、卫,共纳厉公。时卫侯朔有送昭公复国之劳,昭公并不修礼往谢,所以亦怨昭公,反与宋公协谋。因即位以来,并未与诸侯相会,乃自将而往。

公子泄谓公子职曰:"国君远出,吾等举事,此其时矣!"公子职曰:"如欲举事,先定所立。人民有主,方保不乱。"正密议间,阍人报:"大夫宁跪有事相访。"两公子迎入。宁跪曰:"二公子忘乘舟之冤乎?今日机会,不可失也!"公子职曰:"正议拥戴,未得其人。"宁跪曰:"吾观群公子中,惟黔牟[28]仁厚可辅,且周王[29]之婿,可以弹压国人。"三人遂歃血定议。乃暗约急子、寿子原旧一班从人,假传一个谍报,只说:"卫侯伐郑,兵败身死。"于是迎公子黔牟即位。百官朝见已毕,然后宣播卫朔构陷二兄,致父忿死之恶。重为急、寿二子发丧,改葬其柩。遣使告立君于周。宁跪引兵营于郊外,以遏惠公归路。公子泄欲杀宣姜,公子职止之曰:"姜虽有罪,然齐侯之妹也,杀之恐得罪于齐。不如留之,以结齐好。"乃使宣姜出居别宫,月致廪饩无缺。

再说宋、鲁、蔡、卫,共是四国合兵伐郑。祭足自引兵至大陵,与傅瑕合力拒敌,随机应变,未尝挫失。四国不能取胜,只得引回。

单说卫侯朔伐郑无功,回至中途,闻二公子作乱,已立黔牟,乃出奔于齐国。齐襄公曰:"吾甥也。"厚其馆饩,许以兴兵复国。朔遂与襄公立约:"如归国之日,内府宝玉,尽作酬仪。"襄公大喜。忽报:"鲁侯使到。"因齐侯求婚于周,周王允之,使鲁侯主婚[30],要以王姬[31]下嫁。鲁侯欲亲自至齐,面议其事。襄公想起妹子文姜,久不相会,何不一同请来?遂遣使至鲁,并迎文姜。诸大夫请问伐卫之期。襄公曰:"黔牟亦天子婿也。寡人方图婚于周,此事姑且迟之。"但恐卫人杀害宣姜,遣公孙无知纳公子硕于卫。私嘱无知,要公子硕烝[32]于宣姜,以为复朔之地。公孙无知领命,同公子硕归卫,与新君黔牟相见。时公子硕内子[33]已卒,无知将齐侯之意,遍致卫国君臣,并致宣姜。那宣姜倒也心肯。卫国众臣,素恶宣姜僭位中宫,今日欲贬其名号,无不乐从。只是公子硕念父子之伦,坚不允从。无知私言于公子职曰:"此事不谐,何以复寡君之命?"公子职恐失齐欢,定下计策,请公子硕饮宴,使女乐侑酒,灌得他烂醉。扶入别宫,与宣姜同宿,醉中成就其事。醒后悔之,已无及矣。宣姜与公子硕遂为夫妇。后生男女五人:长男齐子早卒,次戴公申,次文公燬;女二,为宋桓公,许穆公夫人。史臣有诗叹曰:

子妇如何攘作妻,子烝庶母报非迟!

夷姜生子宣姜继,家法源流未足奇。

此诗言昔日宣公烝父妾夷姜,而生急子。今其子昭伯,亦烝宣姜而生男女五人。家法相传,不但新台之报也。

话分两头。再说郑祭足自大陵回,因旧君子突在栎,终为郑患,思一制御之策。想齐与厉公原有战纪之仇,今日谋纳厉公,惟齐不与。况且新君嗣位,正好修睦。又闻鲁侯为齐主婚,齐、鲁之交将合。于是奏知昭公,自赍礼帛,往齐结好,因而结鲁。若得二国相助,可以敌宋。自古道:"智者千虑,必有一失。"祭足但知防备厉公,却不知高渠弥毒谋已就,只虑祭足多智,不敢动手。今见祭足远行,肆无忌惮。乃密使人迎公子亹在家,乘昭公冬行蒸祭[34],伏死士于半路,突起弑之,托言为盗所杀。遂奉公子亹为君。使人以公子亹之命,召祭足回国,与高渠弥并执国政。可怜昭公复国,未满三载,遂遭逆臣之祸!髯仙读史至此,论昭公自为世子时,已知高渠弥之恶。及两次为君,不能剪除凶人,留以自祸,岂非优柔不断之祸?有诗叹云:

明知恶草自当锄,蛇虎如何与共居?

我不制人人制我,当年枉自识高渠!

不知郑子亹如何结束,且看下回分解。

---

〔1〕 卫宣公:卫桓公姬完之同母弟,在位十九年(前718—前700)。

〔2〕 急子:亦称为伋。伋、急同音,故通用。

〔3〕 淇河:在今河南省北部,古为黄河支流,至汲县北淇门镇流入黄河。

〔4〕 《新台》:《诗经》中《邶风》的篇名。新台故址在今河南濮阳市境内。

〔5〕 泚(cǐ 此):鲜明。形容新台的华丽。

〔6〕 瀰瀰(mǐ 米):水深满的样子。

〔7〕 燕婉:欢乐美好。意指齐女嫁到卫国,为的是追求美好姻缘。

〔8〕 籧篨(qú chú 渠除):旧说为丑疾之人,闻一多考证为虾蟆。不鲜:不好。

〔9〕 "鱼网"二句:鸿,鸟名,似雁而大。离,获得。这两句说,布下鱼网,本为捕鱼;想不到却获得一只鸿雁。比喻所得非所求。

〔10〕 戚施:旧说指驼背之人。

〔11〕 无盐:即钟离春,齐国丑女,后为齐宣王后,有才有识,佐齐王称霸。见本书第八十九回。

〔12〕 庶母:父亲之妾,俗称姨娘。

第 十 二 回

〔13〕 赘疣(zhuì yóu 坠尤):肉瘤。比喻多余无用之物。

〔14〕 蔑:抛弃。

〔15〕 投缳(huán 环):上吊,自缢。

〔16〕 聚麀(yōu 优):麀,母鹿。鹿常数雄共一雌,不顾父子伦常,故借指两代人之间的乱伦关系。

〔17〕 撺掇:见第八回注〔24〕。

〔18〕 白旄(máo 毛):竿顶用白色旄牛尾为饰的旗帜。

〔19〕 莘(shēn 申)野:春秋时卫国地名,在今山东莘县北。

〔20〕 鹢(yì 义)首:鹢,水鸟名。形如鹭而大,善飞。古代画鹢首于船头,以祈船速之快,故常称船头为鹢首。

〔21〕 楼橹:指船上的楼台和船桨。

〔22〕 泛泛其景(yǐng 影):影子在河面上飘飘荡荡。泛泛,飘浮的样子。景,古影字。

〔23〕 养养:忧心不安的样子。这两句说国人思念急、寿二子,忧虑不安。

〔24〕 不瑕有害:大约不会遭到危险吧。不瑕,疑词。

〔25〕 惠公:名姬朔,共在位三十一年(前699—前669)。但其间从四年至八年被黔牟所逐,其任卫君实为二十三年。

〔26〕 局蹐(jí 及):小心谨慎的样子。局,曲身弯腰。蹐,小步走路。都指行动小心恐惧。

〔27〕 大陵:春秋时郑国地名,今河南临颍县北。

〔28〕 黔牟:据《史记》,黔牟为急子之弟。在位八年(前696—前689)。后卫惠公复位被逐,无谥号。

〔29〕 周王:此为周桓王姬林。

〔30〕 鲁侯主婚:天子嫁女于诸侯,因天子与诸侯地位不相等,故委托同姓诸侯代为主婚。

〔31〕 王姬:周王之女,通称王姬。

140

〔32〕 烝:以下淫上,即和母辈通奸。

〔33〕 内子:古称卿大夫嫡妻叫内子。后代凡妻子均可称为内子。

〔34〕 蒸祭:冬季的祭祀。《礼记·祭统》:"凡祭有四时,春祭曰礿,夏祭曰禘,秋祭曰尝,冬祭曰蒸。"

第 十 三 回

鲁桓公夫妇如齐　郑子亹君臣为戮

却说齐襄公见祭足来聘,欣然接之。正欲报聘,忽闻高渠弥弑了昭公,援立子亹,心中大怒,便有兴兵诛讨之意。因鲁侯夫妇将至齐国,且将郑事搁起,亲至泺水[1]迎候。

却说鲁夫人文姜,见齐使来迎,心下亦想念其兄,欲借归宁之名,与桓公同行。桓公溺爱其妻,不敢不从。大夫申繻谏曰:"女有室,男有家[2],古之制也。礼无相渎[3],渎则有乱。女子出嫁,父母若在,每岁一归宁[4]。今夫人父母俱亡,无以妹宁兄之理。鲁以秉礼为国,岂可行此非礼之事?"桓公已许文姜,遂不从申繻之谏。夫妇同行,车至泺水,齐襄公早先在矣。殷勤相接,各叙寒温。一同发驾,来到临淄,鲁侯致周王之命,将婚事议定。齐侯十分感激,先设大享,款待鲁侯夫妇。然后迎文姜至于宫中,只说与旧日宫嫔相会。谁知襄公预造下密室,另治私宴,与文姜叙情。饮酒中间,四目相视,你贪我爱,不顾天伦,遂成苟且之事。两下迷恋不舍,遂留宿宫中,日上三竿,尚相抱未起,撇却鲁桓公在外,冷冷清清。

鲁侯心中疑虑,遣人至宫门细访。回报:"齐侯未娶正妃[5],

鲁桓公夫妇如齐　郑子亹君臣为戮

止有偏宫[6]连氏。乃大夫连称之从妹[7]，向来失宠，齐侯不与相处。姜夫人自入齐宫，只是兄妹叙情，并无他宫嫔相聚。"鲁侯情知[8]不做好事，恨不得一步跨进齐宫，观其动静。恰好人报："国母出宫来了。"鲁侯盛气以待。便问姜氏曰："夜来宫中共谁饮酒？"答曰："同连妃。"又问："几时散席？"答："久别话长，直到粉墙月上，可半夜矣。"又问："你兄曾来陪饮否？"答曰："我兄不曾来。"鲁侯笑而问曰："难道兄妹之情，不来相陪？"姜氏曰："饮至中间，曾来相劝一杯，即时便去。"鲁侯曰："你席散如何不出宫？"姜氏曰："夜深不便。"鲁侯又问曰："你在何处安置？"姜氏曰："君侯差矣！何必盘问至此？宫中许多空房，岂少下榻之处？妾自在西宫过宿，即昔年守闺之所也。"鲁侯曰："你今日如何起得恁迟？"姜氏曰："夜来饮酒劳倦，今早梳妆，不觉过时。"鲁侯又问曰："宿处谁人相伴？"姜氏曰："宫娥耳。"鲁侯又曰："你兄在何处睡？"姜氏不觉面赤曰："为妹的怎管哥哥睡处？言之可笑！"鲁侯曰："只怕为哥的，倒要管妹子睡处！"姜氏曰："是何言也？"鲁侯曰："自古男女有别。你留宿宫中，兄妹同宿，寡人已尽知之，休得瞒隐！"姜氏口中虽是含糊抵赖，啼啼哭哭，心中却也十分惭愧。鲁桓公身在齐国，无可奈何，心中虽然忿恨，却不好发作出来，正是"敢怒而不敢言"。即遣人告辞齐侯，且待归国，再作区处。

却说齐襄公自知做下不是。姜氏出宫之时，难以放心，便密遣心腹力士石之纷如跟随，打听鲁侯夫妇相见有何说话。石之纷如回复："鲁侯与夫人角口，如此如此。"襄公大惊曰："亦料鲁侯久后必知，何其早也？"少顷，见鲁使来辞，明知事泄之故。乃固请于牛山[9]一游，便作饯行。使人连逼几次，鲁侯只得命驾出郊。文姜

第十三回

自留邸舍,闷闷不悦。

却说齐襄公一来舍不得文姜回去,二来惧鲁侯怀恨成仇,一不做,二不休,吩咐公子彭生待席散之后,送鲁侯回邸,要在车中结果鲁侯性命。彭生记起战纪时一箭之恨,欣然领命。是日牛山大宴,盛陈歌舞,襄公意倍殷勤。鲁侯只低头无语。襄公教诸大夫轮流把盏,又教宫娥内侍,捧樽跪劝。鲁侯心中愤郁,也要借杯浇闷,不觉酩酊大醉,别时不能成礼。襄公使公子彭生抱之上车。彭生遂与鲁侯同载。离国门约有二里,彭生见鲁侯熟睡,挺臂以拉其胁[10]。彭生力大,其臂如铁,鲁侯被拉胁折,大叫一声,血流满车而死。彭生谓众人曰:"鲁侯醉后中恶,速驰入城,报知主公。"众人虽觉蹊跷[11],谁敢多言!史臣有诗云:

男女嫌微最要明,夫妻越境太胡行!
当时若听申繻谏,何至车中六尺[12]横?

齐襄公闻鲁侯暴薨,佯啼假哭,即命厚殓入棺,使人报鲁迎丧。鲁之从人回国,备言车中被弑之由。大夫申繻曰:"国不可一日无君。且扶世子同主张丧事,候丧车到日,行即位礼。"公子庆父字孟,乃桓公之庶长子,攘臂[13]言曰:"齐侯乱伦无礼,祸及君父。愿假我戎车三百乘,伐齐声罪!"大夫申繻惑其言,私以问谋士施伯曰:"可伐齐否?"施伯曰:"此暧昧之事,不可闻于邻国。况鲁弱齐强,伐未可必胜,反彰其丑。不如含忍,姑请究车中之故,使齐杀公子彭生,以解说于列国,齐必听从。"申繻告于庆父,遂使施伯草成国书之稿。世子居丧不言,乃用大夫出名,遣人如齐,致书迎丧。齐襄公启书看之。书曰:

外臣申繻等,拜上齐侯殿下:寡君奉天子之命,不敢宁居,来议大婚。今出而不入,道路纷纷,皆以车中之变为言。无所归咎,耻辱播于诸侯,请以彭生正罪。

襄公览毕,即遣人召彭生入朝。彭生自谓有功,昂然而入。襄公当鲁使之面骂曰:"寡人以鲁侯过酒,命尔扶持上车。何不小心伏侍,使其暴毙?尔罪难辞!"喝令左右缚之,斩于市曹。彭生大呼曰:"淫其妹而杀其夫,皆出汝无道昏君所为,今日又委罪于我!死而有知,必为妖孽,以取尔命!"襄公遽自掩其耳,左右皆笑。襄公一面遣人往周王处谢婚,并订娶期。一面遣人送鲁侯丧车回国,文姜仍留齐不归。

鲁大夫申繻率世子同迎柩至郊,即于柩前行礼成丧,然后嗣位,是为庄公[14]。申繻、颛孙生、公子溺、公子偃、曹沫一班文武,重整朝纲。庶兄公子庆父、庶弟公子牙、嫡弟季友俱参国政。申繻荐施伯之才,亦拜上士[15]之职。以明年改元,实周庄王之四年也。

鲁庄公集群臣商议,为齐迎婚之事。施伯曰:"国有三耻,君知之乎?"庄公曰:"何谓三耻?"施伯曰:"先君虽已成服[16],恶名在口,一耻也;君夫人留齐未归,引人议论,二耻也;齐为仇国,况君在衰绖[17]之中,乃为主婚,辞之则逆王命,不辞则贻笑于人,三耻也。"鲁庄公蹴然[18]曰:"此三耻何以免之?"施伯曰:"欲人勿恶,必先自美;欲人勿疑,必先自信。先君之立,未膺王命。若乘主婚之机,请命于周,以荣名被之九泉,则一耻免矣。君夫人在齐,宜以礼迎之,以成主公之孝,则二耻免矣。惟主婚一事,最难两全;然亦有策。"庄公曰:"其策何如?"施伯曰:"可将王姬馆舍,筑于郊外,使上大夫迎而送之,君以丧辞。上不逆天王之命,下不拂[19]大国之情,中不失居丧之礼,如此则三耻亦免矣。"庄公曰:"申繻言汝'智过于腹[20]',果然!"遂一一依策而行。

却说鲁使大夫颛孙生至周,请迎王姬;因请以黻冕圭璧,为先君泉下之荣。周庄王许之,择人使鲁,锡桓公命。周公黑肩愿行,庄王不许,别遣大夫荣叔。原来庄王之弟王子克,有宠于先王,周公黑肩曾受临终之托。庄王疑黑肩有外心,恐其私交外国,树成王子克之党,所以不用。黑肩知庄王疑己,夜诣王子克家,商议欲乘嫁王姬之日,聚众作乱,弑庄王而立子克。大夫辛伯闻其谋,以告庄王。乃杀黑肩,而逐子克。子克奔燕。此事表过不提。

且说鲁颛孙生送王姬至齐;就奉鲁侯之命,迎接夫人姜氏。齐襄公十分难舍,碍于公论,只得放回。临行之际,把袂留连,千声珍重:"相见有日!"各各洒泪而别。姜氏一者贪欢恋爱,不舍齐侯,二者背理贼伦[21],羞回故里,行一步,懒一步。车至禚[22]地,见行馆整洁,叹曰:"此地不鲁不齐,正吾家也。"吩咐从人,回复鲁侯:"未亡人[23]性贪闲适,不乐还宫。要吾回归,除非死后。"鲁侯知其无颜归国,乃为筑馆于祝丘[24],迎姜氏居之。姜氏遂往来于两地。鲁侯馈问[25],四时不绝。后来史官议论,以为鲁庄公之于文姜,论情则生身之母,论义则杀父之仇。若文姜归鲁,反是难处之事,只合徘徊两地,乃所以全鲁侯之孝也。髯翁诗曰:

弑夫无面返东蒙[26],禚地徘徊齐鲁中。
若使靦颜[27]归故国,亲仇两字怎融通?

话分两头。再说齐襄公拉杀鲁桓公,国人沸沸扬扬,尽说:"齐侯无道,干此淫残蔑理之事。"襄公心中暗愧,急使人迎王姬至

鲁桓公夫妇如齐　郑子亹君臣为戮

齐成婚。国人议犹未息,欲行一二义举,以服众心。想:"郑弑其君,卫逐其君,两件都是大题目。但卫公子黔牟,是周王之婿,方娶王姬,未可便与黔牟作对。不若先讨郑罪,诸侯必然畏服。"又恐起兵伐郑,胜负未卜。乃佯遣人致书子亹,约于首止[28]相会为盟。子亹大喜曰:"齐侯下交,吾国安如泰山矣!"欲使高渠弥、祭足同往,祭足称疾不行。原繁私问于祭足曰:"新君欲结好齐侯,君宜辅之,何以不往?"祭足曰:"齐侯勇悍残忍,嗣守大国,侈然[29]有图伯之心。况先君昭公有功于齐,齐所念也。夫大国难测,以大结小,必有奸谋。此行也,君臣其为戮乎?"原繁曰:"君言果信,郑国谁属?"祭足曰:"必子仪也。是有君人之相,先君庄公曾言之矣。"原繁曰:"人言君多智,吾姑以此试之。"

至期,齐襄公遣王子成父、管至父二将,各率死士百馀,环侍左右,力士石之纷如紧随于后。高渠弥引着子亹同登盟坛,与齐侯叙礼已毕。嬖臣[30]孟阳手捧血盂,跪而请歃。襄公目视之,孟阳遽起。襄公执子亹手问曰:"先君昭公,因甚而殂?"子亹变色,惊颤不能出词。高渠弥代答曰:"先君因病而殂,何烦君问?"襄公曰:"闻蒸祭遇贼,非关病也。"高渠弥遮掩不过,只得对曰:"原有寒疾,复受贼惊,是以暴亡耳。"襄公曰:"君行必有警备,此贼从何而来?"高渠弥对曰:"嫡庶争立,已非一日。各有私党,乘机窃发,谁能防之?"襄公又曰:"曾获得贼人否?"高渠弥曰:"至今尚在缉访,未有踪迹。"襄公大怒曰:"贼在眼前,何烦缉访?汝受国家爵位,乃以私怨弑君。到寡人面前,还敢以言语支吾!寡人今日为汝先君报仇!"叫力士:"快与我下手!"高渠弥不敢分辩。石之纷如先将高渠弥绑缚。子亹叩首乞哀曰:"此事与孤无干,皆高渠弥所为也。乞恕一命！"襄公曰："既知高渠弥所为，何不讨之？汝今日自往地下分辩。"把手一招，王子成父与管至父引着死士百馀，一齐上前，将子亹乱砍，死于非命。随行人众，见齐人势大，谁敢动手，一时尽皆逃散。

襄公谓高渠弥曰："汝君已了，汝犹望活乎？"高渠弥对曰："自知罪重，只求赐死！"襄公曰："只与你一刀，便宜了你！"乃带至国中，命车裂于南门。——车裂者，将罪人头与四肢，缚于五辆车辕之上，各自分向，各驾一牛，然后以鞭打牛，牛走车行，其人肢体裂而为五。俗言："五牛分尸"，此乃极重之刑。襄公欲以义举闻于诸侯，故意用此极刑，张大其事也。高渠弥已死，襄公命将其首，号令南门，榜曰："逆臣视此！"一面使人收拾子亹尸首，藁葬于东郭之外。一面遣使告于郑曰："贼臣逆子，周有常刑。汝国高渠弥主谋弑君，擅立庶孽[31]，寡君痛郑先君之不吊[32]，已为郑讨而戮之矣。愿改立新君，以邀旧好。"原繁闻之，叹曰："祭仲之智，吾不及也！"诸大夫共议立君，叔詹曰："故君在栎，何不迎之？"祭足曰："出亡之君，不可再辱宗庙。不如立公子仪[33]。"原繁亦赞成之。于是迎公子仪于陈，以嗣君位。祭足为上大夫，叔詹为中大夫，原繁为下大夫。子仪既即位，乃委国于祭足，恤民修备，遣使修聘于齐陈诸国。又受命于楚，许以年年纳贡，永为属国。厉公无间可乘，自此郑国稍安。不知后事如何，且看下回分解。

---

〔1〕 泺(luò 洛)水：古水名。源出今山东济南市西南，北流至洛口镇入古济水。

〔2〕 女有室,男有家:此句有误。据《左传·桓公十八年》应为"女有家,男有室"。女以夫家为家,有家即有夫。男有室即有妻。室指内室,妻女居之。

〔3〕 渎(dú读):轻慢,亵渎,引申为破坏。

〔4〕 归宁:回家问候父母,多用于已嫁之女。

〔5〕 齐侯未娶正妃:此语与前文矛盾。第九回曾写到齐僖公为诸儿"娶宋女,鲁、莒俱有媵"一事,后文复称宋女为"元妃"。本书虽为小说,容许超越史实进行适量虚构,但仍不能自相矛盾如此。

〔6〕 偏宫:正宫两旁侧室,妃嫔住所。

〔7〕 从妹:叔伯姊妹。仅次于最亲者曰从。

〔8〕 情知:明明知道。

〔9〕 牛山:地名。在齐都城临淄城南。

〔10〕 胁:胸部有肋骨处。

〔11〕 蹊跷(qī qiāo七敲):奇怪,可疑。

〔12〕 六尺:借指人的躯体。古代常以七尺(古尺较今尺为短)来表示成人的身高,如常称"七尺之躯"。但也偶有用六尺者,如柳宗元《读书》诗中即有"贵尔六尺躯,勿为名所驱"。

〔13〕 攘臂:捋衣出臂,表示义愤的样子。

〔14〕 庄公:鲁庄公姬同,桓公子。在位三十二年(前693—前662)。

〔15〕 上士:官名。周代天子及诸侯均设有士。又分为上士、中士、下士几等。上士为中下官爵。

〔16〕 成服:古代丧礼大殓之后,死者亲属按关系亲疏穿上不同的丧服,这叫成服。

〔17〕 衰绖(dié迭):古代居丧之服式。衰,丧服。绖,束在丧服中的麻带。

〔18〕 蹴(cù促)然:惊惧,警觉的样子。

第十三回

〔19〕 拂:违背。

〔20〕 智过于腹:智慧过人。古人误以腹心为思维器官,过于腹,即超出一般人的思维能力。

〔21〕 背理贼伦:违反常理,败坏人伦。

〔22〕 禚(zhuó 啄):春秋时齐国地名,在今山东济南市长清区境内。邻近于鲁。

〔23〕 未亡人:旧时寡妇自称。

〔24〕 祝丘:春秋时鲁国地名。在今山东临沂市南二十里。

〔25〕 馈问:赠送礼物,问候起居。

〔26〕 东蒙:山名,亦称蒙山。在今山东蒙阴县南。因地处我国东方,故称东蒙。春秋时常用作鲁国的代称。

〔27〕 觍颜:同腆颜,厚着脸皮。

〔28〕 首止:春秋时卫国地名。当时地处齐、郑之间,在今河南睢县东南。

〔29〕 侈(chǐ 尺)然:狂妄的样子。

〔30〕 嬖(bì 必)臣:君主宠爱亲近之臣。常用指宦官、娈童一类。

〔31〕 庶孽(niè 聂):指妾生之子。正如树有蘖生,故称。孽,同"蘖"。树主干外旁生之枝叫蘖。

〔32〕 不吊:不幸,此指死亡。

〔33〕 公子仪:即姬仪。郑庄公子。在位十四年(前693—前680)。后为其兄郑厉公姬突派人杀死,故无谥号。

150

第十四回

卫侯朔抗王入国　齐襄公出猎遇鬼

却说王姬至齐,与襄公成婚。那王姬生性贞静幽闲,言动不苟。襄公是个狂淫之辈,不甚相得[1]。王姬在宫数月,备闻襄公淫妹之事,默然自叹:"似此蔑伦悖理,禽兽不如。吾不幸错嫁匪人,是吾命也!"郁郁成疾,不及一年遂卒。

襄公自王姬之死,益无忌惮。心下思想文姜,伪以狩猎为名,不时往禚。遣人往祝丘,密迎文姜到禚,昼夜淫乐。恐鲁庄公发怒,欲以兵威胁之。乃亲率重兵袭纪,取其邢、鄑、郚三邑[2]之地。兵移鄘城[3],使人告纪侯:"速写降书,免至灭绝。"纪侯叹曰:"齐吾世仇。吾不能屈膝仇人之庭,以求苟活也!"乃使夫人伯姬[4]作书,遣人往鲁求救。齐襄公出令曰:"有救纪者,寡人先移兵伐之!"鲁庄公遣使如郑,约他同力救纪。郑伯子仪,因厉公在栎,谋袭郑国,不敢出师,使人来辞。鲁侯孤掌难鸣,行至滑地[5],惧齐兵威,留宿三日而返。纪侯闻鲁兵退回,度不能守,将城池妻子,交付其弟嬴季,拜别宗庙,大哭一场,半夜开门而出,不知所终。

嬴季谓诸大臣曰:"死国与存祀[6],二者孰重?"诸大夫皆曰:"存祀为重。"嬴季曰:"苟能存纪宗庙,吾何惜自屈?"即写降书,愿

第 十 四 回

为齐外臣,守郦宗庙。齐侯许之。嬴季遂将纪国土地户口之数,尽纳于齐,叩首乞哀。齐襄公收其版籍,于纪庙之旁,割三十户以供纪祭祀,号嬴季为庙主。纪伯姬惊悸而卒。襄公命葬以夫人之礼,以媚于鲁。伯姬之娣[7]叔姬,乃昔日从嫁者,襄公欲送之归鲁。叔姬曰:"妇人之义,既嫁从夫。生为嬴氏妇,死为嬴氏鬼,舍此安归乎?"襄公乃听其居郦守节。后数年而卒。史官赞云:

> 世衰俗敝,淫风相袭。齐公乱妹,新台娶媳。禽行兽心,伦亡纪佚[8]。小邦妾媵,矢节[9]从一。宁守故庙,不归宗国。卓哉叔姬,《柏舟》同式[10]!

按齐襄公灭纪之岁,乃周庄王七年[11]也。

是年楚武王熊通,以随侯不朝,复兴兵伐随,未至而薨。令尹斗祈、莫敖[12]屈重,秘不发丧。出奇兵从间道直逼随城。随惧行成。屈重伪以王命,入盟随侯。大军既济[13]汉水,然后发丧。子熊赀即位,是为文王[14]。此事不提。

再说齐襄公灭纪凯旋,文姜于路迎接其兄,至于祝丘,盛为燕享。用两君相见之礼,彼此酬酢,大犒齐军。又与襄公同至禚地,留连欢宿。襄公乃使文姜作书,召鲁庄公来禚地相会。庄公恐违母命,遂至禚谒见文姜。文姜使庄公以甥舅之礼见齐襄公,且谢葬纪伯姬之事。庄公亦不能拒,勉强从之。襄公大喜,亦具享礼款待庄公。时襄公新生一女,文姜以庄公内主尚虚[15],令其订约为婚。庄公曰:"彼女尚血胞[16],非吾配也。"文姜怒曰:"汝欲疏母族耶?"襄公亦以长幼悬隔为嫌。文姜曰:"待二十年而嫁,亦未晚

卫侯朔抗王入国　齐襄公出猎遇鬼

也。"襄公惧失文姜之意,庄公亦不敢违母命,两下只得依允。甥舅之亲,复加甥舅[17],情愈亲密。二君并车驰猎于禚地之野,庄公矢不虚发,九射九中。襄公称赞不已。野人[18]窃指鲁庄公戏曰:"此吾君假子[19]也!"庄公怒,使左右踪迹其人,杀之。襄公亦不嗔怪。史臣论庄公有母无父,忘亲事仇。作诗诮云:

车中饮恨已多年,甘与仇雠共戴天。

莫怪野人呼假子,已同假父作姻缘!

文姜自鲁、齐同狩之后,益无忌惮,不时与齐襄公聚于一处。或于防[20],或于谷[21],或时直至齐都,公然留宿宫中,俨如夫妇。国人作《载驱》[22]之诗,以刺文姜。诗云:

载驱薄薄[23],簟茀朱鞹[24]。鲁道有荡[25],齐子发夕[26]。

汶水[27]滔滔,行人儦儦[28]。鲁道有荡,齐子游遨。

薄薄者,疾驱之貌。簟,席;所以铺车。茀,车后户。朱鞹者,以朱漆兽皮。皆车饰也。齐子指文姜。言文姜乘此车而至齐。儦儦,众貌;言其仆从之多也。又有《敝笱》[29]之诗,以刺庄公。诗云:

敝笱在梁[30],其鱼鲂鳏[31]。齐子归止[32],其从如云[33]。

敝笱在梁,其鱼鲂鱮[34]。齐子归止,其从如水。

笱者,取鱼之器;言敝坏之罟[35],不能制大鱼,比喻鲁庄公不能防闲[36]文姜,任其仆从出入无禁也。

且说齐襄公自禚回国,卫侯朔迎贺灭纪之功,再请伐卫之期。襄公曰:"今王姬已卒,此举无碍。但非连合诸侯,不为公举。君

153

第 十 四 回

少待之。"卫侯称谢。过数日,襄公遣使约会宋、鲁、陈、蔡四国之君,一同伐卫,共纳惠公。其檄云:

> 天祸卫国,生逆臣泄、职,擅行废立。致卫君越在敝邑,于今七年。孤坐不安席。以疆埸[37]多事,不即诛讨。今幸少闲,悉索敝赋,愿从诸君之后,左右[38]卫君,以诛卫之不当立者!

时周庄王八年之冬也。

齐襄公出车五百乘,同卫侯朔先至卫境。四国之君,各引兵来会。那四路诸侯:宋闵公捷[39],鲁庄公同,陈宣公杵臼[40],蔡哀侯献舞[41]。卫侯闻五国兵至,与公子泄、公子职商议,遣大夫宁跪告急于周。庄王问群臣:"谁能为我救卫者?"周公忌父、西虢公伯皆曰:"王室自伐郑损威以后,号令不行。今齐侯诸儿,不念王姬一脉之亲,鸠合四国,以纳君为名。名顺兵强,不可敌也。"左班中最下一人挺身出曰:"二公之言差矣!四国但只强耳,安得言名顺乎?"众人视之,乃下士子突也。周公曰:"诸侯失国,诸侯纳之,何为不顺?"子突曰:"黔牟之立,已禀王命。既立黔牟,必废子朔。二公不以王命为顺,而以纳诸侯为顺,诚突所不解也!"虢公曰:"兵戎大事,量力而行。王室不振,已非一日。伐郑之役,先王亲在军中,尚中祝聃之矢。至今两世,未能问罪。况四国之力,十倍于郑。孤军赴援,如以卵抵石,徒自褻威,何益于事?"子突曰:"天下之事,理胜力为常,力胜理为变。王命所在,理所萃也。一时之强弱在力,千古之胜负在理。若蔑理而可以得志,无一人起而问之,千古是非,从此颠倒,天下不复有王矣!诸公亦何面目号为王朝卿士乎?"虢公不能答。周公曰:"倘今日兴救卫之师,汝能任其事否?"子突曰:"九伐[42]之法,司马掌之。突位微才劣,诚非其任。必无人肯往,突不敢爱死,愿代司马一行。"周公又曰:"汝救卫能保必胜乎?"子突曰:"突今日出师,已据胜理。若以文、武、宣、平之灵,仗义执言,四国悔罪,王室之福。非突敢必也。"大夫富辰曰:"突言甚壮,可令一往,亦使天下知王室有人。"周王从之。乃先遣宁跪归报卫国,王师随后起行。

却说周、虢二公,忌子突之成功,仅给戎车二百乘。子突并不推诿,告于太庙而行。时五国之师,已至卫城下,攻围甚急。公子泄、公子职昼夜巡守,悬望王朝大兵解围。谁知子突兵微将寡,怎当五国如虎之众?不等子突安营,大杀一场,二百乘兵车,如汤泼雪。子突叹曰:"吾奉王命而战死,不失为忠义之鬼也!"乃手杀数十人,然后自刎而亡。髯翁有诗赞曰:

虽然只旅[43]未成功,王命昭昭[44]耳目中。

见义勇为真汉子,莫将成败论英雄!

卫国守城军士,闻王师已败,先自奔窜。齐兵首先登城,四国继之,砍开城门,放卫侯朔入城。公子泄、公子职同宁跪收拾散兵,拥公子黔牟出走。正遇鲁兵,又杀一场。宁跪夺路先奔,三公子俱被鲁兵所擒。宁跪知力不能救,叹口气,奔往秦国逃难去讫。鲁侯将三公子献俘于卫,卫不敢决,转献于齐。齐襄公喝教刀斧手,将泄、职二公子斩讫。公子黔牟是周王之婿,于齐有连襟[45]之情,赦之不诛,放归于周。卫侯朔鸣钟击鼓,重登侯位。将府库所藏宝玉,厚赂齐襄公。襄公曰:"鲁侯擒三公子,其劳不浅!"乃以所赂之半,分赠鲁侯。复使卫侯另出器贿,散于宋、陈、蔡三国。此周庄王九年[46]之事。

第十四回

却说齐襄公自败子突,放黔牟之后,诚恐周王来讨,乃使大夫连称为将军,管至父为副,领兵戍葵丘[47],以遏东南之路。二将临行,请于襄公曰:"戍守劳苦,臣不敢辞,以何期为满?"时襄公方食瓜,乃曰:"今此瓜熟之时,明岁瓜再熟,当遣人代汝。"二将往葵邱驻扎,不觉一年光景。忽一日,戍卒进瓜尝新。二将想起瓜熟之约:"此时正该交代,如何主公不遣人来?"特地差心腹往国中探信,闻齐侯在谷城与文姜欢乐,有一月不回。连称大怒曰:"王姬薨后,吾妹当为继室。无道昏君,不顾伦理,在外日事淫媟,使吾等暴露边鄙。吾必杀之!"谓管至父曰:"汝可助吾一臂。"管至父曰:"及瓜而代,主公所亲许也。恐其忘之,不如请代。请而不许,军心胥怨[48],乃可用也。"连称曰:"善。"乃使人献瓜于襄公,因求交代。襄公怒曰:"代出孤意,奈何请耶?再候瓜一熟,可也。"使人回报,连称恨恨不已。谓管至父曰:"今欲行大事,计将安出?"至父曰:"凡举事必先有所奉,然后成。公孙无知,乃公子夷仲年之子。先君僖公以同母之故,宠爱仲年,并爱无知。从幼畜养宫中,衣服礼数,与世子无别。自主公即位,因无知向在宫中,与主公角力,无知足勾主公仆地,主公不悦。一日,无知又与大夫雍廪争道,主公怒其不逊,遂疏黜之,品秩裁减大半。无知衔恨于心久矣!每思作乱,恨无帮手。我等不若密通无知,内应外合,事可必济。"连称曰:"当于何时?"管至父曰:"主上性喜用兵,又好游猎,如猛虎离穴,易为制耳。但得预闻出外之期,方不失机会也。"连称曰:"吾妹在宫中,失宠于主公,亦怀怨望。今嘱无知阴与吾妹合计,伺主公之间隙,星夜相闻,可无误事。"于是再遣心腹,致书于公孙无知。书曰:

卫侯朔抗王入国　齐襄公出猎遇鬼

贤公孙受先公如嫡之宠,一旦削夺,行路之人,皆为不平。况君淫昏日甚,政令无常。葵丘久戍,及瓜不代[49],三军之士,愤愤思乱。如有间可图,称等愿效犬马,竭力推戴。称之从妹,在宫失宠衔怨,天助公孙以内应之资,机不可失!

公孙无知得书大喜,即复书曰:

天厌淫人,以启将军之衷[50],敬佩衷言,迟疾奉报[51]。

无知阴使女侍通信于连妃,且以连称之书示之:"若事成之日,当立为夫人。"连妃许之。

周庄王十一年冬十月,齐襄公知姑棼[52]之野有山名贝丘,禽兽所聚,可以游猎。乃预戒徒人[53]费等,整顿车徒,将以次月往彼田狩。连妃遣宫人送信于公孙无知。无知星夜传信葵丘,通知连、管二将军,约定十一月初旬,一齐举事。连称曰:"主上出猎,国中空虚,吾等率兵直入都门,拥立公孙何如?"管至父曰:"主上睦于邻国,若乞师来讨,何以御之?不若伏兵于姑棼,先杀昏君,然后奉公孙即位。事可万全也。"那时葵丘戍卒,因久役在外,无不思家。连称密传号令,各备干粮,往贝丘行事,军士人人乐从。不在话下。

再说齐襄公于十一月朔日,驾车出游。止带力士石之纷如,及幸臣孟阳一班,架鹰牵犬,准备射猎,不用一大臣相随。先至姑棼,——原建有离宫[54]——游玩竟日。居民馈献酒肉,襄公欢饮至夜,遂留宿焉。次日起驾,往贝丘来。见一路树木蒙茸[55],藤萝翳郁[56],襄公驻车高阜,传令举火焚林,然后合围校射,纵放鹰犬。火烈风猛,狐兔之类,东奔西逸。忽有大豕一只,如牛无角,似虎无斑,从火中奔出,竟上高阜,蹲踞于车驾之前。时众人俱往驰

第 十 四 回

射,惟孟阳立于襄公之侧。襄公顾孟阳曰:"汝为我射此豕。"孟阳瞪目视之,大惊曰:"非豕也,乃公子彭生也!"襄公大怒曰:"彭生何敢见我?"夺孟阳之弓,亲自射之,连发三矢不中。那大豕直立起来,双拱前蹄,效人行步,放声而啼,哀惨难闻。吓得襄公毛骨俱竦,从车中倒撞下来,跌损左足。脱落了丝文履一只,被大豕衔之而去,忽然不见。髯翁有诗曰:

鲁桓昔日死车中,今日车中遇鬼雄。
枉杀彭生应化厉[57],诸儿空自引雕弓。

徒人费与从人等,扶起襄公卧于车中,传令罢猎,复回姑棼离宫住宿。襄公自觉精神恍惚,心下烦躁。时军中已打二更,襄公因左足疼痛,展转不寐,谓孟阳曰:"汝可扶我缓行几步。"先前坠车,匆忙之际,不知失履,到此方觉。问徒人费取讨。费曰:"履为大豕衔去矣。"襄公心恶其言,乃大怒曰:"汝既跟随寡人,岂不看履之有无?若果衔去,当时何不早言?"自执皮鞭,鞭费之背,血流满地方止。徒人费被鞭,含泪出门,正遇连称引着数人打探动静,将徒人费一索捆住,问曰:"无道昏君何在?"费曰:"在寝室。"又问:"已卧乎?"曰:"尚未卧也。"连称举刀欲砍,费曰:"勿杀我,我当先入,为汝耳目。"连称不信。费曰:"我适被鞭伤,亦欲杀此贼耳。"乃袒衣以背示之。连称见其血肉淋漓,遂信其言,解费之缚,嘱以内应。随即招管至父引着众军士,杀入离宫。

且说徒人费翻身入门,正遇石之纷如,告以连称作乱之事。遂造寝室,告于襄公。襄公惊惶无措。费曰:"事已急矣!若使一人伪作主公,卧于床上,主公潜伏户后,幸而仓卒不辨,或可脱也。"孟阳曰:"臣受恩逾分,愿以身代,不敢恤死。"孟阳即卧于床,以面

卫侯朔抗王入国　齐襄公出猎遇鬼

向内,襄公亲解锦袍覆之。伏身户后,问徒人费曰:"汝将何如?"费曰:"臣当与纷如协力拒贼。"襄公曰:"不苦背创乎?"费曰:"臣死且不避,何有于创?"襄公叹曰:"忠臣也!"

徒人费令石之纷如引众拒守中门,自己单身挟着利刃,诈为迎贼,欲刺连称。其时众贼已攻进大门,连称挺剑当先开路。管至父列兵门外,以防他变。徒人费见连称来势凶猛,不暇致详,上前一步便刺。谁知连称身被重铠,刃刺不入。却被连称一剑劈去,断其二指,还复一剑,劈下半个头颅,死于门中。石之纷如便挺矛来斗,约战十馀合,连称转斗转进。纷如渐渐退步,误绊石阶脚跬,亦被连称一剑砍倒。遂入寝室。侍卫先已惊散。团花帐中,卧着一人,锦袍遮盖。连称手起剑落,头离枕畔,举火烛之,年少无须。连称曰:"此非君也。"使人遍搜房中,并无踪影。连称自引烛照之,忽见户槛之下,露出丝文屦一只,知户后藏躲有人,不是诸儿是谁?打开户后看时,那昏君因足疼,做一堆儿蹲着。那一只丝文屦,仍在足上。连称所见之屦,乃是先前大豕衔去的,不知如何在槛下。分明是冤鬼所为,可不畏哉!连称认得诸儿,似鸡雏一般,一把提出户外,掷于地下。大骂:"无道昏君!汝连年用兵,黩武殃民,是不仁也;背父之命,疏远公孙,是不孝也;兄妹宣淫,公行不忌,是无礼也;不念远戍,瓜期不代,是无信也。仁孝礼信,四德皆失,何以为人?吾今日为鲁桓公报仇!"遂砍襄公为数段,以床褥裹其尸,与孟阳同埋于户下。计襄公在位只五年[58]。

史官评论此事,谓襄公疏远大臣,亲昵群小,石之纷如、孟阳、徒人费等,平日受其私恩,从于昏乱,虽视死如归,不得为忠臣之大节。连称、管至父,徒以久戍不代,遂行篡弑,当是襄公恶贯已满,

159

第十四回

假手二人耳。彭生临刑大呼:"死为妖孽,以取尔命!"大豕见形,非偶然也。髯翁有诗咏费、石等死难之事。诗云:

> 捐生殉主是忠贞,费石千秋无令名!
> 假使从昏称死节,飞廉崇虎[59]亦堪旌。

又诗叹齐襄公云:

> 方张恶焰君侯死[60],将熄凶威大豕狂。
> 恶贯满盈无不毙,劝人作善莫商量。

连称、管至父重整军容,长驱齐国。公孙无知预集私甲,一闻襄公凶信,引兵开门,接应连、管二将入城。二将托言:"曾受先君僖公遗命,奉公孙无知即位。"立连妃为夫人。连称为正卿,号为国舅。管至父为亚卿。诸大夫虽勉强排班,心中不服。惟雍廪再三稽首,谢往日争道之罪,极其卑顺。无知赦之,仍为大夫。高、国[61]称病不朝,无知亦不敢黜之。至父劝无知悬榜招贤,以收人望。因荐其族子管夷吾之才,无知使人召之。未知夷吾肯应召否,且听下回分解。

---

〔1〕 相得:相互投合,融洽。

〔2〕 邴(píng 平)、鄑(jìn 晋)、郚(wú 无)三邑:春秋时纪国邑名。在今山东临朐县、昌邑市及安丘市境内。

〔3〕 酅(xī 希)城:春秋时纪国邑名。在今山东淄博市临淄区东。

〔4〕 伯姬:与下文之叔姬均为鲁惠公之女。

〔5〕 滑地:春秋时鲁国地名,故址待考。

〔6〕 死国:死于国事,即为国而死。存祀:保存祭祀,即保存宗庙。

〔7〕 娣(dì弟):女弟。常指同嫁一夫之妹。

〔8〕 伦亡纪佚:指人伦丧失,纲纪亦不存在。人伦纲纪,均指三纲五常之类伦理道德。

〔9〕 矢节:正直的节操,或矢志守节。矢,箭,比喻如箭之直。

〔10〕 《柏舟》:《诗经·鄘风》篇目。内写丧夫寡妇以守节自誓。同式:同一榜样。

〔11〕 周庄王七年:即公元前690年。

〔12〕 莫敖:楚国官名,执掌军政,相当于司马。

〔13〕 既济:已经渡过。随在汉水之北,楚在汉水之南。

〔14〕 文王:楚文王熊赀,楚武王子。在位十三年(前689—前677)。

〔15〕 内主尚虚:指尚无嫡妻。

〔16〕 血胞:初生婴儿的胞衣。

〔17〕 "甥舅之亲"二句:前一甥舅指外甥与舅父,后一甥舅指女婿与岳父。

〔18〕 野人:即村民、农夫。此人似为齐人。

〔19〕 假子:即义子、干儿子。

〔20〕 防:古邑名。本属宋,后属鲁。在今山东金乡县西南。

〔21〕 谷:春秋时齐地名,在今山东东阿县境内。

〔22〕 《载驱》:《诗经·齐风》篇目。据《诗序》,系讽刺文姜到齐国会见齐襄公而作。

〔23〕 薄薄:大车疾驰之声。

〔24〕 簟(diàn电)茀(fú服)朱鞹(kuò括):车上的席子和车篷都用红色皮革。簟,铺车之席。茀,遮蔽车身之席。鞹,去毛的牛羊皮。

〔25〕 有荡:平坦宽阔的样子。有字无义。

〔26〕 "齐子"句:齐子,指文姜。发夕,离开住宿之所,暗指去齐私会襄公。亦可解作连夜出发。

第 十 四 回

〔27〕 汶水:山东中部河流名。亦称大汶河,西流入古济水。

〔28〕 "行人"句:随从之人很多。儦儦(biāo 标),众多的样子。

〔29〕 《敝笱》:见第八回注〔27〕。

〔30〕 梁:用来断水捕鱼的堰。

〔31〕 鲂鳏(fáng guān 房关):泛指大鱼。鲂,鳊鱼。鳏,指鲩鲲,鱼之大者。

〔32〕 归止:回归齐国。止,助辞无义。

〔33〕 如云:与下章之"如水",都指随从之多。

〔34〕 鱮(xù 序):鲢鱼。

〔35〕 罟(gǔ 古):网的通称。

〔36〕 防闲:防范,提防。防,指堤,用以防水。闲,同阑,用以制兽。

〔37〕 疆埸(yì 义):边界、边境。埸,与疆同义。又,清代诸本多误埸作场,此从明刊本。

〔38〕 左右:同佐佑。帮助、辅佐之义。

〔39〕 宋闵公捷:即子捷。宋庄公子冯之子。在位十年(前691—前682)。

〔40〕 陈宣公杵臼:即妫杵臼。陈庄公妫林之弟。在位四十五年(前692—前648)。

〔41〕 蔡哀侯献舞:即姬献舞,蔡桓侯姬封人之弟。在位二十年(前694—前675)。

〔42〕 九伐:周天子对诸侯违犯王命,分别轻重加以惩罚的九种方法。

〔43〕 只旅:弱旅,少数军队。

〔44〕 昭昭:明白,清清楚楚。

〔45〕 连襟:同父姐妹之夫,互称连襟。

〔46〕 周庄王九年:即公元前988年。

〔47〕 葵丘:春秋时齐地名。在今山东淄博市临淄区西。

162

〔48〕 胥怨:相互埋怨。

〔49〕 及瓜不代:指戍守期满而无人接替。古代瓜熟时赴戍,到来年瓜熟时派人接替,称"瓜代",亦称"及瓜而代"。见《左传·庄公八年》。

〔50〕 衷:内心。

〔51〕 迟疾奉报:早晚有消息报告。

〔52〕 姑棼(fén 坟):春秋时齐地名。在今山东博兴县东北。

〔53〕 徒人:应为侍人之误,即寺人,指在宫廷服侍的阉人。见王引之《经义述闻》。《汉书·古今人表》即作"寺人费"。

〔54〕 离宫:即行宫。

〔55〕 蒙茸(róng 荣):蓬松,杂乱。

〔56〕 翳(yì 义)郁:繁茂昏暗。

〔57〕 厉:恶鬼。

〔58〕 只五年:此处明、清诸本皆误。僖公死于周桓王二十二年冬,次年襄公即位改号,至此时在位共十二年(前697—前686)。

〔59〕 飞廉:殷纣王的阿谀之臣,周公诛纣伐奄,驱飞廉于海隅而戮之。崇虎:即崇侯虎。纣王时诸侯,曾谮西伯(即周文王),致其被囚于羑里。西伯得释后,讨伐崇侯虎,诛之。

〔60〕 君侯死:指齐襄公杀害鲁桓公及郑子亹二君。

〔61〕 高、国:齐国世卿名氏。高即卜回之高傒。

第 十 五 回

雍大夫计杀无知　鲁庄公乾时大战

却说管夷吾字仲,生得相貌魁梧,精神俊爽,博通坟典[1],淹贯古今,有经天纬地之才,济世匡时之略。与鲍叔牙同贾,至分金时,夷吾多取一倍。鲍叔之从人心怀不平,鲍叔曰:"仲非贪此区区之金,因家贫不给,我自愿让之耳。"又曾领兵随征,每至战阵,辄居后队,及还兵之日,又为先驱。多有笑其怯者。鲍叔曰:"仲有老母在堂,留身奉养,岂真怯斗耶?"又数与鲍叔计事,往往相左[2]。鲍叔曰:"人固有遇不遇,使仲遇其时,定当百不失一矣。"夷吾闻之,叹曰:"生我者父母,知我者鲍叔哉!"遂结为生死之交。

值襄公诸儿即位,长子曰纠,鲁女所生,次子小白,莒女[3]所生,虽皆庶出,俱已成立,欲为立傅以辅导之。管夷吾谓鲍叔牙曰:"君生二子,异日为嗣,非纠即白。吾与尔各傅一人。若嗣立之日,互相荐举。"叔牙然其言。于是管夷吾同召忽为公子纠之傅;叔牙为公子小白之傅。襄公欲迎文姜至禚相会。叔牙谓小白曰:"君以淫闻,为国人笑,及今止之,犹可掩饰。更相往来,如水决堤,将成泛滥,子必进谏。"小白果入谏襄公曰:"鲁侯之死,啧有烦言[4]。男女嫌疑,不可不避。"襄公怒曰:"孺子何得多言!"以屦

雍大夫计杀无知　鲁庄公乾时大战

蹴之。小白趋而出。鲍叔曰:"吾闻之:'有奇淫者,必有奇祸。'吾当与子适他国,以俟后图。"小白问:"当适何国?"鲍叔曰:"大国喜怒不常,不如适莒。莒小而近齐,小则不敢慢我,近则旦暮可归。"小白曰:"善。"乃奔莒国。襄公闻之,亦不追还。及公孙无知篡位,来召管夷吾。夷吾曰:"此辈兵[5]已在颈,尚欲累人耶?"遂与召忽共计,以鲁为子纠之母家,乃奉纠奔鲁。鲁庄公居之于生窦[6],月给廪饩。

周庄王十二年[7]春二月,齐公孙无知元年,百官贺旦,俱集朝房,见连、管二人公然压班[8],人人皆有怨愤之意。雍廪知众心不附,佯言曰:"有客自鲁来,传言公子纠将以鲁师伐齐。诸君闻之否?"诸大夫皆曰:"不闻。"雍遂不复言。既朝退,诸大夫互相约会,俱到雍廪家,叩问公子纠伐齐之信。雍廪曰:"诸君谓此事如何?"东郭牙曰:"先君虽无道,其子何罪?吾等日望其来也。"诸大夫有泣下者。雍廪曰:"廪之屈膝,宁无人心?正欲委曲以图事耳。诸君若能相助,共除弑逆之贼,复立先君子,岂非义举?"东郭牙问计,雍廪曰:"高敬仲,国之世臣,素有才望,为人信服。连、管二贼,得其片言奖借,重于千钧,恨不能耳。诚使敬仲置酒,以招二贼,必欣然往赴。吾伪以子纠兵信[9],面启公孙,彼愚而无勇,俟其相就,卒然[10]刺之,谁为救者?然后举火为号,阖门而诛二贼,易如反掌。"东郭牙曰:"敬仲虽疾恶如仇,然为国自贬,当不靳也。吾力能必之。"遂以雍廪之谋,告于高傒[11],高傒许诺。即命东郭牙往连、管二家致意。俱如期而至。高傒执觯[12]言曰:"先君行多失德,老夫日虞[13]国之丧亡。今幸大夫援立[14]新君,老夫亦获守家庙,向因老病,不与朝班,今幸贱体稍康,特治一酌,以报私

第十五回

恩，兼以子孙为托。"连称与管至父谦让不已。高傒命将重门紧闭："今日饮酒，不尽欢不已。"预戒阍人："勿通外信，直待城中举火，方来传报。"

却说雍廪怀匕首直叩宫门，见了无知，奏言："公子纠率领鲁兵，旦晚将至，幸早图应敌之计。"无知问："国舅何在？"雍廪曰："国舅与管大夫郊饮未回。百官俱集朝中，专候主公议事。"无知信之。方出朝堂，尚未坐定，诸大夫一拥而前，雍廪自后刺之，血流公座，登时气绝。计无知为君，才一月馀耳。哀哉！连夫人闻变，自缢于宫中。史官诗云：

只因无宠间[15]襄公，谁料无知宠不终。
一月夫人三尺帛，何如寂寞守空宫？

当时雍廪教人于朝外放起一股狼烟，烟透九霄。高傒正欲款客，忽闻门外传板[16]，报说："外厢举火。"高傒即便起身，往内而走。连称、管至父出其不意，却待要问其缘故。庑下预伏壮士，突然杀出，将二人砍为数段。虽有从人，身无寸铁，一时毕命。雍廪与诸大夫，陆续俱到高府，公同商议，将二人心肝剖出，祭奠襄公。一面遣人于姑棼离宫，取出襄公之尸，重新殡殓。一面遣人于鲁国迎公子纠为君。

鲁庄公闻之，大喜，便欲为公子纠起兵。施伯谏曰："齐、鲁互为强弱。齐之无君，鲁之利也。请勿动，以观其变。"庄公踌躇未决。时夫人文姜因襄公被弑，自祝丘归于鲁国，日夜劝其子兴兵伐齐，讨无知之罪，为其兄报仇。及闻无知受戮，齐使来迎公子纠为君，不胜之喜。主定纳纠，催促庄公起程。庄公为母命所迫，遂不

雍大夫计杀无知　鲁庄公乾时大战

听施伯之言,亲率兵车三百乘,用曹沫为大将,秦子、梁子为左右,护送公子纠入齐。管夷吾谓鲁侯曰:"公子小白在莒,莒地比鲁为近,倘彼先入,主客分矣。乞假臣良马,先往邀[17]之。"鲁侯曰:"甲卒几何?"夷吾曰:"三十乘足矣。"

却说公子小白闻国乱无君,与鲍叔牙计议,向莒子借得兵车百乘,护送还齐。这里管夷吾引兵昼夜奔驰,行至即墨[18],闻莒兵已过,从后追之。又行三十馀里,正遇莒兵停车造饭。管夷吾见小白端坐车中,上前鞠躬曰:"公子别来无恙,今将何往?"小白曰:"欲奔父丧耳。"管夷吾曰:"纠居长,分应主丧;公子幸少留,无自劳苦。"鲍叔牙曰:"仲且退,各为其主,不必多言!"夷吾见莒兵睁眉怒目,有争斗之色,诚恐众寡不敌,乃佯诺而退。蓦地弯弓搭箭,觑定小白,飕的射来。小白大喊一声,口吐鲜血,倒于车上。鲍叔牙急忙来救,从人尽叫道:"不好了!"一齐啼哭起来。管夷吾率领那三十乘,加鞭飞跑去了。

夷吾在路叹曰:"子纠有福,合为君也!"还报鲁侯,酌酒与子纠称庆。此时放心落意,一路邑长献饩进馔[19],遂缓缓而行。谁知这一箭,只射中小白的带钩。小白知夷吾妙手,恐他又射,一时急智,嚼破舌尖,喷血诈倒,连鲍叔牙都瞒过了。鲍叔牙曰:"夷吾虽去,恐其又来,此行不可迟也。"乃使小白变服,载以温车[20],从小路疾驰。将近临淄,鲍叔牙单车先入城中,遍谒诸大夫,盛称公子小白之贤。诸大夫曰:"子纠将至,何以处之?"鲍叔牙曰:"齐连弑二君,非贤者不能定乱。况迎子纠而小白先至,天也!鲁君纳纠,其望报不浅。昔宋立子突,索赂无厌,兵连数年。吾国多难之馀,能堪鲁之征求乎?"诸大夫曰:"然则何以谢鲁侯?"叔牙曰:"吾已有君,彼自退矣。"大夫隰朋、东郭牙齐声曰:"叔言是也。"于是迎小白入城即位,是为桓公[21]。髯翁有诗单咏射钩之事。诗曰:

> 鲁公欢喜莒人愁,谁道区区中带钩?
> 但看一时权变处,便知有智合诸侯。

鲍叔牙曰:"鲁兵未至,宜预止之。"乃遣仲孙湫往迎鲁庄公,告以有君。庄公知小白未死,大怒曰:"立子以长,孺子安得为君?孤不能空以三军退也。"仲孙湫回报。齐桓公曰:"鲁兵不退,奈何?"鲍叔牙曰:"以兵拒之。"乃使王子成父将右军,宁越副之;东郭牙将左军,仲孙湫副之;鲍叔牙奉桓公亲将中军,雍廪为先锋。兵车共五百乘。分拨已定,东郭牙请曰:"鲁君虑吾有备,必不长驱。乾时[22]水草方便,此驻兵之处也。若设伏以待,乘其不备,破之必矣!"鲍叔牙曰:"善。"使宁越、仲孙湫各率本部,分路埋伏。使王子成父、东郭牙从他路抄出鲁兵之后。雍廪挑战诱敌。

却说鲁庄公同子纠行至乾时,管夷吾进曰,"小白初立,人心未定,宜速乘之,必有内变。"庄公曰:"如仲之言,小白已射死久矣。"遂出令于乾时安营。鲁侯营于前,子纠营于后,相去二十里。次早谍报:"齐兵已到,先锋雍廪索战。"鲁庄公曰:"先破齐师,城中自然寒胆也。"遂引秦子、梁子驾戎车而前,呼雍廪亲数之曰:"汝首谋诛贼,求君于我。今又改图,信义安在?"挽弓欲射雍廪。雍廪佯作羞惭,抱头鼠窜。庄公命曹沫逐之。雍廪转辕来战,不几合又走。曹沫不舍,奋生平之勇,挺着画戟赶来,却被鲍叔牙大兵围住。曹沫深入重围,左冲右突,身中两箭,死战方脱。

却说鲁将秦子、梁子恐曹沫有失,正待接应。忽闻左右炮声齐震,宁越、仲孙湫两路伏兵齐起,鲍叔牙率领中军,如墙而进。三面

雍大夫计杀无知　鲁庄公乾时大战

受敌,鲁兵不能抵当,渐渐奔散。鲍叔牙传令:"有能获鲁侯者,赏以万家之邑。"使军中大声传呼。秦子急取鲁侯绣字黄旗,偃之于地。梁子复取旗建于自车之上。秦子问其故,梁子曰:"吾将以误齐也。"鲁庄公见事急,跳下戎车,别乘轺车[23],微服而逃。秦子紧紧跟定,杀出重围。宁越望见绣旗,伏于下道,认是鲁君,麾兵围之数重。梁子免胄以面示曰:"吾鲁将也,吾君已去远矣。"鲍叔牙知齐军已全胜,鸣金收军。仲孙湫献戎辂[24]。宁越献梁子,齐侯命斩于军前。齐侯因王子成父、东郭牙两路兵尚无下落,留宁越、仲孙湫屯于乾时。大军奏凯先回。

再说:管夷吾等管辖辎重,在于后营,闻前营战败,教召忽同公子纠守营,悉起兵车自来接应。正遇鲁庄公,合兵一处,曹沫亦收拾残车败卒奔回。计点之时,十停折去其七,夷吾曰:"军气已丧,不可留矣!"乃连夜拔营而起。行不二日,忽见兵车当路,乃是王子成父、东郭牙抄出鲁兵之后。曹沫挺戟大呼曰:"主公速行,吾死于此!"顾秦子曰:"汝当助吾。"秦子便接住王子成父厮杀。曹沫便接住东郭牙厮杀。管夷吾保着鲁庄公,召忽保着公子纠,夺路而行。有红袍小将追鲁侯至急,鲁庄公一箭,正中其额。又有一白袍者追来,庄公亦射杀之。齐兵稍却。管仲教把辎重甲兵乘马之类,连路委弃,恣齐兵抢掠,方才得脱。曹沫左膊,复中一刀,尚刺杀齐军无数,溃围而出。秦子战死于阵。史官论鲁庄公乾时之败,实为自取。有诗叹云:

子纠本是仇人胤[25],何必勤兵往纳之?

若念深仇天不戴,助纠不若助无知。

鲁庄公等脱离虎口,如漏网之鱼,急急奔走。隰朋、东郭牙从后赶

第 十 五 回

来,直追过汶水,将鲁境内汶阳[26]之田,尽侵夺之,设守而去。鲁人不敢争较,齐兵大胜而归。

齐侯小白早朝,百官称贺。鲍叔牙进曰:"子纠在鲁,有管夷吾、召忽为辅,鲁又助之,心腹之疾尚在,未可贺也。"齐侯小白曰:"为之奈何?"鲍叔牙曰:"乾时一战,鲁君臣胆寒矣!臣当统三军之众,压鲁境上,请讨子纠,鲁必惧而从也。"齐侯曰:"寡人请举国以听子。"鲍叔牙乃简阅车马,率领大军,直至汶阳,清理疆界。遣公孙隰朋,致书于鲁侯曰:

> 外臣鲍叔牙,百拜鲁贤侯殿下:家无二主,国无二君。寡君已奉宗庙[27],公子纠欲行争夺,非不二之谊[28]也。寡君以兄弟之亲,不忍加戮,愿假手于上国。管仲、召忽,寡君之仇,请受而戮于太庙。

隰朋临行,鲍叔牙嘱之曰:"管夷吾天下奇才,吾言于君,将召而用之,必令无死。"隰朋曰:"倘鲁欲杀之如何?"鲍叔曰:"但提起射钩之事,鲁必信矣。"隰朋唯唯而去。鲁侯得书,即召施伯。不知如何计议,再听下回分解。

---

〔1〕 坟典:即三坟五典,泛指古代所有典籍。

〔2〕 相左:不一致,互相矛盾。

〔3〕 鲁女、莒女:皆随诸儿之嫡妻宋女陪嫁而来。见本书第九回。

〔4〕 啧(zé 责)有烦言:意见分歧,言语发生争执。啧,大声纷争的样子。

〔5〕 兵:武器,刀剑之类。

〔6〕 生窦:春秋时鲁地名。在今山东菏泽市北。

〔7〕 周庄王十二年:即公元前685年。此据明刊本,清刊本多误作"鲁庄公十二年",即公元前682年。公孙无知继位被杀,齐桓公入主齐国,均在周庄王十二年,即鲁庄公九年。本书不同于《春秋》,前文均以周王纪年。

〔8〕 压班:指朝见时位居众臣前列。

〔9〕 兵信:指公子纠起兵信息。

〔10〕 卒(cù促)然:猝然,突然。

〔11〕 高傒(xí习):齐国上卿,字敬仲。齐太公六世孙。文公赤生公子高,高傒乃公子高之孙,以祖父之名为氏。世为齐卿。

〔12〕 觯(zhì治):较大酒杯。圆腹敞口,圈足。

〔13〕 虞:担心,忧虑。

〔14〕 援立:扶立。援,引进,引申为拥戴。

〔15〕 间(jiàn建):干犯,侵犯。

〔16〕 传板:又称传事板,即云板。古代权贵之家以击云板为报事集众之信号。

〔17〕 邀:阻截,拦击。

〔18〕 即墨:战国时齐邑名,地在今山东青岛市即墨区。按,此处有误。由莒至齐都临淄,不应绕道至即墨。

〔19〕 献饩(xì戏)进馔(zhuàn赚):进献饭食。饩,谷物。馔,食品。

〔20〕 温车:即有遮蔽的卧车。

〔21〕 桓公:齐桓公吕小白,春秋五霸之首,在位四十三年(前685—前643)。本书记载,桓公乃襄公庶子。据《史记·齐世家》,则为齐僖公子,襄公之弟。而《左传》未作记述。

〔22〕 乾(qián前)时:春秋时齐地名。在今山东淄博市西南。

〔23〕 轺(yáo摇)车:一马所驾之轻便车。

〔24〕 戎辂(lù路):亦称戎路,即兵车。此乃鲁庄公之所乘。

〔25〕 仇人胤(yìn 印)：仇人的后代。意指公子纠乃鲁庄公杀父仇人齐襄公的后代。

〔26〕 汶阳：春秋时鲁地名。在今山东泰安市东南。因在汶水之北，故名。

〔27〕 奉宗庙：指继承诸侯之位以祭祀历代祖先。

〔28〕 非不二之谊：即不符合专一之义，违反了国无二君的道理。谊，同义。

第 十 六 回

释槛囚鲍叔荐仲　战长勺曹刿败齐

却说鲁庄公得鲍叔牙之书,即召施伯计议曰:"向不听子言,以致兵败。今杀纠与存纠孰利?"施伯曰:"小白初立,即能用人,败我兵于乾时,此非子纠之比也。况齐兵压境,不如杀纠,与之讲和。"时公子纠与管夷吾、召忽俱在生窦,鲁庄公使公子偃将兵袭之,杀公子纠,执召忽、管仲至鲁。将纳槛车,召忽仰天大恸曰:"为子死孝,为臣死忠,分也!忽将从子纠于地下,安能受桎梏[1]之辱?"遂以头触殿柱而死。管夷吾曰:"自古人君,有死臣必有生臣。吾且生入齐国,为子纠白冤。"便束身入槛车之中。施伯私谓鲁庄公曰:"臣观管子之容,似有内援,必将不死。此人天下奇才,若不死,必大用于齐,必霸天下。鲁自此奉奔走[2]矣。君不如请于齐而生之。管子生,则必德我。德我而为我用,齐不足虑也。"庄公曰:"齐君之仇,而我留之。虽杀纠,怒未解也。"施伯曰:"君以为不可用,不如杀之,以其尸授齐。"庄公曰:"善。"公孙隰朋闻鲁将杀管夷吾,疾趋鲁庭,来见庄公曰:"夷吾射寡君中钩,寡君恨之切骨,欲亲加刃,以快其志。若以尸还,犹不杀也。"庄公信其言,遂囚夷吾,并函封子纠、召忽之首,交付隰朋。隰朋称谢而行。

第 十 六 回

却说管夷吾在槛车中,已知鲍叔牙之谋,诚恐:"施伯智士,虽然释放,倘或翻悔,重复追还,吾命休矣。"心生一计,制成《黄鹄》之词,教役人歌之。词曰:

黄鹄黄鹄[3],戢[4]其翼,縶[5]其足,不飞不鸣兮笼中伏。高天何跼兮,厚地何蹐!丁阳九兮逢百六[6]。引颈长呼兮,继之以哭!黄鹄黄鹄,天生汝翼兮能飞,天生汝足兮能逐,遭此网罗兮谁与赎?一朝破樊[7]而出兮,吾不知其升衢[8]而渐陆[9]。嗟彼弋人[10]兮,徒旁观而踯躅[11]!

役人既得此词,且歌且走,乐而忘倦。车驰马奔,计一日得两日之程,遂出鲁境。鲁庄公果然追悔,使公子偃追之,不及而返。夷吾仰天叹曰:"吾今日乃更生也!"行至堂阜[12],鲍叔牙先在,见夷吾如获至宝,迎之入馆,曰:"仲幸无恙!"即命破槛出之。夷吾曰:"非奉君命,未可擅脱。"鲍叔牙曰:"无伤也,吾行且荐子。"夷吾曰:"吾与召忽同事子纠,既不能奉以君位,又不能死于其难,臣节已亏矣。况复反面而事仇人?召忽有知,将笑我于地下!"鲍叔牙曰:"成大事者,不恤小耻;立大功者,不拘小谅[13]。子有治天下之才,未遇其时。主公志大识高,若得子为辅,以经营齐国,霸业不足道也。功盖天下,名显诸侯,孰与守匹夫之节,行无益之事哉?"夷吾嘿然不语。乃解其束缚,留之于堂阜。

鲍叔遂回临淄见桓公,先吊后贺。桓公曰:"何吊也?"鲍叔牙曰:"子纠,君之兄也。君为国灭亲,诚非得已,臣敢不吊?"桓公曰:"虽然,何以贺寡人?"鲍叔牙曰:"管子天下奇才,非召忽比也,臣已生致之。君得一贤相,臣敢不贺?"桓公曰:"夷吾射寡人中钩,其矢尚在。寡人每戚戚于心,得食其肉不厌,况可用乎?"鲍叔牙曰："人臣者各为其主。射钩之时，知有纠不知有君。君若用之，当为君射天下，岂特一人之钩哉？"桓公曰："寡人姑听之，赦勿诛。"鲍叔牙乃迎管夷吾至于其家，朝夕谈论。

却说齐桓公修援立之功，高、国世卿，皆加采邑。欲拜鲍叔牙为上卿，任以国政。鲍叔牙曰："君加惠于臣，使不冻馁，则君之赐也！至于治国家，则非臣之所能也。"桓公曰："寡人知卿，卿不可辞。"鲍叔牙曰："所谓知臣者，小心敬慎，循礼守法而已。此具臣[14]之事，非治国家之才也。夫治国家者，内安百姓，外抚四夷，勋加于王室，泽布于诸侯，国有泰山之安，君享无疆之福，功垂金石[15]，名播千秋。此帝臣王佐之任，臣何以堪之？"桓公不觉欣然动色，促膝而前曰："如卿所言，当今亦有其人否？"鲍叔牙曰："君不求其人则已，必求其人，其管夷吾乎？臣所不若夷吾者有五：宽柔惠民，弗若也；治国家，不失其柄[16]，弗若也；忠信可结于百姓，弗若也；制礼义可施于四方，弗若也；执枹鼓立于军门[17]，使百姓敢战无退，弗若也。"桓公曰："卿试与来，寡人将叩其所学。"鲍叔牙曰："臣闻贱不能临贵[18]，贫不能役富，疏不能制亲[19]。君欲用夷吾，非置之相位，厚其禄入，隆以父兄之礼不可。夫相者，君之亚[20]也，相而召之，是轻之也。相轻则君亦轻。夫非常之人，必待以非常之礼，君其卜日而郊迎[21]之。四方闻君之尊贤礼士而不计私仇，谁不思效用于齐者？"桓公曰："寡人听子。"乃命太卜择吉日，郊迎管子。鲍叔牙仍送管夷吾于郊外公馆之中。至期，三浴而三衅之[22]。衣冠袍笏，比于上大夫。桓公亲自出郊迎之，与之同载入朝。百姓观者如堵，无不骇然。史官有诗云：

争贺君侯得相臣，谁知即是槛车人。

第十六回

只因此日捐私忿,四海欣然号霸君。

管夷吾已入朝,稽首谢罪。桓公亲手扶起,赐之以坐。夷吾曰:"臣乃俘戮之馀,得蒙宥死,实为万幸!敢辱过礼?"桓公曰:"寡人有问于子,子必坐,然后敢请。"夷吾再拜就坐。桓公曰:"齐,千乘之国,先僖公威服诸侯,号为小霸。自先襄公政令无常,遂搆大变。寡人获主社稷,人心未定,国势不张。今欲修理国政,立纲陈纪,其道何先?"夷吾对曰:"礼、义、廉、耻,国之四维[23]。四维不张,国乃灭亡。今日君欲立国之纲纪,必张四维,以使其民。则纪纲立而国势振矣。"桓公曰:"如何而能使民?"夷吾对曰:"欲使民者,必先爱民,而后有以处之。"桓公曰:"爱民之道若何?"对曰:"公修公族,家修家族[24],相连以事,相及以禄,则民相亲矣。赦旧罪,修旧宗,立无后,则民殖[25]矣。省刑罚,薄税敛,则民富矣。卿建贤士[26],使教于国,则民有礼矣。出令不改,则民正矣:此爱民之道也。"桓公曰:"爱民之道既行,处民之道若何?"对曰:"士、农、工、商,谓之四民。士之子常为士,农之子常为农,工、商之子常为工、商,习焉安焉,不迁其业,则民自安矣。"桓公曰:"民既安矣,甲兵不足,奈何?"对曰:"欲足甲兵,当制赎刑:重罪赎以犀甲[27]一戟,轻罪赎以鞼盾[28]一戟,小罪分别入金,疑罪则宥之,讼理相等[29]者,令纳束矢[30],许其平[31]。金既聚矣,美者以铸剑戟,试诸犬马。恶者以铸锄夷斤欘[32],试诸壤土。"桓公曰:"甲兵既定,财用不足如何?"对曰:"销山[33]为钱,煮海为盐,其利通于天下。因收天下百物之贱者而居[34]之,以时贸易。为女闾[35]三百,以安行商。商旅如归,百货骈集,因而税之,以佐军兴。如是而财用可足矣。"桓公曰:"财用既足,然军旅不多,兵势不振,如何而可?"对曰:"兵贵于精,不贵于多;强于心,不强于力。君若正卒伍,修甲兵,天下诸侯皆将正卒伍,修甲兵,臣未见其胜也。君若强兵,莫若隐其名而修其实。臣请作内政而寄之以军令焉。"桓公曰:"内政若何?"对曰:"内政之法,制国以为二十一乡。工商之乡六,士[36]之乡十五。工商足财,士足兵。"桓公曰:"何以足兵?"对曰:"五家为轨,轨为之长。十轨为里,里设有司。四里为连,连为之长。十连为乡,乡有良人焉。即以此为军令。五家为轨,故五人为伍,轨长率之。十轨为里,故五十人为小戎,里有司率之。四里为连,故二百人为卒,连长率之。十连为乡,故二千人为旅,乡良人率之。五乡立一师,故万人为一军,五乡之师率之。十五乡出三万人,以为三军。君主中军,高、国二子各主一军。四时之隙,从事田猎:春曰蒐,以索不孕之兽;夏曰苗,以除五谷之灾[37];秋曰狝,行杀以顺秋气;冬曰狩,围守以告成功,使民习于武事。是故军伍整于里,军旅整于郊[38],内教既成,勿令迁徙。伍之人祭祀同福,死丧同恤,人与人相俦[39],家与家相俦,世同居,少同游。故夜战声相闻,足以不乖[40],昼战目相识,足以不散,其欢欣足以相死。居则同乐,死则同哀,守则同固,战则同强。有此三万人,足以横行于天下。"桓公曰:"兵势既强,可以征天下诸侯乎?"对曰:"未可也。周室未屏[41],邻国未附,君欲从事于天下诸侯,莫若尊周而亲邻国。"桓公曰:"其道若何?"对曰:"审吾疆场,而反其侵地,重为皮币以聘问,而勿受其资,则四邻之国亲我矣。请以游士八十人,奉之以车马衣裘,多其资帛,使周游于四方,以号召天下之贤士。又使人以皮币玩好,鬻行四方,以察其上下之所好。择其瑕者[42]而攻之,可以益地;择其淫乱篡弑者而诛之,可以立威。如此,则天下诸侯,皆相率而朝于齐矣。然后率诸侯以事周,使修职贡,则王室尊矣。方伯之名,君虽欲辞之,不可得也。"桓公与管夷吾连语三日三夜,字字投机,全不知倦。

桓公大悦。乃复斋戒三日,告于太庙,欲拜管夷吾为相。夷吾辞而不受。桓公曰:"吾纳子之伯策。欲成吾志,故拜子为相。何为不受?"对曰:"臣闻大厦之成,非一木之材也;大海之润[43],非一流之归也。君必欲成其大志,则用五杰。"桓公曰:"五杰为谁?"对曰:"升降揖逊,进退闲习[44],辨辞之刚柔,臣不如隰朋;请立为大司行[45]。垦草莱,辟土地,聚粟众多,尽地之利,臣不如宁越;请立为大司田。平原广牧,车不结辙[46],士不旋踵[47],鼓之而三军之士,视死如归,臣不如王子成父;请立为大司马。决狱执中,不杀无辜,不诬无罪,臣不如宾须无;请立为大司理。犯君颜色,进谏必忠,不避死亡,不挠[48]富贵,臣不如东郭牙;请立为大谏之官。君若欲治国强兵,则五子者存矣。若欲霸王,臣虽不才,强成君命,以效区区。"桓公遂拜管夷吾为相国,赐以国中市租一年。其隰朋以下五人,皆依夷吾所荐,一一拜官,各治其事。遂悬榜国门,凡所奏富强之策,次第尽举而行之。

他日,桓公又问于管夷吾曰:"寡人不幸而好田[49],又好色,得毋害于霸乎?"夷吾对曰:"无害也。"桓公曰:"然则何为而害霸?"夷吾对曰:"不知贤,害霸;知贤而不用,害霸;用而不任[50],害霸;任而复以小人参之,害霸。"桓公曰:"善。"于是专任夷吾,尊其号曰仲父[51],恩礼在高、国之上。"国有大政,先告仲父,次及寡人。有所施行,一凭仲父裁决。"又禁国人语言,不许犯夷吾之名,不问贵贱,皆称仲,盖古人以称字为敬也。

释槛囚鲍叔荐仲　战长勺曹刿败齐

却说鲁庄公闻齐国拜管仲为相,大怒曰:"悔不从施伯之言,反为孺子所欺!"乃简车蒐乘,谋伐齐以报乾时之仇。齐桓公闻之,谓管仲曰:"孤新嗣位,不欲频受干戈,请先伐鲁何如?"管仲对曰:"军政未定,未可用也。"桓公不听,遂拜鲍叔牙为将,率师直犯长勺[52]。鲁庄公问于施伯曰:"齐欺吾太甚,何以御之?"施伯曰:"臣荐一人,可以敌齐。"庄公曰:"卿所荐何人?"施伯对曰:"臣识一人,姓曹名刿,隐于东平[53]之乡,从未出仕。其人真将相之才也。"庄公命施伯往招之。刿笑曰:"肉食者无谋,乃谋及藿食[54]耶?"施伯曰:"藿食能谋,行且肉食矣。"遂同见庄公。庄公问曰:"何以战齐?"曹刿曰:"兵事临机制胜,非可预言,愿假臣一乘,使得预谋于行间。"庄公喜其言,与之共载,直趋长勺。

鲍叔牙闻鲁侯引兵而来,乃严阵以待。庄公亦列阵相持。鲍叔牙因乾时得胜,有轻鲁之心,下令击鼓进兵,先陷者重赏。庄公闻鼓声震地,亦教鸣鼓对敌。曹刿止之曰:"齐师方锐,宜静以待之。"传令军中:"有敢喧哗者斩。"齐兵来冲鲁阵,阵如铁桶,不能冲动,只得退后。少顷,对阵鼓声又震,鲁军寂如不闻,齐师又退。鲍叔牙曰:"鲁怯战耳。再鼓之,必走。"曹刿又闻鼓响,谓庄公曰:"败齐此其时矣,可速鼓之!"论鲁是初次鸣鼓,论齐已是第三通鼓了。齐兵见鲁兵两次不动,以为不战,都不在意了。谁知鼓声一起,突然而来,刀砍箭射,势如疾雷不及掩耳,杀得齐兵七零八落,大败而奔。庄公欲行追逐,曹刿曰:"未可也,臣当察之。"乃下车,将齐兵列阵之处,周围看了一遍,复登车轼[55]远望,良久曰:"可追矣。"庄公乃驱车而进,追三十馀里方还,所获辎重甲兵无算。

第十六回

不知后事如何,再看下回分解。

---

〔1〕 桎梏(zhì gù 志故):刑具。桎,脚镣。梏,手铐。

〔2〕 奉奔走:指受人驱使,供人奴役。

〔3〕 黄鹄(hú 胡):黄色天鹅,能高飞。

〔4〕 戢(jí 及):收敛,收拢。

〔5〕 絷(zhí 执):束缚。

〔6〕 "丁阳九"句:指遭逢厄运。丁,遭遇。阳九,九为奇数,属阳,代表阳数中灾厄。百六,六为偶数,属阴,百六为阴数极点,代表阴数中灾厄。

〔7〕 樊:笼子。

〔8〕 升衢:树木交错叫衢。升衢,飞出林木之上。

〔9〕 渐陆:出《易经》"鸿渐于陆"。乃进而得高之象,意指黄鹄展翅,逐渐高飞。

〔10〕 弋(yì 义)人:射鸟的人,即猎人。弋,捕鸟工具。以绳系箭而射。

〔11〕 踯躅(zhí zhú 直竹):踏步不前,徘徊不进。

〔12〕 堂阜:春秋时齐邑名。在今山东蒙阴县西北。

〔13〕 小谅:小信。

〔14〕 具臣:备位充数,守成而无创造的臣子。

〔15〕 金石:金指钟鼎之类,石指碑碣之类,古人常于其上镌刻文字,以颂功纪事,垂示千古。

〔16〕 柄:根本。指大政方针。

〔17〕 "执枹(fú 佛)鼓"句:站在军营门口敲着大鼓。古时作战,击鼓以示进军。枹,即鼓槌。

〔18〕 贱不能临贵:指无官位的人不能驾凌于有官职的人之上。

〔19〕 疏不能制亲:疏远之人不能命令、指挥亲近之人。疏,此指管仲;

180

亲,鲍叔牙自指。

〔20〕 君之亚:国君的副手。仅次一等叫亚。

〔21〕 郊迎:出城至郊外迎接,以示隆重。

〔22〕 三浴三衅(xìn信):三次洗澡,去其不祥。三次以香料涂身,以增其祥瑞。表示礼仪之隆重。

〔23〕 四维:四条治国安邦的纲领。维,本指控制网罟张开或收拢的那根大绳子。

〔24〕 "公修公族"二句:国君团结好自己的宗族,士大夫团结好各自的家族。修,修好,和睦。

〔25〕 殖:繁殖。指人口增多。

〔26〕 卿建贤士:以贤明之士担任卿相。建,设置。

〔27〕 犀甲:古代以犀牛之皮为甲。犀不常有,则用牛皮。仍通称犀甲。

〔28〕 鞼(guì贵)盾:用绣革装饰的盾牌。

〔29〕 讼理相等:原告与被告胜负相当。讼,讼方,即原告。理,辩护,即被告。

〔30〕 束矢:一捆箭。古代以五十矢为一束。

〔31〕 平:和解。

〔32〕 锄夷斤欘(zhuó卓):夷、欘,均为锄头一类。斤,大斧。

〔33〕 销山:即开矿。销,熔化。山,指山上矿石。

〔34〕 居:囤集。

〔35〕 女闾:妓院。闾,里巷中的门。女闾,即妓女聚居之处。

〔36〕 士:此指农民。从事耕种劳动的男子,古代亦称为士。

〔37〕 "夏曰苗"二句:夏天的狩猎叫苗,除掉给粮食带来灾害的野兽。

〔38〕 "军伍整于里"二句:小量军队可以从村庄聚集,大批军队则可从一个地区聚集。整,齐备,引申为聚集。里,古代二十五家叫里。

〔39〕 俦(chóu筹):伴侣,引申为同在一起。

181

第十六回

〔40〕 不乖:不背离,不散开。

〔41〕 未屏(bǐng丙):没有抛弃,仍然存在。

〔42〕 瑕者:指有毛病、有错误的人。瑕,玉之斑点。

〔43〕 润:湿。引申为水多。

〔44〕 "升降揖(yī衣)逊"二句:升降,指迎送时升阶降阶。揖逊,谦让。闲习,同娴习,熟悉。这二句主要指对外交礼仪的掌握。

〔45〕 大司行:管仲建议设置的官名,相当于《周礼》中司仪或隋以后的司礼。下面大司田相当于汉代的司农;大司理相当于《周礼》中司寇。而大谏之官,则相当于后代之御史台。

〔46〕 结辙:车马往返以至车辙交错,故称退车叫结辙。

〔47〕 旋踵:退回。旋,转身返回。踵,脚后跟。

〔48〕 挠:屈服,屈从。

〔49〕 田:打猎。

〔50〕 不任:不任以职。指不让他负责具体工作。

〔51〕 仲父:对管仲尊称。仲乃其名,父,指事之如父。

〔52〕 长勺:春秋时鲁地名。在今山东莱芜市西北。

〔53〕 东平:春秋时鲁邑名。在今山东东平县境内。

〔54〕 藿食:实为藿食者,即吃粗食的人。指草野之人。藿,本指豆叶,嫩时可食。

〔55〕 车轼:车前扶手的横木。

第 十 七 回

宋国纳赂诛长万　楚王杯酒虏息妫

话说鲁庄公大败齐师，乃问于曹刿曰："卿何以一鼓而胜三鼓，有说乎？"曹刿曰："夫战以气为主，气勇则胜，气衰则败。鼓，所以作气也。一鼓气方盛，再鼓则气衰，三鼓则气竭。吾不鼓以养三军之气，彼三鼓而已竭，我一鼓而方盈。以盈御竭，不胜何为？"庄公曰："齐师既败，始何所见而不追，继何所见而追？请言其故。"曹刿曰："齐人多诈，恐有伏兵，其败走未可信也。吾视其辙迹纵横，军心已乱，又望其旌旗不整，急于奔驰，是以逐之。"庄公曰："卿可谓知兵矣！"乃拜为大夫。厚赏施伯荐贤之功。髯翁有诗云：

强齐压境举朝忧，韦布[1]谁知握胜筹！

莫怪边庭捷报杳，由来肉食少佳谋。

时周庄王十三年之春。齐师败归，桓公怒曰："兵出无功，何以服诸侯乎？"鲍叔牙曰："齐、鲁皆千乘之国，势不相下，以主客为强弱。昔乾时之战，我为主，是以胜鲁。今长勺之战，鲁为主，是以败于鲁。臣愿以君命乞师于宋，齐、宋同兵，可以得志。"桓公许之。乃遣使行聘于宋，请出宋师。宋闵公捷，自齐襄公时，两国时常共

第十七回

事，今闻小白即位，正欲通好，遂订师期，以夏六月初旬，兵至郎城[2]相会。

至期，宋使南宫长万为将，猛获副之。齐使鲍叔牙为将，仲孙湫副之。各统大兵，集于郎城，齐军于东北，宋军于东南。鲁庄公曰："鲍叔牙挟忿而来，加以宋助，南宫长万有触山举鼎之力，吾国无其对手。两军并峙，互为犄角，何以御之？"大夫公子偃进曰："容臣自出觇其军。"还报曰："鲍叔牙有戒心，军容甚整。南宫长万自恃其勇，以为无敌，其行伍杂乱。倘自雩门[3]窃出，掩其不备，宋可败也。宋败，齐不能独留矣。"庄公曰："汝非长万敌也。"公子偃曰："臣请试之。"庄公曰："寡人自为接应。"公子偃乃以虎皮百馀，冒于马上，乘月色朦胧，偃旗息鼓，开雩门而出。将近宋营，宋兵全然不觉。公子偃命军中举火，一时金鼓喧天，直前冲突。火光之下，遥见一队猛虎咆哮。宋营人马，无不股栗，四下惊皇，争先驰奔。南宫长万虽勇，争奈车徒先散，只得驱车而退。鲁庄公后队已到，合兵一处，连夜追逐。到乘丘[4]地方，南宫长万谓猛获曰："今日必须死战，不然不免。"猛获应声而出，刚遇公子偃，两下对杀。南宫长万挺着长戟，直撞入鲁侯大军，逢人便刺。鲁兵惧其骁勇，无敢近前。庄公谓戎右歂孙生[5]曰："汝素以力闻，能与长万决一胜负乎？"歂孙生亦挺大戟，径寻长万交锋。庄公登轼望之，见歂孙生战长万不下，顾左右曰："取我金仆姑来！"——金仆姑者，鲁军府之劲矢也。——左右捧矢以进，庄公搭上弓弦，觑得长万亲切，飕的一箭，正中右肩，深入于骨。长万用手拔箭，歂孙生乘其手慢，复尽力一戟，刺透左股。长万倒撞于地，急欲挣扎，被歂孙生跳下车来，双手紧紧按定，众军一拥上前擒住。猛获见主将被擒,弃车而逃。鲁庄公大获全胜,鸣金收军。歂孙生解长万献功。长万肩股被创,尚能挺立,毫无痛楚之态。庄公爱其勇,厚礼待之。鲍叔牙知宋师失利,全军而返。

是年,齐桓公遣大行隰朋,告即位于周,且求婚焉。明年,周使鲁庄公主婚,将王姬下嫁于齐。徐、蔡、卫各以其女来媵。因鲁有主婚之劳,故此齐、鲁复通,各捐两败之辱,约为兄弟。其秋,宋大水,鲁庄公曰:"齐既通好,何恶于宋?"使人吊之。宋感鲁恤灾之情,亦遣人来谢,因请南宫长万。鲁庄公释之归国。自此三国和好,各消前隙。髯翁有诗曰:

乾时长勺互雄雌,又见乘丘覆宋师。

胜负无常终有失,何如修好两无危!

却说南宫长万归宋,宋闵公戏之曰:"始吾敬子,今子鲁囚也,吾弗敬子矣。"长万大惭而退。大夫仇牧私谏闵公曰:"君臣之间,以礼相交,不可戏也。戏则不敬,不敬则慢,慢而无礼,悖逆将生,君必戒之!"闵公曰:"孤与长万习狎,无伤也。"

再说周庄王十五年,王有疾,崩。太子胡齐立,是为僖王[6]。讣告至宋。时宋闵公与宫人游于蒙泽[7],使南宫长万掷戟为戏。原来长万有一绝技,能掷戟于空中,高数丈,以手接之,百不失一。宫人欲观其技,所以闵公召长万同游。长万奉命耍弄了一回,宫人都夸奖不已。闵公微有妒恨之意,命内侍取博局与长万决赌,以大金斗盛酒为罚。这博戏却是闵公所长。长万连负五局,罚酒五斗,已醉到八九分地位了。心中不服,再请覆局。闵公曰:"囚乃常败之家,安敢复与寡人赌胜?"长万心怀惭忿,嘿嘿无言。忽宫侍报

第十七回

道："周王有使命到。"闵公问其来意，乃是报庄王之丧，且告立新王。闵公曰："周已更立新王，即当遣使吊贺。"长万奏曰："臣未睹王都之盛，愿奉使一往！"闵公笑曰："宋国即无人，何至以囚奉使？"宫人皆大笑。长万面颊发赤，羞变成怒，兼乘酒醉，一时性起，不顾君臣之分，大骂曰："无道昏君！汝知囚能杀人乎？"闵公亦怒曰："贼囚！怎敢无礼！"便去抢长万之戟，欲以刺之。长万也不来夺戟，径提博局，把闵公打倒。再复挥拳，呜呼哀哉，闵公死于长万拳下。宫人惊散。长万怒气犹勃勃未息，提戟步行，及于朝门，遇大夫仇牧，问："主公何在？"长万曰："昏君无礼，吾已杀之矣。"仇牧笑曰："将军醉耶？"长万曰："吾非醉，乃实话也。"遂以手中血污示之。仇牧勃然变色，大骂："弑逆之贼，天理不容！"便举笏[8]来击长万。怎当得长万有力如虎，掷戟于地，以手来迎。左手将笏打落，右手一挥，正中其头，头如齑粉[9]。齿折，随手跃去，嵌入门内三寸。真绝力也！仇牧已死，长万乃拾起画戟，缓步登车，旁若无人。宋闵公即位共十年，只因一句戏言，遂遭逆臣毒手。春秋世乱，视弑君不啻割鸡，可叹，可叹！史臣有《仇牧赞》云：

> 世降道斁[10]，纲常扫地。堂帘[11]不隔，君臣交戏。君戏以言，臣戏以戟。壮哉仇牧，以笏击贼！不畏强御，忠肝沥血。死重泰山，名光日月。

太宰华督闻变，挺剑登车，将起兵讨乱。行至东宫之西，正遇长万。长万并不交言，一戟刺去，华督坠于车下，又复一戟杀之。遂奉闵公之从弟公子游为君，尽逐戴、武、宣、穆、庄之族[12]。群公子出奔萧[13]，公子御说奔亳[14]。长万曰："御说文而有才，且君之嫡弟，今在亳，必有变。若杀御说，群公子不足虑也。"乃使其子南宫

宋国纳赂诛长万　楚王杯酒虏息妫

牛同猛获率师围亳。

冬十月，萧叔大心率戴、武、宣、穆、庄五族之众，又合曹国之师救亳。公子御说悉起亳人，开城接应。内外夹攻，南宫牛大败被杀。宋兵尽降于御说。猛获不敢回宋，径投卫国去了。戴叔皮献策于御说："即用降兵旗号，假称南宫牛等已克亳邑，擒了御说，得胜回朝。"先使数人一路传言，南宫长万信之，不做准备。群公子兵到，赚开城门，一拥而入，只叫："单要拿逆贼长万一人，馀人勿得惊慌。"长万仓忙无计，急奔朝中，欲奉子游出奔。见满朝俱是甲士填塞，有内侍走出，言："子游已被众军所杀。"长万长叹一声，思列国惟陈与宋无交，欲待奔陈。又想家有八十馀岁老母，叹曰："天伦不可弃也！"复翻身至家，扶母登辇，左手挟戟，右手推辇而行，斩门而出，其行如风，无人敢拦阻者。宋国至陈，相去二百六十馀里，长万推辇，一日便到。如此神力，古今罕有。

却说群公子既杀子游，遂奉公子御说即位，是为桓公[15]。拜戴叔皮为大夫。选五族之贤者，为公族大夫。萧叔大心仍归守萧。遣使往卫，请执猛获。再遣使往陈，请执南宫长万。公子目夷时止五岁，侍于宋桓公之侧，笑曰："长万不来矣！"宋公曰："童子何以知之？"目夷曰："勇力人所敬也，宋之所弃，陈必庇之。空手而行，何爱于我？"宋公大悟，乃命赍重宝以赂之。

先说宋使至卫，卫惠公问于群臣曰："与猛获，与不与孰便？"群臣皆曰："人急而投我，奈何弃之？"大夫公孙耳谏曰："天下之恶，一也。宋之恶，犹卫之恶。留一恶人，于卫何益。况卫、宋之好旧矣，不遣获，宋必怒。庇一人之恶，而失一国之欢，非计之善也。"卫侯曰："善。"乃缚猛获以畀宋。

第 十 七 回

再说宋使至陈,以重宝献于陈宣公。宣公贪其赂,许送长万。又虑长万绝力难制,必须以计困之。乃使公子结谓长万曰:"寡君得吾子,犹获十城。宋人虽百请,犹不从也。寡君恐吾子见疑,使结布腹心。如以陈国褊小,更适大国,亦愿从容数月,为吾子治车乘。"长万泣曰:"君能容万,万又何求?"公子结乃携酒为欢,结为兄弟。明日长万亲至公子结之家称谢。公子结复留款,酒半,大出婢妾劝酬。长万欢饮大醉,卧于坐席。公子结使力士以犀革包裹,用牛筋束之;并囚其老母,星夜传[16]至于宋。至半路,长万方醒,奋身蹴踏,革坚缚固,终不能脱。将及宋城,犀革俱被挣破,手足皆露于外。押送军人以槌击之,胫骨俱折。宋桓公命与猛获一同绑至市曹,剁为肉泥。使庖人治为醢[17],遍赐群臣曰:"人臣有不能事君者,视此醢矣!"八十岁老母,亦并诛之。髯翁有诗叹曰:

可惜赳赳力绝伦,但知母子昧君臣。

到头骈戮难追悔,好谕将来造逆人。

宋桓公以萧叔大心有救亳之功,升萧为附庸,称大心为萧君。念华督死难,仍用其子家为司马。自是华氏世为宋大夫。

再说齐桓公自长勺大挫之后,深悔用兵。乃委国管仲,日与妇人饮酒为乐。有以国事来告者,桓公曰:"何不告仲父?"时有竖貂[18]者,乃桓公之幸童[19]。因欲亲近内庭,不便往来,乃自宫[20]以进。桓公怜之,宠信愈加,不离左右。又齐之雍邑[21]人名巫者,谓之雍巫,字易牙,为人多权术,工射御,兼精于烹调之技。一日,卫姬病,易牙和五味以进,卫姬食之而愈,因爱近之。易牙又以滋味媚竖貂,貂荐之于桓公。桓公召易牙而问曰:"汝善调味

宋国纳赂诛长万　楚王杯酒虏息妫

乎？"对曰："然。"桓公戏曰："寡人尝鸟兽虫鱼之味几遍矣。所不知者，人肉味何如耳？"易牙既退，及午膳，献蒸肉一盘，嫩如乳羊，而甘美过之。桓公食之尽，问易牙曰："此何肉，而美至此？"易牙跪而对曰："此人肉也。"桓公大惊，问："何从得之？"易牙曰："臣之长子三岁矣。臣闻忠君者不有其家。君未尝人味，臣故杀子以适君之口。"桓公曰："子退矣！"桓公以易牙为爱己，亦宠信之。卫姬复从中称誉。自此竖貂、易牙内外用事，阴忌管仲。至是，竖貂与易牙合词进曰："闻'君出令，臣奉令'，今君一则仲父，二则仲父，齐国疑于无君矣！"桓公笑曰："寡人于仲父，犹身之有股肱[22]也。有股肱方成其身，有仲父方成其君。尔等小人何知？"二人乃不敢再言。管仲秉政三年，齐国大治。髯仙有诗云：

　　疑人勿用用无疑，仲父当年独制齐。
　　都似桓公能信任，貂巫百口亦何为？

　　是时楚方强盛，灭邓，克权[23]，服随，败郧，盟绞[24]，役息[25]。凡汉东小国，无不称臣纳贡。惟蔡恃与齐侯婚姻，中国诸侯通盟同兵，未曾服楚。至文王熊赀，称王已及二世。有斗祈、屈重、斗伯比、薳章、斗廉、鬻拳诸人为辅，虎视汉阳，渐有侵轶[26]中原之意。

　　却说蔡哀侯献舞，与息侯同娶陈女为夫人。蔡娶在先，息娶在后。息夫人妫氏有绝世之貌，因归宁于陈，道经蔡国。蔡哀侯曰："吾姨至此，岂可不一相见？"乃使人要至宫中款待，语及戏谑，全无敬客之意。息妫大怒而去。及自陈返息，遂不入蔡国。息侯闻蔡侯怠慢其妻，思有以报之。乃遣使入贡于楚，因密告楚文王曰：

189

第十七回

"蔡恃中国,不肯纳款。若楚兵加我,我因求救于蔡,蔡君勇而轻,必然亲来相救。我因与楚合兵攻之,献舞可虏也。既虏献舞,不患蔡不朝贡矣。"楚文王大喜,乃兴兵伐息。息侯求救于蔡,蔡哀侯果起大兵,亲来救息。安营未定,楚伏兵齐起。哀侯不能抵当,急走息城。息侯闭门不纳,乃大败而走。楚兵从后追赶,直至莘野[27],活虏哀侯归国。息侯大犒楚军,送楚文王出境而返。蔡哀侯始知中了息侯之计,恨之入骨。

楚文王回国,欲杀蔡哀侯,烹之以飨太庙。鬻拳谏曰:"王方有事中原,若杀献舞,诸侯皆惧矣!不如归之,以取成焉。"再四苦谏,楚文王只是不从。鬻拳愤气勃发,乃左手执王之袖,右手拔佩刀拟王曰:"臣当与王俱死,不忍见王之失诸侯也!"楚王惧,连声曰:"孤听汝!"遂舍蔡侯。鬻拳曰:"王幸听臣言,楚国之福。然臣而劫君,罪当万死。请伏斧锧[28]!"楚王曰:"卿忠心贯日,孤不罪也。"鬻拳曰:"王虽赦臣,臣何敢自赦?"即以佩刀自断其足,大呼曰:"人臣有无礼于君者,视此!"楚王命藏其足于大府[29],"以识[30]孤违谏之过!"使医人疗治鬻拳之病,虽愈不能行走。楚王使为大阍,以掌城门,尊之曰太伯。遂释蔡侯归国,大排筵席,为之饯行,席中盛张女乐。有弹筝女子,仪容秀丽,楚王指谓蔡侯曰:"此女色技俱胜,可进一觞。"即命此女以大觥送蔡侯,蔡侯一饮而尽。还斟大觥,亲为楚王寿。楚王笑曰:"君生平所见,有绝世美色否?"蔡侯想起息侯导楚败蔡之仇,乃曰:"天下女色,未有如息妫之美者,真天人也。"楚王曰:"其色何如?"蔡侯曰:"目如秋水,脸似桃花,长短适中,举动生态,目中未见其二!"楚王曰:"寡人得一见息夫人,死不恨矣!"蔡侯曰:"以君之威,虽齐姬宋子,致之不难,何况宇下一妇人乎?"楚王大悦,是日尽欢而散。蔡侯遂辞归本国。

楚王思蔡侯之言,欲得息妫,假以巡方为名,来至息国。息侯迎谒道左,极其恭敬。亲自辟除馆舍,设大飨[31]于朝堂,息侯执爵而前,为楚王寿。楚王接爵在手,微笑而言曰:"昔者寡人曾效微劳于君夫人,今寡人至此,君夫人何惜为寡人进一觞乎?"息侯惧楚之威,不敢违拒,连声唯唯,即时传语宫中。不一时,但闻环珮之声,夫人妫氏盛服而至,别设毯褥,再拜称谢。楚王答礼不迭。妫氏取白玉卮满斟以进。素手与玉色相映,楚王视之大惊。果然天上徒闻,人间罕见,便欲以手亲接其卮。那妫氏不慌不忙,将卮递与宫人,转递楚王。楚王一饮而尽。妫氏复再拜请辞回宫。楚王心念息妫,反未尽欢。席散归馆,寝不能寐。

次日,楚王亦设享于馆舍,名为答礼,暗伏兵甲。息侯赴席,酒至半酣,楚王假醉,谓息侯曰:"寡人有大功于君夫人,今三军在此,君夫人不能为寡人一犒劳乎?"息侯辞曰:"敝邑褊小,不足以优从者,容与寡小君[32]图之。"楚王拍案曰:"匹夫背义,敢巧言拒我?左右何不为我擒下!"息侯正待分诉,伏甲猝起,蒍章、斗丹二将,就席间擒息侯而縶之。楚王自引兵径入息宫,来寻息妫。息妫闻变,叹曰:"引虎入室,吾自取也!"遂奔入后园中,欲投井而死。被斗丹抢前一步,牵住衣裾曰:"夫人不欲全息侯之命乎?何为夫妇俱死!"息妫嘿然。斗丹引见楚王,楚王以好言抚慰,许以不杀息侯,不斩息祀。遂即军中立息妫为夫人,载以后车。以其脸似桃花,又曰桃花夫人。今汉阳府城外有桃花洞,上有桃花夫人庙,即息妫也。唐人杜牧有诗云:

第 十 七 回

细腰宫[33]里露桃新,脉脉无言[34]几度春。

毕竟息亡缘底事?可怜金谷坠楼人[35]!

楚王安置息侯于汝水,封以十家之邑,使守息祀。息侯忿郁而死。楚之无道,至此极矣!要知后事如何,且看下回分解。

---

〔1〕 韦布:即韦带布衣。贫贱者所服。此代指贫贱者。韦,去毛熟制的皮革。

〔2〕 郎城:春秋时鲁国地名。为曲阜近郊之邑。

〔3〕 雩(yú于)门:鲁都曲阜南城西门。

〔4〕 乘丘:春秋时鲁地名。在今山东济宁市兖州区境内。

〔5〕 歂孙生:即颛孙生。见第十三回。歂、颛二字古通。

〔6〕 僖王:即姬胡齐。在位五年(前681—前677)。

〔7〕 蒙泽:春秋时宋地名。在今河南商丘市北。

〔8〕 笏(hù户):古代朝会时臣子所执手板,常以竹、木或象牙制成。

〔9〕 齑(jī基)粉:细粉,碎屑。

〔10〕 道斁(dù杜):道德败坏。

〔11〕 堂帘:殿堂上的垂帘,本用以分别君臣而设。堂帘不隔,指君臣间没有了界限。

〔12〕 戴、武、宣、穆、庄之族:指宋戴公、宋武公、宋宣公、宋穆公及宋庄公的后代及族人。以上五公包括了自西周宣王二十九年(前799)以来的宋国主要国君。

〔13〕 萧:春秋时宋邑名。在今安徽萧县西北。

〔14〕 亳(bó薄):春秋时宋邑名。在今河南商丘市北,与山东曹县接壤。

〔15〕 桓公:宋庄公次子。在位三十一年(前682—前651)。

〔16〕 传:指用驿站的车马送达。

〔17〕 醢(hǎi海):肉酱。

〔18〕 竖貂:亦称竖刁。未成年而任官职者叫竖。貂乃其名,简写为刁。

〔19〕 幸童:即娈童。以男色媚人者。

〔20〕 自宫:自己阉割自己。

〔21〕 齐之雍邑:齐无雍邑。雍邑在秦,即今陕西宝鸡市凤翔区南。按,雍巫之雍,并非以地名为氏,来自《周礼·天官》中"内雍"、"外雍"之雍,为宫中主烹割之任者。雍巫系以职官为氏,此处误作以地名为氏,故生造出一个"齐之雍邑"。

〔22〕 股肱(gōng工):大股和胳膊。比喻辅佐君主的大臣。

〔23〕 权:周代诸侯国名。在今湖北当阳市东南。

〔24〕 盟绞:与绞国结盟。绞,古国名,故地在今湖北十堰市郧阳区西北。

〔25〕 役息:役使息国。息为诸侯国,姬姓。在今河南息县一带。

〔26〕 侵轶:突袭。轶,通佚,有突然之义。

〔27〕 莘野:春秋时蔡地名。在今河南汝南县境内。

〔28〕 斧锧(zhì制):古代刑具,伏斧锧,指杀头。锧为金属砧板,置人于砧板之上而以斧砍之,故称斧锧。

〔29〕 大府:疑指宫中议事之处。

〔30〕 识(zhì志):通志,记下。

〔31〕 大飨(xiǎng享):同大享,大张筵席。

〔32〕 寡小君:古代称诸侯的妻子叫小君。诸侯自称其妻则曰寡小君。

〔33〕 细腰宫:指楚王宫。楚灵王好细腰,修筑章华宫以居妃嫔,人称细腰宫。见第六十八回。

〔34〕 脉脉无言:脉脉,相视貌。息妫入楚宫,曾三年不语。详见第十九回。

〔35〕 金谷坠楼人:指西晋时石崇之爱妾绿珠。当时权臣孙秀想得到她,派兵包围石崇之家金谷别馆。绿珠乃跳楼而死。

第 十 八 回

曹沫手剑劫齐侯　桓公举火爵宁戚

周釐王元年[1]春正月，齐桓公设朝，群臣拜贺已毕，问管仲曰："寡人承仲父之教，更张国政。今国中兵精粮足，百姓皆知礼义，意欲立盟定伯，何如？"管仲对曰："当今诸侯，强于齐者甚众。南有荆楚，西有秦、晋。然皆自逞其雄，不知尊奉周王，所以不能成霸。周虽衰微，乃天下之共主。东迁以来，诸侯不朝，不贡方物，故郑伯射桓王之肩，五国拒庄王之命[2]，遂令列国臣子，不知君父。熊通僭号，宋、郑弑君，习为故然，莫敢征讨。今庄王初崩，新王即位。宋国近遭南宫长万之乱，贼臣虽戮，宋君未定[3]。君可遣使朝周，请天子之旨，大会诸侯，立定宋君。宋君一定，然后奉天子以令诸侯，内尊王室，外攘四夷。列国之中，衰弱者扶之，强横者抑之，昏乱不共命[4]者，率诸侯讨之。海内诸侯，皆知我之无私，必相率而朝于齐。不动兵车，而霸可成矣。"桓公大悦。

于是，遣使至洛阳朝贺釐王，因请奉命为会，以定宋君。釐王曰："伯舅[5]不忘周室，朕之幸也。泗上[6]诸侯，惟伯舅左右之，朕岂有爱焉？"使者回报桓公。桓公遂以王命布告宋、鲁、陈、蔡、卫、郑、曹[7]、邾[8]诸国，约以三月朔日，共会北杏[9]之地。桓公

曹沫手剑劫齐侯　桓公举火爵宁戚

问管仲曰："此番赴会,用兵车多少？"管仲曰："君奉王命,以临诸侯,安用兵车？请为衣裳之会[10]。"桓公曰："诺。"乃使军士先筑坛三层,高起三丈,左悬钟,右设鼓,先陈天子虚位于上,旁设反坫[11],玉帛器具,加倍整齐。又预备馆舍数处,悉要高敞合式。

至期,宋桓公御说先到,与齐桓公相见,谢其定位之意。次日,陈宣公杵臼,邾子克,二君继到。蔡哀侯献舞,恨楚见执,亦来赴会。四国见齐无兵车,相顾曰："齐侯推诚待人,一至于此。"乃各将兵车退在二十里之外。时二月将尽,桓公谓管仲曰："诸侯未集,改期待之,如何？"管仲曰："语云：'三人成众。'今至者四国,不为不众矣。若改期,是无信也。待而不至,是辱王命也。初合诸侯,而以不信闻,且辱王命,何以图霸？"桓公曰："盟乎,会乎[12]？"管仲曰："人心未一,俟会而不散,乃可盟耳。"桓公曰："善。"

三月朔,昧爽[13],五国诸侯,俱集于坛下。相见礼毕,桓公拱手告诸侯曰："王政久废,叛乱相寻。孤奉周天子之命,会群公以匡王室。今日之事,必推一人为主,然后权有所属,而政令可施于天下。"诸侯纷纷私议:欲推齐,则宋爵上公,齐止称侯,尊卑有序；欲推宋,则宋公新立,赖齐定位,未敢自尊,事在两难。陈宣公杵臼越席[14]言曰："天子以纠合之命,属诸齐侯,谁敢代之？宜推齐侯为盟会之主。"诸侯皆曰："非齐侯不堪此任,陈侯之言是也。"桓公再三谦让,然后登坛。齐侯为主,次宋公,次陈侯,次蔡侯,次邾子。排列已定,鸣钟击鼓,先于天子位前行礼,然后交拜,叙兄弟之情。仲孙湫捧约简一函,跪而读之曰："某年月日,齐小白、宋御说、陈杵臼、蔡献舞、邾克,以天子命,会于北杏,共奖王室,济弱扶倾。有

第 十 八 回

败约者,列国共征之!"诸侯拱手受命。《论语》称桓公九合诸侯,此其第一会也。髯翁有诗云:

　　济济冠裳集五君,临淄事业赫然新。
　　局中先着[15]谁能识?只为推尊第一人。

诸侯献酬甫毕,管仲历阶而上曰:"鲁、卫、郑、曹,故违王命,不来赴会,不可不讨。"齐桓公举手向四君曰:"敝邑兵车不足,愿诸君同事!"陈、蔡、邾三君齐声应曰:"敢不率敝赋以从。"惟宋桓公嘿然。

是晚,宋公回馆,谓大夫戴叔皮曰:"齐侯妄自尊大,越次主会,便欲调遣各国之兵。将来吾国且疲于奔命矣!"叔皮曰:"诸侯从违相半,齐势未集。若征服鲁、郑,霸业成矣。齐之霸,非宋福也。与会四国,惟宋为大,宋不从兵,三国亦将解体。况吾今日之来,止欲得王命,以定位耳。已列于会,又何俟焉?不如先归。"宋公从其言,遂于五更登车而去。

齐桓公闻宋公背会逃归,大怒,欲遣仲孙湫追之。管仲曰:"追之非义,可请王师伐之,乃为有名。然事更有急于此者。"桓公曰:"何事更急于此?"管仲曰:"宋远而鲁近,且王室宗盟[16],不先服鲁,何以服宋?"桓公曰:"伐鲁当从何路?"管仲曰:"济之东北有遂[17]者,乃鲁之附庸,国小而弱,才四姓耳。若以重兵压之,可不崇朝[18]而下。遂下,鲁必悚惧。然后遣一介之使,责其不会。再遣人通信于鲁夫人[19],鲁夫人欲其子亲厚于外家,自当极力怂恿。鲁侯内迫母命,外怵兵威,必将求盟。俟其来求,因而许之。平鲁之后,移兵于宋,临以王臣,此破竹之势也。"桓公曰:"善。"乃亲自率师至遂城,一鼓而下。因驻兵于济水[20]。鲁庄公果惧,大

曹沫手剑劫齐侯　桓公举火爵宁戚

集群臣问计。公子庆父曰："齐兵两至吾国,未尝得利,臣愿出兵拒之。"班中一人出曰："不可,不可!"庄公视之,乃施伯也。庄公曰："汝计将安出?"施伯曰："臣尝言之:管子天下奇才,今得齐政,兵有节制,其不可一也。北杏之会,以奉命尊王为名,今责违命,理曲在我,其不可二也。子纠之戮,君有功焉;王姬之嫁,君有劳焉,弃往日之功劳,结将来之仇怨,其不可三也。为今之计,不若修和请盟,齐可不战而退。"曹刿曰："臣意亦如此。"正议论间,报道:"齐侯有书至。"庄公视之,大意曰:

> 寡人与君并事周室,情同昆弟,且婚姻也。北杏之会,君不与焉。寡人敢请其故?若有二心,亦惟命。

齐侯另有书通信于文姜,文姜召庄公语之曰:"齐、鲁世为甥舅,使其恶我,犹将乞好,况取平乎?"庄公唯唯。乃使施伯答书,略曰:

> 孤有犬马之疾[21],未获奔命。君以大义责之,孤知罪矣!然城下之盟,孤实耻之!若退舍于君之境上,孤敢不捧玉帛以从。

齐侯得书大悦,传令退兵于柯[22]。

鲁庄公将往会齐侯,问:"群臣谁能从者?"将军曹沫请往。庄公曰:"汝三败于齐,不虑齐人笑耶?"曹沫曰:"惟耻三败,是以愿往,将一朝而雪之。"庄公曰:"雪之何如?"曹沫曰:"君当其君,臣当其臣。"庄公曰:"寡人越境求盟,犹再败也。若能雪耻,寡人听子矣!"遂偕曹沫而行,至于柯地。齐侯预筑土为坛以待。鲁侯先使人谢罪请盟,齐侯亦使人订期。

是日,齐侯将雄兵布列坛下,青红黑白旗,按东南西北四方,各自分队,各有将官统领,仲孙湫掌之。阶级七层,每层俱有壮士,执

第十八回

着黄旗把守。坛上建大黄旗一面,绣出"方伯"二字。旁置大鼓,王子成父掌之。坛中间设香案,排列着朱盘玉盂盛牲歃盟之器,隰朋掌之。两旁反坫,设有金尊玉斝[23],寺人貂掌之。坛西立石柱二根,系着乌牛白马,屠人准备宰杀,司庖易牙掌之。东郭牙为傧[24],立于阶下迎宾。管仲为相。气象十分整肃。齐侯传令:"鲁君若到,止许一君一臣登坛,馀人悉屏坛下。"曹沫衷甲,手提利剑,紧随着鲁庄公。庄公一步一战,曹沫全无惧色。将次升阶,东郭牙进曰:"今日两君好会,两相赞礼,安用凶器?请去剑!"曹沫睁目视之,两眦尽裂。东郭牙倒退几步。庄公君臣历阶而上。两君相见,各叙通好之意。三通鼓毕,对香案行礼。隰朋将玉盂盛血,跪而请歃。曹沫右手按剑,左手揽桓公之袖,怒形于色。管仲急以身蔽桓公,问曰:"大夫何为者?"曹沫曰:"鲁连次受兵,国将亡矣。君以济弱扶倾为会,独不为敝邑念乎?"管仲曰:"然则大夫何求?"曹沫曰:"齐恃强欺弱,夺我汶阳之田,今日请还,吾君乃就歃耳!"管仲顾桓公曰:"君可许之。"桓公曰:"大夫休矣,寡人许子!"曹沫乃释剑,代隰朋捧盂以进。两君俱已歃讫,曹沫曰:"仲主齐国之政,臣愿与仲歃。"桓公曰:"何必仲父?寡人与子立誓。"乃向天指日曰:"所不反汶阳田于鲁者,有如此日!"曹沫受歃,再拜称谢。献酬甚欢。

　　既毕事,王子成父诸人,俱愤愤不平。请于桓公,欲劫鲁侯,以报曹沫之辱。桓公曰:"寡人已许曹沫矣!匹夫约言,尚不失信,况君乎?"众人乃止。明日,桓公复置酒公馆,与庄公欢饮而别。即命南鄙邑宰,将原侵汶阳田,尽数交割还鲁。昔人论要盟可犯[25],而桓公不欺;曹子可仇,而桓公不怨,此所以服诸侯、霸天下也。有诗云：

　　巍巍霸气吞东鲁，尺剑如何能用武？

　　要将信义服群雄，不吝汶阳一片土。

又有诗单道曹沫劫齐桓公一事，此乃后世侠客之祖。诗云：

　　森森戈甲拥如潮，仗剑登坛意气豪。

　　三败羞颜一日洗，千秋侠客首称曹。

诸侯闻盟柯之事，皆服桓公之信义。于是卫、曹二国，皆遣人谢罪请盟。桓公约以伐宋之后，相订为会。乃再遣使如周，告以宋公不遵王命，不来赴会，请王师下临，同往问罪。周釐王使大夫单蔑，率师会齐伐宋。谍报陈、曹二国引兵从征，愿为前部。桓公使管仲先率一军，前会陈、曹，自引隰朋、王子成父、东郭牙等，统领大军继进，于商丘取齐。时周釐王二年之春也。

却说管仲有爱妾名婧，钟离[26]人，通文有智。桓公好色，每出行，必以姬嫔自随。管仲亦以婧从行。是日，管仲军出南门，约行三十余里，至峱山[27]，见一野夫，短褐单衣，破笠赤脚，放牛于山下。此人叩牛角而歌。管仲在车上，察其人不凡，使人以酒食劳之。野夫食毕，言："欲见相君仲父。"使者曰："相国车已过去矣。"野夫曰："某有一语，幸传于相君：'浩浩乎白水！'"使者追及管仲之车，以其语述之。管仲茫然，不解所谓，以问妾婧。婧曰："妾闻古有《白水》之诗云：'浩浩白水，儵儵[28]之鱼，君来召我，我将安居？'此人殆欲仕也。"管仲即命停车，使人召之。野夫将牛寄于村家，随使者来见管仲，长揖不拜。管仲问其姓名，曰："卫之野人也，姓宁名戚。慕相君好贤礼士，不惮跋涉至此。无由自达，为村

第 十 八 回

人牧牛耳。"管仲叩其所学,应对如流。叹曰:"豪杰辱于泥涂[29],不遇汲引,何以自显?吾君大军在后,不日当过此。吾当作书,子持以谒吾君,必当重用。"管仲即作书缄,就交付宁戚,彼此各别。宁戚仍牧牛于峱山之下。

齐桓公大军三日后方到,宁戚依前短褐单衣,破笠赤脚,立于路旁,全不畏避。桓公乘舆将近,宁戚遂叩牛角而歌之曰:

南山灿,白石烂,中有鲤鱼长尺半。生不逢尧与舜禅,短褐单衣才至骭[30]。从昏饭牛至夜半,长夜漫漫何时旦?

桓公闻而异之,命左右拥至车前,问其姓名居处。戚以实对曰:"姓宁名戚。"桓公曰:"汝牧夫,何得讥刺时政?"宁戚曰:"臣小人,安敢讥刺?"桓公曰:"当今天子在上,寡人率诸侯宾服于下,百姓乐业,草木沾春,舜日尧天,不过如此。汝谓'不逢尧舜',又曰:'长夜不旦',非讥刺而何?"宁戚曰:"臣虽村夫,不睹先王之政。然尝闻尧舜之世,十日一风,五日一雨,百姓耕田而食,凿井而饮,所谓'不识不知,顺帝之则[31]',是也。今值纪纲不振,教化不行之世,而曰舜日尧天,诚小人所不解也。且又闻尧舜之世,正百官而诸侯服,去四凶[32]而天下安,不言而信,不怒而威。今明公一举而宋背会,再举而鲁劫盟,用兵不息,民劳财敝,而曰'百姓乐业,草木沾春',又小人所未解也。小人又闻尧弃其子丹朱,而让天下于舜。舜又避于南河,百姓趋而奉之,不得已即帝位。今君杀兄得国,假天子以令诸侯,小人又不知于唐虞揖让何如也!"桓公大怒曰:"匹夫出言不逊!"喝令斩之。左右缚宁戚去,将行刑。戚颜色不变,了无惧意,仰天叹曰:"桀杀龙逢[33],纣杀比干[34],今宁戚与之为三矣!"隰朋奏曰:"此人见势不趋,见威不惕,非寻常牧夫也。君其赦之！"桓公念头一转，怒气顿平，遂命释宁戚之缚，谓戚曰："寡人聊以试子，子诚佳士。"宁戚因探怀中，出管仲之书。桓公拆而观之。书略云：

> 臣奉命出师，行至峱山，得卞人宁戚。此人非牧竖者流，乃当世有用之才，君宜留以自辅。若弃之使见用于邻国，则齐悔无及矣！

桓公曰："子既有仲父之书，何不遂呈寡人？"宁戚曰："臣闻贤君择人为佐，贤臣亦择主而辅。君如恶直好谀，以怒色加臣，臣宁死，必不出相国之书矣。"桓公大悦，命以后车载之。是晚，下寨休军，桓公命举火，索衣冠甚急。寺人貂曰："君索衣冠，为爵宁戚乎？"桓公曰："然。"寺人貂曰："卫去齐不远，何不使人访之？使其人果贤，爵之未晚。"桓公曰："此人廓达[35]之才，不拘小节，恐其在卫，或有细过。访得其过，爵之则不光，弃之则可惜！"即于灯烛之下，拜宁戚为大夫，使与管仲同参国政。宁戚改换衣冠，谢恩而出。髯翁有诗曰：

> 短褐单衣牧竖穷，不逢尧舜遇桓公。
> 自从叩角歌声歇，无复飞熊入梦[36]中。

桓公兵至宋界，陈宣公杵臼，曹庄公射姑先在。随后周单子[37]兵亦至。相见已毕，商议攻宋之策。宁戚进曰："明公奉天子之命，纠合诸侯，以威胜，不如以德胜。依臣愚见，且不必进兵。臣虽不才，请掉三寸之舌，前去说宋公行成。"桓公大悦，传令扎寨于界上，命宁戚入宋。戚乃乘一小车，与从者数人，直至睢阳，来见宋公。宋公问于戴叔皮曰："宁戚何人也？"叔皮曰："臣闻此人乃

第 十 八 回

牧牛村夫,齐侯新拔之于位。必其口才过人,此来乃使其游说也。"宋公曰:"何以待之?"叔皮曰:"主公召入,勿以礼待之,观其动静。若开口一不当,臣请引绅[38]为号,便令武士擒而囚之。则齐侯之计沮[39]矣。"宋公点首,吩咐武士伺候。宁戚宽衣大带,昂然而入,向宋公长揖。宋公端坐不答。戚乃仰面长叹曰:"危哉乎,宋国也!"宋公骇然曰:"孤位备上公,忝为诸侯之首,危何从至?"戚曰:"明公自比与周公孰贤?"宋公曰:"周公圣人也,孤焉敢比之?"戚曰:"周公在周盛时,天下太平,四夷宾服,犹且吐哺握发[40],以纳天下贤士。明公以亡国之馀[41],处群雄角力之秋,继两世弑逆[42]之后,即效法周公,卑躬下士,犹恐士之不至。乃妄自矜大,简贤慢客,虽有忠言,安能至明公之前乎?不危何待!"宋公愕然,离坐曰:"孤嗣位日浅,未闻君子之训,先生勿罪!"叔皮在旁,见宋公为宁戚所动,连连举其带绅。宋公不顾,乃谓宁戚曰:"先生此来,何以教我?"戚曰:"天子失权,诸侯星散,君臣无等,篡弑日闻。齐侯不忍天下之乱,恭承王命,以主夏盟[43]。明公列名于会,以定位也。若又背之,犹不定也。今天子赫然震怒,特遣王臣,驱率诸侯,以讨于宋。明公既叛王命于前,又抗王师于后,不待交兵,臣已卜胜负之有在矣。"宋公曰:"先生之见如何?"戚曰:"以臣愚计,勿惜一束之贽,与齐会盟。上不失臣周之礼,下可结盟主之欢,兵甲不动,宋国安于泰山。"宋公曰:"孤一时失计,不终会好,今齐方加兵于我,安肯受吾之贽?"戚曰:"齐侯宽仁大度,不录人过,不念旧恶。如鲁不赴会,一盟于柯,遂举侵田而返之。况明公在会之人,焉有不纳?"宋公曰:"将何为贽?"戚曰:"齐侯以礼睦邻,厚往薄来[44]。即束脯[45]可贽,岂必倾府库之藏哉?"宋公大

曹沫手剑劫齐侯　桓公举火爵宁戚

悦,乃遣使随宁戚至齐军中请成。叔皮满面羞惭而退。

　　却说宋使见了齐侯,言谢罪请盟之事。献白玉十瑴[46],黄金千镒。齐桓公曰:"天子有命,寡人安敢自专?必须烦王臣转奏于王方可。"桓公即以所献金玉,转送单子,致宋公取成之意。单子曰:"苟君侯赦宥,有所藉手[47],以复于天王,敢不如命。"桓公乃使宋公修聘于周,然后再订会期。单子辞齐侯而归。齐与陈、曹二君各回本国。要知后事如何,且看下回分解。

----

〔1〕　周釐王:即上文之周僖王。釐、僖古通。周釐王元年,即公元前681年。

〔2〕　"五国"句:指齐襄王合宋、鲁、陈、蔡四国之兵,逐黔牟而纳卫侯朔一事。见第十四回。

〔3〕　宋君未定:指宋桓公并非以嫡长子继承,而系为诸大夫所立。春秋时凡属此情况者,均需经过诸侯会盟方定为君。

〔4〕　不共(gōng 工)命:即不供命,指不遵奉周王之命。

〔5〕　伯舅:周王称异姓诸侯为伯舅。齐为吕姓姜氏,故称。

〔6〕　泗上:即泗水流域一带。古泗水流经今山东、江苏部分地区。

〔7〕　曹:周代诸侯国名。姬姓。始封之君为周武王弟叔振铎。故址在今山东西部,都陶丘(今山东菏泽定陶区西南)。

〔8〕　邾(zhū 朱):周代诸侯国名,亦称邹。相传为颛顼后裔所建,曹姓。子爵,故下文称邾子。地在今山东费县、邹城、滕州及济宁一带。

〔9〕　北杏:春秋时齐地名。在今山东东阿县境内。

〔10〕　衣裳之会:指诸侯国之间以礼交好之会合,不借助于军队,与兵车之会相对而言。

第 十 八 回

〔11〕 反坫(diàn 店)：即反爵之坫。坫是放置酒杯的土台，在两楹之间。诸侯相会，互敬酒后，将空爵反置于坫上。这是周代诸侯宴会之礼。

〔12〕 盟乎，会乎：盟指诸侯聚集共订条约，会则指一般会见，不订约。

〔13〕 昧(mèi 妹)爽：拂晓，天将明未明之时。

〔14〕 越席：起坐，离席。

〔15〕 局中先着：棋局中抢先的一着。围棋中下子叫着。先着，抢先下的一子。

〔16〕 宗盟：宗，同宗。盟，会盟。这里指姬姓诸侯之盟。

〔17〕 遂：周代诸侯国名。妫姓，舜的后裔。地在今山东宁阳县北。

〔18〕 崇朝：从天亮到早饭之间。比喻时间短促。

〔19〕 鲁夫人：此指文姜。

〔20〕 济水：古代河流名。为中国古时四渎之一。其河道久被黄河所夺，大致为今山东黄河河道。

〔21〕 犬马之疾：臣子对君主称自己的疾病为犬马之疾，为一种谦称。

〔22〕 柯：春秋时齐邑名。地在今山东东阿县与阳谷县之间的柯城镇。

〔23〕 斝(jiǎ 甲)：古代铜制酒器。似爵而较大，三足两柱，圆口平底。

〔24〕 傧：引导，向导。

〔25〕 要(yāo 邀)盟可犯：通过要挟所缔结的盟约可以违反，毋须遵守。

〔26〕 钟离：春秋时楚邑名。在今安徽凤阳县东。

〔27〕 峱(náo 挠)山：古代山名。在今山东淄博临淄区南。

〔28〕 儵儵(shù 树)：乌黑的样子。也可解释为迅疾貌。

〔29〕 辱于泥涂：埋没在草野，即身处卑下的地位。

〔30〕 骭(gàn 干)：胫骨，此指小腿。短褐单衣才至骭，说明衣不蔽体。

〔31〕 "不知不识"二句：出《诗经·大雅》中《文皇》篇。帝，指天帝。则，法则，规律。

〔32〕 四凶：指不服从舜控制的四个部落首领，即浑敦、穷奇、梼杌、饕餮。

〔33〕 龙逢：即关龙逢。夏桀时贤臣，因谏阻夏桀为酒池糟丘，为桀所杀。

〔34〕 比干：殷末纣王之叔父。传说纣王淫乱，比干犯颜强谏；纣王怒，剖其心而死。

〔35〕 廓达：意同豁达。指性格开朗，度量宽大。

〔36〕 飞熊入梦：传说周文王梦飞熊而遇姜太公，后借喻帝王得贤臣的征兆。

〔37〕 单（shàn 善）子：即单蔑。单为成周畿内之采邑。单子乃周天子之卿。

〔38〕 引绅：拉拉大带子。绅为古代束腰之带。

〔39〕 沮（jǔ 举）：破坏，垮台。

〔40〕 吐哺握发：说明周公殷勤待士的态度。有客来访，周公赶忙接待，甚至一饭三吐哺，一沐三握发。吐哺，吐出口中食物。握发，头发尚来不及擦洗干净，用手握着。

〔41〕 亡国之馀：宋为殷商之后，故称亡国之馀。

〔42〕 两世逆弑：指宋殇公与夷为太宰华督所弑，闵公捷为南宫长万所弑。

〔43〕 主夏盟：主持中原诸侯盟誓。夏，即诸夏，此指周代分封的诸侯国。

〔44〕 厚往薄来：指送出的礼品厚，接受的礼品薄。

〔45〕 束脯：一捆干肉条。

〔46〕 瑴（jué 决）：同"珏"。两玉相合曰瑴。白玉十瑴，即白玉十对。

〔47〕 藉手：犹言借助、假手。词出《左传·襄公十一年》："凡我同盟，小国有罪，大国致讨，苟有以藉手，鲜不赦宥。"

第 十 九 回

擒傅瑕厉公复国　杀子颓惠王反正

话说齐桓公归国，管仲奏曰："东迁以来，莫强于郑。郑灭东虢而都之，前嵩后河，右洛左济[1]，虎牢[2]之险，闻于天下。故在昔庄公恃之，以伐宋兼许，抗拒王师。今又与楚为党。楚，僭国[3]也，地大兵强，吞噬汉阳[4]诸国，与周为敌。君若欲屏[5]王室而霸诸侯，非攘[6]楚不可；欲攘楚，必先得郑。"桓公曰："吾知郑为中国之枢[7]，久欲收之，恨无计耳！"宁戚进曰："郑公子突为君二载，祭足逐之而立子忽；高渠弥弑忽而立子亹；我先君杀子亹，祭足又立子仪。祭足以臣逐君，子仪以弟篡兄，犯分逆伦，皆当声讨。今子突在栎，日谋袭郑。况祭足已死，郑国无人。主公命一将往栎，送突入郑，则突必怀主公之德，北面而朝齐矣。"桓公然之。遂命宾须无引兵车二百乘，屯于栎城二十里之外。

宾须无预遣人致齐侯之意。郑厉公突先闻祭足死信，密差心腹到郑国打听消息。忽闻齐侯遣兵送己归国，心中大喜，出城远接，大排宴会。二人叙话间，郑国差人已转，回说："祭仲已死，如今叔詹为上大夫。"宾须无曰："叔詹何人？"郑伯突曰："治国之良，非将才也。"差人又禀："郑城有一奇事：南门之内，有一蛇长八尺，青头黄尾。门外又有一蛇,长丈馀,红头绿尾。斗于门阙之中,三日三夜,不分胜负。国人观者如市,莫敢近之。后十七日,内蛇被外蛇咬死,外蛇竟奔入城,至太庙之中,忽然不见。"须无欠身贺郑伯曰:"君位定矣。"郑伯突曰:"何以知之?"须无曰:"郑国外蛇即君也,长丈馀,君居长也。内蛇子仪也,长八尺,弟也。十七日而内蛇被伤,外蛇入城者,君出亡以甲申之夏,今当辛丑之夏,恰十有七年矣。内蛇伤死,此子仪失位之兆;外蛇入于太庙,君主宗祀之征也。我主方申大义于天下,将纳君于正位,蛇斗适当其时,殆天意乎!"郑伯突曰:"诚如将军之言,没世不敢负德!"宾须无乃与郑伯定计,夜袭大陵。

傅瑕率兵出战,两下交锋,不虞宾须无绕出背后,先打破大陵,插了齐国旗号,傅瑕知力不敌,只得下车投降。郑伯突衔[8]傅瑕十七年相拒之恨,咬牙切齿,叱左右:"斩讫报来!"傅瑕大呼曰:"君不欲入郑耶?何为杀我?"郑伯突唤转问之。傅瑕曰:"君若赦臣一命,臣愿枭子仪之首。"郑伯突曰:"汝有何策,能杀子仪?不过以甘言哄寡人,欲脱身归郑耳。"瑕曰:"当今郑政皆叔詹所掌,臣与叔詹至厚。君能赦我,我潜入郑国,与詹谋之,子仪之首,必献于座下。"郑伯突大骂:"老贼奸诈,焉敢诳吾?吾今放汝入城,汝将与叔詹起兵拒我矣。"宾须无曰:"瑕之妻孥,见在大陵,可因于栎城为质。"傅瑕叩头求哀:"如臣失信,诛臣妻子。"且指天日为誓。郑伯突乃纵之。

傅瑕至郑,夜见叔詹。詹见瑕,大惊曰:"汝守大陵,何以至此?"瑕曰:"齐侯欲正郑位,命大将宾须无统领大军,送公子突归国。大陵已失,瑕连夜逃命至此。齐兵旦晚当至,事在危急。子能

第十九回

斩子仪之首,开城迎之,富贵可保,亦免生灵涂炭。转祸为福,在此一时,不然,悔无及矣!"詹闻言嘿然,良久曰:"吾向日原主迎立故君之议,为祭仲所阻。今祭仲物故,是天助故君。违天必有咎,但不知计将安出?"瑕曰:"可通信栎城,令速进兵。子出城,伪为拒敌,子仪必临城观战,吾觑便图之。子引故君入城,大事定矣。"叔詹从其谋,密使人致书于突。傅瑕然后参见子仪,诉以齐兵助突,大陵失陷之事。子仪大惊曰:"孤当以重赂求救于楚,待楚兵到日,内外夹攻,齐兵可退。"叔詹故缓其事。过二日,尚未发使往,谍报:"栎军已至城下。"叔詹曰:"臣当引兵出战。君同傅瑕登城固守。"子仪信以为然。

却说郑伯突引兵先到,叔詹略战数合,宾须无引齐兵大进,叔詹回车便走。傅瑕从城上大叫曰:"郑师败矣!"子仪素无胆勇,便欲下城。瑕从后刺之,子仪死于城上。叔詹叫开城门,郑伯同宾须无一同入城。傅瑕先往清宫,遇子仪二子,俱杀之。迎突复位。国人素附厉公,欢声震地。厉公厚贿宾须无,约以冬十月亲至齐庭乞盟。须无辞归。

厉公复位数日,人心大定。乃谓傅瑕曰:"汝守大陵,十有七年,力拒寡人,可谓忠于旧君矣。今贪生畏死,复为寡人而弑旧君,汝心不可测也!寡人当为子仪报仇!"喝令力士押出,斩于市曹。其妻孥姑赦弗诛。髯翁有诗叹云:

郑突奸雄世所无,借人成事又行诛。

傅瑕不爱须臾活,赢得忠名万古呼。

原繁当先赞立子仪,恐其得罪,称疾告老。厉公使人责之,乃自缢而死。厉公复治逐君之罪,杀公子阏。强鉏避于叔詹之家,叔詹为之求生,乃免死,刖其足。公父定叔出奔卫国,后三年,厉公召而复之,曰:"不可使共叔无后也!"祭足已死勿论。叔詹仍为正卿,堵叔、师叔并为大夫,郑人谓之"三良"。

再说齐桓公知郑伯突已复国,卫、曹二国,去冬亦曾请盟,欲大合诸侯,刑牲定约。管仲曰:"君新举霸事,必以简便为政。"桓公曰:"简便如何?"管仲曰:"陈、蔡、邾自北杏之后,事齐不贰[9]。曹伯虽未会,已同伐宋之举。此四国,不必再烦奔走。惟宋、卫未尝与会,且当一见。俟诸国齐心,方举盟约可也。"言未毕,忽传报:"周王再遣单蔑报宋之聘[10],已至卫国。"管仲曰:"宋可成矣。卫居道路之中,君当亲至卫地为会,以亲诸侯。"桓公乃约宋、卫、郑三国,会于鄄[11]地。连单子、齐侯,共是五位,不用歃血,揖让而散。诸侯大悦。齐侯知人心悦从,乃大合宋、鲁、陈、卫、郑、许诸国于幽[12]地,歃血为盟,始定盟主之号。此周釐王三年[13]之冬也。

却说楚文王熊赀,自得息妫立为夫人,宠幸无比。三年之内,生下二子,长曰熊艰[14],次曰熊恽。息妫虽在楚宫三载,从不与楚王说话。楚王怪之。一日,问其不言之故。息妫垂泪不答。楚王固请言之,对曰:"吾一妇人而事二夫,纵不能守节而死,又何面目向人言语乎?"言讫泪下不止。胡曾先生有诗云:

息亡身入楚王家,回看春风一面花。

感旧不言常掩泪,只应翻恨有容华。

楚王曰:"此皆蔡献舞之故,孤当为夫人报此仇也,夫人勿忧。"乃兴兵伐蔡,入其郛[15]。蔡侯献舞肉袒[16]伏罪,尽出其库藏宝玉以赂楚,楚师方退。适郑伯突遣使告复国于楚,楚王曰:"突复位

第十九回

二年,乃始告孤,慢孤甚矣。"复兴兵伐郑。郑谢罪请成,楚王许之。周釐王四年,郑伯突畏楚,不敢朝齐。齐桓公使人让之。郑伯使上卿叔詹如[17]齐,谓桓公曰:"敝邑困于楚兵,早夜城守,未获息肩[18],是以未修岁事[19]。君若能以威加楚,寡君敢不朝夕立于齐庭乎?"桓公恶其不逊,囚詹于军府。詹视隙逃回郑国。自是郑背齐事楚。不在话下。

再说周釐王在位五年崩。子阆立,是为惠王[20]。惠王之二年,楚文王熊赀淫暴无政,喜于用兵。先年,曾与巴君同伐申国,而惊扰巴师。巴君怒,遂袭那处[21],克之。守将阎敖游涌水[22]而遁。楚王杀阎敖。阎氏之族怨王。至是,约巴人伐楚,愿为内应。巴兵伐楚,楚王亲将迎之,大战于津[23]。不隄防阎族数百人,假作楚军,混入阵中,竟来跟寻楚王。楚军大乱,巴兵乘之,遂大败楚。楚王面颊中箭而奔。巴君不敢追逐,收兵回国,阎氏之族从之,遂为巴人。楚王回至方城,夜叩城门。鬻拳在门内问曰:"君得胜乎?"楚王曰:"败矣!"鬻拳曰:"自先王以来,楚兵战无不胜。巴,小国也,王自将而见败,宁不为人笑乎?今黄不朝楚,若伐黄而胜,犹可自解。"遂闭门不纳。楚王愤然谓军士曰:"此行再不胜,寡人不归矣!"乃移兵伐黄。王亲鼓,士卒死战,败黄师于踖陵[24]。是夜,宿于营中,梦息侯怒气勃勃而前曰:"孤何罪而见杀?又占吾疆土,淫吾妻室,吾已请于上帝矣!"乃以手批楚王之颊。楚王大叫一声,醒来箭疮迸裂,血流不止。急传令回军,至于湫[25]地,夜半而薨。鬻拳迎丧归葬。长子熊囏嗣立。鬻拳曰:"吾犯王二次[26],纵王不加诛,吾敢偷生乎?吾将从王于地下!"

乃谓家人曰："我死，必葬我于绖皇[27]，使子孙知我守门也。"遂自刭而死。熊囏怜之，使其子孙，世为大阍[28]。先儒左氏[29]称鬻拳为爱君，史官有诗驳之，曰：

谏主如何敢用兵？闭门不纳亦堪惊。
若将此事称忠爱，乱贼纷纷尽借名。

郑厉公闻楚文王凶信，大喜曰："吾无忧矣！"叔詹进曰："臣闻依人者危，臣人[30]者辱。今立国于齐、楚之间，不辱即危，非长计也。先君桓、武及庄，三世为王朝卿士，是以冠冕[31]列国，征服诸侯。今新王嗣统[32]，闻虢、晋二国朝王，王为之飨醴命宥[33]，又赐玉五彀，马三匹。君不若朝贡于周，若赖王之宠，以修先世卿士之业，虽有大国，不足畏也。"厉公曰："善。"乃遣大夫师叔如周请朝。师叔回报："周室大乱。"厉公问："乱形如何？"对曰："昔周庄王嬖妾姚姬，谓之王姚。生子颓，庄王爱之，使大夫蒍国为之师傅。子颓性好牛，尝养牛数百，亲自喂养，饲以五谷，被[34]以文绣，谓之文兽。凡有出入，仆从皆乘牛而行，践踏无忌。又阴结大夫蒍国、边伯、子禽、祝跪、詹父，往来甚密。釐王之世，未尝禁止。今新王即位，子颓恃在叔行[35]，骄横益甚。新王恶之，乃裁抑其党，夺子禽、祝跪、詹父之田。新王又因筑苑囿于宫侧，蒍国有圃，边伯有室，皆近王宫，王俱取之，以广其囿。又膳夫[36]石速进膳不精，王怒，革其禄，石速亦憾王。故五大夫同石速作乱，奉子颓为君以攻王。赖周公忌父同召伯廖等死力拒敌，众人不能取胜，乃出奔于苏[37]。先周武王时，苏忿生[38]为王司寇有功，谓之苏公，授以南阳[39]之田为采地。忿生死，其子孙为狄所制，乃叛王而事狄，

211

又不缴还采地于周。桓王八年[40]，乃以苏子之田，畀我先君庄公，易我近周之田。于是，苏子与周嫌隙益深。卫侯朔恶周之立黔牟[41]，亦有夙怨。苏子因奉子颓奔卫，同卫侯帅师伐王城。周公忌父战败，同召伯廖等奉王出奔于鄢。五大夫等尊子颓为王，人心不服。君若兴兵纳王，此万世之功也。"厉公曰："善。虽然，子颓懦弱，所恃者卫、燕[42]之众耳，五大夫无能为也。寡人再使人以理谕之，若悔祸反正，免动干戈，岂不美哉？"一面使人如鄢迎王，暂幸栎邑。因厉公向居栎十七年，宫室齐整故也。一面使人致书于王子颓。书曰：

忽闻以臣犯君，谓之不忠；以弟奸兄，谓之不顺。不忠不顺，天殃及之！王子误听奸臣之计，放逐其君，若能悔祸之延，奉迎天子，束身归罪，不失富贵。不然，退处一隅，比于藩服，犹可谢天下之口。惟王子速图之！

子颓得书，犹豫未决。五大夫曰："骑虎者势不能复下。岂有尊居万乘[43]，而复退居臣位者？此郑伯欺人之语，不可听之。"颓遂逐出郑使。郑厉公乃朝王于栎，遂奉王袭入成周，取传国宝器，复还栎城。时惠王三年也。

是冬，郑厉公遣人约会西虢公，同起义兵纳王。虢公许之。惠王四年之春，郑、虢二君，会兵于弭[44]。夏四月，同伐王城。郑厉公亲率兵攻南门，虢公率兵攻北门。蒍国忙叩宫门，来见子颓。子颓因饲牛未毕，不即相见。蒍国曰："事急矣！"乃假传子颓之命，使边伯、子禽、祝跪、詹父登陴守御。周人不顺子颓，闻王至，欢声如雷，争开城门迎接。蒍国方草国书，谋遣人往卫求救。书未写就，闻钟鼓之声，人报："旧王已入城坐朝矣！"蒍国自刎而死。祝跪、子禽死于乱军之中。边伯、詹父被周人绑缚献功。子颓出奔西门,使石速押文牛为前队,牛体肥行迟,悉为追兵所获,与边伯、詹父一同斩首。髯翁有诗叹子颓之愚云:

挟宠横行意未休,私交乘衅起奸谋。

一年南面成何事?只合关门去饲牛。

又一诗说齐桓公既称盟主,合倡义纳王,不应让之郑、虢也。诗云:

天子蒙尘九庙羞,纷纷郑虢效忠谋。

如何仲父无遗策,却让当时第一筹?

惠王复位,赏郑虎牢以东之地,及后之鞶鉴[45]。赏西虢公以酒泉[46]之邑,及酒爵数器。二君谢恩而归。郑厉公于路得疾,归国而薨。群臣奉世子捷即位,是为文公[47]。

周惠王五年,陈宣公疑公子御寇谋叛[48],杀之。公子完[49],字敬仲,乃厉公之子,与御寇相善,惧诛奔齐。齐桓公拜为工正[50]。一日,桓公就敬仲家饮酒甚乐。天色已晚,索烛尽欢。敬仲辞曰:"臣止卜[51]昼,未卜夜,不敢继以烛也。"桓公曰:"敬仲有礼哉!"赞叹而去。桓公以敬仲为贤,使食采于田[52],是为田氏之祖。

是年,鲁庄公为图婚之事,会齐大夫高傒于防地。却说鲁夫人文姜,自齐襄公变后,日夜哀痛想忆,遂得嗽疾。内侍进莒医察脉。文姜久旷之后,欲心难制,遂留莒医饮食,与之私通。后莒医回国,文姜托言就医,两次如莒,馆于莒医之家。莒医复荐人以自代,文姜老而愈淫,然终以不及襄公为恨。周惠王四年秋七月,文姜病愈剧,遂薨于鲁之别寝。临终谓庄公曰:"齐女今长成十八岁矣。汝

第 十 九 回

当速娶,以正六宫之位[53]。万勿拘终丧之制,使我九泉之下,悬念不了。"又曰:"齐方图伯,汝谨事之,勿替世好。"言讫而逝。庄公丧葬如常礼。遵依遗命,其年便欲议婚。大夫曹刿曰:"大丧[54]在殡,未可骤也。请俟三年丧毕行之。"庄公曰:"吾母命我矣。乘凶[55]则骤,终丧则迟,酌其中可也。"遂以期年[56]之后,与高傒申订前约,请自如齐,行纳币之礼。齐桓公亦以鲁丧未终,请缓其期。直至惠王七年[57],其议始定,以秋为吉。时庄公在位二十四年,年已三十有七岁矣。意欲取悦齐女,凡事极其奢侈。又念父桓公薨于齐国,今复娶齐女,心终不安。乃重建桓宫[58],丹其楹,刻其桷[59],欲以媚亡者之灵。大夫御孙切谏,不听。是夏,庄公如齐亲迎。至秋八月,姜氏至鲁,立为夫人,是为哀姜。大夫宗妇,行见小君之礼,一概用币[60]。御孙私叹曰:"男贽[61]大者玉帛,小者禽鸟,以章物采[62]。女贽不过榛、栗、枣、脩[63],以告虔[64]也。今男女同贽[65],是无别也。男女之别,国之大节,而由夫人乱之,其不终乎?"自姜氏归鲁后,齐、鲁之好愈固矣。齐桓公复同鲁庄公合兵伐徐[66],伐戎、徐、戎俱臣服于齐。郑文公见齐势愈大,恐其侵伐,遂遣使请盟。不知后事如何,且看下回分解。

---

〔1〕 "前嵩后河"二句:前有嵩山,后有黄河,右边是洛水,左边有济水。

〔2〕 虎牢:春秋时郑关塞名。在今河南荥阳市氾水镇。相传周穆王时获虎为柙畜于此,故名虎牢。城筑于大伾山上,形势险要,为军事重镇。

〔3〕 僭国:僭号之国。指其妄自称王与周对立。

〔4〕 汉阳:汉水北面。因汉水流向东南,故汉北即前文所称之汉东。

〔5〕 屏：屏障，引申为保护。

〔6〕 攘(ráng 瓤)：排斥。

〔7〕 中国之枢：中原的中心地区。中国，此指中原，即黄河中下游一带。枢，枢纽，即中心。

〔8〕 衔：心中怀着。

〔9〕 不贰：专一，无二心。

〔10〕 报宋之聘：回报宋国对周朝的通问修好。

〔11〕 鄄(juàn 倦)：春秋时卫邑名，在今山东鄄城县。

〔12〕 幽：春秋时宋邑名。在今河南兰考县境内。

〔13〕 周釐王三年：即公元前679年。

〔14〕 熊艱(jiān 艰)：艱乃"艰"的古文。熊艱后为楚王，在位五年（前676—前672）。

〔15〕 郛(fú 服)：外城。

〔16〕 肉袒：脱去上衣，裸露肢体，以表示谢罪。

〔17〕 如：同"入"。至，到。

〔18〕 息肩：卸去负担。

〔19〕 岁事：一年应办的大事。此指朝会。

〔20〕 惠王：周惠王姬阆(lǎng 朗)，在位十五年（前676—前652）。

〔21〕 那(nuó 挪)处：春秋时楚地名，在今湖北荆门市东南。

〔22〕 涌水：古水名。发源于今湖北荆州市南，分江水东流，下流仍入长江。久已湮没。

〔23〕 津：春秋时楚地名。在今湖北荆州市南江津戍。

〔24〕 踖(què 确)陵：春秋时黄国地名，在今河南潢川县西。

〔25〕 湫(jiǎo 皎)：春秋时楚地名。在今湖北钟祥市北。

〔26〕 "吾犯"句：前一次指谏杀蔡侯献舞事。见第十七回。

〔27〕 绖(dié 迭)皇：指墓前甬道的门口。以表示生前守城门，死后仍愿

215

第 十 九 回

为楚王守墓门。

〔28〕 大阍(hūn 昏):楚官名。守国都城门的长官。

〔29〕 左氏:指《左传》作者左丘明。《左传·庄公十九年》称:"鬻拳可谓爱君矣!"

〔30〕 臣人:服从、听命于他人。臣,作动词用。

〔31〕 冠冕:冠、冕都戴在头上,比喻受人拥戴或出人头地。

〔32〕 新王嗣统:指周惠王继位登基。

〔33〕 飨醴命宥:用醴酒招待,并赐以币物。醴,一种甜酒。宥,助也,指以币物助欢。

〔34〕 被(pī 披):同"披"。穿上。

〔35〕 恃在叔行(háng 杭):依仗自己是叔父辈。

〔36〕 膳夫:周代官名。掌王宫饮食烹调诸事。

〔37〕 苏:春秋时畿内邑名。在今河南温县西南。亦称为温。

〔38〕 苏忿生:周初人名。周武王时曾官司寇,有功,受采邑于温。故温邑改称为苏。其子孙世代居之。

〔39〕 南阳:古地区名。在今河南新乡、武陟一带,靠近于温。

〔40〕 桓王八年:即公元前 712 年。桓王乃惠王之曾祖。

〔41〕 "卫侯朔"句:事见本书第十二、十四回。黔牟为周庄王之婿。卫人废惠王朔而立黔牟,曾禀王命。

〔42〕 燕:应为南燕。北燕距周、郑甚远。南燕故城在今河南延津县东北。

〔43〕 万乘(shèng 剩):周代天子地方千里,有兵车万乘。故以万乘代指天子。

〔44〕 弭(mǐ 米):春秋时郑地名。在今河南密县境内。

〔45〕 后之鞶(pán 盘)鉴:束衣革带,中间嵌以铜镜。鞶,皮制衣带。鉴,同镜。王后服之以为饰。

216

〔46〕 酒泉:春秋时邑名。地址待考。

〔47〕 文公:郑文公姬捷,在位四十五年(前672—前628)。

〔48〕 公子御寇:陈宣公嫡长子。宣公后有嬖姬生子名款,欲立款为太子,故诬御寇谋叛。

〔49〕 公子完:陈厉公妫佗之子,与陈宣公为兄弟辈。奔齐后,其后代终于篡夺齐国。

〔50〕 工正:周代官名。掌百工营造诸事。

〔51〕 卜:大夫招待国君,必须占卜以定吉凶。此处系活用,可解为选定。

〔52〕 田:据此句,田应为地名,但故址不详。据前人考定,陈、田古音同,互通。敬仲奔齐,不欲以本国国号自称,故改称田。并非食采于田,以地为氏者。

〔53〕 正六宫之位:指居王后之位。因王后可统帅六宫。

〔54〕 大丧:本指帝王、皇后及其嫡长子的丧礼,后兼指诸侯及夫人的丧礼。

〔55〕 乘凶:古时父母刚死尚未成服就婚娶叫乘凶。

〔56〕 期(jī基)年:一周年。

〔57〕 惠王七年:即公元前670年。

〔58〕 桓宫:鲁桓公之庙。周王及诸侯死后皆可立庙。

〔59〕 丹其楹,刻其桷(jué掘):楹即柱子。桷为方形椽子。诸侯屋柱只用青黑色,不用红色。其桷只能削和磨,不能雕刻。这些做法均不合礼制。

〔60〕 币:即玉帛之类。

〔61〕 贽:古人面见尊长者,必手执物以表诚敬。所执之物叫贽,或作挚。男子所执之物因身份不同而有区别。诸侯执玉,太子执帛,卿执羔,大夫执雁,庶人执鹜,工商执鸡。

〔62〕 章物采:即以所执之物来表明来宾的身份等级。章,意同彰,表明。

〔63〕 脩:干肉。

第 十 九 回

〔64〕 告虔:表示诚敬。

〔65〕 同赞:拿同样的见面礼物。币为诸侯及世子所执之物,今女宾亦用。

〔66〕 徐:周代诸侯国名。嬴姓。在今安徽泗县西北。

第 二 十 回

晋献公违卜立骊姬　楚成王平乱相子文

周惠王十年[1],徐、戎俱已臣服于齐。郑文公见齐势愈大,恐其侵伐,遣使请盟。乃复会宋、鲁、陈、郑四国之君,同盟于幽,天下莫不归心于齐。齐桓公归国,大设宴以劳群臣。酒至半酣,鲍叔牙执卮至桓公之前,满斟为寿。桓公曰:"乐哉,今日之饮!"鲍叔牙曰:"臣闻:明主贤臣,虽乐不忘其忧。臣愿君毋忘出奔,管仲毋忘槛囚,宁戚毋忘饭牛车下之日。"桓公遽起离席再拜曰:"寡人与诸大夫,皆能毋忘,此齐国社稷无穷之福也!"是日极欢而散。

忽一日,报:"周王遣召伯廖来到。"桓公迎接入馆。召伯廖宣惠王之命,赐齐侯为方伯[2],修太公之职[3],得专征伐。因言:"卫朔援立子颓,助逆犯顺,朕怀之十年,迄今天讨未彰,烦伯舅为朕图之。"惠王十一年,齐桓公亲率车徒伐卫。时卫惠公朔先薨,子赤立,已三年矣,是为懿公[4]。懿公不问来由,率兵接战,大败而归。桓公乃直抵城下,宣扬王命,数其罪状。懿公曰:"然则先君之过,与寡人无与也。"乃使其长子开方,辇金帛五车,纳于齐军,求其讲和免罪。桓公曰:"先王之制,罪不及子孙。苟遵王命,寡人何多求于卫耶?"公子开方见齐国强盛,愿仕于齐。齐侯曰:

第二十回

"子乃卫侯长子,论次序当为国储。奈何舍南面之尊,而北面于寡人乎？"开方对曰:"明公乃天下之贤侯,倘得执鞭侍左右,荣幸已甚,岂不胜于为君？"桓公以开方为爱己,拜为大夫,宠之与竖貂、易牙等。齐人谓之"三贵"。开方复言卫侯少女之美,卫惠公先曾以女媵齐,此其妹也。桓公遣使纳币,求之为妾。卫懿公不敢辞却,即送卫姬至齐,齐侯纳之。因以长卫姬,少卫姬别之,姊妹俱有宠。髯翁有诗云:

　　卫侯罪案重如山,奉命如何取赂还？
　　漫说尊王申大义,到来功利在心间。

话分两头。却说晋国姬姓,侯爵。自周成王时,剪桐叶为珪[5],封其弟叔虞于此。传九世至穆侯[6]。穆侯生二子,长曰仇,次曰成师。穆侯薨,子仇立,是为文侯[7]。文侯薨,子昭侯[8]立。畏其叔父桓叔[9]之强,乃割曲沃[10]以封之,谓之曲沃伯。改晋号曰翼[11],谓之二晋。昭侯立七年,大夫潘父弑之,而纳曲沃伯。翼人不受,杀潘父而立昭侯之弟平,是为孝侯[12]。孝侯之八年,桓叔薨,子鱓立,是为曲沃庄伯。孝侯立十五年,庄伯伐翼,孝侯逆战大败,为庄伯所杀。翼人立其弟郄,是为鄂侯[13]。鄂侯立二年,率兵伐曲沃,战败,出奔随国。子光嗣位,是为哀侯。哀侯之二年,庄伯薨,子称代立,是为曲沃武公[14]。哀侯九年,武公率其将韩万、梁宏伐翼,哀侯逆战被杀。周桓王命卿士虢公林父立其弟缗,是为小子侯。小子侯立四年,武公复诱而杀之,遂并其国,定都于绛,仍号曰晋。悉取晋库藏宝器,辇入于周,献于釐王。釐王贪其赂,遂命称代以一军[15]为晋侯。称代凡立三十九年,薨,子俺诸立,是为晋献公[16]。

献公忌桓、庄之族[17],虑其为患。大夫士蒍献计散其党,因诱而尽杀之。献公嘉其功,命为大司空。因使大城绛邑,规模极其壮丽,比于大国之都。先,献公为世子时,娶贾姬为妃,久而无子。又娶犬戎主之侄女曰狐姬,生子曰重耳。小戎允姓之女,生子曰夷吾。当武公晚年,求妾于齐,齐桓公以宗女归之,是为齐姜。时武公已老,不能御女。齐姜年少而美,献公悦而烝之,与生一子,私寄养于申氏,因名申生。献公即位之年,贾姬已薨,遂立齐姜为夫人。时重耳已二十一岁矣,夷吾年亦长于申生。因申生是夫人之子,论嫡庶不论长幼,乃立申生为世子。以大夫杜原款为太傅,大夫里克为少傅,相与辅导世子。齐姜又生一女而卒。献公复纳贾姬之娣曰贾君,亦无子。因以齐姜所生之女,使贾君育之。献公十五年,兴兵伐骊戎[18]。骊戎乃请和,纳其二女于献公,长曰骊姬,次曰少姬。那骊姬生得貌比息妫,妖同妲己,智计千条,诡诈百出。在献公前,小忠小信,贡媚取怜。又时常参与政事,十言九中。所以献公宠爱无二,一饮一食,必与之俱。逾年,骊姬生一子,名曰奚齐。又逾年,少姬亦生一子,名曰卓子。献公既心惑骊姬,又喜其有子,遂忘齐姜一段恩情,欲立骊姬为夫人。使太卜郭偃,以龟卜之。郭偃献兆[19],其繇曰:

专之渝,攘公之羭。一薰一莸,十年尚有臭[20]!

献公曰:"何谓也。"郭偃曰:"渝者,变也。意所专尚,心亦变乱,故曰'专之渝'。攘,夺也。羭,美也。心变则美恶倒置,故曰'攘公之羭'。草之香者曰薰,臭者曰莸。香不胜臭,秽气久而未消,故曰'十年尚有臭'也。"献公一心溺爱骊姬,不信其言,更命史苏筮之。得《观卦》[21]之六二[22],爻词[23]曰:"阚观利女贞[24]。"献公曰:"居内观外,女子之正。吉孰大焉?"卜偃曰:"开辟以来,先有象,后有数[25]。龟,象也。筮,数也。从筮不如从龟。"史苏曰:"礼无二嫡,诸侯不再娶,所为观也。继称夫人,何以为正?不正,何利之有?以《易》言之,亦未见吉。"献公曰:"若卜筮有定,尽鬼谋矣。"竟不听史苏、卜偃之言。择日告庙,立骊姬为夫人,少姬封为次妃。史苏私谓大夫里克曰:"晋国将亡,奈何?"里克大惊,问曰:"亡晋者何人?"史苏曰:"其骊戎乎?"里克不解其说。史苏曰:"昔夏桀伐有施[26],有施人以女妹喜归之。桀宠妹喜,遂以亡夏。殷辛[27]伐有苏,有苏氏以女妲己归之。纣宠妲己,遂以亡殷。周幽王伐有褒,有褒人以女褒姒归之。幽王宠褒姒,西周遂亡。今晋伐骊戎而获其女,又加宠焉,不亡得乎?"适太卜郭偃亦至,里克述史苏之言。郭偃曰:"晋乱而已,亡则未也。昔唐叔[28]之封,卜曰:'尹正诸夏[29],再造王国。'晋业方大,何亡之患?"里克曰:"若乱当在何时?"郭偃曰:"善恶之报,不出十年。十者,数之盈也。"里克识其言于简。

　　再说献公爱骊姬,欲立其子奚齐为嗣。一日,与骊姬言之。骊姬心中甚欲。只因申生已立做世子,无故更变,恐群臣不服,必然谏沮。又且重耳、夷吾,与申生相与友爱,三公子俱在左右,若说而不行,反被提防,岂不误事。乃跪而对曰:"太子之立,诸侯莫不闻,且贤而无罪。君必以妾母子之故,欲行废立,妾宁自杀!"献公以为真心,遂置不言。献公有嬖幸大夫二人:曰梁五、东关五,并与献公察听外事,挟宠弄权,晋人谓之"二五"。又有优人名施者,少年美姿,伶俐多智,能言快语,献公尤嬖之。出入宫禁,不知防范。

晋献公违卜立骊姬　楚成王平乱相子文

骊姬遂与施私通，情好甚密。因告以心腹之事，谋离间三公子，徐为夺嗣之计。优施为之画策："必须以封疆为名，使三公子远远出镇，然后可居中行事。然此事又必须外臣开口，方见忠谋。今'二五'用事，夫人诚以金币结之，俾彼相与进言，则主公无不听矣。"骊姬乃出金帛付优施，使分送"二五"。优施先见梁五曰："君夫人愿交欢于大夫，使施致不腆之敬。"梁五大惊曰："君夫人何须于我？必有嘱也。子不言，吾必不受。"优施乃尽以骊姬之谋告之。梁五曰："必得东关为助乃可。"施曰："夫人亦有馈，如大夫也。"于是同诣东关五之门，三人做一处商议停当。次日，梁五进言于献公曰："曲沃始封之地，先君宗庙之所在也。蒲与屈[30]，地近戎狄，边疆之要地也。此三邑者，不可无人以主之。宗邑无主，则民无畏威之心；边疆无主，则戎狄有窥伺之意。若使太子主曲沃，重耳、夷吾，分主蒲、屈，君居中制驭，此磐石之安矣。"献公曰："世子出外可乎？"东关五曰："太子，君之贰也。曲沃，国之贰也。非太子其谁居之？"献公曰："曲沃则然矣。蒲、屈乃荒野之地，如何可守？"东关五又曰："不城则为荒野，城之即为都邑。"二人又齐声赞美曰："一朝而增二都，内可屏蔽封内，而外可开拓疆宇，晋自此益大矣！"献公信其言，使世子申生居曲沃，以主宗邑，太傅杜原款从行。使重耳居蒲，夷吾居屈，以主边疆。狐毛从重耳于蒲，吕饴甥从夷吾于屈。又使赵夙为太子城曲沃，比旧益加高广，谓之新城。使士蒍监筑蒲、屈二城。士蒍聚薪筑土，草草完事。或言："恐不坚固。"士蒍笑曰："数年之后，此为仇敌，何以固为？"因赋诗曰：

　　狐裘尨茸[31]，一国三公，吾谁适从？

狐裘，贵者之服。尨茸，乱貌。言贵者之多，喻嫡庶长幼无分别也。

第二十回

士芳预知骊姬必有夺嫡之谋，故为此语。申生与二公子，俱远居晋鄙。惟奚齐、卓子，在君左右。骊姬益献媚取宠，以蛊献公之心。髯翁有诗云：

女色从来是祸根，骊姬宠爱献公昏。

空劳畚筑疆埸远，不道干戈伏禁门。

时献公新作二军，自将上军。使世子申生将下军，率领大夫赵夙、毕万攻耿、霍、魏[32]三国，灭之。以耿赐赵夙，魏赐毕万为采邑。太子功益高，骊姬忌之益甚，而谋愈深且毒矣。此事搁过一边。

却说楚熊囏、熊恽兄弟，虽同是文夫人所生，熊恽才智胜于其兄，为文夫人所爱，国人亦推服之。熊囏既嗣位，心忌其弟，每欲因事诛之，以绝后患。左右多有为熊恽周旋者，是以因循不决。熊囏怠于政事，专好游猎，在位三年，无所施设。熊恽嫌隙已成，私畜死士，乘其兄出猎，袭而杀之，以病薨告于文夫人。文夫人虽则心疑，不欲明白其事，遂使诸大夫拥立熊恽为君，是为成王[33]。以熊囏未尝治国，不成为君，号为"堵敖"，不以王礼葬之。任其叔王子善为令尹，即子元也。子元自其兄文王之死，便有篡立之意。兼慕其嫂息妫，天下绝色，欲与私通。况熊囏、熊恽二子，年齿俱幼，自恃尊行，全不在眼。只畏大夫斗伯比正直无私，且多才智，故此不敢纵肆。至是，周惠王十一年[34]，斗伯比病卒。子元意无忌惮，遂于王宫之旁，大筑馆舍，每日歌舞奏乐，欲以蛊惑文夫人之意。文夫人闻之，问侍人曰："宫外乐舞之声何来？"侍人曰："此令尹之新馆也。"文夫人曰："先君舞干[35]以习武事，以征诸侯，是以朝贡不绝于庭。今楚兵不至中国者十年矣。令尹不图雪耻,而乐舞于未亡人之侧,不亦异乎？"侍人述其言于子元,子元曰："妇人尚不忘中原,我反忘之；不伐郑,非丈夫也。"遂发兵车六百乘,自为中军,斗御疆、斗梧建大旆为前队,王孙游、王孙嘉为后队。浩浩荡荡,杀奔郑国而来。

郑文公闻楚师大至,急召百官商议。堵叔曰："楚兵众盛,未可敌也,不如请成。"师叔曰："吾新与齐盟,齐必来救,且宜坚壁以待之。"世子华,年少方刚,请背城一战。叔詹曰："三人之言,吾取师叔。然以臣愚见,楚兵不久自退。"郑文公曰："令尹自将,安肯退乎？"叔詹曰："自楚加兵人国,未有用六百乘者。公子元操必胜之心,欲以媚息夫人耳。夫求胜者,亦必畏败。楚兵若来,臣自有计退之。"正商议间,谍报："楚师斩桔柣关[36]而进,已破外郭,入纯门[37],将及逵市[38]。"堵叔曰："楚兵逼矣,如行成不可,且奔桐丘[39]以避之。"叔詹曰："无惧也！"乃使甲士埋伏于城内,大开城门,街市百姓来往如常,并无惧色。斗御疆等前队先到,见如此模样,城上绝无动静,心中疑惑；谓斗梧曰："郑闲暇如此,必有诡计,哄吾入城。不可轻进,且待令尹来议之。"遂离城五里,扎住营寨。须臾子元大兵已到,斗御疆等禀知城中如此。子元亲自登高阜处以望郑城。忽见旌旗整肃,甲士林立,看了一回,叹曰："郑有'三良'在,其谋叵测！万一失利,何面目见文夫人乎？更探听虚实,方可攻城也。"次日,后队王孙游遣人来报说："谍探得齐侯同宋、鲁二国诸侯,亲率大军,前来救郑。斗将军等不敢前进,特候军令,准备迎敌。"子元大惊,谓诸将曰："诸侯若截吾去路,吾腹背受敌,必致损折。吾侵郑及于逵市,可谓全胜矣。"乃暗传号令,人衔

第二十回

枚,马摘铃,是夜拔寨都起。犹恐郑兵追赶,命勿撤军幕,仍建大旆,以疑郑人。大军潜出郑界,乃始鸣钟击鼓,唱凯歌而还。先遣报文夫人曰:"令尹全胜而回矣!"夫人谢曰:"令尹若能歼敌成功,宜宣示国人,以彰明罚,告诸太庙,以慰先王之灵。未亡人何与焉?"子元大惭。楚王熊恽,闻子元不战而还,自是有不悦之意。

却说郑叔詹亲督军士巡城,彻夜不睡。至晓,望见楚幕,指曰:"此空营也,楚师遁矣。"众犹未信,问:"何以知之?"叔詹曰:"幕乃大将所居,鸣钲设徼[40],军声震动。今见群鸟栖噪于上,故知其为空幕也。吾度诸侯救兵必至,楚先闻信,是以遁耳!"未几,谍报:"诸侯救兵果到,未及郑境,闻楚师已去,各散回本国去了。"众始服叔詹之智。郑遣使致谢齐侯救援之劳。自此感服齐国,不敢怀贰。

再说楚子元自伐郑无功,内不自安,篡谋益急。欲先通文夫人,然后行事。适文夫人有小恙,子元假称问安,来至王宫。遂移卧具寝处宫中,三日不出。家甲数百,环列宫外。大夫斗廉闻之,闯入宫门,直至卧榻,见子元方对镜整鬟,让之曰:"此岂人臣栉沐[41]之所耶?令尹宜速退!"子元曰:"此吾家宫室,与射师[42]何与?"斗廉曰:"王侯之贵,弟兄不得通属[43]。令尹虽介弟[44],亦人臣也。人臣过阙则下,过庙则趋,咳唾[45]其地,犹为不敬,况寝处乎?且寡夫人密迩[46]于此,男女别嫌,令尹岂未闻耶?"子元大怒曰:"楚国之政,在吾掌握,汝何敢多言!"命左右梏[47]其手,拘于庑下,不放出宫。文夫人使侍人告急于斗伯比之子斗谷於菟[48],使其入宫靖难[49]。斗谷於菟密奏楚王,约会斗梧、斗御疆及其子斗班,半夜率甲以围王宫,将家甲乱砍,众俱惊散。子元方拥宫人醉寝,梦中惊起,仗剑而出,恰遇斗班,亦仗剑而入,子元喝曰:"作乱乃孺子耶!"斗班曰:"我非作乱,特来诛乱者耳。"两下就在宫中争战。不数合,斗御疆、斗梧齐到。子元度不能胜,夺门欲走,被斗班一剑砍下头来。斗谷於菟将斗廉开梏放出,一齐至文夫人寝室之外,稽首问安而退。次早,楚成王熊恽御殿,百官朝见已毕,楚王命灭子元之家,榜其罪状于通衢。髯翁论公子元欲蛊文夫人之事,有诗曰:

堪嗟色胆大于身,不论尊兮不论亲。
莫怪狂且[50]轻动念,楚夫人是息夫人。

却说斗谷於菟之祖曰斗若敖,娶郧子[51]之女,生斗伯比。若敖卒,伯比尚幼,随母居于郧国,往来宫中,郧夫人爱之如子。郧夫人有女与伯比为表兄妹之亲,自小宫中作伴游耍,长亦不禁,遂成私情。郧女有孕,郧夫人方才知觉,乃禁绝伯比,不许入宫。使其女诈称有病,屏居一室。及诞期已满,产下一子,郧夫人潜使侍人用衣服包裹,将出宫外,弃于梦泽[52]之中。意欲瞒过郧子[53],且不欲扬其女之丑名也。伯比羞惭,与其母归于楚国去讫。其时郧子适往梦泽田猎,见泽中有猛虎蹲踞,使左右放箭,箭从旁落,一矢不中,其虎全不动掸。郧子心疑,使人至泽察之。回报:"虎方抱一婴儿,喂之以乳,见人亦不畏避。"郧子曰:"是神物,不可惊之。"猎毕而归,谓夫人曰:"适至梦泽,见一奇事。"夫人问曰:"何事?"郧子遂将猛虎乳儿之事,述了一遍。夫人曰:"夫君不知,此儿乃妾所弃也!"郧子骇然曰:"夫人安得此儿而弃之?"夫人曰:"夫君勿罪。此儿实吾女与斗甥所生。妾恐污吾女之名,故命侍

第 二 十 回

者弃于梦泽。妾闻姜嫄[54]履巨人迹而生子,弃之冰上,飞鸟以翼覆之,姜嫄以为神,收养成人,名之曰弃,官为后稷,遂为周代之祖。此儿既有虎乳之异,必是大贵人也。"郧子从之,使人收回,命其女抚养。逾年,送其女于楚,与斗伯比成亲。楚人乡谈,呼乳曰"谷",呼虎曰"於菟"。取乳虎为义,名其子曰谷於菟,表字子文。今云梦县有於菟乡,即子文生处也。

谷於菟既长,有安民治国之才,经文纬武之略。父伯比,仕楚为大夫。伯比死,谷於菟嗣为大夫。及子元之死,令尹官缺。楚王欲用斗廉,斗廉辞曰:"方今与楚为敌者,齐也。齐用管仲、宁戚,国富兵强。臣才非管、宁之流明矣。王欲改纪楚政,与中原抗衡,非斗谷於菟不可。"百官齐声保奏:"必须此人,方称其职。"楚王准奏,遂拜斗谷於菟为令尹。楚王曰:"齐用管仲,号为仲父。今谷於菟尊显于楚,亦当字之。"乃呼为子文而不名。周惠王之十三年[55]也。子文既为令尹,倡言曰:"国家之祸,皆由君弱臣强所致。凡百官采邑,皆以半纳还公家。"子文先于斗氏行之,诸人不敢不从。又以郢城南极湘潭[56],北据汉江,形胜之地,自丹阳徙都之,号曰郢都。治兵训武,进贤任能,以公族[57]屈完为贤,使为大夫。族人斗章才而有智,使与诸斗同治军旅。以其子斗班[58]为申公[59]。楚国大治。

齐桓公闻楚王任贤图治,恐其争胜中原,欲起诸侯之兵伐楚。问管仲,管仲对曰:"楚称王南海[60],地大兵强,周天子不能制。今又任子文为政,四境安堵,非可以兵威得志也。且君新得诸侯,非有存亡兴灭之德,深入人心,恐诸侯之兵,不为我用。今当益广威德,待时而动,方保万全。"桓公曰:"自我先君报九世之仇,剪灭纪国,奄有其地。郕[61]为纪附庸,至今未服,寡人欲并灭之,何如?"管仲曰:"郕虽小国,其先乃太公之支孙[62],为齐同姓。灭同姓,非义也。君可命王子成父率大军巡视纪城,示以欲伐之状。郕必畏而来降。是无灭亲之名,而有得地之实矣。"桓公用其策,郕君果畏惧求降。桓公曰:"仲父之谋,百不失一!"君臣正计议国事,忽近臣来报:"燕国被山戎用兵侵伐,特遣人求救。"管仲曰:"君欲伐楚,必先定戎。戎患既熄,乃可专事于南方矣。"毕竟桓公如何服戎,且听下回分解。

〔1〕 周惠王十年:即公元前667年。

〔2〕 方伯:一方诸侯之长。《礼记·王制》:"千里之外设方伯。"

〔3〕 修太公之职:履行姜太公的职责。周成王时,管、蔡作乱,淮夷叛周。周命太公曰:"东至海,西至河,南至穆陵,北至无棣,五侯九伯,实得征之。"齐国从此得专征伐。

〔4〕 懿公:名姬赤。在位八年(前668—前661)。终因好鹤亡国。

〔5〕 珪(guī 规):璧玉的一种,上圆下方,为帝王诸侯所执的玉版,以示符信。

〔6〕 穆侯:名姬弗生。在位二十七年(前811—前784)。

〔7〕 文侯:名姬仇。在位三十五年(前780—前746)。文侯十一年为东周平王元年。

〔8〕 昭侯:名姬伯。在位六年(前745—前740)。

〔9〕 桓叔:即上文穆侯之次子成师。文侯姬仇之弟。成师字桓叔。

〔10〕 曲沃:春秋时晋邑名。又名新城、下国,简称沃。在今山西闻喜县东北。

第 二 十 回

〔11〕 翼:春秋时晋邑名。在今山西省翼城县南。晋穆侯自曲沃迁都于此。本名绛,至晋孝侯时始改称为翼。后至晋献公时,又恢复原名曰绛。

〔12〕 孝侯:名姬平。在位十五年(前738—前724)。

〔13〕 鄂侯:名姬郄(què 却)。在位六年(前723—前718)。病卒。曲沃庄伯闻之,兴兵伐翼。周平王使虢公率兵救之,庄伯走保曲沃。

〔14〕 曲沃武公:亦称晋武公。在位三十九年(前716—前677)。前三十七年在曲沃。后二年诱杀小子侯,占有晋国。后来获得周釐王承认,成为晋侯。又据《史记·晋世家》,晋武公名称,《左传》未言其名,本书言其名为称代,不知何据。

〔15〕 一军:周代以一万二千五百人为一军,每军有兵车五百乘。周天子有六军,大国三军,次国二军,小国一军。

〔16〕 晋献公:名姬佹(guǐ 诡)诸,或作诡诸。在位二十六年(前676—前651)。

〔17〕 桓、庄之族:指曲沃伯桓叔与曲沃庄伯的子孙。

〔18〕 骊戎:古戎人的一支,见于殷、周期间。曾与秦的先世通婚,后为晋所灭。

〔19〕 兆:龟卜乃用火熏龟壳,视其裂纹形状,以卜吉凶。故称裂纹形态叫兆。

〔20〕 "专之渝"四句:大意是,意有所专,内心仍有变化,终于使丑取代了美。一香一臭,香不胜臭。十年之后,秽气也无法消除。其意暗指晋献公对齐姜之爱为骊姬所夺,二人良莠不同,以至带来十年之祸。

〔21〕 观卦:《易经》六十四卦之一,即坤下巽上。

〔22〕 六二:阴爻之一。阴爻包括初六、六二、六三、六四、六五至上六共六位。"阙观利女贞"即《观卦》六二之爻辞。

〔23〕 爻(yáo 姚)词:《周易》中组成卦的符号叫爻。六十四卦中每一卦都包含六爻。说明六十四卦各爻象的文辞叫爻词。

〔24〕 阚观利女贞：阚，同窥。阚观，窥伺观察，所见者狭窄。故对于贞洁女子才为有利。如其不正，则并不有利。

〔25〕 "先有"二句：有物自然有形象，物品孳生繁衍，然后才有数目可计。

〔26〕 有施：相传为古代氏族名。原为喜姓。有施氏为夏桀所败，因进妹喜于桀。

〔27〕 殷辛：即商纣王。辛乃其名，即位后称帝辛。纣为其谥号。

〔28〕 唐叔：即叔虞。周武王次子，周成王之弟。晋国始封之君。叔为排行，虞为其名。唐为其封地。

〔29〕 尹正诸夏：治理好中原地区。尹，治理。诸夏，指周代分封的诸侯国。

〔30〕 蒲与屈：均为春秋时晋邑名。蒲在今山西隰县西北，屈在今山西吉县之北。

〔31〕 尨茸（méng róng 蒙荣）：意同蒙戎，蓬松的样子。引申为杂乱的样子。

〔32〕 耿、霍、魏：此三国均为姬姓之小国。耿为侯国，故址在今山西河津市东南耿乡城。霍，故城在今山西霍州市西南。魏，故城在今山西芮城县北。被晋攻灭后封与毕万。战国时魏开国之君魏斯（文侯）即为毕万后代。

〔33〕 成王：楚国著名国君。在位四十六年（前671—前625）。在位时布德施惠，结好诸侯，欲北上中原争霸。但首挫于齐桓公，后又被晋师败于城濮。

〔34〕 周惠王十一年：公元前666年。

〔35〕 舞干：古代武舞的一种，亦称干舞。舞者手执干或戚，习其俯仰屈伸。干、戚即盾与大斧。

〔36〕 斩桔（jié 杰）柣（dié 蝶）关：攻破桔柣门。桔柣关，郑国都城远郊城门。

〔37〕 纯门：郑都城外郭之门。

第 二 十 回

〔38〕 逵市:郑都城外大路之市场。

〔39〕 桐丘:春秋时郑地名。今河南扶沟县西二十里有桐丘亭,即为其地。

〔40〕 鸣钲(zhēng 征)设儆(jǐng 警):即敲钲以作警戒。钲,古乐器,形似钟。行军时敲鼓,驻军时鸣钲。见《诗经·小雅·采芑》传。

〔41〕 栉(zhì 治)沐:梳头洗面。

〔42〕 射师:斗廉之字。《左传》杜预注以斗射师为斗廉。而服虔注则以斗射师为斗班。此处依杜注。

〔43〕 通属:指家属相互沟通往来。

〔44〕 介弟:尊称别人的弟弟。子元为楚文王熊赀之弟。

〔45〕 咳唾:比喻说话。

〔46〕 密迩:贴近、靠近。

〔47〕 梏:手铐。此作动词,即戴上手铐。

〔48〕 斗谷於(wū 乌)菟(tú 图):春秋时楚国著名政治家。斗姓,字子文。曾于楚成王八年至三十三年(前664—前637)间担任楚令尹,故称令尹子文。

〔49〕 靖难:平定叛乱。

〔50〕 狂且:轻狂之人。且,助辞,无义。

〔51〕 鄖子:鄖为古国名,一称邧,子爵。故址在今湖北安陆市境内。

〔52〕 梦泽:即云梦泽。云梦泽为古代著名大泽,地在今湖北南部及湖南北部一带。

〔53〕 鄖子:此人并非斗若傲岳父,而为其子,继承鄖子之位。故斗伯比为其外甥,其女与斗伯比为表兄妹。上文之鄖夫人则为其妻,而非斗若傲岳母。

〔54〕 姜嫄(yuán 元):或作姜原,帝喾之元妃。因踩巨人足迹而有孕,生子后弃之冰上,飞鸟以翅膀覆盖,乃收养,名曰弃。长大后号后稷,别姓姬,为

周朝之始祖。

〔55〕 周惠王之十三年:即公元前664年。

〔56〕 湘潭:古地名,故址不详。疑为云梦泽之别名。

〔57〕 公族:国君宗室。屈、景、昭三姓均为楚王宗室。

〔58〕 其子斗班:此处有误。上文提到,斗班乃斗御疆之子,不可能又是斗章之子。

〔59〕 申公:申本国名,姜姓,地在今河南南阳市及其北部一带。后为楚之大邑。申公即楚所置官名,用以治理申邑。

〔60〕 南海:泛指地区名称,犹言极南之地。

〔61〕 鄣(zhāng章):周代小国名,为纪国之附庸。故地在今山东东平县东。

〔62〕 支孙:宗族旁出支派之孙。

第二十一回

管夷吾智辨俞儿　齐桓公兵定孤竹

话说山戎乃北戎之一种,国于令支[1],亦曰离支。其西为燕,其东南为齐、鲁。令支界于三国之间,恃其地险兵强,不臣不贡,屡犯中国。先时曾侵齐界,为郑公子忽所败。至是闻齐侯图伯,遂统戎兵万骑,侵扰燕国,欲绝其通齐之路。燕庄公抵敌不住,遣人走间道告急于齐。齐桓公问于管仲,管仲对曰:"方今为患,南有楚,北有戎,西有狄,此皆中国之忧,盟主之责也。即戎不病燕,犹思膺[2]之。况燕人被师,又求救乎?"桓公乃率师救燕,师过济水,鲁庄公迎之于鲁济[3]。桓公告以伐戎之事。鲁侯曰:"君剪豺狼,以靖北方,敝邑均受其赐,岂惟燕人?寡人愿索敝赋以从。"桓公曰:"北方险远之地,寡人不敢劳君玉趾[4]。若遂有功,君之灵也。不然,而借兵于君未晚。"鲁侯曰:"敬诺。"桓公别了鲁侯,望西北进发。

却说令支子名密卢,蹂躏燕境,已及二月,掳掠子女,不可胜计。闻齐师大至,解围而去。桓公兵至蓟门关[5],燕庄公出迎,谢齐侯远救之劳。管仲曰:"山戎得志而去,未经挫折,我兵若退,戎兵必然又来。不如乘此伐之,以除一方之患可也。"桓公曰:"善。"

燕庄公请率本国之兵为前队。桓公曰："燕方经兵困,何忍复令冲锋？君姑将后军,为寡人声势足矣。"燕庄公曰："此去东八十里,国名无终[6],虽戎种,不附山戎,可以招致,使为向导。"桓公乃大出金帛,遣公孙隰朋召之。无终子即遣大将虎儿斑,率领骑兵二千,前来助战。桓公复厚赏之,使为前队。约行将二百里,桓公见山路逼险,问于燕伯。燕伯曰："此地名葵兹[7],乃北戎出入之要路也。"桓公与管仲商议,将辎重资粮,分其一半,屯聚于葵兹。令士卒伐木筑土为关,留鲍叔牙把守,委以转运之事。休兵三日,汰下疲病,只用精壮,兼程[8]而进。

却说令支子密卢闻齐兵来伐,召其将速买计议。速买曰："彼兵远来疲困,乘其安营未定,突然冲之,可获全胜。"密卢与之三千骑。速买传下号令,四散埋伏于山谷之中,只等齐兵到来行事。虎儿斑前队先到,速买只引百馀骑迎敌。虎儿斑奋勇,手持长柄铁瓜锤,望速买当头便打。速买大叫："且慢来！"亦挺大杆刀相迎。略斗数合,速买诈败,引入林中,一声呼哨,山谷皆应,把虎儿斑之兵,截为二段。虎儿斑死战,马复被伤,束手待缚。恰遇齐侯大军已到,王子成父大逞神威,杀散速买之兵,将虎儿斑救出。速买大败而去。虎儿斑先领戎兵,多有损折,来见桓公,面有愧色。桓公曰："胜负常事,将军勿以为意。"乃以名马赐之,虎儿斑感谢不已。

大军东进三十里,地名伏龙山,桓公和燕庄公结寨于山上。王子成父、宾须无立二营于山下。皆以大车联络为城,巡警甚严。次日,令支子密卢亲自带领速买,引着骑兵万馀,前来挑战。一连冲突数次,皆被车城隔住,不能得入。延至午后,管仲在山头望见戎兵渐渐稀少,皆下马卧地,口中谩骂。管仲抚虎儿斑之背曰："将军今日可雪耻也！"虎儿斑应诺。车城开处，虎儿斑引本国人马飞奔杀出。隰朋曰："恐戎兵有计。"管仲曰："吾已料之矣！"即命王子成父率一军出左，宾须无率一军出右，两路接应，专杀伏兵。原来山戎惯用埋伏之计，见齐兵坚壁不动，乃伏兵于谷中，故意下马谩骂，以诱齐兵。虎儿斑马头到处，戎兵皆弃马而奔。虎儿斑正欲追赶，闻大寨鸣金，即时勒马而回。密卢见虎儿斑不来追赶，一声呼哨，招引谷中人马，指望悉力来攻。却被王子成父和宾须无两路兵到，杀得七零八落，戎兵又大败而回，干折了许多马匹。速买献计曰："齐欲进兵，必由黄台山谷口而入。吾将木石擂断，外面多掘坑堑，以重兵守之，虽有百万之众，不能飞越也。伏龙山二十馀里皆无水泉，必仰汲于濡水[9]。若将濡流坝断，彼军中乏水饮，必乱，乱则必溃。吾因溃而乘之，无有不胜。一面再遣人求救于孤竹国[10]，借兵助战，此万全之策也。"密卢大喜，依计而行。

　　却说管仲见戎兵退后，一连三日不见动静，心下怀疑。使谍者探听。回言："黄台山大路已断塞了！"管仲乃召虎儿斑问曰："尚有别径可入否？"虎儿斑曰："此去黄台山不过十五里，便可以直捣其国。若要寻别径，须从西南打大宽转，由芝麻岭抄出青山口，复转东数里，方是令支巢穴。但山高路险，车马不便转动耳。"正商议间，牙将连挚禀道："戎主断吾汲道，军中乏水，如何？"虎儿斑曰："芝麻岭一派都是山路，非数日不到。若无水携载，亦自难往。"桓公传令，教军士凿山取水，先得水者重赏。公孙隰朋进曰："臣闻蚁穴居知水，当视蚁垤[11]处掘之。"军士各处搜寻，并无蚁垤，又来禀复。隰朋曰："蚁冬则就暖，居山之阳，夏则就凉，居山之阴。今冬月，必于山之阳，不可乱掘。"军士如其言，果于山腰掘得水泉,其味清冽。桓公曰:"隰朋可谓圣矣!"因号其泉曰圣泉,伏龙山改为龙泉山。军中得水,欢呼相庆。密卢打听得齐军未尝乏水,大骇曰:"中国岂有神助耶?"速买曰:"齐兵虽然有水,然涉远而来,粮必不继。吾坚守不战,彼粮尽自然退矣。"密卢从之。

管仲使宾须无假托转回葵兹取粮,却用虎儿斑领路,引一军取芝麻岭进发,以六日为期。却教牙将[12]连挚,日往黄台山挑战,以缀[13]密卢之兵,使之不疑。如此六日,戎兵并不接战。管仲曰:"以日计之,宾将军西路将达矣。彼既不战,我不可以坐守。"乃使士卒各负一囊,实土其中,先使人驾空车二百乘前探,遇堑坑处,即以土囊填满。大军直至谷口,发声喊,齐将木石搬运而进。密卢自以为无患,日与速买饮酒为乐。忽闻齐军杀入,连忙跨马迎敌。未及交锋,戎兵报:"西路又有敌军杀到!"速买知小路有失,无心恋战,保着密卢望东南而走。宾须无追赶数里,见山路崎岖,戎人驰马如飞,不及而还。马匹器仗,牛羊帐幕之类,遗弃无算,俱为齐有。夺还燕国子女,不可胜计。令支国人,从未见此兵威,无不箪食壶浆[14],迎降于马首。桓公一一抚慰,吩咐不许杀戮降夷一人。戎人大悦。

桓公召降戎问曰:"汝主此去,当投何国?"降戎曰:"我国与孤竹为邻,素相亲睦,近亦曾遣人乞师未到,此行必投孤竹也。"桓公问孤竹强弱并路之远近。降戎曰:"孤竹乃东南大国,自商朝便有城郭。从此去约百馀里,有溪名曰卑耳。过溪便是孤竹界内。但山路险峻难行耳。"桓公曰:"孤竹党山戎为暴,既在密迩,宜前讨之。"适鲍叔牙遣牙将高黑运干糒[15]五十车到,桓公即留高黑军前听用。于降戎中挑选精壮千人,付虎儿斑帐下,以补前损折之

第二十一回

数。休兵三日,然后起程。

再说密卢等行至孤竹,见其主答里呵,哭倒在地,备言:"齐兵恃强,侵夺我国,意欲乞兵报仇。"答里呵曰:"俺这里正欲起兵相助,因有小恙,迟这几日,不意你吃了大亏。此处有卑耳之溪,深不可渡。俺这里将竹筏尽行拘回港中,齐兵插翅亦飞不过。俟他退兵之后,俺和你领兵杀去,恢复你的疆土,岂不稳便?"大将黄花元帅曰:"恐彼造筏而渡,宜以兵守溪口,昼夜巡行,方保无事。"答里呵曰:"彼若造筏,吾岂不知?"遂不听黄花之言。

再说齐桓公大军起程,行不十里,望见顽山连路,怪石嵯峨,草木蒙茸,竹箐[16]塞路。有诗为证:

盘盘曲曲接青云,怪石嵯岈[17]路不分。

任是胡儿须下马,还愁石窟有山君[18]。

管仲教取硫黄焰硝引火之物,撒入草树之间,放起火来,哔哔剥剥,烧得一片声响。真个草木无根,狐兔绝影,火光透天,五日夜不绝。火熄之后,命凿山开道,以便进车。诸将禀称:"山高且险,车行费力。"管仲曰:"戎马便于驱驰,惟车可以制之。"乃制上山下山之歌,使军人歌之。《上山歌》曰:

山巍巍兮路盘盘,木濯濯[19]兮顽石如栏。云薄薄兮日生寒,我驱车兮上巉岏[20]。风伯为驭兮俞儿[21]操竿[22],如飞鸟兮生羽翰,跋彼山巅兮不为难。

《下山歌》曰:

上山难兮下山易,轮如环兮蹄如坠。声辚辚兮人吐气,历几盘兮顷刻而平地。捣彼戎庐兮消烽燧,勒勋孤竹兮亿万世。

人夫唱起歌来,你唱我和,轮转如飞。桓公与管仲、隰朋等,登卑耳之巅,观其上下之势。桓公叹曰:"寡人今日知人力可以歌取也。"管仲对曰:"臣昔在槛车之时,恐鲁人见追,亦作歌以教军夫,乐而忘倦,遂有兼程之功。"桓公曰:"其故何也?"对曰:"凡人劳其形者疲其神,悦其神者忘其形。"桓公曰:"仲父通达人情,一至于此!"于是催趱车徒,一齐进发。

行过了几处山头,又上一岭,只见前面大小车辆,俱壅塞不进。军士禀称:"两边天生石壁,中间一径,止容单骑,不通车辆。"桓公面有惧色,谓管仲曰:"此处倘有伏兵,吾必败矣!"正在踌躇,忽见山凹里走出一件东西来。桓公睁眼看之,似人非人,似兽非兽,约长一尺有馀,朱衣玄冠,赤着两脚,向桓公面前再三拱揖,如相迓之状。然后以右手抠衣[23],竟向石壁中间疾驰而去。桓公大惊,问管仲曰:"卿有所见乎?"管仲曰:"臣无所见。"桓公述其形状。管仲曰:"此正臣所制歌词中俞儿者是也。"桓公曰:"俞儿若何?"管仲曰:"臣闻北方有登山之神,名曰'俞儿',有霸王之主则出见。君之所见,其殆是乎?拱揖相迓者,欲君往伐也。抠衣者,示前有水也。右手者,水右必深,教君以向左也。"髯翁有诗论管仲识俞儿之事。诗云:

《春秋》典籍数而知,仲父何从识俞儿?

岂有异人传异事,张华《博物》总堪疑。

管仲又曰:"既有水阻,幸石壁可守。且屯军山上,使人探明水势,然后进兵。"探水者去之良久,回报:"下山不五里,即卑耳溪,溪水大而且深,虽冬不竭。原有竹筏以渡,今被戎主拘收矣。右去水愈深,不啻丈馀。若从左而行,约去三里,水面虽阔而浅,涉之没不及膝。"桓公抚掌曰:"俞儿之兆验矣!"燕庄公曰:"卑耳溪

第二十一回

不闻有浅处可涉,此殆神助君侯成功也!"桓公曰:"此去孤竹城,有路多少?"燕庄公曰:"过溪东去,先团子山,次马鞭山,又次双子山,三山连络,约三十里,此乃商朝孤竹三君[24]之墓。过了三山,更二十五里,便是无棣城[25],即孤竹国君之都也。"虎儿斑请率本部兵先涉。管仲曰:"兵行一处,万一遇敌,进退两难,须分两路而行。"乃令军人伐竹,以藤贯之,顷刻之间,成筏数百。留下车辆,以为载筏,军士牵之。下了山头,将军马分为两队,王子成父同高黑引着一军,从右乘筏而渡为正兵,公子开方、竖貂,随着齐桓公亲自接应;宾须无同虎儿斑引著一军,从左涉水而渡为奇兵,管仲同连挚随着燕庄公接应。俱于团子山下取齐。

却说答里呵在无棣城中,不知齐兵去来消息,差小番到溪中打听,见满溪俱是竹筏,兵马纷纷而渡,慌忙报知城中。答里呵大惊,即令黄花元帅率兵五千拒敌。密卢曰:"俺在此无功,愿引速买为前部。"黄花元帅曰:"屡败之人,难与同事!"跨马径行。答里呵谓密卢曰:"西北团子山,乃东来要路,相烦贤君臣把守,就便接应。俺这里随后也到。"密卢口虽应诺,却怪黄花元帅轻薄了他,心中颇有不悦之意。却说黄花元帅兵未到溪口,便遇了高黑前队,两下接住厮杀。高黑战黄花不过,却待要走。王子成父已到,黄花撇了高黑,便与王子成父厮杀。大战五十馀合,不分胜负。后面齐侯大军俱到,公子开方在右,竖貂在左,一齐卷上。黄花元帅心慌,弃军而走。五千人马,被齐兵掩杀大半,馀者尽降。黄花单骑奔逃,将近团子山,见兵马如林,都打着齐、燕、无终三国旗号,乃是宾须无等涉水而渡,先据了团子山了。黄花不敢过山,弃了马匹,扮作樵采之人,从小路爬山得脱。齐桓公大胜,进兵至团子山,与左路军马做一处列营,再议征进。

却说密卢引军刚到马鞭山,前哨报道:"团子山已被齐兵所占。"只得就马鞭山屯扎。黄花元帅逃命至马鞭山,认做自家军马,投入营中,却是密卢。密卢曰:"元帅屡胜之将,何以单身至此?"黄花羞惭无极。索酒食不得,与以炒麦一升。又索马骑,与之漏蹄[26]。黄花大恨,回至无棣城,见答里呵,请兵报仇。答里呵曰:"吾不听元帅之言,以至如此!"黄花曰:"齐侯所恨,在于令支。今日之计,惟有斩密卢君臣之首,献于齐君,与之讲和,可不战而退。"答里呵曰:"密卢穷而归我,何忍卖之?"宰相兀律古进曰:"臣有一计,可以反败为功。"答里呵问:"何计?"兀律古曰:"国之北有地名曰旱海,又谓之迷谷,乃砂碛[27]之地,一望无水草。从来国人死者,弃之于此,白骨相望,白昼常见鬼。又时时发冷风,风过处,人马俱不能存立,中人毛发辄死。又风沙刮起,咫尺不辨,若误入迷谷,谷路纡曲难认,急不能出,兼有毒蛇猛兽之患。诚得一人诈降,诱至彼地,不须厮杀,管取死亡八九。吾等整顿军马,坐待其敝,岂非妙计?"答里呵曰:"齐兵安肯至彼乎?"兀律古曰:"主公同宫眷暂伏阳山,令城中百姓,俱往山谷避兵,空其城市。然后使降人告于齐侯,只说:'吾主逃往砂碛借兵。'彼必来追赶,堕吾计矣。"黄花元帅欣然愿往。更与骑兵千人,依计而行。

黄花元帅在路思想:"不斩密卢之首,齐侯如何肯信?若使成功,主公亦必不加罪。"遂至马鞭山来见密卢。却说密卢正与齐兵相持未决,且喜黄花救兵来到,欣然出迎。黄花出其不意,即于马上斩密卢之首。速买大怒,绰刀上马来斗黄花。两家军兵,各助其主，自相击斗，互有杀伤。速买料不能胜，单刀独马，径奔虎儿斑营中投降。虎儿斑不信，叱军士缚而斩之。可怜令支国君臣，只因侵扰中原，一朝俱死于非命，岂不哀哉！史官有诗云：

山有黄台水有濡，周围百里令支居。
燕山卤获今何在？国灭身亡可叹吁！

黄花元帅并有密卢之众，直奔齐军，献上密卢首级，备言："国主倾国逃去砂碛，与外国借兵报仇。臣劝之投降不听。今自斩密卢之首，投于帐下，乞收为小卒。情愿率本部兵马为向导，追赶国主，以效微劳。"桓公见了密卢首级，不由不信。即用黄花为前部，引大军进发，直抵无棣，果是个空城，益信其言为不谬。诚恐答里呵去远，止留燕庄公兵一支守城，其余尽发，连夜追袭。黄花请先行探路，桓公使高黑同之，大军继后。已到砂碛，桓公催军速进。行了许久，不见黄花消息。看看天晚，但见白茫茫一片平沙，黑黯黯千重惨雾，冷凄凄数群啼鬼，乱飒飒几阵悲风。寒气逼人，毛骨俱悚，狂飙刮地，人马俱惊，军马多有中恶而倒者。时桓公与管仲并马而行，仲谓桓公曰："臣久闻北方有旱海，是极厉害之处，恐此是也，不可前行。"桓公急教传令收军，前后队已自相失。带来火种，遇风即灭，吹之不燃。管仲保着桓公，带转马头急走。随行军士，各各敲金击鼓，一来以屏阴气，二来使各队闻声来集。只见天昏地惨，东西南北，茫然不辨。不知走了多少路，且喜风息雾散，空中现出半轮新月。众将闻金鼓之声，追随而至，屯扎一处。挨至天晓，计点众将不缺，止不见隰朋一人。其军马七断八续，损折无数。幸而隆冬闭蛰，毒蛇不出，军声喧闹，猛兽潜藏，不然，真个不死带伤，所存无几矣。管仲见山谷险恶，绝无人行，急教寻路出去。奈东冲西撞,盘盘曲曲,全无出路,桓公心下早已着忙。管仲进曰:"臣闻老马识途,无终与山戎连界,其马多从漠北而来,可使虎儿斑择老马数头,观其所往而随之,宜可得路也。"桓公依其言,取老马数匹,纵之先行,委委曲曲,遂出谷口。髯翁有诗云:

蚁能知水马知途,异类能将危困扶。
堪笑浅夫多自用,谁能舍己听忠谟?

再说黄花元帅引齐将高黑先行,径走阳山一路。高黑不见后队大军来到,教黄花暂住,等候一齐进发。黄花只顾催趱。高黑心疑,勒马不行,被黄花执之,来见孤竹主答里呵。黄花瞒过杀密卢之事,只说:"密卢在马鞭山兵败被杀,臣用诈降之计,已诱齐侯大军,陷于旱海。又擒得齐将高黑在此,听凭发落。"答里呵谓高黑曰:"汝若投降,吾当重用。"高黑睁目大骂曰:"吾世受齐恩,安肯臣汝犬羊哉?"又骂黄花:"汝诱吾至此,我一身死不足惜,吾主兵到,汝君臣国亡身死,只在早晚,教你悔之无及!"黄花大怒,拔剑亲斩其首。真忠臣也!答里呵再整军容,来夺无棣城。燕庄公因兵少城空,不能固守,令人四面放火,乘乱杀出,直退回团子山下寨。

再说齐桓公大军出了迷谷,行不十里,遇见一枝军马,使人探之,乃公孙隰朋也。于是合兵一处,径奔无棣城来。一路看见百姓扶老携幼,纷纷行走。管仲使人问之,答曰:"孤竹主逐去燕兵,已回城中,吾等向避山谷,今亦归井里耳。"管仲曰:"吾有计破之矣!"乃使虎儿斑选心腹军士数人,假扮做城中百姓,随着众人,混入城中,只待夜半举火为应。虎儿斑依计去后,管仲使竖貂攻打南门,连挚攻打西门,公子开方攻打东门,只留北门与他做走路。却

第二十一回

教王子成父和隰朋分作两路,埋伏于北门之外,只等答里呵出城,截住擒杀。管仲与齐桓公离城十里下寨。时答里呵方救灭城中之火,招回百姓复业。一面使黄花整顿兵马,以备厮杀。是夜黄昏时候,忽闻炮声四举,报言:"齐兵已到,将城门围住。"黄花不意齐兵即至,大吃一惊,驱率军民,登城守望。延至半夜,城中四五路火起,黄花使人搜索放火之人。虎儿斑率十馀人,径至南门,将城门砍开,放竖貂军马入来。黄花知事不济,扶答里呵上马,觅路奔走,闻北路无兵,乃开北门而去。行不二里,但见火把纵横,鼓声震地,王子成父和隰朋两路军马杀来。开方、竖貂、虎儿斑得了城池,亦各统兵追袭。黄花元帅死战良久,力尽被杀。答里呵为王子成父所获。兀律古死于乱兵之中。至天明,迎接桓公入城。桓公数答里呵助恶之罪,亲斩其首,悬之北门,以警戒夷,安抚百姓。戎人言高黑不屈被杀之事,桓公十分叹息,即命录其忠节,待回国再议恤典。

燕庄公闻齐侯兵胜入城,亦自团子山飞马来会。称贺已毕,桓公曰:"寡人赴君之急,跋涉千里,幸而成功。令支、孤竹,一朝殄灭,辟地五百里,然寡人非能越国而有之也,请以益君之封。"燕庄公曰:"寡人借君之灵,得保宗社足矣,敢望益地?惟君建置[28]之。"桓公曰:"北陲僻远,若更立夷种,必然复叛,君其勿辞。东道[29]已通,勉修先召公之业,贡献于周,长为北藩,寡人与有荣施矣。"燕伯乃不敢辞。桓公即无棣城大赏三军,以无终国有助战之功,命以小泉山下之田畀之。虎儿斑拜谢先归。桓公休兵五日而行,再渡卑耳之溪,于石壁取下车辆,整顿停当,缓缓而行。见令支一路荒烟馀烬,不觉惨然,谓燕伯曰:"戎主无道,殃及草木,不可

管夷吾智辨俞儿　齐桓公兵定孤竹

不戒!"鲍叔牙自葵兹关来迎,桓公曰:"饷馈不乏,皆大夫之功也。"又吩咐燕伯设戍葵兹关,遂将齐兵撤回。燕伯送桓公出境,恋恋不舍,不觉送入齐界,去燕界五十馀里。桓公曰:"自古诸侯相送,不出境外。寡人不可无礼于燕君。"乃割地至所送之处畀燕,以为谢过之意。燕伯苦辞不允,只得受地而还。在其地筑城,名曰燕留[30],言留齐侯之德于燕也。燕自此西北增地五百里,东增地五十馀里,始为北方大国。诸侯因桓公救燕,又不贪其地,莫不畏齐之威,感齐之德。史官有诗云:

　　千里提兵治犬羊,要将职贡达周王。
　　休言黩武非良策,尊攘[31]须知定一匡[32]。

桓公还至鲁济,鲁庄公迎劳于水次,设飨称贺。桓公以庄公亲厚,特分二戎卤获之半以赠鲁。庄公知管仲有采邑,名曰小谷,在鲁界首,乃发丁夫代为筑城,以悦管仲之意。时鲁庄公三十二年,周惠王之十五年[33]也。是年秋八月,鲁庄公薨,鲁国大乱。欲知鲁事如何,且看下回分解。

---

〔1〕　令支(líng qí 凌其):又作冷支、令疵等。殷周时古国名。其地约在今河北滦州市、迁安一带。

〔2〕　膺:打击。

〔3〕　鲁济:指济水流经鲁国境内,即今山东巨野、东平等县间一段河道。

〔4〕　玉趾:敬辞,犹言贵步。

〔5〕　蓟(jì 记)门关:古关塞名。一名蓟丘。故址在今北京市德胜门外土城关。

第二十一回

〔6〕 无终:春秋时北狄所建立的部落国家。故址在今河北玉田县无终山附近一带。

〔7〕 葵兹:古地名。故址待考。

〔8〕 兼程:一天走两天的路程。

〔9〕 濡(ruǎn 软)水:一作溴水。即今河北东北部之滦河。

〔10〕 孤竹国:古国名。地在今河北卢龙县南部。存在于商、西周及春秋时期。

〔11〕 蚁垤(dié 迭):指蚁穴外隆起的小土堆。清刊本多作"蚁蛭",误。

〔12〕 牙将:低级将领。

〔13〕 辍(chuò 绰):牵制。

〔14〕 箪(dān 担)食壶浆:用竹筐盛食物,用壶盛水,多用以犒劳军队。

〔15〕 干糒(bèi 背):干饭,干粮。

〔16〕 竹箐(jīng 经):细竹,毛竹。

〔17〕 嵯岈(cuó xiā 矬虾):形容山的高峻险怪。

〔18〕 山君:即老虎。

〔19〕 木濯濯:树木明净青翠的样子。

〔20〕 巉岏(chán wán 谗玩):指高峻的山峰。

〔21〕 俞儿:传说登山之神,长足善走。

〔22〕 操竿:即持竿,意指牵引,接引。

〔23〕 抠衣:提起衣服。

〔24〕 孤竹三君:指西周初孤竹国君及其二子伯夷、叔齐。伯夷、叔齐反对武王伐纣,耻食周粟,饿死首阳山。

〔25〕 无棣城:古代城邑名。在今河北卢龙县附近。

〔26〕 漏蹄:即跛足之马,因马蹄有溃烂。

〔27〕 砂碛(qì 气):指不生草木的砂石地带,即沙漠。

〔28〕 建置:指建国置君。

〔29〕 东道：指燕国向东路经齐、鲁朝周的道路。过去因令支为梗，今已畅通。

〔30〕 燕留：燕庄公所筑之城，故址在今河北沧县东北。

〔31〕 尊攘：即尊王室、攘夷狄的缩语。

〔32〕 一匡：匡，正。史言齐桓公"九合诸侯，一匡天下"。

〔33〕 周惠王十五年：即公元前662年。

第二十二回

公子友两定鲁君　齐皇子独对委蛇

话说公子庆父字仲[1]，鲁庄公之庶兄，其同母弟名牙字叔，则庄公之庶弟。庄公之同母弟曰公子友，因手掌中生成一"友"字文，遂以为名，字季，谓之季友。虽则兄弟三人同为大夫，一来嫡庶之分，二来惟季友最贤，所以庄公独亲信季友。庄公即位之三年，曾游郎台[2]，于台上窥见党氏之女孟任，容色殊丽，使内侍召之。孟任不从。庄公曰："苟从我，当立汝为夫人也。"孟任请立盟誓，庄公许之。孟任遂割臂血誓神，与庄公同宿于台上，遂载回宫。岁馀生下一子，名般。庄公欲立孟任为夫人，请命于母文姜。文姜不许。必欲其子与母家联姻，遂定下襄公始生之女为婚，只因姜氏年幼，直待二十岁上，方才娶归。所以孟任虽未立为夫人，那二十馀年，却也权主六宫之政。比及姜氏入鲁为夫人，孟任已病废不能起。未几卒，以姜礼葬之。姜氏久而无子。其娣叔姜从嫁，生一子曰启。先有姜风氏，乃须句子[3]之女，生一子名申。风氏将申托于季友，谋立为嗣。季友曰："子般年长。"乃止。姜氏虽为夫人，庄公念是杀父仇家，外虽礼貌，心中不甚宠爱。公子庆父生得魁伟轩昂，姜氏看上了他，阴使内侍往来通语，遂与庆父私通，情好甚密。因与叔牙为一党，相约异日共扶庆父为君，叔牙为相。髯翁有

公子友两定鲁君　齐皇子独对委蛇

诗云：

淫风郑卫只寻常，更有齐风不可当。

堪笑鲁邦偏缔好[4]，文姜之后有哀姜。

庄公三十一年，一冬无雨，欲行雩祭[5]祈祷。先一日，演乐于大夫梁氏之庭。梁氏有女色甚美，公子般悦之，阴与往来，亦有约为夫人之誓。是日，梁女梯墙而观演乐。圉人荦[6]在墙外窥见梁女姿色，立于墙下，故作歌以挑之。歌曰：

桃之夭夭兮，凌冬而益芳。中心如结兮，不能逾墙。愿同翼羽兮，化为鸳鸯。

公子般亦在梁氏观雩，闻歌声出看。见圉人荦大怒，命左右擒下，鞭之三百，血流满地。荦再三哀求，乃释之。公子般诉之于庄公，庄公曰："荦无礼，便当杀之，不可鞭也。荦之勇捷，天下无比，鞭之，必怀恨于汝矣。"原来圉人荦有名绝力，曾登稷门[7]城楼，飞身而下，及地，复踊身一跃，遂手攀楼屋之角，以手撼之，楼俱震动。庄公劝杀荦，亦畏其勇故也。子般曰："彼匹夫耳，何虑焉？"圉人荦果恨子般，遂投庆父门下。

次年秋，庄公疾笃，心疑庆父。故意先召叔牙，问以身后之事。叔牙果盛称庆父之才："若主鲁国，社稷有赖。况一生一及[8]，鲁之常也。"庄公不应。叔牙出，复召季友问之。季友对曰："君与孟任有盟矣。既降其母，可复废其子乎？"庄公曰："叔牙劝寡人立庆父何如？"季友曰："庆父残忍无亲，非人君之器。叔牙私于其兄，不可听之。臣当以死奉般。"庄公点首，遂不能言。季友出宫，急命内侍传庄公口语，使叔牙待于大夫𫓧季之家，即有君命来到。叔牙果往𫓧氏。季友乃封鸩酒[9]一瓶，使𫓧季毒死叔牙。复手书致

249

第二十二回

牙曰："君有命，赐公子死。公子饮此而死，子孙世不失其位。不然，族且灭矣！"叔牙犹不肯服，鍼季执耳灌之，须臾，九窍流血而死。史官有诗论鸩牙之事。曰：

> 周公诛管安周室，季友鸩牙靖鲁邦。
> 为国灭亲真大义，六朝[10]底事忍相戕。

是夕，庄公薨。季友奉公子般主丧，谕国人以明年改元。各国遣吊。自不必说。

至冬十月，子般念外家党氏之恩，闻外祖党臣病死，往临其丧。庆父密召圉人荦谓曰："汝不记鞭背之恨乎？夫蛟龙离水，匹夫可制。汝何不报之于党氏？吾为汝主。"荦曰："苟公子相助，敢不如命！"乃怀利刃，黉夜奔党大夫家。时已三更，逾墙而入，伏于舍外。至天明时，小内侍启门取水，圉人荦突入寝室。子般方下床穿履，惊问曰："汝何至此？"荦曰："来报去年鞭背之恨耳！"子般急取床头剑劈之，伤额破脑。荦左手格剑，右手握刃刺般，中胁而死。内侍惊报党氏。党氏家众操兵齐来攻荦，荦因脑破不能战，被众人乱斫为泥。季友闻子般之变，知是庆父所为，恐及于祸，乃出奔陈国以避难。庆父佯为不知，归罪于圉人荦，灭其家，以解说于国人。

夫人姜氏欲遂立庆父。庆父曰："二公子犹在，不尽杀绝，未可代也。"姜氏曰："当立申乎？"庆父曰："申年长难制，不如立启。"乃为子般发丧，假讣告为名，亲至齐国，告以子般之变，纳贿于竖貂，立子启为君。时年八岁，是为闵公[11]。闵公乃叔姜之子，叔姜是夫人姜氏之娣也。闵公为齐桓公外甥。闵公内畏哀姜，外畏庆父，欲借外家为重。故使人订齐桓公，会于落姑[12]之地。闵公牵桓公之衣，密诉以庆父内乱之事，垂泪不止。桓公曰："今者鲁

公子友两定鲁君　齐皇子独对委蛇

大夫谁最贤?"闵公曰:"惟季友最贤,今避难于陈国。"桓公曰:"何不召而复之?"闵公曰:"恐庆父见疑。"桓公曰:"但出寡人之意,谁敢违者?"乃使人以桓公之命,召季友于陈。闵公次于郎地,候季友至郎,并载归国,立季友为相。托言齐侯所命,不敢不从。时周惠王之十六年,鲁闵公之元年[13]也。

是冬,齐侯复恐鲁之君臣不安其位,使大夫仲孙湫来候问,且窥庆父之动静。闵公见了仲孙湫,流涕不能成语。后见公子申,与之谈论鲁事,甚有条理。仲孙曰:"此治国之器也!"嘱季友善视之。因劝季友早除庆父,季友伸一掌示之。仲孙已悟孤掌难鸣之意,曰:"湫当言于吾君,倘有缓急,不敢坐视。"庆父以重赂来见仲孙,仲孙曰:"苟公子能忠于社稷,寡君亦受其赐,岂惟湫乎?"固辞不受。庆父悚惧而退。仲孙辞闵公归,谓桓公曰:"不去庆父,鲁难未已也!"桓公曰:"寡人以兵去之,何如?"仲孙曰:"庆父凶恶未彰,讨之无名。臣观其志,不安于为下,必复有变。乘其变而诛之,此霸王之业也。"桓公曰:"善。"

闵公二年,庆父谋篡益急,只为闵公是齐侯外甥,又且季友忠心相辅,不敢轻动。忽一日,阍人报:"大夫卜齮相访。"庆父迎进书房,见卜齮怒气勃勃,问其来意。卜齮诉曰:"我有田与太傅慎不害田庄相近,被慎不害用强夺去。我去告诉主公,主公偏护师傅,反劝我让他。以此不甘,特来投公子,求于主公前一言。"庆父屏去从人,谓卜齮曰:"主公年幼无知,虽言不听。子若能行大事,我为子杀慎不害何如?"卜齮曰:"季友在,惧不免。"庆父曰:"主公有童心,尝夜出武闱[14],游行街市。子伏人于武闱,候其出而刺之,但云盗贼,谁能知者。吾以国母之命,代立为君,逐季友如反掌

第二十二回

耳。"卜齮许诺。乃求勇士,得秋亚,授以利匕首,使伏武闱。闵公果夜出,秋亚突起,刺杀闵公。左右惊呼,擒住秋亚。卜齮领家甲至夺去。庆父杀慎不害于家。季友闻变,夜叩公子申之门,蹴之起,告以庆父之乱,两人同奔邾国避难。髯翁有诗云:

　　子般遭弑闵公戕,操刃当时谁主张?
　　鲁乱尽由宫闱起,娶妻何必定齐姜!

却说国人素服季友,闻鲁侯被杀,相国出奔,举国若狂,皆怨卜齮而恨庆父。是日国中罢市,一聚千人,先围卜齮之家,满门遭戮。将攻庆父,聚者益众。庆父知人心不附,欲谋出奔。想起齐侯曾藉莒力以复国,齐、莒有恩,可因莒以自解于齐。况文姜原有莒医一脉交情,今夫人姜氏,即文姜之侄女,有此因缘,凡事可托。遂微服扮作商人,载了货赂满车,出奔莒国。夫人姜氏闻庆父奔莒,安身不牢,亦想至莒国躲避。左右曰:"夫人以仲故,得罪国人,今复聚一国,谁能容之?季友在邾,众所与也,夫人不如适邾,以乞怜于季。"乃奔邾国,求见季友。季友拒之弗见。季友闻庆父、姜氏俱出,遂将公子申归鲁,一面使人告难于齐。齐桓公谓仲孙湫曰:"今鲁国无君,取之如何?"仲孙湫曰:"鲁,秉礼之国,虽遭弑乱,一时之变,人心未忘周公,不可取也。况公子申明习国事,季友有戡乱之才,必能安集众庶,不如因而守之。"桓公曰:"诺。"乃命上卿高傒,率南阳[15]甲士三千人,吩咐高傒,相机而动:"公子申果堪主社稷,即当扶立为君,以修邻好;不然,便可并兼其地。"高傒领命而行。来至鲁国,恰好公子申、季友亦到。高傒见公子申相貌端庄,议论条理,心中十分敬重。遂与季友定计,拥立公子申为君,是为僖公[16]。使甲士帮助鲁人，筑鹿门[17]之城，以防邾、莒之变。季友使公子奚斯[18]，随高傒至齐，谢齐侯定国之功。一面使人如莒，要假手莒人以戮庆父，啖以重赂。

却说庆父奔莒之时，载有鲁国宝器，因莒医以献于莒子，莒子纳之。至是复贪鲁重赂，使人谓庆父曰："莒国褊小，惧以公子为兵端，请公子改适他国。"庆父犹未行，莒子下令逐之。庆父思竖貂曾受赂相好，乃自邾如齐。齐疆吏素知庆父之恶，不敢擅纳，乃寓居于汶水之上。恰好公子奚斯谢齐事毕，还至汶水，与庆父相见，欲载之归国。庆父曰："季友必不见容。子鱼能为我代言，乞念先君一脉，愿留性命，长为匹夫，死且不朽！"奚斯至鲁复命，遂致庆父之言。僖公欲许之。季友曰："使弑君者不诛，何以戒后？"因私谓奚斯曰："庆父若自裁，尚可为立后，不绝世祀也。"奚斯领命，再往汶上，欲告庆父，而难于启齿，乃于门外号啕大哭。庆父闻其声，知是奚斯，乃叹曰："子鱼不入见而哭甚哀，吾不免矣！"乃解带自缢于树而死。奚斯乃入而殓之，还报僖公，僖公叹息不已。

忽报："莒子遣其弟赢拿，领兵临境。闻庆父已死，特索谢赂。"季友曰："莒人未尝擒送庆父，安得居功？"乃自请率师迎敌。僖公解所佩宝刀相赠，谓曰："此刀名曰孟劳，长不满尺，锋利无比，叔父宝之。"季友悬于腰胯之间，谢恩而出。行至郦地[19]，莒公子赢拿列阵以待。季友曰："鲁新立君，国事未定，若战而不胜，人心动摇矣。莒拿贪而无谋，吾当以计取之。"乃出阵前，请赢拿面话。因谓之曰："我二人不相悦，士卒何罪？闻公子多力善搏，友请各释器械，与公子徒手赌一雌雄，何如？"赢拿曰："甚善！"两下约退军士，就于战场放对，一来一往，各无破绽。约斗五十馀合，

第 二 十 二 回

季友之子行父,时年八岁,友甚爱之,俱至军中,时在旁观斗,见父亲不能取胜,连呼:"孟劳何在?"季友忽然醒悟,故意卖个破绽,让嬴拿赶入一步,季友略一转身,于腰间拔出孟劳,回手一挥,连眉带额,削去天灵盖半边。刃无血痕,真宝刀也!莒军见主将劈倒,不待交锋,各自逃命。季友全胜,唱凯还朝。

僖公亲自迎之于郊,立为上相,赐费邑为之采地。季友奏曰:"臣与庆父、叔牙并是桓公之孙[20],臣以社稷之故,酖叔牙,缢庆父,大义灭亲,诚非得已。今二子俱绝后,而臣独叨荣爵,受大邑,臣何颜见桓公于地下?"僖公曰:"二子造逆,封之得无非典?"季友曰:"二子有逆心,无逆形,且其死非有刀锯之戮也。宜并建之[21],以明亲亲之谊。"僖公从之。乃以公孙敖继庆父之后,是为孟孙氏。庆父字仲,后人以字为氏,本曰仲孙,因讳庆父之恶,改为孟也。孟孙氏食采于成[22]。以公孙兹继叔牙之后,是为叔孙氏,食采于郈[23]。季友食采于费[24],加封以汶阳之田,是为季孙氏。于是季、孟、叔三家,鼎足而立,并执鲁政,谓之"三桓"。是日鲁南门无故自崩,识者以为高而忽倾,异日必有凌替[25]之祸,兆已见矣。史官有诗云:

手文征异已褒功,孟叔如何亦并封?

乱世天心偏助逆,三家宗裔是桓公。

话说齐桓公知姜氏在邾,谓管仲曰:"鲁桓、闵二公不得令终,皆以我姜之故。若不行讨,鲁人必以为戒,姻好绝矣。"管仲曰:"女子既嫁从夫,得罪夫家,非外家所得讨也。君欲讨之,宜隐其事。"桓公曰:"善。"乃使竖貂往邾,送姜氏归鲁。姜氏行至夷[26],宿馆舍,竖貂告姜氏曰:"夫人与弑二君,齐、鲁莫不闻之,夫人即归,何面目见太庙乎?不如自裁,犹可自盖也。"姜氏闻之,闭门哭泣,至半夜寂然。竖貂启门视之,已自缢死矣。竖貂告夷宰,使治殡事,飞报僖公。僖公迎其丧以归,葬之成礼,曰:"母子之情,不可绝也。"谥之曰哀,故曰哀姜。后八年,僖公以庄公无配,仍祔[27]哀姜于太庙。此乃过厚之处。

却说齐桓公自救燕定鲁以后,威名愈振,诸侯悦服。桓公益信任管仲,专事饮猎为乐。一日,猎于大泽之陂,竖貂为御,车驰马骤,较射方欢。桓公忽然停目而视,半晌无言,若有惧容。竖貂问曰:"君瞪目何所视也?"桓公曰:"寡人适见一鬼物,其状甚怪而可畏,良久忽灭,殆不祥乎!"竖貂曰:"鬼阴物,安敢昼见?"桓公曰:"先君田姑棼而见大豕,是亦昼也。汝为我亟召仲父。"竖貂曰:"仲父非圣人,乌能悉知鬼神之事?"桓公曰:"仲父能识俞儿,何谓非圣?"竖貂曰:"君前者先言俞儿之状,仲父因逢君之意,饰美说以劝君之行也。君今但言见鬼,勿泄其状,如仲父言与君合,则仲父信圣不欺矣。"桓公曰:"诺。"乃趣驾归,心怀疑惧,是夜遂大病如疟。

明日,管仲与诸大夫问疾。桓公召管仲,与之言见鬼:"寡人心中畏恶,不能出口,仲父试道其状。"管仲不能答,曰:"容臣询之。"竖貂在旁笑曰:"臣固知仲父之不能言也。"桓公病益增,管仲忧之,悬书于门:"如有能言公所见之鬼者,当赠以封邑三分之一。"有一人,荷笠悬鹑[28]而来,求见管仲。管仲揖而进之。其人曰:"君有恙乎?"管仲曰:"然。"其人曰:"君病见鬼乎?"管仲又曰:"然。"其人曰:"君见鬼于大泽之中乎?"管仲曰:"子能言鬼之状否？吾当与子共家[29]。"其人曰："请见君而言之。"管仲见桓公于寝室，桓公方累重裀而坐，使两妇人摩背，两妇人捶足，竖貂捧汤，立而候饮。管仲曰："君之病，有能言者，臣已与之俱来，君可召之。"桓公召入，见其荷笠悬鹑，心殊不喜。遽问曰："仲父言识鬼者乃汝乎？"对曰："公则自伤耳，鬼安能伤公？"桓公曰："然则有鬼否？"对曰："有之。水有罔象[30]，邱有峷[31]，山有夔[32]，野有彷徨[33]，泽有委蛇[34]。"桓公曰："汝试言委蛇之状。"对曰："夫委蛇者，其大如毂[35]，其长如辕[36]，紫衣而朱冠。其为物也，恶闻轰车之声，闻则捧其首而立。此不轻见，见之者必霸天下。"桓公辗然而笑，不觉起立曰："此正寡人之所见也！"于是顿觉精神开爽，不知病之何往矣。桓公曰："子何名？"对曰："臣名皇子，齐西鄙之农夫也。"桓公曰："子可留仕寡人。"遂欲爵为大夫。皇子固辞曰："公尊王室，攘四夷，安中国，抚百姓，使臣常为治世之民，不妨农务足矣。不愿居官。"桓公曰："高士也！"赐之粟帛，命有司复[37]其家。复重赏管仲。竖貂曰："仲父不能言，而皇子言之，仲父安得受赏乎？"桓公曰："寡人闻之，任独者暗，任众者明。微仲父，寡人固不得闻皇子之言也。"竖貂乃服。

时周惠王十七年[38]。狄人侵犯邢邦[39]，又移兵伐卫。卫懿公使人如齐告急。诸大夫请救之，桓公曰："伐戎之役，疮痍未息。且俟来春，合诸侯往救可也。"其冬，卫大夫宁速至齐，言："狄已破卫，杀卫懿公。今欲迎公子毁为君。"齐侯大惊曰："不早救卫，孤罪无辞矣。"不知狄如何破卫，且看下回分解。

公子友两定鲁君　齐皇子独对委蛇

〔1〕 公子庆父字仲:此与第十三回"公子庆父字孟"相矛盾。据《史记·鲁世家》,庆父、叔牙、季友皆庄公之同母弟,故仲、叔、季皆其排行。而"孟"乃其后人厌恶庆父之恶名而改称者,见下文。故"仲"、"孟"皆非其字。但也有认为庆父、叔牙乃庄公庶兄、庶弟者,本书即采此说。但此说于史无据。

〔2〕 郎台:郎地的高台,多指城楼。郎,鲁都曲阜近郊之邑名。

〔3〕 须句子:即须句国君。须句,周诸侯国名。风姓,子爵。地在今山东东平县东南。

〔4〕 偏缔好:偏偏要与齐国缔结姻缘。好,好合,即婚姻。

〔5〕 雩祭:古代求雨的祭祀。

〔6〕 圉(yǔ语)人荦(luò洛):圉人为周时官名,掌养马放牧诸事。荦乃圉人之名。

〔7〕 稷门:齐都临淄西边南首之城门,因在稷山之下而得名。

〔8〕 一生一及:实为一个死一个继位。在病人前讳言其死,故反用"生"字以代替。此语即"兄终弟及"之意。

〔9〕 鸩酒:毒酒。鸩,传说中毒鸟,以其羽毛置酒中,可以毒杀人。

〔10〕 六朝:指东吴、东晋、宋、齐、梁、陈六个朝代。其间篡弑相仍。

〔11〕 闵公:名姬启,一称姬开。在位二年(前661—前660)。

〔12〕 落姑:春秋时齐地名,在今山东平阴县境。

〔13〕 周惠王十六年:即公元前661年,亦为鲁闵公元年。诸本俱漏"十"字,据《左传》补。

〔14〕 武闱:鲁宫之侧门。宫中之门叫闱。武当作虎,鲁宫有侧门曰虎门。

〔15〕 南阳:齐地名,在大汶河以北一带,即今山东肥城、平阴等地。与鲁接壤。

〔16〕 僖公:亦称鲁釐公,僖、釐古通。名姬申。在位三十三年(前659—前627)。

257

第二十二回

〔17〕鹿门:鲁国都南城东门。

〔18〕公子奚斯:鲁国宗室。名鱼,字奚斯。亦可称公子鱼。下文以"子鱼"称之,疑误。

〔19〕郲地:春秋时鲁地名,故址不详。

〔20〕桓公之孙:应为鲁桓公之子。孙,或可解释为后代。

〔21〕建之:即封之以爵位。建,即封侯建爵。

〔22〕成:春秋时鲁邑名。一作郕。在今山东宁阳县东北。

〔23〕郈(hòu 后):春秋时鲁邑名。在今山东东平县东南。

〔24〕费(bì 毕):春秋时鲁邑名。即今山东费县境。

〔25〕凌替:衰落,衰败。

〔26〕夷:春秋时齐邑名。故址待考。

〔27〕祔(fù 富):合祭。即奉新死者之神主于祖庙并祭之。

〔28〕荷笠悬鹑(chún 纯):背着斗笠,穿着烂衣。鹑,鹌鹑,尾秃少毛,有似破衣。

〔29〕家:指卿大夫的采地食邑。

〔30〕罔象:传说中水怪名称。

〔31〕莘(shēn 申):传说中神怪名。状如狗,有角,文身五采。

〔32〕夔:神话中兽名。其状如牛,苍色无角,一足善走。

〔33〕彷(páng 旁)徨:传说中灵虫之名,或作方皇。状如蛇,两头,文身五采。

〔34〕委蛇(wěi yí 委移):传说中大蛇名。

〔35〕毂(gǔ 古):古代车轮中间车轴贯入处的圆木。

〔36〕辕:车前驾马之直木。

〔37〕复:免除赋税和劳役。复其家,即免除其一家的赋税和劳役。

〔38〕周惠王十七年:即公元前 660 年。

〔39〕邢:周代诸侯国名。姬姓。始封之君为周公之子。故址在今河北邢台市境内。

第二十三回

卫懿公好鹤亡国　齐桓公兴兵伐楚

话说卫惠公之子懿公,自周惠王九年嗣立,在位九年,般乐[1]怠傲,不恤国政,最好的是羽族中一物,其名曰鹤。按浮邱伯[2]《相鹤经》云:

鹤,阳鸟[3]也,而游于阴[4]。因金气[5],乘火精[6]以自养。金数九,火数七[7],故鹤七年一小变,十六年[8]一大变,百六十年变止,千六百年形定。体尚洁,故其色白。声闻天,故其头赤。食于水,故其喙长。栖于陆,故其足高。翔于云,故毛丰而肉疏。大喉以吐,修颈以纳新,故寿不可量[9]。行必依洲渚,止不集林木,盖羽族之宗长,仙家之骐骥[10]也。鹤之上相:隆鼻短口则少眠,高脚疏节则多力,露眼赤睛则视远,凤翼雀毛则喜飞,龟背鳖腹则能产,轻前重后则善舞,洪髀[11]纤趾则能行。

那鹤色洁形清,能鸣善舞,所以懿公好之。俗谚云:"上人不好,下人不要。"因懿公偏好那鹤,凡献鹤者皆有重赏,弋人百方罗致,都来进献。自苑囿宫廷,处处养鹤,何止数百。有齐高帝[12]咏鹤诗为证:

第二十三回

八风舞遥翩[13]，九野弄[14]清音。

一摧云间志[15]，为君苑中禽。

懿公所畜之鹤，皆有品位俸禄：上者食大夫俸，次者食士俸。懿公若出游，其鹤亦分班从幸，命以大轩[16]，载于车前，号曰"鹤将军"。养鹤之人，亦有常俸。厚敛于民，以充鹤粮，民有饥冻，全不抚恤。

大夫石祁子，乃石碏之后，石骀仲之子，为人忠直有名，与宁庄子名速，同秉国政，皆贤臣也。二人进谏屡次，俱不听。公子燬乃惠公庶兄公子硕烝于宣姜而生者[17]，即文公也。燬知卫必亡，托故如齐。齐桓公妻以宗女，竟留齐国。卫人向来心怜故太子急子之冤，自惠公复位之后，百姓日夜咒诅："若天道有知，必不终于禄位也！"因急子与寿，俱未有子，公子硕早死，黔牟已绝，惟燬有贤德，人心阴归附之。及懿公失政，公子燬出奔，卫人无不含怨。

却说北狄自周太王之时，獯鬻[18]已强盛，逼太王迁都于岐。及武王一统，周公南惩荆舒，北膺戎狄，中国久安。迨平王东迁之后，南蛮北狄，交肆其横。单说北狄主名曰瞍瞒[19]，控弦[20]数万，常有迭荡[21]中原之意。及闻齐伐山戎，瞍瞒怒曰："齐兵远伐，必有轻我之心，当先发制之。"乃驱胡骑二万伐邢，残破其国。闻齐谋救邢，遂移兵向卫。时卫懿公正欲载鹤出游，谍报："狄人入寇。"懿公大惊，即时敛兵授甲，为战守计。百姓皆逃避村野，不肯即戎[22]。懿公使司徒拘执之。须臾，擒百馀人来，问其逃避之故。众人曰："君用一物，足以御狄，安用我等？"懿公问："何物？"众人曰："鹤。"懿公曰："鹤何能御狄耶？"众人曰："鹤既不能战，是无用之物，君敝有用以养无用，百姓所以不服也！"懿公曰："寡人

卫懿公好鹤亡国　齐桓公兴兵伐楚

知罪矣！愿散鹤以从民可乎？"石祁子曰："君亟行之，犹恐其晚也。"懿公果使人纵鹤，鹤素受豢养，盘旋故处，终不肯去。石、宁二大夫，亲往街市，述卫侯悔过之意，百姓始稍稍复集。狄兵已杀至荥泽[23]，顷刻三报[24]。石祁子奏曰："狄兵骁勇，不可轻敌，臣请求救于齐。"懿公曰："齐昔日奉命来伐，虽然退兵，我国并未修聘谢[25]，安肯相救？不如一战，以决存亡！"宁速曰："臣请率师御狄，君居守。"懿公曰："孤不亲行，恐人不用心。"乃与石祁子玉玦[26]，使代理国政，曰："卿决断如此玦矣！"与宁速矢[27]，使专力守御。又曰："国中之事，全委二卿。寡人不胜狄，不能归也！"石、宁二大夫皆垂泪。

懿公盼咐已毕，乃大集车徒，使大夫渠孔为将，于伯副之，黄夷为先锋，孔婴齐为后队。一路军人口出怨言，懿公夜往察之，军中歌曰：

  鹤食禄，民力耕；鹤乘轩，民操兵。狄锋厉兮不可撄，欲战兮九死而一生！鹤今何在兮？而我瞿瞿[28]为此行！

懿公闻歌，闷闷不已。大夫渠孔用法太严，人心益离。行近荥泽，见敌军千馀，左右分驰，全无行次。渠孔曰："人言狄勇，虚名耳！"即命鼓行而进。狄人诈败，引入伏中，一时呼哨而起，如天崩地塌，将卫兵截做三处，你我不能相顾。卫兵原无心交战，见敌势凶猛，尽弃车仗而逃。懿公被狄兵围之数重。渠孔曰："事急矣！请偃大旆，君微服下车，尚可脱也。"懿公叹曰："二三子[29]苟能相救，以旆为识。不然，去旆无益也。孤宁一死，以谢百姓耳！"须臾，卫兵前后队俱败，黄夷战死，孔婴齐自刎而亡。狄军围益厚。于伯中箭坠车，懿公与渠孔先后被害，被狄人砍为肉泥，全军俱没。髯翁

第二十三回

有诗云：

曾闻古训戒禽荒，一鹤谁知便丧邦。

荧泽当时遍燐火，可能骑鹤返仙乡[30]？

狄人囚卫太史华龙滑、礼孔，欲杀之。华、礼二人知胡俗信鬼，诒之曰："我太史也，实掌国之祭祀，我先往为汝白神。不然，鬼神不汝佑，国不可得也。"瞒睅信其言，遂纵之登车。宁速方戎服巡城，望见单车驰到，认是二太史，大惊，问："主公何在？"曰："已全军覆没矣！狄师强盛，不可坐待灭亡，宜且避其锋。"宁速欲开门纳之，礼孔曰："与君俱出，不与君俱入，人臣之义谓何？吾将事吾君于地下！"遂拔剑自刎。华龙滑曰："不可失史氏之籍。"乃入城。

宁速与石祁子商议，引着卫侯宫眷及公子申，乘夜乘小车出城东走。华龙滑抱典籍从之。国人闻二大夫已行，各各携男抱女，随后逃命，哭声震天。狄兵乘胜长驱，直入卫城。百姓奔走落后者，尽被杀戮。又分兵追逐。石祁子保宫眷先行，宁速断后，且战且走。从行之民，半罹狄刃。将及黄河，喜得宋桓公遣兵来迎，备下船只，星夜渡河。狄兵方才退去，将卫国府库，及民间存留金粟之类，劫掠一空，堕其城郭，满载而归。不在话下。

却说卫大夫弘演，先奉使聘陈，比及反役，卫已破灭。闻卫侯死于荧泽，往觅其尸。一路看见骸骨暴露，血肉狼籍，不胜伤感。行至一处，见大旆倒于荒泽之旁，弘演曰："旆在此，尸当不远矣。"未数步，闻呻吟之声，前往察之，见一小内侍折臂而卧。弘演问曰："汝认得主公死处否？"内侍指一堆血肉曰："此即主公之尸也。吾亲见主公被杀。为臂伤疼痛，不能行走，故卧守于此，欲俟国人来而示之。"弘演视其尸体，俱已零落不全，惟一肝完好。弘演对之再拜,大哭,乃复命[31]于肝前,如生时之礼。事毕,弘演曰:"主公无人收葬,吾将以身为棺耳!"嘱从人曰:"我死后,埋我于林下,俟有新君,方可告之。"遂拔佩刀自剖其腹,手取懿公之肝,纳于腹中,须臾而绝。从者如言埋掩,因以车载小内侍渡河,察听新君消息。

却说石祁子先扶公子申登舟。宁速收拾遗民,随后赶上,至于漕邑[32],点查男女,才存得七百有二十人。狄人杀戮之多,岂不悲哉!二大夫相议:"国不可一日无君,其奈遗民太少!"乃于共、滕二邑[33],十抽其三,共得四千有馀人,连遗民凑成五千之数,即于漕邑创立庐舍,扶立公子申为君,是为戴公。宋桓公御说、许桓公新臣[34],各遣人致唁。戴公先已有疾,立数日遂薨。宁速如齐,迎公子燬嗣位。齐桓公曰:"公子归自敝邑,将守宗庙,若器用不具,皆寡人之过也。"乃遗以良马一乘,祭服五称[35],牛、羊、豕、鸡、狗各三百只。又以鱼轩[36]赠其夫人,兼美锦三十端[37]。命公子无亏帅车三百乘送之。并致门材[38],使立门户。公子燬至漕邑,弘演之从人,同折臂小内侍俱到,备述纳肝之事。公子燬先遣使具棺,往荥泽收殓。一面为懿公、戴公发丧。追封弘演,录用其子,以旌其忠。诸侯重齐桓公之义,多有吊赗[39]。时周惠王十八年冬十二月也。

其明年,春正月,卫侯燬改元,是为文公[40]。才有车三十乘,寄居民间,甚是荒凉。文公布衣帛冠,蔬食菜羹,早起夜息,抚安百姓,人称其贤。公子无亏辞归齐国,留甲士三千人,协戍漕邑,以防狄患。无亏回见桓公,言卫燬草创之状,并述弘演纳肝之事。桓公叹曰:"无道之君,亦有忠臣如此者乎?其国正未艾[41]也。"管仲

第二十三回

进曰："今留戍劳民，不如择地筑城，一劳永逸。"桓公以为然，正欲纠合诸侯同役。忽邢国遣人告急，言："狄兵又到本国，势不能支，伏望救援！"桓公问管仲曰："邢可救乎？"管仲对曰："诸侯所以事齐，谓齐能拯其灾患也。不能救卫，又不救邢，霸业陨矣！"桓公曰："然则邢、卫之急孰先？"管仲对曰："俟邢患既平，因而城卫，此百世之功也。"桓公曰："善。"即传檄宋、鲁、曹、邾各国，合兵救邢，俱于聂北[42]取齐。宋、曹二国兵先到。管仲又曰："狄寇方张，邢力未竭，敌方张之寇，其劳倍；助未竭之力，其功少，不如待之。邢不支狄，必溃，狄胜邢，必疲。驱疲狄而援溃邢，所谓力省而功多者也。"桓公用其谋，托言待鲁、邾兵到，乃屯兵于聂北，遣谍打探邢、狄攻守消息。史臣有诗讥管仲不早救邢、卫，乃霸者养乱为功之谋也。诗云：

救患如同解倒悬，提兵那可复迁延？
从来霸事逊王事，功利偏居道义先。

话说三国驻兵聂北，约及两月。狄兵攻邢，昼夜不息。邢人力竭，溃围而出。谍报方到，邢国男女，填涌而来，俱投奔齐营求救。内一人哭倒在地，乃邢侯叔颜也。桓公扶起，慰之曰："寡人相援不早，以致如此，罪在寡人。当请宋公、曹伯共议，驱逐狄人。"即日拔寨都起。狄主瞍瞒掳掠满欲，无心恋战，闻三国大兵将至，放起一把火，望北飞驰而去。比及各国兵到，只见一派火光，狄人已遁。桓公传令将火扑灭，问叔颜："故城尚可居否？"叔颜曰："百姓逃难者，大半在夷仪[43]地方，愿迁夷仪，以从民欲。"桓公乃命三国各具版筑[44]，筑夷仪城，使叔颜居之。更为建立朝庙，添设庐舍，牛马粟帛之类，皆从齐国运至，充牣[45]其中。邢国君臣，如归

卫懿公好鹤亡国　齐桓公兴兵伐楚

故国,欢祝之声彻耳。

事毕,宋、曹欲辞齐归国。桓公曰:"卫国未定,城邢而不城卫,卫其谓我何?"诸侯曰:"惟霸君命。"桓公传令,移兵向卫,凡畚锸[46]之属,尽携带随身。卫文公燬远远相接。桓公见其大布为衣,大帛为冠,不改丧服,恻然久之。乃曰:"寡人借诸君之力,欲为君定都,未审何地为吉?"文公燬曰:"孤已卜得吉地,在于楚丘[47],但版筑之费,非亡国所能办耳!"桓公曰:"此事寡人力任之。"即日传令三国之兵,俱往楚丘兴工。复运门材,重立朝庙,谓之"封卫[48]"。卫文公感齐再造之恩,为《木瓜》之诗[49]以咏之。诗云:

投我以木瓜兮,报之以琼琚。

投我以木桃兮,报之以琼瑶。

投我以木李兮,报之以琼玖[50]。

当时称桓公存三亡国:谓立僖公以存鲁,城夷仪以存邢,城楚丘以存卫,有此三大功劳,此所以为五霸之首也。潜渊先生读史诗云:

周室东迁纲纪摧,桓公纠合振倾颓。

兴灭继绝[51]存三国,大义堂堂五霸魁。

时楚成王熊恽,任用令尹子文图治,修明国政,有志争霸。闻齐侯救邢存卫,颂声传至荆襄,楚成王心甚不乐,谓子文曰:"齐侯布德沽名,人心归向。寡人伏处汉东,德不足以怀人,威不足以慑众,当今之时,有齐无楚,寡人耻之!"子文对曰:"齐侯经营伯业,于今几三十年矣。彼以尊王为名,诸侯乐附,未可敌也。郑居南北之间,为中原屏蔽,王若欲图中原,非得郑不可。"成王曰:"谁能为

第 二 十 三 回

寡人任伐郑之事者？"大夫斗章愿往，成王与车二百乘，长驱至郑。

却说郑自纯门受师[52]以后，日夜提防楚兵，探知楚国兴师，郑伯大惧，即遣大夫聃伯，率师把守纯门，使人星夜告急于齐。齐侯传檄，大合诸侯于柽[53]，将谋救郑。斗章知郑有准备，又闻齐救将至，恐其失利，至界而返。楚成王大怒，解佩剑赐斗廉，使即军中斩斗章之首。斗廉乃斗章之兄也。既至军中，且隐下楚王之命，密与斗章商议："欲免国法，必须立功，方可自赎。"斗章跪而请教。斗廉曰："郑知退兵，谓汝必不骤来，若疾走袭之，可得志也。"斗章分军为二队，自率前队先行，斗廉率后队接应。却说斗章衔枚卧鼓，悄地侵入郑界，恰遇聃伯在界上点阅车马。聃伯闻有寇兵，正不知何国，慌忙点兵，在界上迎住厮杀。不期斗廉后队已到，反抄出郑师之后，腹背夹攻。聃伯力不能支，被斗章只一铁简[54]打倒，双手拿来。斗廉乘胜掩杀，郑兵折其大半。斗章将聃伯上了囚车，便欲长驱入郑。斗廉曰："此番掩袭成功，且图免死，敢侥幸从事耶？"乃即日班师。斗章归见楚成王，叩首请罪，奏曰："臣回军是诱敌之计，非怯战也。"成王曰："既有擒将之功，权许准罪。但郑国未服，如何撤兵？"斗廉曰："恐兵少不能成功，惧褒国威。"成王怒曰："汝以兵少为辞，明是怯敌。今添兵车二百乘，汝可再往，若不得郑成，休见寡人之面！"斗廉奏曰："臣愿兄弟同往。若郑不投降，当缚郑伯以献。"成王壮其言，许之。乃拜斗廉为大将，斗章副之，共率车四百乘，重望郑国杀来。史臣有诗云：

荆襄自帝势炎炎，蚕食多邦志未厌。

溱洧[55]何辜三受伐？解悬只把霸君瞻。

且说郑伯闻聃伯被囚，复遣人如齐请救。管仲进曰："君数年

卫懿公好鹤亡国　齐桓公兴兵伐楚

以来，救燕存鲁，城邢封卫，恩德加于百姓，大义布于诸侯，若欲用诸侯之兵，此其时矣。君若救郑，不如伐楚，伐楚必须大合诸侯。"桓公曰："大合诸侯，楚必为备，可必胜乎？"管仲曰："蔡人得罪于君，君欲讨之久矣。楚、蔡接壤，诚以讨蔡为名，因而及楚，《兵法》所谓'出其不意'者也。"先时，蔡穆公以其妹嫁桓公为第三夫人，一日，桓公与蔡姬共登小舟，游于池上，采莲为乐。蔡姬戏以水洒公，公止之。姬知公畏水，故荡其舟，水溅公衣。公大怒曰："婢子不能事君！"乃遣竖貂送蔡姬归国。蔡穆公亦怒曰："已嫁而归，是绝之也。"竟将其妹更嫁于楚国，为楚成王夫人。桓公深恨蔡侯，故管仲言及之。桓公曰："江、黄二国，不堪楚暴，遣使纳款，寡人欲与会盟，伐楚之日，约为内应，何如？"管仲曰："江、黄远齐而近楚，一向服楚，所以仅存。今背而从齐，楚人必怒，怒必加讨。当此时，我欲救，则阻道路之遥；不救，则乖同盟之义。况中国诸侯，五合六聚，尽可成功，何必借助蕞尔[56]？不如以好言辞之。"桓公曰："远国慕义而来，辞之将失人心。"管仲曰："君但识吾言于壁，异日勿忘江、黄之急也。"桓公遂与江、黄二君盟会，密订伐楚之约，以明年春正月为期。二君言："舒[57]人助楚为虐，天下称为荆舒，不可不讨。"桓公曰："寡人当先取舒国，以剪楚翼。"乃密写一书，付于徐子。徐与舒近，徐嬴嫁为齐桓公第二夫人，有婚姻之好，一向归附于齐，故桓公以舒事嘱之。徐果引兵袭取舒国。桓公即命徐子屯兵舒城，以备缓急。江、黄二君，各守本界，以候调遣。鲁僖公遣季友至齐谢罪，称："有邾、莒之隙，不得共邢、卫之役。今闻会盟江、黄，特来申好，嗣有征伐，愿执鞭前驱。"桓公大喜，亦以伐楚之事，密与订约。时楚兵再至郑国，郑文公请成，以纾民祸。

第 二 十 三 回

大夫孔叔曰："不可,齐方有事于楚,以我故也。人有德于我,弃之不祥,宜坚壁以待之。"于是再遣使如齐告急。桓公授之以计,使扬言齐救即至,以缓楚。至期,或君或臣,率一军出虎牢,于上蔡取齐,等候协力攻楚。于是遍约宋、鲁、陈、卫、曹、许之君,俱要如期起兵,名为讨蔡,实为伐楚。

明年,为周惠王之十三年[58],春正月元旦,齐桓公朝贺已毕,便议讨蔡一事。命管仲为大将,率领隰朋、宾须无、鲍叔牙、公子开方、竖人貂等,出车三百乘,甲士万人,分队进发。太史奏:"七日出军上吉。"竖貂请先率一军,潜行掩蔡,就会集各国车马。桓公许之。蔡人恃楚,全不设备,直待齐兵到时,方才敛兵设守。竖貂在城下耀武扬威,喝令攻城,至夜方退。蔡穆公认得是竖貂,先年在齐宫曾伏侍蔡姬,受其恩惠。蔡姬退回,又是他送去的,晓得是宵小之辈。乃于夜深,使人密送金帛一车,求其缓兵。竖貂受了,遂私将齐侯纠合七路诸侯,先侵蔡,后伐楚,一段军机,备细泄漏于蔡:"不日各国军到,将蔡城蹂为平地,不如及早逃遁为上。"使者回报,蔡侯大惊。当夜率领宫眷,开门出奔楚国。百姓无主,即时溃散。竖貂自以为功,飞报齐侯去讫。

却说蔡侯至楚,见了成王,备述竖貂之语。成王方省齐谋,传令简阅兵车,准备战守,一面撤回斗章伐郑之兵。数日后,齐侯兵至上蔡。竖貂谒见已毕。七路诸侯陆续俱到,一个个躬率车徒,前来助战,军威甚壮。那七路:宋桓公御说、鲁僖公申、陈宣公杵臼、卫文公燬、郑文公捷、曹昭公班、许穆公新臣。连主伯齐桓公小白,共是八位。内许穆公抱病,力疾率师先到蔡地。桓公嘉其劳,使序于曹伯之上。是夜,许穆公薨。齐侯留蔡三日,为之发丧。命许国

卫懿公好鹤亡国　齐桓公兴兵伐楚

以侯礼葬之。七国之师,望南而进,直达楚界。只见界上,早有一人衣冠整肃,停车道左,磬折[59]而言曰:"来者可是齐侯?可传言楚国使臣奉候久矣。"那人姓屈名完,乃楚之公族,官拜大夫。今奉楚王之命为行人[60],使于齐师。桓公曰:"楚人何以预知吾军之至也?"管仲曰:"此必有人漏泄消息。既彼遣使,必有所陈。臣当以大义责之,使彼自愧屈,可不战而降矣。"管仲亦乘车而出,与屈完车上拱手。屈完开言曰:"寡君闻上国车徒,辱于敝邑,使下臣完致命。寡君命使臣辞曰:'齐、楚各君其国,齐居于北海[61],楚近于南海,虽风马牛不相及[62]也。不知君何以涉于吾地?'敢请其故?"管仲对曰:"昔周成王封吾先君太公于齐,使召康公[63]赐之命,辞曰:'五侯九伯[64],汝世掌征伐,以夹辅[65]周室。其地东至海,西至河,南至穆陵[66],北至无棣,凡有不共[67]王职,汝勿赦宥。'自周室东迁,诸侯放恣,寡君奉命主盟,修复先业。尔楚国于南荆,当岁贡包茅,以助王祭。自尔缺贡,无以缩酒,寡人是征。且昭王南征而不返[68],亦尔故也。尔其何辞?"屈完对曰:"周失其纲,朝贡废缺,天下皆然,岂惟南荆?虽然,包茅不入,寡君知罪矣。敢不共给,以承君命!若夫昭王不返,惟胶舟之故,君其问诸水滨,寡君不敢任咎。完将复于寡君。"言毕,麾车而退。管仲告桓公曰:"楚人倔强,未可以口舌屈也,宜进逼之。"乃传令八军同发,直至陉山[69]。离汉水不远,管仲下令:"就此屯扎,不可前行!"诸侯皆曰:"兵已深入,何不济汉,决一死战,而逗留于此?"管仲曰:"楚既遣使,必然有备,兵锋一交,不可复解。今吾顿兵此地,遥张其势,楚惧吾之众,将复遣使,吾因取成焉。以讨楚出,以服楚归,不亦可乎?"诸侯犹未深信,议论纷纷不一。

第 二 十 三 回

却说楚成王已拜斗子文为大将，蒐甲厉兵，屯于汉南，只等诸侯济汉，便来邀击。谍报："八国之兵，屯驻陉地。"子文进曰："管仲知兵，不万全不发。今以八国之众，逗留不进，是必有谋。当遣使再往，探其强弱，察其意向，或战或和，决计未晚。"成王曰："此番何人可使？"子文曰："屈完既与夷吾识面，宜再遣之。"屈完奏曰："缺贡包茅，臣前承其咎矣。君若请盟，臣当勉行，以解两国之纷。若欲请战，别遣能者。"成王曰："战盟任卿自裁，寡人不汝制也。"屈完乃再至齐军。毕竟齐楚如何，且看下回分解。

---

〔1〕 般（pán 盘）乐：大乐，盛乐。

〔2〕 浮丘伯：亦称浮丘公。南朝宋人。

〔3〕 阳鸟：鹤的别称。意指鹤需秉阳气而生。

〔4〕 游于阴：即游于水。按阴阳五行之说，水属阴，火属阳。

〔5〕 因金气：凭借秋气。按五行说，秋属金。

〔6〕 火精：指太阳。《论衡·说日》："天日，火之精也。"

〔7〕 "金数九"二句：七为火之成数，九为金之成数。土数为五，下按水、火、木、金次序，故金数九，火数七。

〔8〕 十六年：疑指金数之九与火数之七相加。

〔9〕 寿不可量：古人认为鹤可活上一千年，故有鹤算、鹤寿之类词语。

〔10〕 骐骥：良马名。

〔11〕 洪髀（bì 必）：粗壮的大腿。

〔12〕 齐高帝：即萧道成（427—482）。南朝齐的建立者，在位四年。偶作诗文。

〔13〕 八风舞遥翮（hé 合）：在八方的风中，远远看它的翅膀在飞舞。

〔14〕 弄：演奏。

〔15〕 一摧云间志：一旦翱翔天外的志向被摧折。

〔16〕 大轩：轩为一种曲辕有障蔽的车。规定为卿大夫所乘。

〔17〕 悉于宣姜而生者：见本书第十二回。燬为二人之幼子。

〔18〕 獯鬻（xūn yù 勋玉）：我国古代北方少数民族名。夏朝叫獯鬻，周朝叫猃狁，汉朝叫匈奴。

〔19〕 瞍瞒（sǒu mán 叟蛮）：本为古代少数民族部落名，即春秋时长狄的一支，曾多次袭击齐国。本书误作北狄国君名称。

〔20〕 控弦：拉弓。引申为士兵。

〔21〕 迭（yì 义）荡：扫荡，侵犯。

〔22〕 即戎：当兵，从军。

〔23〕 荧泽：春秋时卫地，在黄河沿岸，地址不详。

〔24〕 三报：多次报告。说明军情紧急。

〔25〕 "齐昔日"以下三句：指齐桓公奉周惠王之命伐卫一事。见本书第二十回。

〔26〕 玉玦（jué 掘）：玉饰的一种，形如环而有缺口。古时常用以赠人表示决断或决绝之意。

〔27〕 矢：通"誓"。

〔28〕 瞿瞿：心神不安的样子。

〔29〕 二三子：诸位，你们几个人。

〔30〕 骑鹤返仙乡：借用《搜神后记》丁令威学仙得道后，曾骑鹤返回故乡一事，以表示死后魂归故乡。

〔31〕 复命：禀报完成使命情况。

〔32〕 漕邑：春秋时卫邑，一作曹邑。在今河南滑县旧县城东。

〔33〕 共、滕二邑：春秋时二邑均属卫。共原为诸侯国，春秋初为卫所兼并。地在今河南卫辉市。滕亦卫邑，地址不详。

第二十三回

〔34〕 许桓公新臣：应为许穆公，名新臣。在位四十二年（前700—前659）。承前宋桓公误。

〔35〕 五称：五套。称，古代计算衣服的量词。

〔36〕 鱼轩：以鱼皮为饰的车子，古时常供贵妇人乘用。

〔37〕 端：古代布帛长度单位。绢为匹，布为端。绢以四丈为一匹，布以六丈为一端。

〔38〕 门材：即木料。

〔39〕 吊赙（fù 富）：吊丧的财物。

〔40〕 文公：卫文公姬燬，在位二十五年（前659—前635）。

〔41〕 未艾（ài 爱）：没有结束，没有止境。

〔42〕 聂北：春秋时邢国地名。在今山东茌平县西。

〔43〕 夷仪：春秋时邢国迁地。在今山东聊城市西十二里。

〔44〕 版筑：筑城用品。版，筑墙所用之夹板。筑，捣土之杵。

〔45〕 充牣（rèn 任）：充满。

〔46〕 畚锸（běn chā 本插）：挖运泥土的工具。畚，畚箕，盛土筐。锸，铁锹。

〔47〕 楚丘：春秋时卫邑名。在今河南滑县东。

〔48〕 封卫：意为重建卫国。给土地以建国家叫封。

〔49〕《木瓜》之诗：《诗经·卫风》篇名。据《诗序》言，卫有狄难，齐桓公救而存之，卫人思欲厚报，而作是诗。但据内容，不过是写朋友间相互馈赠。

〔50〕"投我"以下六句：木桃，即桃之大者。木李，俗称木梨。木瓜、木桃、木李，均为易得之廉价物。而琼琚、琼瑶、琼玖则均为美玉，极为珍贵、难得。

〔51〕 兴灭继绝：即兴灭国、继绝世。使灭亡了的国家得到复兴，使快要断绝的世族得到承继。

〔52〕 纯门受师：指楚令尹子元率师伐郑、进入纯门一事。见第二十回。

〔53〕 柽(chēng撑)：春秋时宋邑名，在今河南淮阳境内。

〔54〕 简：通锏，古代兵器，形似鞭。

〔55〕 溱洧(zhēn wěi真委)：溱水与洧水，皆为郑国内河流，常借以代指郑国。

〔56〕 蕞(zuì最)尔：小小的。此指江、黄二国。

〔57〕 舒：周代诸侯国名。偃姓。故址在今安徽舒城、庐江一带。

〔58〕 周惠王之十三年：此处诸本皆误。上文叙齐桓公救邢存卫，在周惠王十八、十九年。楚兵伐郑，在惠王二十年。故此处应为惠王二十一年，即公元前656年。《春秋》、《左传》亦载于鲁僖公四年。

〔59〕 磬(qìng庆)折：指弯腰曲身，其形如磬。

〔60〕 行人：春秋时用作使者的通称。

〔61〕 北海：泛指北方之地。

〔62〕 "虽风马牛"句：言齐楚相距甚远，即使牲畜走失，亦不致走入对方国界。风，放逸。

〔63〕 召康公：即召公奭。

〔64〕 五侯九伯：五侯，即公、侯、伯、子、男五等诸侯。九伯，九州之方伯。

〔65〕 夹辅：在左右辅佐。

〔66〕 穆陵：即穆陵关。故址在今湖北麻城市北与河南光山县交界之处。

〔67〕 共(gōng公)：同"供"。供给，贡献。

〔68〕 昭王南征而不返：周昭王姬瑕，西周第四个国君。晚年荒于国政，巡游至南方，欲渡汉水。当地人故意用一只胶粘的船给他。船至中流而解体，昭王被淹死。

〔69〕 陉山：古代山名。在今河南漯河市郾城区南。乃楚之北界。

第二十四回

盟召陵礼款楚大夫　会葵丘义戴周天子

话说屈完再至齐军,请面见齐侯言事。管仲曰:"楚使复来,请盟必矣。君其礼之。"屈完见齐桓公再拜。桓公答礼,问其来意。屈完曰:"寡君以不贡之故,致干君讨,寡君已知罪矣。君若肯退师一舍,寡君敢不惟命是听!"桓公曰:"大夫能辅尔君以修旧职,俾寡人有辞于天子,又何求焉?"屈完称谢而去。归报楚王,言:"齐侯已许臣退师矣,臣亦许以入贡,君不可失信也。"少顷,谍报:"八路军马,拔寨俱起。"成王再使探实,回言:"退三十里,在召陵[1]驻扎。"楚王曰:"齐师之退,必畏我也。"欲悔入贡之事。子文曰:"彼八国之君,尚不失信于匹夫,君可使匹夫食言于国君乎?"楚王嘿然。乃命屈完赍金帛八车,再往召陵犒八路之师,复备菁茅一车,在齐军前呈样过了,然后具表,如周进贡。

却说许穆公丧至本国,世子业嗣位,主丧,是为僖公。感桓公之德,遣大夫百佗,率师会于召陵。桓公闻屈完再到,吩咐诸侯:"将各国车徒,分为七队,分列七方。齐国之兵,屯于南方,以当楚冲。俟齐军中鼓起,七路一齐鸣鼓,器械盔甲,务要十分整齐,以强中国之威势。"屈完既入,见齐侯陈上犒军之物。桓公命分派八

盟召陵礼款楚大夫　会葵丘义戴周天子

军。其菁茅验过,仍令屈完收管,自行进贡。桓公曰:"大夫亦曾观我中国之兵乎?"屈完曰:"完僻居南服,未及睹中国之盛,愿借一观。"桓公与屈完同登戎辂,望见各国之兵,各占一方,联络数十里不绝。齐军中一声鼓起,七路鼓声相应,正如雷霆震击,骇地惊天。桓公喜形于色,谓屈完曰:"寡人有此兵众,以战,何患不胜?以攻,何患不克?"屈完对曰:"君所以主盟中夏[2]者,为天子宣布德意,抚恤黎元也。君若以德绥诸侯,谁敢不服?若恃众逞力,楚国虽褊小,有方城[3]为城,汉水为池,池深城峻,虽有百万之众,正未知所用耳!"桓公面有惭色,谓屈完曰:"大夫诚楚之良也!寡人愿与若国修先君之好,如何?"屈完对曰:"君惠徼福于敝邑之社稷[4],辱收[5]寡君于同盟,寡君其敢自外?请与君定盟可乎?"桓公曰:"可。"是晚留屈完宿于营中,设宴款待。次日,立坛于召陵,桓公执牛耳为主盟,管仲为司盟。屈完称楚君之命,同立载书[6]:"自今以后,世通盟好。"桓公先歃,七国与屈完以次受歃。礼毕,屈完再拜致谢。管仲私与屈完言,请放聃伯还郑。屈完亦代蔡侯谢罪。两下各许诺。管仲下令班师。途中鲍叔牙问于管仲曰:"楚之罪,僭号为大。吾子以包茅为辞,吾所未解。"管仲对曰:"楚僭号已三世矣,我是以摈之,同于蛮夷。倘责其革号,楚肯俯首而听我乎?若其不听,势必交兵。兵端一开,彼此报复,其祸非数年不解,南北从此骚然矣。吾以包茅为辞,使彼易于共命。苟有服罪之名,亦足以夸耀诸侯,还报天子,不愈于兵连祸结,无已时乎?"鲍叔牙嗟叹不已。胡曾先生有诗曰:

> 楚王南海目无周,仲父当年善运筹。
> 不用寸兵成款约,千秋伯业诵齐侯。

又髯翁有诗讥桓、仲苟且结局,无害于楚。所以齐兵退后,楚兵犯侵中原如故,桓、仲不能再兴伐楚之师矣。诗云:

南望踌躇数十年,远交近合各纷然。
大声罪状谋方壮,直革淫名[7]局始全。
昭庙[8]孤魂终负痛,江黄义举但贻愆。
不知一歃成何事,依旧中原战血鲜!

陈大夫辕涛涂闻班师之令,与郑大夫申侯商议曰:"师若取道于陈、郑,粮食衣屦,所费不赀[9],国必甚病。不若东循海道而归,使徐、莒承供给之劳,吾二国可以少安。"申侯曰:"善,子试言之。"涛涂言于桓公曰:"君北伐戎,南伐楚,若以诸侯之众,观兵于东夷,东方诸侯,畏君之威,敢不奉朝请乎?"桓公曰:"大夫之言是也。"少顷,申侯请见,桓公召入。申侯进曰:"臣闻师不逾时,惧劳民也。今自春徂夏,霜露风雨,师力疲矣。若取道于陈、郑,粮食衣屦,取之犹外府[10]也。若出于东方,倘东夷梗路,恐不堪战,将若之何?涛涂自恤其国,非善计也。君其察之!"桓公曰:"微大夫之言,几误吾事!"乃命执涛涂于军,使郑伯以虎牢之地,赏申侯之功。因使申侯大其城邑,为南北藩蔽。郑伯虽然从命,自此心中有不乐之意。陈侯遣使纳赂,再三请罪,桓公乃赦涛涂。诸侯各归本国。桓公以管仲功高,乃夺大夫伯氏之骈邑[11]三百户,以益其封焉。

楚王见诸侯兵退,不欲贡茅。屈完曰:"不可以失信于齐!且楚惟绝周,故使齐得私之以为重。若假此以自通于周,则我与齐共之矣。"楚王曰:"奈二王何?"屈完曰:"不序爵,但称远臣某可也。"

盟召陵礼款楚大夫　会葵丘义戴周天子

楚王从之。即使屈完为使，赍菁茅十车，加以金帛，贡献天子。周惠王大喜曰："楚不共职久矣。今效顺如此，殆先王之灵乎？"乃告于文武之庙，因以胙赐楚。谓屈完曰："镇尔南方，毋侵中国！"屈完再拜稽首而退。

屈完方去后，齐桓公遣隰朋随至，以服楚告。惠王待隰朋有加礼。隰朋因请见世子，惠王便有不乐之色。乃使次子带与世子郑，一同出见。隰朋微窥惠王神色，似有仓皇无主之意。隰朋自周归，谓桓公曰："周将乱矣！"桓公曰："何故？"隰朋曰："周王长子名郑，先皇后姜氏所生，已正位东宫矣。姜后薨，次妃陈妫有宠，立为继后，有子名带。带善于趋奉，周王爱之，呼为太叔。遂欲废世子而立带。臣观其神色仓皇，必然此事在心故也。恐《小弁》[12]之事，复见于今日！君为盟主，不可不图。"桓公乃召管仲谋之。管仲对曰："臣有一计，可以定周。"桓公曰："仲父计将安出？"管仲对曰："世子危疑，其党孤也。君今具表周王，言：'诸侯愿见世子，请世子出会诸侯。'世子一出，君臣之分已定，王虽欲废立，亦难行矣。"桓公曰："善。"乃传檄诸侯，以明年夏月会于首止[13]。再遣隰朋如周，言："诸侯愿见世子，以申尊王之情。"周惠王本不欲子郑出会，因齐势强大，且名正言顺，难以辞之，只得许诺。隰朋归报。

至次年春，桓公遣陈敬仲先至首止，筑宫以待世子驾临。夏五月，齐、宋、鲁、陈、卫、郑、许、曹八国诸侯，并集首止。世子郑亦至，停驾于行宫。桓公率诸侯起居，子郑再三谦让，欲以宾主之礼相见。桓公曰："小白等忝[14]在藩室，见世子如见王也，敢不稽首！"子郑谢曰："诸君且休矣。"是夜，子郑使人邀桓公至于行宫，诉以太叔带谋欲夺位之事。桓公曰："小白当与诸臣立盟,共戴世子,世子勿忧也!"子郑感谢不已,遂留于行宫。诸侯亦不敢归国,各就馆舍,轮番进献酒食,及犒劳舆从之属。子郑恐久劳诸国,便欲辞归京师。桓公曰："所以愿与世子留连者,欲使天王知吾等爱戴世子,不忍相舍之意,所以杜其邪谋也。方今夏月大暑,稍俟秋凉,当送驾还朝耳。"遂预择盟期,用秋八月之吉。

却说周惠王见世子郑久不还辕,知是齐侯推戴,心中不悦。更兼惠后与叔带朝夕在傍,将言语浸润惠王。太宰周公孔来见,谓之曰："齐侯名虽伐楚,其实不能有加于楚。今楚人贡献效顺,大非昔比,未见楚之不如齐也。齐又率诸侯拥留世子,不知何意,将置朕于何地!朕欲烦太宰通一密信于郑伯,使郑伯弃齐从楚,因为孤致意楚君,努力事周,无负朕意!"宰孔奏曰："楚之效顺,亦齐力也。王奈何弃久昵之伯舅,而就乍附之蛮夷乎?"惠王曰:"郑伯不离,诸侯不散,能保齐之无异谋乎?朕志决矣,太宰无辞。"宰孔不敢复言。惠王乃为玺书一通,封函甚固,密授宰孔。宰孔不知书中何语,只得使人星夜达于郑伯。郑文公启函读之,言:"子郑违背父命,植党树私,不堪为嗣。朕意在次子带也。叔父〔15〕若能舍齐从楚,共辅少子,朕愿委国以听!"郑伯喜曰:"吾先公武、庄,世为王卿士,领袖诸侯,不意中绝,夷于小国。厉公又有纳王之劳,未蒙召用。今王命独临于我,政将及焉,诸大夫可以贺我矣。"大夫孔叔谏曰:"齐以我故,勤兵于楚。今乃反齐事楚,是悖德也。况翼戴世子,天下大义,君不可以独异。"郑伯曰:"从霸何如从王?且王意不在世子,孤何爱焉!"孔叔曰:"周之主祀,惟嫡与长。幽王之爱伯服,桓王之爱子克,庄王之爱子颓,皆君所知也。人心不附,

盟召陵礼欸楚大夫　会葵丘义戴周天子

身死无成。君不惟大义是从,而乃蹈五大夫[16]之覆辙乎?后必悔之!"大夫申侯曰:"天子所命,谁敢违之?若从齐盟,是弃王命也。我去,诸侯必疑,疑则必散,盟未必成。且世子有外党,太叔亦有内党,二子成败,事未可知。不如且归,以观其变。"郑文公乃从申侯之言,托言国中有事,不辞而行。齐桓公闻郑伯逃去,大怒,便欲奉世子以讨郑。管仲进曰:"郑与周接壤,此必周有人诱之。一人去留,不足以阻大计。且盟期已及,俟成盟而后图之。"桓公曰:"善。"于是即首止旧坛,歃血为盟。齐、宋、鲁、陈、卫、许、曹,共是七国诸侯。世子郑临之,不与歃,示诸侯不敢与世子敌也。盟词曰:"凡我同盟,共翼王储,匡靖王室。有背盟者,神明殛之!"事毕,世子郑降阶揖谢曰:"诸君以先王之灵,不忘周室,眷就[17]寡人,自文、武以下,咸嘉赖之!况寡人其敢忘诸君之赐?"诸侯皆降拜稽首。次日,世子郑欲归,各国各具车徒护送。齐桓公同卫侯亲自送出卫境,世子郑垂泪而别。史官有诗赞云:

　　君王溺爱冢嗣[18]危,郑伯甘将大义违。

　　首止一盟储位定,纲常赖此免凌夷。

郑文公闻诸侯会盟,且将讨郑,遂不敢从楚。

　　却说楚成王闻郑不与首止之盟,喜曰:"吾得郑矣!"遂遣使通于申侯,欲与郑修好。原来申侯先曾仕楚,有口才,贪而善媚,楚文王甚宠信之。及文王临终之时,恐后人不能容他,赠以白璧,使投奔他国避祸。申侯奔郑,事厉公于栎,厉公复宠信如在楚时。及厉公复国,遂为大夫。楚臣俱与申侯有旧,所以今日打通这个关节,要申侯从中怂恿,背齐事楚。申侯密言于郑伯,言:"非楚不能敌

279

第二十四回

齐,况王命乎?不然,齐、楚二国,皆将仇郑,郑不支矣。"郑文公惑其言,乃阴遣申侯输款于楚。周惠王二十三年[19],齐桓公率同盟诸侯伐郑,围新密[20]。时申侯尚在楚,言于楚成王曰:"郑所以愿归宇下者,正谓惟楚足以抗齐也。王不救郑,臣无辞以复命矣。"楚王谋于群臣,令尹子文进曰:"召陵之役,许穆公卒于军中,齐所怜也。许事齐最勤,王若加兵于许,诸侯必救,则郑围自解矣。"楚王从之,乃亲将伐许,亦围许城。诸侯闻许被围,果去郑而救许,楚师遂退。申侯归郑,自以为有全郑之功,扬扬得意,满望加封。郑伯以虎牢之役[21],谓申侯已过分,不加爵赏。申侯口中不免有怨望之言。明年春,齐桓公复率师伐郑。陈大夫辕涛涂,自伐楚归时,与申侯有隙,乃为书致孔叔曰:

> 申侯前以国媚齐,独擅虎牢之赏。今又以国媚楚,使子之君,负德背义,自召干戈,祸及民社。必杀申侯,齐兵可不战而罢。

孔叔以书呈于郑文公。郑伯为前日不听孔叔之言,逃归不盟,以致齐兵两次至郑,心怀愧悔,亦归咎于申侯。乃召申侯责之曰:"汝言惟楚能抗齐。今齐兵屡至,楚救安在?"申侯方欲措辩,郑伯喝教武士推出斩之。函其首,使孔叔献于齐军曰:"寡君昔者误听申侯之言,不终君好。今谨行诛,使下臣请罪于幕下,惟君侯赦宥之!"齐侯素知孔叔之贤,乃许郑平。遂会诸侯于宁母[22]。郑文公终以王命为疑,不敢公然赴会,使其世子华代行,至宁母听命。

子华与弟子臧,皆嫡夫人所出。夫人初有宠,故立华为世子。后复立两夫人,皆有子。嫡夫人宠渐衰,未几病死。又有南燕姞氏之女,为媵于郑宫,向未进御。一夕,梦一伟丈夫,手持兰草谓女

盟召陵礼欵楚大夫　会葵丘义戴周天子

曰：“余为伯鯈[23]，乃尔祖也。今以国香赠尔为子，以昌尔国。”遂以兰授之。及觉，满室皆香，且言其梦。同伴嘲之曰：“当生贵子。”是日，郑文公入宫，见此女而悦之。左右皆相顾而笑。文公问其故，乃以梦对。文公曰：“此佳兆也，寡人为汝成之。”遂命采兰蕊佩之，曰，"以此为符。"夜召幸之，有娠，生子名之曰兰。此女亦渐有宠，谓之燕姞。世子华见其父多宠，恐他日有废立之事。乃私谋之于叔詹。叔詹曰："得失有命，子亦行孝而已。"又谋之于孔叔，孔叔亦劝之以尽孝。子华不悦而去。子臧性好奇诡，聚鹬羽以为冠[24]，师叔曰："此非礼之服，愿公子勿服。"子臧恶其直言，诉于其兄。故子华与叔詹、孔叔、师叔三大夫，心中俱有芥蒂。

至是，郑伯使子华代行赴会，子华虑齐侯见怪，不愿往。叔詹促之使速行。子华心中益恨，思为自全之术。既见齐桓公，请屏去左右，然后言曰："郑国之政，皆听于泄氏、孔氏、子人氏三族[25]。逃盟之役，三族者实主之。若以君侯之灵，除此三臣，我愿以郑附齐，比于附庸。"桓公曰："诺。"遂以子华之谋，告于管仲。管仲连声曰："不可，不可！诸侯所以服齐者，礼与信也。子奸父命，不可谓礼。以好来而谋乱其国，不可谓信。且臣闻此三族，皆贤大夫，郑人称为'三良'。所贵盟主，顺人心也。违人自逞，灾祸必及。以臣观之，子华且将不免，君其勿许。"桓公乃谓子华曰："世子所言，诚国家大事。俟子之君至，当与计之。"子华面皮发赤，汗流浃背，遂辞归郑。管仲恶子华之奸，故泄其语于郑人。先有人报知郑伯。比及子华复命，诡言："齐侯深怪君不亲行，不肯许成，不如从楚。"郑伯大喝曰："逆子几卖吾国，尚敢谬说耶？"叱左右将子华囚禁于幽室之中。子华穴墙谋遁，郑伯杀之，果如管仲所料。公子臧

第二十四回

奔宋,郑伯使人追杀之于途中。郑伯感齐不听子华之德,再遣孔叔如齐致谢,并乞受盟。胡曾先生咏史诗曰:

> 郑用三良似屋楹,一朝楹撤屋难撑。
> 子华奸命思专国,身死徒留不孝名。

此周惠王二十四年[26]事也。

是冬,周惠王疾笃。王世子郑恐惠后有变,先遣下士王子虎告难于齐。未几,惠王崩。子郑与周公孔召伯廖商议,且不发丧,星夜遣人密报于王子虎。王子虎言于齐侯,乃大合诸侯于洮[27]。郑文公亦亲来受盟。同歃者,齐、宋、鲁、卫、陈、郑、曹、许,共八国诸侯,各各修表,遣其大夫如周。那几位大夫:齐大夫隰朋、宋大夫华秀老、鲁大夫公孙敖、卫大夫宁速、陈大夫辕选、郑大夫子人师、曹大夫公子戊、许大夫百佗。八国大夫连毂而至,羽仪甚盛,假以问安为名,集于王城之外。王子虎先驱报信,王世子郑使召伯廖问劳,然后发丧。诸大夫固请谒见新王,周、召二公奉子郑主丧,诸大夫假便宜,称君命以吊。遂公请王世子嗣位,百官朝贺,是为襄王[28]。惠后与叔带暗暗叫苦,不敢复萌异志矣。襄王乃以明年改元,传谕各国。

襄王元年,春祭毕。命宰周公孔赐胙于齐,以彰翼戴之功。齐桓公先期闻信,复大合诸侯于葵丘[29]。时齐桓公在路上,偶与管仲论及周事。管仲曰:"周室嫡庶不分,几至祸乱。今君储位尚虚,亦宜早建,以杜后患。"桓公曰:"寡人六子,皆庶出也,以长则无亏,以贤则昭。长卫姬事寡人最久,寡人已许之立无亏矣。易牙、竖貂二人,亦屡屡言之。寡人爱昭之贤,意尚未决。今决之于

盟召陵礼款楚大夫　会葵丘义戴周天子

仲父。"管仲知易牙、竖貂二人奸佞,且素得宠于长卫姬,恐无亏异日为君,内外合党,必乱国政。公子昭,郑姬所出,郑方受盟,假此又可结好。乃对曰:"欲嗣伯业,非贤不可。君既知昭之贤,立之可也。"桓公曰:"恐无亏挟长来争,奈何!"管仲曰:"周王之位,待君而定。今番会盟,君试择诸侯中之最贤者,以昭托之,又何患焉?"桓公点首。

比至葵丘,诸侯毕集,宰周公孔亦到,各就馆舍。时宋桓公御说薨,世子兹父,让国于公子目夷,目夷不受。兹父即位,是为襄公[30]。襄公遵盟主之命,虽在新丧,不敢不至,乃墨衰赴会。管仲谓桓公曰:"宋子[31]有让国之美,可谓贤矣!且墨衰赴会,其事齐甚恭。储贰之事,可以托之。"桓公从其言,即命管仲私诣宋襄公馆舍,致齐侯之意。襄公亲自来见齐侯。齐侯握其手,谆谆以公子昭嘱之:"异日仗君主持,使主社稷。"襄公愧谢不敢当,然心感齐侯相托之意,已心许之矣。

至会日,衣冠济济,环珮锵锵。诸侯先让天使升坛,然后以次而升。坛上设有天王虚位,诸侯北面拜稽,如朝觐之仪,然后各就位次。宰周公孔捧胙东向而立,传新王之命曰:"天子有事于文、武[32],使孔赐伯舅胙。"齐侯将下阶拜受。宰孔止之曰:"天子有后命:以伯舅耋老,加劳,赐一级,无下拜。"桓公欲从之,管仲从旁进曰:"君虽谦,臣不可以不敬。"桓公乃对曰:"天威不违颜咫尺[33],小白敢贪王命,而废臣职乎?"疾趋下阶,再拜稽首,然后登堂受胙。诸侯皆服齐之有礼。桓公因诸侯未散,复申盟好,颁周《五禁》曰:"毋壅泉,毋遏籴[34],毋易树子[35],毋以妾为妻,毋以妇人与国事。"誓曰:"凡我同盟,言归于好。"但以载书,加于牲上,

283

第二十四回

使人宣读，不复杀牲歃血，诸侯无不信服。髯翁有诗云：

纷纷疑叛说春秋，攘楚尊周握胜筹。

不是桓公功业盛，谁能不歃信诸侯？

盟事已毕，桓公忽谓宰孔曰："寡人闻三代有封禅之事，其典何如？可得闻乎？"宰孔曰："古者封泰山，禅梁父[36]。封泰山者，筑土为坛，金泥玉简[37]以祭天，报天之功。天处高，故崇其土以象高也。禅梁父者，扫地而祭，以象地之卑。以蒲为车，菹秸[38]为藉，祭而掩之，所以报地。三代受命而兴，获祐于天地，故隆此美报也。"桓公曰："夏都于安邑[39]，商都于亳，周都于丰镐。泰山梁父，去都城甚远，犹且封之禅之。今二山在寡人之封内，寡人欲徼宠天王，举此旷典，诸君以为何如？"宰礼视桓公足高气扬，似有矜高之色，乃应曰："君以为可，谁敢曰不可！"桓公曰："俟明日更与诸君议之。"诸侯皆散。宰孔私诣管仲曰："夫封禅之事，非诸侯所宜言也。仲父不能发一言谏止乎？"管仲曰："吾君好胜，可以隐夺[40]，难以正格[41]也。夷吾今且言之矣。"乃夜造桓公之前，问曰："君欲封禅，信乎？"桓公曰："何为不信？"管仲曰："古者封禅，自无怀氏[42]至于周成王，可考者七十二家，皆以受命，然后得封。"桓公艴然曰："寡人南伐楚，至于召陵；北伐山戎，刜[43]令支，斩孤竹；西涉流沙[44]，至于太行；诸侯莫余违也。寡人兵车之会三[45]，衣裳之会六[46]，九合诸侯，一匡天下，虽三代受命，何以过于此？封泰山，禅梁父，以示子孙，不亦可乎？"管仲曰："古之受命者，先有祯祥示征，然后备物而封，其典甚隆备也。鄗上之嘉黍[47]，北里之嘉禾[48]，所以为盛。江淮之间，一茅三脊[49]，谓之'灵茅'，王者受命则生焉，所以为藉[50]。东海致比目鱼^[51],西海致比翼之鸟^[52]。祥瑞之物,有不召而致者,十有五焉。以书史册,为子孙荣。今凤凰、麒麟不来,而鸱鸮^[53]数至;嘉禾不生,而蓬蒿繁植。如此而欲行封禅,恐列国有识者必归笑于君矣!"桓公嘿然。明日,遂不言封禅之事。

桓公既归,自谓功高无比,益治宫室,务为壮丽。凡乘舆服御之制,比于王者,国人颇议其僭。管仲乃于府中筑台三层,号为"三归之台^[54]"。言民人归,诸侯归,四夷归也。又树塞门^[55],以蔽内外。设反坫,以待列国之使臣。鲍叔牙疑其事,问曰:"君奢亦奢,君僭亦僭,毋乃不可乎?"管仲曰:"夫人主不惜勤劳,以成功业,亦图一日之快意为乐耳。若以礼绳之,彼将苦而生怠。吾之所以为此,亦聊为吾君分谤也。"鲍叔口虽唯唯,心中不以为然。

话分两头。却说周太宰孔自葵丘辞归,于中途遇见晋献公亦来赴会。宰孔曰:"会已撤矣。"献公顿足恨曰:"敝邑辽远,不及观衣裳之盛,何无缘也?"宰孔曰:"君不必恨。今者齐侯自恃功高,有骄人之意。夫月满则亏,水满则溢,齐之亏且溢,可立而待,不会亦何伤乎?"献公乃回辕西向,于路得疾,回至晋国而薨,晋乃大乱。欲知晋乱始末,且看下回分解。

---

〔1〕 召(shào 邵)陵:春秋时楚邑名。在今河南漯河市郾城区东。

〔2〕 中夏:即中国,中原地区。

〔3〕 方城:今河南叶县南有方城山,相传楚人曾在此因山筑长城,以拒中原诸侯。

〔4〕 "君惠"句:您光临我国,为敝邑的社稷祈求好运。徼,求的意思。

这是外交辞令。

〔5〕 辱收:承蒙接纳。辱,谦词。

〔6〕 载书:指盟约文件。

〔7〕 淫名:淫滥的名号。指楚以子爵而僭王号。

〔8〕 昭庙:周昭王之庙。代指周昭王。

〔9〕 不赀:很多,无法统计。

〔10〕 外府:国外的府库。

〔11〕 骈邑:春秋时齐邑,在今山东临朐县东南。

〔12〕 《小弁(biàn 便)》:《诗经·小雅》篇名。据《诗序》,以为周幽王欲立褒姒子伯服,废黜申后,放逐太子宜臼。宜臼之傅因作此诗。

〔13〕 首止:亦作首戴,春秋时卫地名。在今河南睢县东南。

〔14〕 忝(tiǎn 舔):惭愧,谦词。

〔15〕 叔父:周王对同姓诸侯,照例均称叔父。

〔16〕 五大夫:指周惠王初立时,芮国、边伯等五大夫逐惠王、立子颓一事。见第十九回。

〔17〕 昵就:亲近。

〔18〕 冢嗣:嫡长子。此指世子郑。

〔19〕 周惠王二十三年:即公元前 654 年。原作"二十六年",实误。周惠王并无二十六年。此据《左传》校正。

〔20〕 新密:春秋时郑邑名。在今河南密县东南。

〔21〕 虎牢之役:指申侯向齐桓公献媚而得虎牢之地一事。见前文。役,此作事解。

〔22〕 宁母:春秋时鲁地名。在今山东金乡县东南。

〔23〕 伯儵(chóu 筹):南燕始封之祖,姞姓,相传为黄帝之后。

〔24〕 "聚鹬羽"句:鹬,水鸟名。知天雨即鸣。古人以其能知天时,故掌天文者多戴鹬冠。子臧不知天文而戴鹬冠,故师叔以为"非礼之服"。

〔25〕 泄氏、孔氏、子人氏三族：指掌握郑国朝政的三个家族，实为"三良"之家族。其中泄氏指泄堵寇，应为"三良"中之堵叔。但本书无堵叔，疑指叔詹。子人氏乃郑庄公子公子语字子人者之后，名子人师，即师叔。孔氏应指孔叔。"三良"之说法不一，《左传·僖公七年》以叔詹、诸叔、师叔为"三良"。

〔26〕 周惠王二十四年：即公元前653年。诸本原作"二十二年"，皆误。前文记周惠王二十六年(实为二十三年，见本回注〔19〕)齐桓公两次伐郑之后，时间反倒退提前，不合情理。宁母之盟，《春秋》系于鲁僖公七年(即周惠王二十四年)秋七月。故校正。

〔27〕 洮：春秋时曹邑名。在今山东鄄城县西南。

〔28〕 襄王：周襄王姬郑，在位三十三年(前652—前620)。

〔29〕 葵丘：春秋时宋地名。在今河南兰考县境内。与十四回齐国之葵丘，并非一地。

〔30〕 襄公：宋桓公子兹父，在位十四年(前650—前637)。

〔31〕 宋子：指宋襄公。宋虽公爵，但在新丧，父死未葬，按当时惯例，应称为"子"。

〔32〕 有事于文、武：指有祭事于周文王、周武王。

〔33〕 "天威"句：即周天子离我们很近的恭敬说法。违，距离。八尺叫咫，咫尺指很近之处。

〔34〕 遏籴(dí 敌)：阻止粮食购买。

〔35〕 树子：指诸侯已立为世子的嫡长子。

〔36〕 梁父：山名，在山东泰安市泰山东南。山不甚高，但较有名，故为历代帝王祭地之处。

〔37〕 金泥玉简：古代帝王封禅所用之书函。封以金泥而署以玉简。简，或作检。

〔38〕 菹(zū 租)秸：干枯的麦秆。

〔39〕 安邑：古邑名。在今山西夏县西北。

287

〔40〕 隐夺:暗中制止,宛转规劝。

〔41〕 正格:正面驳斥。

〔42〕 无怀氏:传说中古代帝王名。

〔43〕 刜(fú服):砍削,引申作平定。

〔44〕 流沙:即沙漠。沙常因风而流转不定,故称。

〔45〕 兵车之会三:指平宋乱、伐楚、伐郑围新密三次。

〔46〕 衣冠之会六:即两次会于鄄、幽、首止、洮、葵丘各会一次。

〔47〕 鄗(hào号)上之嘉黍:鄗,通镐。周武王时都城。嘉黍,指二穗同一苗。武王时曾出现过,故《尚书》中有《嘉禾》篇,今佚。

〔48〕 北里之嘉禾:地点、事迹待考。

〔49〕 一茅三脊:有三条脊杆的茅草。俗称三脊茅或菁茅,多产于南方。

〔50〕 藉:祭奠时的凭藉。《管子·轻重》:"诸从天子封于太山、禅于梁父者,必抱菁茅一束,以为禅藉。"

〔51〕 比目之鱼:比目鱼,一名鲽。旧谓此鱼一目,须两鱼相并始能游行。

〔52〕 比翼之鸟:比翼鸟,一名鹣鹣。常两两翅膀相靠而齐飞。

〔53〕 鸱鸮(chī xiāo吃消):鸱为鹞鹰,鸮为猫头鹰。均为恶鸟名。

〔54〕 三归之台:台址在今山东东阿县境。

〔55〕 树塞门:竖立屏风。塞门,即屏风。按当时礼制,天子竖屏风于门外;诸侯竖屏风于门内;大夫及士均不能竖屏风,而只能以帘或帷分隔内外。这里指管仲违反礼制。

第二十五回

智荀息假途灭虢　穷百里饲牛拜相

话说晋献公内蛊于骊姬,外惑于"二五[1]",益疏太子,而亲爱奚齐。只因申生小心承顺,又数将兵有功,无间可乘。骊姬乃召优施,告以心腹之事:"今欲废太子而立奚齐,何策而可?"施曰:"三公子皆在远鄙[2],谁敢为夫人难者?"骊姬曰:"三公子年皆强壮,历事已深,朝中多为之左右,吾未敢动也。"施曰:"然则当以次去之。"骊姬曰:"去之孰先?"施曰:"必先申生。其为人也,慈仁而精洁[3]。精洁则耻于自污,慈仁则惮于贼人[4]。耻于自污,则愤不能忍;惮于贼人,其自贼易也。然世子迹虽见疏,君素知其为人,谮以异谋必不信。夫人必以夜半泣而诉君,若为誉世子者,而因加诬焉,庶几说可售矣。"骊姬果夜半而泣,献公惊问其故,再三不肯言。献公迫之,骊姬对曰:"妾虽言之,君必不信也。妾所以泣者,恐妾不能久侍君为欢耳!"献公曰:"何出此不祥之言!"骊姬收泪而对曰:"妾闻申生为人,外仁而内忍。其在曲沃,甚加惠于民,民乐为之死,其意欲有所用之也。申生每为人言:君惑于妾,必乱国。举朝皆闻之,独君不闻耳。毋乃[5]以靖国之故,而祸及于君。君何不杀妾,以谢申生,可塞其谋。勿以一妾乱百姓。"献公曰:"申生仁于民,岂反不仁父乎?"骊姬对曰:"妾亦疑之。然妾闻外人之言曰:匹夫为仁,与在上不同。匹夫以爱亲为仁,在上者以利国为仁。苟利于国,何亲之有?"献公曰:"彼好洁,不惧恶名乎?"骊姬对曰:"昔幽王不杀宜臼,放之于申,申侯召犬戎,杀幽王于骊山之下,立宜臼为君,是为平王,为东周始祖。至于今,幽王之恶益彰,谁复以不洁之名,加之平王者哉?"献公意悚然,遂披衣起坐,曰:"夫人言是也!若何而可?"骊姬曰:"君不若称耄[6]而以国授之。彼得国而厌其欲,其或可以释君。且昔者,曲沃之兼翼[7],非骨肉乎?武公惟不顾其亲,故能有晋。申生之志,亦犹是也。君其让之!"献公曰:"不可。我有武与威以临诸侯。今当吾身而失国,不可谓武,有子而不胜,不可谓威。失武与威,人能制我,虽生不如死。尔勿忧,吾将图之。"骊姬曰:"今赤狄[8]皋落氏[9]屡侵吾国,君何不使之将兵伐狄,以观其能用众与否也?若其不胜,罪之有名;若胜,则信得众矣。彼恃其功,必有异谋,因而图之,国人必服。夫胜敌以靖边鄙,又以识世子之能否,君何为不使?"献公曰:"善。"乃传令使申生率曲沃之众,以伐皋落氏。

少傅里克在朝,谏曰:"太子,君之贰[10]也。故君行则太子监国。夫朝夕视膳,太子之职,远之犹不可,况可使帅师乎?"献公曰:"申生已屡将兵矣。"里克曰:"向者从君于行,今专制[11],固不可也。"献公仰面而叹曰:"寡人有子九人,尚未定孰为太子,卿勿多言!"里克嘿然而退,告于狐突。狐突曰:"危哉乎,公子也!"乃遗书申生,劝使勿战,战而胜滋忌,不如逃之。申生得书,叹曰:"君之以兵事使我,非好我也,欲测我心耳。违君之命,我罪大矣。战而幸死,犹有令名。"乃与皋落大战于稷桑[12]之地,皋落氏败走,申生献捷于献公。骊姬曰:"世子果能用众矣,奈何?"献公曰:"罪未著也,姑待之。"狐突料晋国将乱,乃托言痼疾[13],杜门不出。

时有虞、虢二国[14],乃是同姓比邻,唇齿相依,其地皆连晋界。虢公名丑,好兵而骄,屡侵晋之南鄙。边人告急,献公谋欲伐虢。骊姬请曰:"何不更使申生?彼威名素著,士卒为用,可必成功也。"献公已入骊姬之言,诚恐申生胜虢之后,益立威难制,踌躇未决,问于大夫荀息曰:"虢可伐乎?"荀息对曰:"虞、虢方睦,吾攻虢,虞必救之;若移而攻虞,虢又救之。以一敌二,臣未见其必胜也。"献公曰:"然则寡人无如虢何矣!"荀息对曰:"臣闻虢公淫于色。君诚求国中之美女,教之歌舞,盛其车服,以进于虢,卑词请平,虢公必喜而受之。彼耽于声色,将怠弃政事,疏斥忠良,我更行赂犬戎,使侵扰虢境,然后乘隙而图之,虢可灭也。"献公用其策,以女乐遗虢,虢公欲受之。大夫舟之侨谏曰:"此晋所以钓虢也,君奈何吞其饵乎?"虢公不听,竟许晋平。自此,日听淫声,夜接美色,视朝稀疏矣。舟之侨复谏,虢公怒,使出守下阳之关[15]。未几,犬戎贪晋之赂,果侵扰虢境,兵至渭汭[16],为虢兵所败。犬戎主遂起倾国之师。虢公恃其前胜,亦率兵拒之,相持于桑田[17]之地。

献公复问于荀息曰:"今戎、虢相持,寡人可以伐虢否?"荀息对曰:"虞、虢之交未离也。臣有一策,可以今日取虢,而明日取虞。"献公曰:"卿策如何?"荀息曰:"君厚赂虞,而假道以伐虢。"献公曰:"吾新与虢成,伐之无名,虞肯信我乎?"荀息曰:"君密使北鄙[18]之人,生事于虢,虢之边吏,必有责言,吾因以为名,而请于虞。"献公又用其策,虢之边吏,果来责让,两下遂治兵相攻。虢公方有犬戎之患,不暇照管。献公曰:"今伐虢不患无名矣。但不知赂虞当用何物?"荀息对曰:"虞公性虽贪,然非至宝,不可动之。必须用二物前去,但恐君之不舍耳。"献公曰:"卿试言所用何物?"荀息曰:"虞公最爱者,璧、马之良也。君不有垂棘[19]之璧、屈[20]产之乘乎?请以此二物,假道于虞。虞贪于璧、马,坠吾计矣。"献公曰:"此二物,乃吾至宝,何忍弃之他人?"荀息曰:"臣固知君之不舍也!虽然,假吾道以伐虢,虢无虞救必灭。虢亡,虞不独存,璧、马安往乎?夫寄璧外府,养马外厩,特暂事耳。"大夫里克曰:"虞有贤臣二人,曰宫之奇、百里奚,明于料事,恐其谏阻,奈何?"荀息曰:"虞公贪而愚,虽谏必不从也。"献公即以璧、马交付荀息,使如虞假道。

虞公初闻晋来假道,欲以伐虢,意甚怒。及见璧、马,不觉回嗔作喜,手弄璧而目视马,问荀息曰:"此乃汝国至宝,天下罕有,奈何以惠寡人?"荀息曰:"寡君慕君之贤,畏君之强,故不敢自私其宝,愿邀欢于大国。"虞公曰:"虽然,必有所言于寡人也。"荀息曰:"虢人屡侵我南鄙,寡君以社稷之故,屈意请平。今约誓未寒,责让日至,寡君欲假道以请罪[21]焉。倘幸而胜虢,所有卤获,尽以归君。寡君愿与君世敦盟好。"虞公大悦。宫之奇谏曰:"君勿许也!谚云'唇亡齿寒',晋吞噬同姓,非一国矣,独不敢加于虞、虢者,以有唇齿之助耳。虢今日亡,则明日祸必中于虞矣!"虞公曰:"晋君不爱重宝,以交欢于寡人,寡人其爱此尺寸之径乎?且晋强于虢十倍,失虢而得晋,何不利焉?子退,勿预吾事!"宫之奇再欲

智荀息假途灭虢　穷百里饲牛拜相

进谏,百里奚牵其裾,乃止。宫之奇退谓百里奚曰:"子不助我一言,而更止我,何故?"百里奚曰:"吾闻进嘉言于愚人之前,犹委珠玉于道也。桀杀关龙逄,纣杀比干,惟强谏耳。子其危哉!"宫之奇曰:"然则虞必亡矣,吾与子盍去乎?"百里奚曰:"子去则可矣。又偕一人,不重子罪乎?吾宁徐耳。"宫之奇尽族而行,不言所之。

荀息归报晋侯,言:"虞公已受璧、马,许以假道。"献公便欲亲将伐虢,里克入见曰:"虢,易与也,毋烦君往。"献公曰:"灭虢之策何如?"里克曰:"虢都上阳[22],其门户在于下阳。下阳一破,无完虢矣。臣虽不才,愿效此微劳,如无功甘罪。"献公乃拜里克为大将,荀息副之,率车四百乘伐虢,先使人报虞以兵至之期。虞公曰:"寡人辱受重宝,无以为报,愿以兵从。"荀息曰:"君以兵从,不如献下阳之关。"虞公曰:"下阳,虢所守也。寡人安得献之?"荀息曰:"臣闻虢君方与犬戎大战于桑田,胜败未决。君托言助战,以车乘献之,阴纳晋兵,则关可得也。臣有铁叶车[23]百乘,惟君所用。"虞公从其计。守将舟之侨信以为然,开关纳车。车中藏有晋甲,入关后一齐发作,欲闭关已无及矣。里克驱兵直进,舟之侨既失下阳,恐虢公见罪,遂以兵降晋。里克用为向导,望上阳进发。

却说虢公在桑田,闻晋师破关,急急班师,被犬戎兵掩杀一阵,大败而走。随身仅数十乘,奔至上阳守御,茫然无策。晋兵至,筑长围以困之。自八月至十二月,城中樵采俱绝,连战不胜,士卒疲敝,百姓日夜号哭。里克使舟之侨为书,射入城中,谕虢公使降。虢公曰:"吾先君为王卿士,吾不能为降诸侯!"乘夜开城,率家眷奔京师去讫。里克等亦不追赶。百姓香花灯烛,迎里克等进城。克安集百姓,秋毫无犯,留兵戍守。将府库宝藏,尽数装载,以十分

第二十五回

之三，并女乐献于虞公。虞公益大喜。里克一面遣人驰报晋侯，自己托言有疾，休兵城外，俟病愈方行。虞公不时馈药，候问不绝。

如此月馀。忽谍报："晋侯兵在郊外。"虞公问其来意，报者曰："恐伐虢无功，亲来接应耳。"虞公曰："寡人正欲面与晋君讲好。今晋君自来，寡人之愿也。"慌忙郊迎致饩，两君相见，彼此称谢。自不必说。献公约与虞公较猎于箕山[24]。虞公欲夸耀晋人，尽出城中之甲及坚车良马，与晋侯驰逐赌胜。是日，自辰及申，围尚未撤，忽有人报："城中火起！"献公曰："此必民间漏火，不久扑灭耳。"固请再打一围。大夫百里奚密奏曰："传闻城中有乱，君不可留矣。"虞公乃辞晋侯先行，半路见人民纷纷逃窜，言："城池已被晋兵乘虚袭破。"虞公大怒，喝教："驱车速进！"来至城边。只见城楼上一员大将，倚栏而立，盔甲鲜明，威风凛凛，向虞公言曰："前蒙君假我以道，今再假我以国，敬谢明赐！"虞公转怒，便欲攻门。城头上一声梆响，箭如雨下。虞公命车速退，使人催趱后面车马。军人报曰："后军行迟者，俱被晋兵截住，或降或杀，车马皆为晋有。晋侯大军即到矣。"虞公进退两难，叹曰："悔不听宫之奇之谏也！"顾百里奚在侧，问曰："彼时卿何不言？"百里奚曰："君不听之奇，其能听奚乎？臣之不言，正留身以从君于今日耳。"虞公正在危急之际，见后有单车驱至，视之，乃虢国降将舟之侨也。虞公不觉面有惭色。舟之侨曰："君误听弃虢，失已在前。今日之计，与其出奔他国，不如归晋。晋君德量宽洪，必无相害，且怜君必厚待君，君其勿疑。"虞公踌躇未决。晋献公随后来到，使人请虞公相见。虞公不得不往。献公笑曰："寡人此来，为取璧、马之值耳。"命以后车，载虞公宿于军中。百里奚紧紧相随，或讽其去，曰："吾食其禄久,所以报也!"献公入城安民。荀息左手托璧,右手牵马而前曰："臣谋已行,今请还璧于府,还马于厩。"献公大悦。髯翁有诗云:

璧马区区虽至宝,请将社稷较何如?

不夸荀息多奇计,还笑虞公真是愚。

献公以虞公归,欲杀之。荀息曰："此呆竖子耳,何能为!"于是待以寓公之礼,别以他璧及他马赠之。曰："吾不忘假道之惠也。"舟之侨至晋,拜为大夫。侨荐百里奚之贤。献公欲用奚,使侨通意。奚曰："终旧君之世乃可。"侨去,奚叹曰："君子违[25],不适仇国,况仕乎？吾即仕,不于晋也。"舟之侨闻其言,恶形其短,意甚不悦。

时秦穆公任好[26]即位六年,尚未有中宫,使大夫公子絷求婚于晋,欲得晋侯长女伯姬为夫人。献公使太史苏筮之,得《雷泽归妹》[27]卦第六爻,其繇曰:

士刲羊,亦无衁也。女承筐,亦无贶也[28]。西邻责言,不可偿也[29]。

太史苏玩其辞,以为秦国在西,而有责言,非和睦之兆。况《归妹》嫁娶之事,而《震》变为《离》[30],其卦为《睽》[31],《睽》、《离》皆非吉名,此亲不可许。献公更使太卜郭偃以龟卜之。偃献其兆,上吉。断词曰:

松柏为邻,世作舅甥,三定我君。利于婚媾,不利寇。

史苏犹据筮词争之。献公曰："向者固云:'从筮不如从卜。'卜既

第二十五回

吉矣，又可违乎？吾闻秦受帝命[32]，其后将大，不可拒也。"遂许之。

公子絷归复命，路遇一人，面如噀血[33]，隆准虬须[34]，以两手握两锄而耕，入土累尺。命索其锄观之，左右皆不能举。公子絷问其姓名，对曰："公孙氏名枝，字子桑，晋君之疏族也。"絷曰："以子之才，何以屈于陇亩？"枝对曰："无人荐引耳。"絷曰："肯从我游于秦乎？"公孙枝曰："士为知己者死。若能见挈，固所愿也。"絷与之同载归秦。言于穆公，穆公使为大夫。穆公闻晋已许婚，复遣公子絷如晋纳币，遂迎伯姬。晋侯问媵[35]于群臣。舟之侨进曰："百里奚不愿仕晋，其心不测，不如远之。"乃用奚为媵。

却说百里奚是虞国人，字井伯，年三十馀，娶妻杜氏，生一子。奚家贫不遇，欲出游，念其妻子无依，恋恋不舍。杜氏曰："妾闻男子志在四方。君壮年不出图仕，乃区区守妻子坐困乎？妾能自给，毋相念也！"家只有一伏雌[36]，杜氏宰之以饯行。厨下乏薪，乃取扊扅[37]炊之。舂黄虀[38]，煮脱粟饭[39]。奚饱餐一顿。临别，妻抱其子，牵袂而泣曰："富贵勿相忘！"奚遂去。游于齐，求事襄公，无人荐引。久之，穷困乞食于铚[40]，时奚年四十矣。铚人有蹇叔者，奇其貌，曰："子非乞人也。"叩其姓名，因留饭，与谈时事，奚应对如流，指画井井有叙[41]。蹇叔叹曰："以子之才，而穷困乃尔，岂非命乎？"遂留奚于家，结为兄弟。蹇叔长奚一岁，奚呼叔为兄。蹇叔家亦贫，奚乃为村中养牛，以佐饔飧[42]之费。

值公子无知弑襄公[43]，新立为君，悬榜招贤。奚欲往应招。蹇叔曰："先君有子在外，无知非分窃立，终必无成。"奚乃止。后闻周王子颓好牛，其饲牛者皆获厚糈[44]，乃辞蹇叔如周。蹇叔戒之曰:"丈夫不可轻失身于人。仕而弃之,则不忠;与同患难,则不智。此行弟其慎之!吾料理家事,当至周相看也。"奚至周,谒见王子颓,以饲牛之术进。颓大喜,欲用为家臣。蹇叔自铚而至,奚与之同见子颓。退谓奚曰:"颓志大而才疏,其所与皆谀谄之人,必有觊觎[45]非望之事,吾立见其败也。不如去之。"奚因久别妻子,意欲还虞。蹇叔曰:"虞有贤臣宫之奇者,吾之故人也,相别已久,吾亦欲访之。弟若还虞,吾当同行。"遂与奚同至虞国。时奚妻杜氏,贫极不能自给,已流落他方,不知去处。奚感伤不已。蹇叔与宫之奇相见,因言百里奚之贤。宫之奇遂荐奚于虞公,虞公拜奚为中大夫。蹇叔曰:"吾观虞君见小而自用,亦非可与有为之主。"奚曰:"弟久贫困,譬之鱼在陆地,急欲得勺水自濡[46]矣!"蹇叔曰:"弟为贫而仕,吾难阻汝,异日若见访,当于宋之鸣鹿村[47]。其地幽雅,吾将卜居于此。"蹇叔辞去。奚遂留事虞公。及虞公失国,奚周旋不舍,曰:"吾既不智矣,敢不忠乎?"至是,晋用奚为媵于秦。奚叹曰:"吾抱济世之才,不遇明主,而展其大志,又临老为人媵,比于仆妾,辱莫大焉!"行至中途而逃。将适宋,道阻,乃适楚。及宛城,宛之野人出猎,疑为奸细,执而缚之。奚曰:"我虞人也,因国亡逃难至此。"野人问:"何能?"奚曰:"善饲牛。"野人释其缚,使之喂牛,牛日肥泽。野人大悦,闻于楚王。楚王召奚问曰:"饲牛有道乎?"奚对曰:"时其食,恤其力,心与牛而为一。"楚王曰:"善哉,子之言!非独牛也,可通于马。"乃使为圉人,牧马于南海。

却说秦穆公见晋媵有百里奚之名,而无其人,怪之。公子絷曰："故虞臣也，今逃矣。"穆公谓公孙枝曰："子桑在晋，必知百里奚之略，是何等人也？"公孙枝对曰："贤人也。知虞公之不可谏而不谏，是其智。从虞公于晋，而义不臣晋，是其忠。且其人有经世之才，但不遇其时耳！"穆公曰："寡人安得百里奚而用之？"公孙枝曰："臣闻奚之妻子在楚，其亡必于楚，何不使人往楚访之？"使者往楚，还报："奚在海滨，为楚君牧马。"穆公曰："孤以重币求之，楚其许我乎？"公孙枝曰："百里奚不来矣！"穆公曰："何故？"公孙枝曰："楚之使奚牧马者，为不知奚之贤也。君以重币求之，是告以奚之贤也。楚知奚之贤，必自用之，肯畀我乎？君不若以逃滕为罪，而贱赎之，此管夷吾所以脱身于鲁也。"穆公曰："善。"乃使人持羖羊[48]之皮五，进于楚王曰："敝邑有贱臣百里奚者，逃在上国。寡人欲得而加罪，以警亡者。请以五羊皮赎归。"楚王恐失秦欢，乃使东海人囚百里奚以付秦人。

百里奚将行，东海人谓其就戮，持之而泣。奚笑曰："吾闻秦君有伯王之志，彼何急于一滕？夫求我于楚，将以用我也。此行且富贵矣，又何泣焉！"遽上囚车而去。将及秦境，秦穆公使公孙枝往迎于郊。先释其囚，然后召而见之。问："年几何？"奚对曰："才七十岁。"穆公叹曰："惜乎老矣！"奚曰："使奚逐飞鸟，搏猛兽，则臣已老。若使臣坐而策国事，臣尚少也。昔吕尚[49]年八十，钓于渭滨，文王载之以归，拜为尚父，卒定周鼎。臣今日遇君，较吕尚不更早十年乎？"穆公壮其言，正容而问曰："敝邑介在戎狄，不与中国会盟，叟何以教寡人，俾敝邑不后于诸侯。幸甚！"奚对曰："君不以臣为亡国之虏，衰残之年，乃虚心下问，臣敢不竭其愚？夫雍、岐之地，文、武所兴。山如犬牙，原如长蛇。周不能守，而以畀之秦,此天所以开秦也。且夫介在戎狄,则兵强;不与会盟,则力聚。今西戎之间,为国不啻数十,并其地足以耕,籍其民可以战,此中国诸侯所不能与君争者。君以德抚而以力征,既全有西陲,然后扼山川之险,以临中国,俟隙而进,则恩威在君掌中,而伯业成矣。"穆公不觉起立曰:"孤之有井伯,犹齐之得仲父也。"一连与语三日,言无不合。遂爵为上卿,任以国政。因此秦人都称奚为"五羖大夫"。又相传以为穆公举奚于牛口之下,以奚曾饲牛于楚,秦用五羖皮赎回故也。髯翁有诗云:

　　脱囚拜相事真奇,仲后重闻百里奚。

　　从此西秦名显赫,不亏身价五羊皮。

百里奚辞上卿之位,举荐一人以自代。不知所举何人,且听下回分解。

---

〔1〕 二五:指梁五、东关五两个佞臣。见第二十回。

〔2〕 远鄙:边远地区。

〔3〕 精洁:洁身自好。

〔4〕 惮于贼人:不敢加害于人。惮,畏惧。贼,害也。

〔5〕 毋乃:岂不,难道不会。疑问不定之辞。

〔6〕 耄(mào冒):八十九十曰耄。此泛指年老。称耄,此指以年老而退位。

〔7〕 曲沃之兼翼:指曲沃武公诱杀小子侯,兼并翼,统一两晋。见第二十回。

〔8〕 赤狄:北狄分为赤狄、白狄、长狄三部。赤狄多住于今山西境内,与晋人杂居。据说是因喜穿赤色衣服而得名。

〔9〕 皋落氏:春秋时赤狄的一支,居晋曲沃东。即今山西垣曲县东南皋落镇。

〔10〕 贰:副职,辅佐。

〔11〕 专制:个人管束。专,专一,引申为个人。

〔12〕 稷桑:疑为稷山,后稷教民稼穑之处。在今山西稷山县南。

〔13〕 痼(gù 固)疾:积久难治之病。

〔14〕 虞、虢(guó 国)二国:均为周代姬姓诸侯国。虞始封之君为古公亶父之子虞仲,故址在今山西平陆县境。虢乃北虢,故址在今河南三门峡市及山西平陆一带。

〔15〕 下阳之关:春秋时北虢地名。在今山西平陆县北。

〔16〕 渭汭(ruì 瑞):渭水入黄河处,在今陕西华阴市北。

〔17〕 桑田:春秋时北虢地名。在今河南灵宝市北。

〔18〕 北鄙:疑为南鄙之误,即南部边境地区,因虢在晋之南部。下文荀息亦对虞公曰:"虢人累侵我南鄙。"

〔19〕 垂棘:春秋时晋地名。在今山西长治市潞城区北,以产美玉驰名。

〔20〕 屈:春秋时晋邑名。在今山西吉县北,盛产良马。一说,"屈产"二字为地名。

〔21〕 请罪:即兴师问罪的外交辞令。

〔22〕 上阳:春秋时北虢都城。在今河南三门峡市陕州区李家窑。

〔23〕 铁叶车:用薄铁片包裹的战车。

〔24〕 箕山:古代山名。在今山西平陆县东北九十里,山形如箕,故名。相传为许由隐居之处。

〔25〕 违:出走,去国。

〔26〕 秦穆公:名任好,春秋五霸之一,秦德公子,秦成公弟。在位三十九年(前659—前621)。

〔27〕 《雷泽归妹》:归妹,《易经》六十四卦之一。震上兑下。归妹,意同

嫁妹,因女子以夫家为归。据八卦,震即雷也,兑即泽也。震上兑下即为雷泽。

〔28〕 "士刲(kuī亏)羊"四句:男子宰羊,也没有血;女子捧筐,也没有东西。刲羊、承筐,皆古代婚姻之礼。这四句指虚有其表而无其实。刲,割也。衁(huāng荒),血也。贶(kuàng况),赐与。

〔29〕 "西邻"二句:责言,责备之言。西邻指秦国。意指晋女嫁于秦,不足以加强两国关系,反而使秦国多有责难,晋国无法应付。

〔30〕《离》:与《震》、《兑》一样,均为八卦之一。

〔31〕《睽》:《易经》六十四卦之一,离上兑下。《归妹》卦中之"震"变成为"离",即成《睽》卦。睽也有乖离之意,故非吉名。

〔32〕 秦受帝命:指"秦文公郊天应梦"一事,见第四回。

〔33〕 噀(xùn逊)血:喷血。比喻脸色绯红。

〔34〕 隆准(zhuō拙)虬(qiú求)须:高鼻子,卷胡须。准,鼻子。

〔35〕 媵:此指陪嫁之奴,与前文陪嫁之妾不同。

〔36〕 伏雌:孵蛋的母鸡。

〔37〕 扊扅(yǎn yí眼移):门栓。

〔38〕 黄虀(jī基):小米。小米色黄,故称。

〔39〕 脱粟饭:糙米饭。因仅脱谷壳,故称。

〔40〕 铚(zhì治):春秋时宋邑名。在今安徽宿州东南。又,原文作铚,《正字通》:"《史记》古本作铚,伪作铚。"

〔41〕 井井有叙:即井井有条。叙,同序,次第。

〔42〕 饔飧(yōng sūn拥孙):饭食。早餐叫饔,晚餐叫飧。

〔43〕 公子无知弑襄公:应为公孙无知。弑襄公事见第十四回。

〔44〕 厚糈(xǔ许):丰厚的待遇。糈,粮饷。

〔45〕 觊觎(jì yú际鱼):窥伺不应得到的东西。

〔46〕 勺水自濡(rú如):些小之水以润湿自己。勺,量词,古代以十撮为一勺,十勺为一合。

〔47〕 鸣鹿村:春秋时宋地名,在今河南鹿邑县境内。

〔48〕 羖(gǔ古)羊:黑色公羊。羖,通羘。

〔49〕 吕尚:即姜子牙。姜姓,吕氏,名尚,字子牙。

第二十六回

歌𤆍廖百里认妻　获陈宝穆公证梦

话说秦穆公深知百里奚之才,欲爵为上卿。百里奚辞曰:"臣之才,不如臣友蹇叔十倍。君欲治国家,请任蹇叔而臣佐之。"穆公曰:"子之才,寡人见之真矣,未闻蹇叔之贤也。"奚对曰:"蹇叔之贤,岂惟君未之闻,虽齐、宋之人,亦莫之闻也。然而臣独知之。臣尝出游于齐,欲委贽[1]于公子无知,蹇叔止臣曰:'不可。'臣因去齐,得脱无知之祸。嗣游于周,欲委贽于王子颓,蹇叔复止臣曰:'不可。'臣复去周,得脱子颓之祸。后臣归虞,欲委贽于虞公,蹇叔又止臣曰:'不可。'臣时贫甚,利其爵禄,姑且留事,遂为晋俘。夫再用其言,以脱于祸;一不用其言,几至杀身,此其智胜于中人远矣。今隐于宋之鸣鹿村,宜速召之。"穆公乃遣公子絷假作商人,以重币聘蹇叔于宋。百里奚另自作书致意。

公子絷收拾行囊,驾起犊车二乘,径投鸣鹿村来。见数人息耕于陇上,相赓[2]而歌。歌曰:

　　山之高兮无撑[3],途之泞兮无烛。相将陇上兮,泉甘而土沃。勤吾四体兮,分吾五谷。三时不害[4]兮饔飧足,乐此天命兮无荣辱!

第二十六回

縶在车中,听其音韵,有绝尘之致[5],乃叹谓御者曰:"古云:'里有君子,而鄙俗化。'今入蹇叔之乡,其耕者皆有高遁[6]之风,信乎其贤也。"乃下车,问耕者曰:"蹇叔之居安在?"耕者曰:"子问之何为?"縶曰:"其故人百里奚有书,托吾致之。"耕者指示曰:"前去竹林深处,左泉右石,中间一小茅庐,乃其所也。"縶拱手称谢。复登车,行将半里,来至其处。縶举目观看,风景果是幽雅。陇西居士有隐居诗云:

> 翠竹林中景最幽,人生此乐更何求?
> 数方白石堆云起,一道清泉接涧流;
> 得趣猿猴堪共乐,忘机[7]麋鹿可同游。
> 红尘一任漫天去,高卧先生百不忧。

縶停车于草庐之外,使从者叩其柴扉。有一小童子,启门而问曰:"佳客何来?"縶曰:"吾访蹇先生来也。"童子曰:"吾主不在。"縶曰:"先生何往?"童子曰:"与邻叟观泉于石梁[8],少顷便回。"縶不敢轻造其庐,遂坐于石上以待之。童子将门半掩,自入户内。须臾之间,见一大汉,浓眉环眼,方面长身,背负鹿蹄二只,从田塍西路而来。縶见其容貌不凡,起身迎之。那大汉即置鹿蹄于地,与縶施礼。縶因叩其姓名,大汉答曰:"某蹇氏,丙名,字白乙。"縶曰:"蹇叔是君何人?"对曰:"乃某父也。"縶重复施礼,口称:"久仰!"大汉曰:"足下何人?到此贵干?"縶曰:"有故人百里奚,今仕于秦,有书信托某奉候尊公。"蹇丙曰:"先生请入草堂少坐,吾父即至矣。"言毕,推开双扉,让公子縶先入。蹇丙复取鹿蹄负之,至于草堂。童子收进鹿蹄。蹇丙又复施礼,分宾主坐定。公子縶与蹇丙谈论些农桑之事,因及武艺。丙讲说甚有次第,縶暗暗称奇,想

304

道："有其父方有其子，井伯之荐不虚也。"献茶方罢，蹇丙使童子往门首伺候其父。少顷，童子报曰："翁归矣！"

却说蹇叔与邻叟二人，肩随而至，见门前有车二乘，骇曰："吾村中安得有此车耶？"蹇丙趋出门外，先道其故。蹇叔同二叟进入草堂，各各相见，叙次坐定。蹇叔曰："适小儿言吾弟井伯有书，乞以见示！"公子絷遂将百里奚书信呈上。蹇叔启缄观之。略曰：

> 奚不听兄言，几蹈虞难。幸秦君好贤，赎奚于牧竖之中，委以秦政。奚自量才智不逮恩兄，举兄同事。秦君敬慕若渴，特命大夫公子絷布币奉迎。惟冀幡然[9]出山，以酬生平未足之志。如兄恋恋山林，奚亦当弃爵禄相从于鸣鹿之乡矣！

蹇叔曰："井伯何以见知于秦君也？"公子絷将百里奚为媵逃楚，秦君闻其贤，以五羊皮赎归始末，叙述一遍。"今寡君欲爵以上卿，井伯自言不及先生，必求先生至秦，方敢登仕。寡君有不腆之币，使絷致命。"言讫，即唤左右于车厢中取出征书礼币，排列草堂之中。邻叟俱山野农夫，从未见此盛仪，相顾惊骇，谓公子絷曰："吾等不知贵人至此，有失回避。"絷曰："何出此言？寡君望蹇先生之临，如枯苗望雨。烦二位老叟相劝一声，受赐多矣！"二叟谓蹇叔曰："既秦邦如此重贤，不可虚贵人来意。"蹇叔曰："昔虞公不用井伯，以致败亡。若秦君肯虚心任贤，一井伯已足。老夫用世之念久绝，不得相从。所赐礼币，望乞收回，求大夫善为我辞！"公子絷曰："若先生不往，井伯亦必不独留。"蹇叔沉吟半晌，叹曰："井伯怀才未试，求仕已久，今适遇明主，吾不得不成其志。勉为井伯一行，不久仍归耕于此耳。"童子报："鹿蹄已熟。"蹇叔命取床头新酿，醑[10]之以奉客。公子絷西席[11]，二叟相陪，瓦杯木箸，宾主劝酬,欣然醉饱。不觉天色已晚,遂留蹇于草堂安宿。

次早,二叟携樽饯行,依前叙坐。良久,公子絷夸白乙之才,亦要他同至秦邦。蹇叔许之。乃以秦君所赠礼币,分赠二叟,嘱咐看觑家间,"此去不久,便再得相叙。"再吩咐家人:"勤力稼穑,勿致荒芜。"二叟珍重而别。蹇叔登车,白乙丙为御。公子絷另自一车,并驾而行。夜宿晓驰,将近秦郊,公子絷先驱入朝,参谒了秦穆公,言:"蹇先生已到郊外。其子蹇丙,亦有挥霍[12]之才,臣并取至,以备任使。"穆公大喜,乃命百里奚往迎。

蹇叔既至,穆公降阶加礼,赐坐而问之曰:"井伯数言先生之贤,先生何以教寡人乎?"蹇叔对曰:"秦僻在西土,邻于戎狄,地险而兵强,进足以战,退足以守。所以不列于中华者,威德不及故也。非威何畏,非德何怀;不畏不怀,何以成霸?"穆公曰:"威与德二者孰先?"蹇叔对曰:"德为本,威济之。德而不威,其国外削;威而不德,其民内溃。"穆公曰:"寡人欲布德而立威,何道而可?"蹇叔对曰:"秦杂戎俗,民鲜礼教,等威[13]不辨,贵贱不明,臣请为君先教化而后刑罚。教化既行,民知尊敬其上,然后恩施而知感,刑用而知惧,上下之间,如手足头目之相为。管夷吾节制之师[14],所以号令天下而无敌也。"穆公曰:"诚如先生之言,遂可以霸天下乎?"蹇叔对曰:"未也。夫霸天下者有三戒:毋贪,毋忿,毋急。贪则多失,忿则多难,急则多蹶。夫审大小而图之,乌用贪?衡彼己而施之,乌用忿?酌缓急而布之,乌用急?君能戒此三者,于霸也近矣。"穆公曰:"善哉言乎!请为寡人酌今日之缓急。"蹇叔对曰:"秦立国西戎,此祸福之本也。今齐侯已薨,霸业将衰。君诚善抚雍、渭之众,以号召诸戎,而征其不服者。诸戎既服,然后敛兵以俟

歌扊扅百里认妻　获陈宝穆公证梦

中原之变,拾齐之遗,而布其德义。君虽不欲霸,不可得而辞矣。"穆公大悦曰:"寡人得二老,真庶民之长也!"乃封蹇叔为右庶长[15],百里奚为左庶长,位皆上卿,谓之"二相"。并召白乙丙为大夫。自二相兼政,立法教民,兴利除害,秦国大治。史官有诗云:

　　子縶荐奚奚荐叔,转相汲引布秦庭。
　　但能好士如秦穆,人杰何须问地灵!

穆公见贤才多出于异国,益加采访。公子縶荐秦人西乞术之贤,穆公亦召用之。百里奚素闻晋人繇余负经纶之略,私询于公孙枝。枝曰:"繇余在晋不遇,今已仕于西戎矣。"奚叹惜不已。

却说百里奚之妻杜氏,自从其夫出游,纺绩度日。后遇饥荒,不能存活,携其子趁食他乡。展转流离,遂入秦国,以浣衣为活。其子名视,字孟明,日与乡人打猎角艺,不肯营生。杜氏屡谕不从。及百里奚相秦,杜氏闻其姓名,曾于车中望见,未敢相认。因府中求浣衣妇,杜氏自愿入府浣衣,勤于拚濯,府中人皆喜,然未得见奚之面也。一日,奚坐于堂上,乐工在庑下作乐。杜氏向府中人曰:"老妾颇知音律,愿引至庑,一听其声。"府中人引至庑下,言于乐工,问其所习。杜氏曰:"能琴亦能歌。"乃以琴授之。杜氏援琴而鼓,其声凄怨。乐工俱倾耳静听,自谓不及。再使之歌,杜氏曰:"老妾自流移至此,未尝发声。愿言于相君,请得升堂而歌之。"乐工禀知百里奚,奚命之立于堂左。杜氏低眉敛袖,扬声而歌。歌曰:

　　百里奚,五羊皮!忆别时,烹伏雌,舂黄齑,炊扊扅。今日富贵忘我为?

307

第二十六回

　　百里奚,五羊皮!父粱肉,子啼饥,夫文绣,妻浣衣。嗟乎!富贵忘我为?

　　百里奚,五羊皮!昔之日,君行而我啼,今之日,君坐而我离。嗟乎!富贵忘我为?

百里奚闻歌愕然,召至前询之,正其妻也。遂相持大恸。良久,问:"儿子何在?"杜氏曰:"村中射猎。"使人召之。是日,夫妻父子,再得完聚。穆公闻百里奚妻子俱到,赐以粟千锺、金帛一车。次日,奚率其子孟明视朝见谢恩。穆公亦拜视为大夫,与西乞术、白乙丙并号将军,谓之"三帅",专掌征伐之事。

　　姜戎子吾离[16],驾骜侵掠,三帅统兵征之。吾离兵败奔晋,遂尽有瓜州[17]之地。时西戎主赤斑见秦人强盛,使其臣繇余聘秦以观穆公之为人。穆公与之游于苑囿,登三休之台,夸以宫室苑囿之美。繇余曰:"君之为此者,役鬼耶,抑役人耶?役鬼劳神,役人劳民!"穆公异其言,曰:"汝戎夷无礼乐法度,何以为治?"繇余笑曰:"礼乐法度,此乃中国所以乱也!自上圣创为文法,以约束百姓,仅仅小治。其后日渐骄淫,借礼乐之名,以粉饰其身,假法度之威,以督责其下,人民怨望,因生篡夺。若戎夷则不然,上含淳德以遇其下,下怀忠信以事其上,上下一体,无形迹之相欺,无文法之相扰,不见其治,乃为至治。"穆公默然,退而述其言于百里奚。奚对曰:"此晋国之大贤人,臣熟闻其名矣。"穆公蹴然不悦曰:"寡人闻之,邻国有圣人,敌国[18]之忧也。今繇余贤而用于戎,将为秦患奈何?"奚对曰:"内史廖多奇智,君可谋之。"穆公即召内史廖告以其故。廖对曰:"戎主僻处荒徼,未闻中国之声。君试遗之女乐，以夺其志。留繇余不遣，以爽[19]其期。使其政事怠废，上下相疑，虽其国可取，况其臣乎？"穆公曰："善。"乃与繇余同席而坐，共器而食，居常使蹇叔、百里奚、公孙枝等，轮流作伴，叩其地形险夷，兵势强弱之实。　面装饰美女，能音乐者六人，遣内史廖至戎报聘，以女乐献之。戎主赤斑大悦，日听音而夜御女，遂疏于政事。繇余留秦一年乃归。戎主怪其来迟，繇余曰："臣日夜求归，秦君固留不遣。"戎主疑其有二心于秦，意颇疏之。繇余见戎主耽于女乐，不理政事，不免苦口进谏。戎主拒而不纳。穆公因密遣人招之。繇余弃戎归秦，即擢亚卿，与二相同事。繇余遂献伐戎之策。三帅兵至戎境，宛如熟路。戎主赤斑不能抵敌，遂降于秦。后人有诗云：

虞违百里终成虏，戎失繇余亦丧邦。

毕竟贤才能干国，请看齐霸与秦强。

西戎主赤斑，乃诸戎之领袖，向者诸戎俱受服役。及闻赤斑归秦，无不悚惧，纳土称臣者，相继不绝。穆公论功行赏，大宴群臣。群臣更番上寿，不觉大醉，回宫一卧不醒。宫人惊骇，事闻于外。群臣皆叩宫门问安。世子罃召太医入宫诊脉，脉息如常，但闭目不能言动。太医曰："是有鬼神。"欲命内史廖行祷。内史廖曰："此是尸厥[20]，必有异梦。须俟其自复，不可惊之。祷亦无益。"世子罃守于床席之侧，寝食俱不敢离。直候至第五日，穆公方醒，颡间[21]汗出如雨，连叫："怪哉！"世子罃跪而问曰："君体安否？何睡之久也？"穆公曰："顷刻耳。"罃曰："君睡已越五日，得无有异梦乎？"穆公惊问曰："汝何以知之？"世子罃曰："内史廖固言之。"穆公乃召廖至榻前，言曰："寡人今者梦一妇人，妆束宛如妃嫔，容貌

第二十六回

端好，肌如冰雪，手握天符，言奉上帝之命，来召寡人。寡人从之。忽若身在云中，缥缈无际。至一宫阙，丹青炳焕，玉阶九尺，上悬珠帘，妇人引寡人拜于阶下。须臾帘卷，见殿上黄金为柱，壁衣[22]锦绣，精光夺目。有王者冕旒华衮，凭玉几上坐。左右侍立，威仪甚盛。王者传命：'赐礼！'有如内侍者，以碧玉罍赐寡人酒，甘香无比。王者以一简授左右，即闻堂上大声呼寡人名曰：'任好听旨，尔平晋乱！'如是者再。妇人遂教寡人拜谢，复引出宫阙。寡人问妇人何名。对曰：'妾乃宝夫人也。居于太白山[23]之西麓，在君宇下，君不闻乎？妾夫叶君，别居南阳[24]，或一二岁来会妾。君能为妾立祠，当使君霸，传名万载。'寡人因问：'晋有何乱，乃使寡人平之？'宝夫人曰：'此天机不可预泄。'已闻鸡鸣，声大如雷霆，寡人遂惊觉。不知此何祥也？"廖对曰："晋侯方宠骊姬，疏太子，保无乱乎？天命及君，君之福也！"穆公曰："宝夫人何为者？"廖对曰："臣闻先君文公之时[25]，有陈仓人于土中得一异物，形如满囊[26]，色间黄白，短尾多足，嘴有利喙。陈仓人谋献之先君。中途遇二童子，拍手笑曰：'汝虐于死人，今乃遭生人之手乎？'陈仓人请问其说，二童子曰：'此物名猬，在地下惯食死人之脑，得其精气，遂能变化。汝谨持之！'猬亦张喙忽作人言曰：'彼二童子者，一雌一雄，名曰陈宝，乃野雉之精。得雄者王，得雌者霸。'陈仓人遂舍猬而逐童子，二童子忽化为雉飞去。陈仓人以告先君，命书其事于简，藏之内府。臣实掌之，可启而视也。夫陈仓正在太白山之西，君试猎于两山之间，以求其迹，则可明矣。"穆公命取文公藏简观之，果知廖之语。因使廖详记其梦，并藏内府。

次日，穆公视朝，群臣毕贺。穆公遂命驾车，猎于太白山。迤逦而西,将至陈仓山,猎人举网得一雉鸡,玉色无瑕,光采照人。须臾化为石鸡,色光不减。猎者献于穆公。内史廖贺曰:"此所谓宝夫人也。得雌者霸,殆霸征乎?君可建祠于陈仓,必获其福。"穆公大悦,命沐以兰汤,覆以锦衾,盛以玉匮。即日鸠工[27]伐木,建祠于山上,名其祠曰:宝夫人祠。改陈仓山为宝鸡山。有司春秋二祭。每祭之晨,山上闻鸡鸣,其声彻三里之外。间一年或二年,望见赤光长十馀丈,雷声殷殷然,此乃叶君来会之期。叶君者,即雄雉之神,所谓别居南阳者也。至四百馀年后,汉光武[28]生于南阳,起兵诛王莽,复汉祚,为后汉皇帝,乃是得雄者王之验。毕竟秦穆公如何定晋乱,再看下回分解。

〔1〕 委贽:古人初次相见,执贽以为礼。如卿以羔,大夫以雁等。这里指拜见诸侯。

〔2〕 相赓:相续,即此唱彼和。

〔3〕 㨄(yú鱼):一种上山乘坐的轿子。

〔4〕 三时不害:春夏秋三季不发生灾害。

〔5〕 绝尘之致:超出尘俗的风格。

〔6〕 高遁:避世隐居。

〔7〕 忘机:消除机巧之心。指甘于淡泊,与世无争。

〔8〕 石梁:石桥。

〔9〕 幡然:突然改变的样子。幡,同"翻"。

〔10〕 醹:所有字书均无此字。当为篘(chōu)字之别字。篘,滤酒。

〔11〕 西席:古代宾主相见,以西为尊,主东而宾西。

〔12〕 挥霍:敏捷能干。

第 二 十 六 回

〔13〕 等威:与一定的身份相称的威仪。

〔14〕 节制之师:纪律整肃的军队。

〔15〕 庶长:秦国官名。掌军政大权,相当于他国之卿。分左、右二人,右尊于左。

〔16〕 姜戎子吾离:姜戎为古戎人的一支。原住瓜州,后逐渐东迁至晋南。中原人对边境部族之君皆称曰"子"。《礼记·曲礼下》:"东夷、北狄、西戎、南蛮,虽大曰子。"吾离乃姜戎国君之名。

〔17〕 瓜州:古地名,旧注为甘肃敦煌,秦当时势力尚未及此。实为秦岭高峰南北两坡。说详顾颉刚《史林杂识·瓜州》。

〔18〕 敌国:地位、势力相等的国家。

〔19〕 爽:延误。

〔20〕 尸厥:疾病名。症状为突然晕倒,不省人事。张仲景《金匮要略》:"尸厥,脉动而无气,气闭不通,故静而死也。"

〔21〕 颡(sǎng 嗓)间:额角间。

〔22〕 壁衣:装饰墙壁的帷幕,用织锦或布帛制成。

〔23〕 太白山:即终南山。在今陕西眉县南。因终年积雪,故名太白。

〔24〕 南阳:古代地名。即今河南省南阳市。

〔25〕 "臣闻"以下一段:与第四回相重复,可参看。

〔26〕 满囊:盛满之布囊,比喻此物遍体肥肿滚圆。

〔27〕 鸠工:招集人力。

〔28〕 汉光武:即东汉开国之君光武帝刘秀。又,句前之"四百馀年后",有误。应为"六百馀年后"。因晋灭虞在公元前 655 年冬,而刘秀生于公元前 6 年。

第二十七回

骊姬巧计杀申生　献公临终嘱荀息

话说晋献公既并虞、虢二国，群臣皆贺。惟骊姬心中不乐。他本意欲遣世子申生伐虢，却被里克代行，又一举成功，一时间无题目可做。乃复与优施相议，言："里克乃申生之党，功高位重，我无以敌之，奈何？"优施曰："荀息以一璧、马灭虞、虢二国，其智在里克之上，其功亦不在里克之下。若求荀息为奚齐、卓子之傅，则可以敌里克有馀矣。"骊姬请于献公，遂使荀息傅奚齐、卓子。骊姬又谓优施曰："荀息已入我党矣。里克在朝，必破我谋，何计可以去之？克去而申生乃可图也。"优施曰："里克为人，外强而中多顾虑。诚以利害动之，彼必持两端，然后可收而为我用。克好饮，夫人能为我具特羊[1]之飨，我因侍饮而以言探之。其入，则夫人之福也；即不入，我优人亦聊与为戏，何罪焉？"骊姬曰："善。"乃代为优施治饮具。

优施预请于里克曰："大夫驱驰虞、虢间，劳苦甚。施有一杯之献，愿取闲邀大夫片刻之欢，何如？"里克许之。乃携酒至克家。克与内子孟[2]，皆西坐为客。施再拜进觞，因侍饮于侧，调笑甚洽。酒至半酣，施起舞为寿，因谓孟曰："主[3]啖我。我有新歌，

第二十七回

为主歌之。"孟酌兕觥[4]以赐施,啖以羊脾,问曰:"新歌何名?"施对曰:"名《暇豫》,大夫得此事君,可保富贵也。"乃顿嗓[5]而歌。歌曰:

暇豫[6]之吾吾[7]兮,不如鸟乌[8]。众皆集于菀[9]兮,尔独于枯。菀何荣且茂兮?枯招斧柯!斧柯行及兮,奈尔枯何[10]!

歌讫,里克笑曰:"何谓菀?何谓枯?"施曰:"譬之于人,其母为夫人,其子将为君。本深枝茂,众鸟依托,所谓菀也。若其母已死,其子又得谤,祸害将及。本摇叶落,鸟无所栖,斯为枯矣。"言罢,遂出门。里克心中怏怏,即命撤馔。起身径入书房,独步庭中,回旋良久。

是夕,不用晚餐,挑灯就寝,展转床褥,不能成寐。左思右想:"优施内外俱宠,出入宫禁,今日之歌,必非无谓而发。彼欲言未竟,俟天明当再叩之。"捱至半夜,心中急不能忍,遂吩咐左右:"密唤优施到此问话。"优施已心知其故,连忙衣冠整齐,跟着来人直达寝所。里克召优施坐于床间,以手抚其膝,问曰:"适来'菀枯'之说,我已略喻,岂非谓曲沃乎?汝必有所闻,可与我详言,不可隐也。"施对曰:"久欲告知,因大夫乃曲沃之傅,且未敢直言,恐见怪耳。"里克曰:"使我预图免祸之地,是汝爱我也,何怪之有?"施乃俯首就枕畔低语曰:"君已许夫人,杀太子而立奚齐,有成谋矣。"里克曰:"犹可止乎?"施对曰:"君夫人之得君,子所知也。中大夫[11]之得君,亦子所知也。夫人主乎内,中大夫主乎外,虽欲止,得乎?"里克曰:"从君而杀太子,我不忍也。辅太子以抗君,我不及也。中立而两无所为,可以自脱否?"施对曰:"可。"施退,里克

314

骊姬巧计杀申生　献公临终嘱荀息

坐以待旦，取往日所书之简视之，屈指恰是十年。叹曰："卜筮之理[12]，何其神也！"遂造大夫丕郑父[13]之家，屏去左右告之曰："史苏、卜偃之言，验于今矣！"丕郑父曰："有闻乎？"里克曰："夜来优施告我曰：'君将杀太子而立奚齐也。'"丕郑父曰："子何以复之？"里克曰："我告以中立。"丕郑父曰："子之言，如见火而益之薪也。为子计，宜阳为不信，彼见子不信，必中忌而缓其谋。子乃多树太子之党，以固其位，然后乘间而进言，以夺君之志，成败犹未有定。今子曰'中立'，则太子孤矣，祸可立而待也！"里克顿足曰："惜哉！不早与吾子商之！"里克别去登车，诈坠于车下。次日遂称伤足，不能赴朝。史臣有诗云：

　　特羊具享优人舞，断送储君一曲歌。
　　堪笑大臣无远识，却将中立佐操戈。

优施回复骊姬，骊姬大悦。乃夜谓献公曰："太子久居曲沃，君何不召之，但言妾之思见太子。妾因以为德于太子，冀免旦夕何如？"献公果如其言，以召申生。申生应呼而至，先见献公，再拜问安，礼毕，入宫参见骊姬。骊姬设飨待之，言语甚欢。次日，申生入宫谢宴，骊姬又留饭。是夜，骊姬复向献公垂泪言曰："妾欲回太子之心，故召而礼之。不意太子无礼更甚。"献公曰："何如？"骊姬曰："妾留太子午餐，索饮，半酣，戏谓妾曰：'我父老矣，若母何？'妾怒而不应。太子又曰：'昔我祖老，而以我母姜氏，遗于我父[14]。今我父老，必有所遗，非子而谁？'欲前执妾手，妾拒之乃免。君若不信，妾试与太子同游于囿[15]，君从台上观之，必有睹焉。"献公曰："诺。"及明，骊姬召申生同游于囿。骊姬预以蜜涂其发，蜂蝶纷纷，皆集其鬓。姬曰："太子盍为我驱蜂蝶乎？"申生从

第二十七回

后以袖麾之。献公望见,以为真有调戏之事矣。心中大怒,即欲执申生行诛。骊姬跪而告曰:"妾召之而杀之,是妾杀太子也。且宫中暧昧之事,外人未知,姑忍之。"献公乃使申生还曲沃,而使人阴求其罪[16]。

过数日,献公出田于翟桓[17]。骊姬与优施商议,使人谓太子曰:"君梦齐姜诉曰:'苦饥无食。'必速祭之。"齐姜别有祠在曲沃。申生乃设祭,祭齐姜。使人送胙于献公。献公未归,乃留胙于宫中。六日后,献公回宫。骊姬以鸩入酒,以毒药傅肉,而献之曰:"妾梦齐姜苦饥不可忍,因君之出也,以告太子而使祭焉。今致胙于此,待君久矣。"献公取觯[18],欲尝酒。骊姬跪而止之曰:"酒食自外来者,不可不试。"献公曰:"然。"乃以酒沥地,地即坟起。又呼犬,取一胾肉掷之,犬啖肉立死。骊姬佯为不信,再呼小内侍,使尝酒肉。小内侍不肯,强之。才下口,七窍流血亦死。骊姬佯大惊,疾趋下堂而呼曰:"天乎!天乎!国固太子之国也。君老矣,岂旦暮之不能待,而必欲弑之?"言罢,双泪俱下。复跪于献公之前,带噎而言曰:"太子所以设此谋者,徒以妾母子故也。愿君以此酒肉赐妾,妾宁代君而死,以快太子之志!"即取酒欲饮。献公夺而覆之,气咽不能出语。骊姬哭倒在地,恨曰:"太子真忍心哉!其父而且欲弑之,况他人乎?始君欲废之,妾固不肯。后囿中戏我,君又欲杀之,我犹力劝。今几害我君,妾误君甚矣!"献公半晌方言,以手扶骊姬曰:"尔起。孤便当暴之群臣,诛此贼子!"当时出朝,召诸大夫议事。惟狐突久杜门,里克称足疾,丕郑父托以他出不至,其馀毕集朝堂。

献公以申生逆谋,告诉群臣。群臣知献公畜谋已久,皆面面相

316

骊姬巧计杀申生　献公临终嘱荀息

觑,不敢置对。东关五进曰:"太子无道,臣请为君讨之。"献公乃使东关五为将,梁五副之,率车二百乘,以讨曲沃。嘱之曰:"太子数将兵,善用众。尔其慎之!"狐突虽然杜门,时刻使人打听朝事。闻"二五"戒车[19],心知必往曲沃。急使人密报太子申生。申生以告太傅杜原款。原款曰:"昨已留宫六日,其为宫中置毒明矣。子必以状自理,群臣岂无相明者?毋束手就死为也!"申生曰:"君非姬氏,居不安,食不饱。我自理而不明,是增罪也。幸而明,君护姬,未必加罪,又以伤君之心。不如我死!"原款曰:"且适他国,以俟后图如何?"申生曰:"君不察其无罪,而行讨于我,我被弑父之名以出,人将以我为鸱鸮[20]矣!若出而归罪于君,是恶君也。且彰君父之恶,必见笑于诸侯。内困于父母,外困于诸侯,是重困也。弃君脱罪,是逃死也。我闻之:'仁不恶君,智不重困,勇不逃死。'"乃为书以复狐突曰:"申生有罪,不敢爱死。虽然,君老矣,子少,国家多难,伯氏[21]努力以辅国家。申生虽死,受伯氏之赐实多!"于是北向再拜,自缢而死。死之明日,东关五兵到,知申生已死,乃执杜原款囚之,以报献公曰:"世子自知罪不可逃,乃先死也。"献公使原款证成[22]太子之罪。原款大呼曰:"天乎冤哉!原款所以不死而就俘者,正欲明太子之心也!昨留宫六日,岂有毒而久不变者乎?"骊姬从屏后急呼曰:"原款辅导无状,何不速杀之?"献公使力士以铜锤击破其脑而死。群臣皆暗暗流涕。

梁五、东关五谓优施曰:"重耳、夷吾,与太子一体也。太子虽死,二公子尚在,我窃忧之。"优施言于骊姬,使引二公子。骊姬夜半复泣诉献公曰:"妾闻重耳、夷吾,实同申生之谋。申生之死,二

第 二 十 七 回

公子归罪于妾,终日治兵,欲袭晋而杀妾,以图大事,君不可不察!"献公意犹未信。蚤朝,近臣报:"蒲、屈二公子来觐,已至关;闻太子之变,即时俱回辕去矣。"献公曰:"不辞而去,必同谋也。"乃遣寺人勃鞮率师往蒲,擒拿公子重耳;贾华率师往屈,擒拿公子夷吾。狐突唤其次子狐偃至前,谓曰:"重耳骈胁重瞳[23],状貌伟异,又素贤明,他日必能成事。且太子既死,次当及之。汝可速往蒲,助之出奔,与汝兄毛,同心辅佐,以图后举。"狐偃遵命,星夜奔蒲城来投重耳。重耳大惊,与狐毛、狐偃方商议出奔之事,勃鞮车马已到。蒲人欲闭门拒守,重耳曰:"君命不可抗也!"勃鞮攻入蒲城,围重耳之宅。重耳与毛、偃趋后园,勃鞮挺剑逐之。毛、偃先踰墙出,推墙以招重耳。勃鞮执重耳衣袂,剑起袂绝,重耳得脱去。勃鞮收袂回报。三人遂出奔翟国[24]。

翟君先梦苍龙蟠于城上,见晋公子来到,欣然纳之。须臾,城下有小车数乘,相继而至,叫开城甚急。重耳疑是追兵,便教城上放箭。城下大叫曰:"我等非追兵,乃晋臣愿追随公子者。"重耳登城观看,认得为首一人,姓赵,名衰,字子馀,乃大夫赵夙之弟,仕晋朝为大夫。重耳曰:"子馀到此,孤无虑矣。"即命开门放入。馀人乃胥臣[25]、魏犨[26]、狐射姑[27]、颠颉、介子推、先轸[28],皆知名之士。其他愿执鞭负橐,奔走效劳,又有壶叔等数十人。重耳大惊曰:"公等在朝,何以至此?"赵衰等齐声曰:"主上失德,宠妖姬,杀世子,晋国旦晚必有大乱。素知公子宽仁下士,所以愿从出亡。"翟君教开门放入,众人进见。重耳泣曰:"诸君子能协心相辅,如肉傅骨,生死不敢忘德。"魏犨攘臂前曰:"公子居蒲数年,蒲人咸乐为公子死。若借助于狄,以用蒲人之众,杀入绛城,朝中积愤已深,必有起为内应者。因以除君侧之恶,安社稷而抚民人,岂不胜于流离道途为逋客^[29]哉?"重耳曰:"子言虽壮,然震惊君父,非亡人所敢出也。"魏犨乃一勇之夫,见重耳不从,遂咬牙切齿,以足顿地曰:"公子畏骊姬辈如猛虎蛇蝎,何日能成大事乎?"狐偃谓犨曰:"公子非畏骊姬,畏名义耳。"犨乃不言。昔人有古风一篇,单道重耳从亡诸臣之盛:

蒲城公子^[30]遭谗变,轮蹄^[31]西指奔如电。
担囊仗剑何纷纷?英雄尽是山西彦^[32]。
山西诸彦争相从,吞云吐雨星罗胸。
文臣高等擎天柱,武将雄夸驾海虹。
君不见,赵成子^[33],冬日之温^[34]彻人髓。
又不见,司空季,六韬三略^[35]饶经济。
二狐^[36]肺腑兼尊亲,出奇制变圆如轮。
魏犨矫矫人中虎,贾佗强力轻千钧。
颠颉昂藏^[37]独行意,直哉先轸胸无滞。
子推介节谁与俦?百炼坚金任磨砺。
颉颃^[38]上下如掌股,周流遍历秦齐楚。
行居寝食无相离,患难之中定臣主。
古来真主百灵扶,风虎云龙^[39]自不孤。
梧桐种就鸾凤集,何问朝中菀共枯?

重耳自幼谦恭下士,自十七岁时,已父事狐偃,师事赵衰,长事^[40]狐射姑,凡朝野知名之士,无不纳交,故虽出亡,患难之际,豪杰愿从者甚众。

惟大夫郤芮^[41],与吕饴甥^[42]腹心之契,虢射是夷吾之母舅[43]，三人独奔屈以就夷吾。相见之间，告以："贾华之兵，且暮且至。"夷吾即令敛兵为城守计。贾华原无必获夷吾之意，及兵到，故缓其围，使人阴告夷吾曰："公子宜速去。不然，晋兵继至，不可当也。"夷吾谓郤芮曰："重耳在翟，今奔翟何如？"郤芮曰："君固言二公子同谋，以是为讨。今异出而同走，骊姬有辞矣。晋兵且至翟，不如之梁[44]。梁与秦近，秦方强盛，且婚姻之国，君百岁后，可借其力以图归也。"夷吾乃奔梁国。贾华佯追之不及，以逃奔复命。献公大怒曰："二子不获其一，何以用兵？"叱左右欲缚贾华斩之。丕郑父奏曰："君前使人筑二城，使得聚兵为备，非贾华之罪也。"梁五亦奏曰："夷吾庸才无足虑。重耳有贤名，多士从之，朝堂为之一空。且翟吾世仇，不伐翟除重耳，后必为患。"献公乃赦贾华，使召勃鞮。鞮闻贾华几不免，乃自请率兵伐翟，献公许之。勃鞮兵至翟城，翟君亦盛陈兵于采桑[45]，相守二月馀。丕郑父进曰："父子无绝恩之理。二公子罪恶未彰，既已出奔，而必追杀之，得无已甚乎？且翟未可必胜，徒老[46]我师，为邻国笑。"献公意稍转，即召勃鞮还师。

　　献公疑群公子[47]多重耳夷吾之党，异日必为奚齐之梗，乃下令尽逐群公子。晋之公族，无敢留者。于是立奚齐为世子。百官自"二五"及荀息之外，无不人人扼腕[48]，多有称疾告老者。时周襄王之元年[49]，晋献公之二十六年也。

　　是秋九月，献公奔赴葵丘之会不果，于中途得疾，至国还宫。骊姬坐于足，泣曰："君遭骨肉之衅[50]，尽逐公族，而立妾之子。一旦设有不讳，我妇人也，奚齐年又幼，倘群公子挟外援以求入，妾母子所靠何人？"献公曰："夫人勿忧！太傅荀息，忠臣也，忠不二心,孤当以幼君托之。"于是召荀息至于榻前,问曰:"寡人闻,士之立身,忠信为本。何以谓之忠信?"荀息对曰:"尽心事主曰忠,死不食言曰信。"献公曰:"寡人欲以弱孤累大夫,大夫其许我乎?"荀息稽首对曰:"敢不竭死力!"献公不觉堕泪,骊姬哭声闻幕外。数日,献公薨。骊姬抱奚齐以授荀息,时年才十一岁。荀息遵遗命,奉奚齐主丧,百官俱就位哭泣。骊姬亦以遗命,拜荀息为上卿,梁五、东关五加左右司马,敛兵巡行国中,以备非常。国中大小事体,俱关白[51]荀息而后行。以明年为新君元年,告讣诸侯。毕竟奚齐能得几日为君,且看下回分解。

---

〔1〕 特羊:即牛羊。

〔2〕 内子孟:夫人孟氏。春秋时,内子为大夫嫡妻之专称。

〔3〕 主:即内主,指卿、大夫的夫人。

〔4〕 兕觥(sì gōng 四工):酒器。腹椭圆或方形,有足有盖。

〔5〕 顿嗓:抖动嗓子。

〔6〕 暇豫:悠闲逸乐。

〔7〕 吾吾(yú 于):疏远的样子。

〔8〕 鸟乌:泛指众鸟及乌鸦。这两句暗讽里克欲闲乐自适,而又离群远君,其智反不如众鸟之乐群。

〔9〕 菀(wǎn 宛):茂盛貌。此指茂盛的树木。

〔10〕 奈尔枯何:你拿枯木怎么办呢? 奈尔,即尔奈的倒文。

〔11〕 中大夫:此指梁五、东关五等人。

〔12〕 卜筮之理:龟卜及占筮所讲的神理。见第二十回。

〔13〕 㔻(pí 皮)郑父:名㔻,字郑父。㔻,同丕。

〔14〕 "而以"二句：遗，赐给。其事见第二十回。

〔15〕 囿（yòu 又）：有围墙的园林。

〔16〕 阴求其罪：暗地查访他的罪过。

〔17〕 田于翟桓：田，打猎。翟桓，古地名。似为狄人聚居地区。明刊本作"翟柤"，柤，翟人所建国名。

〔18〕 觯（zhì 治）：一种盛酒器。圆腹侈口，圈足。

〔19〕 戒车：准备兵车。

〔20〕 鸱鸮（chī xiāo 吃消）：鸱为鹞鹰，鸮为猫头鹰。均为恶鸟名，常用以比喻凶恶不孝之人。

〔21〕 伯氏：指狐突。据《国语·晋语四》韦注云："伯行，狐突字。"故称之为伯氏。

〔22〕 证成：证明太子之罪成立。

〔23〕 骈胁重瞳：胸部肋骨连成一整块叫骈胁。眼睛里有两个瞳仁叫重瞳。

〔24〕 翟国：翟，同狄。即狄人所建之国。因犬戎此时已溶合于狄，故翟国实为重耳外祖之国。

〔25〕 胥臣：胥为氏，臣为名。字季子，曾官司空，故又称司空季子。食邑于臼，故亦称臼季。

〔26〕 魏犨（chōu 抽）：字武子，故又称魏武子。系毕万之子。毕万曾从太子申生攻灭霍、魏等国，魏被赐为其采邑，故其子孙以魏为氏。

〔27〕 狐射姑：狐偃之子，字季，又字季佗。食邑于贾，又称贾季、贾佗。

〔28〕 先轸（zhěn 枕）：因食邑于原，又称原轸。

〔29〕 逋客：失意流亡之人。

〔30〕 蒲城公子：指重耳。因曾出守蒲城。

〔31〕 轮蹄：指随从诸臣有坐车的，也有乘马的。

〔32〕 彦：才德杰出的人。

322

〔33〕 赵成子：即赵衰（cuī崔）。衰死后谥为成，故称赵成子。季为其排行，又称成季。赵衰应为赵夙（见第二十回）之子。上文言"赵夙之弟"，乃据《国语·晋语四》。据《世本》："公明生孟及赵夙，夙生成季衰。"以世系推之，此说较为合理。

〔34〕 冬日之温：狐射姑以后说过赵衰如冬日之日，人赖其温。见第四十八回。

〔35〕 六韬三略：均为古兵书。《六韬》托名姜太公作，实乃汉人采掇旧说编成。分文韬、武韬、龙韬、虎韬、豹韬、犬韬六部分。《三略》题汉黄石公撰，上、中、下三卷，故称"三略"。

〔36〕 二狐：指狐毛、狐偃兄弟。系重耳之舅，故下文曰："肺腑兼尊亲。"

〔37〕 昂藏：气概高朗不凡。

〔38〕 颉颃（xié háng谐杭）：抗衡，不相上下。

〔39〕 风虎云龙：旧说云从龙，风从虎，以喻诸贤随从重耳。

〔40〕 长事：以兄长事之。

〔41〕 郤芮（xì ruì细瑞）：字子公。食采于冀，亦称冀芮。冀本国名，地并于虞，虞亡归晋。晋赐芮为采邑。故址在今山西河津市北。

〔42〕 吕饴甥：亦称吕甥、瑕甥、阴饴甥等。因吕（今山西霍县西）、瑕（今山西临猗县境）、阴（今山西霍县东南）皆其采邑。饴乃其名。他又是晋侯的外甥，故或配名以呼之。

〔43〕 "虢射"句：虢射亦晋大夫。夷吾之母为小戎允姓之女（见第二十回），则虢射不得为其舅。此据《国语·晋语二》，但来源待考。

〔44〕 梁：周代诸侯国名。嬴姓。故址在今陕西韩城市东南。

〔45〕 采桑：古地名。在晋、翟之边界。故址在今山西乡宁县西。

〔46〕 老：指军队疲劳，斗志衰弱。

〔47〕 群公子：晋献公有子九人（见第二十五回），除申生、重耳、夷吾、奚齐、卓子外，尚有四公子，故称群公子。

第二十七回

〔48〕 扼腕：手握其腕，表示愤怒或惋息。

〔49〕 周襄王之元年：即公元前651年。

〔50〕 衅（xìn信）：争端，裂痕。

〔51〕 关白：禀告。

第 二 十 八 回

里克两弑孤主　穆公一平晋乱

话说荀息拥立公子奚齐，百官都至丧次哭临[1]，惟狐突托言病笃不至。里克私谓丕郑父曰："孺子遂立矣，其若亡公子何？"丕郑父曰："此事全在荀叔[2]，姑与探之。"二人登车，同往荀息府中。息延入，里克告曰："主上晏驾，重耳、夷吾俱在外，叔为国大臣，乃不迎长公子嗣位，而立嬖人[3]之子，何以服人？且三公子[4]之党，怨奚齐子母入于骨髓，只碍主上耳。今闻大变，必有异谋。秦[5]、翟辅之于外，国人应之于内，子何策以御之？"荀息曰："我受先君遗托，而傅奚齐，则奚齐乃我君矣。此外不知更有他人！万一力不从心，惟有一死，以谢先君而已。"丕郑父曰："死无益也，何不改图？"荀息曰："我既以忠信许先君矣，虽无益，敢食言乎？"二人再三劝谕，荀息心如铁石，终不改言。乃相辞而去。里克谓郑父曰："我以叔有同僚之谊，故明告以利害。彼坚执不听，奈何？"郑父曰："彼为奚齐，我为重耳，各成其志，有何不可。"

于是二人密约，使心腹力士，变服杂于侍卫服役之中，乘奚齐在丧次，就刺杀于苫块[6]之侧。时优施在旁，挺剑来救，亦被杀。一时幕间大乱。荀息哭临方退，闻变大惊，疾忙趋入，抚尸大恸曰：

第二十八回

"我受遗命托孤，不能保护太子，我之罪也！"便欲触柱而死。骊姬急使人止之曰："君柩在殡，大夫独不念乎？且奚齐虽死，尚有卓子在，可辅也。"荀息乃诛守幕者数十人，即日与百官会议，更扶卓子为君，时年才九岁。里克、丕郑父佯为不知，独不与议。梁五曰："孺子之死，实里、丕二人为先太子报仇也。今不与公议，其迹昭然。请以兵讨之！"荀息曰："二人者，晋之老臣，根深党固，七舆大夫[7]，半出其门，讨而不胜，大事去矣。不如姑隐之，以安其心而缓其谋。俟丧事既毕，改元正位，外结邻国，内散其党，然后乃可图矣。"梁五退谓东关五曰："荀卿忠而少谋，作事迂缓，不可恃也。里、丕虽同志，而克为先太子之冤，衔怨独深。若除克，则丕氏之心惰矣。"东关五曰："何策除之？"梁五曰："今丧事在迩，诚伏甲东门，视其送葬，突起攻之，此一夫之力也。"东关五曰："善。我有客屠岸夷者，能负三千钧[8]绝地[9]而驰。若啖以爵禄，此人可使也。"乃召屠岸夷而语之。

夷素与大夫骓遄[10]相厚，密以其谋告于骓遄，问："此事可行否？"遄曰："故太子之冤，举国莫不痛之，皆因骊姬母子之故。今里、丕二大夫，欲歼骊姬之党，迎立公子重耳为君，此义举也。汝若辅佞仇忠，干此不义之事，我等必不容汝。徒受万代骂名，不可，不可！"夷曰："我侪小人不知也，今辞之何如？"骓遄曰："辞之，则必复遣他人矣。子不如佯诺，而反戈以诛逆党，我以迎立之功与子。子不失富贵，而且有令名，与为不义杀身，孰得？"屠岸夷曰："大夫之教是也。"骓遄曰："得无变否？"夷曰："大夫见疑，则请盟！"乃割鸡而为盟。夷去。遄即与丕郑父言之，郑父亦言于里克，各整顿家甲，约定送葬日齐发。

至期,里克称病不会葬。屠岸夷谓东关五曰:"诸大夫皆在葬,惟里克独留,此天夺其命也。请授甲兵三百人,围其宫而歼之。"东关五大悦,与甲士三百,伪围里克之家。里克故意使人如墓告变。荀息惊问其故,东关五曰:"闻里克将乘隙为乱,五等辄使家客,以兵守之。成则大夫之功,不成不相累也。"荀息心如芒刺,草草毕葬,即使"二五"勒兵助攻,自己奉卓子坐于朝堂,以俟好音。东关五之兵先至东市。屠岸夷来见,托言禀事,猝以臂拉其颈,颈折坠,军中大乱。屠岸夷大呼曰:"公子重耳,引秦、翟之兵,已在城外。我奉里大夫之命,为故太子申生伸冤,诛奸佞之党,迎立重耳为君。汝等愿从者皆来,不愿者自去。"军士闻重耳为君,无不踊跃愿从者。梁五闻东关五被杀,急趋朝堂,欲同荀息奉卓子出奔。却被屠岸夷追及,里克、㔻郑父、雅遄各率家甲,一时亦到。梁五料不能脱,拔剑自刎,不断,被屠岸夷只手擒来,里克趁势挥刀,劈为两段。时左行大夫[11]共华,亦统家甲来助,一齐杀入朝门。里克仗剑先行,众人随之,左右皆惊散。荀息面不改色,左手抱卓子,右手举袖掩之。卓子惧而啼。荀息谓里克曰:"孺子何罪?宁杀我,乞留此先君一块肉!"里克曰:"申生安在?亦先君一块肉也!"顾屠岸夷曰:"还不下手!"屠岸夷就荀息手中夺来,掷之于阶。但闻趷蹬一声,化为肉饼。荀息大怒,挺佩剑来斗里克,亦被屠岸夷斩之。遂杀入宫中。骊姬先奔贾君[12]之宫,贾君闭门不纳。走入后园,从桥上投水中而死,里克命戮其尸。骊姬之娣,虽生卓子,无宠无权,恕不杀,锢之别室。尽灭"二五"及优施之族。髯仙有诗叹骊姬云:

谮杀申生意若何?要将稚子掌山河。

第二十八回

一朝母子遭骈戮,笑杀当年《暇豫》歌。

又有诗叹荀息从君之乱命,而立庶孽,虽死不足道也！诗云：

昏君乱命岂宜从？犹说硁硁[13]效死忠。

璧马智谋何处去？君臣束手一场空。

里克大集百官于朝堂,议曰："今庶孽已除,公子中惟重耳最长且贤,当立。诸大夫同心者,请书名于简！"丕郑父曰："此事非狐老大夫不可。"里克即使人以车迎之。狐突辞曰："老夫二子从亡,若与迎,是同弑也。突老矣,惟诸大夫之命是听！"里克遂执笔先书己名,次丕郑父,以下共华、贾华、骓遄等共三十馀人。后至者俱不及书。以上士之衔假屠岸夷,使之奉表往翟,奉迎公子重耳。重耳见表上无狐突名,疑之。魏犨曰："迎而不往,欲长为客乎？"重耳曰："非尔所知也。群公子尚多,何必我？且二孺子新诛,其党未尽,入而求出,何可得也？天若祚我,岂患无国？"狐偃亦以乘丧因乱,皆非美名,劝公子勿行。乃谢使者曰："重耳得罪于父,逃死四方。生既不得展问安侍膳之诚,死又不得尽视含哭位[14]之礼,何敢乘乱而贪国。大夫其更立他子,重耳不敢违！"屠岸夷还报,里克欲遣使再往。大夫梁繇靡曰："公子孰非君者,盍迎夷吾乎？"里克曰："夷吾贪而忍。贪则无信,忍则无亲。不如重耳。"梁繇靡曰："不犹愈于群公子乎？"众人俱唯唯。里克不得已,乃使屠岸夷辅梁繇靡迎夷吾于梁。

且说公子夷吾在梁,梁伯以女妻之,生一子,名曰圉。夷吾安居于梁,日夜望国中有变,乘机求入。闻献公已薨,即命吕饴甥袭屈城[15]据之。荀息为国中多事,亦不暇问。及闻奚齐、卓子被杀,诸大夫往迎重耳,吕饴甥以书报夷吾,夷吾与虢射、郤芮商议,要来争国。忽见梁繇靡等来迎,以手加额曰:"天夺国于重耳,以授我也!"不觉喜形于色。郤芮进曰:"重耳非恶得国者,其不行,必有疑也。君勿轻信。夫在内而外求君者,是皆有大欲焉。方今晋臣用事,里、丕为首,君宜捐厚赂以啖之。虽然,犹有危。夫入虎穴者,必操利器。君欲入国,非借强国之力为助不可。邻晋之国,惟秦最强,子盍遣使卑辞以求纳于秦乎?秦许我,则国可入矣。"夷吾用其言,乃许里克以汾阳[16]之田百万,许丕郑父以负蔡[17]之田七十万,皆书契而缄之。先使屠岸夷还报,留梁繇靡使达手书于秦,并道晋国诸大夫奉迎之意。

秦穆公谓蹇叔曰:"晋乱待寡人而平,上帝先示梦矣。寡人闻重耳、夷吾皆贤公子也。寡人将择而纳之,未知孰胜?"蹇叔曰:"重耳在翟,夷吾在梁,地皆密迩。君何不使人往吊,以观二公子之为人?"穆公曰:"诺。"乃使公子絷先吊重耳,次吊夷吾。公子絷至翟,见公子重耳,以秦君之命称吊。礼毕,重耳即退。絷使闻者传语:"公子宜乘时图入,寡君愿以敝赋为前驱。"重耳以告赵衰。赵衰曰:"却内之迎,而借外宠以求入,虽入不光矣!"重耳乃出见使者曰:"君惠吊亡臣重耳,辱以后命[18]。亡人无宝,仁亲为宝。父死之谓何,而敢有他志?"遂伏地大哭,稽颡[19]而退,绝无一私语。公子絷见重耳不从,心知其贤,叹息而去。遂吊夷吾于梁,礼毕,夷吾谓絷曰:"大夫以君命下吊亡人,亦何以教亡人乎?"絷亦以"乘时图入"相劝。夷吾稽颡称谢。入告郤芮曰:"秦人许纳我矣!"郤芮曰:"秦人何私于我?亦将有取于我也!君必大割地以赂之。"夷吾曰:"大割地不损晋乎?"郤芮曰:"公子不返国,则梁山一匹夫耳,能有晋尺寸之土乎?他人之物,公子何惜焉?"夷吾复

第二十八回

出见公子絷,握其手谓曰:"里克、丕郑皆许我矣,亡人皆有以酬之,且不敢薄也。苟假君之宠,入主社稷,惟是河外[20]五城,所以便君之东游者,东尽虢地,南及华山,内以解梁[21]为界,愿入之于君,以报君德于万一。"出契于袖中,面有德色。公子絷方欲谦让,夷吾又曰:"亡人另有黄金四十镒,白玉之珩[22]六双,愿纳于公子之左右。乞公子好言于君,亡人不忘公子之赐。"公子絷乃皆受之。史臣有诗云:

> 重耳忧亲为丧亲,夷吾利国喜津津。
> 但看受吊相悬处,成败分明定两人。

絷返命于穆公,备述两公子相见之状。穆公曰:"重耳之贤,过夷吾远矣!必纳重耳。"公子絷对曰:"君之纳晋君也,忧晋乎?抑欲成名于天下乎?"穆公曰:"晋何与我事?寡人亦欲成名于天下耳。"公子絷曰:"君如忧晋,则为之择贤君。第欲成名于天下,则不如置不贤者。均之有置君之名,而贤者出我上,不贤者出我下,二者孰利?"穆公曰:"子之言,开我肺腑。"乃使公孙枝出车三百乘,以纳夷吾。秦穆公夫人,乃晋世子申生之姊,是为穆姬,幼育于献公次妃贾君之宫,甚有贤德。闻公孙枝将纳夷吾于晋,遂为手书以属夷吾,言:"公子入为晋君,必厚视贾君。其群公子因乱出奔,皆无罪。闻叶茂者本荣,必尽纳之,亦所以固我藩也。"夷吾恐失穆姬之意,随以手书复之,一一如命。时齐桓公闻晋国有乱,欲合诸侯谋之,乃亲至高梁[23]之地。又闻秦师已出,周惠王亦遣大夫王子党率师至晋,乃遣公孙隰朋会周、秦之师,同纳夷吾。吕饴甥亦自屈城来会。桓公遂回齐。里克、丕郑父请出国舅[24]狐突做主,率群臣备法驾,迎夷吾于晋界。夷吾入绛都即位,是为惠公[25]。即以本年为元年。——按晋惠公之元年,实周襄王之二年也。国人素慕重耳之贤,欲得为君,及失重耳得夷吾,乃大失望。

惠公既即位,遂立子圉为世子。以狐突、虢射为上大夫,吕饴甥、郤芮俱为中大夫,屠岸夷为下大夫。其馀在国诸臣,一从其旧。使梁繇靡从王子党如周,韩简从隰朋如齐,各拜谢纳国之恩。惟公孙枝以索取河西五城之地,尚留晋国。惠公有不舍之意,乃集群臣议之。虢射目视吕饴甥,饴甥进曰:"君所以赂秦者,为未入,则国非君之国也。今既入矣,国乃君之国矣,虽不畀秦,秦其奈君何?"里克曰:"君始得国,而失信于强邻,不可。不如与之。"郤芮曰:"去五城是去半晋矣。秦虽极兵力,必不能取五城于我。且先君百战经营,始有此地,不可弃也。"里克曰:"既知先君之地,何以许之?许而不与,不怒秦乎?且先君立国于曲沃,地不过蕞尔,惟自强于政,故能兼并小国,以成其大。君能修政而善邻,何患无五城哉?"郤芮大喝曰:"里克之言,非为秦也,为取汾阳之田百万,恐君不与,故以秦为例耳!"丕郑父以臂推里克,克遂不敢复言。惠公曰:"不与则失信,与之则自弱,畀一二城可乎?"吕饴甥曰:"畀一二城,未为全信也,而适以挑秦之争。不如辞之。"惠公乃命吕饴甥作书辞秦。书略曰:

始夷吾以河西五城许君。今幸入守社稷,夷吾念君之赐,欲即践言。大臣皆曰:"地者,先君之地。君出亡在外,何得擅许他人?"寡人争之弗能得。惟君少缓其期,寡人不敢忘也。

惠公问:"谁人能为寡人谢秦者?"丕郑父愿往,惠公从之。

原来惠公求入国时,亦曾许丕郑父负蔡之田七十万,惠公既不

第二十八回

与秦城,安肯与里、丕二人之田?郑父口虽不言,心中怨恨,特地讨此一差,欲诉于秦耳。郑父随公孙枝至于秦国,见了穆公,呈上国书。穆公览毕,拍案大怒曰:"寡人固知夷吾不堪为君,今果被此贼所欺!"欲斩丕郑父。公孙枝奏曰:"此非郑父之罪也,望君恕之!"穆公馀怒未尽,问曰:"谁使夷吾负寡人者?寡人愿得而手刃之!"丕郑父曰:"君请屏左右,臣有所言。"穆公色稍和,命左右退于帘下,揖郑父进而问之。郑父对曰:"晋之诸大夫,无不感君之恩,愿归地者,惟吕饴甥、郤芮二人从中阻挠。君若重币聘问,而以好言召此二人,二人至,则杀之。君纳重耳,臣与里克逐夷吾,为君内应,请得世世事君。何如?"穆公曰:"此计妙哉!固寡人之本心也!"于是遣大夫泠至[26]随丕郑父行聘于晋,欲诱吕饴甥、郤芮而杀之。不知吕、郤性命何如,且看下回分解。

---

〔1〕 丧次哭临:丧次,停丧之处。哭临,凡帝后之丧,集众举哀叫哭临。

〔2〕 荀叔:即荀息。原氏,名黯。曲沃武公灭荀国以赐之,故又以荀为氏。字息,叔乃其排行。

〔3〕 嬖(bì闭)人:宠爱的人。贱而得幸曰嬖。此指骊姬。

〔4〕 三公子:指申生、重耳、夷吾三人。

〔5〕 秦:夷吾此时在梁,秦、梁同为嬴姓,梁小秦大。故此处提秦可兼梁。

〔6〕 苫(shān删)块:寝苫枕块的略称。古人居父母之丧,以草垫为席,土块为枕。苫,用茅草编成的被子。

〔7〕 七舆大夫:指国君最亲近、职务最重要的七位大夫。春秋时,侯伯出行多随有副车七乘,每车有一位大夫主管,故称七舆大夫。

〔8〕 钧：古代以三十斤为一钧，四钧为石。

〔9〕 绝地：跨越地面。

〔10〕 骓遄（zhuī chuán追船）：晋大夫名。《左传》、《国语》均作骓歂。

〔11〕 左行大夫：晋官职名。晋文公五年（前632），于三军之外，复设左、中、右三行。首任左行大夫乃先蔑。但此时（前650）尚无此建置及官职。"左行"二字疑衍。

〔12〕 贾君：晋献公姬妾，贾妃之妹。曾抚育申生之妹、秦穆公夫人穆姬长大成人。见第二十回。

〔13〕 硁硁（kēng坑）：固执的样子。

〔14〕 视含哭位：指诸侯死后，其臣子亲临殡殓，让死者口中含玉，并哭于其位等礼节。

〔15〕 屈城：春秋时晋邑名，在今山西吉县境内。

〔16〕 汾阳：春秋时晋邑名。在今山西静乐县西。

〔17〕 负蔡：春秋时晋地名。在今山西河津市汾水南岸一带。清本多作"负葵"，疑误。

〔18〕 辱以后命：承蒙告以后来的命令。辱，谦词。后命，后来的命令，指劝重耳乘父丧借秦之力入国。因前有吊唁，然后才有吩咐，故借称后命。

〔19〕 稽颡：叩首。颡，前额。

〔20〕 河外：指黄河以西及以南地区。晋都于绛，在黄河以东，故以河西河南为河外。

〔21〕 解（xiè谢）梁：春秋时晋邑名。在今山西永济市北之解城。此邑在黄河东，故言"内以"。

〔22〕 珩（héng恒）：一种横玉，形如残环，或上有折角，用于佩璧之上。

〔23〕 高梁：春秋时晋邑名，在今山西临汾市东北。

〔24〕 国舅：晋献公曾娶犬戎主之侄女狐姬，生子重耳（见第二十回）。狐突为其父辈，即晋献公之外舅，故称之为国舅。

〔25〕 惠公：即姬夷吾。在位十四年（前650—前636）。

〔26〕 泠（líng凌）至：秦国大夫。泠，诸本多误为"冷"，此据《左传》校正。

第二十九回

晋惠公大诛群臣　管夷吾病榻论相

话说里克主意，原要奉迎公子重耳，因重耳辞不肯就，夷吾又以重赂求入，因此只得随众行事。谁知惠公即位之后，所许之田，分毫不给。又任用虢射、吕饴甥、郤芮一班私人，将先世旧臣，一概疏远，里克心中已自不服。及劝惠公畀地于秦，分明是公道话，郤芮反说他为己而设，好生不忿，忍了一肚子气，敢怒而不敢言。出了朝门，颜色之间，不免露些怨望之意。及丕郑父使秦，郤芮等恐其与里克有谋，私下遣人窥瞰。郑父亦虑郤芮等有人伺察，遂不别里克而行。里克使人邀郑父说话，则郑父已出城矣。克自往追之，不及而还。

早有人报知郤芮。芮求见惠公，奏曰："里克谓君夺其权政，又不与汾阳之田，心怀怨望。今闻丕郑父聘秦，自驾往追，其中必有异谋。臣素闻里克善于重耳，君之立非其本意，万一与重耳内应外合，何以防之？不若赐死，以绝其患。"惠公曰："里克有功于寡人，今何辞以戮之？"郤芮曰："克弑奚齐，又弑卓子，又杀顾命之臣[1]荀息，其罪大矣！念其入国之功，私劳也。讨其弑逆之罪，公义也。明君不以私劳而废公议，臣请奉君命行讨！"惠公曰："大夫

第 二 十 九 回

往矣!"郤芮遂诣里克之家,谓里克曰:"晋侯有命,使芮致之吾子。晋侯云:'微子[2],寡人不得立,寡人不敢忘子之功。虽然,子弑二君,杀一大夫,为尔君者难矣!寡人奉先君之遗命,不敢以私劳而废大义,惟子自图之!'"里克曰:"不有所废,君何以兴?欲加之罪,何患无辞?臣闻命矣!"郤芮复迫之,克乃拔佩剑跃地大呼曰:"天乎冤哉!忠而获罪,死若有知,何面目见荀息乎?"遂自刎其喉而死。郤芮还报惠公,惠公大悦。髯仙有诗云:

才人夷吾身受兵,当初何不死申生?

方知中立非完策,不及荀家有令名。

惠公杀了里克,群臣多有不服者。祁举、共华、贾华、骓遄辈,俱口出怨言。惠公欲诛之,郤芮曰:"壬郑在外,而多行诛戮,以启其疑叛之心,不可。君且忍之。"惠公曰:"秦夫人有言,托寡人善视贾君,而尽纳群公子。何如?"郤芮曰:"群公子谁无争心,不可纳也。善视贾君,以报秦夫人可矣。"惠公乃入见贾君。时贾君色尚未衰,惠公忽动淫心,谓贾君曰:"秦夫人属寡人与君为欢,君其无拒。"即往抱持贾君,宫人皆含笑避去。贾君畏惠公之威,勉强从命。事毕,贾君垂泪言曰:"妾不幸事先君不终,今又失身于君。妾身不足惜,但乞君为故太子申生白冤,妾得复于秦夫人,以赎失身之罪!"惠公曰:"二竖子见杀,先太子之冤已白矣。"贾君曰:"闻先太子尚藁葬[3]新城[4],君必迁冢而为之立谥,庶冤魂获安,亦国人之所望于君者也。"惠公许之。乃命郤芮之从弟郤乞,往曲沃择地改葬。使太史议谥,以其孝敬,谥曰"共[5]世子"。再使狐突往彼设祭告墓。

先说郤乞至曲沃,别制衣衾棺椁,及冥器木偶之类,极其整齐。

掘起申生之尸，面色如生，但臭不可当。役人俱掩鼻欲呕，不能用力。郤乞焚香再拜曰："世子生而洁，死而不洁乎？若不洁，不在世子，愿无骇众！"言讫，臭气顿息，转为异香。遂重殓入棺，葬于高原。曲沃之人，空城来送，无不堕泪。葬之三日，狐突赍祭品来到，以惠公之命，设位拜奠，题其墓曰："晋共太子之墓。"

事毕，狐突方欲还国。忽见旌旗对对，戈甲层层，簇拥一队车马，狐突不知是谁，仓忙欲避。只见副车一人，须发斑白，袍笏整齐，从容下车，至于狐突之前，揖曰："太子有话奉迎，请国舅那步[6]。"突视之，太傅杜原款也。恍惚中忘其已死，问曰："太子何在？"原款指后面大车曰："此即太子之车矣。"突乃随至车前。见太子申生冠缨剑佩，宛如生前，使御者下引狐突升车，谓曰："国舅亦念申生否？"突垂泪对曰："太子之冤，行道之人，无不悲涕。突何人，能勿念乎？"申生曰："上帝怜我仁孝，已命我为乔山[7]之主矣。夷吾行无礼于贾君，吾恶其不洁，欲却其葬，恐违众意而止。今秦君甚贤，吾欲以晋畀秦，使秦人奉吾之祀，舅以为何如？"突对曰："太子虽恶晋君，其民何罪？且晋之先君又何罪？太子舍同姓而求食于异姓，恐乖仁孝之德也。"申生曰："舅言亦是。然吾已具奏于上帝矣。今当再奏，舅为姑留七日。新城之西偏有巫者，吾将托之以复舅也。"杜原款在车下唤曰："国舅可别矣！"牵狐突下车，失足跌仆于地，车马一时不见。突身乃卧于新城外馆[8]。心中大惊，问左右："吾何得在此？"左右曰："国舅祭奠方毕，焚祝辞神，忽然仆于席上，呼唤不醒。吾等扶至车中，载归此处安息。今幸无恙。"狐突心知是梦，暗暗称异。不与人言，只推抱恙，留车外馆。至第七日未、申之交，门上报："有城西巫者求见。"突命召入，预屏

第二十九回

左右以待之。巫者入见，自言："素与鬼神通语。今有乔山主者，乃晋国故太子申生，托传语致意国舅：'今已覆奏上帝，但辱其身，斩其胤[9]，以示罚罪而已，无害于晋。'"狐突佯为不知，问曰："所罚者，何人之罪？"巫曰："太子但命传语如此，我亦不知所指何事也？"突命左右以金帛酬巫者，戒勿妄言。巫者叩谢而去。狐突归国，私与丕郑父之子丕豹言之。豹曰："君举动乖张，必不克终。有晋国者，其重耳乎？"正叙谈间，阍人来报："丕大夫使秦已归，见在朝中复命。"二人遂各别而归。

却说丕郑父同秦大夫泠至，赍着礼币数车，如晋报聘[10]。行及绛郊，忽闻诛里克之信，郑父心中疑虑，意欲转回秦国，再作商量。又念其子豹在绛城："我一走，必累及豹。"因此去住两难，踌躇不决。恰遇大夫共华在于郊外，遂邀与相见。郑父叩问里克缘由，共华一一叙述了。郑父曰："吾今犹可入否？"共华曰："里克同事之人尚多，如华亦在其内，今止诛克一人，其馀并不波及。况子出使在秦，若为不知可也。如惧而不入，是自供其罪矣。"郑父从其言，乃催车入城。郑父先复命讫，引进泠至朝见，呈上国书礼物。惠公启书看之，略曰：

> 晋、秦甥舅之国，地之在晋，犹在秦也。诸大夫亦各忠其国，寡人何敢曰必得地，以伤诸大夫之义。但寡人有疆场之事，欲与吕、郤二大夫面议。幸旦暮一来，以慰寡人之望！

书尾又一行云："原地券纳还。"惠公是见小之人，看见礼币隆厚，又且缴还地券，心中甚喜，便欲遣吕饴甥、郤芮报秦。

郤芮私谓饴甥曰："秦使此来，不是好意。其币重而言甘，殆诱我也。吾等若往，必劫我以取地矣。"饴甥曰："吾亦料秦之欢

晋惠公大诛群臣　管夷吾病榻论相

晋,不至若是。此必丕郑父闻里克之诛,自惧不免,与秦共为此谋,欲使秦人杀吾等而后作乱耳。"郤芮曰:"郑父与克,同功一体之人,克诛,郑父安得不惧?子金之料是也。今群臣半是里丕之党,若郑父有谋,必更有同谋之人。且先归秦使而徐察之。"怡甥曰:"善。"乃言于惠公,先遣泠至回秦,言:"晋国未定,稍待二臣之暇,即当趋命。"泠至只得回秦。

吕、郤二人使心腹每夜伏于丕郑父之门,伺察动静。郑父见吕、郤全无行色,乃密请祁举、共华、贾华、骓遄等,夜至其家议事,五鼓方回。心腹回报所见,如此如此。郤芮曰:"诸人有何难决之事?必逆谋也。"乃与怡甥商议,使人请屠岸夷至,谓曰:"子祸至矣,奈何?"屠岸夷大惊曰:"祸从何来?"郤芮曰:"子前助里克弑幼君,今克已伏法,君将有讨于子。吾等以子有迎立之功,不忍见子之受诛,是以告也。"屠岸夷泣曰:"夷乃一勇之夫,听人驱遣,不知罪之所在。惟大夫救之!"郤芮曰:"君怒不可解也。独有一计,可以脱祸。"夷遂跪而问计。郤芮慌忙扶起,密告曰:"今丕郑父党于里克,有迎立之心,与七舆大夫阴谋作乱,欲逐君而纳公子重耳。子诚[11]伪为惧诛者,而见郑父,与之同谋。若尽得其情,先事出首,吾即以所许郑父负蔡之田,割三十万以酬子功。子且重用,又何罪之足患乎?"夷喜曰:"夷死而得生,大夫之赐也。敢不效力!但我不善为辞,奈何?"吕怡甥曰:"吾当教子。"乃拟为问答之语,使夷熟记。

是夜,夷遂叩丕郑父之门,言有密事。郑父辞以醉寝,不与相见。夷守门内,更深犹不去。乃延之入。夷一见郑父,便下跪曰:"大夫救我一命!"郑父惊问其故。夷曰:"君以我助里克弑卓子,

第 二 十 九 回

将加戮于我,奈何?"郑父曰:"吕、郤二人为政,何不求之?"夷曰:"此皆吕、郤之谋也。吾恨不得食二人之肉,求之何益?"郑父犹未深信,又问曰:"汝意欲何如?"夷曰:"公子重耳仁孝,能得士心,国人皆愿戴之为君。而秦人恶夷吾之背约,亦欲改立重耳。诚得大夫手书,夷星夜往致重耳,使合秦、翟之众,大夫亦纠故太子之党,从中而起。先斩吕、郤之首,然后逐君而纳重耳,无不济矣。"郑父曰:"子意得无变否?"夷即啮一指出血,誓曰:"夷若有贰心,当使合族受诛!"郑父方才信之。约次日三更,再会定议。至期,屠岸夷复往。则祁举、共华、贾华、骓遄皆先在,又有叔坚、累虎、特宫、山祈四人,皆故太子申生门下,与郑父、屠岸夷共是十人,重复对天歃血,共扶公子重耳为君。后人有诗云:

　　只疑屠岸来求救,谁料奸谋吕郤为?

　　强中更有强中手,一人行诈九人危。

丕郑父款待众人,尽醉而别。屠岸夷私下回报郤芮。芮曰:"汝言无据,必得郑父手书,方可正罪。"夷次夜再至郑父之家,索其手书,往迎重耳。郑父已写就了,简后署名,共是十位,其九人俱先有花押,第十屠岸夷也。夷亦请笔书押。郑父缄封停当,交付夷手,嘱他:"小心在意,不可漏泄。"屠岸夷得书,如获至宝,一径投郤芮家,呈上芮看。芮乃匿夷于家,将书怀于袖中,同吕饴甥往见国舅虢射,备言如此如此,"若不早除,变生不测。"虢射夜叩宫门,见了惠公,细述丕郑父之谋:"明日早朝,便可面正其罪,以手书为证。"

　　次日,惠公早朝,吕、郤等预伏武士于壁衣之内。百官行礼已毕,惠公召丕郑父问曰:"知汝欲逐寡人而迎重耳,寡人敢请其罪!"郑父方欲致辩。郤芮仗剑大喝曰:"汝遣屠岸夷将手书迎重耳,赖吾君洪福,屠岸夷已被吾等伺候于城外拿下,搜出其书。同事共是十人,今屠岸夷已招出,汝等不必辩矣。"惠公将原书掷于案下。吕饴甥拾起,按简呼名,命武士擒下。只有共华告假在家未到,另行捕拿。见在八人,面面相觑,真个是有口难开,无地可入。惠公喝教:"押出朝门斩首!"内中贾华大呼曰:"臣先年奉命伐屈,曾有私放吾君之功,求免一死,可乎?"吕饴甥曰:"汝事先君而私放吾主,今事吾主,复私通重耳,此反覆小人,速宜就戮。"贾华语塞。八人束手受刑。

却说共华在家,闻郑父等事泄被诛,即忙拜辞家庙,欲赴朝中领罪。其弟共赐谓曰:"往则就死,盍逃乎?"共华曰:"丕大夫之入,吾实劝之。陷人于死,而己独生,非丈夫也!吾非不爱生,不敢负丕大夫耳!"遂不待捕至,疾趋入朝,请死。惠公亦斩之。丕豹闻父遭诛,飞奔秦国逃难。惠公欲尽诛里、丕诸大夫之族。郤芮曰:"罪人不孥[12],古之制也。乱人行诛,足以儆众矣。何必多杀,以惧众心?"惠公乃赦各族不诛。进屠岸夷为中大夫,赏以负蔡之田三十万。

却说丕豹至秦,见了穆公,伏地大哭。穆公问其故,丕豹将其父始谋,及被害缘由,细述一遍,乃献策曰:"晋侯背秦之大恩,而修国之小怨,百官耸惧,百姓不服。若以偏师往伐,其众必内溃,废置惟君所欲耳。"穆公问于群臣,蹇叔对曰:"以丕豹之言而伐晋,是助臣伐君,于义不可。"百里奚曰:"若百姓不服,必有内变,君且俟其变而图之。"穆公曰:"寡人亦疑此言。彼一朝而杀九大夫,岂众心不附,而能如此?况兵无内应,可必有功乎?"丕豹遂留仕秦为大夫。时晋惠公之二年,周襄王之三年[13]也。

第二十九回

是年周王子带[14],以赂结好伊、雒之戎[15],使戎伐京师,而己从中应之。戎遂入寇,围王城。周公孔与召伯廖悉力固守。带不敢出会戎师。襄王遣使告急于诸侯。秦穆公、晋惠公皆欲结好周王,各率师伐戎以救周。戎知诸侯兵至,焚掠东门而去。惠公与穆公相见,面有惭色。惠公又接得穆姬密书,书中数晋侯无礼于贾君、又不纳群公子许多不是。教他速改前非,不失旧好。惠公遂有疑秦之心,急急班师。丕豹果劝穆公夜袭晋师,穆公曰:"同为勤王而来此,虽有私怨,未可动也。"乃各归其国。

时齐桓公亦遣管仲将兵救周,闻戎兵已解,乃遣人诘责戎主。戎主惧齐兵威,使人谢曰:"我诸戎何敢犯京师?尔甘叔[16]招我来耳!"襄王于是逐王子带。子带出奔齐国。戎主使人诣京师,请罪求和,襄王许之。襄王追念管仲定位之功,今又有和戎之劳,乃大飨[17]管仲,待以上卿之礼。管仲逊曰:"有国、高二子[18]在,臣不敢当。"再三谦让,受下卿之礼而还。

是冬,管仲病,桓公亲往问之。见其瘠甚,乃执其手曰:"仲父之疾甚矣。不幸而不起,寡人将委政于何人?"时宁戚、宾须无先后俱卒,管仲叹曰:"惜哉乎,宁戚也!"桓公曰:"宁戚之外,岂无人乎?吾欲任鲍叔牙,何如?"仲对曰:"鲍叔牙,君子也。虽然,不可以为政。其人善恶过于分明。夫好善可也,恶恶已甚,人谁堪之?鲍叔牙见人之一恶,终身不忘,是其短也。"桓公曰:"隰朋何如?"仲对曰:"庶乎可矣。隰朋不耻下问,居其家不忘公门。"言毕,喟然叹曰:"天生隰朋,以为夷吾舌[19]也。身死,舌安得独存?恐君之用隰朋不能久耳!"桓公曰:"然则易牙何如?"仲对曰:"君即不问,臣亦将言之。彼易牙、竖刁、开方三人,必不可近也!"桓公曰:"易牙烹其子,以适寡人之口,是爱寡人胜于爱子,尚可疑耶?"仲对曰:"人情莫爱于子。其子且忍之,何有于君[20]?"桓公曰:"竖刁自宫以事寡人,是爱寡人胜于爱身,尚可疑耶?"仲对曰:"人情莫重于身。其身且忍之,何有于君?"桓公曰:"卫公子开方,去其千乘之太子,而臣于寡人,以寡人之爱幸之也。父母死不奔丧,是爱寡人胜于父母,无可疑矣。"仲对曰:"人情莫亲于父母。其父母且忍之,又何有于君?且千乘之封,人之大欲也。弃千乘而就君,其所望有过于千乘者矣。君必去之勿近,近必乱国!"桓公曰:"此三人者,事寡人久矣。仲父平日何不闻一言乎?"仲对曰:"臣之不言,将以适君之意也。譬之于水,臣为之堤防焉,勿令泛滥。今堤防去矣,将有横流之患,君必远之!"桓公默然而退。毕竟管仲性命如何,且看下回分解。

---

〔1〕 顾命之臣:意同托孤之臣,即受国君临终嘱托的大臣。顾命,即遗命。

〔2〕 微子:没有您。

〔3〕 藁葬:草草埋葬。

〔4〕 新城:即晋曲沃。因经赵夙为申生重新修筑,故又称新城。见第二十回。

〔5〕 共(gōng公):同"恭"。

〔6〕 那(nuó挪)步:挪步。

〔7〕 乔山:疑即桥山,乃黄帝陵所在之山。地在今陕西黄陵县。

〔8〕 外馆:指客舍,乃申生所建以接待国中之使者。

第二十九回

〔9〕 辱其身、斩其胤:使他的身体受辱,使他的后嗣断绝。前句指夷吾被秦所俘。后句指夷吾之子圉嗣位不久即被杀。

〔10〕 报聘:回答芉郑父对秦的聘问。

〔11〕 诚:果真。

〔12〕 罪人不孥(nú 奴):惩罚罪人不累及其妻子儿女。孥,妻儿子女。此句见《孟子·梁惠王下》。

〔13〕 周襄王之三年:即公元前649年。

〔14〕 周王子带:即周襄王姬郑之庶弟姬带。见第二十四回。

〔15〕 伊、雒(luò 洛)之戎:指杂居在伊水、洛水之间的各支戎人。雒,即今洛水。伊水乃其支流。

〔16〕 甘叔:即周王子带,因封于甘(今河南宜阳县东南),故又称甘叔。

〔17〕 大飨(xiǎng 享):同大享,大张筵席。

〔18〕 国、高二子:齐之世卿,世代继位为上卿。故管仲不敢接受上卿之位。

〔19〕 舌:比喻为代言人。

〔20〕 何有于君:对您会有什么爱重之心呢?

第 三 十 回

秦晋大战龙门山　穆姬登台要大赦

话说管仲于病中,嘱桓公斥远易牙、竖刁、开方三人,荐隰朋为政。左右有闻其言者,以告易牙。易牙见鲍叔牙谓曰:"仲父之相,叔所荐也。今仲病,君往问之,乃言叔不可以为政,而荐隰朋,吾意甚不平焉。"鲍叔牙笑曰:"是乃牙之所以荐仲也。仲忠于为国,不私其友。夫使牙为司寇,驱逐佞人,则有馀矣。若使当国为政,即尔等何所容身乎?"易牙大惭而退。逾一日,桓公复往视仲,仲已不能言。鲍叔牙、隰朋莫不垂泪。是夜,仲卒。桓公哭之恸,曰:"哀哉,仲父!是天折吾臂也!"使上卿高虎董[1]其丧,殡葬从厚。生前采邑,悉与其子,令世为大夫。易牙谓大夫伯氏曰:"昔君夺子骈邑三百[2],以赏仲之功。今仲父已亡,子何不言于君,而取还其邑?吾当从旁助子。"伯氏泣曰:"吾惟无功,是以失邑。仲虽死,仲之功尚在也。吾何面目求邑于君乎?"易牙叹曰:"仲死犹能使伯氏心服,吾侪真小人矣!"

且说桓公念管仲遗言,乃使公孙隰朋为政。未一月,隰朋病卒。桓公曰:"仲父其圣人乎?何以知朋之用于吾不久也?"于是使鲍叔牙代朋之位,牙固辞。桓公曰:"今举朝无过于卿者,卿欲

第 三 十 回

让之何人？"牙对曰："臣之好善恶恶，君所知也。君必用臣，请远易牙、竖刁、开方，乃敢奉命。"桓公曰："仲父固言之矣，寡人敢不从子！"即日罢斥三人，不许入朝相见。鲍叔牙乃受事。时有淮夷[3]侵犯杞国[4]，杞人告急于齐。齐桓公合宋、鲁、陈、卫、郑、许、曹七国之君，亲往救杞，迁其都于缘陵[5]。诸侯尚从齐之令，以能用鲍叔，不改管仲之政故也。

话分两头。却说晋自惠公即位，连岁麦禾不熟，至五年，复大荒，仓廪空虚，民间绝食，惠公欲乞籴于他邦。思想惟秦毗邻地近，且婚姻之国，但先前负约未偿，不便开言。郤芮进曰："吾非负秦约也，特告缓其期耳。若乞籴而秦不与，秦先绝我，我乃负之有名矣。"惠公曰："卿言是也。"乃使大夫庆郑，持宝玉如秦告籴。穆公集群臣计议："晋许五城不与，今因饥乞籴，当与之否？"蹇叔、百里奚同声对曰："天灾流行，何国无之，救灾恤邻，理之常也。顺理而行，天必福我。"穆公曰："吾之施于晋已重矣。"公孙枝对曰："若重施而获报，何损于秦？其或不报，曲在彼矣。民憎其上，孰与我敌？君必与之。"丕豹思念父仇，攘臂[6]言曰："晋侯无道，天降之灾。乘其饥而伐之，可以灭晋。此机不可失！"繇余曰："仁者不乘危以邀利，智者不侥幸以成功。与之为当。"穆公曰："负我者，晋君也。饥者，晋民也。吾不忍以君故，迁祸于民。"于是运粟数万斛于渭水，直达河、汾、雍、绛之间[7]，舳舻[8]相接，命曰泛舟之役[9]，以救晋之饥。晋人无不感悦。史官有诗称穆公之善云：

晋君无道致天灾，雍绛纷纷送粟来。
谁肯将恩施怨者？穆公德量果奇哉！

秦晋大战龙门山　穆姬登台要大赦

明年冬，秦国年荒，晋反大熟。穆公谓蹇叔百里奚曰："寡人今日乃思二卿之言也，丰凶互有。若寡人去冬遏晋之籴，今日岁饥，亦难乞于晋矣。"丕豹曰："晋君贪而无信，虽乞之，必不与。"穆公不以为然。乃使泠至亦赍宝玉，如晋告籴。惠公将发河西之粟，以应秦命。郤芮进曰："君与秦粟，亦将与秦地乎？"惠公曰："寡人但与粟耳，岂与地哉？"芮曰："君之与粟为何？"惠公曰："亦报其'泛舟之役'也。"芮曰："如以泛舟为秦德，则昔年纳君，其德更大。君舍其大而报其小，何哉？"庆郑曰："臣去岁奉命乞籴于秦，秦君一诺无辞，其意甚美。今乃闭籴不与，秦怨我矣！"吕饴甥曰："秦与晋粟，非好晋也，为求地也。不与粟而秦怨，与粟而不与地，秦亦怨，均之怨也，何为与之？"庆郑曰："幸人之灾，不仁。背人之施，不义。不义不仁，何以守国？"韩简曰："郑之言是也。使去岁秦闭我籴，君意何如？"虢射曰："去岁天饥晋以授秦，秦弗知取，而贷我粟，是甚愚也！今岁天饥秦以授晋，晋奈何逆天而不取？以臣愚意，不如约会梁伯，乘机伐秦，共分其地，是为上策。"惠公从虢射之言。乃辞泠至曰："敝邑连岁饥馑，百姓流离，今冬稍稔，流亡者渐归故里，仅能自给，不足以相济也。"泠至曰："寡君念婚姻之谊，不责地，不闭籴，固曰：'同患相恤也。'寡君济君之急，而不得报于君，下臣难以复命。"吕饴甥、郤芮大喝曰："汝前与丕郑父合谋，以重币诱我，幸天破奸谋，不堕汝计。今番又来饶舌！可归语汝君，要食晋粟，除非用兵来取！"泠至含愤而退。庆郑出朝，谓太史郭偃曰："晋侯背德怒邻，祸立至矣。"郭偃曰："今秋沙鹿山[10]崩，草木俱偃。夫山川国之主也，晋将有亡国之祸，其在此乎？"史臣有诗讥晋惠公云：

第 三 十 回

　　泛舟远道赈饥穷,偏遇秦饥意不同。

　　自古负恩人不少,无如晋惠负秦公。

　　泠至回复秦君,言:"晋不与秦粟,反欲纠合梁伯,共兴伐秦之师。"穆公大怒曰:"人之无道,乃至出于意料若此!寡人将先破梁,而后伐晋。"百里奚曰:"梁伯好土功,国之旷地,皆筑城建室,而无民以实之,百姓胥怨,此其不能用众助晋明矣。晋君虽无道,而吕、郤俱强力自任[11],若起绛州之众,必然震惊西鄙。兵法云:'先发制人[12]。'今以君之贤,诸大夫之用命,往声晋侯负德之罪,胜可必也。因以馀威,乘梁之敝,如振槁叶耳!"穆公然之。乃大起三军,留蹇叔、繇余辅太子罃守国,孟明视引兵巡边,弹压诸戎。穆公同百里奚亲将中军,西乞术、白乙丙保驾。公孙枝将右军,公子絷将左军,共车四百乘,浩浩荡荡,杀奔晋国来。

　　晋之西鄙,告急于惠公。惠公问于群臣曰:"秦无故兴兵犯界,何以御之?"庆郑进曰:"秦兵为主上背德之故,是以来讨,何谓无故?依臣愚见,只宜引罪请和,割五城以全信,免动干戈。"惠公大怒曰:"以堂堂千乘之国,而割地求和,寡人何面目为君哉?"喝令:"先斩庆郑,然后发兵迎敌!"虢射曰:"未出兵,先斩将,于军不利。姑赦令从征,将功折罪。"惠公准奏。当日大阅车马,选六百乘。命郤步扬[13]、家仆徒、庆郑、蛾晳分将左右,己与虢射居中军调度,屠岸夷为先锋。离绛州望西进发。晋侯所驾之马,名曰"小驷",乃郑国所献。其马身材小巧,毛鬣润泽,步骤安稳,惠公平昔甚爱之。庆郑又谏曰:"古者出征大事,必乘本国出产之马。其马生在本土,解人心意,安其教训,服习道路,故遇战随人所使,无不如志。今君临大敌,而乘异产之马,恐不利也。"惠公叱曰:"此吾惯乘,汝勿多言!"

却说秦兵已渡河东,三战三胜,守将皆奔窜。长驱而进,直至韩原[14]下寨。晋惠公闻秦军至韩,乃蹙额曰:"寇已深矣,奈何?"庆郑曰:"君自招之,又何问焉?"惠公曰:"郑无礼,可退!"晋兵离韩原十里下寨,使韩简[15]往探秦兵多少。简回报曰:"秦师虽少于我,然其斗气十倍于我。"惠公曰:"何故?"简对曰:"君始以秦近而奔梁,继以秦援而得国,又以秦赈而免饥,三受秦施而无一报。君臣积愤,是以来伐,三军皆有责负之心,其气锐甚,岂止十倍而已!"惠公愠曰:"此乃庆郑之语,定伯亦为此言乎?寡人当与秦决一死敌!"遂命韩简往秦军请战曰:"寡人有甲车六百乘,足以待君。君若退师,寡人之愿;若其不退,寡人即欲避君,其奈此三军之士何!"穆公笑曰:"孺子何骄也?"乃使公孙枝代对曰:"君欲国,寡人纳之。君欲粟,寡人给之。今君欲战,寡人敢拒命乎?"韩简退曰:"秦理直,吾不知死所矣!"晋惠公使郭偃卜车右[16],诸人莫吉,惟庆郑为可。惠公曰:"郑党于秦,岂可任哉?"乃改用家仆徒为车右,而使郤步扬御车,逆秦师于韩原。

百里奚登垒,望见晋师甚众,谓穆公曰:"晋侯将致死于我,君其勿战。"穆公指天曰:"晋负我已甚,若无天道则已,天而有知,吾必胜之!"乃于龙门山[17]下,整列以待。须臾,晋兵亦布阵毕。两阵对圆,中军各鸣鼓进兵。屠岸夷恃勇,手握浑铁枪一条,何止百斤之重,先撞入对阵,逢人便刺,秦军披靡。正遇白乙丙,两下交战,约莫五十馀合,杀得性起,各跳下车来,互相扭结。屠岸夷曰:"我与你拚个死活,要人帮助的,不为好汉!"白乙丙曰:"正要独手擒拿你,方是英雄!"吩咐众人:"都莫来!"两个拳捶脚踢,直扭入

第 三 十 回

阵后去了。晋惠公见屠岸夷陷阵，急叫韩简、梁繇靡，引军冲其左，自引家仆徒等冲其右，约于中军取齐。穆公见晋分兵两路冲来，亦分作两路迎敌。且说惠公之车，正遇见公孙枝，惠公遂使家仆徒接战。那公孙枝有万夫不当之勇，家仆徒如何斗得过？惠公教步扬："用心执辔，寡人亲自助战。"公孙枝横戟大喝曰："会战者一齐上来！"只这一声喝，如霹雳震天，把个国舅虢射吓得伏于车中，不敢出气。那小驷未经战阵，亦被惊吓，不由御人做主，向前乱跑，遂陷于泥泞之中。步扬用力鞭打，奈马小力微，拔脚不起。正在危急，恰好庆郑之车，从前而过。惠公呼曰："郑速救我！"庆郑曰："虢射何在？乃呼郑耶？"惠公又呼曰："郑速将车来载寡人！"郑曰："君稳乘小驷，臣当报他人来救也！"遂催辕转左而去。步扬欲往觅他车，争奈秦兵围裹将来，不能得出。

　　再说韩简一军冲入，恰遇着秦穆公中军，遂与秦将西乞术交战，三十馀合，未分胜败。蛾晰引军又到，两下夹攻，西乞术不能当，被韩简一戟刺于车下。梁繇靡大叫："败将无用之物，可协力擒捉秦君！"韩简不顾西乞术，驱率晋兵，迳奔戎辂，来捉穆公。穆公叹曰："我今日反为晋俘，天道何在？"才叹一声，只见正西角上，一队勇士，约三百馀人，高叫："勿伤吾恩主！"穆公抬头看之，见那三百馀人，一个个蓬首袒肩，脚穿草履，步行如飞，手中皆执大砍刀，腰悬弓箭，如混世魔王手下鬼兵一般。脚踪到处，将晋兵乱砍。韩简与梁繇靡慌忙迎敌。又见一人飞车从北而至，乃庆郑也。高叫："勿得恋战，主公已被秦兵困于龙门山泥泞之中，可速往救驾！"韩简等无心厮杀，撇了那一伙壮士，迳奔龙门山来救晋侯。谁知晋惠公已被公孙枝所获，并家仆徒、虢射、步扬等，一齐就缚，已归大寨去了。韩简顿足曰:"获秦君犹可相抵,庆郑误我矣!"梁繇靡曰:"君已在此,我辈何归?"遂与韩简各弃兵仗,来投秦寨,与惠公做一处。再说那壮士三百馀人,救了秦穆公,又救了西乞术。秦兵乘胜掩杀,晋兵大溃,龙门山下尸积如山,六百乘得脱者,十分中之二三耳。庆郑闻晋君见擒,遂偷出秦军,遇蛾晰被伤在地,扶之登车,同回晋国。髯翁有诗,咏韩原大战之事。诗曰:

  龙门山下叹舆尸,只为昏君不报施。
  善恶两家分胜败,明明天道岂无知!

却说秦穆公还于大寨,谓百里奚曰:"不听井伯之言,几为晋笑。"那壮士三百馀人,一齐到营前叩首。穆公问曰:"汝等何人,乃肯为寡人出死力耶?"壮士对曰:"君不记昔年亡善马乎?吾等皆食马肉之人也。"原来穆公曾出猎于梁山[18],夜失良马数匹,使吏求之。寻至岐山之下,有野人三百馀,群聚而食马肉。吏不敢惊之,趋报穆公:"速遣兵往捕,可尽得。"穆公叹曰:"马已死矣,又因而戮人,百姓将谓寡人贵畜而贱人也。"乃索军中美酒数十瓮,使人赍往岐下,宣君命而赐之曰:"寡君有言:'食良马肉,不饮酒伤人。'今以美酒赐汝。"野人叩头谢恩,分饮其酒,齐叹曰:"盗马不罪,更虑我等之伤,而赐以美酒,君之恩大矣。何以报之!"至是,闻穆公伐晋,三百馀人皆舍命趋至韩原,前来助战。恰遇穆公被围,一齐奋勇救出。真个是:

  种瓜得瓜,种豆得豆。施薄报薄,施厚报厚。有施无报,何异禽兽!

穆公仰天叹曰:"野人且有报德之义,晋侯独何人哉?"乃问众人中:"有愿仕者,寡人能爵禄之。"壮士齐声应曰:"吾侪野人,但报

第三十回

恩主一时之惠，不愿仕也！"穆公各赠金帛，野人不受而去。穆公叹息不已。后人有诗云：

  韩原山下两交锋，晋甲重重困穆公。
  当日若诛收马士，今朝焉得出樊笼？

穆公点视将校不缺，单不见白乙丙一人。使军士遍处搜寻，闻土窟中有哼声，趋往视之，乃是白乙丙与屠岸夷相持滚入窟中，各各力尽气绝，尚扭定不放手。军士将两下拆开，抬放两个车上，载回本寨。穆公问白乙丙，已不能言。有人看见他两人拚命之事，向前奏知如此如此。穆公叹曰："两人皆好汉也！"问左右："有识晋将姓名者乎？"公子絷就车中观看，奏曰："此乃勇士屠岸夷也。臣前吊晋二公子，夷亦奉本国大臣之命来迎，相遇于旅次，是以识之。"穆公曰："此人可留为秦用乎？"公子絷曰："弑卓子，杀里克，皆出其手。今日正当顺天行诛。"穆公乃下令将屠岸夷斩首。亲解锦袍，以覆白乙丙，命百里奚先以温车载回秦国就医。丙服药，吐血数斗，半年之后，方才平复。此是后话。

再说穆公大获全胜，拔寨都起，使人谓晋侯曰："君不欲避寡人，寡人今亦不能避君，愿至敝邑而请罪焉！"惠公俯首无言。穆公使公孙枝率车百乘，押送晋君至秦。虢射、韩简、梁繇靡、家仆徒、郤步扬、郭偃、郤乞等，皆披发垢面，草行露宿相随，如奔丧之状。穆公复使人吊诸大夫，且慰之曰："尔君臣谓要食晋粟，用兵来取。寡人之留尔君，聊以致晋之粟[19]耳，敢为已甚乎？二三子何患无君？勿过戚也！"韩简等再拜稽首曰："君怜寡君之愚，及于宽政，不为已甚，皇天后土，实闻君语。臣等敢不拜赐！"秦兵回至雍州[20]界上，穆公集群臣议曰："寡人受上帝之命，以平晋乱，而立夷吾。今晋君背寡人之德,即得罪于上帝也。寡人欲用晋君,郊祀上帝,以答天贶,何如?"公子絷曰:"君言甚当。"公孙枝进曰:"不可。晋,大国也,吾俘虏其民,已取怨矣。又杀其君,以益其忿,晋之报秦,将甚于秦之报晋也!"公子絷曰:"臣意非徒杀晋君已也,且将以公子重耳代之。杀无道而立有道,晋人德我不暇,又何怨焉?"公孙枝曰:"公子重耳,仁人也。父子兄弟,相去一间[21]耳。重耳不肯以父丧为利,其肯以弟死为利乎?若重耳不入,别立他人,与夷吾何择?如其肯入,必且为弟而仇秦。君废前德于夷吾,而树新仇于重耳,臣窃以为不可。"穆公曰:"然则逐之乎?囚之乎?抑复之乎?三者孰利?"公孙枝对曰:"囚之,一匹夫耳!于秦何益?逐之,必有谋纳者。不如复之。"穆公曰:"不丧功乎?"枝对曰:"臣意亦非徒复之已也。必使归吾河西五城之地,又使其世子圉留质于吾国,然后许成焉。如是,则晋君终身不敢恶秦,且异日父死子继,吾又以为德于圉。晋世世戴秦,利孰大乎?"穆公曰:"子桑之算,及于数世矣!"乃安置惠公于灵台山[22]之离宫[23],以千人守之。

穆公发遣晋侯,方欲起程。忽见一班内侍,皆服衰绖[24]而至。穆公意谓有夫人之变,方欲问之。那内侍口述夫人之命,曰:"上天降灾,使秦、晋两君,弃好即戎[25]。晋君之获,亦婢子[26]之羞也。若晋君朝入,则婢子朝死,夕入,则婢子夕死!今特使内侍以丧服迎君之师。若赦晋侯,犹赦婢子,惟君裁之!"穆公大惊,问:"夫人在宫作何状?"内侍奏曰:"夫人自闻晋君见获,便携太子服丧服,徒步出宫,至于后园崇台之上,立草舍而居。台下俱积薪数十层,送饔飧者履薪上下。吩咐:'只待晋君入城,便自杀于台

第 三 十 回

上。纵火焚吾尸,以表兄弟之情也。'"穆公叹曰:"子桑劝我,勿杀晋君。不然,几丧夫人之命矣!"于是使内侍去其衰绖,以报穆姬曰:"寡人不日归晋侯也。"穆姬方才回宫。内侍跪而问曰:"晋侯见利忘义,背吾君之约,又负君夫人之托,今日乃自取囚辱,夫人何为哀痛如此?"穆姬曰:"吾闻仁者虽怨不忘亲,虽怒不弃礼。若晋侯遂死于秦,吾亦与有罪矣!"内侍无不诵君夫人之贤德。毕竟晋侯如何回国,且看下回分解。

〔1〕 高虎:高俣之子。董,主持,主管。

〔2〕 "昔君"句:事在召陵之盟后,见第二十四回。

〔3〕 淮夷:古代东夷族的一支。商朝时分布于今淮河流域一带,经营农业及渔业。

〔4〕 杞国:周代诸侯国名。姒姓。开国之君是夏禹的后裔东楼公。建都于雍丘,即今河南杞县。

〔5〕 缘陵:春秋时邑名。在今山东昌乐县东南七十里。

〔6〕 攘臂:捋衣出臂,表示愤慨。

〔7〕 直达河、汾、雍、绛之间:河指黄河,汾指汾水。雍指秦都雍城,即今陕西省宝鸡市凤翔区南。此为出发之地。绛即晋都,在今山西翼城县东南。此为目的地。由雍至绛,乃沿渭河而东,至华阴转黄河,又东入汾河。

〔8〕 舳舻(zhú lú 竹卢):舳,船后舵。舻,船头刺棹之处。舳舻相接,即船尾船头相接,连续不断,极言其多。

〔9〕 命曰泛舟之役:命曰,称之为。泛,浮也。役,行列,引申为运输线。

〔10〕 沙鹿山:山名。地在今河北省大名县东。

〔11〕 强力自任:恃强逞力,自以为能。

〔12〕 先发制人：先下手可以取得主动权，可以制服对手。语出《汉书·项籍传》："先发制人，后发制于人。"

〔13〕 郤步扬：晋大夫。姬姓。晋公族郤氏之后。食采于步，遂以为氏。其子乃郤犨。

〔14〕 韩原：春秋时晋地名。应在今山西河津市与万荣县之间。

〔15〕 韩简：晋大夫名。字定伯。其祖父韩万，乃曲沃桓叔之子，封于韩（即韩原），遂以为氏。

〔16〕 卜车右：指占卜谁适合担任晋侯战车之车右。车右即戎右，站在战车右边的武士，执戈矛，主刺击。

〔17〕 龙门山：山名。在今山西河津市西。

〔18〕 梁山：山名。在今陕西岐山市境内。

〔19〕 聊以致晋之粟：姑且用来获取晋国的粮食。

〔20〕 雍州：古九州之一。其地区包括今陕西、甘肃东南部一带。此处仅指当时秦国统治区域。

〔21〕 一间：相差无几，非常接近的一小段距离。间，间隙。

〔22〕 灵台山：古山名。在今陕西渭南市境内。

〔23〕 离宫：古代帝王诸侯常于正式宫殿之外，别筑宫室，以便随时游处，叫做离宫，亦称行宫。

〔24〕 衰绖（cuī dié 崔叠）：古代居丧者的服式。衰，丧服。绖，系于腰间的麻带。

〔25〕 弃好即戎：抛弃友好关系，采取战争。

〔26〕 婢子：穆姬谦称。穆姬即秦穆公夫人，晋惠公乃其庶兄。

第三十一回

晋惠公怒杀庆郑　介子推割股啖君

话说晋惠公囚于灵台山，只道穆姬见怪，全不知衰绖逆君之事。遂谓韩简曰："昔先君与秦议婚时，史苏已有'西邻责言，不利婚媾'之占。若从其言，必无今日之事矣。"简对曰："先君之败德，岂在婚秦哉？且秦不念婚姻，君何以得入？入而又伐，以好成仇，秦必不然，君其察之。"惠公嘿然。未几，穆公使公孙枝至灵台山问候晋侯，许以复归。公孙枝曰："敝邑群臣，无不欲甘心于君者。寡君独以君夫人登台请死之故，不敢伤婚姻之好。前约河外五城，可速交割，再使太子圉为质，君可归矣。"惠公方才晓得穆姬用情，愧惭无地。即遣大夫郤乞归晋，吩咐吕省[1]以割地质子之事。

省特至王城[2]，会秦穆公，将五城地图，及钱谷户口之数献之，情愿纳质归君。穆公问："太子如何不到？"省对曰："国中不和，故太子暂留敝邑。俟寡君入境之日，太子即出境矣。"穆公曰："晋国为何不和？"省对曰："君子自知其罪，惟思感秦之德。小人不知其罪，但欲报秦之仇。以此不和也。"穆公曰："汝国犹望君之归乎？"省对曰："君子以为必归，便欲送太子以和秦。小人以为必不归，坚欲立太子以拒秦。然以臣愚见，执吾君可以立威，舍吾君

晋惠公怒杀庆郑　介子推割股啖君

又可以见德,德威兼济,此伯主之所以行乎诸侯也。伤君子之心,而激小人之怒,于秦何益?弃前功而坠伯业,料君之必不然矣。"穆公笑曰:"寡人意与饴甥正合!"命孟明往定五城之界,设官分守。迁晋侯于郊外之公馆,以宾礼待之。馈以七牢[3],遣公孙枝引兵同吕省护送晋侯归国。——凡牛羊豕各一,谓之一牢,七牢,礼之厚者。此乃穆公修好之意也。

惠公自九月战败,囚于秦,至十一月才得释。与难诸臣,一同归国,惟虢射病死于秦,不得归。蛾晰闻惠公将入,谓庆郑曰:"子以救君误韩简,君是以被获。今君归,子必不免,盍奔他国以避之?"庆郑曰:"军法:'兵败当死,将为虏当死。'况误君而贻以大辱,又罪之甚者?君若不还,吾亦将率其家属以死于秦。况君归矣,乃令失刑乎?吾之留此,将使君行法于我,以快君之心。使人臣知有罪之无所逃也,又何避焉?"蛾晰叹息而去。

惠公将至绛,太子圉率领狐突、郤芮、庆郑、蛾晰、司马说、寺人勃鞮等,出郊迎接。惠公在车中望见庆郑,怒从心起,使家仆徒召之来前,问曰:"郑何敢来见寡人?"庆郑对曰:"君始从臣言,报秦之施,必不伐。继从臣言,与秦讲和,必不战。三从臣言,不乘小驷,必不败。臣之忠于君也至矣!何为不见?"惠公曰:"汝今尚有何言?"庆郑对曰:"臣有死罪三:有忠言而不能使君必听,罪之一也。卜车右吉,而不能使君必用,罪之二也。以救君召二三子,而不能使君必不为人擒,罪之三也。臣请受刑,以明臣罪。"惠公不能答,使梁繇靡代数其罪。梁繇靡曰:"郑所言,皆非死法也。郑有死罪三,汝不自知乎?君在泥泞之中,急而呼汝,汝不顾,一宜死。我几获秦君,汝以救君误之,二宜死。二三子俱受执缚,汝不力战,不面伤,全身逃归,三宜死。"庆郑曰:"三军之士皆在此,听郑一言:有人能坐以待刑,而不能力战面伤者乎?"蛾晰谏曰:"郑死不避刑,可谓勇矣!君可赦之,使报韩原之仇。"梁繇靡曰:"战已败矣,又用罪人以报其仇,天下不笑晋为无人乎?"家仆徒亦谏曰:"郑有忠言三,可以赎死。与其杀之以行君之法,不若赦之以成君之仁。"梁繇靡又曰:"国所以强,惟法行也。失刑乱法,谁复知惧!不诛郑,今后再不能用兵矣!"惠公顾司马说,使速行刑。庆郑引颈受戮。髯仙有诗叹惠公器量之浅,不能容一庆郑也。诗曰:

闭籴谁教负泛舟?反容奸佞杀忠谋。

惠公褊急[4]无君德,只合灵台永作囚!

梁繇靡当时围住秦穆公,自谓必获,却被庆郑呼云:"急救主公!"遂弃之而去。以此深恨庆郑,必欲诛之。诛郑之时,天昏地惨,日色无光,诸大夫中多有流涕者。蛾晰请其尸葬之,曰:"吾以报载我之恩也!"惠公既归国,遂使世子圉随公孙枝入秦为质。因请屠岸夷之尸,葬以上大夫之礼,命其子[5]嗣为中大夫。

惠公一日谓郤芮曰:"寡人在秦三月,所忧者惟重耳,恐其乘变求入,今日才放心也。"郤芮曰:"重耳在外,终是心腹之疾。必除了此人,方绝后患。"惠公问:"何人能为寡人杀重耳者?寡人不吝重赏。"郤芮曰:"寺人勃鞮,向年伐蒲,曾斩重耳之衣袂,常恐重耳入国,或治其罪。君欲杀重耳,除非此人可用。"惠公召勃鞮,密告以杀重耳之事。勃鞮对曰:"重耳在翟十二年矣。翟人伐咎如[6],获其二女,曰叔隗、季隗,皆有美色。以季隗妻重耳,而以叔隗妻赵衰,各生有子[7],君臣安于室家之乐,无复虞我之意。臣今

晋惠公怒杀庆郑　介子推割股啖君

往伐，翟人必助重耳兴兵拒战，胜负未卜。愿得力士数人，微行至翟，乘其出游，刺而杀之。"惠公曰："此计大妙！"遂与勃鞮黄金百镒，使购求力士，自去行事："限汝三日内，便要起身。事毕之日，当加重用。"自古道："若要不知，除非莫为。若要不闻，除非莫言。"惠公所托，虽是勃鞮一人，内侍中多有闻其谋者。狐突闻勃鞮挥金如土，购求力士，心怀疑惑，密地里访问其故。那狐突是老国舅，那个内侍不相熟？不免把这密谋，来泄漏于狐突之耳。狐突大惊，即时密写一信，遣人星夜往翟，报与公子重耳知道。

却说重耳是日，正与翟君猎于渭水之滨。忽有一人冒围而入，求见狐氏兄弟，说："有老国舅家书在此。"狐毛、狐偃曰："吾父素不通外信，今有家书，必然国中有事。"即召其人至前。那人呈上书信，叩了一头，转身就走。毛、偃心疑。启函读之，书中云："主公谋刺公子，已遣寺人勃鞮，限三日内起身。汝兄弟禀知公子，速往他国，无得久延取祸。"二狐大惊，将书禀知重耳。重耳曰："吾妻子皆在此，此吾家矣。欲去将何之？"狐偃曰："吾之适此，非以营家，将以图国也；以力不能适远，故暂休足于此。今为日已久，宜徙大国，勃鞮之来，殆天遣之以促公子之行乎？"重耳曰："即行，适何国为可？"狐偃曰："齐侯虽耄，伯业尚存，收恤诸侯，录用贤士。今管仲、隰朋新亡，国无贤佐，公子若至齐，齐侯必然加礼。倘晋有变，又可借齐之力，以图复也。"重耳以为然。乃罢猎归，告其妻季隗曰："晋君将使人行刺于我，恐遭毒手，将远适大国，结连秦、楚，为复国之计。子宜尽心抚育二子，待我二十五年不至，方可别嫁他人。"季隗泣曰："男子志在四方，非妾敢留。然妾今二十五岁矣，再过二十五年，妾当老死，尚嫁人乎？妾自当待子，子勿虑也！"赵

第三十一回

衰亦嘱咐叔隗,不必尽述。

次早,重耳命壶叔整顿车乘,守藏小吏头须收拾金帛。正吩咐间,只见狐毛、狐偃仓皇而至,言:"父亲老国舅见勃鞮受命次日,即便起身,诚恐公子未行,难以提防,不及写书,又遣能行快走之人,星夜赶至,催促公子速速逃避,勿淹时刻!"重耳闻信,大惊曰:"鞮来何速也?"不及装束,遂与二狐徒步出于城外。壶叔见公子已行,止备犊车一乘,追上与公子乘坐。赵衰、臼季诸人,陆续赶上,不及乘车,都是步行。重耳问:"头须如何不来?"有人说:"头须席卷藏中所有逃去,不知所向了。"重耳已失窠巢,又没盘费,此时情绪,好不愁闷!事已如此,不得不行。正是忙忙似丧家之犬,急急如漏网之鱼。公子出城半日,翟君始知,欲赠资装,已无及矣。有诗为证:

流落夷邦十二年,困龙伏蛰未升天。
豆萁[8]何事相煎急?道路于今又播迁。

却说惠公原限寺人勃鞮三日内起身,往翟干事,如何次日便行?那勃鞮原是个寺人,专以献勤取宠为事。前番献公差他伐蒲,失了公子重耳,仅割取衣袂而回,料想重耳必然衔恨。今番又奉惠公之差,若能够杀却重耳,不惟与惠公立功,兼可除自己之患。故此纠合力士数人,先期疾走,正要公子不知防备,好去结果他性命。谁知老国舅两番送信,漏泄其情,比及勃鞮到翟,访问公子消息,公子已不在了。翟君亦为公子面上,吩咐关津,凡过往之人,加意盘诘,十分严紧。勃鞮在晋国,还是个近侍的宦者,今日为杀重耳而来,做了奸人刺客之流,若被盘诘,如何答应?因此过不得翟国,只得怏怏而回,复命于惠公。惠公没法,只得暂时搁起。

晋惠公怒杀庆郑　介子推割股啖君

再说公子重耳一心要往齐邦,却先要经由卫国,这是登高必自卑,行远必自迩。重耳离了翟境,一路穷苦之状,自不必说。数日,至于卫界,关吏叩其来历。赵衰曰:"吾主乃晋公子重耳,避难在外,今欲往齐,假道于上国耳。"吏开关延入,飞报卫侯。上卿宁速,请迎之入城。卫文公曰:"寡人立国楚丘,并不曾借晋人半臂之力。卫、晋虽为同姓,未通盟好。况出亡之人,何关轻重?若迎之,必当设宴赠贿,费多少事,不如逐之。"乃吩咐守门阍者,不许放晋公子入城。重耳乃从城外而行。魏犨、颠颉进曰:"卫燬〔9〕无礼,公子宜临城责之。"赵衰曰:"蛟龙失势,比于蚯蚓。公子且宜含忍,无徒责礼于他人也。"犨、颉曰:"既彼不尽主人之礼,剽掠村落,以助朝夕,彼亦难怪我矣。"重耳曰:"剽掠者谓之盗。吾宁忍饿,岂可行盗贼之事乎?"

是日,公子君臣,尚未早餐,忍饥而行。看看过午,到一处地名五鹿〔10〕,见一伙田夫,同饭于陇上。重耳令狐偃问之求食。田夫问:"客从何来?"偃曰:"吾乃晋客,车上者乃吾主也。远行无粮,愿求一餐!"田夫笑曰:"堂堂男子,不能自资,而问吾求食耶?吾等乃村农,饱食方能荷锄,焉有馀食及于他人?"偃曰:"纵不得食,乞赐一食器!"田夫乃戏以土块与之曰:"此土可为器也!"魏犨大骂:"村夫焉敢辱吾!"夺其食器,掷而碎之。重耳亦大怒,将加鞭扑。偃急止之曰:"得饭易,得土难。土地,国之基也。天假手野人,以土地授公子,此乃得国之兆,又何怒焉?公子可降拜受之。"重耳果依其言,下车拜受。田夫不解其意,乃群聚而笑曰:"此诚痴人耳!"后人有诗曰:

　　土地应为国本基,皇天假手慰艰危。

第 三 十 一 回

高明子犯窥先兆,田野愚民反笑痴。

再行约十馀里,从者饥不能行,乃休于树下。重耳饥困,枕狐毛之膝而卧。狐毛曰:"子馀尚携有壶飧[11],其行在后,可俟之。"魏犨曰:"虽有壶飧,不够子馀一人之食,料无存矣。"众人争采蕨薇[12]煮食,重耳不能下咽。忽见介子推捧肉汤一盂以进,重耳食之而美。食毕,问:"此处何从得肉?"介子推曰:"臣之股肉也。臣闻孝子杀身以事其亲,忠臣杀身以事其君。今公子乏食,臣故割股以饱公子之腹。"重耳垂泪曰:"亡人累子甚矣!将何以报?"子推曰:"但愿公子早归晋国,以成臣等股肱之义。臣岂望报哉!"髯仙有诗赞云:

孝子重归全[13],亏体谓亲辱。

嗟嗟介子推,割股充君腹。

委质[14]称股肱,腹心[15]同祸福。

岂不念亲遗?忠孝难兼局[16]!

彼哉私身家,何以食君禄?

良久,赵衰始至。众人问其行迟之故,衰曰:"被棘刺损足胫,故不能前。"乃出竹笥中壶飧,以献于重耳。重耳曰:"子馀不苦饥耶?何不自食?"衰对曰:"臣虽饥,岂敢背君而自食耶?"狐毛戏魏犨曰:"此浆若落子手,在腹中且化矣。"魏犨惭而退。重耳即以壶浆赐赵衰,衰汲水调之,遍食从者。重耳叹服。重耳君臣一路觅食,半饥半饱,至于齐国。

齐桓公素闻重耳贤名,一知公子进关,即遣使往郊,迎入公馆,设宴款待。席间问:"公子带有内眷否?"重耳对曰:"亡人一身不能自卫,安能携家乎?"桓公曰:"寡人独处一宵,如度一年。公子

晋惠公怒杀庆郑　介子推割股啖君

绁[17]在行旅,而无人以侍巾栉[18],寡人为公子忧之!"于是择宗女中之美者,纳于重耳。赠马二十乘[19],自是从行之众,皆有车马。桓公又使廪人致粟,庖人致肉,日以为常。重耳大悦,叹曰:"向闻齐侯好贤礼士,今始信之!其成伯,不亦宜乎?"其时周襄王之八年[20],乃齐桓公之四十二年也。

桓公自从前岁委政鲍叔牙,一依管仲遗言,将竖刁、雍巫、开方三人逐去,食不甘味,夜不酣寝,口无谑语,面无笑容。长卫姬进曰:"君逐竖刁诸人,而国不加治。容颜日悴,意者左右使令,不能体君之心。何不召之?"桓公曰:"寡人亦思念此三人,但已逐之,而又召之,恐拂鲍叔牙之意也。"长卫姬曰:"鲍叔牙左右,岂无给使令者?君老矣,奈何自苦如此!君但以调味,先召易牙,则开方、竖刁可不烦招而致也。"桓公从其言,乃召雍巫和五味。鲍叔牙谏曰:"君岂忘仲父遗言乎?奈何召之?"桓公曰:"此三人有益于寡人,而无害于国。仲父之言,无乃太过!"遂不听叔牙之言,并召开方、竖刁。三人同时皆令复职,给事左右。鲍叔牙愤郁发病而死,齐事从此大坏矣。后来毕竟如何,且看下回分解。

---

[1] 吕省:即晋大夫吕饴甥,此据《史记》。但吕饴甥无省作名或字的记载。或甥、省音近,故通。

[2] 王城:春秋时大荔戎筑以为都,故号王城。故址在今陕西大荔县东。

[3] 七牢:牛、羊、猪三牲各七。

第 三 十 一 回

〔4〕 褊（biǎn 扁）急：器量小而性急躁。

〔5〕 其子：即下文的屠击，奸臣屠岸贾为其孙。

〔6〕 咎（gāo 高）如：赤狄的一支，隗姓。当时活动于今河南安阳市西南一带。

〔7〕 各生有子：重耳妻季隗生伯儵、叔刘，赵衰妻叔隗生赵盾。

〔8〕 豆萁：比喻兄弟相煎。出曹植《煮豆燃豆萁》一诗。

〔9〕 卫燬：即卫文公姬燬。见二十三回。文公处亡国之馀，物力艰难，故各啬无礼。

〔10〕 五鹿：春秋时卫地名。在今河南濮阳市南。

〔11〕 壶飡：即稀饭。

〔12〕 蕨薇：野菜名。蕨俗名拳菜，嫩叶可食。薇又名巢菜，俗称野豌豆，可食。

〔13〕 归全：身体发肤无任何损伤地死去。这是古代孝子最为重视之事。

〔14〕 委质：以臣事君，意味着将个人躯体交付、抵押给国君。

〔15〕 腹心：指臣下。臣子应是君主的腹心，分君之忧，急君之难。

〔16〕 兼局：同一棋局。局，棋局。这里意指体现在同一棋局之中。

〔17〕 绌（chù 矗）：通"黜"。贬斥。

〔18〕 侍巾栉（zhì 治）：巾用以拭手，栉用以梳发。巾栉乃洗沐用品。古代贵族以侍巾栉为婢妾之事。

〔19〕 二十乘：即马八十匹。春秋时每一战车（乘）用四匹马，故一乘指马四匹。

〔20〕 周襄王之八年：即公元前 644 年。

第三十二回

晏蛾儿逾墙殉节　群公子大闹朝堂

话说齐桓公背了管仲遗言,复用竖刁、雍巫、开方三人,鲍叔牙谏诤不从,发病而死。三人益无忌惮,欺桓公老耄无能,遂专权用事。顺三人者,不贵亦富;逆三人者,不死亦逐。这话且搁过一边。

且说是时有郑国名医,姓秦名缓,字越人,寓于齐之卢村[1],因号卢医。少时开邸舍,有长桑君来寓,秦缓知其异人,厚待之,不责其直[2]。长桑君感之,授以神药,以上池水[3]服之,眼目如镜,暗中能见鬼物,虽人在隔墙,亦能见之。以此视人病症,五脏六腑,无不洞烛,特以诊脉为名耳。古时有个扁鹊,与轩辕黄帝同时,精于医药。人见卢医手段高强,遂比之古人,亦号为扁鹊[4]。先年扁鹊曾游虢国,适值虢太子暴蹶[5]而死,扁鹊过其宫中,自言能医。内侍曰:"太子已死矣,安能复生?"扁鹊曰:"请试之。"内侍报知虢公,虢公流泪沾襟,延扁鹊入视。扁鹊教其弟子阳厉,用砭石[6]针之。须臾,太子甦,更进以汤药,过二旬复故。世人共称扁鹊有回生起死之术。扁鹊周游天下,救人无数。

一日,游至临淄,谒见齐桓公[7],奏曰:"君有病在腠理[8],不治将深?"桓公曰:"寡人不曾有疾。"扁鹊出。后五日复见,奏曰:

第三十二回

"君病在血脉,不可不治。"桓公不应。后五日又见,奏曰:"君之病已在肠胃矣。宜速治也!"桓公复不应。扁鹊退,桓公叹曰:"甚矣,医人之喜于见功也! 无疾而谓之有疾。"过五日,扁鹊又求见,望见桓公之色,退而却走。桓公使人问其故。曰:"君之病在骨髓矣! 夫腠理,汤熨[9]之所及也。血脉,针砭之所及也。肠胃,酒醪[10]之所及也。今在骨髓,虽司命[11]其奈之何! 臣是以不言而退也。"又过五日,桓公果病,使人召扁鹊。其馆人曰:"秦先生五日前已束装而去矣。"桓公懊悔无已。

桓公先有三位夫人,曰王姬、徐姬、蔡姬,皆无子。王姬、徐姬相继先卒。蔡姬退回蔡国。以下又有如夫人[12]六位,俱因他得君宠爱,礼数与夫人无别,故谓之如夫人。六位各生一子。第一位长卫姬,生公子无亏。第二位少卫姬,生公子元。第三位郑姬,生公子昭。第四位葛嬴,生公子潘。第五位密姬,生公子商人。第六位宋华子[13],生公子雍。其馀妾媵,有子者尚多,不在六位如夫人之数。那六位如夫人中,惟长卫姬事桓公最久。六位公子中,亦惟无亏年齿最长。桓公嬖臣雍巫、竖刁,俱与卫姬相善,巫、刁因请于桓公,许立无亏为嗣。后又爱公子昭之贤,与管仲商议,在葵丘会上,嘱咐宋襄公,以昭为太子。卫公子开方,独与公子潘相善,亦为潘谋嗣立。公子商人性喜施予,颇得民心,因母密姬有宠,未免萌觊觎之心。内中只公子雍出身微贱,安分守己。其他五位公子,各树党羽,互相猜忌,如五只大虫,各藏牙爪,专等人来搏噬。桓公虽然是个英主,却不道剑老无芒,人老无刚。他做了多年的侯伯,志足意满。且是耽于酒色之人,不是个清心寡欲的。到今日衰耄之年,志气自然昏惰了。况又小人用事,蒙蔽耳目。但知乐境无忧境,不听忠言听谀言。那五位公子,各使其母求为太子,桓公也一味含糊答应,全没个处分的道理。正所谓:"人无远虑,必有近忧。"

忽然桓公疾病,卧于寝室。雍巫见扁鹊不辞而去,料也难治了。遂与竖刁商议出一条计策,悬牌宫门,假传桓公之语。牌上写道:

> 寡人有怔忡之疾[14],恶闻人声。不论群臣子姓[15],一概不许入宫,着寺貂紧守宫门,雍巫率领宫甲巡逻。一应国政,俱俟寡人病痊日奏闻。

巫、刁二人,假写悬牌,把住宫门。单留公子无亏,住长卫姬宫中。他公子问安,不容入宫相见。过三日,桓公未死,巫、刁将他左右侍卫之人,不问男女,尽行逐出,把宫门塞断。又于寝室周围,筑起高墙三丈,内外隔绝,风缝不通。止存墙下一穴,如狗窦一般,早晚使小内侍钻入,打探生死消息。一面整顿宫甲,以防群公子之变。不在话下。

再说桓公伏于床上,起身不得,呼唤左右,不听得一人答应,光着两眼,呆呆而看。只见扑蹋一声,似有人自上而坠,须臾推窗入来。桓公睁目视之,乃贱妾晏蛾儿也。桓公曰:"我腹中觉饿,正思粥饮,为我取之!"蛾儿对曰:"无处觅粥饮。"桓公曰:"得热水亦可救渴。"蛾儿对曰:"热水亦不可得。"桓公曰:"何故?"蛾儿对曰:"易牙与竖刁作乱,守禁宫门,筑起三丈高墙,隔绝内外,不许人通,饮食从何处而来?"桓公曰:"汝如何得至于此?"蛾儿对曰:"妾曾受主公一幸之恩,是以不顾性命,逾墙而至,欲以视君之瞑也。"桓公曰:"太子昭安在?"蛾儿对曰:"被二人阻挡在外,不得入宫。"

第 三 十 二 回

桓公叹曰:"仲父不亦圣乎?圣人所见,岂不远哉!寡人不明,宜有今日。"乃奋气大呼曰:"天乎,天乎!小白乃如此终乎?"连叫数声,吐血数口,谓蛾儿曰:"我有宠妾六人,子十馀人,无一人在目前者。单只你一人送终,深愧平日未曾厚汝。"蛾儿对曰:"主公请自保重,万一不幸,妾情愿以死送君!"桓公叹曰:"我死若无知则已,若有知,何面目见仲父于地下?"乃以衣袂自掩其面,连叹数声而绝。计桓公即位于周庄王十二年之夏五月,薨于周襄王九年之冬十月,在位共四十有三年,寿七十三岁。潜渊先生有诗单赞桓公好处:

姬辙[16]东迁纲纪亡,首倡列国共尊王。
南征僭楚包茅贡,北启顽戎朔漠疆。
立卫存邢仁德著,定储明禁义声扬。
正而不谲《春秋》许,五伯之中业最强。

髯仙又有一绝,叹桓公一生英雄,到头没些结果。诗云:

四十馀年号方伯,南摧西抑雄无敌。
一朝疾卧牙刁狂,仲父原来死不得!

晏蛾儿见桓公命绝,痛哭一场,欲待叫唤外人,奈墙高声不得达,欲待逾墙而出,奈墙内没有衬脚之物,左思右想,叹口气曰:"吾曾有言:'以死送君'。若殡殓之事,非妇人所知也!"乃解衣以覆桓公之尸,复肩负窗槅二扇以盖之,权当掩覆之意。向床下叩头曰:"君魂且勿远去,待妾相随!"遂以头触柱,脑裂而死。贤哉此妇也!

是夜,小内侍钻墙穴而入,见寝室堂柱之下,血泊中挺着一个尸首,惊忙而出,报与巫、刁二人曰:"主公已触柱自尽矣!"巫、刁

晏蛾儿逾墙殉节　群公子大闹朝堂

二人不信，使内侍辈掘开墙垣，二人亲自来看，见是个妇人尸首，大惊。内侍中有认得者，指曰："此晏蛾儿也。"再看牙床之上，两扇窗榻，掩盖着个不言不动，无知无觉的齐桓公。呜呼哀哉，正不知几时气绝的。

竖刁便商议发丧之事。雍巫曰："且慢，且慢，必须先定了长公子的君位，然后发丧，庶免争竞。"竖刁以为然。当下二人同到长卫姬宫中，密奏曰："先公已薨逝矣！以长幼为序，合当夫人之子。但先公存日，曾将公子昭嘱托宋公，立为太子，群臣多有知者。倘闻先公之变，必然辅助太子。依臣等之计，莫若乘今夜仓卒之际，即率本宫甲士，逐杀太子，而奉长公子即位，则大事定矣！"长卫姬曰："我妇人也，惟卿等好为之！"于是雍巫、竖刁各率宫甲数百，杀入东宫，来擒世子。

且说世子昭不得入宫问疾，闷闷不悦。是夕方挑灯独坐，恍惚之间，似梦非梦，见一妇人前来谓曰："太子还不速走，祸立至矣！妾乃晏蛾儿也，奉先公之命，特来相报。"昭方欲叩之，妇人把昭一推，如坠万丈深渊，忽然惊醒，不见了妇人。此兆甚奇，不可不信。忙呼侍者取行灯相随，开了便门，步至上卿高虎之家，急扣其门。高虎迎入，问其来意，公子昭诉称如此。高虎曰："主公抱病半月，被奸臣隔绝内外，声息不通。世子此梦，凶多吉少。梦中口称先公，主公必已薨逝了。宁可信其有，不可信其无，世子且宜暂出境外，以防不测。"昭曰："何处可以安身？"高虎曰："主公曾将世子嘱咐宋公，今宜适宋，宋公必能相助。虎乃守国之臣，不敢同世子出奔。吾有门下士崔夭，见管东门锁钥，吾使人吩咐开门，世子可乘

第三十二回

夜出城也。"言之未已,阍人传报:"宫甲围了东宫。"吓得世子昭面如土色。高虎使昭变服,与从人一般,差心腹人相随,至于东门,传谕崔夭,令开钥放出世子。崔夭曰:"主公存亡未知,吾私放太子,罪亦不免。太子无人侍从,如不弃崔夭,愿一同奔宋。"世子昭大喜曰:"汝若同行,吾之愿也!"当下开了城门,崔夭见有随身车仗,让世子登车,自己执辔,望宋国急急而去。

话分两头。却说巫、刁二人,率领宫甲,围了东宫,遍处搜寻,不见世子昭的踪影。看看鼓打四更,雍巫曰:"吾等擅围东宫,不过出其不意,若还迟至天明,被他公子知觉,先据朝堂,大事去矣。不如且归宫拥立长公子,看群情如何,再作道理。"竖刁曰:"此言正合吾意。"二人收甲,未及还宫,但见朝门大开,百官纷纷而集。不过是高氏、国氏、管氏、鲍氏、陈氏、隰氏、南郭氏、北郭氏、闾丘氏这一班子孙臣庶,其名也不可尽述。这些众官员闻说巫、刁二人,率领许多甲士出宫,料必宫中有变,都到朝房打听消息。宫内已漏出齐侯凶信了。又闻东宫被围,不消说得,是奸臣乘机作乱。"那世子是先公所立,若世子有失,吾等何面目为齐臣?"三三两两,正商议去救护世子。恰好巫、刁二人兵转,众官员一拥而前,七嘴八张的,都问道:"世子何在?"雍巫拱手答曰:"世子无亏,今在宫中。"众人曰:"无亏未曾受命册立,非吾主也,还我世子昭来!"竖刁仗剑大言曰:"昭已逐去了!今奉先公临终遗命,立长子无亏为君,有不从者,剑下诛之。"众人愤愤不平,乱嚷乱骂:"都是你这班奸佞,欺死蔑生,擅权废置。你若立了无亏,吾等誓不为臣!"大夫管平挺身出曰:"今日先打死这两个奸臣,除却祸根,再作商议。"手挺牙笏,望竖刁顶门便打。竖刁用剑架住。众官员却待上前相助,只见雍巫大喝曰:"甲士们,今番还不动手,平日养你每何干?"数百名甲士,各挺器械,一齐发作,将众官员乱砍。众人手无兵器,况且寡不敌众,弱不敌强,如何支架得来?正是:白玉阶前为战地,金銮殿上见阎干。百官死于乱军之手者,十分之三。其馀带伤者甚多,俱乱窜出朝门去了。

再说巫、刁二人,杀散了众百官,天已大明,遂于宫中扶出公子无亏,至朝堂即位。内侍们鸣钟击鼓,甲士环列两边,阶下拜舞称贺者,刚刚只有雍巫、竖刁二人。无亏又惭又怒。雍巫奏曰:"大丧未发,群臣尚未知送旧,安知迎新乎?此事必须召国、高二老入朝,方可号召百官,压服人众。"无亏准奏,即遣内侍分头宣召右卿国懿仲,左卿高虎。这两位是周天子所命监国之臣,世为上卿,群僚钦服,所以召之。国懿仲与高虎闻内侍将命,知齐侯已死,且不具朝服,即时披麻带孝,入朝奔丧。巫、刁二人,急忙迎住于门外,谓曰:"今日新君御殿,老大夫权且从吉。"国、高二老齐声答曰:"未殡旧君,先拜新君,非礼也。谁非先公之子,老夫何择,惟能主丧者,则从之。"巫、刁语塞。国、高乃就门外,望空再拜,大哭而出。无亏曰:"大丧未殡,群臣又不服,如之奈何?"竖刁曰:"今日之事,譬如搏虎,有力者胜。主上但据住正殿,臣等列兵两庑,俟公子有入朝者,即以兵劫之。"无亏从其言。长卫姬尽出本宫之甲,凡内侍悉令军装,宫女长大有力者,亦凑甲士之数,巫、刁各统一半,分布两庑。不在话下。

且说卫公子开方,闻巫、刁拥立无亏,谓葛嬴之子潘曰:"太子昭不知何往,若无亏可立,公子独不可立乎?"乃悉起家丁死士,列营于右殿。密姬之子商人,与少卫姬之子元共议:"同是先公骨

第三十二回

血,江山莫不有分。公子潘已据右殿,吾等同据左殿。世子昭若到,大家让位,若其不来,把齐国四分均分。"元以为然。亦各起家甲,及平素所养门下之士,成队而来。公子元列营于左殿,公子商人列营于朝门,相约为犄角之势。巫、刁畏三公子之众,牢把正殿,不敢出攻。三公子又畏巫、刁之强,各守军营,谨防冲突。正是:朝中成敌国,路上绝行人。有诗为证:

> 凤阁龙楼虎豹嘶,纷纷戈甲满丹墀[17]。
> 分明四虎争残肉,那个降心肯伏低?

其时只有公子雍怕事,出奔秦国去讫,秦穆公用为大夫[18]。不在话下。

且说众官知世子出奔,无所朝宗,皆闭门不出。惟有老臣国懿仲、高虎,心如刀刺,只想解结,未得其策。如此相持,不觉两月有馀。高虎曰:"诸公子但知夺位,不思治丧,吾今日当以死争。"国懿仲曰:"子先入言,我则继之,同舍一命,以报累朝爵禄之恩可也。"高虎曰:"只我两人开口,济得甚事?凡食齐禄者,莫非臣子,吾等沿门唤集,同至朝堂,且奉公子无亏主丧何如?"懿仲曰:"立子以长,立无亏不为无名。"于是分头四下,招呼群臣,同去哭临。众官员见两位老大夫做主,放着胆各具丧服,相率入朝。寺貂拦住问曰:"老大夫此来何意?"高虎曰:"彼此相持,无有了期。吾等专请公子主丧而来,无他意也。"貂乃揖虎而进。虎将手一招,国懿仲同群臣俱入,直至朝堂,告无亏曰:"臣等闻父母之恩,犹天地也。故为人子者,生则致敬,死则殡葬。未闻父死不殓,而争富贵者。且君者臣之表,君既不孝,臣何忠焉?今先君已死六十七日矣,尚未入棺,公子虽御正殿,于心安乎?"言罢,群臣皆伏地痛哭。

无亏亦泣下曰："孤之不孝，罪通于天。孤非不欲成丧礼，其如元等之见逼何？"国懿仲曰："太子已外奔，惟公子最长。公子若能主丧事，收殓先君，大位自属。公子元等，虽分据殿门，老臣当以义责之，谁敢与公子争者！"无亏收泪下拜曰："此孤之愿也。"高虎吩咐雍巫，仍守殿庑，群公子但衰麻入临者，便放入宫，如带挟兵仗者，即时拿住正罪。寺貂先至寝宫，安排殡殓。

却说桓公尸在床上，日久无人照顾，虽则冬天，血肉狼藉，尸气所蒸，生虫如蚁，直散出于墙外。起初众人尚不知虫从何来，及入寝室，发开窗槅，见虫攒尸骨，无不凄惨。无亏放声大哭，群臣皆哭。即日取梓棺盛殓，皮肉皆腐，仅以袍带裹之，草草而已。惟晏蛾儿面色如生，形体不变。高虎等知为忠烈之妇，叹息不已，亦命取棺殓之。高虎等率群臣奉无亏居主丧之位，众人各依次哭临。是夜，同宿于柩侧。却说公子元、公子潘、公子商人，列营在外，见高、国老臣，率群臣丧服入内，不知何事。后闻桓公已殡，群臣俱奉无亏主丧，戴以为君，各相传语，言："高、国为主，吾等不能与争矣！"乃各散去兵众，俱衰麻入宫奔丧，兄弟相见，各各大哭。当时若无高、国说下无亏，此事不知如何结局也！胡曾先生有诗叹曰：

违背忠臣宠佞臣，致令骨肉肆纷争。

若非高国行和局，白骨堆床葬不成。

却说齐世子昭逃奔宋国，见了宋襄公，哭拜于地，诉以雍巫、竖刁作乱之事。其时宋襄公乃集群臣问曰："昔齐桓公曾以公子昭嘱托寡人，立为太子，屈指十年矣。寡人中心藏之，不敢忘也。今巫、刁内乱，太子见逐，寡人欲约会诸侯，共讨齐罪，纳昭于齐，定其

第三十二回

君位而返。此举若遂,名动诸侯,便可倡率会盟,以绍桓公之伯业,卿等以为何如?"忽有一大臣出班奏曰:"宋国有三不如齐,焉能伯诸侯乎?"襄公视之,其人乃桓公之长子,襄公之庶兄,因先年让国不立,襄公以为上卿,公子目夷字子鱼也。襄公曰:"子鱼言'三不如齐',其故安在?"目夷曰:"齐有泰山、渤海之险,琅琊[19]、即墨[20]之饶,我国小土薄,兵少粮稀,一不如也。齐有高、国世卿,以干其国,有管仲、宁戚、隰朋、鲍叔牙以谋其事。我文武不具,贤才不登,二不如也。桓公北伐山戎,俞儿开道;猎于郊外,委蛇现形。我今年春正月,五星陨地[21],俱化为石;二月又有大风之异,六鹢退飞[22],此乃上而降下,求进反退之象,三不如也。有此三不如齐,自保且不暇,何暇顾他人乎?"襄公曰:"寡人以仁义为主,不救遗孤,非仁也。受人嘱而弃之,非义也。"遂以纳太子昭传檄诸侯,约以来年春正月,共集齐郊。檄至卫国,卫大夫宁速进曰:"立子以嫡,无嫡立长,礼之常也。无亏年长,且有戍卫之劳[23],于我有恩,愿君勿与。"卫文公曰:"昭已立为世子,天下莫不知之。夫戍卫,私恩也;立世子,公义也。以私废公,寡人不为也。"檄至鲁国,鲁僖公曰:"齐侯托昭于宋,不托寡人,寡人惟知长幼之序矣。若宋伐无亏,寡人当救之。"

周襄王十年,齐公子无亏元年三月,宋襄公亲合卫、曹、邾三国之师,奉世子昭伐齐,屯兵于郊。时雍巫已进位中大夫,为司马,掌兵权矣。无亏使统兵出城御敌,寺貂居中调度。高、国二卿分守城池。高虎谓国懿仲曰:"吾之立无亏,为先君之未殡,非奉之也。今世子已至,又得宋助,论理则彼顺,较势则彼强。且巫、刁戕杀百官,专权乱政,必为齐患。不若乘此除之,迎世子奉以为君。则诸

374

公子绝觊觎之望,而齐有泰山之安矣。"懿仲曰:"易牙统兵驻郊,吾召竖刁,托以议事,因而杀之,率百官奉迎世子,以代无亏之位。吾谅易牙无能为也。"高虎曰:"此计大妙!"乃伏壮士于城楼,托言机密重事,使人请竖刁相会。正是:做就机关擒猛虎,安排香饵钓鳌鱼。不知竖刁性命如何,且看下回分解。

---

〔1〕 卢村:在今山东省济南市长清区东南。

〔2〕 不责其直:此指不要住宿费。责,索取。直,通"值",价钱。

〔3〕 上池水:指露水未及于地者。

〔4〕 扁鹊:据《史记·扁鹊列传》,应为战国初年人,与赵简子同时。

〔5〕 暴蹶:突然晕倒。

〔6〕 砭(biān 边)石:用石块磨制的尖石,相当于后世的银针,为针灸用具。

〔7〕 齐桓公:据《史记》及《新序》,均作齐桓公(或侯)。而《韩非子·喻老》则作蔡桓侯。但齐桓公小白或蔡桓侯封人与扁鹊均不同时。早于扁鹊两百年以上。

〔8〕 腠(còu 凑)理:中医指皮下肌肉之间的空隙和肌肉的纹理。

〔9〕 汤熨(wèi 位):汤,指中药汤剂。熨,将中药敷贴于有病之处,类似后世之膏药。

〔10〕 酒醪(láo 劳):本指汁滓混合之酒。这里借指浸泡中药药材之酒。

〔11〕 司命:即命运之神。有大司命、少司命之分。

〔12〕 如夫人:姬妾的别称。

〔13〕 宋华子:系宋大夫华氏之女,子姓,故称。

〔14〕 怔忡(zhēng chōng 征充)之疾:疾病名。心脏病的一种,即心动

第三十二回

过速。

〔15〕 子姓：指众子孙。

〔16〕 姬辙：应为姬宜臼，即东周平王。宜臼是否名辙，不见记载。或作"姬姓王室的车辙"解释。

〔17〕 丹墀(chí 池)：古代君王宫殿前的石阶，多漆成红色，称为丹墀。这里借指宫殿。

〔18〕 "其时"三句：此处有误。齐桓公子公子雍出奔楚国，而非秦国，楚成王后伐齐取阳谷之地以封之，参见下文第三十九回。奔秦用为大夫者乃晋文公之子，亦名公子雍（参见第三十六、四十七、四十八等回）。作者因名同而误。

〔19〕 琅玡(láng yá 狼牙)：春秋时齐邑名。在今山东青岛市黄岛区西南，靠近黄海，故有渔盐之利。

〔20〕 即墨：战国时齐邑名。在今山东平度市西南。有大片沃野，物产富饶。

〔21〕 五星陨(yǔn 允)地：指五颗流星坠落地上。此事亦有据，《左传》有记载：鲁僖公"十六年春，陨石于宋五"。

〔22〕 六鹢(yì 义)退飞：鹢，同"鶂"，水鸟名，似鹭而大。其在天空飞翔之形，颇似古文"六"字。《公羊传》云："视之则六，察之则鹢。"故称六鹢。退飞，指风速特大，鹢飞欲进反退也。

〔23〕 戍卫之劳：狄人杀卫懿公后，公子无亏曾率车三百乘送卫文公燬返国，并留下三千甲士戍守。见第二十三回。

第三十三回

宋公伐齐纳子昭　楚人伏兵劫盟主

话说高虎乘雍巫统兵出城,遂伏壮士于城楼,使人请竖刁议事。竖刁不疑,昂然而来。高虎置酒楼中相待,三杯之后,高虎开言:"今宋公纠合诸侯,起大兵送太子到此,何以御之?"竖刁曰:"已有易牙统兵出郊迎敌矣。"虎曰:"众寡不敌,奈何?老夫欲借重吾子,以救齐难。"竖刁曰:"刁何能为?如老大夫有差遣,惟命是听!"虎曰:"欲借子之头,以谢罪于宋耳!"刁愕然遽起。虎顾左右喝曰:"还不下手!"壁间壮士突出,执竖刁斩之。虎遂大开城门,使人传呼曰:"世子已至城外,愿往迎者随我!"国人素恶雍巫、竖刁之为人,因此不附无亏。见高虎出迎世子,无不攘臂乐从,随行者何止千人。国懿仲入朝,直叩宫门,求见无亏,奏言:"人心思戴世子,相率奉迎。老臣不能阻当,主公宜速为避难之计。"无亏问:"雍巫、竖刁安在?"懿仲曰:"雍巫胜败未知。竖刁已为国人所杀矣。"无亏大怒曰:"国人杀竖刁,汝安得不知?"顾左右欲执懿仲,懿仲奔出朝门。无亏带领内侍数十人,乘一小车,愤然仗剑出宫,下令欲发丁壮授甲,亲往御敌。内侍辈东唤西呼,国中无一人肯应,反叫出许多冤家出来。正是:

第三十三回

　　恩德终须报,冤仇撒不开。从前作过事,没兴一齐来。这些冤家,无非是高氏、国氏、管氏、鲍氏、宁氏、陈氏、晏氏、东郭氏、南郭氏、北郭氏、公孙氏、闾丘氏众官员子姓。当初只为不附无亏,被雍巫、竖刁杀害的,其家属人人含怨,个个衔冤。今日闻宋君送太子入国,雍巫统兵拒战,论起私心,巴不得雍巫兵败。又怕宋国兵到,别有一番杀戮之惨,大家怀着鬼胎。及闻高老相国杀了竖刁,往迎太子,无不喜欢,都道:"今日天眼方开!"齐带器械防身,到东门打探太子来信。恰好撞见无亏乘车而至,仇人相见,分外眼睁,一人为首,众人相助,各各挺着器械,将无亏围住。内侍喝道:"主公在此,诸人不得无礼!"众人道:"那里是我主公!"便将内侍乱砍,无亏抵挡不住,急忙下车逃走,亦被众人所杀。东门鼎沸,却得国懿仲来抚慰一番,众人方才分散。懿仲将无亏尸首抬至别馆殡殓,一面差人飞报高虎。

　　再说雍巫正屯兵东关,与宋相持。忽然军中夜乱,传说:"无亏、竖刁俱死,高虎相国率领国人,迎接太子昭为君,吾等不可助逆。"雍巫知军心已变,心如芒刺[1],急引心腹数人,连夜逃奔鲁国去讫。天明,高虎已到,安抚雍巫所领之众,直至郊外,迎接世子昭,与宋、卫、曹、邾四国请和。四国退兵。高虎奉世子昭行至临淄城外,暂停公馆。使人报国懿仲整备法驾,同百官出迎。

　　却说公子元、公子潘闻知其事,约会公子商人,一同出郭奉迎新君。公子商人怫然[2]曰:"我等在国奔丧,昭不与哭泣之位,今乃借宋兵威,以少凌长,强夺齐国,于理不顺。闻诸侯之兵已退,我等不如各率家甲,声言为无亏报仇,逐杀子昭。吾等三人中,凭大臣公议一人为君,也免得受宋国箝制,灭了先公盟主之志气。"公子元曰："若然,当奉宫中之令而行,庶为有名。"乃入宫禀知长卫姬。长卫姬泣曰："汝能为无亏报仇,我死无恨矣!"即命纠集无亏旧日一班左右人众,合着三位公子之党,同拒世子。竖刁手下亦有心腹,欲为其主报仇,也来相助,分头据住临淄城各门。国懿仲畏四家人众,将府门紧闭,不敢出头了。高虎谓世子昭曰："无亏、竖刁虽死,馀党尚存,况有三公子为主,闭门不纳。若欲求入,必须交战,倘战而不胜,前功尽弃,不如仍走宋国求救为上。"世子昭曰："但凭国老主张。"高虎乃奉世子昭复奔宋国。

宋襄公才班师及境,见世子昭来到,大惊,问其来意。高虎一一告诉明白。襄公曰："此寡人班师太早之故也。世子放心,有寡人在,何愁不入临淄哉?"即时命大将公孙固增添车马。先前有卫、曹、邾三国同事,止用二百乘,今日独自出车,加至四百乘。公子荡为先锋,华御事为合后,亲将中军,护送世子,重离宋境,再入齐郊。时有高虎前驱,把关将吏,望见是高相国,即时开门延入,直逼临淄下寨。

宋襄公见国门紧闭,吩咐三军准备攻城器具。城内公子商人谓公子元、公子潘曰："宋若攻城,必然惊动百姓。我等率四家之众,乘其安息未定,合力攻之。幸而胜固善,不幸而败,权且各图避难,再作区处。强如死守于此,万一诸侯之师毕集,如之奈何?"元、潘以为然。乃于是日,夜开城门,各引军出来劫宋寨。不知虚实,单劫了先锋公子荡的前营。荡措手不及,弃寨而奔。中军大将公孙固,闻前寨有失,急引大军来救。后军华御事,同齐国老大夫高虎,亦各率部下接应。两个混战,直至天明。四家党羽虽众,各为其主,人心不齐,怎当得宋国大兵。当下混战了一夜,四家人众,

第 三 十 三 回

被宋兵杀得七零八落。公子元恐世子昭入国,不免于祸,乘乱引心腹数人,逃奔卫国避难去讫。公子潘、公子商人收拾败兵入城,宋兵紧随其后,不能闭门,崔夭为世子昭御车,长驱直入。上卿国懿仲闻四家兵散,世子已进城,乃聚集百官,同高虎拥立世子昭即位。即以本年为元年,是为孝公[3]。孝公嗣位,论功行赏,进崔夭为大夫。大出金帛,厚犒宋军。襄公留齐境五日,方才回宋。时鲁僖公起大兵来救无亏,闻孝公已立,中道而返,自此鲁、齐有隙。不在话下。

再说公子潘与公子商人计议,将出兵拒敌之事,都推在公子元身上。国、高二国老,明知四家同谋,欲孝公释怨修好,单治首乱雍巫、竖刁二人之罪,尽诛其党,馀人俱赦不问。是秋八月,葬桓公于牛首堈[4]之上,连起三大坟。以晏蛾儿附葬于旁,另起一小坟。又为无亏、公子元之故,将长卫姬、少卫姬两宫内侍宫人,悉令从葬,死者数百人。后至晋永嘉[5]末年,天下大乱,有村人发桓公冢,冢前有水银池,寒气触鼻,人不敢入。经数日,其气渐消。乃牵猛犬入冢中,得金蚕[6]数十斛,珠襦玉匣,缯彩军器,不可胜数,冢中骸骨狼藉,皆殉葬之人也。足知孝公当日葬父之厚矣。亦何益哉!髯仙有诗云:

疑冢三堆峻似山,金蚕玉匣出人间。

从来厚蓄多遭发,薄葬须知不是悭。

话分两头。却说宋襄公自败了齐兵,纳世子昭为君,自以为不世奇功,便想号召诸侯,代齐桓公为盟主。又恐大国难致,先约滕、曹、邾、鄫[7]小国,为盟于曹国之南。曹、邾二君到后,滕子婴齐方至。宋襄不许婴齐与盟,拘之一室。鄫君惧宋之威,亦来赴会,已逾期二日矣。宋襄公问于群臣曰:"寡人甫倡盟好,鄫小国,辄敢怠慢,后期二日,不重惩之,何以立威!"大夫公子荡进曰:"向者齐桓公南征北讨,独未服东夷之众。君欲威中国,必先服东夷,欲服东夷,必用鄫子。"襄公曰:"用之何如?"公子荡曰:"睢水[8]之次,有神能致风雨,东夷皆立社祠之,四时不缺。君诚用鄫子为牺牲,以祭睢神,不惟神将降福,使东夷闻之,皆谓君能生杀诸侯,谁不耸惧来服?然后借东夷之力,以征诸侯,伯业成矣。"上卿公子目夷谏曰:"不可,不可!古者小事不用大牲[9],重物命也,况于人乎?夫祭祀,以为人祈福也。杀人以祈人福,神必不飨。且国有常祀,宗伯[10]所掌。睢水河神,不过妖鬼耳!夷俗所祀,君亦祀之,未见君之胜于夷也。而谁肯服之?齐桓公主盟四十年,存亡继绝,岁有德施于天下。今君才一举盟会,而遂戮诸侯以媚妖神,臣见诸侯之惧而叛我,未见其服也。"公子荡曰:"子鱼之言谬矣!君之图伯与齐异。齐桓公制国二十馀年,然后主盟,君能待乎?夫缓则用德,急则用威,迟速之序,不可不察也。不同夷,夷将疑我;不惧诸侯,诸侯将玩我。内玩而外疑,何以成伯?昔武王斩纣头,悬之太白旗[11],以得天下。此诸侯之行于天子者也,而何有于小国之君?君必用之。"襄公本心急于欲得诸侯,遂不听目夷之言,使邾文公执鄫子杀而烹之,以祭睢水之神。遣人召东夷君长,俱来睢水会祀。东夷素不习宋公之政,莫有至者。滕子婴齐大惊,使人以重赂求释,乃解婴齐之囚。

曹大夫僖负羁谓曹共公襄曰:"宋躁而虐,事必无成,不如归也。"共公辞归,遂不具地主之礼。襄公怒,使人责之曰:"古者国

第 三 十 三 回

君相见,有脯资饩牢[12],以修宾主之好。寡君逗留于君之境上,非一日矣。三军之众,尚未知主人之所属。愿君图之!"僖负羁对曰:"夫授馆致饩[13],朝聘之常礼也。今君以公事涉于南鄙,寡君亟[14]于奔命,未及他图。今君责以主人之礼,寡君愧甚,惟君恕之!"曹共公遂归。襄公大怒,传令移兵伐曹。公子目夷又谏曰:"昔齐桓公会盟之迹,遍于列国,厚往薄来,不责其施,不诛其不及,所以宽人之力,而恤人之情也。曹之缺礼,于君无损,何必用兵?"襄公不听,使公子荡将兵车三百乘,伐曹围其城。僖负羁随方设备,与公子荡相持三月,荡不能取胜。是时,郑文公首先朝楚,约鲁、齐、陈、蔡四国之君,与楚成王为盟于齐境。宋襄公闻之大惊。一来恐齐、鲁两国之中,或有倡伯者,宋不能与争;二来又恐公子荡攻曹失利,挫了锐气,贻笑于诸侯,乃召荡归。曹共公亦恐宋师再至,遣人至宋谢罪。自此宋、曹相睦如初。

再说宋襄公一心求伯,见小国诸侯,纷纷不服,大国反远与楚盟,心中愤急,与公子荡商议。公子荡进曰:"当今大国,无过齐、楚。齐虽伯主之后,然纷争方定,国势未张。楚僭王号,乍通中国,诸侯所畏。君诚不惜卑词厚币,以求诸侯于楚[15],楚必许之。借楚力以聚诸侯,复借诸侯以压楚,此一时权宜之计也。"公子目夷又谏曰:"楚有诸侯,安肯与我?我求诸侯于楚,楚安肯下我?恐争端从此开矣!"襄公不以为然。即命公子荡以厚赂如楚,求见楚成王。成王问其来意,许以明年之春,相会于鹿上[16]之地。公子荡归报襄公,襄公曰:"鹿上齐地,不可不闻之齐侯。"复遣公子荡如齐修聘,述楚王期会之事。齐孝公亦许之。时宋襄公之十一年,乃周襄王之十二年[17]也。

宋公伐齐纳子昭　楚人伏兵劫盟主

次年春正月，宋襄公先至鹿上，筑盟坛以待齐、楚之君。二月初旬，齐孝公始至。襄公自负有纳孝公之功，相见之间，颇有德色。孝公感宋之德，亦颇尽地主之礼。又二十馀日，楚成王方到。宋、齐二君接见之间，以爵为序。楚虽僭王号，实是子爵。宋公为首，齐侯次之，楚子又次之。这是宋襄公定的位次。至期，共登鹿上之坛，襄公毅然以主盟自居，先执牛耳[18]，并不谦让。楚成王心中不悦，勉强受歃。襄公拱手言曰："兹父忝先代之后，作宾王家[19]，不自揣德薄力微，窃欲修举盟会之政。恐人心不肃，欲借重二君之馀威，以合诸侯于敝邑之盂地[20]，以秋八月为期。若君不弃，倡率诸侯，徼惠于盟，寡人愿世敦兄弟之好。自殷先王以下，咸拜君之赐，岂独寡人乎？"齐孝公拱手以让楚成王，成王亦拱手以让孝公，二君互相推让，良久不决。襄公曰："二君若不弃寡人，请同署之。"乃出征会之牍，不送齐侯，却先送楚成王求署。孝公心中亦怀怏怏。楚成王举目观览，牍中叙合诸侯修会盟之意，效齐桓公衣裳之会，不以兵车。牍尾宋公先已署名。楚成王暗暗含笑，谓襄公曰："诸侯君自能致，何必寡人？"襄公曰："郑、许久在君之宇下，而陈、蔡近者复受盟于齐，非乞君之灵，惧有异同[21]。寡人是以借重于上国。"楚成王曰："然则齐君当署，次及寡人可也。"孝公曰："寡人于宋，犹宇下也。所难致者，上国之威令耳。"楚王笑而署名，以笔授孝公。孝公曰："有楚不必有齐。寡人流离万死之馀，幸社稷不陨，得从末歃为荣，何足重轻，而亵此简牍为耶？"坚不肯署。论齐孝公心事，却是怪宋襄公先送楚王求署，识透他重楚轻齐，所以不署。宋襄公自负有恩于齐，却认孝公是衷肠之语，遂收牍而藏之。三君于鹿上又叙数日，丁宁而别。髯仙有诗叹曰：

第三十三回

诸侯原自属中华，何用纷纷乞楚家？
错认同根成一树，谁知各自有丫叉？

楚成王既归，述其事于令尹子文。子文曰："宋君狂甚！吾王何以征会许之？"楚王笑曰："寡人欲主中华之政久矣，恨不得其便耳。今宋公倡衣裳之会，寡人因之以合诸侯，不亦可乎？"大夫成得臣进曰："宋公为人好名而无实，轻信而寡谋，若伏甲以劫之，其人可虏也。"楚王曰："寡人意正如此。"子文曰："许人以会而复劫之，人谓楚无信矣，何以服诸侯？"得臣曰："宋喜于主盟，必有傲诸侯之心。诸侯未习宋政，莫之与也[22]。劫之以示威，劫而释之，又可以示德。诸侯耻宋之无能，不归楚，将谁归乎？夫拘小信而丧大功，非策也。"子文奏曰："子玉之计，非臣所及。"楚王乃使成得臣、斗勃二人为将，各选勇士五百人，操演听令，预定劫盟之计。不必详说，下文便见。

且说宋襄公归自鹿上，欣然有喜色，谓公子目夷曰："楚已许我诸侯矣。"目夷谏曰："楚，蛮夷也，其心不测。君得其口，未得其心，臣恐君之见欺也。"襄公曰："子鱼太多心了。寡人以忠信待人，人其忍欺寡人哉？"遂不听目夷之言，传檄征会。先遣人于盂地筑起坛场，增修公馆，务极华丽。仓场中储积刍粮，以待各国军马食费。凡献享犒劳之仪，一一从厚，无不预备。至秋七月，宋襄公命乘车赴会。目夷又谏曰："楚强而无义，请以兵车往。"襄公曰："寡人与诸侯约为衣裳之会，若用兵车，自我约之，自我堕之，异日无以示信于诸侯矣。"目夷曰："君以乘车全信，臣请伏兵车百乘于三里之外，以备缓急如何？"襄公曰："子用兵车，与寡人用之何异？必不可！"临行之际，襄公又恐目夷在国起兵接应，失了他信义，遂要目夷同往。目夷曰："臣亦放心不下，也要同去。"于是君臣同至会所。楚、陈、蔡、许、曹、郑六国之君，如期而至。惟齐孝公心怀怏怏，鲁僖公未与楚通，二君不到。襄公使候人迎接六国诸侯，分馆安歇，回报："都用乘车[23]。楚王侍从虽众，亦是乘车。"襄公曰："吾知楚不欺吾也！"

太史卜盟日之吉，襄公命传知各国。先数日，预派定坛上执事人等。是早五鼓，坛之上下，皆设庭燎，照耀如同白日。坛之旁，另有憩息之所，襄公先往以待。陈穆公款，蔡庄公甲午，郑文公捷，许僖公业，曹共公襄五位诸侯，陆续而至。伺候良久，天色将明，楚成王熊恽方到。襄公且循地主之礼，揖让了一番，分左右两阶登坛。右阶宾登，众诸侯不敢僭楚成王，让之居首。成得臣、斗勃二将相随，众诸侯亦各有从行之臣。不必细说。左阶主登，单只宋襄公及公子目夷君臣二人。方才升阶之时，论个宾主，既登盟坛之上，陈牲歃血，要天矢日[24]，列名载书，便要推盟主为尊了。宋襄公指望楚王开口，以目视之。楚王低头不语。陈、蔡诸国，面面相觑，莫敢先发。襄公忍不住了，乃昂然而出曰："今日之举，寡人欲修先伯主齐桓公故业，尊王安民，息兵罢战，与天下同享太平之福，诸君以为何如？"诸侯尚未答应，楚王挺身而前曰："君言甚善！但不知主盟今属何人？"襄公曰："有功论功，无功论爵，更有何言！"楚王曰："寡人冒爵为王久矣。宋虽上公，难列王前，寡人告罪占先了。"便立在第一个位次。目夷扯襄公之袖，欲其权且忍耐，再作区处。襄公把个盟主捏在掌中，临时变卦，如何不恼。包着一肚子气，不免疾言遽色，谓楚王曰："寡人徼福先代，忝为

385

第三十三回

上公,天子亦待以宾客之礼。君言冒爵,乃僭号也。奈何以假王而压真公乎?"楚王曰:"寡人既是假王,谁教你请寡人来此?"襄公曰:"君之至此,亦是鹿上先有成议,非寡人之漫约也。"成得臣在旁大喝曰:"今日之事,只问众诸侯,为楚来乎?为宋来乎?"陈、蔡各国,平素畏服于楚,齐声曰:"吾等实奉楚命,不敢不至。"楚王呵呵大笑曰:"宋君更有何说?"襄公见不是头,欲待与他讲理,他又不管理之长短,欲作脱身之计,又无片甲相护,正在踌躇。只见成得臣、斗勃卸去礼服,内穿重铠,腰间各插小红旗一面,将旗向坛下一招,那跟随楚王人众,何止千人,一个个俱脱衣露甲,手执暗器,如蜂攒蚁聚,飞奔上坛。各国诸侯,俱吓得魂不附体。成得臣先把宋襄公两袖紧紧捻定,同斗勃指挥众甲士,掳掠坛上所陈设玉帛器皿之类。一班执事,乱窜奔逃。宋襄公见公子目夷紧随在旁,低声谓曰:"悔不听子言,以至如此,速归守国,勿以寡人为念!"目夷料想跟随无益,乃乘乱逃回。不知宋襄公如何脱身,且看下回分解。

---

〔1〕 芒刺:指草木之刺,锐利如针。"心如芒刺",实有如箭钻心之意。

〔2〕 怫(fú 服)然:不赞成的样子。

〔3〕 孝公:齐孝公吕昭。在位九年(前641—前633)。

〔4〕 牛首堈:即牛山。在今山东淄博临淄区南。

〔5〕 永嘉:西晋怀帝司马炽年号(307—312)。永嘉末年,匈奴刘聪、刘曜攻陷晋都洛阳,导致"五胡乱华",天下大乱。

〔6〕 金蚕:金制颗粒,其形似蚕,古用作殉葬之具。晋陆翙《邺中记》

云:"永嘉末,发齐桓公墓,得水银池,金蚕数十箔。"

〔7〕 鄫(zēng 增):周代诸侯国名。姒姓,子爵。在今山东枣庄市东。

〔8〕 睢(suī 虽)水:睢水,亦称睢河。自今河南睢县、杞县一带经安徽萧县、宿州等地流入淮河。大部河道已被湮。

〔9〕 大牲:古代以羊、牛为大牲。

〔10〕 宗伯:古代六卿之一,掌邦国祭祀典礼。

〔11〕 太白旗:古代战旗之一,绣有太白金星图案。传说太白星主杀伐之事,故用为战旗。《史记·周本纪》曾记载,周武王"以黄钺斩纣头,县之太白之旗"。

〔12〕 脯资饩牢:脯,干肉。资,粮食。饩,活牲畜。牢,指牛、羊、豕等。这里借指一切必备的生活物资。

〔13〕 授馆致饩:安排邸舍,供给食物。

〔14〕 亟(jí 及):急切,急忙。

〔15〕 求诸侯于楚:意指要求那些与楚结盟的诸侯能与宋结盟。

〔16〕 鹿上:春秋时齐地名。在今山东巨野县西南。

〔17〕 周襄王十二年:即公元前 640 年。

〔18〕 执牛耳:古时诸侯会盟,多杀牛取其血,主盟者割牛耳以取其血为之,故以称主盟。

〔19〕 作宾王家:作为周王室的宾客。宋为商朝之后,武王灭商以后,一直以宾客之礼款待宋君。

〔20〕 盂:春秋时宋地名。亦称唐盂。在今河南睢县西北。

〔21〕 异同:不同意见。

〔22〕 莫之与也:没有人服从他的。与,赞许,跟从。

〔23〕 乘车:载人之车。意指并非战车。

〔24〕 要(yāo 邀)天矢日:对天发誓。要,求也。矢,同"誓"。

第三十四回

宋襄公假仁失众　齐姜氏乘醉遣夫

话说楚成王假饰乘车赴会，跟随人众，俱是壮丁，内穿暗甲，身带暗器，都是成得臣斗勃选练来的，好不勇猛！又遣芳吕臣、斗般二将统领大军，随后而进，准备大大厮杀。宋襄公全然不知，堕其圈套。正是：没心人遇有心人，要脱身时难脱身了！楚王拿住了襄公，众甲士将公馆中所备献享犒劳之仪，及仓中积粟，掳掠一空。随行车乘，皆为楚有。陈、蔡、郑、许、曹五位诸侯，人人悚惧，谁敢上前说个方便！楚成王邀众诸侯至于馆寓，面数宋襄公六罪，曰："汝伐齐之丧，擅行废置，一罪也。滕子赴会稍迟，辄加絷辱，二罪也。用人代牲，以祭淫鬼，三罪也。曹缺地主之仪，其事甚小，汝乃恃强围之，四罪也。以亡国之馀，不能度德量力，天象示戒，犹思图伯，五罪也。求诸侯于寡人，而妄自尊大，全无逊让之礼，六罪也。天夺其魄，单车赴会，寡人今日统甲车千乘，战将千员，踏碎睢阳城[1]，为齐、鄫各国报仇！诸君但少驻[2]车驾，看寡人取宋而回，更与诸君痛饮十日方散。"众诸侯莫不唯唯。襄公顿口无言，似木雕泥塑一般，只多着两行珠泪。须臾，楚国大兵俱集，号曰千乘，实五百乘。楚成王赏劳了军士，拔寨都起，带了宋襄公，杀向睢阳城

宋襄公假仁失众　齐姜氏乘醉遣夫

来。列国诸侯,奉楚王之命,俱屯盂地,无敢归者。史官有诗讥宋襄之失。诗云:

无端媚楚反遭殃,引得睢阳做战场。

昔日齐桓曾九合,何尝容楚近封疆?

却说公子目夷自盂地盟坛逃回本国,向司马公孙固说知宋公被劫一事,"楚兵旦暮且到,速速调兵,登陴[3]把守。"公孙固曰:"国不可一日无君,公子须暂摄君位,然后号令赏罚,人心始肃。"目夷附公孙固之耳曰:"楚人执我君以伐我,有挟而求也。必须如此如此,楚人必放吾君归国。"固曰:"此言甚当。"乃向群臣言:"吾君未必能归矣! 我等宜推戴公子目夷,以主国事。"群臣知目夷之贤,无不欣然。公子目夷告于太庙,南面摄政。三军用命,铃柝[4]严明,睢阳各路城门,把守得铁桶相似。

方才安排停当,楚王大军已到,立住营寨。使将军斗勃向前打话,言:"尔君已被我拘执在此,生杀在我手,早早献土纳降,保全汝君性命!"公孙固在城楼答曰:"赖社稷神灵,国人已立新君矣。生杀任你,欲降不可得也!"斗勃曰:"汝君见在,安得复立一君乎?"公孙固曰:"立君以主社稷也,社稷无主,安得不立新君?"斗勃曰:"某等愿送汝君归国,何以相酬?"公孙固曰:"故君被执,已辱社稷,虽归亦不得为君矣。归与不归,惟楚所命。若要决战,我城中甲车未曾损折,情愿决一死敌!"斗勃见公孙固答语硬挣,回报楚王。楚王大怒,喝教攻城。城上矢石如雨,楚兵多有损伤。连攻三日,干折便宜[5],不能取胜。

楚王曰:"彼国既不用宋君,杀之何如?"成得臣对曰:"王以杀鄫子为宋罪,今杀宋公,是效尤也。杀宋公犹杀匹夫耳,不能得宋,

第三十四回

而徒取怨,不如释之。"楚王曰:"攻宋不下,又释其君,何以为名?"得臣对曰:"臣有计矣。今不与盂之会者,惟齐、鲁二国。齐与我已两次通好,且不必较。鲁礼义之邦,一向辅齐定伯,目中无楚。若以宋之俘获献鲁,请鲁君于亳都[6]相会,鲁见宋俘,必恐惧而来。鲁、宋是葵丘同盟之人,况鲁侯甚贤,必然为宋求情,我因以为鲁君之德。是我一举而兼得宋、鲁也。"楚王鼓掌大笑曰:"子玉真有见识!"乃退兵屯于亳都,用宜申为使,将卤获数车,如曲阜献捷。其书云:

> 宋公傲慢无礼,寡人已幽之于亳。不敢擅功,谨献捷于上国,望君辱临,同决其狱!

鲁僖公览书大惊,正是兔死狐悲,物伤其类。明知楚使献捷,词意夸张,是恐吓之意。但鲁弱楚强,若不往会,恐其移师来伐,悔无及矣!乃厚待宜申,先发回书,驰报楚王,言:"鲁侯如命,即日赴会。"鲁僖公随后发驾,大夫仲遂从行。来至亳都,仲遂因宜申先容[7],用私礼先见了成得臣,嘱其于楚王前,每事方便。得臣引鲁僖公与楚成王相见,各致敬慕之意。其时,陈、蔡、郑、许、曹五位诸侯,俱自盂地来会,和鲁僖公共是六位,聚于一处商议。郑文公开言,欲尊楚王为盟主,诸侯嗫嚅[8]未应。鲁僖公奋然曰:"盟主须仁义布闻,人心悦服。今楚王恃兵车之众,袭执上公,有威无德,人心疑惧。吾等与宋,俱有同盟之谊,若坐视不救,惟知奉楚,恐被天下豪杰耻笑。楚若能释宋公之囚,终此盟好,寡人敢不惟命是听!"众诸侯皆曰:"鲁侯之言甚善!"仲遂将这话私告于成得臣,得臣转闻于楚王。楚王曰:"诸侯以盟主之义责寡人,寡人其可违乎?"乃于亳郊,更筑盟坛,期以十二月癸丑日,歃血要神,同赦

宋襄公假仁失众　齐姜氏乘醉遣夫

宋罪。

约会已定,先一日,将宋公释放,与众诸侯相见。宋襄公且羞且愤,满肚不乐,却又不得不向诸侯称谢。至日,郑文公拉众诸侯,敦请楚成王登坛主盟。成王执牛耳,宋、鲁以下,次第受歃。襄公敢怒而不敢言。事毕,诸侯各散。宋襄公讹闻公子目夷已即君位,将奔卫以避之。公子目夷遣使已到,致词曰:"臣所以摄位者,为君守也。国固君之国,何为不入?"须臾,法驾齐备,迎襄公以归,目夷退就臣列。胡曾先生论襄公之释,全亏公子目夷定计,神闲气定,全不以旧君为意;若手忙脚乱,求归襄公,楚益视为奇货,岂肯轻放。有诗赞云:

金注何如瓦注奇[9]?新君能解旧君围。

为君守位仍推位,千古贤名诵目夷。

又有诗说六位诸侯,公然媚楚求宽,明明把中国操纵之权,授之于楚,楚目中尚有中国乎?诗云:

从来兔死自狐悲,被劫何人劫是谁?

用夏媚夷全不耻,还夸释宋得便宜。

宋襄公志欲求伯,被楚人捉弄一场,反受大辱,怨恨之情,痛入骨髓,但恨力不能报。又怪郑伯倡议,尊楚王为盟主,不胜其愤,正要与郑国作对。时周襄王之十四年[10]春三月,郑文公如楚行朝礼,宋襄公闻之大怒,遂起倾国之兵,亲讨郑罪,使上卿公子目夷辅世子王臣居守。目夷谏曰:"楚、郑方睦,宋若伐郑,楚必救之。此行恐不能取胜,不如修德待时为上。"大司马公孙固亦谏。襄公怒曰:"司马不愿行,寡人将独往!"固不敢复言,遂出师伐郑。襄公自将中军,公孙固为副,大夫乐仆伊、华秀老、公子荡、向訾守等皆

第三十四回

从行。谍人报知郑文公。文公大惊,急遣人告急于楚。楚成王曰:"郑事我如父,宜亟救之。"成得臣进曰:"救郑不如伐宋。"楚成王曰:"何故?"得臣对曰:"宋公被执,国人已破胆矣。今复不自量,以大兵伐郑,其国必虚。乘虚而捣之,其国必惧,此不待战而知胜负者也。若宋还而自救,彼亦劳矣。以逸制劳,安往而不得志耶?"楚王以为然。即命得臣为大将,斗勃副之,兴兵伐宋。

宋襄公正与郑相持,得了楚兵之信,兼程而归,列营于泓水[11]之南以拒楚。成得臣使人下战书。公孙固谓襄公曰:"楚师之来,为救郑也。吾以释郑谢楚,楚必归。不可与战。"襄公曰:"昔齐桓公兴兵伐楚,今楚来伐而不与战,何以继桓公之业乎?"公孙固又曰:"臣闻一姓不再兴。天之弃商久矣,君欲兴之,得乎?且吾之甲不如楚坚,兵不如楚利,人不如楚强。宋人畏楚如畏蛇蝎,君何恃以胜楚?"襄公曰:"楚兵甲有馀,仁义不足。寡人兵甲不足,仁义有馀。昔武王虎贲[12]三千,而胜殷亿万之众,惟仁义也。以有道之君,而避无道之臣,寡人虽生不如死矣。"乃批战书之尾,约以十一月朔日,交战于泓阳[13]。命建大旗一面于辂车,旗上写"仁义"二字。公孙固暗暗叫苦,私谓乐仆伊曰:"战主杀而言仁义,吾不知君之仁义何在也?天夺君魄矣,窃为危之!吾等必戒慎其事,毋致丧国足矣。"至期,公孙固未鸡鸣而起,请于襄公,严阵以待。

且说楚将成得臣屯兵于泓水之北,斗勃请:"五鼓济师,防宋人先布阵以扼我。"得臣笑曰:"宋公专务迂阔,全不知兵。吾早济早战,晚济晚战,何所惧哉?"天明,甲乘始陆续渡水。公孙固请于襄公曰:"楚兵天明始渡,其意甚轻。我今乘其半渡,突前击之,是

宋襄公假仁失众　齐姜氏乘醉遣夫

吾以全军而制楚之半也。若令皆济,楚众我寡,恐不敌,奈何?"襄公指大旗曰:"汝见'仁义'二字否?寡人堂堂之阵,岂有半济而击之理?"公孙固又暗暗叫苦。

须臾,楚兵尽济。成得臣服琼弁[14],结玉缨,绣袍软甲,腰挂雕弓,手执长鞭,指挥军士,东西布阵,气宇昂昂,旁若无人。公孙固又请于襄公曰:"楚方布阵,尚未成列,急鼓之[15]必乱。"襄公唾其面曰:"呸!汝贪一击之利,不顾万世之仁义耶?寡人堂堂之阵,岂有未成列而鼓之之理?"公孙固又暗暗叫苦。楚兵阵势已成,人强马壮,漫山遍野,宋兵皆有惧色。襄公使军中发鼓,楚军中亦发鼓。襄公自挺长戈,带着公子荡、向訾守二将,及门官之众,催车直冲楚阵。得臣见来势凶猛,暗传号令,开了阵门,只放襄公一队车骑进来。公孙固随后赶上护驾,襄公已杀入阵内去了。只见一员上将挡住阵门,口口声声,叫道:"有本事的快来决战!"那员将乃斗勃也。公孙固大怒,挺戟直刺斗勃,勃即举刀相迎。两下交战,未及二十合,宋将乐仆伊引军来到,斗勃微有着忙之意。恰好阵中又冲出一员上将芋氏吕臣,接住乐仆伊厮杀。公孙固乘忙,觑个方便,拨开刀头,驰入楚军。斗勃提刀来赶,宋将华秀老又到,牵住斗勃,两对儿在阵前厮杀。

公孙固在楚阵中,左冲右突,良久,望见东北角上甲士如林,围裹甚紧,疾驱赴之。正遇宋将向訾守,流血被面,急呼曰:"司马可速来救主!"公孙固随着訾守,杀入重围。只见门官[16]之众,一个个身带重伤,兀自与楚军死战不退。原来襄公待下人极有恩,所以门官皆尽死力。楚军见公孙固英勇,稍稍退却。公孙固上前看时,公子荡要害被伤,卧于车下,"仁义"大旗,已被楚军夺去了。襄公

第三十四回

身被数创,右股中箭,射断膝筋,不能起立。公子荡见公孙固到来,张目曰:"司马好扶主公,吾死于此矣!"言讫而绝。公孙固感伤不已。扶襄公于自己车上,以身蔽之,奋勇杀出。向訾守为后殿,门官等一路拥卫,且战且走。比及脱离楚阵,门官之众,无一存者。宋之甲车,十丧八九。乐仆伊、华秀老见宋公已离虎穴,各自逃回。成得臣乘胜追之,宋军大败,辎重器械,委弃殆尽。公孙固同襄公连夜奔回。宋兵死者甚众,其父母妻子,皆相讪[17]于朝外,怨襄公不听司马之言,以致于败。襄公闻之,叹曰:"君子不重伤[18],不擒二毛[19]。寡人将以仁义行师,岂效此乘危扼险之举哉?"举国无不讥笑。后人相传,以为宋襄公行仁义,失众而亡,正指战泓之事。髯翁有诗叹云:

　　不恤滕鄫恤楚兵,宁甘伤股博虚名。
　　宋襄若可称仁义,盗跖[20]文王两不明。

楚兵大获全胜,复渡泓水,奏凯而还。方出宋界,哨马报:"楚王亲率大军接应,见屯柯泽[21]。"得臣即于柯泽谒见楚王献捷。楚成王曰:"明日郑君将率其夫人,至此劳军,当大陈俘馘[22]以夸示之。"原来郑文公的夫人芈氏,正是楚成王之妹,是为文芈。以兄妹之亲,驾了辎軿[23],随郑文公至于柯泽,相会楚王。楚王示以俘获之盛。郑文公夫妇称贺,大出金帛,犒赏三军。郑文公敦请楚王来日赴宴。次早,郑文公亲自出郭,邀楚王进城,设享于太庙之中,行九献礼,比于天子。食品数百,外加笾豆[24]六器,宴享之侈,列国所未有也。文芈所生二女,曰伯芈、叔芈,未嫁在室。文芈又率之以甥礼见舅,楚王大喜。郑文公同妻女更番进寿,自午至

宋襄公假仁失众　齐姜氏乘醉遣夫

戌,吃得楚王酩酊大醉。楚王谓文芈曰:"寡人领情过厚,已逾量矣!妹与二甥,送我一程何如?"文芈曰:"如命。"郑文公送楚王出城,先别。文芈及二女,与楚王并驾而行,直至军营。原来楚王看上了二甥美貌,是夜拉入寝室,遂成枕席之欢。文芈彷徨于帐中,一夜不寐。然畏楚王之威,不敢出声。以舅纳甥,真禽兽也!次日,楚王将军获之半,赠于文芈,载其二女以归,纳之后宫。郑大夫叔詹叹曰:"楚王其不得令终乎?享以成礼[25],礼而无别[26],是不终也。"

且不说楚、宋之事。再表晋公子重耳,自周襄王八年适齐,至襄王十四年,前后留齐共七年了。遭桓公之变,诸子争立,国内大乱。及至孝公嗣位,又反先人之所为,附楚仇宋,纷纷多事,诸侯多与齐不睦。赵衰等私议曰:"吾等适齐,谓伯主之力,可借以图复也。今嗣君失业,诸侯皆叛,此其不能为公子谋,亦明矣。不如更适他国,别作良图。"乃相与见公子,欲言其事。公子重耳溺爱齐姜,朝夕欢宴,不问外事。众豪杰伺候十日,尚不能见。魏犨怒曰:"吾等以公子有为,故不惮劳苦,执鞭从游。今留齐七载,偷安惰志,日月如流。吾等十日不能一见,安能成其大事哉?"狐偃曰:"此非聚谈之处,诸君都随我来。"乃共出东门外里许,其地名曰桑阴。一望都是老桑,绿荫重重,日色不至。赵衰等九位豪杰,打一圈儿席地而坐。赵衰曰:"子犯计将安出?"狐偃曰:"公子之行,在我而已。我等商议停妥,预备行装。一等公子出来,只说邀他郊外打猎,出了齐城,大家齐心劫他上路便了。但不知此行,得力在于何国?"赵衰曰:"宋方图伯,且其君好名之人,盍往投之? 如不得

第三十四回

志,更适秦、楚,必有遇焉。"狐偃曰:"吾与公孙司马[27]有旧,且看如何?"众人商议许久方散。只道幽僻之处,无人知觉,却不道若要不闻,除非莫说,若要不知,除非莫作。其时姜氏的婢妾十馀人,正在树上采桑喂蚕,见众人环坐议事,停手而听之,尽得其语。回宫时,如此恁般,都述于姜氏知道。姜氏喝道:"那有此话,不得乱道!"乃命蚕妾十馀人,幽之一室,至夜半尽杀之,以灭其口。蹴公子重耳起,告之曰:"从者将以公子更适他国,有蚕妾闻其谋,吾恐泄漏其机,或有阻当,今已除却矣。公子宜早定行计。"重耳曰:"人生安乐,谁知其他。吾将老此,誓不他往。"姜氏曰:"自公子出亡以来,晋国未有宁岁。夷吾无道,兵败身辱,国人不悦,邻国不亲,此天所以待公子也。公子此行,必得晋国,万勿迟疑!"重耳迷恋姜氏,犹弗肯。

次早,赵衰、狐偃、臼季、魏犨四人,立宫门之外,传语:"请公子郊外射猎!"重耳尚高卧未起,使宫人报曰:"公子偶有微恙,尚未梳栉,不能往也。"齐姜闻言,急使人单召狐偃入宫。姜氏屏去左右,问其来意。狐偃曰:"公子向在翟国,无日不驰车骤马,伐狐击兔。今在齐,久不出猎,恐其四肢懒惰,故来相请,别无他意。"姜氏微笑曰:"此番出猎,非宋即秦、楚耶?"狐偃大惊曰:"一猎安得如此之远?"姜氏曰:"汝等欲劫公子逃归,吾已尽知,不得讳也。吾夜来亦曾苦劝公子,奈彼执意不从。今晚吾当设宴,灌醉公子,汝等以车夜载出城,事必谐矣。"狐偃顿首曰:"夫人割房闱之爱,以成公子之名,贤德千古罕有!"狐偃辞出,与赵衰等说知其事。凡车马人众鞭刀糗糒[28]之类,收拾一一完备,赵衰、狐毛等先押往郊外停泊。只留狐偃、魏犨、颠颉三人,将小车二乘,伏于宫门左

宋襄公假仁失众　齐姜氏乘醉遣夫

右,专等姜氏送信,即便行事。正是:要为天下奇男子,须历人间万里程。

是晚,姜氏置酒宫中,与公子把盏。重耳曰:"此酒为何而设?"姜氏曰:"知公子有四方之志,特具一杯饯行耳。"重耳曰:"人生如白驹过隙,苟可适志,何必他求?"姜氏曰:"纵欲怀安,非丈夫之事也。从者乃忠谋,子必从之!"重耳勃然变色,搁杯不饮。姜氏曰:"子真不欲行乎?抑诳妾也?"重耳曰:"吾不行。谁诳汝!"姜氏带笑言曰:"行者,公子之志;不行者,公子之情。此酒为饯公子,今且以留公子矣。愿与公子尽欢可乎?"重耳大喜,夫妇交酢,更使侍女歌舞进觞。重耳已不胜饮,再四强之,不觉酩酊大醉,倒于席上。姜氏覆之以衾,使人召狐偃。狐偃知公子已醉,急引魏犨、颠颉二人入宫,和衾连席,抬出宫中。先用重褥衬贴,安顿车上停当。狐偃拜辞姜氏,姜氏不觉泪流。有词为证:

公子贪欢乐,佳人慕远行。

要成鸿鹄志,生割凤鸾情。

狐偃等催趱小车二乘,赶黄昏离了齐城,与赵衰等合做一处,连夜驱驰。约行五六十里,但闻得鸡声四起,东方微白。重耳方才在车儿上翻身,唤宫人取水解渴。时狐偃执辔在傍,对曰:"要水须待天明。"重耳自觉摇动不安,曰:"可扶我下床。"狐偃曰:"非床也,车也。"重耳张目曰:"汝为谁?"对曰:"狐偃。"重耳心下恍然,知为偃等所算。推衾而起,大骂子犯:"汝等如何不通知我,将我出城,意欲何为?"狐偃曰:"将以晋国奉公子也。"重耳曰:"未得晋,先失齐,吾不愿行!"狐偃诳曰:"离齐已百里矣。齐侯知公子之逃,必发兵来追,不可复也。"重耳勃然发怒,见魏犨执戈侍卫,

第 三 十 四 回

乃夺其戈以刺狐偃。不知生死如何,且看下回分解。

———————

〔1〕睢阳:春秋时宋都城。在今河南商丘市南。

〔2〕少驻:稍作停留。少,同"稍"。

〔3〕陴(pí 皮):城垛,上有孔穴,可作防卫之用。

〔4〕铃柝(tuò 唾):摇铃击柝,乃军营中夜间巡更之号。

〔5〕干折便(pián 骈)宜:白白地断送了一些优势。折,丧失。便宜,好处。

〔6〕亳(bó 薄)都:古都邑名,曾为殷商都城,故称。故址在今河南商丘市东南。

〔7〕宜申先容:应当表示事先致意,预为引进。

〔8〕嗫嚅(niè rú 聂如):吞吞吐吐,欲言又止。

〔9〕"金注"句:以金作赌注不如以瓦作赌注更为奇巧可用。借以暗指把宋襄公当作诸侯不如把他当作匹夫更能有效地救他回国。金注、瓦注,出《庄子·达生》篇。成玄英《疏》谓:"无心矜惜,故巧而中也。"

〔10〕周襄王十四年:即公元前 638 年。

〔11〕泓(hóng 红)水:古河流名。故道约在今河南柘城西北,为古涣水的支流。

〔12〕虎贲(bēn 奔):勇士。

〔13〕泓阳:即泓水之北岸。

〔14〕琼弁(biàn 变):用美玉装饰的帽子。

〔15〕鼓之:意指击鼓进军,发动攻击。鼓,用作动词。

〔16〕门官:守宫廷大门的武士,即国君的侍卫人员。

〔17〕讪(shàn 善):毁谤,讥刺。

〔18〕不重(chóng 虫)伤:不使人两次负伤。意指不能对伤者再加攻击。

〔19〕 二毛:指头发斑白的老人。头发有白有黑叫二毛。

〔20〕 盗跖(zhí侄):传说为春秋时著名大盗。

〔21〕 柯泽:春秋时郑地,其址待考。

〔22〕 俘馘(guó国):指敌军俘虏和死者。古代战争中,常割下已死敌人左耳以计功,这叫馘。

〔23〕 辎軿(zī píng 资平):指有帐帷遮蔽之车,多为妇女所乘。

〔24〕 笾(biān边)豆:均为古代宴会、祭祀时用以盛果脯的器皿。笾系竹制,豆多木制。

〔25〕 享以成礼:用完备的礼节来接待。

〔26〕 礼而无别:礼,本指行为规范或准则。无别,指没有上下亲疏的分别。此指楚王的行为全不顾伦理准则。

〔27〕 公孙司马:即宋大司马公孙固。

〔28〕 糗糒(qiǔ bèi 馇贝):干粮。

第三十五回

晋重耳周游列国　秦怀嬴重婚公子

　　话说公子重耳怪狐偃用计去齐，夺魏犫之戈以刺偃，偃急忙下车走避，重耳亦跳下车挺戈逐之。赵衰、臼季、狐射姑、介子推等，一齐下车解劝。重耳投戟于地，恨恨不已。狐偃叩首请罪曰："杀偃以成公子，偃死愈于生矣！"重耳曰："此行有成则已，如无所成，吾必食舅氏之肉！"狐偃笑而答曰："事若不济，偃不知死在何处，焉得与尔食之？如其克济，子当列鼎而食[1]，偃肉腥臊，何足食？"赵衰等并进曰："某等以公子负大有为之志，故舍骨肉，弃乡里，奔走道途，相随不舍，亦望垂功名于竹帛[2]耳。今晋君无道，国人孰不愿戴公子为君？公子自不求入，谁走齐国而迎公子者！今日之事，实出吾等公议，非子犯一人之谋，公子勿错怪也。"魏犫亦厉声曰："大丈夫当努力成名，声施后世。奈何恋恋儿女子目前之乐，而不思终身之计耶？"重耳改容曰："事既如此，惟诸君命。"狐毛进干糒，介子推捧水以进，重耳与诸人各饱食。壶叔等割草饲马，重施衔勒，再整轮辕，望前进发。有诗为证：

　　　　凤脱鸡群翔万仞，虎离豹穴奔千山。
　　　　要知重耳能成伯，只在周游列国间。

晋重耳周游列国　秦怀嬴重婚公子

不一日行至曹国。却说曹共公为人，专好游嬉，不理朝政，亲小人，远君子，以谀佞为腹心，视爵位如粪土。朝中服赤芾[3]乘轩车者，三百馀人，皆里巷市井之徒，胁肩谄笑[4]之辈。见晋公子带领一班豪杰到来，正是"薰莸不同器"了！惟恐其久留曹国，都阻挡曹共公不要延接他。大夫僖负羁谏曰："晋、曹同姓，公子穷而过我，宜厚礼之。"曹共公曰："曹，小国也，而居列国之中，子弟往来何国无之？若一一待之以礼，则国微费重，何以支吾？"负羁又曰："晋公子贤德闻于天下，且重瞳骈胁，大贵之征，不可以寻常子弟视也。"曹共公一团稚气，说贤德他也不管，说到重瞳骈胁，便道："重瞳寡人知之，未知骈胁如何？"负羁对曰："骈胁者，骈胁骨相合如一，乃异相也。"曹共公曰："寡人不信，姑留馆中，俟其浴而观之。"乃使馆人自延公子进馆，以水饭相待，不致饩，不设享，不讲宾主之礼。重耳怒而不食。馆人进澡盆请浴，重耳道路腌臜，正想洗涤尘垢，乃解衣就浴。曹共公与嬖幸数人，微服至馆，突入浴堂，迫近公子，看他的骈胁，言三语四，嘈杂一番而去。狐偃等闻有外人，急忙来看，犹闻嬉笑之声。询问馆人，乃曹君也。君臣无不愠怒。

却说僖负羁谏曹伯不听，归到家中。其妻吕氏迎之，见其面有忧色，问："朝中何事？"负羁以晋公子过曹，曹君不礼为言。吕氏曰："妾适往郊外采桑，正值晋公子车从过去。妾观晋公子犹未的[5]，但从行者数人，皆英杰也。吾闻，有其君者，必有其臣；有其臣者，必有其君。以从行诸子观之，晋公子必能光复晋国，此时兴兵伐曹，玉石俱焚，悔之无及。曹君既不听忠言，子当私自结纳可也。妾已备下食品数盘，可藏白璧于中，以为贽见之礼。结交在未遇之先,子宜速往。"僖负羁从其言,夜叩公馆。重耳腹中方馁,含怒而坐,闻曹大夫僖负羁求见馈飧,乃召之入。负羁再拜,先为曹君请罪,然后述自家致敬之意。重耳大悦,叹曰:"不意曹国有此贤臣! 亡人幸而返国,当图相报!"重耳进食,得盘中白璧,谓负羁曰:"大夫惠顾亡人,使不饥饿于土地足矣,何用重贿?"负羁曰:"此外臣一点敬心,公子万乞勿弃!"重耳再三不受。负羁退而叹曰:"晋公子穷困如此,而不贪吾璧,其志不可量也!"次日,重耳即行,负羁私送出城十里方回。史官有诗云:

  错看龙虎作狸貓[6],盲眼曹共识见微。
  堪叹乘轩三百辈,无人及得负羁妻!

重耳去曹适宋。狐偃前驱先到,与司马公孙固相会。公孙固曰:"寡君不自量,与楚争胜,兵败股伤,至今病不能起。然闻公子之名,向慕久矣。必当扫除馆舍,以候车驾。"公孙固入告于宋襄公,襄公正恨楚国,日夜求贤人相助,以为报仇之计。闻晋公子远来,晋乃大国,公子又有贤名,不胜之喜! 其奈伤股未痊,难以面会。随命公孙固郊迎授馆,待以国君之礼,馈之七牢。次日,重耳欲行。公孙固奉襄公之命,再三请其宽留,私问狐偃:"当初齐桓公如何相待?"偃备细告以纳姬赠马之事。公孙固回复宋公。宋公曰:"公子昔年已婚宋国矣[7]。纳女吾不能,马则如数可也。"亦以马二十乘相赠,重耳感激不已。住了数日,馈问不绝。狐偃见宋襄公病体没有痊好之期,私与公孙固商议复国一事。公孙固曰:"公子若惮风尘之劳,敝邑虽小,亦可以息足。如有大志,敝邑新遭丧败,力不能振,更求他大国,方可济耳。"狐偃曰:"子之言,肺腑也。"即日告知公子,束装起程。宋襄公闻公子欲行,复厚赠资粮衣履之类，从人无不欢喜。

自晋公子去后，襄公箭疮日甚一日，不久而薨。临终，谓世子王臣曰："吾不听子鱼之言，以及于此！汝嗣位，当以国委之。楚，大仇也，世世勿与通好。晋公子若返国，必然得位，得位必能合诸侯，吾子孙谦事之，可以少安。"王臣再拜受命。襄公在位十四年薨。王臣主丧即位，是为成公[8]。髯仙有诗论宋襄公德力俱无，不当列于五伯之内。诗云：

一事无成身死伤，但将迂语自称扬。

腐儒全不稽名实，五伯犹然列宋襄。

再说重耳去宋，将至郑国，早有人报知郑文公。文公谓群臣曰："重耳叛父而逃，列国不纳，屡至饥馁。此不肖之人，不必礼之。"上卿叔詹谏曰："晋公子有三助，乃天祐之人。不可慢也。"郑伯曰："何为三助？"叔詹对曰："同姓为婚，其类不蕃。今重耳乃狐女所生，狐与姬同宗[9]，而生重耳，处[10]有贤名，出无祸患，此一助也。自重耳出亡，国家不靖，岂非天意有待治国之人乎？此二助也。赵衰、狐偃，皆当世英杰，重耳得而臣之，此三助也。有此三助，君其礼之。礼同姓，恤困穷，尊贤才，顺天命，四者皆美事也。"郑伯曰："重耳且老矣，是何能为？"叔詹对曰："君若不能尽礼，则请杀之，毋留仇雠，以遗后患。"郑伯笑曰："大夫之言甚矣！既使寡人礼之，又使寡人杀之。礼之何恩，杀之何怨？"乃传令门官，闭门勿纳。

重耳见郑不相延接，遂驱车竟过。行至楚国，谒见楚成王。成王亦待以国君之礼，设享九献。重耳谦让不敢当。赵衰侍立，谓公子曰："公子出亡在外，十馀年矣，小国犹轻慢，况大国乎？此天命

第三十五回

也,子勿让。"重耳乃受其享。终席,楚王恭敬不衰。重耳言词亦愈逊。由此两人甚相得,重耳遂安居于楚。

一日,楚王与重耳猎于云梦之泽。楚王卖弄武艺,连射一鹿一兔,俱获之。诸将皆伏地称贺。适有人熊一头,冲车而过,楚王谓重耳曰:"公子何不射之?"重耳拈弓搭箭,暗暗祝祷:"某若能归晋为君,此箭去,中其右掌。"飕的一箭,正穿右掌之上,军士取熊以献。楚王惊服曰:"公子真神箭也!"须臾,围场中发起喊来,楚王使左右视之,回报道:"山谷中赶出一兽,似熊非熊,其鼻如象,其头似狮,其足似虎,其发如豹,其鬣似野豕,其尾似牛,其身大于马,其文黑白斑驳,剑戟刀箭,俱不能伤,嚼铁如泥,车轴裹铁,俱被啮食,矫捷无伦,人不能制,以此喧闹。"楚王谓重耳曰:"公子生长中原,博闻多识,必知此兽之名?"重耳回顾赵衰,衰前进曰:"臣能知之。此兽其名曰貘[11],秉天地之金气而生,头小足卑,好食铜铁。便溺所至,五金见之,皆消化为水。其骨实无髓,可以代槌。取其皮为褥,能辟瘟去湿。"楚王曰:"然则何以制之?"赵衰曰:"皮肉皆铁所结,惟鼻孔中有虚窍,可以纯钢之物刺之,或以火炙,立死,金性畏火故也。"言毕,魏犨厉声曰:"臣不用兵器,活擒此兽,献于驾前。"跳下车来,飞奔去了。楚王谓重耳曰:"寡人与公子同往观之。"即命驰车而往。且说魏犨赶入西北角围中,一见那兽,便挥拳连击几下。那兽全然不怕,大叫一声,如牛鸣之响,直立起来,用舌一舐,将魏犨腰间鎏金锃带[12],舐去一段。魏犨大怒曰:"孽畜不得无礼!"耸身一跃,离地约五尺许。那兽就地打一滚,又蹲在一边。魏犨心中愈怒,再复跃起,趁这一跃之势,用尽平生威力,腾身跨在那兽身上,双手将他项子抱住。那兽奋力踯躅,魏犨随之上下，只不放手。挣扎多时，那兽力势渐衰，魏犨凶猛有馀，两臂抱持愈紧。那兽项子被勒，气塞不通，全不动弹。魏犨乃跳下身来，再舒铜筋铁骨两只臂膊，将那兽的象鼻，一手捻定，如牵犬羊一般，直至二君之前。真虎将也！赵衰命军士取火熏其鼻端，火气透入，那兽便软做一堆。魏犨方才放手，拔起腰间宝剑砍之，剑光迸起，兽毛亦不损伤。赵衰曰："欲杀此兽取皮，亦当用火围而炙之。"楚王依其言。那兽皮肉如铁，经四围火炙，渐渐柔软，可以开剥。楚王曰："公子相从诸杰，文武俱备，吾国中万不及一也！"时楚将成得臣在旁，颇有不服之意，即奏楚王曰："吾王夸晋臣之武，臣愿与之比较。"楚王不许曰："晋君臣，客也，汝当敬之。"是日猎罢，会饮大欢。

楚王谓重耳曰："公子若返晋国，何以报寡人？"重耳曰："子女玉帛，君所馀也；羽毛齿革，则楚地之所产。何以报君王？"楚王笑曰："虽然，必有所报。寡人愿闻之。"重耳曰："若以君王之灵，得复晋国，愿同欢好，以安百姓。倘不得已，与君王以兵车会[13]于平原广泽之间，请避君王三舍。"按行军三十里一停，谓之一舍，三舍九十里。言异日晋楚交兵，当退避三舍，不敢即战，以报楚相待之恩。当日饮罢，楚将成得臣怒言于楚王曰："王遇晋公子甚厚，今重耳出言不逊，异日归晋，必负楚恩，臣请杀之。"楚王曰："晋公子贤，其从者皆国器，似有天助。楚其敢违天乎？"得臣曰："王即不杀重耳，且拘留狐偃、赵衰数人，勿令与虎添翼。"楚王曰："留之不为吾用，徒取怨焉。寡人方施德于公子，以怨易德，非计也！"于是待晋公子益厚。

话分两头。却说周襄王十五年[14]，实晋惠公之十四年，是岁

第三十五回

惠公抱病在身，不能视朝。其太子圉，久质秦国，圉之母家，乃梁国也。梁君无道，不恤民力，日以筑凿为事，万民嗟怨，往往流徙入秦，以逃苛役。秦穆公乘民心之变，命百里奚兴兵袭梁，灭之。梁君为乱民所杀。太子圉闻梁见灭，叹曰："秦灭我外家，是轻我也！"遂有怨秦之意。及闻惠公有疾，思想："只身在外，外无哀怜之交，内无腹心之援，万一君父不测[15]，诸大夫更立他公子，我终身客死于秦，与草木何异？不如逃归侍疾，以安国人之心。"乃夜与其妻怀嬴，枕席之间，说明其事："我如今欲不逃归，晋国非我之有，欲逃归，又割舍不得夫妇之情。你可与我同归晋国，公私两尽。"怀嬴泣下，对曰："子一国太子，乃拘辱于此，其欲归不亦宜乎？寡君使婢子侍巾栉，欲以固子之心也。今从子而归，背弃君命，妾罪大矣。子自择便，勿与妾言。妾不敢从，亦不敢泄子之语于他人也。"太子圉遂逃归于晋。

秦穆公闻子圉不别而行，大骂："背义之贼！天不祐汝！"乃谓诸大夫曰："夷吾父子，俱负寡人，寡人必有以报之！"自悔当时不纳重耳，乃使人访重耳踪迹，知其在楚已数月矣。于是，遣公孙枝聘于楚王，因迎重耳至秦，欲以纳之。重耳假意谓楚王曰："亡人委命于君王，不愿入秦。"楚王曰："楚、晋隔远，公子若求入晋，必须更历数国。秦与晋接境，朝发夕到。且秦君素贤，又与晋君相恶，此公子天赞之会也。公子其勉行！"重耳拜谢。楚王厚赠金帛车马，以壮其行色。重耳在路复数月，方至秦界。虽然经历尚有数国，都是秦、楚所属，况有公孙枝同行，一路安稳。自不必说。

秦穆公闻重耳来信，喜形于色，郊迎授馆，礼数极丰。秦夫人

晋重耳周游列国　秦怀嬴重婚公子

穆姬,亦敬爱重耳,而恨子圉,劝穆公以怀嬴妻重耳,结为姻好。穆公使夫人告于怀嬴。怀嬴曰:"妾已失身公子圉矣,可再字乎?"穆姬曰:"子圉不来矣!重耳贤而多助,必得晋国。得晋国,必以汝为夫人,是秦、晋世为婚姻也。"怀嬴默然良久,曰:"诚如此,妾何惜一身,不以成两国之好?"穆公乃使公孙枝通语于重耳。子圉与重耳有叔侄之分,怀嬴是嫡亲侄妇,重耳恐干碍伦理,欲辞不受。赵衰进曰:"吾闻怀嬴美而才,秦君及夫人之所爱也。不纳秦女,无以结秦欢。臣闻之,欲人爱己,必先爱人;欲人从己,必先从人。无以结秦欢,而欲用秦之力,必不可得也。公子其毋辞!"重耳曰:"同姓为婚,犹有避焉。况犹子[16]乎?"臼季进曰:"古之同姓,为同德也,非谓族也。昔黄帝、炎帝,俱有熊国[17]君少典[18]之子,黄帝生于姬水[19],炎帝生于姜水[20],二帝异德,故黄帝为姬姓,炎帝为姜姓。姬、姜之族,世为婚姻。黄帝之子二十五人,得姓者十四人,惟姬、己各二[21],同德故也。德同姓同,族虽远,婚姻不通。德异姓异,族虽近,男女不避[22]。尧为帝喾之子,黄帝五代之孙[23],而舜为黄帝八代之孙[24],尧之女于舜为祖姑,而尧以妻舜,舜未尝辞。古人婚姻之道若此。以德言,子圉之德,岂同公子?以亲言,秦女之亲,不比祖姑。况收其所弃,非夺其所欢,是何伤哉?"重耳复谋于狐偃曰:"舅犯以为可否?"狐偃问曰:"公子今求入,欲事之乎?抑代之也?"重耳不应。狐偃曰:"晋之统系,将在圉矣。如欲事之,是为国母。如欲代之,则仇雠之妻,又何问焉?"重耳犹有惭色。赵衰曰:"方夺其国,何有于妻?成大事而惜小节,后悔何及?"重耳意乃决。公孙枝复命于穆公。重耳择吉布币,就公馆中成婚。怀嬴之貌,更美于齐姜,又妙选宗女四名为媵,

第三十五回

俱有颜色,重耳喜出望外,遂不知有道路之苦矣。史官有诗论怀嬴之事云:

一女如何有二天?况于叔侄分相悬。

只因要结秦欢好,不恤人言礼义愆。

秦穆公素重晋公子之品,又添上甥舅之亲,情谊愈笃。三日一宴,五日一飨。秦世子罃亦敬事重耳,时时馈问。赵衰、狐偃等因与秦臣蹇叔、百里奚、公孙枝等深相结纳,共踌躇复国之事。一来公子新婚,二来晋国无衅,以此不敢轻易举动。自古道:运到时来,铁树花开。天生下公子重耳,有晋君之分,有名的伯主,自然生出机会。

再说太子圉自秦逃归,见了父亲晋惠公,惠公大喜曰:"吾抱病已久,正愁付托无人。今吾子得脱樊笼,复还储位,吾心安矣。"是秋九月,惠公病笃,托孤于吕省、郤芮二人,使辅子圉:"群公子不足虑,只要谨防重耳。"吕、郤二人,顿首受命。是夜,惠公薨,太子圉主丧即位,是为怀公。怀公恐重耳在外为变,乃出令:"凡晋臣从重耳出亡者,因亲及亲,限三个月内俱要唤回。如期回者,仍复旧职,既往不咎。若过期不至,禄籍除名,丹书[25]注死。父子兄弟坐视不召者,并死不赦!"老国舅狐突二子狐毛、狐偃,俱从重耳在秦,郤芮私劝狐突作书,唤二子归国。狐突再三不肯。郤芮乃谓怀公曰:"二狐有将相之才,今从重耳,如虎得翼。突不肯唤归,其意不测,主公当自与言之。"怀公即使人召狐突。突与家人诀别而行。来见怀公,奏曰:"老臣病废在家,不知宣召何言?"怀公曰:"毛、偃在外,老国舅曾有家信去唤否?"突对曰:"未曾。"怀公曰:"寡人有令:'过期不至者,罪及亲党。'老国舅岂不闻乎?"突对曰:

"臣二子委质重耳,非一日矣。忠臣事君,有死无二!二子之忠于重耳,犹在朝诸臣之忠于君也,即使逃归,臣犹将数其不忠,戮于家庙。况召之乎?"怀公大怒,喝令二力士以白刃交加其颈,谓曰:"二子若来,免汝一死!"因索简置突前,郤芮执其手,使书之。突呼曰:"勿执我手,我当自书。"乃大书"子无二父,臣无二君"八字。怀公大怒曰:"汝不惧耶?"突对曰:"为子不孝,为臣不忠,老臣之所惧也。若死,乃臣子之常事,有何惧焉!"舒颈受刑。怀公命斩于市曹。太卜郭偃见其尸,叹曰:"君初嗣位,德未及于匹夫,而诛戮老臣,其败不久矣!"即日称疾不出。狐氏家臣,急忙逃奔秦国,报与毛、偃知道。不知毛、偃如何,且看下回分解。

---

〔1〕 列鼎而食:指过诸侯的奢侈生活。鼎为古代诸侯的食器,以盛菜馔。

〔2〕 竹帛:指竹简和白绢,古时用以书写。这里代指史书。

〔3〕 赤芾(fú服):各诸侯国卿大夫所用的红色蔽膝,多以皮革制成。芾,亦作"韨"。这里借指大夫的服饰。

〔4〕 胁肩谄笑:缩着肩膀,假装笑脸。指阿谀奉承者的姿态。

〔5〕 未的:没有看准,看得不真切。

〔6〕 豾貒(pī tuān 丕湍):野兽名。豾乃狐狸的一种,貒为猪獾。

〔7〕 "公子"句:此事未见记载。本书也未作交代。一说,重耳继妻偪姞,疑为偪阳国之女。偪阳乃妘姓国,地在今山东枣庄市峄城区南。此时地归于宋,故曰。

〔8〕 成公:宋成公子王臣,在位十七年(前636—前620)。

〔9〕 狐与姬同宗:周平王有子名狐,其子孙乃以狐为氏。故狐氏亦

第 三 十 五 回

姓姬。

〔10〕 处:在家,在本国。

〔11〕 貘(mò 莫):兽名。据《尔雅·释兽注》云:"似熊,小头卑脚,黑白驳,能舐食铜铁及竹骨,骨节强直,中实少髓,皮辟湿,或曰豹白色者。"这大约是作者想象的依据。

〔12〕 鎏(liú 留)金锃(zèng 赠)带:用美金做的闪光耀眼的带子。

〔13〕 兵车会:暗指两国开战。

〔14〕 周襄王十五年:即公元前 637 年。

〔15〕 不测:意料不到的事,隐喻死亡。

〔16〕 犹子:侄儿。

〔17〕 有熊国:上古国名。故址在今河南新郑市一带。

〔18〕 少典:上古帝王名。曾娶有蛴氏,生黄帝、炎帝。见《国语·晋语四》。

〔19〕 姬水:古代水名。故址不详。

〔20〕 姜水:古代水名,即岐水。源于岐山,南向与横水合流,入雍河。

〔21〕 惟姬、己各二:指十四人中姓姬者与姓己者各有二人。据《史记·五帝本纪》载,青阳与夷鼓皆为己姓;玄嚣与苍林皆为姬姓。

〔22〕 "德同姓同"以下六句:德,指品德,操守。此言上古之时,姓氏正处于分化衍变时期,"德姓同者乃为兄弟。"(《国语·晋语四》韦昭注)品德不同,即使同父所生,亦不同姓,故不妨害互为婚姻,用以说明夷吾、子圉与重耳虽同为晋献公子孙,但品德不同,故不存在兄弟、叔侄之间的伦理约束。

〔23〕 "尧为"二句:据《史记》,黄帝生玄嚣,玄嚣生蛴极,蛴极生帝喾,帝喾生尧。故尧为黄帝五代孙。

〔24〕 "而舜为"句:据《史记》,黄帝生昌意,昌意生颛顼,颛顼五代孙为瞽叟,瞽叟生舜。故舜为黄帝八代孙。

〔25〕 丹书:罪人名册。古时用红笔书写,故称丹书。

第三十六回

晋吕郤夜焚公宫　秦穆公再平晋乱

话说狐毛、狐偃兄弟，从公子重耳在秦，闻知父亲狐突被子圉所害，捶胸大哭。赵衰、臼季等都来问慰。赵衰曰："死者不可复生，悲之何益？且同见公子，商议大事。"毛、偃收泪，同赵衰等来见重耳。毛、偃言："惠公已薨，子圉即位，凡晋臣从亡者，立限唤回，如不回，罪在亲党。怪老父不召臣等兄弟，将来杀害。"说罢，痛上心来，重复大哭。重耳曰："二舅不必过伤，孤有复国之日，为汝父报仇。"即时驾车来见穆公，诉以晋国之事。穆公曰："此天以晋国授公子，不可失也！寡人当身任之。"赵衰代对曰："君若庇荫重耳，幸速图之！若待子圉改元告庙[1]，君臣之分已定，恐动摇不易也。"穆公深然其言。

重耳辞回甥馆[2]，方才坐定，只见门官通报："晋国有人到此，说有机密事，求见公子。"公子召入，问其姓名。其人拜而言曰："臣乃晋大夫栾枝之子栾盾也。因新君性多猜忌，以杀为威，百姓胥怨，群臣不服，臣父特遣盾私送款于公子。子圉心腹，只有吕省、郤芮二人，旧臣郤步扬、韩简等一班老臣，俱疏远不用，不足为虑。臣父已约会郤溱、舟之侨等，敛集私甲，只等公子到来，便为

第 三 十 六 回

内应。"重耳大喜，与之订约，以明年岁首为期，决至河上。栾盾辞去。重耳对天祷祝，以蓍布筮，得《泰卦》六爻[3]安静，重耳疑之。召狐偃占其吉凶。偃拜贺曰："是为天地配享[4]，小往大来[5]，上吉之兆。公子此行，不惟得国，且有主盟之分。"重耳乃以栾盾之言告狐偃。偃曰："公子明日便与秦公请兵，事不宜迟。"重耳乃于次日复入朝谒秦穆公，穆公不待开言，便曰："寡人知公子急于归国矣。恐诸臣不任其事，寡人当亲送公子至河。"重耳拜谢而出。丕豹闻穆公将纳公子重耳，愿为先锋效力，穆公许之。太史择吉于冬之十二月。先三日，穆公设宴，饯公子于九龙山[6]，赠以白璧十双，马四百匹，帷席器用，百物俱备，粮草自不必说。赵衰等九人，各白璧一双，马四匹。重耳君臣俱再拜称谢。

至日，穆公自统谋臣百里奚、蹇余，大将公子絷、公孙枝，先锋丕豹等，率兵车四百乘，送公子重耳离了雍州城，望东进发。秦世子罃与重耳素本相得，依依不舍，直送至渭阳[7]，垂泪而别。诗曰：

　　猛将精兵似虎狼，共扶公子立边疆。
　　怀公空自诛狐突，只手安能掩太阳？

周襄王十六年[8]，晋怀公圉之元年，春正月，秦穆公同晋公子重耳行至黄河岸口。渡河船只，俱已预备齐整，穆公重设饯筵，丁宁重耳曰："公子返国，毋忘寡人夫妇也。"乃分军一半，命公子絷、丕豹护送公子济河，自己大军屯于河西。正是：眼望捷旌旗，耳听好消息。

却说壶叔主公子行李之事，自出奔以来，曹、卫之间，担饥受饿，不止一次。正是无衣惜衣，无食惜食。今日渡河之际，收拾行装,将日用的坏筲残豆,敝席破帷,件件搬运入船,有吃不尽的酒铺之类,亦皆爱惜如宝,摆列船内。重耳见了,呵呵大笑,曰:"吾今日入晋为君,玉食一方,要这些残敝之物何用?"喝教抛弃于岸,不留一些。狐偃私叹曰:"公子未得富贵,先忘贫贱,他日怜新弃旧,把我等同守患难之人,看做残敝器物一般,可不枉了这十九年辛苦!乘今日尚未济河,不如辞之,异时还有相念之日。"乃以秦公所赠白璧一双,跪献于重耳之前曰:"公子今已渡河,便是晋界,内有诸臣,外有秦将,不愁晋国不入公子之手。臣之一身,相从无益,愿留秦邦,为公子外臣。所有白璧一双,聊表寸意。"重耳大惊曰:"孤方与舅氏共享富贵,何出此言?"狐偃曰:"臣自知有三罪于公子,不敢相从。"重耳曰:"三罪何在?"狐偃对曰:"臣闻圣臣能使其君尊,贤臣能使其君安。今臣不肖,使公子困于五鹿[9],一罪也;受曹、卫二君之慢,二罪也;乘醉出公子于齐城,致触公子之怒,三罪也。向以公子尚在羁旅,臣不敢辞。今入晋矣,臣奔走数年,惊魂几绝,心力并耗,譬之馀筲残豆,不可再陈,敝席破帷,不可再设。留臣无益,去臣无损,臣是以求去耳!"重耳垂泪而言曰:"舅氏责孤甚当,乃孤之过也。"即命壶叔将已弃之物,一一取回;复向河设誓曰:"孤返国,若忘了舅氏之劳,不与同心共政者,子孙不昌!"即取白璧投之于河曰:"河伯为盟证也!"时介子推在他船中,闻重耳与狐偃立盟,笑曰:"公子之归,乃天意也,子犯欲窃以为己功乎?此等贪图富贵之辈,吾羞与同朝!"自此有栖隐之意。

重耳济了黄河,东行至于令狐[10],其宰邓惛,发兵登城拒守。秦兵围之。丕豹奋勇先登,遂破其城,获邓惛斩之。桑泉、白衰[11],望风迎降。晋怀公闻谍报大惊,悉起境内车乘甲兵,命吕

省为大将,郤芮副之,屯于庐柳[12],以拒秦兵。畏秦之强,不敢交战。公子絷乃为秦穆公书,使人送吕、郤军中。略曰:

> 寡人之为德于晋,可谓至矣。父子背恩,视秦如仇,寡人忍其父,不能复忍其子。今公子重耳,贤德著闻,多士为辅,天人交助,内外归心。寡人亲率大军,屯于河上,命絷护送公子归晋,主其社稷。子大夫[13]若能别识贤愚,倒戈来迎,转祸为福,在此一举!

吕、郤二人览书,半晌不语。欲接战,诚恐敌不过秦兵,又如龙门山故事。欲迎降,又恐重耳记着前仇,将他偿里克、丕郑之命。踌躇了多时,商量出一个计较来。乃答书于公子絷,其略云:

> 某等自知获罪公子,不敢释甲。然翼戴[14]公子,实某等之愿也!倘得与从亡诸子,共矢天日,各无相害。子大夫任其无咎[15],敢不如命。

公子絷读其回书,已识透其狐疑之意。乃单车造于庐柳,来见吕、郤。吕、郤欣然出迎,告以衷腹曰:"某等非不欲迎降,惧公子不能相容,欲以盟为信耳。"絷曰:"大夫若退军于西北,絷将以大夫之诚,告于公子,而盟可成也。"吕、郤应诺。候公子絷别去,即便出令,退屯于郇城[16]。重耳使狐偃同公子絷至郇城,与吕、郤相会。是日,刑牲歃血,立誓共扶重耳为君,各无二心。盟讫,即遣人相随狐偃至臼衰,迎接重耳到郇城大军之中,发号施令。

怀公不见吕、郤捷音,使寺人勃鞮至晋军催战。行至中途,闻吕、郤退军郇城,与狐偃、公子絷讲和,叛了怀公,迎立重耳,慌忙回报。怀公大惊,急集郤步扬、韩简、栾枝、士会等一班朝臣计议。那一班朝臣,都是向著公子重耳的,平昔见怀公专任吕、郤,心中不

晋吕郤夜焚公宫　秦穆公再平晋乱

忿:"今吕、郤等尚且背叛,事到临头,召我等何用。"一个个托辞,有推病的,有推事的,没半个肯上前。怀公叹了一口气道:"孤不该私自逃回,失了秦欢,以致如此!"勃鞮奏曰:"群臣私约共迎新君,主公不可留矣!臣请为御,暂适高梁[17]避难,再作区处。"

不说怀公出奔高梁。再说公子重耳,因吕、郤遣人来迎,遂入晋军。吕省、郤芮叩首谢罪,重耳将好言抚慰。赵衰、臼季等从亡诸臣,各各相见,吐露心腹,共保无虞。吕、郤大悦,乃奉重耳入曲沃城中,朝于武公之庙[18]。绛都旧臣栾枝、郤溱为首,引着士会、舟之侨、羊舌职、荀林父、先蔑、箕郑、先都等三十馀人,俱至曲沃迎驾。郤步扬、梁繇靡、韩简、家仆徒等,另做一班,俱往绛都郊外邀接。重耳入绛城即位,是为文公[19]。按重耳四十三岁奔翟,五十五岁适齐,六十一岁适秦,及复国为君,年已六十二岁矣。

文公既立,遣人至高梁刺杀怀公。子圉自去年九月嗣位,至今年二月被杀,首尾为君,不满六个月。哀哉!寺人勃鞮收而葬之,然后逃回。不在话下。

却说文公宴劳秦将公子絷等,厚犒其军。有丕豹哭拜于地,请改葬其父于郑。文公许之。文公欲留用丕豹,豹辞曰:"臣已委质于秦庭,不敢事二君也。"乃随公子絷到河西,回复秦穆公。穆公班师回国。史臣有诗美秦穆公云:

辚辚车骑过河东,龙虎乘时气象雄。
假使雍州无义旅,纵然多助怎成功?

却说吕省、郤芮迫于秦势,虽然一时迎降,心中疑虑,到底不能释然。对着赵衰、臼季诸人,未免有惭愧之意。又见文公即位数

第三十六回

日,并不曾爵一有功,戮一有罪,举动不测,怀疑益甚。乃相与计较,欲率家甲造反,焚烧公宫,弑了重耳,别立他公子为君。思想:"在朝无可与商者。惟寺人勃鞮,乃重耳之深仇,今重耳即位,勃鞮必然惧诛,此人胆力过人,可邀与共事。"使人招之,勃鞮随呼而至。吕、郤告以焚宫之事,勃鞮欣然领命。三人歃血为盟,约定二月晦日[20]会齐,夜半一齐举事。吕、郤二人,各往封邑,暗集人众。不在话下。

却说勃鞮虽然当面应承,心中不以为然,思量道:"当初奉献公之命,去伐蒲城,又奉惠公所差,去刺重耳。这是桀犬吠尧,各为其主。今日怀公已死,重耳即位,晋国方定,又干此大逆无道之事,莫说重耳有天人之助,未必成事;纵使杀了重耳,他从亡许多豪杰,休想轻轻放过了我。不如私下往新君处出首,把这话头,反做个进身之阶。此计甚妙。"又想:"自己是个有罪之人,不便直叩公宫。"遂于深夜往见狐偃。狐偃大惊,问曰:"汝得罪新君甚矣!不思远引避祸,而夤夜至此何也?"勃鞮曰:"某之此来,正欲见新君,求国舅一引进耳!"狐偃曰:"汝见主公,乃自投死也。"勃鞮曰:"某有机密事来告,欲救一国人性命,必面见主公,方可言之。"狐偃遂引至公宫门首,偃叩门先入,见了文公,述勃鞮求见之语。文公曰:"鞮有何事,救得一国人性命?此必托言求见,借舅氏作面情讨饶耳。"狐偃曰:"刍荛之言[21],圣人择焉。主公新立,正宜捐弃小忿,广纳忠告,不可拒之。"文公意犹未释。乃使近侍传语责之曰:"汝斩寡人之袂,此衣犹在,寡人每一见之寒心。汝又至翟行刺寡人,惠公限汝三日起身,汝次日即行,幸我天命见祐,不遭毒手。今寡人入国,汝有何面目来见?可速逃遁,迟则执汝付刑矣!"勃鞮呵呵大笑曰："主公在外奔走十九年世情尚未熟透耶？先君献公，与君父子；惠公，则君之弟也。父仇其子，弟仇其兄，况勃鞮乎？勃鞮小臣，此时惟知有献、惠，安知有君哉？昔管仲为公子纠射桓公中其钩，桓公用之，遂伯天下。如君所见，将修射钩之怨，而失盟主之业矣。不见臣，不为臣损，但恐臣去，而君之祸不远也。"狐偃奏曰："勃鞮必有所闻而来，君必见之。"文公乃召勃鞮入宫。勃鞮并不谢罪，但再拜口称："贺喜！"文公曰："寡人嗣位久矣，汝今日方称贺，不已晚乎？"勃鞮对曰："君虽即位，未足贺也。得勃鞮，此位方稳，乃可贺耳！"文公怪其言，屏开左右，愿闻其说。勃鞮将吕、郤之谋，如此恁般，细述一遍："今其党布满城中，二贼又往封邑聚兵。主公不若乘间与狐国舅微服出城，往秦国起兵，方可平此难也。臣请留此，为诛二贼之内应。"狐偃曰："事已迫矣！臣请从行。国中之事，子馀必能料理。"文公叮嘱勃鞮："凡事留心，当有重赏！"勃鞮叩首辞出。

　　文公与狐偃商议了多时，使狐偃预备温车于宫之后门，只用数人相随。文公召心腹内侍，吩咐如此如此，不可泄漏。是晚，依旧如常就寝。至五鼓，托言感寒疾腹病，使小内侍执灯如厕。遂出后门，与狐偃登车出城而去。次早，宫中俱传主公有病，各来寝室问安，俱辞不见。宫中无有知其出外者。天明，百官齐集朝门，不见文公视朝，来至公宫询问。只见朱扉双闭，门上挂着一面免朝牌。守门者曰："主公夜来偶染寒疾，不能下床。直待三月朔视朝，方可接见列位也。"赵衰曰："主公新立，百事未举，忽有此疾，正是天有不测风云，人有旦夕祸福。"众人信以为真，各各叹息而去。吕、郤二人闻知文公患病不出，直至三月朔方才视朝，暗暗欢喜曰：

417

第三十六回

"天教我杀重耳也!"

且说晋文公、狐偃潜行离了晋界,直入秦邦,遣人致密书于秦穆公,约于王城相会。穆公闻晋侯微行来到,心知国中有变。乃托言出猎,即日命驾,竟至王城来会晋侯。相见之间,说明来意。穆公笑曰:"天命已定,吕、郤辈何能为哉?吾料子馀诸人,必能办贼,君勿虑也!"乃遣大将公孙枝屯兵河口,打探绛都消息,便宜行事。晋侯权住王城。

却说勃鞮恐吕、郤二人见疑,数日前,便寄宿于郤芮之家,假作商量。至二月晦日,勃鞮说郤芮曰:"主公约来早视朝,想病当小愈。宫中火起,必然出外。吕大夫守住前门,郤大夫守住后门,我领家众据朝门,以遏救火之人。重耳虽插翅难逃也!"郤芮以为然,言于吕省。是晚,家众各带兵器火种,分头四散埋伏。约莫三更时分,于宫门放起火来。那火势好不凶猛!宫人都在睡梦中惊醒,只道宫中遗漏,大惊小怪,一齐都乱起来。火光中但见戈甲纷纷,东冲西撞,口内大呼:"不要走了重耳!"宫人遇火者,烂额焦头;逢兵者,伤肢损体。哀哭之声,耳不忍闻。吕省仗剑直入寝宫,来寻文公,并无踪影。撞见郤芮,亦仗剑从后宰门入来,问吕省:"曾了事否?"吕省对答不出,只是摇头。二人又冒火覆身搜寻一遍。忽闻外面喊声大举,勃鞮仓忙来报曰:"狐、赵、栾、魏等各家,悉起兵众前来救火。若至天明,恐国人俱集,我等难以脱身。不如乘乱出城,候至天明,打听晋侯死生的确,再作区处。"吕、郤此时,不曾杀得重耳,心中早已着忙了,全无主意。只得号召其党,杀出朝门而去。史官有诗云:

毒火无情弑械[22]成,谁知车驾在王城!

晋吕郤夜焚公宫　秦穆公再平晋乱

> 晋侯若记留袂恨，安得潜行会舅甥？

且说狐、赵、栾、魏等各位大夫，望见宫中失火，急忙敛集兵众，准备挠钩水桶，前来救火，原不曾打帐[23]厮杀。直至天明，将火扑灭，方知吕、郤二人造反。不见了晋侯，好大吃惊！有先前盼咐心腹内侍，火中逃出，告知："主公数日前，于五鼓微服出宫，不知去向。"赵衰曰："此事问狐国舅便知。"狐毛曰："吾弟子犯，亦于数日前入宫，是夜便不曾归家。想君臣相随，必然预知二贼之逆谋。吾等只索严守都城，修葺宫寝，以待主公之归可也。"魏犫曰："贼臣造逆，焚宫弑主，今虽逃不远，乞付我一旅之师，追而斩之。"赵衰曰："甲兵，国家大权，主公不在，谁敢擅动。二贼虽逃，不久当授首矣。"

再说吕、郤等屯兵郊外，打听得晋君未死，诸大夫闭城谨守；恐其来追，欲奔他国，但未决所向。勃鞮诒之曰："晋君废置，从来皆出秦意。况二位与秦君原有旧识，今假说公宫失火，重耳焚死。去投秦君，迎公子雍[24]而立之。重耳虽不死，亦难再入矣。"吕省曰："秦君向与我有王城之盟，今日只合投之。但未知秦肯容纳否？"勃鞮曰："吾当先往道意，如其慨许，即当偕往。不然，再作计较。"勃鞮行至河口，闻公孙枝屯兵河西，即渡河求见，各各吐露心腹，说出真情。公孙枝曰："既贼臣见投，当诱而诛之，以正国法，无负便宜之托可也。"乃为书托勃鞮往召吕、郤。书略曰：

> 新君入国，与寡君原有割地之约。寡君使枝宿兵河西，理明疆界，恐新君复如惠公故事也。今闻新君火厄，二大夫有意于公子雍，此寡君之所愿闻。大夫其速来共计！

吕、郤得书，欣然而往。至河西军中，公孙枝出迎。叙话之后，设席相款。吕、郤坦然不疑。谁知公孙枝预遣人报知秦穆公，先至王城

第三十六回

等候。吕、郤等留连三日,愿见秦君。公孙枝曰:"寡君驾在王城,同往可也。车徒暂屯此地,俟大夫返驾,一同济河何如?"吕、郤从其言。行至王城,勃鞮同公孙枝先驱入城,见了秦穆公,使丕豹往迎吕、郤。穆公伏晋文公于围屏之后。吕、郤等继至,谒见已毕,说起迎立子雍之事。穆公曰:"公子雍已在此了!"吕、郤齐声曰:"愿求一见。"穆公呼曰:"新君可出矣!"只见围屏后一位贵人,不慌不忙,叉手步出。吕、郤睁眼看之,乃文公重耳也。吓得吕省、郤芮魂不附体,口称:"该死!"叩头不已。穆公邀文公同坐。文公大骂:"逆贼!寡人何负于汝而反?若非勃鞮出首,潜出宫门,寡人已为灰烬矣!"吕、郤此时,方知为勃鞮所卖。报称:"勃鞮实歃血同谋,愿与俱死。"文公笑曰:"勃鞮若不共歃,安知汝谋如此?"喝叫武士拿下,就命勃鞮监斩。须臾,二颗人头,献于阶下。可怜吕省、郤芮辅佐惠、怀,也算一时豪杰。索性屯军庐柳之时,与重耳做个头敌,不失为从一忠臣!既已迎降,又复背叛,今日为公孙枝所诱,死于王城,身名俱败,岂不哀哉!文公即遣勃鞮,将吕、郤首级,往河西招抚其众;一面将捷音驰报国中。众大夫皆喜曰:"不出子馀所料也!"赵衰等忙备法驾,往河东迎接晋侯。要知后事如何,且看下回分解。

〔1〕 改元告庙:国君继位,例以次年岁首改用新年号,并告于太庙。但此事主要在汉武帝之后始行之。

〔2〕 甥馆:女婿的住处。

〔3〕 泰卦:《易经》六十四卦之一,乾下坤上。"天地交,泰。"泰,引申有

通畅、安静之意。六爻：即卦中的六划，亦即泰卦之初九、九二、九三、六四、六五、上六。

〔4〕 天地配享：泰卦为乾下坤上，乾为天，坤为地，故贺其得天地配享。

〔5〕 小往大来：《易经·彖》："泰，小往大来，吉，亨。"原指所失者小，所得者大。这里暗喻小为子圉，大为重耳；子圉当去，重耳当来。不仅为吉兆，且得亨通。故下文言"不惟得国，且有主盟之分"。

〔6〕 九龙山：疑在秦都雍（今陕西宝鸡凤翔区）近郊。

〔7〕 渭阳：渭水的北面。《诗经·秦风·渭阳》："我送舅氏，曰至渭阳。"后世常以渭阳表示甥舅之情。因世子罃乃穆姬之子，而重耳乃穆姬庶兄。

〔8〕 周襄王十六年：即公元前 636 年。

〔9〕 困于五鹿：五鹿为卫地。重耳由翟奔齐，路经卫国，向田夫乞食一事。见第三十一回。

〔10〕 令狐：春秋时晋地名。在今山西临猗县西。

〔11〕 桑泉、臼衰：均为春秋时晋地名。桑泉在今山西临猗县临晋镇东北。臼衰在今山西解州镇西北。

〔12〕 庐柳：春秋时晋地。在今山西临猗县北庐柳城。

〔13〕 子大夫：对他国大夫的尊称，意为尊贵的大夫。子，古时对男子的美称。

〔14〕 翼戴：拥护，拥戴。

〔15〕 任其无咎：承担不治罪的允诺。

〔16〕 郇（xún 旬）城：郇本古国名，后为晋所灭。故址在今山西临猗县西南。

〔17〕 高梁：春秋时晋邑名。在今山西临汾市东北。

〔18〕 武公之庙：在曲沃。晋献公以下各晋侯继位，都要朝拜此庙。

〔19〕 文公：晋文公姬重耳。春秋五霸之一，与齐桓公齐名。在位九年（前636—前628）。

第 三 十 六 回

〔20〕 晦日:农历每月的最后一天。

〔21〕 刍荛(chú ráo 除饶)之言:浅陋的话。割草打柴人的见识。刍,割草。荛,打柴。

〔22〕 弑械:意同杀机,即弑君的阴谋。清本多作"杀械",明刊本作"弑械",以臣杀君应曰"弑",故从明本。

〔23〕 打帐:打算,计划。

〔24〕 公子雍:应为晋文公之子,杜祁所生。曾任秦为亚卿。